岑嘉州集

森野繁夫
進藤多万

白帝社

まえがき

岑參（七一五～七七〇）は盛唐の詩人で、杜甫や李白と同じ時期に生涯を送った。ただ、杜甫や王昌齢とは顔を合わせて話をしているが、李白や王維と識り合いであったかどうかはわからない。岑參と其の詩について、中唐の杜確は『岑嘉州詩集』に付した序文において次のように紹介している。

公は諱《いみな》は參、代々 本州の冠族たり。曾大父は文本、大父は長倩、伯父は羲。皆な学術を以て徳望あり、官は台輔に至る。早歳にして孤貧、能く自ら砥礪《はげ》む。偏《あまね》く史籍を覧、尤《もつと》も文を綴るに工《たく》みなり。辞を属《つづ》るに清を尚び、意を用ふるに切を尚ぶ。其の得る所有るは、多く佳境に入る。迥抜にして孤秀、常情を出でたり。一篇 筆を絶つ毎に、則ち人人 伝へ写す。閭里の士庶、戎夷 蛮貊と雖も、諷誦 吟習せざる莫し。時議 公を呉均・何遜に擬す。亦た精当と謂ふべし。

すなわち岑參の詩は『清』なる表現を尚び、写実を重視した。その会心の作は、見事な境地に達したものが多く、遙かに抜け出て孤《ひと》り秀で、並の詩情を越えていた」という。そうして一篇の詩ができあがると、人々は我がちに写し伝え、地方の人たちや辺境の異民族の者まで、その詩を吟誦しないものはいなかったというから、わかり易く、読んで調子のよい作品であった。

しかし李白や杜甫のような大詩人ではないので、日本においては「磧中《せきちゅう》の作」「胡笳《こか》の歌」などが知られているくらいであるが、読む者の意表をつく発想や、「想像的視覚」を駆使しての表現は、李白・杜甫にも見られない独自のものを持っていた。

十年ほど前から安田女子大学（院）の授業で其の詩を読み始めた。既に『岑參歌詩索引』（新免恵子編）が準備されていたこともあって作業は比較的順調に進み、このほど『岑嘉州詩集』七巻（四部叢刊本）所収の作品を読み終えた。

訳注は既に『中国学論集』の八号～四二号に連載したが、このたびそれを一冊にまとめて唐詩研究の参考に供することにした。

訳注は四部叢刊本『岑嘉州詩集』を底本とし、『全唐詩』、明抄本『岑參詩集』などを校勘に用い、また、聞一多『岑嘉州繫年考証』と陳鉄民・侯忠義『岑參集校注』を参考にした。詩の配列は原則として、制作順に編まれている『岑參集校注』によった。

内容はその経歴を追って、次のように纏めた。岑參の生涯を其の詩によって綴ったとも言えよう。

一 幼・少年、青年の時期
（1）太室・少室の頃　（2）仕途を求めて
二 起　家
三 安西都護府
（1）安西都護府へ　（2）安西都護府での作
四 長安無為
五 北庭都護府
（1）長安から北庭へ　（2）庭州・輪臺での作
（3）歸途の作　（4）鳳翔府
六 長安歸還
七 虢州長史
八 潼關―太子中允・兼殿中侍御史・関西節度判官―
九 長安―祠部員外郎、考功員外郎、虞部郎中、屯田郎中、庫部郎中―
十 嘉州刺史となる―成都滞在―
十一 嘉州刺史の任に就く
十二 官を去って東歸せんとす
十三 成都に卒す
＊未編年詩

目　次

詩

一、幼・少年、青年の時期……17

(1) 太室・少室の頃

1 丘中春臥寄王子
2 南溪別業
3 尋鞏縣南李處士別居
4 自潘陵尖還少室居止秋夕憑眺
5 尋少室山人聞與偃師周明府同入都
6 宿東溪懐王屋李隠者
7 鞏北秋興寄崔明允
8 緱山西峯草堂作

(2) 仕途を求めて

9 還東山洛上作
10 東歸晩次潼關懐古
11 戯題關門
12 滻水東店送唐子歸嵩陽
13 宿華陰東郭客舎憶閻防
14 夜過磐豆隔河望永樂寄閨中効齊梁體
15 晩過磐石寺禮鄭和尚
16 題永樂韋少府廳壁
17 函谷關歌　送劉評事使關西
18 題觀樓
19 登古鄴城
20 邯鄲客舎歌
21 冀州客舎酒酣貽王綺寄題南樓
22 題井陘雙溪李道士所居
23 暮秋山行
24 臨河客舎呈狄明府兄留題縣南樓
25 題新郷王釜廳壁
26 春尋河陽聞處士別業
27 送郭乂　雜言
28 送王大昌齡赴江寧
29 送崔全被放歸都覲省
30 送薛彦偉擢第東都覲省

31 送蒲秀才擢第歸蜀
32 送許子擢第歸江寧拜親 因寄王大昌齡
33 宿關西客舍寄東山嚴許二山人 時天寶
初七月初三日 在内學見有高道舉徵
34 醉題匡城周少府廳壁
35 至大梁却寄匡城主人
36 偃師東與韓樽同詣景雲暉上人即事
37 郊行寄杜位
38 秋夜宿仙遊寺南涼堂呈謙道人
39 携琴酒尋閻防崇濟寺所居僧院 得濃字
40 還高冠潭口留別舍弟
41 終南雲際精舍尋法燈上人不遇 歸高冠東潭石淙
望秦嶺微雨 作貽友人
42 題雲際南峯眼上人讀經堂
43 灃頭送蒋侯
44 秋 思

二、起 家……91

45 初授官題高冠草堂
46 高冠谷口贈鄭鄠
47 因假歸白閣西草堂
48 喜韓樽相過
49 送裴校書從大夫淄川郡覲省
50 登千福寺楚金禅師法華院多寶塔
51 驪姫墓下作 夷吾重耳墓隔河相去十三里
52 題平陽郡汾橋邊柳樹 參曽居此郡八九年
53 宿蒲關東店憶杜陵別業
54 入蒲關先寄秦中故人
55 楊固店
56 敬酬杜華淇上見贈兼呈熊曜
57 胡笳歌 送顔眞卿使赴河隴
58 送宇文南金放後歸太原寓居 因呈太原郝主簿
59 漁 父
60 送鄭甚歸東京氾水別業 分得閑字
61 送費子歸武昌

三、安西都護府……118

(1) 安西都護府へ

62 初過隴山途中呈宇文判官
63 經隴頭分水
64 西過渭州見渭水思秦川
65 過燕支寄杜位
66 過酒泉憶杜陵別業
67 逢入京使
68 敦煌太守後庭歌
69 經火山
70 銀山磧西館
71 題鐵門關樓
72 宿鐵關西館
73 磧中作
74 歳暮磧外寄元撝
75 過　磧
76 磧西頭送李判官入京

(2) 安西都護府での作

77 安西館中思長安
78 早發焉耆懐終南別業
79 寄宇文判官
80 題苜蓿烽寄家人
81 登涼州尹臺寺
82 戲問花門酒家翁　在涼州
83 武威春暮宇文判官西使還已到晉昌
84 河西春暮懐秦中
85 武威送劉單判官赴安西行營便呈高開府
86 武威送劉判官赴磧西行軍
87 送李副使赴磧西官軍
88 送韋侍御先歸京　得寛字
89 臨洮客舎留別祁四
90 臨洮龍興寺玄上人院　同詠青木香叢
91 憶長安曲二章　寄龐潅

四、長安無為……156

92 送魏四落第還郷
93 送薛播擢第歸河東
94 與高適薛據同登慈恩寺浮圖
95 題李士曹廳壁畫度雨雲
96 送李翥遊江外

97 送張郎中赴隴右覲省卿公
98 送顔眞卿 並序
99 送祁樂歸河東
100 梁園歌 送河南王説判官
101 送楚丘麹少府赴官
102 終南雙峯草堂作
103 太一石鼈崖口潭舊廬招王學士
104 題華嚴寺環公禪房
105 終南東溪口作
106 青門歌 送東臺張判官
107 趙少尹南亭送鄭侍御歸東臺 得長字
108 春 夢
109 蜀葵花歌
110 送魏升卿擢第歸東都 因懐魏校書陸渾喬潭
111 首春渭西郊行 呈藍田張主簿
112 送宇文舍人出宰元城 分得陽字
113 崔駙馬山池重送宇文明府 分得苗字
114 送嚴維下第還江東
115 春日醴泉杜明府承恩五品宴席上賦詩
116 醴泉東渓送程皓元鏡微入蜀 得寒字
117 夏初醴泉南樓送太康顔少府
118 南樓送衞憑 分得歸字
119 與鄠縣羣官泛渼陂
120 與鄠縣源少府泛渼陂 得人字
121 送王伯倫應制授正字歸
122 送人赴安西
123 餞王崟判官赴襄陽道

五、北庭都護府……212

(1) 長安から北庭へ—道中の作—
124 赴北庭度隴思家
125 臨洮泛舟 趙仙舟自北庭罷使還京 得城字
126 發臨洮將赴北庭留別 得飛字
127 題金城臨河駅樓
128 涼州館中與諸判官夜集
129 日没賀延磧作

(2) 庭州・輪臺での作
130 輪臺歌 奉送封大夫出師西征

131 走馬川行　奉送出師西征
132 北庭西郊候封大夫受降回軍獻上
133 使交河郡　郡在火山脚　其地苦熱無雨雪　獻封大夫
134 獻封大夫　破播仙凱歌六章
135 北庭作
136 輪臺即事
137 北庭貽宗學士道別
138 陪封大夫宴瀚海亭納涼　得時字
139 登北庭北樓呈幕中諸公
140 滅胡曲
141 奉陪封大夫宴　得征字
142 敬酬李判官使院即事見呈
143 使院中新栽柏樹子　呈李十五栖筠
144 白雪歌　送武判官歸京
145 奉陪封大夫九日登高
146 玉門關蓋将軍歌
147 玉關寄長安李主簿
148 天山雪歌　送蕭治歸京
149 熱海行　送崔侍御還京
150 送崔子還京
151 火山雲歌　送別
152 胡　歌
153 趙将軍歌
154 送李別将攝伊吾令充使赴武威　便寄崔員外
155 送張都尉東歸
156 送四鎮薛侍御東歸
157 與獨孤漸道別長句　兼呈嚴八侍御
158 優鉢羅花歌　并序
159 首秋輪臺
160 送郭司馬赴伊吾郡　請示李明府
161 醉裏送裴子赴鎮西
162 田使君美人如蓮花　舞北旋歌
(3) 歸途の作
163 酒泉太守席上酔後作
164 贈酒泉韓太守
(4) 鳳翔府
165 行軍二首
166 行軍九日思長安故園　時未收長安

167 鳳翔府行軍送程使君赴成州
168 宿岐州北郭嚴給事別業
169 送王著赴淮西幕府作
170 行軍雪後月夜宴王卿家 得初字

六、長安歸還……283

171 奉和中書賈舍人早朝大明宮
172 西掖省即事
173 寄左省杜拾遺
174 送人歸江寧
175 送揚州王司馬
176 送許拾遺恩歸江寧拜親
177 懷葉縣關操姚擴韓涉李叔齎
178 過緱山王處士黑石谷隱居
179 送劉郎將歸河東 同用邊字
180 送張獻心充副使歸河西 雜句

七、虢州長史……301

181 出關經華嶽寺訪法華雲公
182 初至西虢官舍南池呈左右省及南宮諸故人
183 衙郡守還
184 郡齋閑坐
185 佐郡思舊遊 并序
186 早秋與諸子登虢州西亭觀眺 得低字
187 西亭送蔣侍御還京 分得來字
188 送裴判官自賊中再歸河陽幕府
189 題虢州西樓
190 春興思南山舊廬招柳建正字
191 虢州南池候嚴中丞不至
192 稠桑驛喜逢嚴河南中丞便別 得時字
193 使君席夜送嚴川南赴長水 得時字
194 陪使君早春東郊遊眺 得春字
195 陪使君早春西亭送王贊府赴選 分得歸字
196 春半與羣公同遊元處士別業
197 西亭子送李司馬
198 暮春虢州東亭送李司馬歸扶風別廬
199 虢中酬陝西甄判官見贈
200 喜華陰王少府使到南池宴集

201 五月四日送王少府歸華陰　得留字
202 六月三十日水亭送華陰王少府還縣　得潭字
203 送永壽王贊府逕歸縣　得蝉字
204 虢州西亭陪端公宴集
205 虢州西山亭子送端公　得濃字
206 原頭送范侍御　得山字
207 范公叢竹歌　并序
208 郡齋南池招楊轔
209 題山寺僧房
210 林　臥
211 虢州臥疾喜劉判官相過水亭
212 水亭送劉顒使還歸節度　分得低字
213 虢州後亭送李判官使赴晉絳　得秋字
214 虢州送天平何丞入京市馬
215 虢州酬辛侍御見贈
216 南池宴餞辛子　賦得科斗子
217 虢州郡齋南池幽興因與閻二侍御道別
218 送陝縣王主簿赴襄陽成親
219 南池夜宿思王屋青蘿舊齋
220 虢州送鄭興宗弟歸扶風別廬
221 九日使君席奉餞衛仲丞赴長水
222 衛節度赤驃馬歌
223 秦箏歌　送外甥蕭正歸京

八、潼關―太子中允・関西節度判官―……358

224 潼關鎮國軍句覆使院早春寄王同州
225 潼關使院懷王七季友
226 送王七録事赴虢州
227 送王録事却歸華陰
228 閿鄉送上官秀才歸關西別業
229 敷水歌　送竇漸入京
230 陝州月城樓送辛判官入奏

九、長安―祠部員外郎、考功員外郎など……370

231 尹相公京兆府中棠樹降甘露詩
232 劉相公中書江山畫障
233 秋夕讀書幽興獻兵部李侍郎
234 和刑部成員外　秋夜寓直寄臺省知己

235 送任郎中出守明州
236 暮秋會嚴京兆後廳竹齋
237 崔倉曹席上送殷寅充右相判官赴淮南
238 冬宵家會餞李郎司兵赴同州
239 送嚴黄門拜御史大夫再鎮蜀川兼觀省
240 送許員外江外置常平倉
241 奉送李太保兼御史大夫充渭北節度使
242 省中即事
243 盛王輓歌
244 送張秘書充劉相公通泎河判官便赴江外觀省
245 送崔主簿赴夏陽
246 送蜀郡李掾
247 送江陵泉少府赴任　便呈衛荊州
248 送周子落第遊荊南
249 左僕射相國冀公東齋幽居　同黎拾遺所獻
250 冀國夫人歌詞
251 祁四再赴江南別詩
252 河南尹岐國公贈工部尚書蘇公輓歌
253 和祠部王員外雪後早朝即事
254 韋員外家花樹歌
255 送懷州呉別駕
256 送盧郎中除杭州赴任
257 苗侍中輓歌
258 送郭僕射節制劍南
259 送襄州任別駕
260 送韓巽入都覲省便赴擧
261 送羽林長孫將軍赴歙州
262 送蕭李二郎中兼中丞充京西京北覆糧使

十、嘉州刺史となる—成都滞在—……429

263 酬成少尹駱谷行見呈
264 赴嘉州過城固縣尋永安超禪師房
265 送李賓客荊南迎親
266 奉和杜相公初發京城作
267 過梁州奉贈張尚書大夫公
268 尚書念舊垂賜袍衣率題絶句獻上以申感謝
269 梁州陪趙行軍龍岡寺北庭泛船宴王侍御　得長字
270 陪羣公龍岡寺泛舟　得盤字
271 梁州對雨懷麹二秀才便呈麹大判官時疾贈余新詩

272 與鮮于庶子泛漢江
273 早上五盤嶺
274 赴犍爲經龍閣道
275 與鮮于庶子自梓州成都少尹自褒城同行至利州道中作
276 奉和相公發益昌
277 入劍門作寄杜楊二郎中時二公並爲杜元帥判官
278 漢川山行呈成少尹
279 陪狄員外早秋登府西樓因呈院中諸公
280 送顏評事入京
281 寄青城龍溪奐道人 青城即丈人 奐公有篇
282 送狄員外巡按西山軍 得霽字
283 送裴侍御趁歳入京 得陽字
284 江上春嘆
285 早春陪崔中丞泛浣花溪宴 得暄字
286 送崔員外入奏因訪故園
287 送趙侍御歸上都
288 送李司諫歸京 得長字
289 過王判官西津所居
290 酬崔十三侍御登玉壘山思故園見寄
291 聞崔十二侍御灌口夜宿報恩寺
292 送柳録事赴梁州
293 先主武侯廟
294 文公講堂
295 揚雄草玄臺
296 司馬相如琴臺
297 嚴君平卜肆
298 張儀樓
299 昇遷橋
300 萬里橋
301 石犀

十一、嘉州刺史の任に就く……497

302 江上阻風雨
303 晩發五溪
304 龍女祠
305 初至犍爲作
306 登嘉州凌雲寺作
307 峨眉東脚臨江聽猿懐二室舊廬
308 尋楊七郎中宅即事

309 上嘉州青衣山中峯　題惠淨上人幽居　寄兵部楊郎中　并序
310 江行夜宿龍吼灘臨眺思峨眉隱者　兼寄幕中諸公
311 秋夕聽羅山人彈三峽流泉
312 郡齋望江山
313 詠郡齋壁画片雲　得歸字

十二、官を去って東歸せんとす……517

314 東歸發犍爲至泥溪舟中作
315 巴南舟中思陸渾別業
316 巴南舟中夜書事
317 阻戎瀘間羣盜
318 青山峽口　泊舟懷狄侍御
319 楚夕旅泊古興
320 下外江舟中懷終南舊居

十三、成都に卒す……532

321 西蜀旅舍春嘆　寄朝中故人呈狄評事
322 送綿州李司馬秩滿歸京因呈李兵部
323 客舍悲秋有懷兩省舊遊　呈幕中諸公
324 東歸留題太常徐卿草堂
325 僕射裴公輓歌

＊未編年詩……545

326 宿太白東溪李老舍寄弟姪
327 春遇南使貽趙知音
328 送青龍招提歸一上人遠遊呉楚別詩
329 觀楚國寺璋上人寫一切經院南有曲池深竹
330 精衞
331 石上藤　得上字
332 感遇　二首
333 太白胡僧歌　并序
334 醉後戲與趙歌兒
335 寄西嶽山人李岡
336 裴將軍宅蘆管歌
337 長門怨
338 送李郎尉武康

339 賦得孤島石送李卿 分得離字
340 送二十二兄北遊尋羅中
341 送孟孺卿落第歸濟陽
342 送楊千牛趁歳赴汝南郡覲省便成親 分得寒字
343 送胡象落第歸王屋別業
344 送顔韶 分得飛字
345 送杜佐下第歸陸渾別業
346 送嚴詵擢第歸蜀
347 送張直公歸南鄭拜省
348 送張昇卿宰新淦
349 送陳子歸陸渾別業
350 送滕亢擢第歸蘇州拜覲
351 送張子尉南海
352 送鄭少府赴滏陽
353 送江陵黎少府
354 送顔少府投鄭陳州
355 送弘文李校書往漢南拜親
356 送祕省虞校書赴虞鄉丞
357 送樊侍御使丹陽便覲
358 送張卿郎君赴硤石尉
359 送梁判官歸女几舊廬
360 送楊子
361 登總持閣
362 晦日陪侍御泛北池 得寒字
363 送楊錄事充使 得江字
364 雪後與羣公過慈恩寺
365 西河太守杜公挽歌 四首
366 西河郡太守張夫人輓歌
367 韓員外夫人清河縣君崔氏輓歌 二首
368 送陶銑棄擧荊南覲省
369 送薛昇歸河東
370 送史司馬赴崔相公幕
371 寄韓樽
372 題梁鍠城中高居
373 題三會寺蒼頡造字臺
374 嘆白髮
375 春興戲贈李侯
376 送李明府赴睦州便拜覲太夫人
377 奉送賈侍御使江外
378 草堂村尋羅生不遇

379 醉戲竇子美人
380 秋夜聞笛
381 山房春事 二首

文

1 感舊賦 并序……623
2 招北客文……642
3 唐博陵郡安喜縣令岑府君墓銘……657
4 果毅張先集墓銘……658

あとがき

附録

……663
一、『岑嘉州詩集』序（杜確）
二、岑參略傳
三、関係地図

岑嘉州集

詩

一、幼・少年、青年の時期

玄宗の開元三年（七一五）に、岑參は仙州に生まれた。仙州は今の河南省葉《しょう》縣。父の植が其の地の刺史であり、恐らく參は其の公舍で生まれたのであろう。長男の渭《ゐ》、次男の況《きょう》を兄とする三番目の子であり、弟には秉《へい》と亜《あ》がいた。

（1）太室・少室の頃

開元八年（七二〇）岑參が六歳の時、父親は晉州（山西省臨汾縣）刺史となり、參も父親に従って晉州に赴いたのであろう。父親は岑參が十歳のころに亡くなったらしい。其のご開元一七年（七二九）、岑參十五歳の時に、一家は嵩《すう》山の太室（河南省登封縣）に移っている。そうして次の年、一家は更に太室から西南約七〇里のところに在る少室（潁陽《えいよう》縣）に移った。この頃、家は貧しく、參は主に兄について経史の学問を受け、官吏になる準備をしていた。

1　丘中春臥 寄王子

丘中 春に臥《ふ》す 王子に寄す

田中開白室　田中に 白室《はくしつ》を開き
林下閉玄關　林下に 玄關を閉づ
巻迹人方處　迹《あと》を巻《かく》して 人は方《まさ》に處《お》り
無心雲自閑　心無くして 雲は自《おのづ》から閑《しずか》なり
竹深喧暮鳥　竹深くして 暮鳥は 喧《かまびす》しく
花缺露春山　花缺《か》けて 春山 露《あら》はる
勝事那能説　勝事 那《なん》ぞ能《よ》く説かん
王孫去未還　王孫 去りて未だ還《かへ》らず

【語釈】

＊嵩山の少室に居た頃の作。

［王子］「子」は尊称。この詩を贈った相手をいう。

［白室］白屋。白茅で屋根を葺いた粗末な家。一説に彩色を施さない家。

［玄關］「玄」は深い。深く隠れる。「關」は閉ざす。

閉じる。世俗を離れた家の奥深い門。
［巻迹］ 跡をくらまし隠す。王令「東熙之の『雨後』に和する詩」に「雷車收轍雲藏跡、依舊晴空萬里平。」（雷車 轍《わだち》を収め 雲は跡を藏《かく》す、舊に依《よ》りて晴空 萬里 平《たいら》なり。）とある。
［無心］ 意味は、陶淵明『歸去來兮辭』の「雲無心以出岫」（雲は無心にして以て岫《みね》を出づ）にもとづく。
［勝事］ 立派なこと。よいこと。岑參111「首春 渭西に郊行し、藍田の張主簿に呈する」に「聞道輞川多勝事、玉壺春酒正堪攜。」（聞道《きくなら》く 輞川《まうせん》に勝事多く、玉壺 春酒 正《まさ》に攜《たづさ》ふるに堪《た》へたり。）とある。
［王孫］ 王孫公子。転じて推尊敬重の辭。「王子」を指す。意味は『楚辭』招隱士の「王孫遊兮不歸、春草生兮萋萋」（王孫 遊びて歸らず、春草 生じて萋萋《せいせい》たり）にもとづく。

【訳】

丘中の春に臥す 王君に寄せる詩
田の中に 飾り氣のない家を建て
林の下に 玄関を閉じている
私は姿を隠して今は（この家に）住んでおり
雲は自ら無心で静かだ
竹が深く繁り 暮鳥は盛んに鳴き
花の間から 春山が素肌を現している
このすばらしい暮らしを どのように説明すれば
王孫は去って行き まだ歸ってこない。

2 南溪別業

南溪の別業

結宇依青嶂　宇を結びて 青き嶂《みね》に依《よ》り
開軒對翠疇　軒《まど》を開きて 翠《みどり》の疇《はた》に対す
樹交花兩色　樹の交《まじは》りて 花は色を兩《ふた》つにし
溪合水重流　溪《たに》の合して 水は流れを重《かさ》ぬ
竹徑春來掃　竹徑 春來りて掃《は》き
蘭樽夜不收　蘭樽 夜 收めず
逍遙自得意　逍遙して 自ら意を得
鼓腹醉中遊　鼓腹して 醉中に遊ぶ

【語釈】

＊嵩山の少室に居た頃の作。
［南溪］ 少室山にある南の溪。
［青嶂］ 青い峰。沈約「鐘山に游ぶの詩、西陽王の教

に應《こた》ふ」に「鬱律構丹巘、崚嶒起青嶂」（鬱律《うつりつ》として 丹巘《たんけん》を構へ、崚嶒《りょうそう》 青嶂を起こす）とある。また宋之問「法華寺に遊ぶ」に「薄雲界青嶂、皎日鶱朱甍」（薄暮 青嶂を界《かぎ》り、皎日 朱《あか》き甍《いらか》に鶱《かか》る）とある。

〔蘭樽〕美しい樽。劉孝威「三日 皇太子の曲水の宴に侍するの詩」に「蘭樽沿曲岸、靈若泝廻潮」（蘭樽《らんそん》は 曲岸に沿《そ》ひ、靈若《れいじゃく》は 廻潮を泝《さかのぼ》る）とある。「靈若」は海神。

〔逍遙〕氣まかせにぶらつく。さまよう。『楚辭』離騒に「欲遠集而止無所分、聊浮游以逍遙」（遠集を欲して止まる所無く、聊《いささ》か浮游して以て逍遙せん）とある。

〔鼓腹〕腹つづみを打つ。食足りて満足する様。太平を樂しむたとえ。『莊子』外篇「馬蹄」に「夫赫胥氏之時、民居不知所爲、行不知所之。含哺而熙、鼓腹而遊」（夫の赫胥《かくしょ》氏の時、民居《お》りて爲す所を知らず、行くに之《ゆ》く所を知らず。哺《ほ》を含み熙《たのし》み、鼓腹して遊ぶ）とある。

【訳】

南溪の別業

家を青い峰に寄りかかるように構え
窓を翠《みどり》の田野に向かって開く
樹が交わって 二色の花が咲き乱れ
谷川が合わさって 水は流れを重ねている
竹の小道では 春が來たので古い葉を掃き出し
蘭の樽は 夜も収めることがない
辺りをさまよって満ち足り
腹を鼓《たた》きながら酔いの中で遊ぶ

3　尋鞏縣南李處士別居
鞏《きょう》縣の南　李處士の別居を尋ぬ

先生近南郭　先生 南郭に近く
茅屋臨東川　茅屋 東川に臨む
桑葉隠村戸　桑葉 村戸を隠し
蘆花映釣船　蘆花 釣船に映ず
有時著書暇　時有りて 書を著《あらは》すの 暇《いとま》
盡日窗中眠　盡日 窗中に眠る
且喜閭井近　且つは喜ぶ 閭井の近く
灌田同一泉　田に灌《そそ》ぐは 同一の泉なるを

【語釈】

*嵩山の少室に居た頃の作。

〔鞏縣〕唐の県名。河南府に属し、今の河南鞏縣。

〔處士〕道徳、学問がありながら、隠居して仕えない人を指す。

〔居〕『全唐詩』では「尋鞏縣南李處士別業」と「業」になっている。

〔郭〕外壁、外郭。都市の周囲を囲む城壁。

〔東川〕「南郭」と相對する。広く城の東にある河流を指し、実際は川の名前ではないと思われる。

〔閭井〕郷里。住む所を指す。鞏縣南郊は嵩山に近いために「且つは閭井の近きを喜ぶ」という。


【訳】

鞏《きょう》縣の南 李處士の別居を尋ねる

先生は 城の南に住んでおり
茅屋は 東の川に面している
桑葉は 村の家々を隠し
蘆花の間から 釣船が見える
時に書を著わす暇には
一日中 部屋で寝ている
またこの村里が（我が家に）近く
同一の泉から田に水を灌いでいることを喜んでいる

4 自潘陵尖還少室居止秋夕憑眺

潘陵尖《はんりょうせん》より少室の居止に還り秋の夕に憑眺す

草堂近少室　草堂は 少室に近く
夜靜聞風松　夜静かにして 風松を聞く
月出潘陵尖　月は潘陵尖に出で
照見十六峰」　十六峰を照見す
九月山葉赤　九月 山葉 赤く
溪雲淡秋容　溪雲 秋容 淡《あは》し
火點伊陽村　火は點《とも》る 伊陽の村
煙深嵩角鐘」　煙は深し 嵩角《すうかく》の鐘
尚子不可見　尚子 見るべからず
蔣生難再逢　蔣生 再びは逢ひ難し
勝愜只自知　勝愜《しやうけふ》 只《た》だ自ら知るのみ
佳趣爲誰濃」　佳趣 誰《た》が爲にか濃《こ》き
昨詣山僧期　昨は山僧に詣《いた》りて期し
上到天壇東　上りて天壇の東に到る
向下望雷雨　向下に 雷雨を望み
雲間見回龍」　雲間に 回龍を見る
久與人羣疏　久しく人羣と疏《そ》にして
轉愛丘壑中　轉《うた》た丘壑の中を愛す

心淡水木會　心淡《あは》くして　水木と會し
興幽魚鳥通」　興幽《ふか》くして　魚鳥に通ず
稀微了自釋　稀微にして　了《ことごと》く自ら釋《す》て
出處乃不同　出處《しゅっしょ》　乃ち同じからず
況本無宦情　況《いはん》や本より宦情無ければ
誓將依道風　誓ひて將《まさ》に道風に依《よ》らんとす

【語釈】

＊嵩山の少室に居た頃の作。

〔**潘陵尖**〕地名。少室山の付近にあった。

〔**憑眺**〕高い所から眺める。張九齢「樂遊原に登りて春望し懐《おも》ひを書す」に「憑眺茲爲美、離居方獨愁」（憑眺して茲《ここ》に美を爲し、離居して方《まさ》に獨り愁ふ）とある。

〔**草堂**〕草ぶきの家。粗末な家。世俗を避けて隠棲する者の住居。

〔**風松**〕松に吹く風の音。

〔**伊陽**〕唐時代の縣名。今の河南・伊川縣の南。

〔**嵩角**〕嵩山の尖峯を指す。

〔**尚子**〕名は長、字は子平。河内は朝歌の人。『老子』『易』を好み、隠居して仕えることがなかった。同じ趣味を持つ北海の禽慶と共に五獄の名山に遊んだ。『後漢書』巻八十三、逸民列傳。

〔**蒋生**〕名は詡《く》、字は元。杜陵の人。兗州の刺史であったが、それ以後は官につかず、病氣という理由で杜陵に歸り、隠居生活に入った。『太平御覧』巻五一〇・逸民部一〇。

〔**勝愜**〕よい氣持ち。愉快。

〔**佳趣**〕よい趣。おもしろみ。張九齢「山水を畫きし障に題する」に「對翫有佳趣、使我心渺綿」（對翫すれば佳趣有り、我をして心渺綿《べうめん》たらしむ）、また、李白「從姪杭州の刺史良と天竺寺に遊ぶ」に「詩成傲雲月、佳趣滿呉州」（詩成りて雲月に傲《おご》り、佳趣　呉州に滿つ）とある。

〔**天壇**〕山名。『大清一統志』巻二〇三に「即ち王屋山の絶頂にして、軒轅《けんえん》　天に祈る所なり。故に名づく。東を日精峯と曰ひ、西を月華峯と曰ふ」とある。

〔**回龍**〕雨天の時に、山の間を雲が廻るように見える様子をいう。

〔**出處**〕出でて官に就くことと退いて家にいること。出仕することと野《や》にあること。『易経』繫辭傳上に「同人先號咷而後笑。子曰、君子之道、或出或處、或默或語。

二人同心、其利斷金。同心之言、其臭如蘭」（同人 先に號咷《がうたう》して後に笑ふ。子曰く、君子の道は、或いは出で或いは處り、或いは黙し或いは語る。二人 心を同じくすれば、其の利は金をも斷つ。同心の言は、其の臭は蘭の如し）とある。

［宦情］仕官を願う志。『晉書』阮裕傳に「吾少無宦情」（吾少《わか》くして宦情無し）とある。

［道風］道家の「清浄無為」の教え。

【訳】

播陵尖から少室の住居に還り 秋の夕に高所から眺める

草堂は 少室山の近くにあり
静かな夜 松に吹く風の音が聞こえてくる
月は播陵尖の上に出て
十六峰を明るく照らしている」
九月の山の葉は赤く
溪の雲は秋の景色を淡くしている
火は伊陽の村に点《とも》り
靄が深くかかって 嵩峰の鐘が響いてくる」
尚子には見《あ》うことができず
蔣生とは再會することが難しい
このすばらしい味わいは ただ私が知るだけであり
誰のために此の佳き趣は深くたたえられているのだろう」
昨日 僧と山に赴《よ》くことを約束し
登って天壇の東に到った
下の方に 雷雨を望み
雲の間に 回龍を見た」
久しく人の群れを疎《うと》んじ
次第に丘壑の中を愛するようになった
心はあっさりとしていて水や木と一つになり
興は幽《ふか》くして魚や鳥と通いあう」
いささかの塵念は 全て自分で解き放し
出處進退は（人とは）同じくない
まして役人になりたいという氣持ちは初めから無く
道風に従っていきたいものと誓っている私である

5　尋少室山人聞與偃師周明府同入都
少室の山人を尋ね偃師《えんし》の周明府と同《とも》に都に入るを聞く

中峯鍊金客　中峯 鍊金《れんきん》の客

昨日遊人間　　昨日　人間《じんかん》に遊ぶ
葉縣鳧共去　　葉《せふ》縣　鳧《ふ》と共に去り
葛陂龍暫還　　葛陂《かっぱ》　龍　暫《しばら》く還る
春雲湊深水　　春雲は　深水に湊《あつ》まり
秋雨懸空山　　秋雨は　空山に懸《か》かる
寂莫清谿上　　寂莫たり　清谿の上《ほと》り
空餘丹竈閑　　空《むな》しく丹竈《たんさう》を餘《あま》して閑《しづ》かなり

【語釈】

*嵩山の少室に居た頃の作。

［山人］世を捨てて山の中に隠れている人。

［偃師］縣名。河南省に属す。今の河南省洛陽市の東にある偃師県。

［明府］唐代では県令を指す。

［都］ここは東都洛陽を指す。

［中峯］少室山の中峯

［錬金客］道教で不老不死の薬を錬りあげる人。

［遊人間］ここでは都に行くこと。

［葉縣］地名。唐の縣名。河南省に属す。

［鳧］かも。まがも。ここの「鳧」は周明府を指す。『後漢書』方術傳によると、王喬は河東郡（山西省）の人である。明帝の代（五八―七五）に葉（河南省葉県）の県令となった。喬は不思議な術を心得ていた。毎月一日と十五日にいつも県から宮中に參内するが、帝はその來朝の回数が頻繁であるのに、供の行列が見えないのを不思議に思った。そこで、こっそり太史に命じて監視させたところ、太史が言うには、「王喬が参ります頃、必ず二羽の鴨が東南から飛んできます。」ということだった。そこで鴨が來るのを待ち受けて、霞網を張ったところ、片方の靴だけがかかったという。ここでは、この典故を借りて周明府が都に行ったことを言う。

［葛陂］池の名前。今の河南省蔡縣の北西部にあった。「葛陂龍」は、東漢の費長房（河南省汝南部の人）が、ある仙人について深山に入り、十餘年も過ごした。後に別れを告げて歸ろうとすると、仙人が一本の竹をくれた。仙人は、「これにまたがって行くがままに任せれば、一人で歸れる。歸ったらこの杖を葛陂の中に投げ込んでくれ。」と言った。長房は杖にまたがると、たちまち家に歸り着いた。そこで、杖を葛陂に投げ込んだ。振り返ってみるとそれは龍であった。ここでは、この典故を借りて張山人がしばらく都に行ったことをいう。

［湊］ 集まること。
［丹竈］ 丹薬を練るかまど。
【訳】
　少室山の張山人を尋ねたところ、偃師《えんし》縣の周明府と一緒に都へ行ったということだった
中峯に住む 丹薬を練る人は
昨日 人間の世界に出かけたそうだ
葉《しょう》縣から 鳧と共に都に行ったように
葛陂《かっぱ》に龍が 暫く歸っていったように
春の雲は 深い池の上にこもり
秋の雨は 人けのない山にかかっている
清谿のほとりは寂莫として
丹薬を練る竈《かまど》だけがひっそりと残っている

6 宿東溪懐王屋李隱者
　東溪に宿り 王屋の李隱者を懐かしむ
山店不鑿井　山店 井を鑿《ほ》らず
百家同一泉　百家 一泉を同《とも》にす
晩來南村黒　晩來 南村は黒く
雨氣和人煙　雨氣 人煙に和す
霜畦吐寒菜　霜畦《さうけい》は 寒菜を吐き
沙雁噪河田　沙雁は 河田に噪《さは》ぐ
隱者不可見　隱者 見るべからず
天壇飛鳥邊　天壇 飛鳥の邊《ほと》り

【語釈】
＊4『潘陵尖より少室の居止に還り秋の夕に憑眺す』の詩によると、作者は若い頃、少室山に居る時、王屋に行って、そこに住んだことがあるという。その219『南池に夜宿り王屋の青蘿舊齋を思ふ詩』に「早年 王屋に家す」の句がある。
［東溪］ 王屋山の東にある溪流を指す。
［王屋］ 山の名。主峯は今の河南省済源縣の西にある王屋鎮の北。
［山店］ 山の上にある平らな土地。
［鑿井］ 井を穿つこと。
［晩來］ 夕方になって。日暮れ方の意味。
［雨氣］ 「雨意」と同じである。雨模様の意味。
［人煙］ 人家の竈から立ちのぼる煙。
［霜畦］ 霜が一面に降りて白くなった畠。
［沙雁］ 川のほとりの沙州にいる雁。
［天壇］ 李隱者の住んでいる山。

［**飛鳥邊**］天壇山が極めて高いことを形容している。

【訳】

東渓に宿り 王屋の李隠者を懐かしむ

山村では 井戸を掘らず
百家は一つの泉を共同で使っている
夕方になって 南の村は暗くなり
雨模様の中 炊煙が漂う
霜に覆われた畠には 寒菜《ふゆな》が生え
沙雁は 河のほとりの田で騒いでいる
隠者には會うことができず
天壇山は 鳥の飛ぶ辺りにそびえている

7 鞏北秋興寄崔明允

鞏北の秋興 崔明允に寄す

白露披梧桐　白露は 梧桐を披《おほ》ひ
玄蟬晝夜號　玄蟬は 晝夜に號《な》く
秋風萬里動　秋風 萬里に動き
日暮黄雲高」　日暮 黄雲 高し
君子佐休明　君子 休明を佐《たす》け
小人事蓬蒿　小人 蓬蒿を事とす
所適在魚島　適《ゆ》く所 魚鳥在《あ》り
烏能徇錐刀」　烏《なん》ぞ能く錐刀《すいたう》に徇《したが》はん
孤丹向廣武　孤舟 廣武に向かひ
一鳥歸城皐　一鳥 城皐に歸る
勝概日相與　勝概 日に相與《とも》にし
思君心鬱陶　君の心の鬱陶《うつたう》たるを思ふ

【語釈】

＊嵩山の少室にいた頃の作。

［**秋興**］秋の風情。秋の感興。興趣。高適「鄭三 韋九に留別す」に「遠路鳴蟬秋興發、華堂美酒離憂銷」（遠路 蟬鳴きて 秋興 發し、華堂の美酒 離憂銷《き》えたり）とある。

［**崔明允**］博陵の人。開元十八年に試官になり、天宝二年には朝議郎、左拾遺、内供奉になった。

［**白露**］露の美称。李白「玉階怨」に「玉階生白露、夜久侵羅襪。」（玉階 白露を生じ、夜久しくして羅襪《らべつ》を侵す）とある。

［**梧桐**］あおぎり。岑參233「秋の夕 書を讀みて幽興あり。兵部李侍郎に獻ず」に「雨滋苔蘇侵堦緑、秋颯梧桐覆井黄。」（雨は苔蘇に滋《しげ》くして 堦を侵して緑、秋は梧

桐に颯《ふ》き 井を覆ひて黄なり。）とある。

［**秋風**］秋の風。岑參37「郊行して杜位に寄す」に「秋風引歸夢、昨夜到汝潁」（秋風 歸夢を引き、昨夜 汝が潁に到る）、また319「楚の夕べ旅に泊まる 古興あり」に「秋風冷蕭瑟、蘆荻花紛紛」（秋風 冷くして蕭瑟、蘆荻花紛紛たり）とある。

［**黄雲**］黄色の雲。塵埃などのために黄色く見える雲。王維「平淡 然判官を送る」に「黄雲斷春色、畫角起邊愁。」（黄雲 春色を斷ち、畫角 邊愁 起こる。）とある。

［**君子**］崔明允を指す。

［**佐休明**］「休明」は、立派であきらかなこと。そして、「佐休明」とは、聖明の天子を輔佐すること。

［**小人**］作者が自らを指して言う。

［**蓬蒿**］よもぎ。よもぎの生えた草むら。草深い田舎に隠居すること。

［**錐刀**］「錐刀の末」は小事を喩える。『左氏傳』昭公六年に「錐刀之末、將盡爭之」（錐刀の末、将《まさ》に盡く之を爭はんとす）とある。「徇錐刀」は、出仕することをいう。

［**廣武**］山名。今の河南滎陽縣の東北にある。「向廣武」とは、崔明允が黄河に沿って、廣武山の方向、すなわち都に向かったことをいう。

［**一鳥**］作者が孤独な自分のことを喩えている。

［**城皐**］「鞏北」のこと。鞏縣の北が黄河に臨んでいるためにいう。

［**勝概**］優れたおもむき。よい景色。岑參306「嘉州凌雲寺に登りて作る」に「勝概無端倪、天宮可淹留」（勝概端倪《たんげい》無く、天宮 淹留すべし）、また102「終南兩峯の草堂に「興來賓佳遊、事愜符勝概。」（興來りて 佳遊に資し、事愜《かな》ひて勝概に符す）とある。

［**鬱陶**］思いつめて氣がふさぐこと。『楚辭』宋玉・九辯に「豈不鬱陶而思君兮、君之門以九重」（豈に鬱陶として君を思はざらんや。君の門は以て九重なり）また、謝靈運「從弟惠連に酬ふる詩五章」に「嚶唱已悦豫、幽居猶鬱陶」（嚶鳴 已に悦豫するも、幽居 猶ほ鬱陶たり）とある。

【訳】

鞏《きょう》縣の北の秋の風情 崔明允《さいめいいん》に寄せる

白露は 梧桐を覆い

玄蝉は 昼も夜も鳴いている

秋風は　萬里に吹き
日暮れに　黄雲は高い」
君子は　聖明の天子を輔佐し
小人は　草深い田舎に隠居している
ここでは適《ゆ》く所に魚や鳥がおり
どうして出仕を求めようか」
一隻の舟が　廣武に向かい
一羽の鳥が　城皐に歸っていった
私はすばらしい景色の中で日々を過ごしながら
あなたの心が鬱陶《ふさが》っているのではと心配している

8　緱山西峯草堂作

緱山の西峯　草堂の作

結廬對中嶽　廬を結びて中嶽に對し
青翠常在門　青翠　常に門に在り
遂耽水木興　遂に水木の興《きょう》に耽《ふけ》り
盡作漁樵言」　盡く漁樵《ぎょしょう》の言を作《な》す
頃來闕章句　頃來《このころ》　章句を闕《か》き
但欲閑心魂　但《た》だ心魂の閑《しず》かなるを欲するのみ
日色隱空谷　日色　空谷《くうこく》に隠れ
蟬聲喧暮村」　蟬聲　暮村に喧《かまびす》し
曩聞道士語　曩《さき》に道士の語を聞き
偶見清淨源　清淨の源《みなもと》を偶見す
隱几閲吹葉　几《き》に隠《よ》りて　吹葉を閲《み》
乘秋眺歸根」　秋に乘じて　歸根を眺む
獨遊念求仲　獨り遊びて　求仲を念《おも》ひ
開徑招王孫　徑《こみち》を開いて　王孫を招く
片雨下南澗　片雨　南澗に下《ふ》り
孤峯出東原」　孤峯　東原に出づ
棲遲慮益澹　棲遲して　慮《おもひ》は益《ますま》す澹《しず》かに
脱略道彌敦　脱略して　道は彌《いよい》よ敦《あつ》し
野靄晴拂枕　野靄　晴れて枕を拂ひ
客帆遥入軒」　客帆　遥かに軒《まど》に入る
尚平今何在　尚平　今何《いづく》にか在る
此意誰與論　此の意　誰と與《とも》にか論ぜん
佇立雲去盡　佇立すれば　雲去りて盡き
蒼蒼月開園　蒼蒼として　月は園に開く

【語釈】

＊作者が少室山にいた時、一時期　緱山に居を移したことがあり、この詩はその時に作られたもの。

［緱山］緱氏山のこと。今の河南省偃師縣の南、緱氏鎮の東南にある。また、『初學記』巻五に「緱氏山、近在嵩山之西也」（緱氏山は、近く嵩山の西に在るなり）とある。

［中嶽］五嶽の一つ。嵩山のこと。

［漁樵］魚を取ることと木を切ること。漁師と樵。また、そういう生活。王維『桃源行』に「平明閭巷掃花開、薄暮漁樵乘水入」（平明 閭巷 花を掃《はら》ひて開き、薄暮 漁樵 水に乗りて入る）とある。

［空谷］人のいない、静かな谷。

［清淨］清らかで汚れがない。悪い心や私心がない。岑參309「嘉州の青衣山の中峯に上り、惠淨上人の幽居に題す、兵部楊郎中に寄す、并びに序」に「早知清淨理、久乃機心忘」（早に知る清淨の理、久しくして乃ち機心忘る）とある。

［清淨源］道家でいう「立身行事」の本源。道家の教えの根本。

［偶見］思いがけなく見る。

［吹葉］風が樹葉に吹くこと。

［歸根］葉が落ち、根に歸ること。

［隠几閲吹葉、乘秋眺歸根］この句には、秋の日、机にもたれて、風が吹き葉が落ちている景色を見るという意味と、葉が落ちて根に歸ることから、事物はそれぞれ根本に歸るということのたとえの意味とがある。

［求仲］漢末の隠者。次の「開徑」の注を参照。

［開徑］漢末の蔣詡、字は元卿は、漢の哀帝の時、兗州の刺史に任ぜられたが、王莽が漢に代わった後、病と称して辭し歸り、戸外に出ることはなかった。ただ房前の竹下に三径を開き、故人の求仲、羊仲と其の径を往來するだけであった。事は嵇康『高士傳』に見える。

［王孫］1「丘中春臥寄王子」の注を参照。

［片雨］一片の雨。通り雨。306「嘉州の凌雲寺に登りて作る」に「回風吹虎穴、片雨音龍湫」（回風 虎穴に吹き、片雨 龍湫に當る）、また303「晩に五谿を發す」に「江村片雨外、野寺夕陽辺」（江村 片雨の外、野寺 夕陽の辺）とある。

［南澗］一般に隠居地の澗谷を指す。『詩経』召南「采蘋」に「于以采蘋、南澗之濱」（于《ゆ》きて以て蘋を采る、南澗の濱）、陸機「招隠」に「朝採南澗藻、夕宿西山足」（朝に南澗の藻を採り、夕に西山の足《ふもと》に宿る）とある。

［**孤峯**］ここは緱山の峯を指す。
［**棲遲**］のんびりと遊ぶこと。ゆったり暮らすこと。
［**澹**］安らかなさま。恬静。
［**脱略**］自由に振るまって拘束を受けないこと。
［**道**］清静にして無為なる道。
［**敦**］深まっていくこと。
［**尚平**］4「自潘陵尖還少室居止秋夕憑眺」の注を参照。
［**佇立**］立ち止まる。たたずむ。
［**蒼蒼**］青白い月の光の様子。85「武威にて劉単判官の、安西行営に赴くを送り、便ち高開府に呈す」に「置酒高舘夕、邉城月蒼蒼」（置酒す 高舘の夕、邉城 月は蒼蒼たり）、336「裴将軍宅、蘆管の歌」に「海樹蕭索天雨霜、管聲寥亮月蒼蒼。」（海樹 蕭索として天 霜を雨《あめふ》らし、管聲 亮寥として 月 蒼蒼たり。）とある。
［**開園**］園に向かって月が光を開く、つまり園を照らしていること。

【**訳**】

緱山の西峯にある草堂にて作る

中嶽に対して家を構え
青翠は常に門に在り
水や木への興味にふけって
漁樵のことばかり話している」
近頃は章句は讀まずに
ただ心が静かであることを望んでいる
日の色は人けのない静かな谷に消え
蝉の聲は 暮村に騒がしく響きわたる」
昔 道士の言葉を開き
思いがけずに清浄の源を知った
机にもたれて木の葉に風が吹くのを見
秋になって葉が落ちて根に歸るのを眺める」
一人で遊んでは 求仲を思い
径《こみち》を開いては 王孫を招く
通り雨は 南澗に降り
孤峯は 東原に突き出ている」
のんびりと過ごして 思いはいよいよ恬静で
拘束されないで 道の教えはいよいよ深まる
野の靄は 枕元を拂うようにして晴れていき
船の帆が 遠くから窓の中に入ってくる」
尚平は今一体どこにいるのだろう
この思いを誰に話したらいいのだろう

佇んでいると雲は去ってしまい
青々と月は園を照らしている

（2）　仕途を求めて

少室の地で数年を過ごした後、開元二二年（七三四）二十歳になった岑參は、初めて洛陽に赴き、文章を朝廷に献じた（この年、玄宗は洛陽に居た）。その頃、「献書拜官」つまり仕官を願う者は文章を朝廷に献じ、朝廷ではそれを審査して優秀な者は官に取り立てるという、科擧の試験とは別コースの登用法があって、岑參もそれに応募したのだが、結果は落第であった。その後、三十歳で進士の試験に合格するまでの十年間、彼は仕官を求めて長安、洛陽に度々出てゆくことになる。なお二五歳の頃から、河朔、大梁、その他の土地に、しばしば旅をして見聞を広めている。

9　還東山洛上作
東山に還《かへ》らんとし洛上にて作る

春流急不淺　春流　急にして淺からず
歸栧去何遲　歸栧《きえい》　去《ゆ》くこと何ぞ遲《おそ》き
愁客葉舟裏　愁客　葉舟の裏《うち》
夕陽花水時　夕陽　花水の時
雲晴開螮蝀　雲晴れて　螮蝀《ていとう》　開き
棹發起鸕鷀　棹《さお》發して　鸕鷀《ろじ》を起こす
莫道東山遠　東山の遠きを道《い》ふ莫《な》かれ
衡門在夢思　衡門《かうもん》　夢思に在り

【語釈】
＊作者は二十歳から三十歳までの間、しばしば嵩山と京洛の間を往復した。この詩は其の頃の作。
[東山] 東晉、謝安の隱棲した場所。ここではこれを借りて、作者早年の隱棲地である嵩山の少室山を指す。
[洛] 洛水。河の名前。陝西省の西にある雒南県の冢嶺山に発し、河南省の盧氏、洛寧、偃師《えんし》などの県を経て、鞏《きょう》県まで流れて黄河に注ぐ。作者は舟に乗り、洛水に沿って東に歸る途中であった。
[栧] かい。舟を進める道具。ここでは舟を指す。
[愁客] 作者を指す。
[葉舟] 小さくて軽い舟。（作者の乗っている舟。）
[螮蝀] 虹。

［**棹發**］舟を出すこと。
［**鸕鷀**］水鳥の名前。鵜。
［**衡門**］二本の柱に一本の横木をわたした粗末な門。作者の家を指す。『詩経』陳風「衡門」によると「衡門之下、可以棲遅」（衡門の下、以て棲遅《せいち》すべし）とある。どんなに粗末であっても住むことができるという意。

【訳】

　東山に還る途中、洛水のほとりで作る
春の川の流れは　急で深く
帰る舟の進むことの何と遅いことか
愁客は　小舟の裏《うち》にあり
夕陽の光が　岸辺の花と水に映える時
雲が晴れて　虹がかかり
舟を出すと　鵜《う》が飛び立つ
東山が遠いと言ってはいけない
我が家の粗末な門は　夢の中にも出てくるのだから

10　東歸晩次潼關懐古
　　東歸し　晩に潼《どう》關に次《やど》りて懐古す

暮春別郷樹　　暮春　別郷の樹
晩景低津樓　　晩景　津樓《しんろう》低し
伯夷在首陽　　伯夷　首陽に在り
欲往無輕舟」　往かんと欲するも　輕舟無し
遂登關城望　　遂に關城に登りて望み
下見洪河流　　下に洪河《こうが》の流るるを見る
自從巨靈開　　巨靈の開きて自從《よ》り
流盡千萬秋」　流れ盡くす　千萬秋
行行潘生賦　　行き行かんとす　潘生《はんせい》の賦
赫赫曹公謀　　赫赫《くわくくわく》たり　曹公の謀《はか》りごと
川上多往事　　川上《せんじょう》往事　多く
凄涼滿空洲　　凄涼《せいりょう》空洲に滿つ

【語釈】

＊この詩は作者が二郡に出入していた頃、つまり嵩山と京洛の間を往來していた時の作。
［**東歸**］長安から東へ行き、嵩山の少室に歸ることを指す。
［**次**］もと軍隊の一宿を「舍」、再宿を「信」、三宿以上を「次」といった。ここでは外出遠行した時、途中で宿ることを指す。
［**潼關**］洛陽方面から長安に入る要地で、陝西、河南、

山西三省の境界。陝西省潼関県の南側にある。

［**暮春**］晩春のころ。

［**津樓**］「津」は渡し場。黄河の北岸にある風陵渡を指す。潼関と河を隔てて相臨む。昔そこに関を置いていたので、風陵関ともいう。「津樓」は渡し場にある高い建物。ここでは風陵関樓を指す。

［**伯夷**］『史記』伯夷列傳によると、伯夷と叔斉は殷の孤竹國（河南省）の國君の二子（長子と少子）。父が弟の叔斉を跡目に立てるように遺言したが、二子は互いに譲って國を去り、周の文王を頼った。そこで孤竹國の人々は、伯夷と叔斉の間の子を立てて國君にした。その後、周の武王が殷の紂王を討った時、伯夷と叔斉は、武王の手綱をひかえて諌めた。しかし聞き入れられなかった。やがて武王が殷を平らげたので、天下の人々は周を天下の宗室として仰いだ。しかし伯夷と叔斉はこれを恥じて周の俸禄を食《は》まなかった。そして首陽山（山名。山西省永済県の南の雷首山とも、河南省偃師県の西北の首山とも、甘粛省隴西県の西南ともいう。ここでは潼関に近いことから雷首山を指すと考えた。）に隠れて、そこの薇を取って食べて露命をつないだが、ついに首陽山で餓死した。

［**洪河**］黄河を指す。

［**巨靈**］河神。昔、華山と首陽山はもともと一つの山であったが、河神巨霊が河水を流すために手でその上を裂き、足でその下を踏み離して、二つに分けたという傳説がある。

［**行行**］徘徊して進まざるさま。

［**潘生賦**］「潘生」は「潘岳」のこと。晉の文人。字は安仁。西晉の中牟（今の河南省中牟縣の東）の人。哀傷の詩文をよくした。『潘生賦』とは、『西征の賦』のこと。潘岳が元康二年（二九二）、長安令になった時、都の洛陽から西の長安に赴任した時の作。

［**赫赫**］盛んな様子。

［**曹公謀**］「曹公」は曹操。字は孟德。沛國は譙《しょう》（今の安徽省亳《はく》縣）の人。東漢末の英雄。「曹公謀」は、建安十六年（二一一）、馬超、韓遂らが叛し、潼関に兵を集めた時のことをいう。曹操は討伐のため自ら兵を率いて行き、超らと關を挟んで對峙し、謀を使って馬超らを破った。

［**川**］ここでは黄河を指す。

［凄涼］物寂しいさま。

［空洲］「空」は空しい。何もないこと。「洲」は中洲。「空洲」は人のいない、何もない寂しい中洲。

［川上多往事、凄涼滿空洲］その昔、戦争が黄河のほとりで数々行われたので、當時の建物が残っていても人は住んでおらず、周囲には寂しさが満ちている、という意。

【訳】

東に歸る途中　晩に潼関に次《やど》り昔のことを懐ふ

晩春の頃 異郷の樹
夕暮れの景色の中に津樓が低く見える
かつて伯夷は首陽山におり
私は行ってみたかったが軽舟がなかった」
そこで潼関の城に登って眺めると
黄河の流れが見えた
巨霊が山を二つに開いてから
黄河はもう千万年も流れ続けている」
行き行かんとして作った潘生の賦
赫赫たる曹操の深い謀
黄河にまつわる故事は多く
寂しさが人けのない中洲に満ちている

11　戲題關門

戯れに關門に題す

來亦一布衣　　來たるも亦た一布衣《ふい》
去亦一布衣　　去るも亦た一布衣
羞見關城吏　　羞《は》づらくは關城の吏に見《あ》ひ
還從舊道歸　　還《ま》た舊の道に從ひて歸るを

【語釈】

＊二郡に出入していた頃の詩。

［關門］潼関を指す。

［布衣］平民。庶民。ここでは作者自身のことを言う。

［羞見關城吏　還從舊道歸］『後漢書』郭丹傳に「郭丹、南陽人。買符入函谷關、慨然嘆曰『丹不乘使者車、終不出關。』更始二年、三公擧丹賢能、徵爲諫議大夫。持節使歸南陽、果乘高車出關、如其志焉。」（郭丹は南陽の人なり。符を買ひて函谷關に入り、慨然として嘆じて曰く「丹は使者の車に乘らずんば、終《つひ》に關より出でず。」と。更始二年、三公は丹を賢能に擧げ、徵して諫議大夫と爲す。節を持し使ひして南陽に歸るに、果たして高車に乘りて關を出で、其の志の如くす」とある。ここでは作者が、郭丹のようになれなかったのでこのように言う。

［**舊道**］もとの道。昔の道。

【**訳**】

　戯れに関門に詩を書きつける
やって來るときも また一庶民であり
去っていくときも また一庶民
羞ずかしいのは関城の役人に會い
再びもとの道を歸って行くことだ

12 滻水東店送唐子歸嵩陽
　滻《さん》水の東店にて唐子の嵩陽に歸るを送る

野店臨官路　野店 官路に臨み
重城壓御堤　重城 御堤《ぎょてい》を壓《あっ》す
山開灞水北　山は灞《は》水の北に開き
雨過杜陵西　雨は杜陵の西を過ぐ
歸夢秋能作　歸夢 秋に能く作《おこ》り
郷書醉懶題　郷書 醉ひて題するに懶《ものう》し
橋迴忽不見　橋の迴《めぐ》りて 忽ち見えず
征馬尚聞嘶　征馬 尚《な》ほ嘶《いなな》くを聞く

【**語釈**】

＊「戯題關門」と同じ時期に作った詩。

［**滻水**］長安の付近にある。源は陝西省藍田県の西であり、西北に流れ、長安県を経て灞水に合わさり渭河に入る。

［**嵩陽**］唐の県名。河南省に属し、武后の時に登封と改名された。今の河南省登封県。

［**官路**］官府が切り開き、大路を修築した路。

［**重城**］城の二重になっている垣根。

［**御堤**］宮中の庭にある堤。

［**灞水**］長安の付近にある。源は陝西省藍田県の東であり、西北に流れ、長安縣を経て滻水に合わさり渭河に入る。

［**杜陵**］地名。また樂遊原と称す。秦の杜県に置かれていた。漢の宣帝がここに陵を築き、それから杜陵と呼ぶようになった。今の長安県の東南にある。

［**歸夢**］故郷に歸る夢。62「初めて隴山を過ぎ 途中 宇文判官に呈す」に「別家頼歸夢、山塞多離憂」（家に別れては歸夢に頼り、山塞 離憂多し）、また292「柳録事の梁州に赴くを送る」に「知君歸夢積、來去劍川長」（君の歸夢の積もるを知る、來去 劍川 長からむ）とある

［**郷書**］故郷からの手紙。作者は若い時から嵩陽の少室

山に隠棲しており、家がそこにあった。そのためにこの句が使われている。217「虢州の郡齋の南池に幽興し 閻二侍御と道に別る」に「惆悵西郊暮、郷書對君題。」（惆悵たり西郊の暮れ、郷書 君に對して題す。）、また357「樊侍御の丹陽に歸りて便ち覲《まみ》ゆるを送る」に「驛舫江風引、郷書海燕催」（驛舫 江風引き、郷書 海燕催す）とある。

［橋］灞橋を指す。今の長安縣の東、灞水の上にあり、唐代、長安の送別の地であった。

［征馬］旅行するための馬。

【訳】

滻水の東店にて唐子が嵩陽《すうよう》に歸るのを送る

野店は官路に臨んでおり
重城は御堤を圧するように聳えている
灞水の北の方を見ると山が広がり
雨は杜陵の西を過ぎていく
故郷へ帰る夢は 秋になるとよく現れるが
故郷への手紙は 酔っているので書くのがものうい
橋が曲がっているので たちまち見えなくなったが
旅馬のいななきは まだ聞こえてくる

13 宿華陰東郭客舎憶閻防

華陰東郭の客舎に宿り 閻防を憶ふ

次舎山郭近　舎に次《やど》りて 山郭 近く
解鞍鳴鐘時　鞍を解く 鳴鐘の時
主人炊新粒　主人 新粒を炊《た》き
行子充夜飢」　行子 夜の飢に充《あ》つ
闕月生首陽　闕月 首陽に生《のぼ》り
照見華陰祠　華陰の祠を照《て》見らす
蒼茫秋山晦　蒼茫として 秋山 晦《くら》く
蕭瑟寒松悲」　蕭瑟《せうしつ》として 寒松 悲し
久從園廬別　久しく園廬より別れ
遂與朋知辭　遂に朋知と辭す
舊壑蘭杜晩　舊壑 蘭杜の晩《くれ》
歸軒今已遲　歸軒 今 已に遲し

【語釈】

＊二郡に出入していた頃、京の長安から嵩山の少室へ帰る途中での作。

［華陰］唐の県名。現在の陝西省華陰県。

［閻防］河中（府名。今の山西省永済県の西）の人。開元、天宝の間、文名があった。開元二十二年（七三四）

の進士。『唐才子傳』閻防傳に「人となりは好古博雅、その詩語はありのままで飾るところがなく、魂魄は清爽《さわやか》で、思いを山水に遊ばせ、その高情は他に並ぶものがなかった。終南山（秦嶺、陝西省西安市南）の豊徳寺に茅廬を結んで書を讀んでいた。その後、天命に任せて、功名を得ることなどには一切構わず生涯を終えた。詩集があり、世に行われた」とある。
［**次舍**］旅館に泊る。
［**山郭**］山城。華陰を指す。城は華山の北にある。
［**關**］潼関。華陰は潼関に近い。
［**華陰祠**］西嶽廟、または華陰廟ともいう。昔、山神を祭る所であった。華陰県の東にある。
［**園廬**］嵩山の少室を指す。
［**朋知**］朋友、知人。謝靈運「初めて石首城を発する」詩に「重経平生別、再與朋知辞」（重ねて平生の別れを経て、再び朋知と辞す）とある。
［**舊壑**］舊山。いわゆる嵩山の少室。
［**蘭杜**］「蘭」は「蘭草」、「杜」は「杜若」。共に香草に属する。
［**軒**］車の総称。

【訳】

華陰山の東郭の客舎に宿って閻防《えんぼう》を憶う
山郭の近くに宿を取り
鞍を解いていると 鐘の音が聞こえてくる
宿の主人は新米を炊《た》いてくれ
私はその夜の飢えを満たした」
潼関の空に 月が首陽山から上り
華陰祠を照らし出す
秋の山はぼんやりとして遠くに見え
ひっそりとして寒松が物寂しそうだ」
久しく園廬に別れており
ついに友人とも辞することになった
少室の谷間の夕暮れには 蘭草と杜若が茂っていよう
歸りの車は 今やこんなにも遅れてしまった

14 夜過磐豆隔河望永樂寄閨中効齊梁體
夜 磐豆《ばんとう》を過ぎ 河を隔てて永樂を望み閨中に寄す
齊梁體に効《なら》ふ
盈盈一水隔　盈盈《えいえい》 一水を隔て
寂寂二更初　寂寂《せきせき》 二更の初め

波上思羅蔑　波上に羅蔑《らべつ》を思ひ
魚邊憶素書　魚邊《ぎょへん》に素書を憶ふ
月如眉已畫　月は 眉の已に畫けるが如く
雲似鬢新梳　雲は 鬢の新たに梳《けつ》るに似たり
春物知人意　春物 人の意を知り
桃花笑索居　桃花 索居を笑ふ

【語釈】

＊二郡に出入している頃、旅の途中で新婚の妻を思っての作。

[**磐豆**] 盤豆。今の河南省霊宝県西の盤豆鎮であり、黄河の南岸に位置する。黄河北岸の永樂県と相對する。『新唐書』地理志に「河中府有永樂縣。故地在今山西芮城縣西南永樂鎮一帯」(河中府に永樂縣有り。故地は今の山西芮城縣の西南、永樂鎮一帯に在り)とある。

[**閨中**] ねやの中。寝室の中。ここでは妻のことをいう。

[**齊梁體**] 南朝の齊梁時代に流行した、技巧的でなまめかしい詩のこと。

[**盈盈**] 水が満ちあふれる様子。しとやかな美女の形容。古詩『迢迢牽牛星』に「盈盈一水間、脈脈不得語」(盈盈たり一水の間、脈脈として語るを得ず)とある。この詩はここの意味を用いている。

[**寂寂**] もの寂しい様子。ひっそりとして静かな様子。

[**二更**] 昔、一夜を五更に分けた第二の時刻。今の十時頃。

[**羅蔑**] 薄絹の靴。ここでは閨中の妻のことを言う。曹植「洛神賦」に洛神の様子を説いて「體迅飛鳧、飄忽若神。陵波微歩、羅蔑生塵」(體は飛鳧よりも迅《はや》く、飄忽として神の如し。波を陵《しの》ぎて微歩し、羅蔑 塵を生ず)とある。

[**素書**] 白絹に書いた手紙。古樂府「飲馬長城窟行」に「客從遠方來、遺我雙鯉魚。呼児烹鯉魚、中有尺素書」(客 遠方より來たりて、我に雙鯉魚を遺る。児を呼びて鯉魚を烹《に》しむるに、中に尺素の書有り)とある。「雙鯉魚」とは手紙の別の呼び名である。この詩では作者が河に臨んでいるため「魚邊」と言った。

[**春物**] ここでは「桃花」を指す。

[**桃花**] 桃の花。337「長門怨」に「羞被桃花笑、看君獨不言」(羞《は》づらくは桃花の笑ひを被ること、君を看て獨り言《ものい》はず)とある。

[**索居**] 一人寂しく暮らす様子。

【訳】

夜に磐豆を過ぎ 河を隔てて永樂を望みて閨中に寄す
齊梁體の詩に効《なら》う
水の満ち溢れている一水を隔て
ひっそりとしている 夜の初め頃
波のほとりで妻のことを思い
魚のいる河岸で手紙のことを憶う
月は描き終えた眉のようであり
雲は梳《くし》で梳《す》いたばかりの鬢に似ている
春物は私の氣持ちを知っていて
桃の花が 独り暮らしを笑っている

15 晩過磐石寺禮鄭和尚
晩に磐石寺に過《よぎ》り 鄭《てい》和尚に禮す

暫詣高僧話　暫《しばら》く高僧に詣《いた》りて話さんと
來尋野寺孤　來りて野寺の孤なるを尋ぬ
岸花藏水碓　岸花 水碓を藏し
渓竹映風爐　渓竹 風爐に映ず
頂上巣新鵲　頂上に新鵲は巣くひ
衣中帯舊珠　衣中に舊珠を帯ぶ
談蟬未得去　蟬を談じて 未だ去るを得ず
輟棹且踟躕　棹を輟《とど》めて 且《しばら》く踟躕《ちちう》す

【語釈】

＊作られた時期は前の篇と同じ。

［**磐石**］「磐豆」の誤りか。前の篇に見える「磐豆」に同じであろう。「磐」は『全唐詩』に「盤」に作る。

［**禮**］敬意を表す。ここでは挨拶をすること。

［**詣**］至ること。

［**水碓**］「碓」は、うす。「水碓」は水力で米をつく器具。

［**渓竹**］小川の側に生えている竹。「竹」字『全唐詩』では「水」に作る。

［**風爐**］茶を沸かすのに使う道具。銅、鉄で鋳造し、鼎のような形をしている。

［**頂上巣新鵲**］「頂上」は屋根のこと。「巣新鵲」は鵲が巣を作ること。この句は佛寺が人跡まれなことをいう。

［**珠**］念珠や數珠のこと。

［**談蟬**］禅について話をすること。

［**輟棹**］「輟」は、止めること。「輟棹」は棹を収めて船をとめること。この時、作者は黄河に沿って舟で旅をしていた。

［**踟躕**］躊躇に同じ。帰ろうと思ってもなかなか帰れないことをいう。

【訳】

晩に磐石寺に立ち寄り　鄭和尚を尋ねた
少し高僧と話をしようと思い
野の中の寺の独り住まいの僧を尋ねる
岸辺の花の間に　水碓がちらちらと見え
岸辺の竹が　風爐に映えている
寺の屋根に鵲が新しい巣を作り
和尚は衣の中に古い數珠を持っている
禅の話をして立ち去り難く
舟をとどめてしばらく留まることにした

16　題永樂韋少府廳壁

永樂の韋少府の廳壁に題す

大河南郭外　大河　南郭の外
終日氣昏昏　終日　氣は昏昏たり
白鳥下公府　白鳥　公府に下り
青山當縣門　青山　縣門に當たる
故人是邑尉　故人は是れ邑尉
過客駐征軒　過客　征軒を駐《とど》む
不憚煙波闊　煙波の闊《ひろ》きを憚《はばか》らず
思君一笑言　君を思ひて一たび笑言せんとす

【語釈】

＊作られた時期は前の篇と同じ。

［**永樂**］14「夜過磐豆隔河望永樂寄閨中効齊梁體」の語釈参照。

［**少府**］県尉の別称。県尉は一県の治安を掌り、位は県令の下に位置する。

［**大河**］黄河を指す。

［**昏昏**］暗い様子。ここでは、大河のほとりに煙霧が立ちこめて、何もはっきり見えない様子をいう。

［**白鳥**］白鷺のこと。

［**邑尉**］県尉のこと。

［**過客**］旅人。ここでは作者のこと。

［**征軒**］「征」は遠行。「軒」は車。

［**煙波**］靄の立ち込めた水面。遠くの水面がかすんでいる様子。崔顥「黄鶴樓」に「日暮郷関何處是、煙波江上使人愁」（日暮　郷関　何れの處か是れなる、煙波　江上人をして愁へしむ）とある。「不憚煙波闊」とは、作者

が黄河の南岸の盤豆から河を渡り、永樂に至って韋少府を尋ねたことをいう。

【訳】

永樂の韋少府の廳壁に書きつける

大河は南郭の外にあり
終日　暗い氣に覆われている
白い鳥は公府に下り
青い山は県門の向かい側に聳えている
友人は邑尉であり
旅人の私は遠行の車を駐めることにした
広く河を覆う煙波を憚ることなく
あなたとしばらく笑言しようと思ったわけ

17　函谷關歌　送劉評事使關西

函谷關の歌　劉評事の關西に使ひするを送る

君不見函谷關　　君見ずや　函谷關
崩城毀壁至今在　　崩城　毀壁　今に至るまで在り
樹根草蔓遮古道　　樹根　草蔓　古道を遮《さへぎ》り
空谷千年長不改」　　空谷　千年　長く改まらず
寂寞無人空舊山　　寂寞として人無く　舊山　空しく
聖朝無事不須關　　聖朝　事無くして關を須《もち》ひず
白馬公孫何處去　　白馬の公孫　何處《いづこ》にか去り
青牛老子更不還」　　青牛の老子　更に還らず
蒼苔白骨空滿地　　蒼苔　白骨　空しく地に滿ち
月與古時長相似　　月は古時と　長く相似たり
野花不省見行人　　野花　省《かへり》みては行人を見ず
山鳥何曾識關吏」　　山鳥　何ぞ曾《かつ》て關吏を識らん
故人方乘使者車　　故人　方《まさ》に使者の車に乗る
吾知郭丹却不如　　吾は知る　郭丹の却《かへつ》て如《し》かざるを
請君時憶關外客　　請ふ　君　時に關外の客を憶ひ
行到關西多致書　　行きて關西に到らば　多く書を致《いた》せ

【語釈】

＊二郡に出入していた頃に作った詩であろう。

［函谷關］または崤關とも言う。今の河南省靈寶県にある。『元和郡縣志』巻六に「函谷故城〈即古函谷關城〉在〈靈寶〉縣南十里。秦函谷關城、漢宏農縣也。『西征記』曰、函谷關城、路在谷中、深険如函。故以爲名。其中劣通、東西十五里、絶岸壁立。崖上柏林蔭谷中、殆不見日。關去長安四百里、日入則閉、鷄鳴則開。秦法也。東自崤山、西至潼津、通名函谷。號曰天険、所謂秦得百

二也。」（函谷の故城〈即ち古の函谷關城〉は〈靈寶〉縣南十里に在り。秦の函谷關城は、漢の宏農縣なり。『西征記』に曰く、函谷關城、路は谷中に在り、深く険しきこと函の如し。故に以て名と爲す。其の中は劣《わず》かに通じ、東西十五里、絶岸　壁立す。崖上の柏林は谷中を蔭ひ、殆ど日を見ず。關は長安を去ること四百里、日入りて則ち閉じ、鶏鳴きて則ち開く。秦の法なり。東は崤山より、西は潼津に至るまで、通じて函谷と名づく。號して天険と曰ひ、所謂る秦の百二を得るなりと。）とある。

［**關西**］函谷関より西の地を指す。

［**寂寞**］ひっそりとしてもの寂しいこと。295「楊雄の草玄臺」に「吾悲子雲居、寂寞人已去。」（吾は悲しむ　子雲の居、寂寞として人は已に去る。）、また77「安西の舘中にて長安を思ふ」に「寂寞不得意、辛勤方在公。」（寂寞として意を得ず、辛勤して方《まさ》に公に在り。）とある。

［**聖朝**］唐王朝のことを指す。

［**關**］関の守衛の役目。

［**白馬公孫**］「公孫」は公孫龍のこと。戦國時代末期の趙の人。名家学派の主要人物で、多くの論を著した。その中に「白馬は馬に非ず」の論がある。『呂氏春秋』審応覧、淫辞の高誘注に「若乗白馬禁不得度關。因言馬白非白馬。」（若《も》し白馬に乗らば關を度《わた》るを禁じ得ず。因りて「馬の白きは白馬に非ず」と言ふ。）とある。これは公孫が白馬に乗って関を過ぎようとした時、関吏に「馬に乗って関を通ってはいけない。」と言われた。その際に公孫が言った言葉。

［**青牛老子**］「老子」は姓は李、名は耳。字は耼《たん》。春秋、楚の人。老子が西遊した時、青牛に乗って函谷關を過ぎたという。その時、関令の尹喜《いんき》に『道徳経』上下篇五千餘言を授けた。『史記』老荘申韓列傳の索隱に「老子西遊。關令尹喜望見有紫氣浮關。而老子果乗青牛而過也」（老子　西遊す。關令の尹喜　紫氣有りて關に浮かぶを望見す。而して老子　果たして青牛に乗りて過ぐるなり）とある。

［**白骨**］昔、函谷関は戦場であった。ここでは、當時の戦いで死んだ人の骨が野晒しになっていることを詠っている。

［**野花不省見行人、山鳥何曾識關吏**］函谷関が平和であるため、野花や山鳥が人間に対して無関心になっていることをいう。

［故人］劉評事を指す。

［郭丹］11「戯題關門」の語釈参照。

［關外客］作者のこと。この時、作者はまだ長安に移っていなかったためにこう言った。なお、作者は天宝三年に長安に移っている。


【訳】

函谷関の歌　劉評事が関西に行くのを送る

君は見ただろうか函谷関を
城は崩れ壁も毀れたまま今に至っており
樹の根や蔓草が古道を遮り
ひっそりとした谷は千年の間　改められることがなかった」
寂寞として人も無く　舊山は空しく
聖朝は何事も無く　関の守衛を必要としない
白馬に乗った公孫は　どこかへ去ってしまい
青牛に乗った老子は　もはや還って來ない」
青い苔や白骨が　空しく地に満ち
月は昔のままに　それを照らしている
野の花は振り返って旅人を見ることもなく
山鳥がどうして関吏を知っていようか」
我が友は今や使者の車に乗っており
私は郭丹がそれに及ばないのを知っている
君よ　時々関外の客を思い出してくれ
そして関西に着いたら　手紙をたくさんくだされ

18　題觀樓

觀樓に題す

荒樓荒井閉空山　　荒樓　荒井　空山に閉《かく》れ
關令乘雲去不還　　關令　雲に乘り　去りて還らず
羽蓋霓旌何處在　　羽蓋　霓旌《げいせい》　何處《いづこ》にか在る
空餘藥臼向人間　　空しく藥臼を人間に餘《のこ》すのみ

【語釈】

＊作られた時期は前の篇と同じ。
［觀樓］関令尹喜の故宅を指す。河南省霊宝県の函谷関の南にあった。『西安府志』巻六十、關令尹喜傳に「尹喜は草を結びて樓と爲し、思ひを至道に精にす。周の康王は之を聞き、拜して大夫と爲す。その樓の觀望すべきを以て、此を號して關令草樓觀と爲す。即ち觀の始めなり」とある。

［關令］尹喜を指す。周の人。函谷関の関令となる。

〔乘雲〕雲に乘る。ここは尹喜が仙人になったことをいう。

〔羽蓋霓旌〕「羽蓋」は王侯の車を覆うもの。主に緑色の鳥の羽で作る。「霓」は虹のこと。転じて五色の意。「霓旌」は羽毛を五色に染めてつづった旗。天子の儀杖の旗を指す。『漢書』司馬相如傳に引く「上林賦」に「拖蜺旌、靡雲旗。」（蜺旌を拖《ひ》きて、雲旗を靡《なび》かす。）とある。なお、「蜺」は「霓」に同じ。

〔薬臼〕「臼」は、うす。「薬臼」は、薬を搗くためのもの。ここでは尹喜の故宅に残された古物を指す。


【訳】

観樓に書きつける
荒樓　荒井は　空山に隠れ
関令尹喜は　雲に乗って去ったまま歸ってこない
羽蓋　霓旌は　いったいどこに行ったのだろう
空しく薬臼を人間の世界に残しているだけだ

19　登古鄴城
古鄴城に登る

下馬登鄴城　　下馬して鄴城に登れば
城空復何見　　城は空しくして　復た何をか見ん
東風吹野火　　東風　野火を吹き
暮入飛雲殿　　暮れに飛雲殿に入る
城隅南對望陵臺　　城隅　南のかた望陵臺に對し
漳水東流不復回　　漳水　東に流れて復た回《かへ》らず
武帝宮中人去盡　　武帝の宮中　人去り盡くし
年年春色爲誰來　　年年　春色　誰《た》が爲にか來たる

【語釈】


*開元二十七年（七三九）の春、作者は長安より河朔（黄河の北）を旅した。この詩はその時に作ったもの。

〔鄴城〕今の河北省臨漳県一帯。建安十年（二一三）、魏國で曹操が王となった時に都として定め、以後　長期にわたって中原地区の中心として繁栄した。北周の大象二年（五八〇）、相州総管の尉遲迥が楊堅と戦った際に、城は壊された。

〔野火〕燐火、鬼火のこと。

〔飛雲殿〕鄴都の宮殿の一つとされる。『鄴中記』に「〈後趙〉石虎于魏武故臺築太武殿、牕戸宛轉畫雲氣」（石虎は魏武の故臺に于いて太武殿を築き、牕戸に宛轉として雲氣を畫く）とある。これが飛雲殿と考えられる。

［**望陵臺**］銅雀台のこと。建安十五年に曹操が築いた。今の河北省臨漳県の三臺村にある。『鄴中記』に「銅爵、金鳳、冰井三臺、皆在鄴都北城西北隅、因城爲基址。」（銅爵、金鳳、冰井の三臺は、皆な鄴都の北城の西北隅に在り、城に因りて基址と爲す。）とある。また、「銅爵臺、高一十丈、有屋一百二十間、周圍、彌覆。」（銅爵臺、高さ一十丈、屋一百二十間有り、周圍、彌《あまね》く覆はる。）とある。

［**漳水**］漳河のこと。山西省東南部に出て、河北省合漳鎮で會合して漳河と称される。

［**武帝**］曹操は延康元年（二二〇）に卒し、同年十月に武帝と追尊された。

［**春色**］春の景色。春光。345「杜佐の下第して陸渾の別業に歸るを送る」に「出關見青草、春色正東來」（關を出でて青草を見る、春色 正に東より來たる）とある。また、171「中書の賈至《かし》舍人の、早朝 大明宮に和し奉る」に「雞鳴紫陌曙光寒、鶯轉皇州春色闌。」（雞 紫陌に鳴きて曙光寒く、鶯 皇州に轉じて 春色 闌《たけなは》なり。）とある。

［**武帝宮中人去盡、年年春色爲誰來**］この句は、人の世は無常であるが、春色は昔と同じようにやって來ることを慨嘆している。

【訳】

古の鄴《ぎょう》城に登る

馬から降りて鄴城に登れば
城には人け無く また何も見えない
東の風により 野火が吹かれ
暮れ方になって飛雲殿に入ってきた
城の隅の南からは望陵臺が見え
漳水は東へ流れ 再び回ってくることはない
武帝が亡くなった後 宮中の人々は皆去ってしまい
毎年 春の景色は誰のためにやって來るのだろうか

20 邯鄲客舍歌

邯鄲《かんたん》の客舍の歌

客從長安來　客 長安より來り
驅馬邯鄲道　馬を驅《か》る 邯鄲の道
傷心叢臺下　傷心 叢臺の下
一旦生曼草　一旦 曼草を生ず
客舍門臨漳水邊　客舍 門は臨む 漳水の邊《ほと》り

垂楊下繋釣魚船　垂楊 下に繋ぐ 釣魚の船
邯鄲女兒夜沽酒　邯鄲の女兒 夜 酒を沽《う》り
對客挑燈誇數銭　客に對して燈を挑《かか》げ 誇りて銭を數ふ
酩酊醉時月正午　酩酊 醉時 月は正《まさ》に午なり
一曲狂歌壚上眠　一曲 狂歌して壚上《ろじゃう》に眠る

【語釈】

＊作者が河朔を旅した時、鄴から北西へ行き、邯鄲へ至った。その時の作。

［邯鄲］戦國時代の趙の都。當時、非常に繁華を極めた。現在の河南省邯鄲市の西南。

［叢臺］趙の物見台の一つ。東漢時代まで残っていた。『漢書』高后紀の顔師古注に「連なり聚まること一に非ず。故に叢臺と名づく。蓋し本 六國の時の趙王の故臺ならん。」とある。

［一旦］「旦」の字、『全唐詩』は「帯」に作る。

［沽］売ること。

［月正午］月がちょうど眞上に出た。すなわち眞夜中の頃。

［壚］酒店の酒缸を置く土の台。

【訳】

邯鄲の客舎の歌
お客が長安からやって來て
馬を駆けさせて邯鄲への道を行く
荒れ果てた叢臺の下で心を傷ませる
そこには瞬く間に蔓草が生い茂ったのだった」
客舎の門は 漳水のほとりに臨んでおり
垂楊の下に 釣船が繋いである
邯鄲の女の子は 夜 酒を売り
客に向かい灯心をかきたてながら 誇らしげにお金を数えている」
酒を飲んで酔っ拂った時には すでに眞夜中
狂歌を一曲歌って 壚のほとりに眠り込んだ

21　冀州客舎酒酣貽王綺寄題南樓　時王子應制擧欲西上
冀州の客舎にて 酒 酣《たけなは》にして王綺《わうき》に貽《おく》り、寄せて南樓に題す 時に王子は制擧に應じ西上せんと欲す

夫子傲常調　夫子 常調に傲《おご》る
詔書下徵求　詔書 下りて徵《め》し求む
知君欲謁帝　君の 帝に謁《えつ》せんと欲し

秣馬趨西周」 馬に秣《まぐさか》ひて西周に趨《おもむ》くを知る
逸足何駸駸 逸足 何ぞ駸駸《しんしん》たる
美聲實風流 美聲 實《まこと》に風のごとく流る
富學贍清詞 學に富み 清詞に贍《た》り
下筆不能休」 筆を下せば 休《や》む能はず
君家一何盛 君が家 一に何ぞ盛んなる
赫奕難爲儔 赫奕《くわくえき》として 儔《とも》を爲し難し
伯父四五人 伯父 四五人
同時爲諸侯」 時を同じくして諸侯と爲る
憶昨始相値 憶ふに昨 始めて相い値《あ》ひしとき
値君客貝丘 君の貝丘《ばいきう》に客たるに値《あた》る
相看復乘興 相看《み》て 復た興《きょう》に乘り
攜手到冀州」 手を攜《たづさ》へて 冀《き》州に到る
前日在南縣 前日 南縣に在り
與君上北樓 君と北樓に上る
野曠不見山 野曠《ひろ》くして山を見ず
白日落草頭」 白日 草頭に落つ
客舍梨花繁 客舍 梨花《りか》 繁くして
深花隱鳴鳩 深き花は 鳴鳩を隱す
南隣新酒熟 南隣 新酒 熟し
有女弾箜篌」 女有りて箜篌《くご》を弾く
醉後或狂歌 醉後 或いは狂歌し
酒醒満離憂 酒醒《さ》めて 離憂 満つ
主人不相識 主人 相識《し》らず
此地難淹留」 此の地 淹《ひさ》しく留まり難し
吾廬終南下 吾が廬は 終南の下
堪與王孫遊 王孫と遊ぶに堪《た》へたり
何當肯相尋 何ぞ當《は》た肯《あ》へて相尋《たづ》ねん
灃上一孤舟 灃上《ほうじゃう》に 一孤舟あり

【語釈】

*河朔を旅し、冀州に到った時の詩。

［冀州］唐時代の州の名。天宝元年に信都郡と改名された。治所は今の河北省冀県にある。

［王綺］蘭州の刺史、王景の子。越州の倉曹參軍に任ぜられた。

［南樓］冀州にある樓の名。

［制擧］科擧の試験の一つ。臨時に異材を抜擢する科擧で、帝が自ら題を課して試験をするもの。『册府元龜』巻六、開元二十七年正月の条に、「制令諸州刺吏擧徳行尤異、不求聞達者」（制して諸州の刺吏をして徳行の尤

も異なり、聞達を求めざる者を擧げしむ)、二月に「制草野間、有殊才異行、文堪經國者、所由長官、以禮徵送」(草野の間に制し、殊才異行あり、文 國を經《おさ》むるに堪ふる者有らば、由る所の長官、禮を以て徵送せよ)とある。

〔**傲常調**〕「常調」は、常擧のこと。科擧には常擧と制擧の二通りがある。「常擧」はいつも行われている科擧。唐時代は科擧の科目が多種あったが、主要なものは進士と明経であった。「傲常調」は常調を軽視すること。

〔**西周**〕唐の都である長安を指す。西周の都城鎬京《こうけい》は、唐時代は長安に属していた。

〔**駸駸**〕馬が速く走る様子。

〔**風流**〕光彩の意。

〔**清詞**〕麗しい言葉。「瞻清詞」は、文詞が清らかさと麗しさで満ちている意。

〔**下筆**〕詩文を作ること。または筆跡。ここでは王綺の文才を賞賛している。曹丕『典論論文』に「傅毅(字武仲、東漢詩賦家)之于班固、伯仲之間耳。而固小之、與弟超書曰『武仲以能屬文、爲蘭臺令史、下筆不能自休』」「傅毅(字武仲、東漢の詩賦家)の班固に于《お》けるや、伯仲の間なるのみ。而れども固は之を小とし、弟超に與ふる書に曰く、武仲は能く文を屬《つづ》るを以て、蘭臺の令史と爲り、筆を下せば自ら休する能はずと」とある。

〔**赫奕**〕光り輝く。富み栄える。盛んになる。

〔**諸侯**〕古代の地方封國の君主。西漢中期以後、封國は分裂し、その地位は郡に相當する。そのため、郡守を諸侯と称した。州の最高行政長官を指す。『新唐書』宰相世系表によると、王綺の家系は大族であり、叔・伯父は朝廷の官となる者が非常に多かった。しかし、刺史に任ぜられたのは王晞だけである。

〔**貝丘**〕地名。今の山東省高唐県西南の清平鎮付近。

〔**南縣**〕作者は貝丘から冀州に行ったが、この二州の間には南県はない。或いは南宮県の略か。南宮県は唐時代、冀州に属していた。故城は今の河北省南宮県の西北にある。

〔**白日**〕太陽。

〔**箜篌**〕百羅琴。古代の樂器で、瑟に似て少し小さい。

〔**離憂**〕離別の憂い。

〔**主人不相識**〕「主人」とは、この土地で世話をしてくれる人か。その人とは知りあいではない。

［**淹留**］長い間滞在すること。
［**終南**］山の名。秦嶺、南山とも言う。陝西南部に横たわる。作者は天宝三載（七四四）に登第するまでの数年間、ここに隠棲していた。
［**王孫**］1「丘中春臥寄王子」の注參照。ここでは王綺を指す。
［**灃**］灃水のこと。陝西省寧陝県の東北の秦嶺から出て、西北を流れて長安県を経る。咸陽市の東南にある渭水に入る。
［**何當肯相尋、灃上一孤舟**］王綺が灃水に沿って舟に乗り、終南山に來ることを想定している。

【訳】

冀《き》州の客舎、酒宴酣《たけなわ》にして王綺に贈り、寄せて南樓に書きつける。時に王君は制擧に応じて西へ行こうとしていた

あなたは常調を軽視していたが
詔書が下りて賢者が求められることになった
あなたが帝に謁見するために
馬に秣《まぐさ》をやって西周へ向かおうとしているのを知った」
逸足は何と速いことか
その美聲は実に風のように広まっている
学に富み清詞は十分であり
筆を下すと止まることなく書き続ける」
君の家はどうしてこんなにも繁栄しているのだろうか
光り輝いているので肩を並べるのは難しいことだ
君の伯父の四、五人が
同時に諸侯となられた」
思い起こすに以前始めてあなたに會ったのは
貝丘に旅をしておられた時だった
その時に出會って また興《きょう》に乗るままに
手を携《たずさ》えて冀州にやって來た」
先日 南縣にいて
君と北樓に上った
野は広く山は見えず
太陽は草頭に落ちていった」
客舎には梨の花が咲きほこっており
花が深く 鳴いている鳩の姿を隠している
南隣では新酒が熟しており
女がいて箜篌を弾いている」
酔った後には 狂歌を歌ったりするが

酒が醒めると 離《わか》れの憂いが満ちてくる
主人のことはよく知らないので
この土地には長く滞在するのは難しい」
私の廬は終南山のほとりにあり
王孫と遊ぶには十分樂しいところ
何とかして尋ねてきて欲しいもの
灃《ほう》水の上を一隻の小舟に乗って

22　題井陘雙溪李道士所居
　井陘《せいけい》雙溪の李道士の所居に題す

五粒松花酒　　五粒 松花の酒
雙溪道士家　　雙溪 道士の家
唯求縮却地　　唯《た》だ求む 地を縮却《しゅくきゃく》し
郷路莫教賒　　郷路 賒《とほ》から教《し》むること莫《な》きを

【語釈】
*作者が河朔に旅をして井陘に至った時の詩。
[**井陘**] 唐の県名。今の河北省井陘県の井陘山の上にある、秦漢時代以來の有名な関門である。
[**雙溪**] 井陘県にある地名。
[**五粒松**] 五鬣松。また五釵松《ごさしょう》ともいう。松の一種。葉が針のような形をしており、鬣のように五葉が生い茂る。それに因んだ名。『太平御覧』巻九五三の『廬山記』に「又葉五粒者、名五粒松。服之長生」（又た葉の五粒なるは、五粒松と名づく。之を服すれば長生す）とある。これは李道士の家に五粒松の花で作った酒があり、これを飲むと長生きできることをいう。
[**縮地**] 地を縮めること。晉・葛洪の『神仙傳』巻五の壺公に「（費長）房有神術、能縮地脈、千里存在、目前宛然。放之復舒如舊也。」（費長房に神術有り、能く地脈を縮め、千里の存在、目前に宛然たり。之を放てば復た舒《の》びて舊の如し。）とある。
[**縮却**] 縮めること。
[**賒**] 遠いこと。

【訳】
　井陘の雙溪にある李道士の住居に書きつける
五粒松の花で造った酒は
雙溪の道士の家にある
ただ 地を縮めることを求めるだけ
故郷への道を遠くさせないでほしい

23 暮秋山行
暮秋の山行

疲馬臥長坂　疲馬　長坂に臥し
夕陽下通津　夕陽　通津に下る
山風吹空林　山風　空林に吹き
颯颯如有人」　颯颯《さつさつ》として　人有るが如し
蒼旻霽涼雨　蒼旻《さうびん》　涼雨　霽《は》れて
石路無飛塵　石路　飛塵　無し
千念集暮節　千念　暮節に集《つど》ひ
萬籟悲蕭辰」　萬籟《ばんらい》　蕭辰　悲し
鶗鴂昨夜鳴　鶗鴂《ていけつ》　昨夜　鳴き
蕙草色已陳　蕙草　色は已に陳《ふる》し
况在遠行客　况《いはん》や遠行の客に在りては
自然多苦辛　自然《おのづから》　苦辛　多し

【語釈】
＊唐の殷璠の『河嶽英靈集』に「又『山風吹空林、颯颯如有人』。宜稱幽致也。」（又『山風　空林に吹き、颯颯として人有るが如し』と。宜しく幽致ありと稱すべきなり。）とある。ここからこの詩は開元、天宝年間の作であり、河朔での旅の途中で作られたと考えられる。

〔**通津**〕交通の発達した所にある渡し場。
〔**颯颯**〕風の吹く音、または様子。
〔**蒼旻**〕青空。「蒼」は春の青空、「旻」は秋の青空のことをいう。
〔**暮節**〕暮秋の季節。
〔**萬籟**〕万物が風にあたって立てる音。
〔**蕭辰**〕蕭瑟の辰、つまり秋の季節。
〔**鶗鴂**〕「鵜鴂」ともいう。杜鵑（ほととぎす）のこと。
〔**蕙草**〕香草の一種。初秋に紅色の花が咲く。
〔**鶗鴂昨夜鳴、蕙草色已陳**〕屈原の『離騒』に「及年歳之未晏兮、時亦猶其未央。恐鵜鴂之先鳴兮、使夫百草爲之不芳。」（年歳の未だ晏《おそ》からず、時も亦た猶ほ其れ未だ央《つ》きざるに及ばん。鵜鴂《ていけつ》の先ず鳴きて、夫の百草をして之が爲に芳しからざらしめんことを恐る。）とある。これは杜鵑が鳴くのは初夏であり、その時の花はしぼんでしまう、という意味であるが、舊注や舊釈には、秋は鵜鴂が鳴き、花が凋落する季節だ、とある。作者は、今は秋の終りなので鵜鴂は已に鳴いてしまい、蕙草はしぼんでいることを、自分がだんだん年を取ってきたので、願いが叶う時の機會を失うまい、ということの比喩として使っている。

【訳】

秋の暮れの山行

疲れた馬は　長い坂に横たわり
夕陽は　通津を下っていく
山風は　人けのない林を吹き
颯颯として　人がいるかのように聞こえる」
青空は　涼雨がやんで晴れ上がり
石路には　飛ぶ塵もない
様々な思いが秋の暮れに集まり
自然のあらゆる音が秋の季節に悲しく響く」
ほととぎすが昨夜鳴いて
蕙草の色は　已に生氣が無くなっていた
まして遠方から來た旅人には
自《おのづ》から苦辛の多いものだから

24　臨河客舎呈狄明府兄留題縣南樓

河に臨む客舎にて狄《てき》明府兄に呈し　留めて縣の南樓に題す

黎陽城南雪正飛　　黎陽《れいやう》　城南　雪は正《まさ》に飛び
黎陽渡頭人未歸　　黎陽　渡頭　人未《いま》だ歸らず
河邊酒家堪寄宿　　河邊の酒家　寄宿するに堪へたり
主人小女能縫衣」　主人の小女　能く衣を縫ふ
故人高臥黎陽縣　　故人　黎陽《れいやう》縣に高臥し
一別三年不相見　　一たび別れて　三年　相見ず
邑中雨雪偏着時　　邑中　雪を雨《あめふ》らせて偏《ひと》へに着くる時
隔河東郡人遙羨」　河を隔てて東郡　人遙かに羨まん
鄴都唯見古時丘　　鄴都　唯《た》だ古時の丘を見るのみ
漳水還如舊日流　　漳水　還《ま》た舊日の流れの如し
城上望郷應不見　　城上　郷を望むも應《まさ》に見えざるべし
朝來好是懶登樓　　朝來　好《よ》し是れ　樓に登るに懶《ものう》からん

【語釈】

＊開元二十七年の冬、河朔から長安へ歸る途中、黎陽県を経た時の作。

［**河**］黄河を指す。

［**明府**］唐以後の県令の称。狄は當時、黎陽県の県令を務めていた。

［**黎陽**］唐の県名。今の河南省浚県の東にある。唐の時

代、黄河はその東南を流れていた。
［**黎陽渡**］昔の渡し場。古址は昔の黎陽県の東南にあり、黄河の北岸に位置した。『元和郡縣志』巻十六に「白馬故關、在（黎陽）縣東一里五歩。酈食其説高祖曰『杜白馬之津』。即此地也。後更名黎陽津。」（白馬の故關は、黎陽縣の東の一里五歩に在り。酈食其《れきいき》は高祖に説きて曰く『白馬の津を杜《とざ》さん』と。即ち此の地なり。後に名を黎陽津と更《あらた》む）とある。昔、黄河は河南省浚県と滑県の間を流れていた。
［**人未歸**］「人」は作者を指す。宋本と底本の注に「一作黎陽渡口人渡稀。」（一に「黎陽の渡口 人渡ること稀なり」と作る。）とある。
［**故人**］舊友。ここでは狄明府を指す。
［**高臥**］俗世間の煩わしさを避けて氣ままに暮らすこと。安閑自在の意。
［**邑**］村里。
［**雨雪**］雪が降ること。「雨」は動詞。
［**偏**］ひたすら。
［**着時**］適時。「雨雪着時」は風調雨順の意。（風は調い、雨も順調に降る。ちょうどいい時節である。）
［**東郡**］古い都の名。唐の時代、滑州と名を改め、滑臺城（今の河南省滑県の舊治）がその治所。黎陽県と河を隔てて相望む。
［**鄴都・漳水**］19「登古鄴城」の注參照。この二句は鄴都の繁栄がすでに陳跡となったが、漳水の流れは今も昔と変わらないことをいう。
［**朝來**］朝には。「來」は助字。
［**好是**］「很是」と同じ。「よく〜」の意。
［**樓**］「縣南樓」のこと。東漢の末年（二二〇）、王粲（一七七〜二一七、字は仲宣。山東省高平の人。十七歳のとき乱を避けて荊州へ來ていた。）は荊州に客居した時、城樓に登って遥かに舊郷を望み、「登樓賦」を作り望郷の念を綿々と訴えた。この詩の「城上望郷應不見、朝來好是懶登樓」はその意を裏に用いている。

【訳】
河に望む客舎で狄《てき》明府兄に呈する詩を県の南樓に残す

黎陽城の南は雪が　まさに舞い上がり
黎陽の津渡《わたし》にいて　私はまだ歸らない
河のほとりにある酒家は寄宿をするのに十分

主人の娘は よく衣が縫える」
舊友である狄明府は 黎陽県で氣ままに暮らし
一度別れてから 三年も會わない
村里に雪が折りよく降った時
河を隔てて東郡の人は遠くからそれを羨んだことだろう」
鄴都はただ昔の丘が見えるだけだが
漳水はやはり 昔のままに流れている
城の上で故郷を眺めても見えないことだろう
朝に県の南樓に登るのがまことに懶いことだ

25　題新郷王釜廳壁

新郷の王釜《わうふ》の廳壁に題す

憐君守一尉　君の一尉を守り
家計復清貧　家計も復た清貧なるを憐れむ
禄米常不足　禄米 常に足らざるに
俸銭供與人　俸銭 供して人に與ふ
城頭蘇門樹　城頭 蘇門の樹
陌上黎陽塵　陌上《はくじゃう》黎陽の塵
不是舊相識　是れ舊《もと》より相識らざるも
聲同心自親　聲同じくして心自《おのづか》ら親しむ

【語釈】

*河朔から長安へ帰る時の作。

［新郷］唐の県名。河北省道衞州に属す。今の河南省新郷市にある。

［王釜］未詳。「王崟《ぎん》」の誤りか。「釜」と「崟」の字は似ているため誤ったのであろう。123「餞王崟判官赴襄陽道」參照。

［蘇門］山名。蘇嶺、百門山ともいう。今の河南省輝県の西北にある。新郷市の近くにある。

［陌］路。「陌上塵」は陶淵明の『雜詩』に「人生無根蔕、飄如陌上塵。」（人生 根蔕 無く、飄として陌上の塵の如し。）とある。

［聲］聲氣。意氣。『易』乾卦に「同聲相應、同氣相求。」（同聲 相應じ、同氣 相求む。）とある。

【訳】
新郷の王釜の廳壁に書きつける
君が一尉を守り
家計もまた清貧であることに感服している
禄米はいつも不足しているのに

俸銭を差し出して人に與えている
城のほとりには 蘇門の樹がそびえ
路上には黎陽の塵が飛ぶ
古くから互いに知っていたのではないが
聲氣が同じなので 自《おのずか》ら親しくなった

26 春尋河陽聞處士別業

春に河陽の聞處士の別業を尋ぬ

風暖日暾暾　風 暖かくして 日は暾暾《とんとん》たり
黃鸝飛近村　黃鸝《くわうり》 飛びて村に近し
花明潘子縣　花は 潘子の縣に明らかに
柳暗陶公門　柳は 陶公の門に暗し
薬椀揺山影　薬椀 山影 揺れ
魚竿帶水痕　魚竿 水痕を帶ぶ
南橋車馬客　南橋 車馬の客
何事苦喧喧　何事ぞ 苦《はなは》だ喧喧《けんけん》たる

【語釈】

＊河朔の旅の途中、或いは河朔より長安に歸った途中で作ったものと思われる。

［河陽］県名。漢の時代に置かれた。初めは河南省孟県の西にあったが、隋唐の時代に孟県の南に移った。

［聞］『全唐詩』では「陶」に作っている。

［暾暾］日當たりがよいさま。

［花明］『白氏六帖事類集』巻二十一に「潘岳爲河陽令、樹桃李花、人號曰河陽一縣花。」（潘岳 河陽令と爲り、桃李の花を樹ゑ、人號して河陽一縣の花と曰ふ。）とある。また庾信の「春の賦」に「河陽一縣併是花。」（河陽一縣 併びに是れ花なり。）とある。

［潘子］潘岳。10「東歸晩次潼關懷古」の注参照。

［陶公］陶淵明のこと。梁・蕭統の「陶淵明傳」によると、字は元亮。一説に名は潛、字は淵明、諡は靖節先生であり、潯陽、柴桑（今の江西省九江西南）の人。東晉時代の傑出した詩人である。彼の一生のほとんどは隠居躬耕の生活であったという。陶淵明の「五柳先生傳」の文中に「宅邊有五柳樹、因以爲號焉。～環堵（房屋四壁）蕭然、不蔽風日、～晏如也。」（宅邊に五柳樹有り、因りて以て號と爲す。～環堵（部屋の四壁）蕭然（がらんとしている様子）として、風日を蔽わず、～晏如（安らかな様子）たり。）と自分の住居の様子を述べた。ここでは、陶淵明の宅を借りて聞処士の別荘を例えている。

［薬椀揺山影、魚竿帶水痕］微風がそよそよと吹き、薬椀の中に映った山の影が揺れている。この二句は、聞処士が魚竿を持って魚釣りをしたり、薬を飲んで養生したりする隠居生活を描いている。
［南橋］昔、河陽城の南の孟津に黄河の浮橋があった。晉の時代に杜預によって始めて造られた。『晉書』杜預傳に「河陽有南浮橋、在縣南一里、即杜預所造也」（河陽に南浮橋有り、縣南の一里に在り、即ち杜預の造る所なり）とある。「南橋車馬客、何事苦喧喧」は、なぜ南橋の旅人がこのように車馬の喧しさに苦しみ、往來奔走するのか、という意味を持つ。

【訳】

　春　河陽に住む聞処士の別荘を尋ねる

風は暖かくて日當たりはよく
黄鸝《こうり》は近くの村に飛んできた。
潘子の県では　一面に花が明るく咲いており
陶公の門の辺りだけがほの暗い
薬椀の中に　山の影が照り映え
魚を釣ったばかりなので　魚竿に水の跡が残っている
河陽城の南にある橋の上は　旅人の車や馬が煩わしい
どうしてあんなに騒がしく往來するのだろう

27　送郭乂　雜言

　郭乂に送る　雜言

地上青草出　地上に青草出で
經冬方始歸　冬を經《へ》て　方《まさ》に始めて歸る
博陵無近信　博陵　近信　無きも
猶未換春衣」　猶ほ未だ春衣に換へざらん
憐汝不忍別　汝を憐みて別るるに忍びず
送汝上酒樓　汝を送りて酒樓に上る
初行莫早發　初行　早《つと》に發すること莫かれ
且宿灞橋頭」　且《しばら》く灞《は》橋の頭《ほとり》に宿らん
功名須及早　功名　須《すべか》らく早《つと》に及ぶべし
歳月莫虚擲　歳月　虚《むな》しく擲《なげう》つこと莫かれ
早年已工詩　早年　已に詩に工《たく》みにして
近日兼注易」　近日　兼ねて『易《えき》』に注す
何時過東洛　何《いつ》れの時か東洛を過ぎ
早晩渡盟津　早晩　盟津を渡らん
朝歌城邊柳嚲地　朝歌の城邊　柳　地に嚲《おほ》く
邯鄲道上花撲人」　邯鄲の道上　花　人を撲《う》つ

去年四月初　去年 四月の初め
我正在河朔　我は正《まさ》に河朔《かさく》に在り
曾上君家縣北樓　曾《かつ》て上る 君家 縣北の樓
樓上分明見恆嶽」　樓上 分明に恆嶽を見る
中山明府待君來　中山の明府 君の來たるを待てば
須計行程及早回　須《すべか》らく行程を計り 早く回るに及ぶべし
到家速覓長安使　家に到らば速《すみや》かに長安の使を覓《もと》めよ
待汝書封我自開　汝が書封を待ちて 我自ら開かん

【語釈】

＊開元二十八年（七四〇）の春、長安においての作。

［**郭乂**］未詳。時に郭は長安から河朔に歸り、作者はこの詩を送別の際に送った。

［**雜言**］詩型の一種。

［**博陵**］唐時代に定州となり、さらに天宝元年に博陵郡と改名された。治所は今の河北省定県にある。博陵は郭乂《かくがい》の家郷である。

［**猶未換春衣**］博陵は寒く、春になってもまだ冬服であるという。

［**灞橋**］12「灞水東店送唐子歸嵩高」の注參照。

［**易**］『周易』、『易経』ともいう。殷周時代の卜筮の書。後に儒家の経典の一つになる。

［**東洛**］洛陽のこと。

［**盟津**］孟津。昔の渡し場。周の武王が紂を討ち、諸侯と會盟した所。

［**朝歌**］沬邑。商朝の末年に都となった。今の河南省淇県。

［**河朔**］黄河の北。唐時代に河北道を置いた。今の河北省及び河南省、山東省の一部。

［**恆嶽**］恒山。五嶽中の北嶽。主峰は今の河北省曲陽県の西北にある。山南省渾源県の東南にある恒山は、明代以後に北嶽となった。

［**中山**］唐の安喜県（定州の治所。今の河北省定県）を指す。戰國時代の中山國。漢の景帝は中山國に、北魏には中山郡にそれぞれ治所を置いた。

【訳】

郭乂に送る　雜言

地上に青草が出てきて
冬を経て　あなたは今（河朔に）歸ろうとしている

最近　博陵から便りは無いが
まだ春衣に換えていないということだ」
あなたのことが氣になって　別れるに忍びず
ついつい酒樓まで送って來てしまった
初めての旅だからと　そんなに早く出発することはない
しばらく灞橋の辺りに泊まったらどうだろう」
功名を得るのは早い方がいいが
歳月を虚しく棄ててはいけない
あなたは若い頃から詩を上手に作り
最近は兼ねて『易』に注釈をしている」
いつ東洛を過ぎ
早晩に盟津を渡るのだろうか
朝歌城の辺りは　柳が多く垂れ下がっており
邯鄲の道の辺《ほとり》には　花が人を撲つほど咲いているだろう」
去年の四月の初めに
私もちょうど河朔にいた
その時　君の家のある県の北樓に登り
樓上からはっきりと恒嶽を見ることができた」
中山の明府が君の來るのを待っておいでだから
日程を計算して　早く歸るように
家に着いたら　すぐに長安への使いを探してほしい
あなたの手紙を待って　私が自分で開封するから

28　送王大昌齡赴江寧

王大昌齡の江寧に赴くを送る

對酒寂不語　酒に對して　寂として語らず
悵然悲送君　悵然として　悲しみて君を送る
明時未得用　明時　未だ用ゐらるるを得ず
白首徒攻文」　白首　徒《いたづ》らに文を攻《おさ》む
澤國從一官　澤國　一官に從ひ
滄波幾千里　滄波　幾千里
羣公滿天闕　羣公　天闕《てんけつ》に滿つるも
獨去過淮水」　獨り去りて　淮《わい》水を過ぐ
舊家富春渚　舊《もと》　富春の渚に家す
嘗憶臥江樓　嘗《つね》に憶ふ　臥江樓
自聞君欲行　君が行かんと欲するを聞きて自《よ》り
頻望南徐州」　頻りに望む　南徐州
窮巷獨閉門　窮巷　獨り門を閉ぢ
寒燈静深屋　寒燈　深屋に静かなり

北風吹微雪　北風 微雪を吹き
抱被肯同宿」　被を抱きて 肯《あ》へて同宿す
君行到京口　君 行きて 京口に到らば
正是桃花時　正《まさ》に是れ 桃花の時ならむ
舟中饒孤興　舟中 孤興 饒《ゆた》かなれば
湖上多新詩」　湖上 新詩 多からむ
潛虬且深蟠　潛虬 且《しばら》く深く 蟠《わだかま》り
黄鶴飛未晩　黄鶴 飛ぶも未だ晩《おそ》からず
惜君青雲器　君が青雲の器《うつは》を惜しみ
努力加餐飯　努力して餐飯《さんぱん》を加へよ

【語釈】

＊開元二十八年（七四〇）の春、長安においての作。

［**王昌齢**］字は少伯。京兆の人。

開元十五年（七二七）、進士となり汜水尉を授けられる。
　二十二年（七三四）、博学宏辞科（人材登用の科目。皇帝の顧問兼秘書官を得る試験）に擧げられ秘書省校書郎となる。
　二十六年（七三八）、嶺南に左遷される。
　二十八年（七四〇）、江寧の丞に左遷される。
天宝　六年（七四七）、龍標の尉に左遷される。
　十四年（七五五）、安禄山の乱を避けて郷里に戻り、刺史の閭邱曉に憎まれて殺される。

『新唐書』巻二〇三、『舊唐書』巻一九〇下に傳がある。開元二十八年の冬、王が貶謫左遷されて江寧県の丞となった時、岑参は長安において送別の宴を行い、この詩を作った。王昌齢に「岑参兄弟と留別す」の作がある。

［**江寧**］唐の県名。至徳元年（七五六）以前は潤州に属す。現在の江蘇省南京市。

［**悲**］『文苑英華』『唐百家詩選』は「愁」に作る。

［**攻**］『文苑英華』は「工」に作る。

［**澤國**］江寧は江南の水郷であるのでこのように称された。

［**從**］「就」に同じ。

［**天闕**］朝廷を指す。

［**淮水**］淮河のこと。王は江寧に赴くために淮水を渡る。

［**富春**］富春江、浙江の一部。浙江省富陽県の南にある。

［**渚**］水の中の小さな小島。岑參の父岑植は、衢州司倉參軍に任ぜられたことがある。唐時代、衢州は江南東道に属し、政廳所在地は西安（今の浙江衢県）であった。衢州は信安江に臨み、浙江の一源をなす。富春江は浙江

を指す。

［臥江樓］富春江の畔の樓。

［望］『文苑英華』は「夢」字に作る。

［南徐州］東晉南渡の時、京口（今の江蘇鎮江市）に徐州の地名を移した際の名。今の江蘇の長江より南、太湖より北の一帯の地方を管轄とした。岑植は江南東道潤州の句容県の県令に任ぜられたこともあり、また句容県は南徐州の管轄の境であるから、このように言ったのであろう。

［窮巷］僻巷。辺鄙な町。

［窮巷獨閉門～抱被肯同宿］この四句は、二人の深く眞摯な友情を詠う。

［君行到京口、正是桃花時］この兩句は、あなたは冬の日に長安を出発したが、路は遙か遠くであり、京口に到着した時には、まさに桃の花が今を盛りと咲いていることであろう、という。

［舟中饒孤興、湖上多新詩］舟を河や湖の上に浮かべ、ひとり思いを興《おこ》して、新たに多くの詩ができるに違いないという。

［虬］虬龍。中國古代の傳説にある角のある龍。

［潛虬］潛龍。潛んでまだ天に昇らない龍。転じて、まだ世に出ないで隠れている聖人、活動する機會を得ない英雄などの比喩。

［蟠］うねり曲り、伏している。とぐろを巻く。『周易』乾掛に「潛龍勿用」（潛龍 用ゐる勿れ）とあり、孔穎達の疏に「潛者、隠伏之名。～言於此潛龍之時、小人道盛、聖人雖有龍徳、於此時唯宜潛蔵、勿可施用」（潛は、隠伏の名。～此の潛龍の時に於ては、小人 道盛んにして、聖人 龍徳有ると雖も、此の時においては唯だ宜しく潛蔵し、施し用ゐる勿れ）とある。

［黄鶴］鶴（こうのとり）のことであり、非常に高い所を飛ぶ大きな鳥であると言われている。『全唐詩』では、「黄鵠」に作る。

［飛］『文苑英華』『唐文粋』『全唐詩』では「擧」字に作る。

［未］底本では「來」としているが、『文苑英華』『唐文粋』により改める。王昌齡を「潛虬」や「黄鶴」に例えている。彼には大いなる才能があるから、しばらく隠れ伏して時を待ち、後に舞い上がっても遅くはないと言う。

［青雲器］才氣が甚だ高い事。
［努力加餐飯］身体を大切にするように、という意味。
「古詩十九首」行行重行行に「棄捐勿復道、努力加餐飯」（棄捐して復た道ふ《い》勿《なか》らん、努力して餐飯を加へよ）とある。

【訳】

王大昌齢が江寧に赴《おもむ》くのを送る

酒を前にして ひっそりと言葉もなく
失意のまま悲しみのうちに君を送る
素晴らしい天子が世を治めているにもかかわらず
一向に用いられることもなく
白髪頭になるまで 徒《いたづら》に詩文をみがく」
水郷の地の一官に就き
青々とした波は幾千里
諸公は朝廷に溢れているのに
どうしたことか君は独り去って淮水を渡ってゆく」
その昔 富春江のほとりに住んでいたことがあり
いつも臥江樓を懐かしく思い起こす
君がそちらへ行くということを聞いてから
頻りに南徐州に思いを馳せる」
かつて君は 辺鄙な町において独り門を閉じて
寒燈のもと 奥深い家はひっそりと
北風は細かい雪を吹きつける
そこへ私も夜具を抱えて 泊めてもらったことだった」
君が出発して京口に到着する頃には
ちょうど桃の花が満開の時期だろう
船の中では 一人で色々と思うにつけて趣があふれ
湖上において新しい詩が多くできることだろう」
潜虬は しばらく とぐろを巻き
黄鶴となって飛び立ってゆくのに まだ遅くはない
君の高遠な志を大切にし
努めて食事を取られご自愛くださるように

29 送崔全被放歸都観省

崔全《さいぜん》の放たれて都に歸り 観省するを送る

夫子不自衒　夫子《ふうし》 自ら衒《てら》はず
世人知者稀　世人 知る者 稀《まれ》なり
來傾阮氏酒　來たりて傾く 阮氏《げんし》の酒
去著老萊衣　去りて著《き》る 老萊《ろうらい》の衣
渭北草新出　渭北《いほく》 草新《あら》たに出で

關東花欲飛　　關東　花飛《と》ばんと欲す
楚王猶自惑　　楚王　猶自《な》ほ惑へば
宋玉且将歸　　宋玉　且《しばら》く将《まさ》に歸らんとす

【語釈】
＊天宝元年（七四二）より以前、長安での作。
［崔全］不詳。

［放］罷職のこと。『新唐書』巻四五・選擧志下に「得者為留、不得者為放」（得る者を留と為し、得ざる者を放と為す）とある。

［都］洛陽のこと。天宝元年に東京《とうけい》と改名した。

［覲省］歸省して父母あるいは尊親に孝養を尽くすこと。

［夫子］先生や目上の人に用いる尊称。ここは崔全のこと。李白の「孟浩然に贈る」に「吾愛孟夫子、風流天下聞」（吾は愛す　孟夫子、風流　天下に聞こゆ）とある。

［衒］光り輝く。ひけらかすこと。

［知者稀］崔全は優れた人物であるが、それを知っている者はほとんどいない、という意。

［阮氏］阮籍のこと。字は嗣宗。尉氏《うっし》（今の河南省尉氏縣）の人。魏晉時代の人。當時は政権の争奪闘争が激しく、阮氏は自分の生命を守るために、世間のことを忘れ、いつも酒を飲んで禍いから身を遠ざけるようにしていたという。崔全も長安ではいつも酒を飲んでいたようであるために、周囲の人に理解されなかった。

［老萊］老萊子。春秋時代の楚國の人。性は至孝。七十歳になっても、破れた五彩斑爛の衣を着、幼児の眞似をして両親を喜ばせたという。

［渭北］今の陝西《せんせい》省渭水より北の地区を指す。

［關東］潼関より東の地区を指す。

［花欲飛］195「使君の早春　西亭にて王賛府が選に赴くを送るに陪す」に「客舎草新出、關門花欲飛」（客舎　草新たに出で、關門　花飛ばんと欲す）とある。

［楚王］楚の襄王を指す。名は横。前二九八—前二六三年在位。ここでは天子を指す。

［宋玉］戦國時代末期の楚の辞賦家。低い身分ではあったが出世しようとはしなかった。『文選』巻四五、「楚王の問に對ふ」に「楚襄王、問於宋玉曰、先生其有遺行與。何士民衆庶、不譽之甚也」（楚の襄王、宋玉に問ひて曰く、先生　其れ遺行有るか。何ぞ士民　衆庶の、譽めざることの甚だしきや）とある。それに對し宋玉は「曲高和寡」の故事を引用して次のように言った。「士亦有

之。夫聖人瑰意琦行、超然獨處。夫世俗之民、又安知臣之所爲哉」（士も亦之《これ》有り。夫れ聖人は瑰意琦行あり、超然として獨《ひと》り處る。夫れ世俗の民、又安《いづく》んぞ臣の爲す所を知らんやと）、「曲高和寡」は、曲が高尚になればなるほど、和して歌う者が少なくなる、の意。また「瑰意琦行」は、思想と行為が普通より優れていることを言う。これは、崔全を宋玉に例え、崔全の思想が高いゆえに人に知られることなく、また統治者からも理解されず用いられなかったことを言っている。

【訳】

　崔全が罷免されて都に歸り　観省するのを送る

あなたは自ら衒《てら》うことなく
世間で（あなたを）知るものは稀である
長安にいるときは　阮氏のように酒を飲み
故郷に歸ってからは　老莱の衣を着るのだろう
渭北では　草は新しく出たばかりだが
関東では　花が飛ぼうとしていることだろう
楚王が　まだ惑《まど》っているので
宋玉は　しばらく歸ろうとしている

30　送薛彦偉擢第東都観省

　薛彦偉《せつげんい》の擢第《たくだい》して東都に観省するを送る

時輩似君稀　時輩　君に似たるは稀《まれ》なり
青春戰勝歸　青春　戰勝して歸る
名登郄詵第　名は　郄詵《げきしん》の第に登り
身着老莱衣　身は　老莱《ろうらい》の衣を着る
稱意人皆羨　意に稱《かな》ひて　人は皆な羨み
還家馬若飛　家に還《かへ》るに　馬は飛ぶが如し
一枝誰不折　一枝　誰か折らざらん
棣萼獨相輝　棣萼《ていがく》　獨り相ひ輝く

【語釈】

＊前出の詩「送崔全被放歸観省」と同時期の作。

［薛彦偉］薛播《せつは》の従兄弟。『舊唐書』巻九十六　薛播傳によると、薛播の伯父元曖《げんあい》の死後、その子の薛輔、彦國、彦偉、彦雲、及び薛播の兄の薛據、薛總らは元曖の妻の林氏の下で「咸致文學之名、開元、天宝中二十年間、彦輔、薛據等七人、並擧進士、連中科名、衣冠榮之」（咸《み》な文學の名を致し、開元・天宝中の二十年間、彦輔、薛據ら七人、並びに進士に擧げられ、科に中《あた》るの名を連ね、衣冠　之を榮とす）とある。

［**擢第**］登第。官吏登用試験に合格すること。
［**東都**］洛陽のこと。『全唐詩』は「東歸」に作る。
［**觀省**］故郷に歸省し、兩親を訪ねて孝を尽くすことをいう。
［**時輩**］その當時のともがら、仲間。
［**戰勝**］戦いに勝つ。この詩においては科擧の試験に見事に合格したことをいう。
［**郄詵**］「郄」は「郤」に同じ。字は廣基、晉の人、「博学多才」といわれた。『晉書』郄詵傳に拠れば、かつて晉の武帝が彼に次のように尋ねた。「卿自以爲如何」（卿自ら以爲《おもへ》らく如何《いかん》と）。郄詵はそれに答えて、「臣擧賢良、對策天下第一、猶桂林一枝、崑山之片玉」（臣　賢良に擧げられ、對策は天下第一なるも、猶《な》ほ桂林の一枝、崑山の片玉のごとし）と答えた。
［**名登郄詵第**］この句は薛彦偉が進士の試験を受けて、郄詵のように優れた高い成績をあげたことをいう。
［**身着老萊衣**］この句は前出の「送崔全被放歸都覲省」の注を参照。老莱子のように親に孝養を尽くそうとしていることを言う。
［**一枝誰不折**］『晉書』郄詵傳には「遂稱登第爲折桂」（遂に登第を稱して折桂と為す）とある。「折桂」とは、進士の試験に及第することを言う。
［**棣蕚**］「棣」は棠棣、または常棣ともいう。「蕚」は花の花弁の下部のまわりの緑色の部分。「棣蕚」の句は『詩経』小雅「常棣」に「常棣之華、鄂不韡韡。凡今之人、莫如兄弟」（常棣の華、鄂　韡韡《ゐゐ》たらざらんや、凡《およ》そ今の人、兄弟《けいてい》に如《し》くは莫《な》し）とある。「不」は「樹」の本字。すなわち、常棣の花弁が、蕚を同じくして、美しく群がって咲いている。兄弟が同じ親から出て、苦樂を共にして相輔相佐、相親相厚の関係を保ちつつ互いに輝き栄える様を比喩する。この句は前出の「薛彦偉」のくだりで記した『舊唐書』にもあるとおり、兄弟、従兄弟共に、そのすぐれた才能によって高第したことを指す。

【訳】

薛彦偉《せつげんい》の擢第して東都に覲省《きんせい》するを送る

仲間うちでは君のように優れた者は稀
はや青春の日　進士合格を勝ち取って帰るのだから
その名は郄詵《げきしん》と同様に高第に登り
身には老莱《ろうらい》の衣を纏う
若くして我が意にかなった君を　人は皆な羨んでいる

君は今　故郷の我が家に還るが　馬は飛ばんばかり
「桂林の一枝を折る」というが　誰でも登第はする
しかし君の一族のように　揃って高第を果たす事はない

31　送蒲秀才擢第歸蜀
　蒲《ほ》秀才の擢第して蜀に歸るを送る

去馬疾如飛　去馬は疾《はや》きこと飛ぶが如し
看君戰勝歸　君の戰勝して歸るを看《み》る
新登郄詵第　新たに郄詵《げきしん》の第に登り
更着老萊衣　更に老萊《ろうらい》の衣《ころも》を着る
漢水行人少　漢水　行く人少なく
巴山客舎稀　巴山　客舎　稀《まれ》なり
向南風候暖　南に向かへば　風候《ふうこう》　暖かなり
臘月見春暉　臘月《ろうげつ》に　春の暉《かがや》きを見ん

【語釈】

*この詩と前の二篇の詩には同じ語句が多い。おそらく同時期に作られたものと思われる。

[**秀才**] 唐の初めに科擧の試験科目に秀才科が設けられた。

[**擢第**] 試験に及第すること。登第。

[**郄詵**] 字は廣基、濟陰《さいいん》、單父《ぜんほ》の人。博学多才であった。泰始年間（二六五～二八〇）に、賢良の科に擧げられ、彼の對策は第一等で及第した。雍州《ようしゅう》刺史に転任する時、武帝は彼に「今自分ではどんな感想を抱いているか」と問うた。それに対し「桂樹の林に入ってただ一枝を手折り、崑崙の山でただ一かけらの玉を得たようなものです」と謙遜したため、武帝は苦笑した。刺史の任にあって威厳ある態度で物事を明快に裁断したので、甚だ高い評価を得た。『蒙求』郄詵一枝、『晉書』巻五十二。

[**老萊**] 29「送崔全被放歸都覲省」の注を参照。

[**漢水**] 陝西《せんせい》省寧強《ねいきょう》縣の北の冢山を源とする。東に迂回して湖北省に流入し、南に折れ武漢において長江に入る。蒲秀才は長安から南に向かい蜀に入るために漢水を通過した。

[**巴山**] 大巴山脈を指す。又の名を巴嶺山脈という。陝西と四川の兩省の境においてつらなる。陝西から蜀に入る時に必ず通る地。

[**客舎**] 宿屋。客館。

[**風候**] 氣候。時候。

[**臘月**] 陰暦十二月の異稱。臘は陰暦十二月の祭りの名。

獸を獵してもって先祖を祭るからいう。
［春暉］春の光。春の日。一句は祭りの喜びと蒲秀才の科擧合格の喜びとが重なることをいう。

【訳】

蒲《ほ》秀才が擢第して蜀に歸るのを送る

去って行く馬の速さは　さながら風のよう
君が科擧に合格して國に歸るのを　見送っている
新たに君は郄詵《げきせん》のように　天下第一の成績で合格し
更に老萊子のように　親に孝養を尽くされる
（君が通過するだろう）漢水は行く人少なく
巴山には　宿屋もめったにない
南のかた（故郷の蜀）に向かえば　氣候も暖かく
陰暦十二月に　春の陽光を見ることだろう

32　送許子擢第歸江寧拜親　因寄王大昌齡

許子の擢第《たくだい》して江寧に歸り　親を拜するを送る
因《よ》りて王大昌齡に寄す

建業控京口　建業　京口を控《ひか》へ
金陵款滄溟　金陵　滄溟《そうめい》を款《むか》ふ
君家臨秦淮　君の家は　秦淮《しんわい》に臨み
傍對石頭城」　傍《かたは》ら石頭城に對す
十年自勤學　十年　自ら學に勤め
一鼓遊上京　一鼓　上京に遊ぶ
青春登甲科　青春　甲科に登り
動地聞香名」　地を動かして　香名　聞《き》こゆ
解榻皆五侯　榻《とう》を解くは　皆《み》な五侯
結交盡羣英　交はりを結ぶは　盡《ことごと》く羣英《ぐんえい》
六月槐花飛　六月　槐花は飛び
忽思蓴菜羹」　忽《たちま》ち蓴菜《じゅんさい》の羹《あつもの》を思ふ
跨馬出國門　馬に跨がりて　國門を出で
丹陽返柴荊　丹陽　柴荊《さいけい》に返る
楚雲引歸帆　楚雲　歸帆を引き
淮水浮客程」　淮水《わいすい》　客程を浮かぶ
到家拜親時　家に到りて　親に拜する時
入門有光榮　門に入れば　光榮有り
鄉人盡來賀　鄉人　盡《ことごと》く　來り賀し
置酒相邀迎」　置酒《ちしゅ》して　相ひ邀迎《むか》ふ
閑眺北顧樓　北顧樓に　閑眺し
醉眠湖上亭　湖上亭に　醉眠《すいみん》す
月從海門出　月は海門從《よ》り出で

照見茅山青」　茅山《ばうざん》の青きを照見す
昔爲帝王州　昔は帝王の州爲《た》り
今幸天地平　今は幸ひにして 天地 平《たひ》らかなり
五朝變人世　五朝 人世 變ずるも
千載空江聲」　千載 空《むな》しく江聲あり
玄元告靈符　玄元 靈符を告げ
丹洞獲其銘　丹洞に 其の銘を獲《え》たり
皇帝受玉册　皇帝 玉册を受け
羣臣羅天庭」　羣臣 天庭に羅《つら》なる
喜氣薄太陽　喜氣は 太陽に薄《せま》り
祥光徹窅冥　祥光は 窅冥《えうめい》に徹《とほ》る
奔走朝萬國　奔走して 萬國 朝し
崩騰集百靈」　崩騰《ほうたう》して 百靈 集まる
王兄尚謫宦　王兄は 尚《な》ほ謫宦《たくくわん》せられ
屢見秋雲生　屢《しばし》ば 秋雲の生ずるを見る
孤城帶後湖　孤城 後湖を帶《お》び
心與湖水清」　心 湖水と清し
一縣無諍辭　一縣 諍辭《さうじ》無く
有時開道經　時有りて 道經を開かん
黄鶴垂兩翅　黄鶴は 兩翅を垂れ
徘徊但悲鳴　徘徊して 但《た》だ悲しみ鳴くのみ
相思不可見　相思ふも 見る可からず
空望牛女星　空《むな》しく牛女星を望む

【語釈】

＊天宝元年（七四二）六月の作。

［許子］岑參の176「許拾遺 恩ありて江寧に歸り 親に拜するを送る」詩の中の「許拾遺」のことと思われるが、其の名は未詳。また杜甫の「許八拾遺の江寧に歸り觀省するを送る、甫は昔時《せきじ》、嘗て此の縣に客遊し、許生の處に於て、瓦棺寺の維摩《ゆいま》の圖樣を乞ふ、諸《これ》を篇末に志《しる》す」詩にもその名が見える。

［建業］地名。三國時代、呉の孫權がここを都に定め、晉のとき改名して建業とし、以後 東晉、宋、齊、梁、陳の都城であった。現在の江蘇省南京市。

［京口］孫權がここに縣を置き、唐の潤州の治所となった。現在の江蘇省鎭江市。

［金陵］戦國時代、楚の金陵山（鍾山、又の名を紫金山）から名を取って金陵とした。今の南京市。

［滄溟］水の色が暗い緑色であるさま。ここでは長江を指す。

〔秦淮〕河の名。江蘇省の溧水縣からはじまって西北に流れ、南京市を経て長江に入る。

〔石頭城〕城の名。また石首城、石城とも呼ばれる。現在の石頭山の後に址がある。
＊以上の四句は江寧の形勢を詠じている。
〔一鼓〕精神を奮い立たせることの例え。『春秋左氏傳』荘公十年に、「夫戦、勇氣也。一鼓作氣、再而衰、三而竭」（夫れ戦ひは、勇氣なり。一たび鼓して氣を作《な》し、再びして衰《おとろ》へ、三たびして竭《つ》く）とある。

〔上京〕都の通称。

〔甲科〕唐代の科擧のこと。ここでの「甲科」とは進士科における甲第、つまり成績優秀であることを指す。

〔動地〕名聲の甚だしいさまを言い表わしたことば。

〔解榻〕賢者を尊敬する意。「榻」は、こしかけ。長椅子。『後漢書』除穉傳に「〈除穉〉恭儉義讓、所居服其徳。〜時陳蕃爲太守、在郡不接賓客。唯穉來特設一榻、去則懸之」（〈除穉は〉恭儉義讓にして、所居は其の徳に服す。〜時に陳蕃は太守と為り、郡に在るも賓客に接せず。唯だ穉の來るや特に一榻を設け、去れば則ち之を懸く）とある。ここでは許子が貴人に礼をもって待遇されることをいう。

〔五侯〕漢の成帝の時代、河平二年（前二七）に、外戚の王譚は平阿侯、王商は成都侯、王立は紅陽侯、王根は曲陽侯、王逢は高平侯に、五人同日に封ぜられて世に五侯と言われた。このことは『漢書』元后傳に見える。ここでは権貴を讃える。

〔羣〕宋本、『全唐詩』には「一作時」（一に時に作る）の注あり。
＊以上の六句は、許子の名聲を讃えている。
〔蓴菜〕多年生の水草で、南方の湖の沢に生えている。葉は楕円形で、暗紅色の小花が咲く。茎や葉には粘性があり煮て食べる。一句は、晉の張翰（字は季鷹、呉郡は呉の人）が、京師の洛陽で官吏となり、秋風が起こるのを見て、故郷呉の菰菜、蓴羹、鱸魚膾を思い出し、官を止めて故郷に歸ったことによる。『晉書』巻九十二、張翰傳に「人生貴得適志。何能羈宦數千里、以要名爵乎」（人生《う》まれては志に適《かな》ふを得るを貴ぶ。何《いづく》んぞ能《よ》く數千里に羈宦して、以て名爵を要《もと》めんや）とあるのによる。ここではふと故郷を思いおこすことをいう。

〔國門〕都における城門。

［丹陽］隋の頃、丹陽郡が置かれた。今の南京市の中にある。

［柴荊］柴門荊戸とも言う。簡素な家のこと。

［楚雲引歸帆］歸って行く途中の楚（長江中流域の地）では空の雲があなたの乘った船の帆を引いて行くことだろう。楚雲に意志があるかのような擬人的表現。

［淮水浮客程］「淮水」は、淮河のこと。淮水にあなたの行く旅路が浮かんでいる。岑參独自の比喩。
＊以上の六句は、歸途の様子を表している。
［北顧］北固のこと。山の名で今の鎭江市北にある。長江に突き出て三面が水に臨んでおり、晉代から郡府は皆その上に置かれていた。梁の武帝が、ここに登って眺め見たことから北顧と改名された。底本、明抄本、および『全唐詩』は「一作登江、一作因登」（一に「江に登る」に作り、一に「因《よ》りて登る」に作る）の注あり。

［海門］海門山。一名 松寥山、又は夷山と称せられる。鎭江市の東北で長江の岸辺にある。

［茅山］山の名。又は句曲山ともいう。今の江蘇省句容県東南にある。
＊以上の八句は、許が江寧に歸った時の歡迎の様子と、付近の山水を遊覧して樂しんでいる様子を詠っている。
［帝王州］帝都のこと。

［地］底本、宋本、明抄本および『全唐詩』には「一作下」（一に「下」に作る）の注あり。

［五朝］都である建業の前後五つの王朝、東晉、宋、齊、梁、陳を合わせて言ったものか。「千載」とは概數であって実際の數ではない。兩句の意味は、五朝は交替していき、人も変わったが、千年もの間、長江だけはいつもそこにあって、滞ることなく流れ続けているという。

［玄元］玄元皇帝。老子のこと。唐代の天子は道教を信奉し、道教の始祖的人物である老子を尊んだ。

［符］道教のおふだのこと。

［靈符］神符。つまり神靈からのお告げを書き記した符録。

［丹洞］未詳。關令尹喜《いんき》の故居のそばにある洞穴のことか。

［銘］文体の名。墓碑等に刻んで、其の人の功徳を讃え、後世に残す文。銘文。

［玉冊］玉で作られている書冊。古代では帝王の詔や祭祀儀礼の際に用いられた。『通鑑』巻二一五の記載によ

ると、唐の玄宗が玄元の霊符を受けた後、家臣らが上奏して「請以尊號加天宝字」（尊號を以て天宝の字に加へんことを請ふ）と言ったとある。

［天庭］皇居の庭。

［薄］間近にまで迫ること。

［窅冥］奥深く暗い様。

［朝萬國］あらゆる國から使いが來て拝謁を請い願うこと。

［崩騰］長く続いて絶えない様子を表す。多くの神々が空中を騰躍している様。ここでは、尊號を加えるにあたっての祀典の時に、百もの神々が入り乱れてやってきたことを指す。

＊以上十二句は、故事をふまえて許子の今の状態を表している。

［孤城］江寧を指す。

［後湖］玄武湖の別称。また練湖ともいう。面積が非常に広く、南朝の時、常に水軍の訓練場であったことに由來している。今の南京市東北にある。

［諍辭］訟辭。

［道經］道教の教典。『老子』『荘子』『文子』『列子』等を指す。玄宗が「下詔搜求明老・荘・文・列四經學者」（詔を下して老、荘、文、列の四經に明なる學者を捜し求め）たことが、『冊府元亀』巻六五〇に見える。

［黄鶴］28「王大昌齢の江寧に赴くを送る」の注に同じ。ここでは王昌齢を黄鶴に例えて、王は才能がありながら認められず、貶斥されて高く評価されることがなかったことをいう。

［但悲］底本、宋本、明抄本、『全唐詩』の注には「悲且」となっている。

［牛女星］牽牛と織姫、兩星のこと。七夕の夜には兩星は會うことができると傳えられている。作者はこの詩を作った時がちょうど六月であったことから、牛郎と織姫が會うことのできる七夕でさえも、王昌齢が妻子らと和やかに団欒することができないことを悲しんでいる。

＊以上の十句は王大昌齢に宛てたもの。

【訳】

許子が試験に及第して江寧に歸り親に會うのを送る。
　またそれに因って王大昌齢に寄せる

建業は京口の近くにあり
金陵山は青々とした河の流れを喜び迎えている
君の家は秦淮に臨んでおり

傍らは石頭城に對している」
十年の間　ひたすら学問に励み
勇んで上京した
若くして科擧に合格し
勢い盛んに世に名を轟かしている
榻を解いてくれるのは　五侯のような人たちばかり
交わりを結ぶのは　ことごとく優れた人たち
六月に槐の花の飛ぶころ
忽ち蓴菜《じゅんさい》の　羹《あつもの》を思い出した」
馬に跨がって國門を出
丹陽の粗末な家に返ってゆく
楚の雲は　歸路につく舟の帆を引き
淮水には　歸る道筋が浮かんでいる」
家に着いて親に會うとき
門に入ると誇りが溢れ出てくる
故郷の人々は皆やってきて
酒を用意して大歓迎してくれる」
北顧樓に登って静かに眺め
湖上亭で酒に酔って眠る
月は海門山から出て
青い茅山《ぼうざん》を照らし出す」
昔は帝都であった此の地
今は幸いなことに　世の中は治まっている
五朝の時代　人の世は移り変わっていったが
千載の間　長江の流れの音はただ空しく聞こえていた」
さて　玄元皇帝が　霊なる符を送ったことを告げ
丹洞にその符が見つかった
皇帝が玉册をお受けになったというので
多くの臣下たちが　天庭に連なり集まってきた」
喜びは太陽に迫るほどであり
めでたき光は　大空を突き抜けるようだ
万國は奔走して貢ぎ物を捧げ
沸き上がるように百霊が集まってきた」
王兄は　今なお左遷されており
しばしば愁いの雲が起こるのを見ておられる
孤城は　後に湖を控えており
心は湖の水とともに　清らかなことであろう」
県の中には　争いの言葉はなく
時に道経を開いておいでのことと思う
黄鶴は　兩方の翅を垂れ

徘徊し　ただ悲しみ鳴いているばかり
お互い思っていても會うことのできないまま
空しく牛女星を仰ぎ見るばかり

33 宿關西客舍　寄東山嚴許二山人　時天宝初七月初三日在内學見有高道擧徵

關西の客舎に宿し東山の嚴許二山人に寄す。時に天宝の初七月初三日、内學に在りて高道擧の徵有るを見る

雲送關西雨　雲は送る　關西の雨
風傳渭北秋　風は傳《つた》ふ　渭北《いほく》の秋
孤燈然客夢　孤燈　客夢を然《も》やし
寒杵搗鄉愁　寒杵《かんしょ》　鄉愁を搗《つ》く
灘上思嚴子　灘《たん》上に　嚴子《げんし》を思ひ
山中憶許由　山中に　許由《きょいう》を憶《おも》ふ
蒼生今有望　蒼生　今　望むこと有り
飛詔下林丘　詔を飛ばして林丘に下さんことを

＊天宝元年（七四二）七月、長安から東へ行く途中の作。

【語釈】

［**關西**］潼關より西にある地域。

［**東山**］ここでは嚴と許が隠棲した山を指す。

［**山人**］隠士のこと。

［**内學**］仙道（仙人の道術）の學をいう。ここでは玄學のことを指す。玄宗の時代に道教を崇め、開元二十九年（七四一）に兩京及び諸郡に玄宗皇帝廟を作り崇玄學を建てた（後に崇玄館と改称）。崇玄博士（後に學士と改称）、助教（後に直學士と改称）を置いて、學生に『道徳経』『荘子』『文子』『列子』などを教授した。詩題を宋本・明抄本は「七月三日、在内學見有高近道擧徵。宿關西客舍、寄東山嚴許二山人」（七月三日、内學に在りて高近道擧の徵有るを見る。關西の客舍に宿し、東山の嚴許二山人に寄す）と作り、宋本は「近」字の下に「一無近字」（一に近字無し）と注す。底本は「宿關西客舍、寄山東嚴許二山人。時天宝高道擧徵」（關西の客舍に宿し、山東の嚴許二山人に寄す。時に天宝の高道擧の徵あり）となっている。今は『全唐詩』に従った。『文苑英華』も『全唐詩』と同じであるが、ただ「内」字を欠く。

［**高道擧**］道擧のことをいう。道教に詳しい人物の選抜試験。

［**渭北**］渭水の北。「北」は『文苑英華』に「水」に作

る。

［**雲送關西雨　風傳渭北秋**］岑參の241「送李太保充渭北節度」（李太保が渭北の節度に充《あ》てらるるを送る）に「弓抱關西月、旗翻渭北風」（弓は抱く 關西の月、旗は 翻《ひるがえ》す 渭北の風）とある。

［**然**］「燃」に同じ。

［**客夢**］旅先の宿で見る夢。

［**寒杵**］砧の淋しい音。冬支度をするために布を舂《つ》くことをいう。杵は衣を舂く時に使う棒や槌のこと。この二句では、旅の途中で一人孤燈に向かうと、故郷のことを思い出し、切れ切れに続く杵の音を聞くと、心や腸が粉々に砕かれるほど、作者の郷愁をつのらせることを詠う。

［**搗**］臼で穀物などをつく。砧で打つ。衣をつくのと郷愁がつのることをかけている。

［**灘**］早瀬。

［**嚴子**］東漢初期の隠士、嚴光（字は子陵）のこと。本姓は荘であるが、漢の明帝の諱を避けて改めた。會稽は餘姚（今の浙江省餘姚県）の人。少くして劉秀とともに遊學し、秀が帝位についた後は、光は名を改めて隠居した。富春江の畔でいつも釣り糸を垂れていたところから、この灘が「嚴陵灘」と名付けられたことが『後漢書』巻八十三 逸民列傳、『高士傳』巻下にみえる。「富春」とは、浙江省桐廬県の西にある山の名で、嚴陵山ともいう。前に富春江があり、嚴光の釣り処と傳えられている。

［**許由**］傳説によれば尭の時代の隠者。尭が沛沢に行って許由に位を譲ろうとしたが、彼は辞退して箕山（今の河南省登封県境）の麓へ逃げて田畑を耕した。尭が又許由に九州の長官になってほしいと頼むと、彼はこの話を断り、耳が汚されたとして水辺まで走って行って耳を洗ったことが、『史記』伯夷列傳、『高士傳』巻上にみえる。ここでは嚴、許二山人を嚴光と許由に例えている。

［**蒼生**］人民のこと。

［**林丘**］樹木からなる山の丘で、嚴・許二山人のいる場所を指す。この二句では、人民が現在持っている望みを説明している。それは嚴・許のような人が道擧に応ずるように、朝廷が詔を下すことであり、語中には、此の二人のような人に道擧に応じて出仕して欲しいという願いが含まれている。

【訳】

關西の旅館に宿して東山の嚴・許の二隠者に寄せる。

時に天宝元年七月三日、内學で高道擧の徴が有る
　のを見た
雲はここ關西に雨を送ってきた
風は渭北の秋を　ここまで傳えてきている
ぽつんと一つ灯《とも》る燈は　故郷の夢を誘い
砧の淋しい音は　郷愁を掻きたてる
早瀬のほとりでは嚴君のことを思い
山中では許君のことを思い出した
人々は今や望んでいる
嚴・許の二人に道擧に応ずるように詔が下されることを

34　醉題匡城周少府廳壁
　醉ひて匡城の周少府の廳壁に題す
婦姑城南風雨秋　　婦姑城南　風雨の秋
婦姑城中人獨愁　　婦姑城中　人獨《ひと》り愁ふ
愁雲遮却望郷處　　愁雲　望郷の處を遮却《しゃきゃく》し
數日不上西南樓　　數日　西南の樓に上《のぼ》らず
故人薄暮公事閑　　故人　薄暮　公事は閑にして
玉壺美酒琥珀殷　　玉壺の美酒　琥珀《こはく》　殷《ふか》し
潁陽秋草今黄盡　　潁陽《えいよう》の秋草　今黄《きば》み盡《つ》くし
醉臥君家猶未還　　君の家に醉臥して猶《な》ほ未だ還らず

【語釈】
＊天宝元年（七四二）八月、長安から東に向かい、匡城に着いた時の作。
［匡城］唐の県名。滑州に属する。今の河南省長垣県の西南にあたる。

［廳壁］底本には、此の二字がなく、『全唐詩』によって補った。

［婦姑城］匡城を指す。『大清一統誌』巻二十二に「隋于婦姑城置匡城縣。謂縣南有古匡城爲名。」（隋、婦姑城に匡城縣を置く。縣の南に古への匡城有りて名と為すと謂ふ。）また、「婦姑城、在長垣縣南十里。縣舊治于此。故墟猶在。舊有婦姑廟、今移南廂關」（婦姑城は、長垣縣の南十里に在り。縣舊《もと》此に治す。故墟　猶ほ在り。舊《もと》　婦姑廟有り、今　南廂關に移す）とある。

［愁雲］愁いを含む雲。144「白雪の歌　武判官の歸京するを送る」に「瀚海闌干百尺氷、愁雲慘淡萬里凝」（瀚海《かんかい》闌干として百尺の氷、愁雲　慘淡として萬里に凝《こ》る）とある。

［望郷處］256「廬郎中の杭州に除せられて赴任するを送

る」に「知君望郷處、枉道上姑蘇」（君が望郷の處を知りて、道を枉《ま》げて姑蘇《こそ》に上らん）とある。

［玉壷］玉で作った美しい壷。

［琥珀殷］酒の色が深い琥珀色になっている様子をいう。「琥珀」は鉱物の名。古代の樹脂が地中で黄褐色または赤褐色の石に変化したもの。装飾品に用いる。272「鮮于庶士と漢江に泛《う》かぶ」に「酒光紅琥珀、江色碧瑠離」（酒光は 紅の琥珀にして、江色は 碧の瑠離《るり》なり）とある。

［潁陽］唐の県名。今の河南省登封県の西南の潁陽鎮にある。ここでは、作者が若い頃住んでいた少室山を指す。

【訳】

　酔って匡城の周少府の廳壁に書きつける

婦姑《ふこ》城の南は 秋の風雨
婦姑城の中で 私は一人嘆き悲しんでいる
愁雲が望郷の処を遮っているので
數日間 西南の樓には上っていない
友人は夕暮になると仕事は閑《ひま》
玉壷に入った美酒は 深い琥珀色
潁陽《えいよう》の草は 全て黄色くなっているだろうが
君の家に酔臥して まだ我が家に帰らずにいる

35 至大梁却寄匡城主人

大梁に至りて 却《かへ》って匡城の主人に寄す

一從棄魚釣　一たび魚釣を棄てて從《よ》り
十載干明王　十載 明王に干《もと》む
無由謁天階　天階に謁するに由《よし》無く
却欲歸滄浪」　却《かへ》って滄浪《さうらう》に歸らんと欲す
仲秋至東郡　仲秋 東郡に至り
遂見天雨霜　遂に 天の 霜を雨《ふら》すを見る
昨夜夢故山　昨夜 故山を夢むるに
蕙草色已黄」　蕙草 色は已に黄ばむ
平明辭鐵丘　平明 鐵丘を辭し
薄暮遊大梁　薄暮 大梁に遊ぶ
仲秋蕭條景　仲秋 蕭條たる景
拔剌飛鵝鶬」　拔剌《ばつらつ》として 鵝鶬 飛ぶ
四郊陰氣閉　四郊 陰氣 閉ざし
萬里無晶光　萬里 晶光 無し
長風吹白茅　長風 白茅を吹き
野火燒枯桑」　野火 枯桑を燒く
故人南燕吏　故人は南燕の吏

籍籍名更香　籍籍として 名は更に香る
聊以玉壺贈　聊《いささ》か玉壺を以て贈り
置之君子堂　之を君子の堂に置かん

【語釈】

*天宝元年八月、長安から黄河に沿って東に向かい、滑州に至り、再び匡城に立ち寄り、鐵丘を通って大梁に着いた時の作。

[**大梁**] 戦國時代、魏の國の首都であったところで、唐の時代からその地を汴州とした。現在の河南省開封市。

[**却寄**] 既に立ち寄ってきた匡城にいる人に寄せるので、「却」と言った。

[**匡城主人**] 前詩に見える周少府のこと。

[**魚釣**] 隠居の生活を指す。

[**十載**] 十年。載は年。

[**干**] 職位俸禄を得たいと願うこと。開元二十二年（七三四）に書かれた「感舊賦」の序によれば「獻書闕下」（書を闕下に獻じ）てから、天寶元年にこの詩を作るまで九年たったが、ここではそれを「十年」とした。

[**謁天階**] 皇帝に拝謁すること。「天階」は御所の石段。

[**歸滄浪**] 林泉に歸隠したいと思うこと。「滄浪」は、川の名。隠棲の地をあらわす。『楚辞』「漁父辞」に「滄浪之水清兮、可以濯我纓、滄浪之水濁兮、可以濯我足」（滄浪の水清《す》まば、以て我が纓《えい》を濯《あら》ふ可く、滄浪の水濁《にご》らば、以て我が足を濯ふ可し）とある。又『孟子』巻七、離婁章句上にも見える。

[**仲秋**] 陰暦八月の別称。

[**東郡**] 隋の郡名。唐の時代に滑州と改められ、天寶元年にさらに靈昌郡と改名された。現在の河南省滑縣の東にあった。

[**雨霜**] 霜が降りること。

[**夜**]『全唐詩』では「日」に作る。

[**故山**] 故郷のこと。少室山を指す。

[**蕙草**] 底本は「蕙帳」に作り、『唐詩紀事』では「芳蕙」に作る。ここでは宋本、明抄本、『全唐詩』にもとづいて改めた。「蕙」は蘭の一種で、かおり草のこと。

[**平明**] 空が明るくなる様子。暁。

[**鐵丘**] 地名。唐の時代、滑州衛南縣の東南十里のところにあった。現在の河南省濮陽縣の北。

[**蕭條**] ひっそりとしてもの寂しい様。

[**拔剌**] 擬声語。鳥が飛び立つときの音。

[**鵝鶬**] 雁の別称。

〔**陰氣閉**〕陰氣があたりに立ちこめていること。
〔**晶光**〕きらめく光。透明の光。
〔**白茅**〕茅草の一種。「茅」とは、いね科の植物の総称。
〔**野火**〕野原の草を焼く火。
〔**枯桑**〕枯れた桑の木。
〔**南燕**〕地名。漢の時代に南燕縣があり、唐初にも南燕縣が置かれたが、後に廃された。その地は現在、河南省延津縣の東にあり、匡城に程近い。ここでは、匡城を指すかわりに、これを用いた。
〔**籍籍**〕語声が入り亂れること。ここでは良い評判が広く傳わることを言う。
〔**更香**〕「更」字、『唐詩紀事』では「皆」に作る。
〔**玉壷**〕（前詩にある）酒の入った美しい壷のこと。王昌齢の「芙蓉楼送辛漸二首」（芙蓉楼にて辛漸《しんぜん》を送る二首）の「其の二」に「洛陽親友如相問、一片冰心在玉壷」（洛陽の親友如《も》し相ひ問はば、一片の冰心　玉壷に在りと）とある。
〔**君子**〕「匡城主人」を指す。

【訳】

大梁に着いて却《かえ》って匡《きょう》城の主人に寄せる

ひとたび隠居生活をやめて役人になろうと
この十年の間　職位俸禄を求めてきた
皇帝に拝謁する拠り所もなく
かえって林泉に歸隠したくなった」
仲秋の候に東郡に着いたので
霜の降りるのを見ることになった
昨夜　故郷の少室山にいた頃の夢を見たが
草は既に枯れていた」
暁に鐵丘を出發して
夕暮に　大梁に着いた
仲秋でひっそりともの寂しい景色の中
拔剌《ばさばさ》と雁が飛び立つ音だけが聞こえる」
四郊のうちは陰氣に閉ざされているので
萬里の果てまで輝きがない
遠くから吹いてくる風は茅草を揺らし
野火は枯草を焼いている」
我が友　周少府は南燕の役人で
良い評判は　益々世に高い
先ずは此の美しい壷を贈りたい
どうか君の部屋に飾ってほしい

36 偃師東與韓樽同詣景雲暉上人即事
偃師《えんし》の東にて韓樽《かんそん》と同《とも》に 景雲の暉《き》上人に詣《いた》りての即事

山陰老僧解楞伽　山陰の老僧 楞伽《りょうが》を解す
潁陽歸客遠相過　潁陽《えいやう》の歸客 遠く相過《よ》ぎる
煙深草濕昨夜雨　煙《もや》深く 草濕《うるほ》ひ 昨は夜雨あり
雨後秋風渡漕河　雨後 秋風 漕河《さうか》を渡る
空山終日塵事少　空山 終日 塵事少なく
平郊遠見行人小　平郊 遠く行人の小なるを見る
尚書磧上黄昏鐘　尚書 磧上 黄昏の鐘
別駕渡頭一歸鳥　別駕 渡頭 一歸鳥

【語釈】
*天寶元年秋、大梁より潁陽に歸る途中の作。
［**偃師**］唐代の縣名。今の河南省洛陽市の東。
［**韓樽**］人名。岑參との関係は未詳。
［**景雲**］佛寺の名。
［**上人**］和尚の別称。
［**即事**］事にふれてその場のことを題材として詩をつくること。
［**山陰**］山北。
［**楞伽**］佛典の名。未だ組織化されていない大乗の種々の教説（如來藏思想、唯識思想など）の断片的な集成。
［**歸客**］ここは、岑參のことを指す。
［**漕河**］漕運のための河。舊時、官府の食糧を運ぶための水路として利用されたために「漕運」と呼ばれた。ここでは洛河のこと。「渡漕河」は、秋風が渡るのと、作者が渡るのとをかけているのであろう。
［**平郊遠見行人小**］『文苑英華』巻二一九では「出郊遠見人行渺」（郊を出でて 遠く人の行くことの渺《かす》かなるを見る）に作る。
［**尚書磧、別駕渡**］偃師の東の洛水付近の地名。「別駕」の句は、黄昏時に林に歸る鳥に自身をたとえている。

【訳】
偃師《えんし》の東に韓樽《かんそん》とともに暉《き》上人を訪ねての作
山陰の老僧は『楞伽《りょうが》』をよく解している人で
潁陽に歸る客（である私）は遠くから訪ねて來た
煙《もや》は深く草は湿っており 昨日は夜雨が降った
雨後 秋風とともに漕河を渡ってきたのだった
人けのない寂しい山では 終日 煩わしいことは少なく

どこまでもつづく郊外には 道行く人が小さく見える
尚書磧のほとりには 黄昏の鐘がきこえ
別駕渡の上を 一羽の鳥が歸ってゆく

37 郊行寄杜位
　郊行 杜位《とい》に寄す

崷崒空城煙　崷崒《しょうしゅつ》たり 空城の煙
淒清寒山景　淒清《せいせい》たり 寒山の景
秋風引歸夢　秋風 歸夢を引き
昨夜到汝潁　昨夜 汝潁《じょえい》に到る
近寺聞鐘聲　寺近くして 鐘聲を聞き
映陂見樹影　陂に映じて 樹影を見る
所思何由見　所思 何に由《よ》りてか見ん
東北徒引領　東北 徒《いたづ》らに領《うなじ》を引《のば》す

【語釈】

＊天寶元年の秋、潁陽に歸る途中の作か。

［杜位］襄陽（今の湖北省襄樊市）の人。杜甫の父方の年下のいとこで、考功郎中に任じられ、湖州刺史となった。また権相李林甫の娘婿であり、天寶十一年（七五二）李林甫の死後、官をおとされた。（『新唐書』巻二二三上・姦臣上、李林甫）。後に彼は杜甫と共に成都の嚴武の幕府の属官になっている。

［**崷崒**］高く険しい様子。

［**淒清**］「清」字、宋本、明抄本は「一作涼」という校語を附す。

［**秋風引歸夢**］秋風が歸夢（故郷へ歸ってゆく夢）を引いていった。岑參獨特の擬人的表現。

［**汝**］古の汝水のこと。

［**潁**］潁水のこと。その源は三つあり、均しく河南省登封縣の西境にあって、東南に流れて禹、臨潁、西華、商水などの縣を經て、安徽省に入り淮河に流れこむ。

［**汝潁**］潁陽のこと。潁陽は潁水に臨み、潁水と汝水の間に位置している。

［**陂**］堤のこと。底本の校語に「一作波」とある。

［**所思**］杜位を指す。

［**引領**］くびを引く。くびを伸ばす。待望、期待、思慕の情を以て遠くを眺め望むこと。

【訳】

　野辺の遊び 杜位に寄せる
荒れ果てた城から 煙が高くのぼり

寂しい山の景色は 冷たく清らかだ
秋風は 歸郷の夢を引き
昨夜 汝潁に到着した
寺が近いので 鐘の音が聞こえ
陂《つつみ》の向こうに 樹影が見える
あなたとどうすれば会えるのだろう
東北の方を 空しく眺めているだけ

38 秋夜宿仙遊寺南涼堂呈謙道人

秋夜 仙遊寺の南涼堂に宿し 謙道人に呈す

太乙連太白　太乙は 太白に連なり
兩山知幾重　兩山 幾重なるを知らん
路盤石門窄　路は 盤《わだかま》り 石門は窄《せま》り
匹馬行才通」　匹馬 行きて才《わづ》かに通ず
日西到山寺　日は西にして 山寺に到り
林下逢支公　林下 支公に逢ふ
昨夜山北時　昨夜 山北の時
星星聞此鐘」　星星 此の鐘を聞く
秦女去已久　秦女 去りて已に久しく
仙臺在中峯　仙臺 中峯に在り
簫聲不可聞　簫聲 聞く可からず
此地留遺蹤」　此の地 遺蹤を留む
石潭積黛色　石潭 黛色《たいしょく》を積み
毎歳投金龍　毎歳 金龍を投ず
亂流争迅湍　亂流 迅湍《じんたん》を争ひ
噴薄如雷風」　噴薄《ふんぱく》 雷風の如し
夜來聞清磬　夜來 清磬《せいけい》を聞き
月出蒼山空　月は蒼山の空に出づ
空山滿清光　空山 清光 滿ち
水樹相玲瓏」　水樹 相玲瓏《れいろう》たり
廻廊映密竹　廻廊 密竹に映《は》え
秋殿隱深松　秋殿 深松に隱る
燈影落前溪　燈影 前溪に落ち
夜宿水聲中」　夜 水聲の中《うち》に宿る
愛此林巒好　此の林巒《りんらん》の好きを愛す
結宇向溪東　宇を溪東に結ばん
相識唯山僧　相識《し》るは 唯《た》だ山僧と
鄰家一釣翁」　隣家の 一釣翁のみ
林晩栗初拆　林晩《く》れて 栗は初めて拆《さ》け
枝寒梨已紅　枝寒く 梨は已に紅し

物幽興易愜　物幽にして 興《きょう》は愜《かな》ひ易《やす》く
事勝趣彌濃」事 勝にして 趣き彌《いよい》よ濃《こ》し
願謝區中縁　願はくは區中の縁を謝し
永依金人宮　永く金人の宮に依《よ》らん
寄報乘輦客　寄せて報ぜん 乘輦の客
簪裾爾何容　簪裾《しんきょ》 爾《こ》れ何ぞ容《い》れんや

【語釈】

＊天寶三年の出仕前、終南山に隠居していた時の作と考えられる。

［**秋夜**］『全唐詩』は「冬夜」に作る。

［**仙遊寺**］陝西省の周至（盩厔《ちゅうしつ》）縣付近にあった。『長安志』巻一八に「仙遊寺、在盩厔縣東南三十五里」（仙遊寺は、盩厔縣の東南三十五里に在り）とある。

［**道人**］佛道を修める人。

［**太乙**］山の名。今の西安市の南にある南五臺山。『西安府志』巻二、「太乙山」の條に『三秦記』を引いて、「太一（乙）在驪山西、山之秀者也。一名地肺山。今稱南五臺山、道由鱉谷東南竹谷入」（太一（乙）は驪《り》山の西に在り、山の秀でたる者なり。一に地肺山と名づく。今、南五臺山と稱し、道は鱉谷《べっこく》の東南の竹谷由《よ》り入る）とある。一説に終南山のことという。『白氏六帖事類集』巻二には「中南（終南）一名太一。」（中南〈終南〉は一名太一）とある。

［**太白**］山の名。今の郿《び》縣の南にある太白山。太乙から太白までは数百里あり、その間は秦嶺山脈となっている。

［**路盤石門窄、匹馬行才通**］二句は、山の小道は曲がりくねり、兩側の山が石門のように向かい合って高く峙ち、僅《わづ》かに一頭の馬が通行できるだけであるの意。

［**支公**］東晉の高僧支遁《しとん》（字は道林）のこと。後、支公、支郎の語をもって僧徒を指した。ここでは謙道人を指す。

［**星星**］點點と同じ。

［**秦女**］弄玉のこと。『列仙傳』には「簫史得道好吹簫。～秦穆公以女弄玉妻之。遂教弄玉吹簫。鳳鳴作、有鳳來止其屋。公為作鳳臺。後弄玉乘鳳、簫史乘龍、共升天去」（簫史は道を得て簫を吹くを好む。～秦の穆公は女の弄玉を以て之に妻《めあは》す。遂に弄玉に簫を吹くを教ふ。鳳鳴の作《おこ》れば、鳳來たりて其の屋に止まる有り。公 為に鳳臺を作る。後、弄玉は鳳に乘り、簫史は龍に乘り、共に天に升りて去る）とある。

［**仙臺**］鳳臺のこと。その跡は太白山中にあると傳えら

れる。

［**遺蹤**］弄玉の祠を指して言うか。李華の「仙遊寺」の自注に「有龍潭穴、弄玉祠」（龍潭穴有り、弄玉の祠なり）とある。

［**石潭**］仙遊潭のこと。又の名を黒水潭。『陜西名勝志』巻二には「望仙潭、在盩厔縣東南三十里。~又五里、即長楊宮。故址稍南為仙遊潭。闊二丈、其水深黒、號五龍潭。唐時、毎歳降中使、投金龍于此」（望仙潭は、盩厔《ちゅうしつ》縣の東南三十里に在り。~又五里、即ち長楊宮。故址の稍《や》や南を仙遊潭と為す。闊《ひろ》さ二丈、其の水は深黒にして、五龍潭と號す。唐時、歳毎に中使を降して、金龍を此に投ぜしむ）とある。言い傳えによれば、潭に神龍がおり、日照りが続く時には朝廷は中使を遣わし「金龍」を投げ入れて祭ったという。

［**湍**］水の急に流れる様子。

［**噴薄**］水が激しく動き沸き上がるさま。

［**如雷風**］底本の校語に「一作來如風」（一に「來たること風の如し」に作る）とある。二句は、水流が迅《はや》く急であり疾風のように迸《ほとばし》り、その音はまるで雷の轟くようであることをいう。

［**清磬**］磬を打つ音が清らかで潤いがあり、のんびりとしている様子。

［**玲瓏**］姿がはっきりと見えること。

［**結宇**］粗末な庵を作ること。この二句には、自己の願望が込められている。

［**林晩**］季節が移り変わり、晩秋となったことをいう。

［**拆**］割れて開くこと。

［**枝寒**］葉が落ちて木が寒々としている様子。この二句は底本の校語に「一作晩栗枝初折、寒梨葉已紅」（一に「晩栗 枝初めて折れ、寒梨 葉は已に紅なり」に作る）とある。

［**區中縁**］世間のうるさい関係。俗縁。悟りのさまたげとなる色・香・声・味・触・法の六塵をいう。

［**依**］歸依の意味。底本は誤って「作」に作る。明抄本、『全唐詩』等に據って改めた。

［**金人**］佛あるいは佛像を指す。『漢書』巻五五、霍去病《かくきょへい》傳に「收休屠祭天金人」（休屠の祭天の金人を収む）とあり、顔師古の注に「今之佛像是也」（今の佛像 是《これ》なり）という。「休屠」は匈奴の王号。

［**乘輦客**］輦に乗って朝廷に出入する役人を指す。

［簪裾］簪を挿し裾を曳く人。つまり官に仕える者をいう。

【訳】

秋の夜　仙遊寺の南涼堂に泊まり　謙道人にこの詩を贈る

太乙山は太白山に連なり
兩山はいったいどのくらい重なり合っているのだろう
道は屈曲し　兩側から門のような崖が迫っており
一頭の馬が　やっと通れる程しかない」
日が西に傾く頃　山寺に着き
林の下で謙道人に逢った
昨夜　山の北にいた時
ぽつりぽつりと此の寺の鐘の音を耳にした」
弄玉は　鳳凰に乘って去って久しく
穆公の作った仙臺は　中峯にある
今はもう簫の音を聞くことはできないが
此の地に　それを偲ぶ縁《よすが》は殘っている」
石潭は　黛《まゆずみ》のように黒い水を湛《たた》え
毎歳この淵に金龍が投げ込まれる
亂流はその迅《はや》さを争い
激しく吹き上げる水はまるで雷風のような勢いだ」
夜になると流れが石を打つ清らかな音が聞こえてくる
月が蒼山の空に昇り
ひと氣のない山に　清らかな光が滿ち
川の流れも樹木も　月光に照らされてはっきりと見える」
廻廊は　密生した竹の間から見え
秋の夜の屋敷は　茂った松に覆われている
燈の影は　前の渓谷に落ちて
夜は水の音に包まれて宿る」
此の林と山の素晴らしさに心ひかれる
小さな庵を　渓谷の東に結びたいものだ
交わりを結ぶのは　ただ山僧
そして隣家の一釣翁だけ」
林は晩《く》れて　栗は初めて拆《さ》け
枝は寒く　梨は已に紅く色付いている
あたりの物は幽《しず》かで　興は滿ちやすく
諸事　勝《すぐ》れて　趣きがますます濃《こ》くなる」
できることならば俗世の塵芥を離れて
いつまでもこの佛寺に留まっていたい
朝廷の役人たちに告げたいものだ

お役人など　どうしてここに入れましょうかと

39　携琴酒尋閻防崇濟寺所居僧院　得濃字
　琴酒を携へて閻防《えんぼう》を崇濟寺の所居の僧院に尋ぬ。
　　濃字を得たり

相訪但尋鐘　相訪《と》ふに　但《た》だ鐘を尋ぬるのみ
門寒古殿松　門は寒し　古殿の松
弾琴醒暮酒　琴を弾《ひ》けば　暮酒　醒《さ》め
捲幔引諸峯　幔を捲《ま》けば　諸峯　引く
事愜林中語　事は愜《かな》ふ　林中の語
人幽物外蹤　人は幽なり　物外の蹤《あと》
吾廬幸相近　吾が廬は　幸ひにして相近く
茲地興偏濃　茲《こ》の地　興は偏《ひと》へに濃《こ》し

【語釈】

・天寶三年の登第前、長安での作か。

［**閻防**］13「華陰の東郭の客舍に宿し閻防を憶ふ」の詩中にも見える。河中（山西省永濟の西）の人で、開元・天寶間に文名が有り、開元二十二年（七三四）に進士に及第するが、二十八年、長沙の司戸に左遷される。後に終南山の豊徳寺に隠居し、ここで一生を終えた。他に『唐詩記事』巻二六、『唐才子傳』閻防傳にも見える。

［**崇濟寺**］長安の寺の名。『長安志』巻八に「（昭國坊の）西南の隅に崇濟寺あり。本は隋の慈恩寺。開皇三年、魯郡夫人の孫氏立つ」とある。

［**得濃字**］座中の各々が韻字を分け取り、その韻によって詩を作る。「得濃字」とは、岑參は「濃」の字が當たったことをいう。

［**相訪但尋鐘、門寒古殿松**］この二句は、閻防を僧院に尋ねようにも、その路を知らず、只だ鐘の響きをたよりに崇濟寺を尋ね当てたことをいう。その崇濟寺の門は寒々とし、奥に見える古殿は高く色濃い老松に覆われている。

［**暮酒**］日暮れに飲んだ酒。「酒」の字、底本は「雨」に作り、校語に「本、酒に作る」とある。『全唐詩』は「酒」に作る。

［**捲幔引諸峯**］この句は、屋内の帳を捲き上げると峰々の稜線が見えるのをいう。

［**愜**］心に満ち足りて快いさま。

［**物外**］「世外」（俗世を離れた清らかな地）と同じ意。

［**相近**］「相」字、『全唐詩』は「接」に作る。「近」字、

底本の校語に「一に接に作る」とある。

［偏濃］「偏」は、尋常とは異なる特別の意。「濃」は『全唐詩』は「慵」に作る。


【訳】

琴酒を携えて闍防を崇濟寺の所居の僧院に尋ねる
ただ鐘の音をたよりに訪ねてきた
山門は寒く 奥深く古殿を覆う老松が見える
琴を弾けば 日暮れに飲んだ酒の酔いも醒め
帳《とばり》を捲き上げれば 諸峯が棚引いている
すべては心に適《かな》う 林中の語らい
人は心ゆかしく 世を避けて隠れ住む
我が廬は 幸いにしてこの僧院に近く
ここにいると ひとえに興趣の情が深くなる

40 還高冠潭口留別舍弟

高冠潭口に還らんとして舍弟に留別す

昨日山有信　昨日 山より信《たより》有り
祇今耕種時　祇《まさ》に今 耕種の時と
遙傳杜陵叟　遙かに杜陵の叟《そう》に傳へよ
怪我還山遲　我の山に還ることの遲きを怪しまん
獨向潭上釣　獨り潭上に向《おい》て釣りし
無人林下期　人の林下に期する無し
東溪憶汝處　東溪にて汝を憶ふ處《とき》
閑臥對鸕鷀　閑《しず》かに臥して 鸕鷀《ろじ》に對《むか》はん

【語釈】

＊天寶三年の登第前の作。
［高冠潭］終南山の高冠谷内にある淵の名。

［舍弟］岑參には二人の兄（渭、況）と二人の弟（秉、亜）がいる。ここではこの二人の弟のことを指す。秉と亜は當時、長安にいたと思われる。

［杜陵叟］「杜陵」は長安の東南にあり、樂遊原ともいう。「叟」は老人の尊称。岑參と一緒に隠棲していた隠者を指す。

［釣］『全唐詩』では「酌」に作る。

［期］『全唐詩』では「棊」に作る。

［東溪］高冠谷の東にある渓流を指す。

［獨向潭上釣、閑臥對鸕鷀］「鸕鷀」は水鳥の一種で鵜《う》のこと。この四句は、岑參が弟たちと分れて高冠潭に歸り、後に弟たちを思いながら詠ったもの。


【訳】

高冠潭口に還るとき 弟たちに別れを告げる
昨日 山から便りがあった
今まさに耕種の時期であるという
遙かに杜陵の爺さんに傳えて欲しい
私が山へ歸るのが遅いと心配するだろうから
獨り潭のほとりで魚を釣り
林の下で会う約束をする人もない
東渓でおまえたちのことを憶いながら
閑《しず》かに横になって鸕鷀《ろじ》と向かいあっていよう

41　終南雲際精舍尋法燈上人不遇　歸高冠東潭石淙
望秦嶺微雨　作貽友人

終南の雲際精舍に法燈上人を尋ねて遇はず、高冠東潭の石淙に歸り　秦嶺を望めば微雨あり、作りて友人に貽《おく》る。

昨夜雲際宿　　昨夜　雲際に宿り
旦從西峯回　　旦《あさ》に西峯從《よ》り回《かへ》る
不見林中僧　　林中の僧を見ず
微雨潭上來」　微雨　潭上に來たる
諸峯皆青翠　　諸峯　皆　青翠
秦嶺獨不開　　秦嶺のみ　獨り開かず
石鼓有時鳴　　石鼓　時に鳴ること有り
秦王安在哉」　秦王　安《いづく》にか在る
東南雲開處　　東南　雲　開く處
突兀獼猴臺　　突兀《とつこつ》たり　獼猴《びこう》臺
崖口懸瀑流　　崖口　瀑流を懸《か》け
半空白皚皚　　半空　白皚皚《がいがい》
噴壁四時雨　　噴壁す　四時の雨
傍村終日雷」　傍村　終日の雷
北瞻長安道　　北のかた長安道を瞻《のぞ》めば
日夕多塵埃　　日夕　塵埃　多し
若訪張仲蔚　　若《も》し張仲蔚を訪ぬれば
衡門滿蒿萊　　衡門に　蒿萊《かうらい》　滿《み》たん

【語釈】

＊天寶三年の出仕前、隠居していた高冠での作。

［終南］終南山のこと。

［雲際］終南山に属する山名。上に大定寺がある。『長安志』巻一五に「雲際山大定寺、在鄠縣東南六十里」（雲際山の大定寺は、鄠縣《こ》の東南六十里に在り）とあり、杜甫の「渼陂《びひ》行」に「舩舷暝戛雲際寺、水面月出藍田關」

（舩舷　暝に憂《う》つ　雲際の寺、水面　月は出づ　藍田の關）とある。

〔**精舎**〕佛寺のこと。

〔**高冠東潭**〕（前詩に見える）淵の名。

〔**石淙**〕高冠の地名。

〔**秦嶺**〕終南山のこと。詩題は底本では「潭石淙望秦嶺微雨、貽友人」（潭石淙にて秦嶺を望めば微雨あり、友人に貽《おく》る）となっており、『文苑英華』巻二三五では「終南雲際精舎尋法燈上人」（終南雲際の精舎に法燈上人を尋ぬ）に作る。今は、『河嶽英霊集』『全唐詩』に従った。

〔**旦**〕『河嶽英霊集』『又玄集』『文苑英華』では「適」に作る。

〔**青**〕底本では「晴」字に作る。『全唐詩』により改めた。

〔**石鼓**〕鼓形の大きな石。石鼓が鳴ると戦争が起こると言われていた。『漢書』五行志第七上に「成帝鴻嘉三年五月乙亥、天水冀南山大石鳴。～石長丈三尺、廣厚略等。～民俗名曰石鼓。石鼓鳴有兵。」（成帝の鴻嘉三年五月乙亥、天水の冀南山に大石鳴る。～石は長さ丈三尺、廣厚略《ほ》ぼ等し。～民は俗に名づけて石鼓と曰ふ。石鼓鳴れば兵有り。）また、『水經』湘水の注に「（臨承）縣有石鼓、高六尺、湘水所逕。鼓鳴則土有兵革之事。」（臨承縣に石鼓有り、高さ六尺、湘水の逕《ふ》る所。鼓鳴れば則ち土に兵革の事有り。）と見える。『通鑑』の記載によると、開元・天寶年間に、唐は吐蕃、奚《けい》、契丹と度重なる戦争を起こしており、この句はその事を指しているようである。

〔**秦王**〕唐の太宗、李世民の即位前の封號。秦王のような人がいないため、いまだに國が安定せずにいることを、作者は憂い嘆いていたと考えられる。

〔**突兀**〕高く険しい様。

〔**獼猴臺**〕終南山の峯名。

〔**雨**〕字、『又玄集』では「雪」に作る。ここでは滝から流れ落ちてくる水しぶきを雨に見立てて、一年中、雨が降っているようだと説明している。

〔**日夕多塵埃**〕長安に塵埃が立ちこめていることをいう。「多」字、『又玄集』『文苑英華』『全唐詩』では「生」に作り、『河嶽英霊集』では「坐」に作る。

〔**張仲蔚**〕東漢の隠士。『高士傳』巻中によると、仲蔚は平陵の人で、道徳を修め、詩を作ることが上手であったが、仕えずして隠居し、門を閉じて世間との交際を断って、蓬蒿が生え茂っている茅屋で暮らしていた。ただ一人、知己の劉龔がいたという。岑參は仲蔚を自分に比していたようである。

［滿］『河嶽英霊集』『又玄集』『文苑英華』では「映」に作る。

［蒿萊］一般に、荒地に生える草をいう。

【訳】

終南雲際の寺院に法燈上人を尋ねたが會えなかったので、高冠東潭の石淙に歸ると秦嶺に雨が降っていた。一首作って友人におくる

昨日は雲際山に泊まり
夜明けに西峯からもどった
林中の僧には會えず
小雨が淵のそばにも降ってきた」
諸々の峯は　皆な深緑に覆われているが
終南山だけは　雲がかかって見えない
石鼓が時々鳴っている
秦王はどこにいらっしゃるのだろう」
東南の雲が晴れたとき
高く険しい獮猴臺が見える
崖口からは激しく水が流れ落ちているので
空が半ば白く見える」
崖壁の上には　一年中雨がふりかかっており
傍の村では終日　雷のような音が響いている
北の方向に長安への道をのぞめば
日暮時で塵埃が立ちこめている」
もし張仲蔚を尋ねたら
衡門には蒿萊がいっぱい生えていることだろう

42　題雲際南峯眼上人讀經堂
　　雲際南峯の眼上人の讀經堂に題す

結宇題三藏　　宇を結びて　三藏と題し
焚香老一峯　　香を焚きて　一峯に老ゆ
雲間獨坐臥　　雲間に　獨り坐臥し
祇是對杉松　　祇《た》だ是れ杉松に對するのみ

【語釈】

＊前詩と同じ頃の作。『全唐詩』では題下に「眼公不下此堂十五年矣」（眼公は此の堂より下らざること十五年なり）とい

う注がある。

［雲際］前詩の注を参照。

［眼上人］底本は「演上人」とするが、ここは『全唐詩』に従った。

［三蔵］佛教の教典は「經」「律」「論」の三つに分かれており、それらを合わせて「三蔵」と呼ぶ。

［一峯］雲際山の南峯を指す。

［杉松］『全唐詩』は「山松」に作る。


【訳】

雲際の南峯にある眼上人の讀經堂に題す
堂を建てて三蔵と名付け
香を焚きながら 一つの峯に老いる
雲間に獨り坐臥して
ただ杉松に向かい合うのみだ

43 灃頭送蒋侯
灃頭《ほう》に 蒋侯を送る

君住灃水北　君は住む 灃水の北
我家灃水西　我は家す 灃水の西
兩村辨喬木　兩村 喬木を辨じ
五里聞鳴鶏　五里 鳴鶏を聞く
飲酒溪雨過　酒を飲めば 溪雨 過ぎ
彈棋山月低　棋を弾《う》てば 山月低し
徒開蒋生逕　徒《いたづ》らに蒋生の逕《みち》を開くのみ
爾去誰相攜　爾《なんぢ》去らば 誰とか相攜《たづさ》へん

【語釈】

＊登第前、終南山に隠居していた時の作か。
［灃頭］灃水の畔。灃水は豊水とも称し、源は終南山より發し、北西に流れて渭河に注ぎ入る。今の西安市南西の灃河のこと。

［喬木］大きく高い樹木のこと。

［五里聞鳴鶏］陶淵明の「桃花源記」に「阡陌交通、鶏犬相聞」（阡陌《せんぱく》は交はり通じ、鶏犬は相聞こゆ）とあるのによる。これは村が平和で理想郷のような雰圍氣であることをいう。

［兩村辨喬木、五里聞鳴鶏］この兩句は二人の住む處が隣りあっていることを言う。

［彈棋］古代の博戯の一種。

［開］『全唐詩』は「聞」に作る。

［蒋生］4「自潘陵尖還少室居止秋夕憑眺」（潘陵尖よ

り少室の居止に還り 秋の夕に憑眺す）に既出。名は詡、字は元。杜陵の人。兗《えん》州の刺史であったが、それ以上は官につかず、病氣という理由で杜陵に歸り、隠居生活に入った。『太平御覧』巻五一〇・逸民部十。
［**徒開蒋生逕、爾去誰相攜**］「蒋詡三逕」の故事に據る。漢の時代、蒋詡は官を辞めて、郷里に隠遁し、庭に三筋の小道を作り、求仲・羊仲の二人の友だけを迎えて遊んだ。ここは、岑參と蒋侯の親しい関係の比喩とした。友人を迎える小道を開いたが、あなたが去った後は、いったい誰を迎えたらよいのでしょう、という。

【訳】

　灃水の畔で蒋侯を見送る

君は灃水の北に住み
私は灃水の西に家がある
兩方の村からは それぞれ喬木が見分けられ
距離は五里 鶏の鳴き聲が聞こえる
酒を飲めば 谷の雨が通り過ぎ
棋を弾《う》てば 山月が低くなってゆく
徒《いたづ》らに蒋生の道を開いただけ
あなたが去った後 誰と手を携えて歩けばよいのか

44 秋 思

　秋の思ひ

那知芳歳晩　那《な》んぞ知らん 芳歳の晩《くれ》
坐見寒葉墮　坐《そぞ》ろに寒葉の墮《お》つるを見んとは
吾不如腐草　吾は如《し》かず 腐草の
翻飛作螢火　翻《ひるがへ》り飛びて螢火と作《な》るに

【語釈】

＊天寶三年の登第以前の作か。
［**思**］底本には「一作怨」の校語がある。明抄本、呉慈培の校本も同じ。「秋の怨み」。
［**芳歳**］わかい年。妙齢。働き盛りの年齢。
［**腐草**］腐った草。『禮記』月令に「季夏之月、鷹乃學習、腐草為螢」（季夏の月、鷹乃ち学び習ひ、腐草 螢と為る）とある。
［**螢火**］螢は水邊の草の根の中に産卵し、幼虫は冬に土の中にいて、翌春に成虫になる。『古今注』巻中に「螢火、〜腐草為之、食蚊蚋」（螢火、〜腐草 之と為り、蚊蚋《ぶんぜい》を食ふ」とある。此の兩句では、自分が無能で世に用いられないのを、腐草からでさえ螢が生じることに引き比

べて嘆いている。

【訳】

秋の思い

思いもよらなかった　この芳歳の晩に
枯葉の堕ちるのを　ただ眺めていようとは
わたしは腐草にも及ばない
飛び回って螢火となる腐草にも

二、起　家

天寶三載（七四四）、三十歳の時に進士の試験に第二位で及第した岑參は、右内率府兵曹參軍を授けられた。右内率府は左内率府とともに東宮の役所で、太子の侍従と、其のための武器の管理を担當していた。兵曹參軍はそこの属官で官位は正九品下。職務内容は「文武の官、及び千牛備身（太子の宿衛侍従の官）に関する簿書および其の勲階・考課・仮使・俸禄のことを掌る」（『大唐六典』による）というものであった。その後、天寶八載（七四九）冬に高仙之の幕府に入るまでは長安に在った。

45　初授官題高冠草堂
　初めて官を授けられ高冠の草堂に題す

三十初一命　　三十にして初めて一命
宦情都欲闌　　宦情は都《すべ》て闌《つ》きんと欲す
自憐無舊業　　自ら舊業無きを憐れみて
不敢恥微官　　敢へて微官を恥ぢず
澗水呑樵路　　澗水は樵路を呑み
山花醉薬欄　　山花は薬欄に醉ふ
祇縁五斗米　　祇《た》だ五斗米に縁《よ》りて
孤負一漁竿　　一漁竿に孤負《そむ》く

【語釈】
＊岑參は此の年、官吏登用試験に合格したが、この詩は其の職を授けられて間も無くの作。
［高冠］終南山高冠谷のこと。終南山の岑參の隠居處。現在の陝西省鄠縣の東南。『長安縣志』巻一三に「終南山、自鄠縣東南圭峯、入（長安）縣西南界、東為高冠谷。高冠谷水出焉。」（終南山は、鄠《こ》縣の東南圭峯より、（長安）縣の西南界に入り、東を高冠谷と為す。高冠谷水は焉《これ》に出づ）とある。

［一命］周代の官職の最下級職。ここでは「右内率府兵曹參軍」の職を指す。右内率府は唐の十率府の一つで、太子の属官であり、東宮の兵仗、儀衛、門禁等の職事を掌る。府は兵曹參軍に置き、正九品下。武官の簿書を掌る。この時、岑參は三十歳。

［宦情］官吏になりたいと思う心。

［都］すべて、みな。『全唐詩』は「多」に作る。

［闌］盡きるの意。

［**自憐無舊業、不敢恥微官**］「舊業」は先祖の遺業。この両句は先祖の官位が低かったのだから、自分が低い官位に就くのも仕方がないという意。

［**澗水**］高冠谷の流水を指す。『長安志』巻一五に「高觀（冠）谷水、在（鄠《こ》）縣東南三十里、闊三歩、深一尺。是底並碎砂石」（高觀（冠）谷水は、（鄠《こ》）縣の東南三十里に在り、闊《ひろ》さは三歩、深さ一尺。是れ底は並びに碎砂石なり）とある。

［**澗水呑樵路**］澗水が雨で水かさが増し、樵路が水びたしになった様子を擬人法で表している。

［**山花醉薬欄**］「薬欄」は欄杆、「薬」は「籞」に同じ。往來を禁じて竹や木等で圍った所。山花が紅に咲き、その様は人が酒を呑んで、顔が紅くなっているようだの意。擬人法。

［**五斗米**］縣令の微薄な俸給。『晉書』陶潛傳に「吾不能為五斗米折腰」（吾れ五斗米の為に腰を折ること能はず）とある。

［**孤負**］そむくこと。明抄本『全唐詩』に「辜負」に作る。126「臨洮泛船。趙仙舟自北庭罷使還京」（臨洮に船を泛ぶ。趙仙舟　北庭より使を罷《や》めて京に還る）に「雲沙萬里地、孤負一書生」（雲沙　萬里の地、一書生に孤負《そむ》く）また191「虢州南池候嚴中丞不至」（虢州の南池にて嚴中丞を候《ま》つも至らず）に「相思不解説、孤負舟中杯」（相思ふも説くを解せず、舟中の杯に孤負《そむ》く）とある。

［**漁竿**］釣り竿。隠居生活を指す。

【訳】

初めて官を授けられ高冠の草堂に題す
三十歳にして　やっと官を授けられたが
仕官を望む心も　すべて盡きそうだ
先祖の遺業の無い自分だから
微官であることを恥じはしない
澗水は溢れて　樵路を呑み込む
山の花々は　柵のむこうに紅く酔って咲いている
ただ五斗米の俸禄のために
一本の釣り竿に負《そむ》くことにしよう

46　高冠谷口贈鄭鄠

高冠の谷口にて鄭鄠《ていこ》に贈る

谷口來相訪　　谷口　來たりて相訪《と》ふに
空齋不見君　　空齋　君を見ず

澗花然暮雨　　澗花　暮雨に然《も》え
潭樹暖春雲　　潭樹　春雲　暖かなり
門徑稀人迹　　門徑　人迹は稀に
簷峯下鹿羣　　簷峯より　鹿羣下《くだ》る
衣裝與枕席　　衣裝と枕席と
山靄碧氛氳　　山靄　碧氛氳《ふんうん》たり

【語釈】
＊初めて官を授けられて高冠を離れた後、たまたま舊友の鄭鄠を訪ねた時の作。前詩より少し後の作であろう。
〔高冠〕「冠」字、底本は「官」に作る。『全唐詩』により改めた。

〔贈〕底本は「招」に作る。『文苑英華』巻二五三により改めた。

〔空齋〕人けのない部屋。

〔澗〕高冠谷水を指す。

〔然〕「燃」と同じ。

〔潭〕高冠潭を指す。

〔簷峯〕家の廂のような形をした峰を指す。ここでは峰の上の鹿群が下に降りて來るほど、家の周りが安らかで静かであることをいう。

〔氛氳〕氣の盛んなさま。ここでは齋の中を覗くと、立ちこめている雲氣の中に、衣装と寝具だけが見えたことをいう。

【訳】
　高冠谷口の鄭鄠《ていこ》に贈る
谷口を訪ねて來たが
部屋の中は空っぽで君には會えなかった
谷川に咲く花は夕暮れの雨に濡れて色鮮やかだ
高冠潭のそばの樹木には暖かそうな春の雲
門前の小道には人の足跡は稀で
簷峯から鹿の群れが下りてくる
衣装と寝床には
雲氣が碧く立ちこめている

47　因假歸白閣西草堂
　　假に因りて白閣の西の草堂に歸る
雷聲傍太白　　雷聲　太白に傍《そ》ひ
雨在八九峯　　雨は八九の峯に在り
東望白閣雲　　東のかた　白閣の雲を望めば
半入紫閣松」　半ば紫閣の松に入る

勝概紛滿目　勝概 紛として目に滿ち
衡門趣彌濃　衡門 趣は彌《いよい》よ濃《こ》し
幸有數畝田　幸ひに數畝の田有り
得延二仲蹤」　二仲の蹤《あと》を延《ひ》くを得たり
早聞達士語　早《つと》に聞く 達士の語
偶與心相通　偶《たま》ま 心と相通ず
誤徇一微官　誤りて一微官に徇《したが》ひ
還山愧塵容」　山に還りて 塵容を愧《は》づ
釣竿不復把　釣竿 復た把《と》らず
野礁無人春　野礁 人の春《うすつ》く無し
惆悵飛鳥盡　惆悵《ちうちやう》として 飛鳥は盡き
南溪聞夜鐘　南溪に 夜鐘を聞く

【語釈】

*前詩と同じ頃の作であろう。

［因］底本は「田」に作るが、『全唐詩』によって改めた。「田」は、或いは「由」の誤りか。

［白閣］終南山の峯の一つ。陝西省戸縣の東南にある。

［太白］山名。陝西省鄠《こ》縣の南にある。

［紫閣］終南山の峯の一つ。『大清一統志』巻二二七に「峯在（鄠）縣東南三十里。迤東有白閣、黄閣峯、三峯相距不甚遠」（峯は（鄠《こ》）縣の東南三十里に在り。東に迤《つらな》りて白閣、黄閣の峯有り、三峯 相距《へだ》たること甚だしくは遠からず）とある。

［勝概］良い景色。勝景。

［衡門］隠者の家。ここは白閣の西の草堂を指す。

［二仲］求仲、羊仲のこと。漢代、隠遁した蒋詡が庭に三筋の小道を作り、求仲・羊仲とだけ交わったという。

［達士］見識が高く道理に通じた人のこと。

［徇］自己の意志を曲げて従うことをいう。

［塵容］俗人のすがた。

［南溪］白閣の西の草堂の南側にある溪澗を指す。

【訳】
休暇で白閣の西の草堂に帰る
雷鳴が太白山にそって聞こえており
雨は八、九の峯で降っている
東の方 白閣峯にかかる雲を望むと
半ば紫閣峯の松にかかっている」
勝景は入り亂れて目に滿ちており
衡門の趣きはいよいよ深いものがある
幸いに數畝の田があるので

二仲を迎えることはできよう」
早くから聞いている達士たちの言葉
そのことが私の心に共感を呼ぶ
誤って一微官に就いてしまい
山に還って俗塵にまみれた姿を愧《は》じている」
釣竿は　もはや把《と》られず
野ざらしの碓を舂《うすつ》く人はいない
悲しみのうちに飛鳥は盡きて
南渓に夜の鐘を聞くばかりだ

48　喜韓樽相過
韓樽の相過《よ》ぎるを喜ぶ

三月灞陵春已老　三月　灞陵《はりょう》　春　已《すで》に老い
故人相逢耐酔倒　故人　相逢《あ》ひて　酔倒するに耐《た》ふ
甕頭春酒黄花脂　甕頭《ようとう》の春酒　黄花の脂
祿米只充沽酒資」　祿米は只《た》だ沽酒の資に充《あ》つるのみ
長安城中足年少　長安城中　年少足《た》り
獨共韓侯開口笑　獨《た》だ韓侯と　開口して笑ふのみ
桃花點地紅斑斑　桃花は地に點じて　紅斑斑
有酒留君且莫還」　酒有り君を留む　且《しばら》く還ること　莫かれ
與君兄弟日攜手　君と兄弟となり　日に手を攜《たづさ》へん
世上虚名好是閑　世上の虚名　好《まこと》に是れ閑なり

【語釈】
＊前詩と同じ頃の作であろう。
［**韓樽**］明抄本は「韓尊」に作る。其の出生は未詳。
［**灞陵**］覇陵。覇水のほとりの地。今の陝西省長安縣の東に在る。
［**耐**］～するのに十分である。
［**黄花脂**］酒の表面に浮かぶ黄白色の泡。
［**祿米**］俸給のこと。
［**足年少**］長安の街は若者でいっぱいの様子。自分たちの出番は無いことをいうか。
［**韓侯**］韓樽に對しての尊称。
［**紅斑斑**］底本、明抄本、『全唐詩』の注には「紅斑」二字について「一作如錦」とある。
［**虚名**］「虚」字、底本及び『全唐詩』の注に「一作浮」とある。
［**好是**］「眞是」と同じ。「まったく～だ」。
［**閑**］等閑（なりゆきにまかせる）の意。

【訳】

韓樽が立ち寄ってくれたのを喜ぶ
三月 灞陵では春が已にたけている
舊友にあって 酒に酔い潰れるのによい季節
甕の春酒には 黄色の沫花が浮かんでいる
私の祿米は 只だ酒代になるばかり」
長安の城中は 今 若者でいっぱいだ
私と韓樽は ただ口を開けて笑っているばかり
桃花は 地面に紅く斑《まだら》に散り敷いている
酒は有ると君を留める しばらく還らないでくれと
君と兄弟になって日々手を携えよう
世間の虚名は全く関係のないこと

49 送裴校書従大夫淄川郡覲省
裴校書の 大夫に淄川《しせん》郡に従ひて覲省するを送る
尚書東出守　尚書 東のかた出でて守たり
愛子向青州　愛子 青州に向かふ
一路通關樹　一路 關樹 通じ
孤城近海樓　孤城 海樓 近し
懐中江橘熟　懐中 江橘は熟し
倚處戟門秋　倚處 戟門の秋
更奉輕軒去　更に輕軒を奉じて去れば
知君無客愁　君に客愁の無きを知る

【語釈】

＊天寶四年（七四五）の夏、長安での作。
［裴校書］裴敦復の息子。「校書」とは校書郎のことで、これは古い書籍を對照してその誤りを正す官のこと。

［大夫］詩中の「尚書」、裴敦復を指す。天寶三年、河南尹であった裴敦復は兵を率いて「海賊」呉令光を破ったことで刑部尚書に任じられていた。この事は『新唐書』玄宗紀及び『資治通鑑』に見える。『資治通鑑』天寶四年三月に「以刑部尚書裴敦復、充嶺南五府經略等使。五月壬申、敦復坐逗留不之官、貶淄川太守。」（刑部尚書裴敦復を以て、嶺南五府經略等使に充《あ》つ。五月壬申、敦復は逗留して官に之《ゆ》かざるに坐し、淄川太守に貶《おと》さる）とある。「大夫」は御史大夫を指すか。唐代、刑部尚書が御史大夫を兼任する例が有る（李適之が天寶元年に左相に任じられる前、この二職を兼ねていた）。裴は刑部尚書に任じられた時、御史大夫を兼ねていたものか。

［淄川］淄州。天寶元年に淄川郡に改められた。政庁は

今の山東省淄博市の西南、淄川鎮に在った。

［尚書］刑部尚書を指す。

［出守］郡の太守に任じられて地方に出ること。

［青州］天寶元年、北海郡に改められた。政庁は今の山東省益都縣。青、淄二州は隣り合っており、裴敦復の故郷は青州にあったと思われる。

［關樹］関所に植えられている樹木。

［孤城近海樓］裴敦復の家は、海邊の小さな町にあることをいう。

［懐中江橘熟］『三國志』呉志　陸績傳に「績年六歳、於九江見袁術。術出橘。績懐三枚去、拜辭墮地。術謂曰『陸郎作賓客而懐橘乎』績跪答曰『欲歸遺母。』術大奇之」（績は年六歳、九江（今の安徽省鳳陽縣の南）に於て袁術に見《まみ》ゆ。術は橘を出だす。績は三枚を懐にして去らんとし、拜辭して地に墮つ。術謂《い》ひて曰く「陸郎は賓客と作りて橘を懐にするか」と。績跪きて答へて曰く『歸りて母に遺らんと欲す』と。術大いに之を奇とす。）とある。この故事から、裴校書が禮物を携えて母の元に歸ることをいう。

［倚處戟門秋］「戟門」は、唐の制度で三品以上の官は、私邸の門に戟を立てることを許された。そのため高位の者の門を戟門と称する。ここは裴の家を指す。『戰國策』齊策六に、「王孫賈年十五、事閔王。王出走、失王之處。其母曰『女朝出而晩來、則吾倚門而望。女暮出而不還、則吾倚閭而望。女今事王、王出走、女不知其處。女尚何歸』」（王孫賈は年十五にして、閔王に事《つか》ふ。王出で走り、王の處を失ふ。其の母曰く、「女《なんぢ》朝に出でて晩に來れば、則ち吾は門に倚りて望む。女　暮れに出でて還らざれば、則ち吾は閭に倚りて望む。女は今　王に事へ、王出で走りて、女は其の處を知らず。女尚《な》ほ何ぞ歸るや」と。）とある。家に到着する時にはすでに秋になっていて、裴の母は家の門に寄り掛かって、我が子が歸ってくるのを切に望んでいることであろう、という。

［更奉輕軒去、知君無客愁］「輕軒」は、軽快な車。この兩句は裴校書が父親の赴任のお供をして郷里に歸るので、旅の愁いはないだろう、の意。


【訳】

裴校書が淄川郡に行く大夫に従って母に會いに歸るのを送る

尚書は東に長官として赴任され

その愛子であるあなたは青州に向かう
一筋の道が関樹の間に通じ
孤城は海邊の家に近い
懐《ふところ》の中には江橘が熟しており
母上は秋の日　戟門に寄りかかって待っておいでだろう
そのうえ父上の軽快な車に従って行くのだから
あなたには旅路の愁いなど無いことであろう

50　登千福寺楚金禅師法華院多寶塔

千福寺楚金禅師の法華院の多寶塔に登る

多寶滅已久　　多寶　滅して已に久しく
蓮華付吾師　　蓮華　吾が師に付さる
寶塔凌太虚　　寶塔は　太虚を凌《しの》ぎ
忽如湧出時」　忽として湧出せし時の如し
數年功不成　　數年　功成らざるも
一志堅自持　　一志　堅く自ら持す
明主親夢見　　明主　親しく夢に見
世人今始知」　世人　今始めて知る
千家獻黄金　　千家　黄金を獻じ
萬匠磨琉璃　　萬匠　琉璃《るり》を磨く
既空秦山木　　既に秦山の木を空《むな》しくし
亦罄天府貲」　亦た罄《つく》す　天府の貲《し》
焚香如雲屯　　焚香　雲の屯《とど》まるが如く
幡蓋珊珊垂　　幡蓋《はんがい》　珊珊《さんさん》として垂る
窸窣神繞護　　窸窣《しつそつ》として神は繞護《じょうご》し
衆魔不敢窺」　衆魔　敢《あ》へて窺はず
作禮覩靈境　　禮を為せば　靈境を覩《み》
焚香方證疑　　香を焚けば　方《まさ》に疑いを證せんとす
庶割區中縁　　庶《ねが》はくは區中の縁を割《た》ち
脱身恒在茲　　身を脱して恒《つね》に茲《ここ》に在らんことを

【語釈】

＊天寶四年頃の作。

［**千福寺**］『長安志』巻一〇に「（安定坊）東南隅、千福寺、本章懐太子宅。咸亨四年、捨宅為寺。」（（安定坊の）東南の隅、千福寺は、本と章懐太子の宅。咸亨四年（六七三）に、宅を捨して寺と為す。）とある。『大清一統志』巻一八〇には「在長安縣西二里。唐建、内有多寶塔。今名鐵塔寺。」（長安縣の西二里に在り。唐に建て、内に多寶塔有り。今は鐵塔寺と名づく。）とある。

［**楚金禪師**］『全唐文』巻三七九、岑勲「西京千福寺多

寶塔感應碑」に「有禪師、法號楚金、姓程。廣平人也。」（禪師有り、法號は楚金、姓は程。廣平〈唐の郡名、即ち洺州。治所は今の河北省永年縣に在り。〉の人なり。）とある。もと長安の龍興寺の僧で、多寶塔を建てる事を司った。乾元二年（七五九）卒。年六十二。『宋高僧傳』卷二四に「七歳諷法華、十八通其義。三十構塔、曰多寶、四十入帝夢於九重」（七歳にして法華を諷《そらん》じ、十八にして其の義に通ず、三十にして塔を構えて、多寶と曰ひ、四十にして帝の夢に九重に入る）とある。

［**多寶**］即ち多寶塔のこと。多寶とは東方寶浄國の佛で、生前に誓願を立てた。それは自分の成佛の後に、十方國土で『法華經』を説く者が有る時には、全身の舍利を安置した寶塔を必ずその前に湧き現わし、『法華經』の内容が眞実であることの證明とする、というものであった。説に據ると釋迦牟尼が靈鷲山において『法華經』を説くと、多寶塔が地より湧き出て、塔の中から釋迦を讃える聲を發し、『法華經』に説くところは、全て眞実であると言ったという。詳細は『妙法蓮華經』見寶塔品に見える。「感應碑」に據ると、楚金は「因静夜持誦、至多寶塔品、身心泊然、如入禪定。忽見寶塔宛在目前」（静夜に因りて持誦し、「多寶塔品」に至るに、身心 泊然として、禪定に入るが如し。忽ち寶塔の宛として目前に在るを見る）とあり、楚金は後に千福寺のしかるべき場所を択び多寶塔を建てたという。

［**蓮華**］即ち『妙法蓮華經』。簡稱を『法華經』といい、佛教の經典の一つ。底本は「華」の下に「一作經」と注す。

［**虚**］明抄本、『全唐詩』は「空」に作る。この兩句は、楚金が建てた寶塔は雲霄に入るほど高く、釋迦が法を説くとき突然に多寶塔が地より湧き出た時の様であるという。

［**數年功不成**］「西京千福寺多寶塔感應碑」には、多寶塔は天寶元年以前に起工し、天寶四年に完成したとある。

［**明主親夢見**］「西京千福寺多寶塔感應碑」には、多寶塔について次のように記す。「至天寶元載、創構材木、肇安相輪。禪師理會佛心、感通帝夢。七月十三日、敕内侍趙思偘、求諸寶坊（佛寺）、験以所夢。入寺見塔、禮問禪師。～其日賜銭五十萬、絹千匹、助建修也。」（天寶元載に至りて、創《はじ》めて材木を構え、肇《はじ》めて相輪を安んず。禪師は佛心を理會し、帝の夢に感通す。七月十三日、

内侍趙思偘に敕して、諸《これ》を寶坊（佛寺）に求めしめ、験するに夢むる所を以てす。寺に入りて塔を見、禮して禪師に問ふ。～其の日、銭五十萬、絹千匹を賜り、建修を助くるなり。）「親」字、底本の注に「一作先」とある。

［**千家獻黃金**］皇帝が寄進した後、捐金して修建を助ける人が非常に多く、「西京千福寺多寶塔感應碑」には「檀施山積」（檀施 山のごとく積む）とある。

［**琉璃**］又は流璃、瑠璃に作る。釉薬《うわぐすり》の一種。

［**秦山**］秦嶺のこと。『全唐詩』は誤って「泰山」に作る。

［**天府**］朝廷の文書・財宝・器物などを入れておく蔵。

［**焚香如雲屯、幡蓋珊珊垂**］上の句は塔の中の焚香の多いことを形容し、下の句は焼香する貴人の幡蓋の豪華な様を写す。「珊珊」は、佩玉がぶつかって發する音。「幡蓋」は官僚・貴族が外出するときに用いる傘のこと。

［**雲屯**］99「祁樂の河東に歸るを送る」に「颯颯生清風、五月火雲屯。」（颯颯として清風生じ、五月 火雲 屯す）、224「潼關鎮國軍の句覆の使院にて早春に王同州に寄す」に「旗旐遍草木、兵馬如雲屯。」（旗旐は草木に遍《あまね》く、兵馬 雲の屯《とど》まるが如し）、また130「輪臺歌。封大夫の師を出して西征するを送り奉る」に「虜塞兵氣連雲屯、戦場白骨纏草根。」（虜塞の兵氣 雲に連なりて屯し、戦場の白骨 草根 纏《まつは》る）とある。

［**窸窣守繞護**］「窸窣」とは、聲の安らかでないさま。神霊が寶塔を護り、空中を飛び回っている様子を言う。

［**作禮覩靈境、焚香方證疑**］多寶塔に來て焼香拝禮すれば、不思議な有様を目にすることが出來る。「焚」字、底本、明妙本、呉慈培の校本は「聞」に作り、注に「一作焚」という。『全唐詩』は「焚」に作る。

［**割**］割捨、捨棄のこと。

［**區中縁**］人の世の塵縁。謝霊運の「江中の孤嶼に登る」に「想像崑山姿、緬邈《めんばく》區中縁」（想像す 崑山の姿、緬邈たり 區中の縁」とある。

【訳】

千福寺楚金禪師の法華院多寶塔に登る

多寶塔が姿を消して已に久しくなったが
法華經は吾が師に傳えられた
多寶塔は天に高く突き出し
忽ち地より湧き出した時のようである」
数年（を経ても塔は）出來上がらなかったが

一つの志を堅く持ち続けた
名君が　親しく夢に見られ
世の人は　今始めてそのことを知った」
千もの家々が黄金を献じ
萬もの匠たちが琉璃を磨いた
既に秦山の樹木を使い果たし
朝廷の蔵の財宝も　また盡きはてた」
香を焚く煙は　雲がとどまっているようであり
天蓋は珊珊《さんさん》と　音をたてて垂れている
窸窣《しっそつ》として　あたりを神が圍み護り
多くの魔物は　敢えて近づこうとはしない」
拝禮すれば　神々しい世界が見え
香を焚けば　すぐに疑いを拂うことができる
願わくは　人の世の塵縁を割《さ》き棄て
身を脱して恒《つね》にこの場所にいたいもの

51　驪姫墓下作　夷吾重耳墓隔河相去十三里
驪姫《りき》墓下の作　夷吾　重耳の墓は河を隔てて相去ること十三里なり

驪姫北原上　驪姫《りき》　北原の上
閉骨已千秋　骨を閉ざすこと　已に千秋
澮水日東注　澮水　日に東に注ぐも
惡名終不流」　悪名　終《つひ》に流れず
獻公恣耽惑　獻公　恣《ほしい》ままに耽惑《たんわく》し
視子如仇讎　子《こ》を視ること　仇讎《あだかたき》の如し
此事成蔓草　此の事　蔓草と成り
我來逢古丘」　我來たりて　古丘に逢ふ
蛾眉山月落　蛾眉　山月　落ち
蝉鬢野雲愁　蝉鬢《ぜんびん》　野雲　愁う
欲弔二公子　二公子を弔《とむら》はんと欲するも
横汾無輕船　汾《ふん》を横《わた》るに　軽舟　無し

【語釈】

＊天寶五・六年の間、絳州・晉州を旅していた時の作か。詩題、底本では「驪姫墓」と作り、注は無い。ここは『文苑英華』『全唐詩』に従う。

［驪姫］春秋、驪戎《りじゅう》（古の國名で現在の陝西省臨潼縣東南の驪山にあった）の人。晉の獻公が驪戎を伐ったとき、驪戎は驪姫を獻公に献じた。寵愛を得て夫人になり、奚齊《けいせい》を生んだ。驪姫は奚齊を太子に立たせたかったので、獻公に讒言して太子申生《しんせい》を陥れた。そのため申生は縊死

し、公子の重耳や夷吾も相次いで國から出ていった。しかし、獻公の死後、奚齊と驪姫は大夫の里克によって殺された。荘公二十八年、僖公四年、九年の『春秋左氏傳』に見える。

［**驪姫墓**］『元和郡縣志』巻一二によると、絳州正平縣（今の山西省新絳縣西南）にあるという。

［**夷吾**］晉の獻公の息子、恵公のこと。里克が奚齊及びその同母弟の卓子を殺した後、晉には君主がいなかったが、夷吾が國に還って位に即いた。前六五〇～前六三七年在位。

［**重耳**］晉の獻公の息子、文公のこと。公元前六三六～六二八年在位。齊の桓公に次いで、諸侯の盟主になった。

［**河**］汾河を指す。山西省寧武縣の管涔山から出て、西南に流れながら、河津縣の西南あたりで黄河と合流する。

［**閉骨**］埋葬することを言う。

［**澮水**］澮河ともいう。山西省翼城縣の澮山から出て、西流して新絳縣に至り、汾河に合流する。驪姫の墓址は澮河のほとりにあった。

［**獻公**］姓は姫、名は詭諸。前六七六～前六五一年在位。

［**恣耽惑**］悪事におぼれること。獻公が驪姫の讒言に惑わされたことを指す。

［**此事成蔓草**］『春秋左氏傳』隠公元年に、祭仲が荘公に答えて言った言葉「～無使滋蔓。蔓難圖也。蔓草猶不可除、況君之寵弟乎」（～滋蔓せしむること無かれ。蔓すれば圖り難きなり。蔓草すら猶ほ除く可からず、況んや君の寵弟をや）による。はびこった草は刈り除くのが容易ではないとは、驪姫が申生を陥害した事はすでに史書に記されており、これを除くことはとても難しいことであったとの意。

［**蛾**］底本では誤って「峨」字に作る。今、『文苑英華』巻三〇六、『全唐詩』により改めた。

［**落**］『文苑英華』『全唐詩』では「苦」字に作る。

［**蛾眉**］女性の眉の美しいことをいう。ここは三日月に驪姫の眉を重ねている。

［**蝉鬢**］蝉の翼のように透いて見える結髪。これも驪姫の姿を重ねている。

［**二公子**］夷吾と重耳を指す。

［**横汾**］汾河を横切って渡ること。

【訳】

驪姫の墓のほとりの作　夷吾と重耳の墓は河を隔てて十

三里のところにある
驪姫が北原の上に
埋葬されて　已に千年が経った
澮河は長年　東に向かって注いでいるが
悪い評判は　ついに流れて消えることはなかった」
晉の獻公は　耽惑にまかせて
子どもたちを仇讎《あだかたき》のようにみていた
「はびこった草になる」とはこのことであり
私は今その古丘にやって來た」
蛾眉《がび》のような山月は沈み
蝉鬢のような野雲が愁わしげにたなびいている
夷吾と重耳の霊を慰めたいが
汾《ふん》河を渡ろうにも軽舟がない

52　題平陽郡汾橋邊柳樹　參曾居此郡八九年

平陽郡の汾橋《ふんけう》邊りの柳樹に題す　參は曾《かつ》て此の郡に居すること八九年なり。

此地曾居住　　此の地　曾《かつ》て居住す
今來宛似歸　　今來たるに宛《あたか》も歸るに似たり
可憐汾上柳　　憐れむ可し　汾上の柳
相見也依依　　相見て　也《ま》た依依《いい》たり

【語釈】

＊前詩と同じ頃の作か。

［**平陽郡**］晉州のこと。治所は今の山西省臨汾縣にあった。底本にはこの三字がなく、『全唐詩』によって補った。

［**參曾居此郡八九年**］開元八年（七二〇）頃、岑參の父植が晉州の刺史となり、參は父について晉州に行き客居した。そして、開元一七年（七二九）、參が十五歳のとき少室山へ移った。底本では「曾客居平陽郡八九年」（曾て平陽郡に客居すること八九年）となっているが、ここは『全唐詩』に従う。

［**住**］底本の注に「一作慣」とある。

［**依依**］春の日に柳の細い枝が風に吹かれて揺れている様子。また木の枝のしなやかな様子。『詩經』小雅、采薇に「昔我往矣、楊柳依依。」（昔　我往《ゆ》きしとき、楊柳依依たり。）とある。また、378「草堂の村に羅生を尋ねて遇はず」に「數株溪柳色依依、深巷斜陽暮鳥飛。」（數株の溪柳　色は依依たり、深巷の斜陽　暮鳥　飛ぶ。）とある。

【訳】

平陽郡の汾橋の邊《ほと》りにある柳樹に書き付ける

参はかつてこの郡に八九年のあいだ住んでいた

かつてこの地に住んでいたことがあった
今來て まるで歸ってきたかのようだ
ああ 汾河のほとりの柳は
私に寄り添うかのように なおも揺れている

53 宿蒲關東店憶杜陵別業

蒲關《ほくわん》の東店に宿り、杜陵の別業を憶ふ

關門鎖歸路　　關門 歸路を鎖《とざ》し
一夜夢還家　　一夜 夢は家に還る
月落河上曉　　月は落つ 河上の曉
遙聞春樹鴉　　遙かに聞く 春樹の鴉
長安二月歸正好　　長安 二月 歸るや正に好し
杜陵樹邊純是花　　杜陵 樹邊 純《もっぱ》ら是れ花ならん

【語釈】

*絳州・晉州から長安に歸る途中の作。

［**蒲關**］蒲津関の略称。河中府河西縣にある。『新唐書』巻三九、地理三に「有蒲津關、一名蒲坂。」（蒲津關有り、一に蒲坂と名づく。）とある。また、臨晉関ともいい、魏の時代に置かれた。址は今の陝西省大茘縣の東、黄河の西岸にある。秦晉間の重要な渡口であった。

［**杜陵**］地名。または樂遊原ともいう。今の長安縣の東南にある。

［**關門鎖歸路**］夜遅くなると関門が閉まり、船が通過できなくなることを意味する。「路」字、『全唐詩』では「客」に作る。

［**春**］『全唐詩』では「秦」字に作る。「秦」は長安の邊りをいう。

【訳】

蒲関の東店に宿り 杜陵の別荘を憶う

関門は 歸路を鎖《とざ》し
一夜 夢は家に還《かえ》っていった
月は沈み 河のほとりは 曉《あかつき》
遙かに聞こえる 春樹に鳴く鴉の聲
長安は二月 歸るにはちょうどよい
杜陵の樹々は 花ざかりであろう

54 入蒲關先寄秦中故人

蒲關に入りて 先ず秦中の故人に寄す

秦山數點似青黛　秦山 數點 青黛に似たり
渭水一條如白練　渭水 一條 白練の如し
京師故人不可見　京師の故人 見る可からず
寄将兩眼看飛燕　兩眼を寄せ将《も》ちて 飛燕を看ん

【語釈】

＊前詩と同じ頃の作か。

［**蒲**］底本にはない。明鈔本、『全唐詩』によって補った。

［**秦中**］關中のこと。今の陝西省の地。陝西は古の秦國であったからいう。

［**秦山**］陝西省西安の南にある山脈。終南山脈。

［**秦山數點似青黛**］「青黛」は青黒色の黛のこと。霞のかかった秦山の山々はちょうど眉のように頂上部分だけが望まれ、それが青い黛色をしている。

［**白練**］白い練絹のこと。謝眺の「晩に三山に登りて京邑を還望す」詩に「餘霞散成綺、澄江静如練」（餘霞は散じて綺《あやぎぬ》を成し、澄江は静かにして練《ねりぎぬ》の如し」とある。

［**京師**］長安を指す。

［**寄将兩眼看飛燕**］岑參は兩の眼を長安に持って行って春の空に燕が飛ぶ様子を眺めるということを想像している。早く長安へ歸りたいという思いの表現。

【訳】

蒲關に入って先ず秦中の友人に寄せる

秦山が数点 青い黛《まゆずみ》をつけたよう
渭水の一筋の流れは 白い練《ねりぎぬ》のようだ
長安の友人には まだ會うことができない
兩眼を持って行って 長安の空に燕が飛ぶのを見たい

55 楊固店

楊固の店

客舍梨葉赤　客舍 梨の葉赤く
鄰家聞擣衣　鄰家 擣衣を聞く
夜來常有夢　夜來 常に夢有り
墜涙緣思歸　涙を墜《おと》すは 歸を思ふに緣《よ》る
洛水行欲盡　洛水 行きて盡きんとし
緱山看漸微　緱山 看るに漸《やうや》く微《かす》かなり
長安祇千里　長安 祇《た》だ千里なるに
何事信音稀　何事ぞ 信音の稀《まれ》なる

【語釈】
＊天寳五・六年の作か。
［楊固］地名。未詳。河南省偃師《えんし》縣、或いは鞏《きょう》縣のどこかにあったと思われる。

［常］『全唐詩』は「嘗」字に作る。

［洛水行欲盡］作者は長安を出發して洛陽に向かい、洛水を東に下っている。この句は、旅程の長いことをいう。

［緱山］緱氏山のこと。今の河南省偃師縣の南、緱氏鎮の東南にある。

【訳】
楊固の宿
宿屋では　梨の葉が赤く染まり
鄰家からは砧《きぬた》の音が聞こえてくる
夜になると常に夢を見る
涙を流すのは故郷に歸りたい想いのため
洛水は行く行く盡きてしまいそうであり
緱山は次第に微《かす》かになっていく
長安は　わずか千里の距離なのに
どうしてこんなに手紙が稀なのだろうか

56　敬酬杜華淇上見贈　兼呈熊曜
敬《つつし》みて杜華の淇上《きじょう》にて贈らるるに酬ふ　兼ねて熊曜に呈す。

杜侯實才子　杜侯は實に才子
盛名不可及　盛名　及ぶ可からず
祇曾效一官　祇《た》だ曾《かつ》て一官を效《さづ》けらるるのみにして
今已年四十」　今は已に年四十
是君同時者　是の君と　時を同じうする者は
已有尚書郎　已に尚書郎なる有り
憐君獨未遇　君の獨り未だ遇はず
淹泊在他鄉」　淹泊《えんぱく》して他鄉に在るを憐れむ
我從京師來　我は京師より來たりて
到此喜相見　此に到りて相見《あ》ふを喜ぶ
共論窮途事　共に窮途の事を論じ
不覺淚滿面」　覺えずして滿面に淚す
憶昨癸未歲　昨の癸未《きび》の歲を憶ふに
吾兄自江東　吾が兄　江東よりす
得君江湖詩　君の江湖の詩を得るに
骨氣淩謝公」　骨氣　謝公を淩《しの》ぐ
熊生尉淇上　熊生　淇上《き》に尉たり

開館常待客　館を開きて 常に客を待す
喜我二人來　我ら二人の來るを喜びて
歡笑復朝夕」　歡笑すること復た朝夕
縣樓壓春岸　縣樓 春岸を壓し
戴勝鳴花枝　戴勝 花枝に鳴く
吾徒在舟中　吾が徒 舟中に在りて
縱酒兼彈棋」　酒を縱《ほし》いままにし 兼ねて棋を彈ず
三月猶未還　三月 猶ほ未だ還らず
客愁滿春草　客愁 春草に滿つ
頼蒙瑤華贈　頼《さいは》ひに瑤華の贈を蒙り
諷詠慰懷抱　諷詠して懷抱を慰む

＊天寶五・六年頃、淇水のほとりにいる頃の作か。

【語釈】

［酬］詩を作って酬答すること。返事をする。

［杜華］濮陽の杜氏一族の人。

［淇上］淇水の上《ほと》り。

［熊曜］洪州（今の江西南昌市）の人。開元中に進士となり、臨清縣の尉となった。このことは『元和姓纂』巻一に記述があり、『全唐文』『全唐詩』に作品がある。また底本は「熊耀」に作るが、宋本、明抄本、『全唐詩』に従った。

［杜侯］杜華の尊称。

［效一官］「效」は、授ける。底本、宋本、明抄本、『全唐詩』の注には「一作爲」とある。

［同時］同じ時の官吏登用試験の及第を指す。

［尚書郎］ここでは尚書省の幹部の役人を広く指す。

［淹泊］久しくとどまる。留滞すること。

［癸未歳］天寶二年（七四二）のこと。

［吾兄］岑參の兄、岑況のことで、湖州（今の浙江呉興縣湖州鎮）の別駕、單父縣の令となった。

［江東］長江の南の地域。江東に湖州があることから、天寶二年に岑況は湖州の別駕であったと考えられる。

［骨氣］氣骨。詩歌の風格や筆力を指す。

［謝公］南朝（宋）の謝靈運のこと。著名な山水詩人で『宋書』巻六七に傳がある。

［尉淇上］淇水のほとりの縣の尉であった。

［壓］臨む。

［戴勝］鳥の名。体長三〇センチほどで黄褐色か紅灰色。嘴は細長く、黄金色の鶏冠がある。

［彈棋］古代の遊戲の一種。駒を弾いて相手の駒に當て、

取ったり取られたりする遊び。

［客愁満春草］　春草を見て、羇旅の愁いが広く溢れるさまをいう。

［瑤華］　美玉のこと。杜華が贈ってくれた詩をたとえている。

【訳】

敬んで淇上《きじょう》の杜華に贈られた詩にこたえる　兼ねて熊曜《ゆうよう》にさしあげる

杜侯は実《まこと》に才子
そのすばらしい評判は誰も及ばない
しかし　ただ一官を授けられただけで
今はもう四十歳になってしまった」
此の君と同時に及第した者たちは
已に尚書郎になっている人もいるというのに
君だけがいまだに不遇で
長い間　他郷にいるのが氣のどくだ」
私は京師からやってきて
ここに來て君と會えたのが嬉しい
共に出世できない境遇について語り合い
我知らず満面に涙する」
昨年　癸未の歳のことを思い出す
吾が兄が江東からやって來た
君の江湖での詩を得たが
その風格や筆力は謝公を淩《しの》ぐほどだったという」
熊《ゆう》君は淇水のほとりの尉で
館《やしき》を開いて常に客を接待してくれる
私たち二人が來たことを喜び
朝に夕に歓笑しあう」
縣の樓館は　春岸に臨み
戴勝が　花の咲いた枝で鳴いている
私たちは舟中にあって
酒を飲んだり弾棋をしたり」
三月になってもまだ家に歸らず
旅の愁いが春草に満ちる
幸いに瑤華のごとき作を贈られ
諷詠して懐いを慰めることである

57　胡笳歌　送顔眞卿使赴河隴

胡笳《こか》の歌　顔眞卿の使ひして河隴に赴くを送る

君不聞　　君聞かずや

胡笳聲最悲　胡笳の聲 最も悲しきを
紫髯緑眼胡人吹　紫髯《しぜん》 緑眼《りよくがん》の胡人 吹く
吹之一曲猶未了　之を吹けば一曲猶《な》ほ未だ了《お》はらざるに
愁殺樓蘭征戍児」　愁殺す 樓蘭《ろうらん》 征戍《せいじゅ》の児
涼秋八月蕭關道　涼秋 八月 蕭關の道
北風吹斷天山草　北風 吹き断つ 天山の草
崑崙山南月欲斜　崑崙山南 月 斜めならんと欲し
胡人向月吹胡笳」　胡人 月に向かひて 胡笳を吹く
胡笳怨兮将送君　胡笳の怨み 将《もっ》て君を送らんとす
秦山遙望隴山雲　秦山 遙かに望む 隴山の雲
邊城夜夜多愁夢　邊城 夜夜 愁夢多し
向月胡笳誰喜聞　月に向かひて 胡笳 誰か聞くを喜ばん

【語釈】

*天寶七年（七四八）の作。岑参が長安在住中に、顔眞卿が河隴に赴任するのを送った時の作。

［**胡笳**］昔の吹奏樂器。木製。穴があり両端が湾曲している。漢の時代に塞北と西域一帯で流行した。

［**顔眞卿**］（七〇九～七八五）字は清臣。京兆・萬年（今の陝西長安）の人。開元中の進士。官職は太子太師に至る。魯郡公に封ぜられ、顔魯公と呼ばれた。『舊唐書』巻一二八、『新唐書』巻一五三。

［**河隴**］河隴は河西、隴右のこと。唐・殷亮の『顔魯公行状』に、「（天寶）七載、又た河西隴右軍試覆屯交兵使に充《あ》てらる」とある。河西節度使は、景雲八年（七一〇）に設けられ、治所は涼州（今の甘粛武威縣）に在った。隴右節度使は、開元元年に設けられ、治所は涼州に在った。底本には「使」字が無かったが、宋本、明抄本、『全唐詩』によって補った。

［**緑**］『全唐詩』の注に、「一作碧」（一に碧に作る）とある。

［**樓蘭**］漢の時の西域の國名。故地は現在の新疆の、若羌縣東北にある。ここでは、広く西域の地を指す。

［**蕭關**］昔の関所の名前。今の寧夏、固原縣の東北にあり、塞北の交通における重要な関所であった。

［**天山**］新疆中部を横貫する山脈。

［**崑崙山**］新疆南部から東に向かって延びて、青海境内に続く山である。

［**月欲斜**］月が空の中央に昇ってから、西に傾く頃。眞

夜中過ぎ。

［**秦山**］終南山とも言い、秦嶺とも言う。

［**隴山**］隴坂とも呼ばれる。今の陝西省隴縣の西北に在る。河西、隴右に行くときには、必ず通過する場所である。

［**向月胡笳誰喜聞**］「月」字、底本、宋本、明抄本、呉校に、「一作夜」（一に夜に作る）とある。

【訳】

胡笳の歌　顔眞卿が使者として河隴に向うのを送る

君は聞いているだろう
胡笳の音色が最も悲しいということを
それは 紫の頬髭と緑の眼をした胡人が吹く
まだ一曲を吹き終わらないのに
樓蘭に遠征している兵士を ひどく淋しがらせる」
涼秋八月 蕭関の道
北風が天山山脈の草を吹きちぎる頃
崑崙山の南に 月が斜めになろうとする眞夜中過ぎ
胡人は月に向かって胡笳を吹く」
胡笳の悲しい音色に思いをよせて 君を送る
秦山からは 隴山の雲が遙かに眺められる
邊境の城では 夜毎に憂いの夢を見ることだろう
月に向かって吹かれる胡笳の音《ね》を 誰が聞きたいと思うだろうか

58 送宇文南金放後歸太原寓居 因呈太原郝主簿

宇文南金の放たれて後に太原の寓居に歸るを送る。因りて太原の郝主簿に呈す。

歸去不得意　　歸去 意を得ず
北京關路賒　　北京 關路 賒《とほ》し
却投晉山老　　却《かへ》って晉山に投じて老い
愁見汾陰花」　愁ひて見ん 汾陰《ふんいん》の花
翻作灞陵客　　翻《かへ》って作《な》る 灞陵の客
憐君丞相家　　君が丞相の家なるを憐れむ
夜眠旅舍雨　　夜眠る 旅舍の雨
曉辭春城鴉」　曉に辭す 春城の鴉
送君繫馬青門口　君を送りて馬を繫ぐ 青門口
胡姬壚頭勸君酒　胡姬 壚頭 君に酒を勸む
爲問太原賢主人　爲に問へ 太原の賢主人
春來更有新詩否　春來りて更に新詩有りや否やと

【語釈】

＊天寶元年から八年まで、長安に在った時の作。
〔宇文南金〕唐の玄宗の時代に丞相に任じられた宇文融の族人。

〔放〕罷免されること。

〔太原〕今の山西省太原市の西南。

〔主簿〕官名。府署で文書帳簿を管理する佐吏。

〔北京〕『新唐書』地理志によると、北都は天寶元年（七四二）に名を北京と改め、至徳元年（七五六）再び北都とした。

〔賒〕遠いこと。

〔晉山〕広く北都の太原の山を指す。

〔汾陰〕汾水の南、太原府の付近の地区。『全唐詩』では「汾陽」とする。

〔灞陵〕唐代では長安の人々の送別の地であった。

〔丞相家〕『新唐書』宰相世系表などでは、唐代の宇文氏の一族の中に丞相に任じられた者が三人おり、その中の宇文融は開元十七年に丞相になり、同年、汝州刺史に貶《おと》された。

〔辭〕底本では「醉」字に作るが、今は『全唐詩』に従った。

〔青門〕青綺門のこと。長安の東にある三門の中の一つ。又の名を春明門、青瓜門という。

〔胡姬〕西北の少数民族の女性。

〔胡姬壚頭勸君酒〕この語は後漢の辛延年の作「羽林郎」に「胡姬年十五、春日獨當壚。」（胡姬　年は十五、春日獨り壚に當る）による。「壚」は、酒店の酒の瓶を置く土の台。

〔賢主人〕太原の郝主簿を指す。


【訳】

　宇文南金が罷免されて後、太原の住まいに帰るのを送り、因りて太原の郝主簿に奉る

意を得ないで　あなたは歸っていかれるが
北京への関路は遙かに遠い
意に反して晉山の地に老い
悲しい思いで汾陰の花を見ることになるのか」
残念にも灞陵で送られる旅人になってしまった
あなたは丞相の家人であるのにと氣の毒に思う
夜は雨の降る旅の宿に眠り
明け方　鴉が鳴く春城をあなたは去っていく」
君を送って青門のそばに馬を繋ぐ

胡姫は壚のそばで君に酒を勧める
太原の賢主人に問ねて欲しい
春が来て　また新詩ができましたかと

59 漁　父

扁舟滄浪叟　　扁舟　滄浪の叟
心與滄浪清　　心は滄浪と與《とも》に清し
不自道郷里　　自ら郷里を道《い》はざれば
無人知姓名」　　人の　姓名を知るもの無し
朝從灘上飯　　朝　灘《たん》上に從ひて飯し
暮向蘆中宿　　暮は蘆中に向《おい》て宿る
歌竟還復歌　　歌竟《お》はれば　還《ま》復た歌ひ
手持一竿竹」　　手に一竿の竹を持つ
竿頭釣絲長丈餘　　竿頭の釣絲は　長さ丈餘
鼓栧乘流無定居　　栧《えい》を鼓し流れに乘じて定居無し
世人那得識深意　　世人那《なん》ぞ深き意を識《し》るを得む
此翁取適非取魚　　此の翁は　適《てき》を取るにして　魚を取るにあらず

【語釈】
＊『河嶽英靈集』には「観釣翁」（釣翁を観る）という題で収められている。
［扁舟］小舟。

［滄浪叟］漁父を指す。『楚辞』屈原の「漁父辞」に「～漁父莞爾而笑、鼓栧而去。乃歌曰、滄浪之水清兮、可以濯吾纓。滄浪之水濁兮、可以濯吾足」（～漁父は莞爾《くわんじ》として笑ひ、栧《えい》を鼓して去る。乃ち歌ひて曰く「滄浪の水清《す》まば、以て吾が纓《えい》を濯《あら》ふべし。滄浪の水濁《にご》らば、以て吾が足を濯ふべし」と）とある。

［鼓栧］櫂の音をたてる。

［識深意］「識」字、『河嶽英靈集』は「解」に作る。また「意」字、底本の注には「一作趣」とある。

［取適］意に適《かな》うこと。逍遙して自由に振る舞い、拘束を受けないこと。

【訳】
漁　父
小舟に乗った滄浪《そうろう》の老父
心は滄浪の水と同じく清く澄んでいる
自分から郷里を言うことはなく
その姓名を知る人はいない」
朝は水邊で飯を食い

暮は蘆の中に宿る
歌が終わるとまた繰り返し歌い
手には竹の竿を一本持っている」
竿の先には一丈余りの釣糸
櫂《かい》の音をたてて流れにのり　定まった住居はない
世人はどうしてその深い趣を識ることができようか
この翁は思いを暢《の》びやかにせんとしていて　魚を取るつもりはないのだ

60　送鄭甚歸東京汜水別業　分得閑字
　鄭甚の東京　汜《し》水の別業に歸るを送る　分かちて閑字を得たり。

客舍見春草　　客舍　春草を見る
忽聞思舊山　　忽《たちま》ち聞く　舊山を思ふと
看君灞陵去　　君の灞陵を去り
匹馬成皐還　　匹馬　成皐《せいこう》に還るを看る
對酒風與雪　　酒に對すれば風と雪と
向家河復關　　家に向かへば　河復《ま》た関
因悲宦游子　　因りて悲しむ　宦游子
終歳無時閑　　終歳　時として閑なる無し

【語釈】
＊天寶年間、長安においての作。
［鄭甚］不詳。『全唐詩』には「鄭堪」と作る。明抄本、呉慈培校本は「鄭」を「郭」に作り、「甚」の字は空欠となっている。

［東京］東都洛陽のこと。

［汜水］唐の縣名。今の河南省汜陽縣の西北の汜水鎮にあたる。

［舊山］故郷。故山。

［灞陵］48「韓樽の相ひ過《よ》ぎるを喜ぶ」の注参照。

［成皐］縣名。秦の始めに置かれ、今の汜水鎮の東。

［對酒風與雪、向家河復關］上の句は、送別の時にちょうど風雪に遇ったことを言い、下の句は鄭が家に帰るのに多くの関所と河流を通過しなければならないことを言う。

［宦游子］故郷を離れて官仕えをしている人。

［終歳］一年中。年中。

［無時閑］忙しいばかりで、ゆっくりとした時間が無い。

【訳】

　鄭甚が東京の汜水の別荘に歸るのを送る

韻を分け取って閑字を得た
宿に春の草が生える頃
突然 あなたの故郷への想いを聞いた
君が灞陵を去り
一頭の馬に乗って成皋《せいこう》に還って行くのが看《み》える
別れの宴で酒に對《むか》えば 風と雪と
故郷の家に向かえば 河また関所
それにつけても故郷を離れて仕えている役人には
年中ゆっくりとした時間がないのが悲しい

61 送費子歸武昌
費子の武昌に歸るを送る

漢陽歸客悲秋草　漢陽の歸客 秋草を悲しむ
旅舍葉飛愁不掃　旅舍 葉飛びて 愁ひは掃《はら》はれず
秋來倍憶武昌魚　秋來りて 倍《ますま》す憶ふ 武昌の魚
夢著只在巴陵道」　夢は著《つ》きて 只だ巴陵の道に在るのみ
曾随上將過祁連　曾《かつ》て上将に随ひて祁連《きれん》を過ぎ
離家十年恆在邊　家を離れて十年 恆《つね》に邊に在り
劍鋒可惜虛用盡　剣鋒 惜しむ可し 虛《むな》しく用ひ盡くし
馬蹄無事今已穿」　馬蹄 事無くして 今已に穿《うが》たる
知君開館常愛客　君の館を開きて常に客を愛するを知る
樗蒲百金每一擲　樗蒲《ちょぼ》 百金 每《つね》に一擲
平生有錢將與人　平生 錢有れば將《も》って人に與へ
江上故園空四壁」　江上の故園 四壁 空し
吾觀費子毛骨奇　吾 費子を觀るに 毛骨は奇なり
廣眉大口仍赤髭　広眉大口にして 仍《な》ほ赤髭なり
看君失路尚如此　君の路を失ふこと尚ほ此の如きを看る
人生貴賤那得知」　人生の貴賤 那《なん》ぞ知るを得んや
高秋八月歸南楚　高秋八月 南楚に歸る
東門一壺聊出祖　東門の一壺 聊《いささ》か出でて祖せん
路指鳳凰山北雲　路は指す 鳳凰山北の雲
衣沾鸚鵡洲邊雨」　衣は沾《うるほ》ふ 鸚鵡洲邊の雨
莫嘆蹉跎白髮新　嘆く莫れ 蹉跎《さた》たりて 白髮新たなるを
應須守道勿羞貧　應《まさ》に須《すべか》らく道を守りて貧を羞づる勿《なか》るべし
男兒何必戀妻子　男児 何ぞ必ずしも妻子を戀ひん

莫向江村老却人　江村に向《お》いて 老却の人となる莫れ

【語釈】

＊天寶八年以前の作のようである。

〔**武昌**〕唐代の県名。鄂州に属し、現在の湖北鄂城縣。

〔**漢陽**〕唐代の郡名。眄州、鄂州と隣する。現在の武漢市漢陽。費子が武昌に歸ってから暮らしを営む地。

〔**武昌魚**〕三國時代の呉主孫皓《そんこう》が建業（現在の南京）から武昌に遷都した時、大臣陸凱《りくがい》は上奏書をもって反對し、その書状中に童謡を引いて説いた。「寧飲建業水、不食武昌魚。寧還建業死、不止武昌居」（寧《むし》ろ建業の水を飲むとも、武昌の魚を食はず。寧ろ建業に還りて死すとも、武昌の居に止《とど》まらず）と。『三國志』呉志、陸凱傳に見える。武昌の魚は美味として知られていた。

〔**巴陵**〕岳州のこと。天寶元年に巴陵郡と改められた。現在の湖南岳陽のこと。費子は長安より南行して長江に至り、復た江に沿って東下し、巴陵を經て武昌に歸ったのであろう。

〔**祁連**〕山名。南北に分かれており、南祁連は即ち現在の甘肅境内の祁連山、北祁連は即ち現在の新疆境内の天山。この詩では北祁連を指している。

〔**恆**〕明抄本、呉校は「常」字に作る。

〔**劍鋒可惜虚用盡、馬蹄無事今已穿**〕費子が長期間、邊塞にいた時、劍鋒は使ってボロボロになり、馬の蹄は踏み穿たれたけれども、何の功もあげられなかったことをいう。

〔**樗蒲**〕當時のゲームの一つ。

〔**金**〕貨幣の数量の単位。漢代においては黄金一斤で一金。

〔**百金**〕多額の金額を指す。

〔**將**〕～をもって。

〔**江上故園**〕武昌にある費子の故郷。

〔**空四壁**〕『史記』司馬相如列傳に「家居徒四壁立」（家居 徒《いたづ》らに四壁立つのみ）とあり『索隠』に「徒、空也。家空無資儲、但有四壁而已」（徒は、空しきなり。家空しくして資儲無く、但だ四壁有るのみ）とある。

〔**毛骨**〕相貌（顔かたち）のことを言う。

〔**失路**〕「當路」と反對の意味で、志を得ないことをいう。

〔**南楚**〕地名。三楚の一つ。現在の湖北、湖南、安徽、江西一帯の地区。『史記』の貨殖列傳に見える。

［出祖］都門を出て道中の無事を祈って道祖神の祭りをすること。『詩經』大雅、韓奕に「韓侯出祖、出宿于屠」（韓侯 出でて祖し、出でて屠に宿す）また、孔穎達の疏に「言韓侯出京師之門際、爲祖道之祭」（韓侯が京師の門を出るに際して、祖道の祭を為すを言ふ）とある。古代では旅に出るときは祖神（道神）を祭って宴を開き酒盛りをした。「祖道」とは旅立つとき、道祖神を祭って道中の安全を祈ることであり、送別の宴を指す。

［**鳳凰山**］『大清一統志』巻三三五によると、鳳凰山は江夏縣（現在の武漢市武昌）の北二里に在った。

［**鸚鵡州**］地名。現在の武漢市漢陽鎮西南の長江の中にある。鳳凰山、鸚鵡州ともに、歸っていく費子が通らなければならない地である。

［**莫嘆蹉跎白髪新、應須守道勿羞貧**］「蹉跎」は、志を得ないさま。下句は『論語』衛靈公篇の「君子憂道不憂貧」（君子は道を憂へて貧を憂へず）をふまえる。

［**江村**］川沿いの村。ここは郷里の武昌を指すか。

【**訳**】

　費子が武昌に歸るのを送る

漢陽へ歸る旅人である君は　秋草を悲しみ
旅の宿舎に舞い散る落葉に　愁いは拭い去れない
秋が來ると　益々武昌の魚の美味《うま》さが思われ
夢の行き着くところは　只だ巴陵の道」
曾《かつ》て君は上将軍に随って祁連山《きれんざん》を過ぎ
家を離れて十年　常に邊境の地にあった
剣鋒は　悲しいかな　徒《いたづ》らに使い果たし
馬の蹄は　功を立てることなく　今や穿たれてしまった」
あなたが館を開放して常に客を招き
樗蒲で百金を一度に儲《か》けていたことを知っている
いつも銭があれば人に與えていたために
江上の故園の家は　四方の壁があるだけ」
費君を観るに　その相貌は奇偉で
広い眉に大きな口　その上に赤髭だ
それなのに君がこのように志を得ないのをみると
人生の貴賤など　誰に予想ができようか」
天高き秋八月　君は南楚に歸る
東門に一壺の酒を携えて　いささか旅立ちを祝おう
歸路は　鳳凰山北の雲の彼方に向かい
衣は鸚鵡州の邊りに降る雨に沾《ぬ》れることだろう」
志を得ないまま頭髪が眞っ白になったことを嘆いてはい

けない
必ず道を守って　貧しさを羞じることがないように
男子たるものどうして妻子を恋しく思ってばかりおれよ
うか
どうか江邊の村で老い果ててしまわぬようにして欲しい」

三、安西都護府

以上（1）から（61）までの詩は、岑參が仕官を求めて長安、洛陽の間を往復していた時期、及び三十歳の時（天宝三年・七四四）に進士に擧げられてからしばらくの間に作られたものである。次の（62）からは、彼の西域勤務の間の作が続く。それは安西四鎮節度使高仙芝《こうせんし》の幕下における約二年半、中間に長安での二年余りをはさんで、安西四鎮節度使封常清《ほうじょうせい》の幕下での約二年半であった。

（1）安西都護府へ

天寶八載（七四九）に安西《あんせい》四鎮節度使の高仙芝《こうせんし》が入朝し、岑參を節度使の幕僚とすべく上表して許可を願い出た。時に岑參は、右内率府《うないそつぷ》の兵曹參軍として、東宮の役所に勤務していたが、その地位の低さに就任當初から不満であった。おそらくそのために西域勤務を希望していたのであろう。高仙芝の幕府には右威衛《うえいえい》録事参軍・掌書記として迎えられた。『新唐書』百官志によれば、節度使の属官には、上から「副大使知節度事《ちせつどじ》、行軍司馬《しば》、副使、判官、支使、掌書記、巡官、衙衛」各一人があった。したがって掌書記という地位は、まだ下の方であったが、岑參としては、このまま長安にいても昇進は望めないと判断して、塞外の地に活路を見出そうとしたようである。安西《あんせい》都護府は亀滋《きじ》（今の新疆ウイグル自治区の庫車《くちゃ》）に在り、長安からは二か月以上もかかる、まさに天涯の地であった。岑參は其の年も暮れの頃かと思われるが、安西に向かって出發した。その道筋は彼の詩から推測するに「長安―隴州―渭州―粛州（酒泉）―沙州（敦煌）―陽関（あるいは玉門関）―火山―西州（吐魯番）―交州城―銀山磧（庫木什）―焉耆―鐵門関―安西」というものであり、おそらく岑參は僅かの従者とともに、73「磧中の作」に詠われているような、心細く、つらい旅を続けていったものと思われる。

62　初過隴山途中呈宇文判官

初めて隴山《ろうざん》を過ぎ、途中　宇文《うぶん》判官に呈す

一駅過一駅　　一駅　一駅を過ぎ
駅騎如星流　　駅騎は　星の流るるが如し
平明發咸陽　　平明　咸陽《かんやう》を發し
暮到隴山頭」　暮に隴山の頭《ほと》りに到る
隴水不可聴　　隴水は　聴く可からず
嗚咽令人愁　　嗚咽《おえつ》　人をして愁へしむ
沙塵撲馬汗　　沙塵は　馬の汗を撲《う》ち
霧露凝貂裘」　霧露は　貂《てん》の裘に凝《こ》る
西來誰家子　　西より來るは　誰《た》が家の子ぞ
自道新封侯　　自ら道《い》ふ　新たに侯に封《ほう》ぜらる
前月發安西　　前月　安西を發して
路上無停留」　路上　停留する無し
都護猶未到　　都護《とご》は　猶ほ未だ到らず
來時在西州」　來《きた》る時　西州に在り
十日過沙磧　　十日　沙磧を過ぐるに
終朝風不休　　終朝も　風は休《や》まず
馬走碎石中　　馬は碎石の中を走り
四蹄皆血流」　四蹄　皆な血は流る
萬里奉王事　　萬里　王事を奉じ
一身無所求　　一身　求むる所無し

也知塞垣苦　　也《ま》た塞垣《かんえん》の苦しきを知れば
豈為妻子謀」　豈に妻子の為に謀《はか》らんや
山口月欲出　　山口より　月は出でんと欲し
光照関城楼　　光は関城の楼を照らす
渓流與松風　　渓流と松風と
静夜相颼飅」　静夜　相颼飅《しうりう》たり
別家頼歸夢　　家に別れては　歸夢を頼り
山塞多離憂　　山塞には　離憂　多からん
與子且攜手　　子《し》と且《しばら》く手を攜《たづさ》へて
不愁前路修　　前路の修《なが》きを愁へざらん

【語釈】

*この詩は、隴山を越えた所にある隴関で作られたもの。岑參はそこに着いた時、彼がこれから赴かんとしている安西都護府からやって來た宇文判官にたまたま出會い、任地の安西の様子をいろいろと尋ねたものと思われる。

［隴山］『太平寰宇記』巻三二、隴州に『辛氏三秦記』を引いて「隴とは西関を謂ふなり。其の坂は九廻し、高さは幾許《いくばく》なるかを知らず。上《のぼ》らんと欲する者は、七日にして乃《はじ》めて越ゆるを得たり。山頂に泉有り、清水四《よ》もに注ぐ。東のかた秦川を望めば、四五里なるが如し。人の

隴に上る者は故郷に歸らんことを想い、悲しみ思いて歌ひ、絶え死する者有り」とある。秦川の地から西に出てゆく際には此の山が境界となり、ここを越えると異郷の地、という意識があった。更に西方に旅する場合には、陽関と玉門関が、中國と西域との境界になる。王維の「元二の安西に使いするを送る」詩の「西のかた陽関を出ずれば故人無からん」（西出陽関無故人）は、その意識にもとづく句である。

［**宇文判官**］安西四鎮節度使高仙芝《こうせんし》幕下の判官（節度使の属官）。この時、ある任務のために（それは東行する高仙芝の先行であろう）隴関に來たものである。岑參には、宇文判官についての作として他に、85「武威の春の暮、宇文判官西に使いして歸り、已に晉昌に到ると聞く」、80「宇文判官に寄す」などがある。

［**駅騎如星流**］馳せゆく馬を「星流」にたとえた例としては、98「顔平原を送る」詩に「馳馬辭國門、一星東北流」（馬を馳せて國門を辞し、一星のごとく東北に流る）のようにある。顔眞卿が河隴の郡守として赴任するさまを思い描いての句。

［**暮到**］「到」字、『全唐詩』は「及」に作る。「暮に隴山の頭《ほと》りに及ぶ」。

［**隴水不可聴、嗚咽令人愁**］『太平寰宇記』巻三二、「隴州」に引かれている『辛氏三秦記』には「隴頭の流水、鳴聲は幽咽す。遥かに秦川を望めば、肝腸は断絶す」（隴頭流水、鳴聲幽咽。遥望秦川、肝腸断絶）という俗謡がある。

［**自道新封侯**］「封侯」とは、ここでは判官に任じられたことをいう。このたび節度判官になったことを、宇文氏が岑參に話したのであろう。

［**前月發安西**］安西都護府は亀滋《きじ》（今の庫車《くちゃ》）に在った。宇文判官はそこから「鉄門関―焉耆―銀山蹟―西州（交河郡）―玉門関か陽関―沙州（敦煌）―粛州（酒泉）―渭州（隴西）」を経て隴関に到ったものであるが、「十日過沙蹟」とあるから、安西から隴関まで馬を驅け続けさせて十日間かかったようである。

［**來時在西州**］「西州」は交河郡のこと。治所は高昌にあった。現在の吐魯番の東南、達克阿奴斯城。

［**十日過沙磧**］『通典』巻一九二に、焉耆《えんぎ》の位置を説明して「焉耆は、白山の南七十里に在り、長安を去ること七千三百里。東のかた交河城を去ること九百里、西 亀滋《きじ》

を去ること九百里、皆な沙蹟なり」とあるように、安西から交河城までは全て沙蹟であり、更に交河城から伊州（哈密《はみ》）、玉門関への道も沙蹟の中を通っていた。

［**馬走碎石中**］「碎石」については、131［走馬洗行、師を出して西征するを送り奉る」詩にも、「一川碎石大如斗、隨風滿地石亂走」（一川の碎石は大なること斗の如く、風に隨いて地に満ち石は亂れ走る）のように描かれており、沙磧の道の険しさを示している。

［**四蹄皆血流**］岑參は、道の険しさ、長さを、しばしば馬蹄を用いて表現する。例えば、「胡沙費馬蹄」（胡沙は馬蹄を費やす）―76「磧西のほとり、李判官の入京を送る詩」。「出塞馬蹄穿」（塞を出でては 馬蹄 穿たる）―155「張都尉の東帰するを送る」―のようなものがある。

［**也知塞垣苦、豈為妻子謀**］「王事に奉」ずることの重大さは自分自身よくよく承知しており、一身を顧みないつもりであったが、宇文判官の話を聞いて更めて邊塞勤務の厳しさを実感し、妻子の為に立身を謀るゆとりなど全く無いということが、よくわかったというのであろう。

［**光照関城樓**］「光」字、『全唐詩』は「先」に作る。「先ず照らす 関城の樓」。

［**別家賴歸夢、山塞多離憂**］「家」字、『全唐詩』注に「一に來に作る」とある。（別れ來りては）。また「塞」字について四部本の注に「一に色に作る」とある。（山色 離憂多し）。二句の意味は、家族に別れて他郷に在る身は「歸夢」だけが心の支え。任地の山塞では、夜ごと離別の憂いに沈むことであろうから、というのであろう。

［**與子且攜手**］「攜手」は『毛詩』邶風、北風に「恵而好我、攜手同行」（恵して我を好《よみ》せば、手を攜《たづさ》へて同《とも》に行かん）とあるのにもとづく語。今後よろしくたのみます、という氣持ちが込められているのであろう。

［**不愁前路修**］「愁」字、四部本は「肯」に作るが、今『全唐詩』によって改めた。

【訳】

初めて隴山《ろうざん》を過ぎ その途中 宇文《うぶん》判官におくる詩

ひと駅 またひと駅と過ぎてゆき
駅馬は 星の流れるように馳せる
明け方に咸陽を発して
暮れに隴山のほとりに着いた 」
隴水の流れは 聴くにたえず

その嗚咽《おえつ》するような聲は　人を愁えさせてしまう
沙塵は　馬の汗に吹きつけ
霧露は　貂《てん》の上衣に凍りつく」
西の方からやって來たのはどこのお方
その人は「このたび昇任いたしまして
先月　安西を出發して
途中　息《やす》まずに飛ばして來ました」
都護《とご》は　まだこちらに來ていなくて
私が出た時には　西州においででした
十日の間　沙磧を旅して來たのですが
いささかも風の止むことはなかった
馬は石ころばかりの中を走り続けて
四つの蹄からは皆な血が流れました」と
故郷から萬里　王事に従って
此の身には何の欲も持ってはいないが
邊塞の地の厳しさがわかったからには
どうして妻子のために　あれこれ考えておれようか」
山の口から月が出て
その光が関城の高樓を照らしている
渓流の音と　松吹く風と
この静夜に　ざあざあと流れている」
家族と別れては　家に歸った夢だけが頼り
山塞では　離別の憂いばかりが多いことだろう
ともあれ　あなたとしばし手を執《と》りあって
前路の長いことなど　愁えることは止めよう

63　經隴頭分水　　隴頭の分水を經る
隴水何年有　　隴水　何れの年よりか有る
潺潺逼路傍　　潺潺《せんせん》として　路傍に逼《せま》る
東西流不歇　　東西に　流れて歇《つ》きず
曽断幾人腸　　曽《すなは》ち幾人の腸をか断《た》つ

【語釈】
＊隴山から流れ出る隴水のほとりでの作。
［**潺潺逼路傍**］その川は路のそばを流れているが、「逼る」のは「路傍」にだけでなく、そこを通る人の心にもであろう。
［**東西流不歇、曽断幾人腸**］東と西に分かれて流れる川は、家族との別れを今更のように思い起こさせて、旅人の心をたまらなくつらくさせる。62「初めて隴山を過ぎ、途中で宇文判官に呈する」詩の「隴水　聴くべからず、

嗚咽して人を愁えしむ」の句と同じく『三秦記』の記事と、そこに引かれている俗謡を踏まえている。

【訳】

　隴山の分水を過ぎる

隴水は　いつの年から
潺潺《さらさら》と　路のほとり近くを流れているのだろう
東と西とに　流れて盡きることなく
どれだけの人に　断腸の思いをさせてきたことか

64　西過渭州見渭水思秦川
　　西《にし》して渭《ゐ》州を過ぎ　渭《ゐ》水を見て秦川を思ふ

渭水東流去　　渭水は東に流れて去り
何時到雍州　　何れの時にか　雍《よう》州に到らん
憑添兩行涙　　兩行の涙を憑添《そ》へて
寄向故園流　　寄せて故郷に向けて流さん

【語釈】

＊渭州を過ぎ、渭水の上流のそばで、此の川の下流にあたる秦川の地にある家族のことを思いつつ詠んだもの。

［渭州］今の甘肅、隴西県の西南の地。渭水は長安の北を流れて、やがて黄河に合流するが、その上流が渭州を経ている。

［秦川］関中の地（陝西省中部一帯の地）をいう。岑參の家族は此の地に住んでいた。

［雍州］秦川あたりの古名。ここは長安を指す。

［憑添兩行涙、寄向故園流］川の流れに涙を託すという發想は、李白の「秋浦の歌」（その二）にも、

寄言向江水　　言を寄せて　江水に向かう
汝意憶儂不　　汝の意　儂《われ》を憶ふや不《いな》や
遥傳一掬涙　　遥かに一掬《きく》の涙を傳へて
為我達揚州　　我が為に　揚州に達せよ

というものがある。

【訳】

　西行して渭州を過ぎ、渭水を見て秦川を思う

渭水は　東に流れ去り
いつごろ　雍州に着くのだろう
兩行の涙を　流れに託して
故園にむけて　流したい

65　過燕支寄杜位
　　燕支《えんし》を過ぎて杜位《とい》に寄す

燕支山西酒泉道　燕支山西 酒泉の道
北風吹沙巻白草　北風 沙《すな》を吹きて 白草を巻く
長安遥在日光邊　長安は 遥か日光の邊《あた》りに在り
憶君不見令人老　君を憶へども見えず 人《われ》をして老いしむ

【語釈】

＊武威から更に西に進み、燕支《えんし》山の麓を過ぎた頃の作。

［燕支］山名、甘粛省山丹県の東にある。『太平寰宇記』巻一五二、甘州・删丹県に『西河旧事』に曰く、焉支山は、東西百余里、南北二十里。亦た松柏五木有り、其の水草は茂美。畜牧に宜しきことは、祁連《きれん》山と同じ。匈奴は祁連山、焉支《えんし》山の二山を失い、歌ひて曰く『我が祁連山の亡く、我が六畜をして繁息せざらしむ。我が焉支《えんし》山を失い、我が婦女をして顔色なからしむ』と」とある。匈奴の人たちは、此の山に生える燕支から臙脂《えんじ》（べに）を作った。もと匈奴の領地内にあったが、漢に奪われたために「これからは我が婦女は、顔につける紅《べに》が無くなった」と嘆いたという。燕支山の麓に酒泉に向かう道が通っていた。

［杜位］杜甫の堂弟で、権相李林甫《りりんぽ》の女婿。天宝十一載（七五二）李林甫の死後は官を貶《おと》されるが、此の頃は長安に在って羽振りがよかったはずである。岑參も彼に何かを期待していたものであろう。また杜位とは同じ杜陵に住んでいたという関係もあったかもしれない。

［北風吹沙巻白草］「白草」は西域に生える牧草で、生長すると白色になる。塞外の地を象徴する風物のひとつで、岑參の詩のなかには、ここを含めて九度も出てくる。ここによく似たものとして、144「白雪歌」に、

北風巻地白草折　北風は地を巻き 白草は折れ
胡天八月即飛雪　胡天 八月 即ち雪は飛ぶ

とある。

［長安遥在日光邊］「日光邊」は、日光と同じく遥か遠方、の意。『世説新語』夙恵篇の次の話にもとづく。晋の明帝は数歳のとき、元帝の膝の上に坐す。人ありて長安より來たる。元帝は洛下の消息を問ひて、潸然《さんぜん》として流涕す。明帝 問う「何を以て泣くを致すや」と。具《つぶ》さに東渡の意を以て之に告げ、因りて明帝に問ふ「汝、長安は日の遠きに何如んと意謂《おも》ふや」と。答へて曰く「日 遠し。人の日邊より來たるを聞かざれば、居然として知るべし」と。元帝は之を異とす。明

日、群臣を集めて宴會し、告ぐるに此の意を以ってして、更《あらた》めて重ねて之を問う。乃ち答へて曰く「日近し」と。元帝は色を失ひて曰く「爾《なんぢ》何の故に昨日の言に異なるや」と。答へて曰く「目を擧げて日を見るも、長安を見ず」と。

［**憶君不見令人老**］「憶君不見」とよく似た表現としては、李白の「峨眉山月歌」に、

夜發清渓向三峡　夜 清渓を發し 三峡に向かう
思君不見下渝州　君を思へども見えず 渝《ゆ》州に下る

というものがある。李白の場合は故郷を出て行く際に「君」に會えぬままに渝州に下って行くのであるが、岑參の場合は、燕支山のふもとで、長安にいる杜位のことを憶いながら馬を進めてゆく。なお此の句は、『文選』巻二九の「古詩十九首」（その一）に、

思君令人老　君を思へば 人をして老いしむ
歳月忽已晩　歳月は 忽ち已に晩《く》れぬ

とあるのを踏まえる。

【訳】

燕支を過ぎて杜位に寄せる

燕支山の西にそっている酒泉への道
北風が沙を吹きつけ 白草を巻き上げる
長安は 遥かに太陽のあたり
あなたに會いたくても會えず 私は年老いる思いだ

66　過酒泉憶杜陵別業

酒泉を過ぎて杜陵の別業を憶ふ

昨夜宿祁連　昨夜 祁連《きれん》に宿し
今朝過酒泉　今朝 酒泉を過ぐ
黄沙西際海　黄沙は 西 海に際《まじは》り
白草北連天　白草は 北 天に連なる
愁裏難消日　愁裏 日を消し難く
歸期尚隔年　歸期 尚ほ年を隔つ
陽関萬里夢　陽関 萬里の夢
知處杜陵田　杜陵の田に處るを知らん

【語釈】

*張掖を過ぎ、更に酒泉を過ぎたあたりでの作。

［**杜陵別業**］「杜陵」は長安南部の地。「別業」は別荘。岑參は、ここに家族を置いていたのであろう。杜陵といえば杜甫もこのあたりに住んでいたはずであるが、この時期、杜甫はまだ仕官しておらず、この年の秋には、生

活苦のために家族を長安北方の奉先県の知り合いに預けている。

［**昨夜宿祁連**］「祁連」は『太平寰宇記』巻一五二、甘州の張掖県に「『西河旧事』に曰く、祁連山は、張掖・酒泉二郡界の上に在り。山中は冬温かく夏涼し」とある。

［**黄沙西際海、白草北連天**］同様の表現に次のようなものがある。

白草磨天涯　白草は天涯を磨し
胡沙奔茫茫　胡沙は奔茫茫
（85 武威にて劉単判官の安西の行營に赴くを送る）

平沙奔奔黄入天　平沙 奔奔として黄は天に入る
（131 走馬川行、師を出して西征するを送り奉る）

［**愁裏難消日**］魏、曹植の「感節の賦」に、次のような例がある。

登高墉以永望　高き墉《とりで》に登りて以て永く望み
冀消日以忘憂　日を消して以て憂いを忘れんと冀《ねが》ふ

【訳】

酒泉を過ぎて　杜陵の家を憶う

昨夜は　祁連《きれん》山の麓に宿り
今朝は　酒泉を過ぎる
黄沙は　西のかた砂漠の海に交わり
白草は　北のかた天に連なっている
愁いのうちにあっては　なかなか日がたたず
歸る日は　まだ何年も先のこと
陽関での　萬里の夢に
杜陵の家にいる自分を見ることだろう

67　逢入京使

入京の使ひに逢ふ

故園東望路漫漫　故園 東に望めば 路は漫漫
双袖龍鍾涙不乾　双袖 龍鍾《りょうしょう》として 涙は乾かず
馬上相逢無紙筆　馬上 相逢ふも 紙筆無し
憑君傳語報平安　君に憑《よ》りて傳語し 平安を報ぜん

【語釈】

＊場所はどこともわからないが、安西への道中における一こまであろう。

［**龍鍾**］びしょびしょに濡れるさま。

［**馬上相逢無紙筆、憑君傳語報平安**］道中で、東歸する使者などに會って家族への手紙を託す例としては、76「磧西の頭《ほと》りにて、李判官の入京を送る」詩に、次のような

ものがある。

送子軍中飲　子《し》を送りて 軍中に飲み
家書醉裏題　家書 醉裏に題す

【訳】

入京の使者に逢う

東のかた故郷を望めば 路ははるばると続いており
ふたつの袖は涙に濡れて 乾く間もない
馬上での出會いとて 紙も筆も無い
あなたに頼んで 平安無事とだけ家族に傳えたい

68　敦煌太守後庭歌

敦煌太守　後庭歌

敦煌太守才且賢　敦煌の太守は 才ありて且つ賢
郡中無事高枕眠　郡中 事無く 枕を高くして眠る
太守到來山出泉　太守の到來すれば 山に泉を出し
黄沙磧裏人種田　黄沙 磧裏に 人は種田す
敦煌耆旧鬢皓然　敦煌の耆旧《ききう》 鬢は皓然《しらじら》
願留太守更五年」　太守を留むること 更に五年を願ふ
城頭月出星滿天　城頭に月出でて 星は天に滿ち
曲房置酒張錦筵　曲房に置酒して 錦筵を張る
美人紅妝色正鮮　美人の紅妝 色は正《まさ》に鮮やか
側垂高髻插金鈿」　側垂の高髻に 金鈿を插《さ》す
醉坐藏鉤紅燭前　醉坐 鉤《かぎ》を藏す 紅燭の前
不知鉤在若箇邊　知らず 鉤は若箇《いづこ》の邊《あたり》にか在る
為君手把珊瑚鞭　君が為に 手に珊瑚の鞭を把《と》り
射得半段黄金銭　射し得たり 半段の黄金の銭
此中樂事亦已偏　此の中 樂事は亦た已に偏《あまね》し

【語釈】

＊敦煌は玉門関を過ぎてしばらく進んだ所にあったが、この詩が安西への道中での作かどうかについては確証がない。いま仮にここに置いておく。

［**敦煌太守後庭歌**］「敦煌」は沙州、治所は今の甘粛省敦煌県の西に在った。岑參は敦煌に到着し、太守の邸に招かれて樂しい一夜を過ごした。「後庭」は郡府の後庭、つまり太守の私邸。

［**願留太守更五年**］太守の任期は四年で、後任がいない時は一年間延長される。

［**城頭月出星滿天**］「月出」は底本では「出月」に作るが、今は『全唐詩』に従う。「城頭月出」という表現は他の詩に、

彎彎月出挂城頭　彎彎《わんわん》として月出《い》でて　城頭に挂《か》かり
城頭月出照梁州　城頭　月出でて　梁州を照らす
（129　梁州の館中、諸判官と夜集まる）
山口月欲出　山口　月出でんとし
光照関城樓　光は関城の樓を照らす
（62　初めて隴山を過ぎ、途中　宇文判官に呈す）

のように見えていて、「塞城の上に照る月」は岑參の好きな場面の一つであったようである。

［**醉坐蔵鉤紅燭前**］「蔵鉤」の遊びは、その場にいる人が二組に分かれ、一方が「鉤」を隠し、もう一方の人がそれを持っている人を當てる、というもので、『御覧』巻七五四に引く『周處風土記』に説明がある。

［**為君手把珊瑚鞭**］「君」とは太守を指すのであろう。とすると、岑參は太守と同じ組になっていたことになる。「珊瑚の鞭」で、鉤を蔵している人を指し示すのであろう。

［**射得半段黄金銭**］「半段黄金銭」とは、半輪の月の形をした黄金の鉤のことで、これを蔵しては當て合う。

【訳】

敦煌太守の後庭の歌
敦煌太守は　才が有るうえに賢く
郡中には何事もなく　枕を高くして眠っておられる
太守が此の地においでになると　山から泉が湧き出て
黄沙と沙磧の中で　人々は耕作を始めた
敦煌の長老たちは　髪は眞っ白
太守がもう五年留まって下さることを願っている」
城の上に月が出て　星は天に満ちている
奥まった部屋では酒が並び　錦の敷物が敷かれている
美人は化粧も鮮やかに
結い上げた髻には　金鈿の髪飾り」
酒がまわり　紅燭の下で「鈎隠し」が始まるが
いったい鈎は　どのあたりに有るのだろう
わが君のために珊瑚《さんご》の鞭を手にとり
半月の形をした黄金の鉤を當てることができた
まことにここには世の樂事が　溢れていることだ

69　經火山
火山を經る
火山今始見　火山　今　始めて見る
突兀蒲昌東　突兀《とっこう》たり　蒲昌《ほしゃう》の東

火焰焼虜雲　火焔は 虜雲を焼き
炎氛蒸寒空　炎氛は 寒空を蒸《む》す
不知陰陽炭　知らず 陰陽の炭
何獨燃此中　何ぞ獨り 此の中に燃ゆる
我來厳冬時　我の來たるは 厳冬の時なるに
山下多炎風　山下に 炎風 多し
人馬盡汗流　人馬 盡く汗の流る
孰知造化功　孰《たれ》か知らん 造化の功

【語釈】
＊火山は、伊吾から西行して交河に到る間にあり、その麓をはるばると行きながらの作。
［**火山**］「火山」は、吐魯番《とろはん》から東に断続的に続き、鄯善県の南に到る山地。山は赤い砂岩で、無数の火炎が燃えているような形状をしているために「火山」と呼ばれたという。しかし露出した石炭が燃えているのだとも言われる。この「火山」については、後の「火山雲歌、送別」にその様子が詳しく述べられている。
［**突兀蒲昌東**］「突兀」は、それだけが高く聳え立っている形容。「蒲昌」は、今の鄯善県。唐代は西州交河郡に属す。
［**不知陰陽炭**］漢の賈誼「服鳥の賦」に「且つ夫れ天地を炉と為し、造化を工と為す。陰陽を炭と為し、萬物を銅と為す」とあるのに拠る。

【訳】
火山を過ぎる
火山を いま初めて見た
それは高々と 蒲昌《ほしょう》の東に立っている
赤い焔は 虜雲を焼き
炎氣は 寒空を蒸している」
いったい陰陽の炭は
どうして此の中でだけ燃えているのだろう
私が來たのは 厳冬の時なのに
山の下には炎風が吹きつけている
人も馬も盡く汗を流しているが
造化の功については いったい誰にわかろうか

70　銀山磧西館
銀山磧の西館
銀山峡口風似箭　銀山峡口 風は箭《や》に似て
鉄門関西月如練　鉄門関西 月は練《ね》りたるが如し

双双愁涙沾馬毛　双双　愁ひの涙は　馬毛を沾《ぬ》らし
颯颯胡沙迸人面　颯颯《さつさつ》　胡沙は　人面に迸《あた》る
丈夫三十未富貴　丈夫　三十にして　未だ富貴ならず
安能終日守筆硯　安《いづ》んぞ能《よ》く終日　筆硯《ひつけん》を守らん

【語釈】

＊交河から南西に道をとり、焉耆に行く途中に銀山磧の駅があった。

［銀山磧西館］「銀山磧」は、今の吐魯番の西南の庫米什付近にあった。『新唐書』地理志四、西州交河郡の条に「天山軍あり、開元二年に置く。州の西南より、南平・安昌の兩城あり。百二十里にして、天山に至る。西南して谷に入り、礌石磧《らいせきせき》を経、二百二十里にして銀山磧に至る。又た四十里にして、焉耆の界の呂光館に至る」とある。「館」は、官の宿泊所。

［銀山峡口風似箭］「峡」字、『全唐詩』は「磧」に作る。「風似箭」とは、吹きつける風の鋭さ、冷たさの形容であり、別の所ではまた、

半夜軍行戈相撥　半夜　軍行　戈は相撥《はっ》し
風頭如刀面如割　風頭は刀の如く面《おもて》は割《さ》かるるが如し
（132　走馬川行、師を出して西征するを送り奉る）

九月天山風似刀　九月　天山　風は刀に似たり
城南猟馬縮寒毛　城南の猟馬　寒毛　縮む
（154　趙将軍歌）

のようにも詠う。岑参の比喩はいずれも具体的であるが、これらもその例である。

［鉄門関西月如練］「鉄門関」は、銀山磧の西南にある。焉耆から庫爾勒へ出る道の途中に在り、西方への備えとなっていた。鉄門関の様子は、71「鉄門関楼に題す」、72「鉄関の西館に宿す」に詠われている。なお庫爾勒から西へ約二百五十キロの所に安西（庫車）がある。「月如練」とは、どのような月であろうか。「如練」とは、齊の謝朓の「晩に三山に登り、京を還望す」詩に、

余霞散成綺　余霞は　散じて綺《あやぎぬ》を成し
澄江静如練　澄江は　静かなること練《ねりぎぬ》の如し

と使われて以來、白く長いものの喩えに用いられているが、それではここは、鉄門関の西の方に、白く長い月（白く輝く三日月）が見えているのであろうか。「長い月」というのは不自然であるから、「練」の白さだけについてここでは言っているものと考えることもできよう。

［**丈夫三十未富貴**］『後漢書』班超傳にある次のような故事を踏まえている。「兄の（班）固は、召されて校書郎に詣《いた》る。超は母と隨ひて洛陽に至る。家貧しければ、常に官の為に傭書して以て供養す。久しく勞苦すれば、嘗て業を輟《や》め筆を投じて歎じて曰く、大丈夫 他の思略無ければ、猶ほ當《まさ》に傅介子・張騫に效《なら》ひて、功を異域に立て、以て封侯を取るべし。安《いづく》んぞ能く久しく筆研の間を事とせんやと。左右皆な之を笑う。超曰く、「小子、安んぞ壮士の志を知らんやと。」

【訳】

　銀山磧の西館にて

銀山峡の入口では　風は箭《や》のようであり
鉄門関の西には　練り絹のような月が出ている
ハラハラと流れる愁いの涙は　馬の毛を沾《ぬ》らし
サッサッと吹きつける胡沙は　我が顔に飛び散る
男子三十歳にして　まだ富貴になれぬ
どうして終日　筆と硯を守っておれようぞ

71　題鐵門關樓

　　鐵門關樓に題す

鐵關天西涯　　鉄関は　天の西涯
極目少行客　　目を極むるも　行客少《な》し
關門一小吏　　關門　一小吏
終日對石壁　　終日　石壁に對す
橋跨千仞危　　橋は跨る　千仞の危《たかみ》
路盤兩崖窄　　路は盤《わだかま》る　兩崖の窄《せま》きに
試登西樓望　　試みに西樓に登りて望めば
一望頭欲白　　一望にして　頭は白からんと欲す

【語釈】

＊焉耆から南西に進むと天山南路に出るが、その交差する地点に鉄門関があった。その関樓に登っての作。

［**鐵關天西涯**］「關」字、四部本は「門」に作るが、今『全唐詩』に従う。「天西涯」は『文選』巻二九の「古詩十九首」第一首にある「相い去ること萬餘里、各《おのおの》の天の一涯に在り」にもとづくか。

［**橋跨千仞危、路盤兩崖窄**］鉄門関のうえの樓上からの眺め。谷に吊橋がかかっているが、それは千仞の高さに揺れており、その下のほうには、狭まった兩崖の間に一本の路がうねうねと続いている。

［**試登西樓望、一望頭欲白**］鉄門関の西樓であるから「一

望」するのは、おそらく西方。ここから更に西にある目的地、安西の方角であろう。その遥けさ、そこに至る道中の苦しさを思うと、「頭は白くなって」しまいそうなのである。

【訳】

鉄門関の楼上に題す

鉄門関は　天の西の涯にあり
目を凝らしても　旅人の姿は無い
関の門を守っているのは一小吏
終日　石壁と向かい合っている
橋は千仞の高さに架《か》かっており
路は崖の迫った間を曲がりくねって続く
試みに西楼に登って見はるかせば
一望しただけで　頭は白くなりそうだ

72　宿鐵關西館

鐵關の西館に宿す

馬汗踏成泥　　馬の汗は　踏まれて泥と成る
朝馳幾萬蹄　　朝より馳せて　幾萬蹄
雪中行地角　　雪中　地角を行き
火處宿天倪　　火處　天倪《てんげい》に宿る
塞迴心常怯　　塞《とりで》は迴《はる》かにして　心は常に怯《おび》え
郷遥夢亦迷　　郷《くに》は遥かにして　夢も亦た迷ふ
那知故園月　　那《なん》ぞ知らん　故園の月
也到鐵關西　　也《ま》た鐵關の西に到る

【語釈】

「**雪中行地角、火處宿天倪**」この二句は、その前の「馬汗踏成泥、朝馳幾萬蹄」とともに、沙磧地帯に入って鉄門関に至るまで、一か月ほどの旅の様子を詠んだものであろう。「地角」は大地の果てで、陳の徐陵「陳の武帝のために嶺南の酋豪に與うる書」に「天涯は藐藐、地角は悠悠」とある。「火處」は、旅の夜に遥かに見える「火のある處」つまり人間の住んでいる場所のことであろう。毎日、「火處」を求めては旅を続けて、そこに宿るのである。73「磧中の作」の「今夜は知らず　何《いづ》れの處にか宿らん、平沙　萬里　人煙絶《た》ゆ」という状態を、別の面から表現したものであろう。

「**郷遥夢亦迷**」どんなに遠く離れていても、魂は夢の中を自由に飛んでゆくことができる。『楚辞』九章、抽思に「惟《こ》れ郢《えい》路の遼遠なるも、魂は一夕に九たび逝《ゆ》く。～径《ただ》ちに逝《ゆ》かんと願うも未だ得ず、魂は路を識りて營營たり。」魂は故郷への路をよく識《し》っていて往ったり來たりする、ということを言っているが、この塞外から故郷への路は遠く険《けわ》しく、夢さえも迷うほどである、という。

［**那知故園月、也到鐵關西**］以上の句に述べてあるように、此の塞外の地は故郷を遠く離れた「心は常に怯え」「夢も亦た迷う」ほどの所であるのに、なんと、懐かしい「故園の月」が、私の心を慰めんとしてか此の「鐵關の西」にまで來てくれている、という意味であろう。

【訳】

鉄関の西館に宿る

したたる馬の汗は　踏まれて泥となり
朝から驅け続けて　幾萬蹄
雪の中　地の角《すみ》を旅し
火の有る所を探しては　天の果てに宿る
塞は遠く　心は常に怯《おび》えており
故郷は遥かに　夢も迷うほど
それなのにどうしたことか　故園の月も
やはり鉄関の西にやって來ている

73　磧中作

磧中の作

走馬西來欲到天　馬を走らせて西來し　天に到らんと欲《す》
辭家見月兩回圓　家を辭して　月の兩回圓《まどか》かなるを見る
今夜不知何處宿　今夜は知らず　何《いづ》れの處にか宿らん
平沙萬里絶人煙　平沙　萬里　人煙を絶つ

【語釈】

＊内容からみて安西への途中に作られたものと思われるが、作られた場所はわからない。

［**走馬西來欲到天**］「西來」は「西に來り」とも読めるが、「來」を動作の方向を示す助字として読んだ。「天」を使って、果てしない砂漠の様子を表現する方法は、岑參の詩によく見られる。

平沙莽莽黄入天　平沙　莽莽　黄　天に入る
（130　走馬川行）
過磧覺天低　磧を過ぎて　天の低きを覺ゆ
（76　磧西頭、李判官の京に入るを送る）
連天沙復山　天に連なりて　沙《すな》　復た山

（80 宇文判官に寄す）

砂漠を旅する岑參のまわりには、來る日も來る日も、沙と天のほかには何も無かったのである。

［**辭家見月兩回圓**］安西への道のりの長さを、起句は空間的に表現したのに對して、承句では時間的に表現した。

［**人煙**］ 11「鉄門の西館に宿す」における「火處」に相當する語であろう。

【訳】

磧中の作

馬を走らせて西し《にし》 いまや天にまで到りそうだ
家を出てから もう月が二度も圓くなるのを見た
今夜はいったい何處に宿ることになるのだろう
平沙が萬里も続いており 人家の煙など全く見えない

74 歳暮磧外寄元撝

歳の暮に磧外《せきぐわい》より元撝《げんき》に寄す

西風傳戍鼓　西風 戍鼓《じゅこ》を傳へ
南望見前軍　南望 前軍を見る
沙磧人愁月　沙磧 人は月に愁ひ
山城犬吠雲　山城 犬は雲に吠ゆ
別家逢逼歳　家に別れて 逼歳《としのくれ》に逢ひ
出塞獨離群　塞《とりで》を出でて 獨り群を離る
髪到陽關白　髪は陽関に到りて白く
書今遠報君　書もて今 遠く君に報ず

【語釈】

＊場所は不明であるが、歳の暮、なお安西への道中に在っての作と思われる。この詩によれば岑參は、陽関を出てここに來ているようであり、此のとき彼が玉門関と陽関のどちらを、或いは兩方をどのように通ったのか、よくわからない。

［**元撝**］李林甫の女婿で要職に就いていたが、天宝十一載（七五二）李林甫の死後、官を貶された。岑參にとっては、65「燕支を過ぎて杜位に寄す」詩の杜位と同じような、つまり出世の手づるとして當てにしていた人であろう。

［**山城犬吠雲**］「地勢が高いので、犬は雲の中で吠えているようだ」と解することもできるかもしれないが、今は「犬が雲に向かって吠えている」こととする。山城の犬は、様々に形を変える雲に向かって、吠えたてるのであろう。雲の形を詠んだものに、

西望雲似蛇　西望すれば 雲は蛇に似たり

戎夷知喪亡　　戎夷 喪亡せんとするを知る

（87 武威の劉判官の、安西の行營に赴く）

という句もある。また、犬については、

山店雲迎客　　山店 雲は客を迎え
江村犬吠船　　江村 犬は船に吠ゆ

（278 漢川の山行、成少尹に呈す）

というものもある。

［獨離群］「群」とは、杜位や元撝ら、岑參が出世の頼りとしていた人たちを、主として指すのであろう。

［髪到陽關白、書今達報君］長安を出發して、肅州、沙州を経て陽関に着いた時には、すでに「離群」の愁いのために、髪は已に白くなっていました。あなたと遠く離れることがつらくてたまりません。それらの思いを手紙にしたためて、都においでのあなたに遥かに届けます、という。

【訳】

歳の暮に磧外より元撝に寄せる

西風は 軍鼓の響きを傳え
南の方を望めば 前線の軍が見える
沙磧の地では 人は月を見て愁え
山城では 犬が雲に向かって吠えている
家族と別れて 今や歳の暮となり
國境の塞を出て 獨り仲間から離れている
髪は陽関に着いたとき 已に白くなっておりました
今それらの事をしたためて 遠くあなたに送ります

75　過　磧

磧《せき》を過ぐ

黄沙磧裏客行迷　　黄沙 磧裏 客行して迷ふ
四望雲天直下低　　四望 雲天 直下に低《た》る
為言地盡天還盡　　為に言へば 地は盡き天も還《ま》た盡く
行到安西更向西　　行きて安西に到らんと更に西に向ふ

【語釈】

*この詩も作られた場所はわからないが、安西への道中、それもかなり西に來ているように思われる。

［四望雲天直下低］同じような情景は、次の作「磧西《せきせい》のほとりにて李判官の入京を送る」詩に、「過磧覺天低」（磧を過ぎては 天の低きを覺ゆ）とも詠われているが、いずれも前代、無名氏の「勅勒《ちょくろく》の歌」の、

勅勒川　　陰山下　　勅勒《ちょくろく》の川 陰山の下

天似穹廬篭蓋四野　天は穹廬《きゅうろ》に似て四野を篭蓋《ろうがい》す
と同じ發想のようである。

【訳】

磧を過ぎる
黄色の沙磧《させき》の中を　あても無く旅する
四方を見れば雲も天も　ただ低く垂れこめている
地も盡き　天もまた盡きたような所を
安西に辿り着くために　更に西へと向かう

76　磧西頭送李判官入京

磧西頭にて李判官の入京を送る

一身従遠使　一身もて　遠使に従はんと
萬里向安西　萬里　安西に向かふ
漢月垂郷涙　漢月に　郷涙を垂れ
胡沙費馬蹄　胡沙　馬蹄を費《ついや》す
尋河愁地盡　河を尋ねては　地の盡きんかと愁へ
過磧覺天低　磧を過ぎては　天の低きを覺ゆ
送子軍中飲　子《し》を送りて　軍中に飲み
家書醉裏題　家書　醉裏に題す

【語釈】

＊作られた場所は不明。磧西の駅で都に向かう李判官に出會っての作。

［**磧西頭**］「磧西」とは、どのあたりを指すのかわからないが、そこには駅があり、守備隊も置かれていたにちがいない。岑参は此の駅で、都に向かう李判官に逢って送別の宴を開いた。

［**一身従遠使**］「遠使」とは、安西節度使を指す。この旅は、そこに赴任するためのものであることをいう。

［**漢月垂郷涙**］「漢月」は、漢つまり長安の空に出ていた月。今もそれは出ており、家族や、懐かしい人たちが見ているであろう月、の意。

［**胡沙費馬蹄**］「沙」字、底本の校語に「一に塵に作る」とある。また「費」字は『文苑英華』所収のものは「損」に作る。岑参の塞外詩には、馬蹄がすりへるとか、馬蹄から血が出るとかいう表現が多い。

［**尋河愁地盡**］「尋河」は『漢書』張騫傳の「漢使、河源を窮めんと云云」を意識してのものかもしれないが、對の句「過磧覺天低」の「過磧」が故事を踏まえてのものではないので、ここは単に「河すじに沿って」という意味に解する。

〔送子軍中飲、家書醉裏題〕長安から安西に到る道中には、銀山磧、鉄門関、さらにそれより小さい宿駅が幾つも置かれていたのであろう。そうして、西方へ赴く人と、都へ帰る人とが、それらの駅で出會って、情報を交換したり書信を依頼しあったりしていたようである。岑參も其の例にもれず、長安に歸る李判官に家族への手紙を託すのであるが、時間が無かったのか、それとも氣がせくためか、酒をくみかわしながら酔いのなかでそれをしためたと詠う。

【訳】

磧西のほとりで李判官の入京を送る

此の身をもって遠使に従わんと
萬里のかなた　安西に向かう
漢月を見ては　望郷の涙が流れ
胡沙は　馬の蹄をすりへらす
河を尋ねて進めば　地も盡きるかと心細く
沙磧を過ぎて行けば　天も低くなったような氣がする
あなたを送るために　軍中に宴飲し
家族への便りを　酔いの中で書いたことだ

（２）　安西都護府での作

安西都護府は唐代六都護府の一つで、太宗の貞観十四年（六四〇）に設置された。そうして高宗の顕慶三年（六五八）に亀滋（庫車）に移る。亀滋《きじ》、焉耆《えんぎ》、于闐《うてん》、疏勒《そろく》の四鎮、および月氏など九十六の府州を統括。主として天山南方を支配して北庭都護府とともに西域経營の中心となった。北庭都護府は、長安二年（七〇二）に庭州に設置され、西突厥の故地を鎮撫し、天山北方から西トルキスタン方面を管轄した。

この安西・北庭の兩都護府は西域経營の拠点であったが、北方経營の拠点としては、単于《ぜんう》都護府と安北都護府があった。また東方経營の拠点としては安東都護府が、高句麗の故地を治めるために平壌に置かれた。そうして南方には安南都護府がハノイ付近に置かれていた。此の六都護府は、いずれも屬地の諸民族の慰撫と警戒、討伐に當たったが、唐の勢力の消長によって複雑な変遷をたどった。

77　安西館中思長安

安西館中にて長安を思ふ

家在日出處　家は日の出《い》づる處に在り
朝來喜東風　朝來 東風を喜ぶ
風從帝郷來　風は帝郷より來《きた》れば
不異家信通」　家信の通じたるに異《こと》ならず
絶域地欲盡　絶域 地は盡きんと欲し
孤城天遂窮　孤城 天は遂に窮まる
彌年但走馬　年に彌《わた》りて 但《た》だ馬を走らせ
終日隨飄蓬」　日を終るまで 飄蓬《へうはう》に隨ふ
寂寞不得意　寂寞として 意を得ず
辛勤方在公　辛勤 方《まさ》に公に在り
胡塵浄古塞　胡塵 古塞に浄《きよ》きも
兵氣屯邊空」　兵氣は 邊空に屯《とど》まる
郷路眇天外　郷路は 眇《はる》かに天外
歸期如夢中　歸期は 夢の中の如し
遥憑長房術　遥かに長房の術に憑《よ》りて
為縮天山東　為《ため》に縮めん 天山の東

【語釈】

＊安西都護府に在って、遥かに長安を思っての作。

［**朝來喜東風**］「喜」字、『全唐詩』は「起」に作る「朝來東風 起こる」

［**不異家信通**］「異」字、底本は「與」に作るが、今『全唐詩』による。「與」字であれば「風は帝郷より來たるも、家信に與《あづか》らず」。

［**兵氣屯邊空**］「屯」字、底本は「宅」に作るが、今『全唐詩』による。「屯」字の用例は、

五月火雲屯　五月 火雲は屯《とど》まり
氣焼天地紅　氣は焼けて 天地は紅《くれない》なり
（99「祁樂の河東に歸るを送る」）

虜塞兵氣連雲屯　虜塞 兵氣は雲に連なりて屯《とど》まり
戦場白骨纏草根　戦場 白骨 草根は纏《まつは》る
（130「輪台歌」）

などがあり、「屯」は、いかにもそこに腰をすえて動かない、という感じを表わしている。

［**長房術**］費長房は後漢の道士で、『後漢書』巻一一二に傳がある。その得意とするところは、土地を縮める、つまり距離を縮める術であった。

［**天山東**］作者が今いる所から東、故郷の長安に到るまでの土地を指す。もしその間の土地を縮めることができ

たら、岑參はすぐに長安に歸れる。

【訳】

　安西の館中で長安を思う
私の家は　日の出る所にあるから
朝になると　東から吹いてくる風が嬉しい
風は都から吹いてくるので
家からの便りがくるのと異ならない」
ここは絶域　地は盡きようとしており
孤城のあたり　天は遂に窮まっている
年中　但だ馬を走らせ
終日　転蓬に隨うくらし」
心寂しく　意を得ぬままに
ひたすら公務に励んでいる
胡塵は古塞に澄んではいるが
兵氣は邊空に屯《とど》まっている」
故郷への道は　天外はるかに
歸る時期は　夢の中のこと
古《いにし》え遥か　費長房《ひちょうぼう》の術によって
天山の東の土地を縮めたいものだ

78　早發焉耆懷終南別業
　早《つと》に焉耆《えんぎ》を發し　終南の別業を懐《おも》ふ

曉笛引鄉淚　曉笛　郷涙を引き
秋氷鳴馬蹄　秋氷　馬蹄に鳴る
一身虜雲外　一身　虜雲の外
萬里胡天西　萬里　胡天の西
終日見征戦　終日　征戦を見
連年聞鼓鼙　連年　鼓鼙《こへい》を聞く
故山在何處　故山は　何處《いづこ》にか在る
昨日夢清溪　昨日　清溪を夢む

【語釈】

＊安西の東方にある焉耆に公務で出かけ、更に次の目的地に向かう朝、故郷を思っての作。

［焉耆］　安西四鎮の一つで、安西節度使の管轄下にあった。今の新疆ウイグル自治区焉耆の西南。

［終南別業］　66「酒泉を過ぎて杜陵の別業を憶う」詩の「杜陵の別業」のことか。

［曉笛引鄉淚、秋氷鳴馬蹄］「曉笛」が「鄉淚」を「引」き、「秋氷」が「馬蹄」を「鳴」らすと、擬人的に表現したともとれる。

［清渓］終南の別業の近くを流れている川であろう。

【訳】

朝早く焉耆《えんぎ》を出發して　終南の家を思う
暁の笛に　故郷を思って涙は流れ
秋の氷に　馬の蹄は鳴る
此の身は　虜雲の外
萬里　胡天の西にある
終日　戦いを見て
連年　軍鼓を耳にする
故郷は　どのあたりになるのか
昨日は　清渓の夢を見た

79　寄宇文判官

宇文判官に寄す

西行殊未已　　西行　殊《こと》に未だ已《お》はらず
東望何時還　　東望　何れの時にか還《かへ》らん
終日風與雲　　終日　風と雲と
連天沙復山　　連天　沙《すな》　復《ま》た山
二年領公事　　二年　公務を領し
兩度過陽関　　兩度　陽関を過ぐ
相憶不可見　　相憶ふも　見《あ》ふ可からず
別來頭已斑　　別れてより　頭は已に斑《まだら》なり

【語釈】

＊78「早に焉耆を發し、終南の別業を憶う」詩と同じく、安西と後方基地との間の連絡業務に携わっている時の作であろう。

［二年］あしかけ二年。つまり安西に赴任した年と次の年とで二年。

［兩度過陽関］安西から陽関を経て、たとえば河西節度使の治所の置かれている武威まで、往復したのであろう。

［相憶不可見、別來頭已斑］宇文判官とは、安西に赴任する途中に隴山で會ったが、それ以來、勤務地が異なっていたのか全く會っていなかったらしい。

【訳】

宇文判官に寄せる
西への旅はなかなか終りそうもなく
東を望んでは　何時かえれることかと思う
終日　風と雲ばかり
來る日も來る日も　沙また山
此の二年の間　公務にたずさわって

二度も　陽関を過ぎた
あなたに會いたくても會えず
お別れしてから　頭は已に白髪混じりになってしまった

80　題苜蓿烽寄家人
苜蓿烽《もくしゅくほう》に題し　家人に寄す

苜蓿烽邊逢立春　苜蓿烽の邊り　立春に逢ひ
胡蘆河上涙沾巾　胡蘆河《ころか》の上《ほと》り　涙は巾を沾《ぬら》す
関中只是空思想　関中　只だ是れ空《むな》しく思想《おも》ふのみ
不見沙場愁殺人　沙場の　人を愁殺するを見ず

【語釈】
＊安西から遥か西にある苜蓿烽での作。
［苜蓿烽］胡蘆河の近くにあった烽台であろうが、胡蘆河の位置については二説ある。その一つは、新疆ウイグル自治区烏什県付近の托什罕河《たくじゅうかんか》（『新唐書』地理志）。もう一つは、現在の甘粛省西部の疏勒河《そろくか》（『大唐大慈恩寺三蔵法師傳』）。ここは初めの方であろう。『新唐書』地理志によると、安西から西に行くと柘厥関があり、更に五百余里行くと小石城が、二十里先には于祝（烏什県）、そうして胡蘆河があり、その六十里西に大石城があるという。なお「苜蓿」はウマゴヤシのこと。中央アジアの國の大宛原産で、漢の使者として西域に行った張騫が中國にもたらしたものという。苜蓿烽とは、そのあたり一帯を苜蓿が蔽っていたのであろう。
［思想］『全唐詩』では「相憶」に作る。「関中　只だ是れ空しく相い憶う。」

【訳】
苜蓿烽《もくしゅくほう》にて、家人に寄せる

苜蓿烽で立春に逢い
コロ河のほとりで　涙は手巾を沾らした
関中にいる人は　ただ空しく想像するだけ
沙場がどんなに人を愁えさせるものか　わかりはしない

天寶十載（七五一）暮春に安西から武威に至り、六月に東歸。途中、臨洮に立ち寄り、初秋に長安に着いている。

81　登涼州尹臺寺
涼州の尹臺寺《いんだい》に登る

胡地三月半　胡地　三月半ば

梨花今始開　梨花 今 始めて開く
因従老僧飯　老僧の飯に従ふに因りて
更上夫人台　更に上る 夫人台
清唱雲不去　清唱すれば 雲は去らず
弾弦風颯來　弦《こと》を弾《ひ》けば 風は颯《さつ》として來る
應須一倒載　應《まさ》に須《すべか》らく 一たび倒載し
還似山公回　還ること 山公の回《かへ》るに似しむべし

【語釈】

＊天宝十載の春、武威での作。涼州、つまり武威の尹台寺を訪問した時に作ったもの。

［**尹台寺**］尹氏（西涼の李暠《りこう》の妻）と関わりのある寺。李暠の子の歆は、沮渠蒙遜《そきょもうそん》を攻めたが逆に滅ぼされた。尹氏は沮渠蒙遜の國（姑臧。今の武威）に入り、後に沮渠蒙遜は尹氏の子を、わが子茂虔《もけん》の妻とした。（『晉書』巻九六、涼武昭王李玄盛の后、尹氏の傳）

［**胡地三月半、梨花今始開**］「梨花」は岑參の詩によく出てくる。邊境の地には春の來るのが遅いことを言う時に使われる。たとえば、

邊城細草出　邊城 細草 出で
客館梨花飛　客館 梨の花は飛ぶ
（84「河西の春暮、秦中を憶う」）

［**清唱雲不去**］『列子』湯問篇に「薛譚《せつたん》は謳《うた》を秦青《しんせい》に學ぶ。未だ青の技を窮めざるに、自ら之を盡せりと謂ひ、遂に辞して歸る。秦青は止めず、郊衢《かうく》に餞《おく》る。節を撫して悲歌すれば、聲は林木を振るわせ、響きは行雲を遏《とど》む」とあるのにもとづく。

［**弾弦風颯來**］宋玉「風の賦」（『文選』巻一三）に「楚の襄王は、蘭台の宮に遊ぶ。宋玉・景差《けいさ》侍す。風あり、颯然として至る。王は乃ち襟を披《ひろ》げて之に當りて曰く『快なるかな、此の風。寡人の、庶人と共にする所の者か』と。」にもとづくものであろう。

［**應須一倒載、還似山公回**］『晉書』山簡傳の「（山簡は）永嘉三年、出て襄陽に鎮す。諸《もろもろ》の習氏は、荊土の豪族にして、佳《よ》き園池あり。簡は出て嬉游する毎に、多く池上に之《ゆ》き、酒を置きて輒ち酔ふ。之に名づけて高陽池と曰う。時に児童あり、歌ひて曰く『山公 何許《いづこ》にか出づ、往きて高陽池に至る。日夕にして倒載して歸り、酩酊《めいてい》して知るところ無し。時時 能く馬に騎《の》り、倒著す白接籬。鞭を擧げて葛彊《かつきょう》に向かい、何如んぞ 并州児』と」とある話による。山簡は、酔うと馬に逆《さかさ》に乗り、

帽子を反對にかむって歸ってきたという。「葛彊」は、山簡側近の将軍の名。

【訳】

涼州の尹台寺に登る

胡地の三月なかば
梨の花が今ようやく開いたところ
老僧に食事を差し上げたついでに
夫人台に登ってみた
清《す》んだ聲で唱えば　雲は去らず
琴を弾けば　風は颯と吹きつける
ここはひとつ頭巾をさかさまにかむり
山公が歸っていったようにやりますか

82　戲問花門酒家翁　在涼州

戲れに花門の酒家の翁に問ふ　涼州に在り

老人七十仍沽酒　老人は七十にして仍《な》ほ酒を沽《う》る
千壷百甕花門口　千壷　百甕　花門口
道傍楡莢仍似銭　道傍の楡莢《ゆけふ》は　仍《な》ほ銭に似たり
摘來沽酒君肯否　摘《つ》み來りて酒を沽《か》はん　君肯《がえ》んずるや否《いな》や

【語釈】

＊武威の町の花樓門近くにある酒家の翁に、戲れに問いかけての作。

［**花門**］武威に「花樓門」という樓門があったらしい。十何年かのち、武威での暮らしを思い起こしての作、129「涼州館中にて諸判官と夜集まる」詩の中に次のように見える。

河西幕中多故人　河西の幕中　故人　多し
故人別來三五春　故人　別れてより　三五春
花樓門前見秋草　花樓門前　秋草を見ん
豈能貧賤相看老　豈に能く貧賤にして　老いを相見んや

［**楡莢**］楡の実。莢《さや》に入っていて、漢初の楡莢銭の形によく似ている。

［**道傍楡莢仍似銭**］「莢仍」二字、底本は「葉青」に作る。（道傍の楡葉は　青くして銭に似たり）。いま、『全唐詩』に従う。

【訳】

戲れに花門の酒家の翁に問ねる　涼州にて

おじいさんは七十になるのに　まだ酒を売っており
千の壷　百の甕が　花門口に並んでいる

道の傍《ほと》りの楡《にれ》の実は　それにしても銭そっくり
摘《つ》んできて酒を買おうと思うが　売ってくれるかな

83　武威春暮宇文判官西使還已到晉昌
　武威の春暮　宇文判官の西に使ひして還り　已に晉昌に到る

片雲過城頭　片雲　城頭を過ぎ
黄鸝止戍樓　黄鸝《くわうり》　戍樓に止まる
塞花飄客涙　塞花　客涙を飄はし
邊柳挂郷愁　邊柳　郷愁を挂《か》く
白髮悲明鏡　白髮　明鏡に悲しみ
青春換敝裘　青春をば　敝《やぶ》れたる裘に換《か》えたり
君從萬里使　君　萬里の使ひに従ひ
聞已到瓜州　已に瓜州に到ると聞く

【語釈】
＊天宝十載の春、武威での作。
[晉昌] 瓜州のことで、玉門関の東にあった。宇文判官は西方にある安西に使者として赴いていたものと思われる。

[片雲]『全唐詩』は「岸雨」に作る。

[塞花飄客涙、邊柳挂郷愁]「塞花」が「客涙」を「飄」わせ、「邊柳」が「郷愁」を「挂」けさせる、のように擬人的に読むべきかもしれない。「柳」字、四部本は「樹」に作るが、今は『全唐詩』に従う。

[白髮悲明鏡]「白髮」と「明鏡」とのとりあわせは、李白の「将進酒」に次のような例がある。

君不見　君見ずや
高堂明鏡悲白髮　高堂にて明鏡に白髮を悲しむを
朝如青絲暮成雪　朝には青絲の如きも暮には雪と成る

[君從萬里使、聞已到瓜州] 作者は自分の悲しみを述べたあと、このように詠うが、おそらく友の宇文判官と語ることによって、失意の寂しさを慰めたかったのであろう。


【訳】

　武威の春の暮、宇文判官が西への使いから還り已に晉昌に着いたと聞く

片雲が　城の上を過ぎて行き
黄鳥が　戍樓《じゅろう》に止まっている
塞《とりで》の花は　旅人の涙のように飄い落ち
邊地の柳は　郷愁のように長く垂れ下がっている

明鏡に映る白髪が悲しい
私は青春を　くたびれた皮衣と取り換えたのだ
あなたが萬里の彼方に使いして
已に瓜州まで歸って來られたと聞いた

84　河西春暮憶秦中
　　河西の春暮　秦中を憶ふ

渭北春已老　渭北《いほく》　春は已に老い
河西人未歸　河西　人は未だ歸らず
邊城細草出　邊城　細草　出で
客館梨花飛　客館　梨花　飛ぶ
別後鄉夢数　別後　鄉夢は数《しばし》ばなるも
昨來家信稀　昨來　家信は稀《まれ》なり
涼州三月半　涼州　三月半ば
猶未脱寒衣　猶ほ未だ寒衣を脱《ぬ》がず

【語釈】
＊天宝十載、河西節度使の治所、涼州武威での作。
［**秦中**］「漢中」に同じ。今の陝西省中部一帯を指す。
［**渭北**］渭水は長安の北を流れる川。
［**春已老**］春の過ぎてゆくのを擬人的に表現したもの。48「韓樽の相過ぎるを喜ぶ」詩にも、
　三月灞陵春已老　三月　灞陵　春は已に老い
　故人相逢耐酔倒　故人相い逢《あ》はば　酔倒するに耐《た》へん
のようにある。
［**河西人未歸**］河西にいる自分のことをいう。
［**邊城細草出、客館梨花飛**］「細草」は春の初めに芽生える草をいう。細草がようやく芽生え、梨の花が今ごろ散っている、春の遅い「河西春暮」三月半ばの様子をいう。

【訳】
　河西の春の暮、秦中を憶う
渭水の北では　春はもう老いてしまっているだろうが
河西にいる人は　まだ歸らない
ここ邊城では　細草が芽生え
宿舎の側には　梨の花が風に飛んでいる
別れてのち　故郷の夢はたびたび見るが
昨年來　家からの便りは稀《まれ》になった
いま涼州は　三月なかば
それなのにまだ　冬着を脱がずにいる

85　武威送劉單判官赴安西行營便呈高開府

武威にて　劉單判官の安西の行營に赴くを送り、
便ち高開府に呈す

熱海亘鉄門　熱海《ねっかい》は　鉄門に亘《わた》り
火山赫金方　火山は　金方に赫《くわく》たり
白草磨天涯　白草　天涯を磨《ま》し
胡沙莽茫茫」　胡沙　莽茫茫《ばうばう》たり
夫子佐戎幕　夫子は戎幕に佐たり
其鋒利如霜　其の鋒は　利《と》きこと霜の如し
中歳學兵符　中歳にして　兵符を學び
不能守文章」　文章を守る能はず
功業須及時　功業　須《すべか》らく時に及ぶべし
立身有行蔵　立身には　行《かう》と蔵《ざう》と有り
男児感忠義　男児　忠義に感じ
萬里忘越郷」　萬里　越郷を忘る
孟夏邊候遅　孟夏　邊候　遅く
胡國草木長　胡國　草木　長し
馬疾過飛鳥　馬は疾《はや》くして　飛鳥を過ぎ
天窮超夕陽」　天は窮まりて　夕陽を超ゆ
都護新出師　都護は　新たに師を出だし
五月發軍裝　五月　軍裝を發す
甲兵二百萬　甲兵　二百萬
錯落黄金光」　錯落《さくらく》たり　黄金の光
揚旗拂崑崙　旗を揚げては　崑崙を拂ひ
伐鼓震蒲昌　鼓を伐ちては　蒲昌を震はす
太白引官軍　太白　官軍を引き
天威臨大荒」　天威　大荒に臨む
西望雲似蛇　西に望めば　雲は蛇に似て
戎夷知喪亡　戎夷　喪亡を知る
渾驅大宛馬　渾《すべ》て大宛の馬を驅《は》せ
繫取樓蘭王」　繫《つな》ぎ取らん　樓蘭《ろうらん》の王
曽到交河城　曽《かつ》て交河城に到るに
風土断人腸　風土は　人の　腸《はらわた》を断つ
塞駅遠如点　塞駅は　遠く点の如く
邊烽互相望」　邊烽は　互ひに相望む
赤亭多飄風　赤亭に　飄風　多く
鼓怒不可當　鼓怒すれば　當たる可からず
有時無人行　時有りて　人の行く無く
沙石亂飄揚」　沙石　亂れて飄揚《へうやう》たり
夜静天蕭條　夜静かにして　天は蕭條たり

鬼哭夾道旁　鬼《き》は哭して　道旁を夾む
地上多髑髏　地上には　髑髏の多く
皆是古戦場」　皆な是れ古戦場なり
置酒高館夕　置酒す　高館の夕べ
邊城月蒼蒼　邊城に　月は蒼蒼たり
軍中宰肥牛　軍中　肥牛を宰し
堂上羅羽觴」　堂上　羽觴を羅《つら》ぬ
紅涙金燭盤　紅涙　金の燭盤
嬌歌艶新妝　嬌歌　新妝　艶《あで》やかなり
望君仰青冥　君を望みて　青冥を仰ぐも
短翮難可翔」　短き翮《はね》なれば　翔《と》ぶ可きこと難《かた》し
蒼然西郊道　蒼然たり　西郊の道
握手何慨慷　手を握れば　何ぞ慨慷《がいかう》たる

【語釈】

*天宝十載五月、高仙芝の西征に際して武威で作られたもの。この頃、諸胡が大食と手を結び、安西の四鎮を攻めようとしており、それに對して高仙芝が、蕃・漢の兵三萬人を率いて出撃した。しかし此の戦いは蕃将の裏切りによって敗績した。全五十句の長編であり、内容は次のようにまとめることができよう。

一、第一句～第四句
塞外の地の地形と風景を、大きくつかんで紹介。
二、第五句～第一六句
劉単判官の才能と、彼が塞外にやってきたわけを説明し、このたびは西の果てに出征することを述べる。
三、第一七句～第二八句
劉単判官が従ってゆく高仙芝の軍の威容を詠じ、勝利は已に見えていると激励する。
四、第二九句～第四〇句
西行の途中の様子を説明し、交河城、赤亭のあたりは全て古戦場であるという。
五、第四一句～第四六句
劉単判官を送る宴の様子。
六、第四七句～第五〇句
自分の菲才を嘆きつつ、惜別の情を詠う。岑參の詩の常として、惜別の情は最後の何句かにまとめられる。

「**劉單**」節度使高仙芝配下の判官。
「**高開府**」高仙芝のこと。
「**熱海**」伊塞克湖（今のキルギス共和國境にある）。その様子は、149「熱海行。崔侍御の京に還るを送る」詩に詳しい。

〔**鉄門**〕鉄門関。焉耆から庫爾勒《コルラ》へ出る道の途中にある。その様子は、すでに擧げた71「鉄門関楼に題す」詩、72「鉄門の西館に宿す」詩に詳しい。

〔**火山**〕吐魯番から東に断続的に続き、鄯善の南に到る山地。山は赤い砂岩で、無数の火炎が燃えているような形状をしているため「火山」と呼ばれる。或いは露出した石炭が燃えているとされる。その様子は、151「火山雲歌、送別」に詳しい。

〔**白草磨天涯、胡沙莽茫茫**〕「莽」字、底本は「奔」に作るが、今『全唐詩』による。此の句によく似たものに、66「酒泉を過ぎ、杜陵の別業を憶う」詩の句がある。

　黄沙西際海　　黄沙は　西のかた海に際し
　白草北連天　　白草は　北のかた天に連なる

〔**行蔵**〕『論語』述而篇に「子《し》　顔淵に謂ひて曰く、之を用ふれば則ち行い、之を舍《す》つれば則ち蔵《かく》る。唯《た》だ我と爾《なんぢ》と是《これ》あるかなと」にもとづく。

〔**都護**〕安西四鎮節度使の高仙芝を指す。

〔**黄金光**〕『唐詩紀事』巻二三は「金光　揚」（金光　揚がる）に作る。

〔**揚旗**〕「揚」字、『唐詩紀事』は「掲」に作る。

〔**蒲昌**〕蒲昌海。今の新疆ウイグル自治区の羅布泊（ロプノール）。

〔**雲似蛇**〕『初學記』巻一に引く『兵書』に「雲の、丹《あか》き蛇　星の後に随うが如き有らば、大戦して将を殺す」とある。

〔**大宛**〕漢代、西域の國名。良馬の産地。

〔**樓蘭**〕漢代、西域の國名。今の新疆ウイグル自治区の若羌県の東北にあった。漢の武帝は大宛への通路にあたる樓蘭國を、しばしば攻撃した。

〔**交河城**〕西州。すなわち今の吐魯番の東南。

〔**赤亭**〕唐代、伊州・納職県の西に赤亭守捉という守備隊が置かれており、その付近を指すのであろう。

〔**夜静天蕭條、鬼哭夾道旁**〕杜甫「兵車行」の、

　君不見　青海頭　　君見ずや　青海の頭《ほとり》
　古來白骨無人収　　古來　白骨　人の収むる無く
　新鬼煩冤旧鬼哭　　新鬼は煩冤《はんえん》し　旧鬼は哭し
　天陰雨湿聲啾啾　　天陰《かげ》り雨湿《うるほ》ふとき　聲啾啾《しうしう》たるを

という部分を思わせる。

【訳】

武威にて劉単判官が安西に赴くのを送り、ついでに
　高開府に呈する詩
熱海《ねっかい》は　鉄門関にまで廣がっており
火山は　西方に赤々と燃えている
白草は　天の涯《はて》を磨《こす》っており
胡沙は　どこまでも続いている」
あなたは軍府の幕僚として
才の切れは　霜のように鋭い
中年にして　兵書を學ばれたが
それは文筆に携わってはおれなかったため」
功業は　可能な時に立てておくもの
立身には　うまくいく時とそうでない時があるのだ
男児は　忠義に感じて
萬里の此の地で　遥かな故郷のことを忘れている」
初夏は　此の地では來るのが遅く
胡國では　いま　草木が長く伸びている
馬は　飛鳥よりも疾く
天の果てを　夕陽を越えてゆく」
都護は　このたび軍を出すことになり
五月に　兵士たちを出發させた

甲兵は　二百萬
黄金の光を　きらめかせていた」
掲《かか》げられた旗あしは　崑崙山を拂い
軍鼓の響きは　蒲昌海を震わせた
太白星は　官軍を率いて進み
天子の威力は　大荒の地を圧している」
西の方を望むと　雲は蛇に似ており
戎夷の滅亡を示している
さあ　大宛の馬を驅けさせて
樓蘭王を縛りあげてしまえ」
曽《かつ》て交河城へ行ったことがあるが
その風土は　人の　腸《はらわた》を断つほどのものだった
わびしげな駅が　遠く点在しており
烽台が　遥かに続いていた」
赤亭では　飄風が多く
それに吹きつけられると　ひとたまりもない
時には人の全く通っていないこともあり
沙石は亂れて巻き上げられる」
夜は静まりかえり　天は蕭條として寂しく
死者の霊は　道の兩側で哭《な》いている

地上には髑髏がゴロゴロ転がっており
あたりは全て古戦場」
此の夕　酒を高館に設ければ
邊城に　月は蒼蒼《あおあお》と照っている
軍中で　肥牛を料理し
堂上に　羽觴《さかづき》を羅《つら》ねる」
金の燭台には　紅涙が垂れ
美しく化粧した女が　艶《あで》やかに歌う
あなたのようにと　青い空を仰いでみても
羽の短い私には　空を飛ぶことは難しい」
蒼然とかすむ　西郊の道
別れの手を握れば　やりきれぬ思いが溢れてくる

86　武威送劉判官赴磧西行軍

武威にて劉判官の磧西の行軍に赴くを送る

火山五月人行少　　火山　五月　人の行くこと少《まれ》に
看君馬去疾如鳥　　君の馬の去るや　疾《はや》きこと鳥の如きを看る
都護行營太白西　　都護の行營は太白の西
角聲一動胡天曉　　角聲一《ひと》たび動《おこ》りて　胡天　曉《あかつき》なり

【語釈】

＊天宝十載五月、武威で作ったもの。劉判官が安西に赴くのを送っての作。

［**武威**］「威」字、底本は「軍」に作る。今『全唐詩』に従う。

［**劉判官**］前の詩に見える「劉単判官」のことであろう。

［**磧西行軍**］安西四鎮節度使の幕府。

［**火山五月人行少**］「人行」二字、『全唐詩』は互倒して「行人」に作る。火山あたりの夏は、低地であるために非常に暑かったらしい。そのために人の往來が少なかったのであろう。

［**看君馬去疾如鳥**］「看」といっても、この時、それが見えるわけではない。旅人の姿も稀な火山のほとりを、西に向かって馬をとばしている劉判官の姿を思いうかべているのである。

［**都護行營**］高仙芝の軍營。

［**太白西**］太白は西方の空に輝く星であるが、その太白星の更に西に、都護の行營があるという。

【訳】

武威にて、劉判官が磧西の行軍に赴くのを送る

火山のあたりは　五月には通る人も稀《まれ》で
あなたの馬が鳥のように疾《はや》く驅けて行くのが見える
都護の行營は　太白星のまだ西
角笛の音が一たび響くと　胡天が明けてゆく

87　送李副使赴磧西官軍
　　李副使の磧西の官軍に赴くを送る

火山六月應更熱　火山　六月　應《まさ》に更に熱かるべし
赤亭道口行人絶　赤亭　道口　行人は絶えん
知君慣度祁連城　知る　君の祁連城《きれんじょう》に度《わた》るに慣れたるを
豈能愁見輪台月　豈《あ》に能く　見るを愁へん　輪台《りんだい》の月
脱鞍暫入酒家壚　鞍を脱《おろ》して　暫く酒家の壚に入り
送君萬里西撃胡　君の　萬里　西に胡を撃つを送る
功名祇向馬上取　功名は　祇《た》だ馬上にて取らん
眞是英雄一丈夫　眞に是れ英雄　一丈夫

【語釈】
*天宝十載六月、武威での作。李副使が安西の都護府に赴くのを送る。
［**副使**］節度使の下に副使一人が置かれていた。
［**磧西**］「西」字、底本は「石」に作る。今『全唐詩』による。
［**赤亭道口**］唐代、交河城と伊州を結ぶ道のうち、赤亭守捉を経由する道を赤亭道とよび、おそらく火山付近にその入り口があったのであろう。
［**祁連城**］今の甘粛省張掖県の西南。
［**輪台**］唐代の輪台（庭州）ではなく、漢代の輪台（今の新疆ウイグル自治区、輪台県の南）を指すのであろう。
［**脱鞍**］「鞍」字、『全唐詩』校語に「一作衣」とある。

【訳】
　　李副使の　磧西の官軍に赴くのを送る
火山は六月には　ひときは熱いことだろうし
赤亭口の道は　行く人も絶えていることでしょうが
あなたは祁連城に行きつけておいでだから
輪台《りんだい》の月を見て　愁えたりされないでしょう
鞍《くら》を下ろして暫く酒屋の炉ばたに坐り
あなたが萬里の西に胡《えびす》を撃ちに行くのを送る
功名は馬上においてこそ取るべきもの
それでこそ眞の英雄であり　ますらおなのだ

88 送韋侍御先歸京　得寛字

韋侍御の先に京に歸るを送る　寛字を得たり

聞欲朝龍闕　龍闕に朝《てう》せんと欲するを聞く
應須拂豸冠　應《まさ》に須《すべか》らく豸冠《ちくわん》を拂ふなるべし
風霜隨馬去　風霜は 馬に隨ひて去《ゆ》き
炎暑為君寒　炎暑も 君の為に寒からん
客涙題書落　客涙 書を題すれば落ち
郷愁對酒寛　郷愁 酒に對すれば寛《ゆる》し
先憑報親友　先づ憑《よ》りて 親友に報ぜん
後月到長安　後月 長安に到らんと

【語釈】

＊天宝十載夏、武威での作。來月には長安に歸れるという時期のもの。

［得寛字］一坐の者が、先人の詩句などから籤で一字を分け取り、その字を韻字として詩を作る。ここでは岑參は「寛」字が當たった。

［豸冠］御史台の侍御史（検察官）の冠。

［風霜隨馬去］『通典』巻二四に「御史は風霜の任なり。不法を弾糾し、百僚は震恐す。官の雄峻なる、之に比する莫し」とある。

［報親友］底本は「親友報」に作る。今『全唐詩』による。

【訳】

韋《ゐ》侍御の 先に京に歸るのを送る　寛字を得た

宮中に出仕されると聞きましたが
きっと法冠をかぶられるのでしょう
風霜の厳しさは 馬に隨って行き
炎暑も あなたのために寒くなるでしょう
旅の涙は 便りを書けば落ちる
郷愁を 酒に向かって寛《ゆる》くする
先にあなたに頼んで 親友に知らせよう
私も來月には 長安に着きますと

89 臨洮客舎留別祁四

臨洮《りんとう》の客舎にて祁四《きし》に留別す

無事向邊外　事無くして 邊外に向かひ
至今仍不歸　今に至るも 仍《な》ほ歸らず
三年絶郷信　三年 郷信 絶え
六月未春衣　六月 未だ春衣なり
客舎洮水聒　客舎 洮水《とうすい》 聒《かまびす》しく

孤城胡雁飛　孤城　胡雁　飛ぶ
心知別君後　心に知る　君に別れし後
開口笑應稀　口を開きて笑ふことの應《まさ》に稀《まれ》なるべきを

【語釈】

＊武威から長安への歸途、しばらく臨洮に留まっていた時の作。臨洮の役所に勤務していた祁四と別れる時に作ったもの。（天宝十載［七五一］六月頃、歸途についた岑參は途中しばらく臨洮に滞在し、初秋のころ長安に歸着した）

［**臨洮**］治所は、今の甘粛省臨潭の西南にあった。

［**祁四**］祁樂のことであろう。この時、臨洮《りんとう》の軍中にいたらしい。110「祁樂の河東に歸るを送る」詩に、

祁樂は後來の秀、身を挺して河東に出ず。
往年　驪山に詣《いた》り、賦を温泉宮に献ず。
天子は召見せず、鞭を揮《ふる》ひて遂に戎《いくさ》に従ふ。
前月　長安に還るに、嚢中　金は已に空《むな》し。

のようにある。中央で志を得ないままに塞外と長安を往復していた、岑参や杜甫とおなじく中下層文人官吏に属する人のようである。

［**三年絶郷信、六月未春衣**］家からの便りも無く、したがって衣服を送ってくることもないために、六月になってもまだ春衣を着ていない、というのであろう。

【訳】

臨洮《りんとう》の客舎で祁四《きし》と別れるにあたって
何もできないままに　邊境にやってきて
今日まで　まだ歸らずにいる
三年の間　故郷からの便りは無く
六月になるのに　まだ春衣が着られない
宿舎のそばには　洮水が音をたてて流れており
孤城の上を　胡雁が飛んでゆく
私にはわかっている　あなたと別れたのちは
口を開けて笑うことは稀になるだろうことが

90　臨洮龍興寺玄上人院　同詠青木香叢

臨洮の龍興寺玄上人の院　青木香の叢を同詠す

移根自遠方　根を移すこと　遠方よりし
種得在僧房　種《う》え得て　僧房に在り
六月花新吐　六月　花は新たに吐《さ》き
三春葉已長　三春　葉は已に長し
抽茎高錫杖　茎を抽《ぬ》きて　錫杖より高く

引影到繩牀　影を引きて　繩牀に到る
只為能除病　只《た》だ能く病ひを除くが為に
傾心向薬王　心を傾けて　薬王に向かふ

【語釈】
＊臨洮の龍興寺の玄《げん》上人の院で「青木香の叢」を同詠す。
[青木香]「木」字、四部本は「本」に作るが、今『全唐詩』に従う。
[花新吐]花が咲くことを「吐花」と表現する例は、岑参だけでなく李白にもあるが、葉や蔓について「吐」を使うのは、岑参だけである。
桂林蒲萄新吐蔓　桂林の蒲萄は　新たに蔓を吐くも
武城刺蜜未可餐　武城の刺蜜　未だ餐《くら》ふ可からず
（157 獨孤漸と別れを道《い》ふ長句）
江柳秋吐葉　江柳　秋に葉を吐き
山花寒満枝　山花　寒きに枝に満つ
（280 顔評事の京に入るを送る）
[除病]「病」字、『全唐詩』は「疾」に作る。

【訳】
臨洮《りんとう》の龍興寺の玄上人の院で　青木香の叢を同詠す
遠くの土地から根を移して
僧房に植えてある
六月に　花が新たに咲き
三月には　葉は已に長くなっている
茎はのびて　錫杖より高く
影はながく　縄牀にまで届いている
能く病氣を除くという　そのことのために
心を傾けて　薬王に向かう

91　憶長安曲二章　寄龐漼
長安を憶ふの曲二章　龐漼に寄す
東望望長安　東に望みて　長安を望めば
正値日初出　正《まさ》に　日の初めて出づるに値《あ》ふ
長安不可見　長安　見る可からざるも
喜見長安日　長安の日を見るを喜ぶ
長安何處在　長安は　何處《いづこ》にか在る
只在馬蹄下　只《た》だ馬蹄の下に在り
明日歸長安　明日は　長安に歸る
為君急走馬　君の為に　急ぎて馬を走らせん

＊天宝十載（七五二）、高仙芝は大食の軍に敗れ、事情説明のために東帰することになった。岑參もそれに従って都に向かい、六月に臨洮に到着し、初秋の頃に長安に着いている。

【訳】

長安を憶う曲二章　龐漼に寄せる

東を望んで　長安の方を見れば
ちょうど日が初めて出る時だった
長安を見ることはできないが
長安（を照らしている　そ）の日を見て嬉しい

長安は　何處に在るのか
それは　ただ馬蹄の下に在る
明日は　長安に歸れる
君のために　急いで馬を走らせよう

四、長安無為

天宝十一載（七五二、三八歳）から十三載に北庭に赴くまでの二年餘りを、岑參は長安で過ごす。西域から歸れば何か職があるのではと、岑參は考えていたのかもしれないが、それは甘い期待であった。そのため岑參は佛門に入ることを思い、また隠遁を考えている。此の時期の詩は三十首あまり殘されているが、その多くは送別會などの會合での作であり、おそらく彼はそれらの會に集まってくる士人たちを通して、仕官のための手がかりを得ようとしていたのであろう。しかし期待は空しく、中央での官職は得られず、彼は再び西域に向かうことになる。

92　送魏四落第還郷

魏四の落第して郷に還るを送る

東歸不稱意　　東歸　意に稱《かな》はず
客舍戴勝鳴　　客舍　戴勝《たいしゃう》　鳴く
臘酒飲未盡　　臘酒　飲みて未だ盡くさず
春衫縫已成」　　春衫　縫ひて已に成る
長安柳枝春欲來　　長安の柳枝　春來たらんと欲し
洛陽梨花在前開　　洛陽の梨花　前に在りて開かん
魏侯池館今尚在　　魏侯の池館　今尚《な》ほ在り
猶有太師歌舞臺」　　猶《な》ほ太師の歌舞臺有り
君家盛德豈徒然　　君が家の盛德　豈に徒然《いたづら》ならんや
時人注意在吾賢　　時人の注意　吾が賢に在り
莫令別後無佳句　　別後　佳句無く
祇向壚頭空醉眠　　祇《た》だ壚頭《ろとう》に向《おい》て　空《むな》しく醉眠せしむる莫《な》かれ

【語釈】

＊天寶十一年頃の作か。

［東歸］東都、すなはち洛陽へ歸ること。

［客舍］旅館、宿舍。

［戴勝］かっこう。夏に北から來て、冬に南へ飛ぶ。唐代、科挙の試験発表の時期は春期の二、三月の間であったので、魏四が落第して故郷に還るのを岑參が送ったのは、ちょうどこの時候である。

［臘酒］陰暦十二月醸造の酒。

［池館］池のほとりにある館。

「**魏侯池館今尚在、猶有太師歌舞臺**」魏侯は、魏徴を指すのであろう。『舊唐書』巻七一、魏徴傳 に 「(貞観)十六年、拜太子太師」(貞観十六年、太子太師に拜せらる。)又、『新唐書』巻九七、魏徴傳にも「拜太子太師」とある。『太平御覧』巻一八〇 に 「韋述兩京記曰、勸善坊東北隅、太子太師鄭公魏徴宅。山池院有進士鄭光乂畫山水、爲時所重」(韋述兩京記に曰く、勸善坊の東北隅は、太子太師鄭公魏徴の宅なり。山池の院に進士の鄭光乂の山水を畫ける有り、時の重んずる所と爲る)とある。

「**太師**」正一品の官。位は尊いが、具体的な仕事はなく、多くは封贈され、常置されなかった。

「**盛徳**」りっぱな徳。

「**徒然**」むなしいこと。

「**祗向壚頭空醉眠**」この句は、『晉書』巻四九、阮籍傳に、「鄰家婦有美色、當壚沽酒。籍嘗詣飲、醉便臥其側。」(隣家の婦に美色在り、壚に當りて酒を沽《う》る。籍、嘗《つね》に詣《いた》りて飲み、醉へば、便ち其の側に臥す)とあるのによる。

「**壚頭**」は酒の燗をするところの周り。

【訳】

魏四が落第して故郷に還るのを送る

東に歸ることは不本意であろう
旅館では戴勝《かっこう》が鳴いている
臘酒を飲んで 未だ無くならないのに
春着は已に縫いあがっている」
長安の柳の枝に春は來ようとしており
洛陽の梨花は 行く手に開いていることだろう
魏侯の池館は今でも在り
太師の歌舞臺も まだ殘っている」
君の家の盛徳は 空しいものではなく
世の人は我が友の賢に注目している
別れた後 佳い句を作らず
飲み屋で空しく酔いつぶれているだけではいけないよ

93
送薛播擢第歸河東
薛播《せつはん》の擢第《たくだい》して河東に歸るを送る

歸去新戰勝　　歸去 新たに戰勝し
盛名人共聞　　盛名 人は共に聞く
鄕連渭川樹　　鄕は連なる 渭川の樹
家近條山雲」　家は近し 條山の雲

夫子能好學　夫子　能《よ》く學を好み
聖朝全用文　聖朝　全て文を用ふ
兄弟負世譽　兄弟　世の譽《ほまれ》を負ひ
詞賦超人羣」　詞賦　人羣を超ゆ
雨氣醒別酒　雨氣　別酒を醒《さ》まし
城陰低暮曛　城陰　暮曛　低《た》る
遙知出關後　遙かに知る　出關の後
更有一終軍　更に有り　一終軍

【語釈】

＊天寶十一年の秋、長安での作。

［**薛播**］河東郡寶鼎縣の人。薛據の弟。天寶十一年の進士。『舊唐書』巻一四六、薛播傳には「天寶中の進士」とだけある。ここは、『宋五百家注韓昌黎集』巻二四「國子助教河東薛君墓誌銘」（國子助教の河東の薛君の墓誌銘）に拠る。薛播は、校書郎、殿中侍御史、萬年令、尚書左丞、禮部侍郎に任じられ、貞元三年（七八七）に亡くなった。

［**河東**］唐の郡名。治所は今の山西永濟縣の西蒲州鎭にある。乾元三年（七六〇）河中府と改名。

［**戰勝**］戦いに勝つこと。ここでは科挙の試験に合格すること。30「送薛彦偉擢第東都觀省」（薛彦偉の擢第して東都に觀省するを送る）に、「時輩似君稀、青春戰勝歸」（時輩　君に似たるは稀なり、青春　戰勝して歸る）とある。

［**盛名**］「盛」字、底本では「成」に作る。今、宋本、明抄本、『全唐詩』による。

［**渭川**］渭水のこと。

［**條山**］中條山のこと。山西省永濟縣東南に在り、薛播の故郷にあたる。

［**好**］底本では空缺。宋本、明抄本、『全唐詩』に拠って補う。

［**曛**］日没の餘光。

［**出關後**］「關」は、潼關を指す。「後」字、宋本、明抄本、呉校の注に「一作去」とある。

［**一終軍**］「一」字、底本にはなく、宋本、明抄本、『全唐詩』に拠って補う。「終軍」は、西漢、武帝の時の人。若くして学を好み、十八歳で博士弟子（大学の学生）に選ばれた。故郷の濟南（いまの山東濟南市の東）から西の長安に入り、函谷關を過ぎた時の事である。終は關吏から歸途の符信を与えられると、「自分は出世しないと

ここを通って故郷には歸らない。出世するので符信はいらない」といって、符信を棄てて關を去った。後に終軍が出世して、函谷關に來たとき、關吏は彼のことを覚えていて「此の使者は迺ち前の棄繻の生なり」と言ったとある。(『漢書』巻六四下、終軍傳)

【訳】

薛播が擢第して河東に歸るのを送る

新たに戦いに勝って　君は歸っていく
あなたの評判を　人々は皆な聞いて知っている
渭水の兩岸に生えている樹の先に　あなたの故郷はあり
條山にかかる雲の近くに　あなたの家はある」
あなたは　學問を好み
朝廷では　全てあなたの文章を使っている
あなたたち兄弟は　世の譽れを一身に背負っており
その詞賦は　人々を超えている」
雨の氣配は別れの酒の酔いをさまし
城の陰《かげ》の辺りでは　夕暮が迫ってきた
あなたが關を出てゆき
更に一終軍となったことを　遙か遠くで知ることだろう

94　與高適薛據同登慈恩寺浮圖

高適　薛據《せつきょ》と同《とも》に慈恩寺の浮圖に登る

塔勢如湧出　　塔勢　湧出するが如く
孤高聳天宮　　孤高　天宮に聳《そび》ゆ
登臨出世界　　登臨　世界を出で
磴道盤虛空」　　磴道《とうだう》　虚空に　盤《わだかま》る
突兀壓神州　　突兀《とつこつ》として　神州を壓《おさ》へ
崢嶸如鬼工　　崢嶸《さうくわう》として　鬼工の如し
四角礙白日　　四角　白日を礙《さまた》げ
七層摩蒼穹」　　七層　蒼穹《さうきゆう》を摩《ま》す
下窺指高鳥　　下に窺《うかが》へば　高鳥を指し
俯聽聞驚風　　俯して聴けば　驚風を聞く
連山若波濤　　連山　波涛の若《ごと》く
奔湊似朝東」　　奔湊《ほんさう》　朝東するに似たり
青槐夾馳道　　青槐　馳道を夾《はさ》み
宮館何玲瓏　　宮館　何ぞ玲瓏《れいろう》たる
秋色從西來　　秋色　西從《よ》り來り
蒼然滿關中」　　蒼然として關中に滿つ
五陵北原上　　五陵　北原の上
萬古青濛濛　　萬古　青濛濛《まうまう》たり

浄理了可悟　浄理 了《まさ》に悟るべし
勝因夙所宗　勝因 夙《つと》に宗とする所
誓將掛冠去　誓って將《まさ》に 冠を掛けて去らんとす
覺道資無窮　道を覺《さと》りて 無窮に資《よ》らん

【語釈】

＊天寶十一年秋、長安での作。

［**高適**］（七〇二～七六五）唐代の詩人。字は達夫。仲武とも言った。滄州（河北省滄州滄縣）の人。若い頃には博徒の中に身を沈めたが、河西節度使の哥舒翰《かじょかん》が上表して幕府の掌書記とし、その後、西川節度使、散騎常侍、渤海縣侯に封ぜられた。彼の辺塞詩は岑參と等しく有名であり、その風格も岑參に並ぶもので、世に「高・岑」と称されている。作に『高常侍集』がある。『唐才子傳』巻二。

［**薛據**］唐代の詩人。荊南（湖北省荊州江陵縣）の人で、薛播の兄。開元十九年に登第。天寶六年、又た風雅古調科に首席で合格した。渉縣の令、司議郎を歴任し、水部中郎におわる。

［**慈恩寺**］都長安の名勝。今の西安市南郊にある。もと隋の無漏寺の故址。唐の太宗の貞觀二十二年（六四八）太子李治が死去した母親文徳皇后の追善のために建てた寺。寺の西院に大雁塔があり、永徽三年（六四八）に玄奘（唐の名僧。三蔵法師。六〇二～六六四）によって建てられた。塔はもと五層であったが、武則天の時に重ねて修理し、増して十層となった。その後、兵火を経て今は七層がある。唐の人は大雁塔を慈恩寺浮圖と呼んだ。天寶十一年、岑參は、高適、薛據と此の寺に登り、詩を作った。

［**與高適薛據同登慈恩寺浮圖**］『全唐詩』には「同」の字は無い。底本には「浮圖」の二字が無い。今『全唐詩』によって補う。杜甫「同諸公登慈恩寺塔」（諸公の慈恩寺の塔に登るに同ず）の題の下に、「時高適薛據、先有此作」（時に高適、薛據、先に此の作有り。）と注す。

［**浮圖**］寺の塔のこと。

［**塔勢如湧出**］『妙法蓮華経』（寶塔品十一）に「爾時、佛前有七寶塔。高五百由旬、縦広二百五十由旬、從地湧出」（爾《こ》の時、佛前に七寶塔有り。高さ五百由旬、縦広二百五十由旬、地より湧き出づ）とある。「由旬」は佛教語。由旬那、繕那。帝王の一日の行軍の里程。八十里・六十里・十六里の諸説がある。中國の一里は時代によ

って異なるが、約四〇〇～六〇〇メートル。

[**登臨**] 高い所に登って下方を眺めること。

[**世界**] もとは佛教語で、「世」は時間を指し、「界」は空間を指す。「世界」とは宇宙のことをいう。

[**磴道盤虚空**] 「磴」は石の階段。塔に登る石段が螺旋状をなし、虚空の中に曲がりくねっているさま。以上の四句は下から見上げたり、振り返ったりしながら登っている時の塔の姿を描いている。

[**突兀**] 高く突き出るさま。高く聳えるさま。

[**神州**] 中國の美称。神仙の住む所。

[**崢嶸**] 高く険しいさま。

[**如鬼工**] 神が施した細工、鬼神の力による術。

[**四角**] 屋根の四廂のこと。「角」の字については、底本には、「一作方」とある。

[**驚風**] 疾風のこと。

[**連山若波涛**] 『文選』巻一二、木華「海賦」に「波若連山、乍合乍散」（波は連山の若く、乍《ある》いは合い乍《ある》いは散る）とある。

[**馳道**] 天子の車が通過する大きな道。

[**玲瓏**] 透きとおって光り輝くさま。

[**蒼然**] 秋の氣配が蒼々として広がっているさま。

[**關中**] 今の陝西省中部地区。

[**五陵**] 長安郊外にある漢の高祖以下五帝の墓。高祖を長陵に、恵帝を安陵に、景帝を陽陵に、武帝を茂陵に、昭帝を平陵に葬った。すべて渭水北岸の今の咸陽付近にあり、合わせて五陵という。また長安郊外の五陵付近の地をも指す。

[**浄理**] 佛教語で、清浄の理。一切の悪徳から遠く離れ、心が世間に触れること無く、清浄であること。

[**勝因**] 佛教語で、素晴らしい善因。佛教では、物事の成立にはその縁起があり、善因には善果が、悪因には悪果が生じると説く。

[**夙**] 早く。以前から。

[**宗**] 尊び、崇める。底本、明抄本、呉校には「一作崇」とある。

[**掛冠**] 官位を退くこと。辞職すること。『後漢書』逢萌傳に、逢萌が時の為政者王莽《おうもう》に失望して職を辞する時、冠を解いて東部の城門に掛け、家族を連れて、都を去っていったとある。

[**覺道**] 佛教語で、煩悩から脱却した「大覺の道」のこ

と。

［資］よる、たよる、の意。佛教では永遠に頼れるものとしている。つまり、佛教に歸依する心を言う。

［無窮］きわまりない。果てしない。永久。永遠。「無」字、底本は「與」に作る。今、明抄本、呉校、『全唐詩』によって改めた。

【訳】

高適　薛據《せっきょ》と同《とも》に慈恩寺の浮圖に登る

塔の勢いは　まるで地から湧き出たように
超然と高く　天空に聳《そび》えている
塔に登ると　すっかり俗世を抜け出たようであり
石段の道は　虚空に盤《わだかま》っている」
塔は高くそびえて　この神州を圧し
その高く険しい姿は　鬼神の成した業のようだ
四つの屋根の廂は　太陽の行き來をも遮《さえぎ》り
七層の先は　蒼《あお》い天空を摩《ま》するほどだ」
下を窮えば　高く飛ぶ鳥さえ指差すことができ
伏して耳を傾ければ　疾風の音が聞こえてくる
連なる山々は波涛の如く
東して海に向かって流れ込むのに似ている」
青い槐樹が馳道を挟《はさ》み
その先に見える宮殿の何と玲瓏《れいろう》としていることか
秋の氣配は　西方からやって來て
蒼々と広がりながら　關中に満ちてくる」
五人の帝の眠る墓は　北原の畔にあり
遙か昔と変わりなく　樹木は青々と茂っている
佛の浄理は　確かに悟ることができそうだ
素晴らしい善因は　もとより私の願い崇《あが》めるところ
誓って冠を掛けて　俗世を離れ
佛の道を悟って　永遠をたのみとしよう

95　題李士曹廳壁畫度雨雲

李士曹の廳壁に度雨雲を畫くに題す

似出棟梁裏　　棟梁の裏《うち》より出づるに似て
如和風雨飛　　風雨に和して飛ぶが如し
掾曹有時不敢歸　　掾曹　時に敢《あ》へて歸らざること有り
謂言雨過濕人衣　　謂言す　雨過ぎて人衣を濕すと

【語釈】

＊天寶十一年、岑參と高適は同じく長安に住んでおり、この詩はその時の作と考えられる。

［**李士曹**］李翥《しょ》のこと。士曹は官名で、士曹參軍のこと。「士」は底本では「氏」となっているが、ここでは『全唐詩』に從った。高適に「同李九士曹觀壁畫雲作」（李九士曹の觀壁に雲を畫くに同ずるの作）がある。

始知帝郷客　　始めて知る　帝郷の客
能畫蒼梧雲　　能く蒼梧の雲を畫く
秋天萬里一片色　　秋天萬里　一片の色
只疑飛盡猶氛氳　　只《た》だ疑ふ　飛び盡して猶ほ氛氳《ふんうん》たるを

岑參の詩と同じく五、七言が各二句となっており、同じ時の詩である。高適にはまた「觀李九少府翥樹宓子賤神祠碑」（李九少府翥の宓子賤の神祠碑を樹《た》つるを觀る）、「同崔員外綦毋拾遺九日宴京兆府李士曹」（崔員外綦毋《きぶ》拾遺の九日京兆府李士曹に宴するに同ずる）の詩もある。李九とは、李翥のことで、當時は京兆府の士曹參軍に任じられていた。

［**度雨雲**］雨雲が飛び渡る様子を指す。「雲」下、明抄本、呉校、『全唐詩』には「歌」字がある。

［**棟梁**］棟木《むなぎ》と、梁《はり》のこと。

［**掾曹**］「掾屬」と同義で、古代官府の下役人のこと。ここでは李士曹を指す。

【訳】

李士曹の役所の壁に雨雲が飛び渡る絵を描いたのに
題する
雨雲は　棟木や梁《はり》のところから湧き出て
風雨に合わせて　飛び渡っているようだ
掾曹は敢えて歸宅しないこともあり
「雨が降って來て衣をぬらすから」と言う

96　送李翥遊江外
李翥《りしょ》の江外に遊ぶを送る

相識應十載　　相識《し》ること　應《まさ》に十載なるべし
見君只一官　　君を見るに　只《た》だ一官
家貧禄尚薄　　家は貧にして　禄尚《な》ほ薄く
霜降衣仍單」　　霜降れども　衣は仍《な》ほ單《ひとえ》なり
惆悵秋草死　　惆悵《ていこん》として　秋草は死《か》れ
蕭條芳歳闌　　蕭條として芳歳は　闌《たけなは》なり
且尋滄洲路　　且《まさ》に尋ねんとす　滄洲の路
遙指呉雲端」　　遙かに指す　呉雲の端
匹馬關塞遠　　匹馬　關塞　遠く
孤舟江海寛　　孤舟　江海　寛《ひろ》し

夜眠楚煙濕　夜眠　楚煙　濕《うるほ》し
曉飯湖山寒」　曉飯　湖山　寒し
砧浄紅鱠落　砧浄《きよ》くして　紅鱠　落ち
袖香朱橘團　袖は香《かぐは》しく　朱橘　團《まろ》し
帆前見禹廟　帆前に禹廟を見
枕底聞嚴灘」　枕底に巖灘《げんだん》を聞く
便獲賞心趣　便ち獲《え》ん　賞心の趣《おもむ》き
豈歌行路難　豈《あ》に歌はんや　行路難
青門須醉別　青門にて　須《すべから》く醉別すべし
少為解征鞍　少《すこ》しく為に征鞍を解かん

【語釈】
＊天寶十一年の晩秋、長安での作。
［**李翥**］高適の「宓公琴臺詩」に「甲申歳、適登子賤琴臺、賦詩三首～」（甲申の歳、適は子賤の琴臺に登り、詩三首を賦す）とある。この詩から、適は天寶三年に單父（今の山東省單縣の南）に遊んだことが分かる。單父にいた時に、適にはまた「觀李少府翥樹宓子賤神祠碑」の詩が有り、その詩の中で、「吾友吏茲邑、亦嘗懷宓公。」（吾が友　茲《こ》の邑に吏たり、亦た嘗《つね》に宓公を懐ふ。）と述べており、當時、李翥は單父縣の尉に任ぜられていたようである。
［**江外**］長江以南の地を指す。
［**只一官**］官職は低く、最初の官と同じである。時に李は士曹参軍に任ぜられていた。官品は正七品下で、職位は高くなかった。
［**闌**］盛りを過ぎて下り坂になっていくこと。
［**滄洲**］水辺の地のことで、隠者の住んでいる地をいう。
［**指**］宋本、『全唐詩』の注に「一作望」とある。
［**呉雲端**］呉地の雲の端で、遠方を意味する。「雲端」の例として齊、謝朓の「休沐重還丹陽道中」（休沐し重ねて還る丹陽の道中）に「雲端楚山見、林表呉岫微」（雲の端に楚山は見え、林の表《そと》に呉岫は微《かす》かなり）とある。
［**砧**］俎のこと。
［**紅鱠**］鮮魚の鱠《なます》。
［**禹廟**］傳説では、大禹は東の地方を巡っていた時、會稽山（浙江省紹興縣東南）において亡くなった。記載によると、會稽山には禹の陵墓（又は禹穴とも称す）があり、禹廟が有った。
［**嚴灘**］嚴陵瀬のこと。東漢の隠者嚴光が釣り糸を垂らしていた場所のことで、今の浙江省桐廬縣富春江畔にあ

る。

［**賞心趣**］景色を見て樂しみ味うこと。

［**行路難**］樂府雑曲の歌名で、多くは世路の艱難および別離悲傷の意を述べたもの。

［**青門**］長安城の東南の門の名。

［**征鞍**］旅人の馬のこと。

【訳】

李翥《りしょ》が江外に旅するのを送る

知り合ってもう十年になるはず
君はまだ以前と同じ官についている
家は貧しく その上 更に俸禄は少ない
霜が降っても単衣《ひとえ》のままだ」
佗しくも秋草は萎《しお》れて枯れ
ひっそりと 芳しい盛りの時は過ぎていく
これから君は滄洲の地を尋ねようとして
遙か遠く 呉雲の端を目指す」
独りぼっちの旅 関所は遠く
江海は果てしなく寛《ひろ》い
野宿をすれば 楚地の靄で衣服はしっとりと濡れ
湖や山での朝飯は寒いことだろう」
浄《きよ》らかな皿の上に 紅い鱠《なます》が落ちていく
袖には團《まろ》やかな朱橘が香っている
帆前に 禹廟が見《あらわ》れてきて
枕底には激しい波の音を聞くことだろう」
このように多くの樂しいこともあるのだから
どうして「行路難」を歌うようなことがあろうか
青門でぜひ酒を酌《く》み交わして別れよう
しばし旅の鞍を解いて欲しい

97　送張郎中赴隴右觀省卿公　時張卿公亦充節度留後

張郎中の隴右に赴き卿公を觀省《きんせい》するを送る。時に張卿公も亦た節度留後に充《あ》てらる

中郎鳳一毛　　中郎　鳳《おほとり》の一毛
世上獨賢豪　　世上　獨《ひと》り賢豪たり
弱冠已銀印　　弱冠にして　已に銀印
出身惟寶刀　　出身　惟《た》だ寶刀のみ
還家卿月迴　　家に還らんとすれば　卿月迴《はる》かに
度隴將星高　　隴《ろう》を度《わた》れば　將星　高し
幕下多相識　　幕下に相識　多し
邊書醉懶操　　邊書　醉ひて操《と》るに懶《ものう》からん

【語釈】

＊『資治通鑑』巻二一六によれば、天寶十一年十二月に隴右節度使哥舒翰《かじょかん》が入朝している。張卿公は此の時に隴右節度留後になったと思われる。従って此の詩は天寶十一年十二月、或いは十二年初めに長安で作られたものであろう。

［**郎中**］尚書省の六部（吏・戸・礼・兵・刑・工）の各司（吏部―司封・司勲・考功／戸部―度支・金部・倉部／礼部―祠部・膳部・主客／兵部―職方・駕部・庫部／刑部―都官・比部・司門／工部―屯田・虞部・水部）のそれぞれの長として郎中をおいた。岑參も後年、虞部郎中、庫部郎中に任じられている。

［**隴右**］隴右節度を指す。鄯州、今の青海省樂都。

［**覲省**］父母あるいは尊親を訪問すること。

［**卿公**］張郎中の父を指す。この時、卿職を兼任していたので「卿公」と尊称した。底本にはこの二字と下の注はないが、『文苑英華』巻二八四、宋本、明抄本、呉校、『全唐詩』によって補った。

［**節度留後**］官名。唐代、節度使が事情によってその職を離れた時、代理の人物を選んだ。それを留後といった。ここでは隴右節度留後を指す。

［**中郎**］漢の郎官（宮中で宿直して警護にあたる官）は議郎・中郎・侍郎・郎中の四等に分けられていた。張は郎中であったが、ここでは郎中を中郎と称している。

［**鳳一毛**］鳳毛とは鳳凰の毛。子が父祖に劣らぬ素質を有することを言う、『世説新語』容止篇に「王敬倫は、風姿父に似たり、～公服して大門従《よ》り入るに、桓公は之を望みて曰く、『大奴固《もと》より自ら鳳毛あり』と。」とある。

［**賢豪**］賢く優れた者。『史記』游俠列傳に「此れ豈に人の所謂《いはゆ》る賢豪の間の者に非ずや」とある。

［**弱冠**］男子二十歳、あるいはその前後。

［**銀印**］漢の制度では、丞相や大尉など最高の官位は金印を用い、郡太守以上の官吏は銀印を用いた。唐代の人は都での職を重んじ外任を軽んじたので、尚書郎が郡守に任ぜられて出るのを世間は左遷とみなした。郎中の位は郡守には及ばないのに、當時の人は郡守よりも重要な地位としていた。ここでは銀印を用いて、張が郎中の職に任ぜられたことを指したのであろう。

［**出身惟寶刀**］「出身」とは立身すること。張が武藝をもって官吏になったこと。

〔**卿月**〕高位高官の人。『尚書』洪範に「卿士惟月」（卿士は惟《こ》れ月）とある。孔安國の注に「卿士各有所掌、如月之有別」（卿士各《おのおの》の掌る所有り、月の別有るが如し。）という。後世では卿の位にある者を卿月、或いは月卿という。「卿」字、底本には「鄉」に作る。ここでは『文苑英華』巻二八四、明抄本、呉校、『全唐詩』に従う。

〔**迥**〕遙かに遠いこと。

〔**隴**〕隴山。長安から鄯州に行くには隴山を通る。

〔**將星**〕大將を象徴する星。將軍の異称。『隋書』天文志上に「天將軍十二星、在婁（二十八宿之一）北、主武兵。中央大星、天之大將也。外小星、吏士也。」（天の將軍は十二星、婁の北に在り、武兵を主《つかさど》る。中央の大星は、天の大將なり。外の小星は、吏士なり。）とある。

〔**還家卿月迥、度隴將星高**〕この二句は、一方では張郎中が家に歸る道中を急ぐ情景を描き、また一方では「卿月」「將星」の語をもって、張郎中の父が卿に任ぜられ隴右に將となっていることを暗に指している。

〔**幕下多相識**〕「幕下」とは幕府の中。岑はまだ隴州に行ったことはないが、天寶十年の三月から五月の間、武威に居たので、おそらくその時に隴右節度使や幕府の人々と行き來があったのだろう。

〔**邊書**〕隴右の幕下の人たちにあてた手紙。

〔**醉懶操**〕「操」は、持つ、筆を持つ。岑參の107「青門歌、送東臺張判官」に「黃鸝翅濕飛屢低、關東尺書醉懶題」（黃鸝　翅《はね》濕りて飛ぶに屢《しばし》ば低く、關東の尺書　醉ひて題するに懶《ものう》し）、12「滻水東店送唐子歸嵩陽」に「歸夢秋能作、鄉書醉懶題」（歸夢　秋に能く作《おこ》り　鄉書　醉ひて題するに懶《ものう》し）の句が見える。

【訳】

張郎中が隴右に赴き　卿公に覲省《きんせい》するのを送る

中郎には　鳳の一毛が有り
世間では　ただ一人賢く優れている
弱冠にして　已に銀印を持ち
ただ寶刀のみで　立身した
家に還ろうとすれば　卿月は遙かに遠く
隴山を越えれば　將星は高く光っている
幕府には　知り合いが多いが
邊書は醉って筆をとるのも懶《ものう》いことだろう

98 送顔眞卿 並序

顔眞卿を送る 並びに序

序

十二年春、有詔補尚書十數公爲郡守、上親賦詩、觴羣公。宴於蓬萊前殿、仍錫以繒帛、寵餞加等。參美顔公是行、為送別章句

十二年春、詔有りて尚書十數公を補して郡守と為し、上親《みづか》ら詩を賦し、羣公に觴す。蓬萊の前殿に宴し、仍《よ》りて錫《たま》ふに繒帛を以てし、寵餞 等を加ふ。參は顔公の是の行を美とし、送別の章句を為《つく》る。

天子念黎庶　天子 黎庶《れいしょ》を念《おも》ひ
詔書換諸侯　詔書ありて 諸侯を換《か》ふ
仙郎授剖符　仙郎 剖符を授けられ
華省輟分憂」　華省 分憂を輟《や》む
置酒會前殿　置酒して前殿に會し
賜銭若山丘　賜銭 山丘の若《ごと》し
天章降三光　天章 三光を降《くだ》し
聖澤該九州」　聖澤 九州に該《あまね》し
吾兄鎭河朔　吾兄 河朔に鎭し
拝命宣皇猷　命を拝して皇猷を宣《の》ぶ
駟馬辭國門　駟馬《しば》 國門を辭し
一星東北流」　一星 東北に流る
夏雲照銀印　夏雲 銀印を照らし
暑雨随行輈　暑雨 行輈《かうちう》に随ふ
赤筆仍存篋　赤筆 仍《な》ほ篋《はこ》に存し
鑪香惹衣裘」　鑪香 衣裘に惹《つ》く
此地鄰東溟　此の地 東溟《とうめい》に鄰《となり》し
孤城帶滄洲　孤城 滄洲を帶《お》ぶ
海風掣金戟　海風 金戟を掣し
導吏呼鳴騶」　導吏 鳴騶《めいすう》を呼ぶ
郊原北連燕　郊原 北は燕に連《つら》なり
剽劫風未休　剽劫《へうがう》 風未《いま》だ休《や》まず
魚鹽隘里巷　魚鹽 里巷を隘《せま》くし
桑柘盈田疇」　桑柘《さうしゃ》 田疇に盈《み》つ
爲郡豈淹旬　郡を爲《おさ》むること 豈に旬に淹《およ》ばんや
政成應未秋　政の成ること 應《まさ》に未だ秋ならざるべし
易俗去猛虎　俗を易《か》へて 猛虎を去らしめ
化人似馴鴎　人を化すること 鴎を馴らすに似たり
蒼生已望君　蒼生 已に君を望む

黄覇寧久留　黄覇　寧《いづく》んぞ久しく留まらんや

【語釈】

＊天寶十二年夏、長安での作。

〔**顔平原**〕平原郡の太守顔眞卿のこと。『舊唐書』巻一二八、顔眞卿傳に「楊國忠は、其の己に附かざるを怒り、出して平原太守と為す」とあり、宋の留元剛『顔魯公年譜』には「天寶十一年、壬辰。公は年四十四。三月、武部員外郎判南曹に転ず。十二年、癸巳。公は年四十五。楊國忠、前事を以て之を銜《ふく》み、繆《いつは》りて清択と称して、公を出して以て平原郡に守と為す」とある。「平原」は唐の郡名。今の山東省平原縣の北に位置する。

〔**尚書**〕尚書省のこと。唐の官署の名。下に六部を統括し最高長官は左、右の僕射。

〔**上**〕ここでは玄宗皇帝を指す。

〔**觴**〕杯のこと。ここでは酒を勧めること。

〔**蓬萊前殿**〕「蓬萊宮」は唐代の宮殿の名。唐の高宗の時、大明宮を改めて蓬萊宮とした。蓬萊宮には四つの御殿があり、その最も前にあるのを含元宮という。

〔**錫**〕賜う。『全唐詩』は「贈」に作る。

〔**繒帛**〕絹織物の総称。

〔**加等**〕底本にはこの二字なし。宋本、『全唐詩』によって補う。

〔**黎庶**〕多くの民。「黎」は、民衆。

〔**諸侯**〕郡の太守を指す。

〔**仙郎**〕唐代、尚書省の諸曹の郎官を称して仙郎と言った。ここでは顔眞卿のこと。

〔**剖符**〕割符のこと。その符の半分を天子（朝廷側）が保管し、残りの半分を外官（ここでは顔眞卿）に授けた。

〔**華省**〕尚書省のこと。

〔**分憂**〕天子の政治上の憂いを分担すること。尚書省の事を言う。

〔**天章**〕天子の詩。序にある「上親賦詩」のこと。

〔**三光**〕日、月、星の光のこと。

〔**聖澤**〕天子の恩澤。

〔**該九州**〕天下に行きわたることを言う。「九州」は天下のこと。

〔**吾兄**〕親しい友人。顔眞卿を指す。時に岑參は三十九歳、顔眞卿は四十五歳であった。

〔**河朔**〕河北。黄河の北。唐では平原郡は河北道に属していた。

[**拝命**] 君命を拝受すること。
[**皇猷**] 天子の謀。
[**駟馬**] 四頭だての馬車。
[**國門**] 國都の城門。
[**一星東北流**] 郎官のことを星郎とも言った。この句は顔眞卿が急ぎ長安の東北にある平原郡に赴任することを言う。
[**夏雲照銀印**] 「銀印」は、郡太守の印を指す。漢代の太守は銀印を用いた。「夏雲」は夏の眞っ青な空に白くぎらぎら輝いている雲。この夏雲を出して銀印との對比を描いた。
[**輈**] 車の轅《ながえ》のこと。ここでは車を指す。
[**赤筆**] 郎官の筆を指す。東漢の尚書郎は文書起草のために毎月赤管の大筆一雙を支給されていた。
[**存篋**] 「存」字、宋本、『全唐詩』は「在」に作る。「篋」は箱。
[**鑪香惹衣裘**] 「鑪香」は衣服に焚きしめる香鑪の香りのこと。『通典』巻二二には「給尚書郎侍史一人、女侍史二人。皆選端正妖麗、執香鑪香嚢、護衣服。」（尚書郎に侍史一人、女侍史二人を給す。皆な端正妖麗なるものを選び、香爐香嚢を執《と》りて、衣服を護らしむ）とある。「惹」とは付着すること。「衣裘」は衣服のこと。この句は、尚書省で勤務した時のままに、衣服にはまだ鑪香の香りが残っていることを言う。
[**此地鄰東溟、孤城帶滄州**] 「東溟」は東海を指す。「孤城」は平原郡の城を指す。「帶滄州」の「帶」字は、宋本、『全唐詩』は「弔」に作る。「滄州」とは水辺の地のこと。古え、黄河の流れが平原郡をよぎって流れていたことから「帶滄州」という。『元和郡縣志』巻一七に「黄河は南のかた、縣（平原郡の政廳の在った安徳縣を指す。）を去ること十八里」とある。この二句は平原郡の地理的な説明でもある。
[**海風掣金戟**] 「掣」は引っ張ること。「金戟」は吏卒が持っている武器。この一句は、海風が猛烈に吹いて、出行の儀仗兵の戟までも引っ張っているさまを言う。
[**導吏**] 長官の出行の時、前面にいて路を開く役目の役人。
[**呼鳴騶**] 「鳴騶」とは、貴人の出行を言う。「騶」は騎馬の侍従。貴人の外出の時、前方にいる人達を大聲で追い拂うこと。

[**郊原**] 平原郡の郊外の野原。
[**燕**] 今の河北省の北部の地。燕には小數民族の奚《けい》や契丹《きったん》が住んでいた。
[**剽劫**] 脅かす。脅す。
[**魚鹽**] 魚と塩。海産物。
[**里巷**] 市街地。市場街。
[**柘**] 桑。樹の名。
[**疇**] 田畑。田地。
[**淹**] 久しく留める。遅延する。
[**旬**] 十年。『三國志』巻二一、劉翼傳に「殿下可高枕於廣夏、潜思於治國。廣農桑、事從節約、脩之旬年、則國富民安矣」(殿下 枕を廣夏に高くし、思いを治國に潜《ふか》くすべし。農桑を廣め、事は節約に從はば、之を脩むること旬年にして、則ち國富み民安し)とある。
[**未秋**] 一年にならないこと。『論語』子路篇に「子曰、苟有用我者、期月而已可也。三年有成。」(子曰く、苟《いやし》くも我を用ふる者有らば、期月(一年)のみにて可ならん。三年にして成す有らんと。)とある。
[**猛虎**] ここでは苛酷な政治を指す。『禮記』檀弓下に「夫子曰、何爲不去也。曰、無苛政。夫子曰、小子識之。苛政猛於虎也。」(夫子(孔子)曰く、何爲《なんす》れぞ去らざるや、と。曰く、苛政 無ければなり、と。夫子曰く、小子 之を識《しる》せ。苛政は虎よりも猛《たけ》しと)とある。
[**化**] 教え感化すること。
[**馴鴎**] たくらみや、偽りの心を持たないで導くなら、鴎が馴れるように、人々もまた自然に教化されるにちがいないことをいう。『列子』黄帝篇に「海上之人、有好漚鳥者。每旦之海上、從漚鳥游。鳥之至者、百住而不止。其父曰、吾聞、漚鳥皆從汝游。汝取來。吾玩之。明日之海上、漚鳥舞而不下也。」(海上の人に、漚鳥《あう》を好む者有り。每旦、海上に之き、漚鳥に從ひて游ぶ。鳥の至る者、百住(數)にして止まず。其の父曰く、吾聞く、漚鳥 皆汝に從ひて游ぶと。汝取り來れ。吾之を玩《もてあそ》ばん、と。明くる日、海上に之《ゆ》くに、漚鳥 舞ひて下らず。)とある。
[**黄覇**] 字は次公。西漢の有名な循吏で、宣帝の時、潁川太守に任じられた。『漢書』巻八九、循吏傳に「(潁川太守)覇、以外寬内明、得吏民心。戸口歲增、治爲天下第一。」(覇、外に寬《ひろ》く内に明なるを以て、吏民の心を得たり。戸口 歲ごとに増え、治まること天下第一た

り）とある。後に太子の太傅、さらに昇って丞相となった。黄覇をもって顔眞卿のことを言っている。

【訳】

顔平原を送る 並びに序

序

十二年の春、詔があり、尚書十數公を郡守に任命した。天子は親しく詩をお作りになり、羣公に杯を下さった。蓬萊の前殿で宴を催し、よって寵餞として繒帛をそれぞれの等級に應じて下さった。私參は顔公の此の度の旅立ちを祝い、送別の章句を作った。

天子は人民のことを お思いになり
詔を下して 諸侯を換えられた
仙郎（顔眞卿）は 剖符を授けられ
尚書省での天子の憂いを分かつ仕事を止めた」
置酒して 前殿で宴會し
賜った餞別は山のようだった
天子がお作りになった詩は 三光が降るようであり
その恩澤は 天下にあまねく及んだ」
吾兄顔公は 河朔を治めることとなり
命を受けて 天子のお考えを行うことになった
四頭だての馬車は 國門を出てゆき
一星の如く 東北に流れていく」
夏雲は 銀印を照らし
暑雨は 一行の馬車に随う
赤筆は まだ箱の中にあり
鑪香が 今でも衣服についている」
この地は 東海に鄰《となり》し
孤城は 平原を流れる河のほとり
海風は 金戟を引っ張り
兵卒たちは 大聲をあげて先ばらいする」
郊原は 北のかた燕に連なり
北からの進攻は 未だ止みそうにないが
魚や塩が 街を狭くするほどに溢れ
桑柘は 田畑によく繁っている」
この郡を治めるのに 君ならどうして十年かかるだろう
政治がよくなるのは きっと一年もかからないだろう
今までの風俗を改め 苛政を除くなら
人々を教化することは 鴎を馴れさせるようなもの」
人民達は大いに君に望みをかけている

黄覇のような君が　どうして何時迄もこの地に留まって
いるだろうか

99　送祁樂歸河東
祁樂《きらく》の河東に歸るを送る

祁樂後來秀　祁樂は　後來の秀
挺身出河東　身を挺《ぬ》きて　河東に出づ
往年詣驪山　往年　驪山《りざん》に詣《いた》りて
獻賦温泉宮」　賦を温泉宮に獻ず
天子不召見　天子　召見せざれば
揮鞭遂従戎　鞭を揮《ふる》ひて遂に戎《いくさ》に従ふ
前月還長安　前月　長安に還るに
囊中金已空」　囊中　金は已に空《むな》し
有時忽乘興　時有りて　忽ち興に乘じ
畫出江上峯　畫き出す　江上の峯
牀頭蒼梧雲　牀頭　蒼梧《さうご》の雲
簾下天臺松　簾下　天臺の松
忽如高堂上　忽如《こつじょ》として　高堂の上
颯颯生清風」　颯颯《さつさつ》として　清風を生ず
五月火雲屯　五月　火雲　屯《とど》まり
氣焼天地紅　氣は焼け　天地は紅なり
鳥且不敢飛　鳥すら且《か》つ　敢へて飛ばざるに
子行如轉蓬」　子《し》の行くこと　轉蓬の如し
少華與首陽　少華と首陽と
隔河勢争雄　河を隔てて　勢ひは雄を争う
新月河上出　新月　河上に出《い》で
清光満關中」　清光　關中に満つ
置酒灞亭別　置酒して灞亭《はてい》にて別れ
高歌披心胸　高歌して心胸を披《ひら》く
君至故山時　君　故山に至る時
為謝五老翁　為に謝せ　五老翁

【語釈】
＊天寶十一・二年頃の作か。
［祁樂］画家祁樂のこと。89「臨洮客舎留別祁四」がある。祁四とは祁樂のことで、共に臨洮（現在の甘粛省臨潭の西南）で従軍していた。或いは杜甫の「奉先劉少府新畫山水障歌」（奉先の劉少府の新たに畫ける山水の障の歌）に「豈但祁岳與鄭虔、筆跡遠過楊契丹」（豈に但だに祁岳と鄭虔のみならむや、筆跡は遠く楊契丹に過ぐ。）とある画家祁岳のことか。

［**河東**］現在の山西省の地。明抄本には「河南」とある。

［**後來秀**］後輩のなかでの秀才。『晉書』王忱傳に「氾寧謂曰、卿風流儁望、眞後來秀」（氾寧 謂《い》ひて曰く、卿は風流儁望、眞に後來の秀なりと）とある。

［**驪山**］現在の陝西省臨潼縣の東南。山麓に温泉がある。

［**獻賦**］唐代では、皇帝に文章を献上する事が官僚への道のひとつであった。

［**温泉宮**］唐の別宮の名。『元和郡縣志』巻一に「華清宮は驪山の上に在り。開元十一年に初めて温泉宮を置き、天寶六年、改めて華清宮と為す。」とある。「温」字は、底本の注に「一作甘」とある。

［**還**］底本の注に「一作逹」とある。

［**蒼梧雲**］「蒼梧」は山の名。また九疑とも称す。現在の湖南寧遠縣の南。舜帝が此處に葬られたと傳えられている。『太平御覧』巻四一に引く、盛弘之の『荊州記』に「九疑山、含霞巻霧、分天隔日」（九疑山は、霞を含み霧を巻き、天を分かち日を隔つ）とある。

［**天臺**］現在の浙江省天臺縣の北に位置する。孫綽の「遊天臺山賦」（『文選』巻一一）に「藉萋萋之纖草、蔭落落之長松」（萋萋《ゐゐ》たる纖草を藉《し》き、落落たる長松に蔭す）とある。

［**生清風**］底本、明抄本および、呉慈培の校注には「一作開江風」（一に「江風を開く」に作る）とある。

［**火雲**］夏の燃えるような紅い雲。

［**轉蓬**］風の吹くままに転がる蓬草。この句は祁樂が「轉蓬」のように河東に歸って行くことを言う。

［**少華**］雷首山のこと。山西省永濟縣の南に位置している。

［**灞亭**］灞陵亭。李白の「灞陵行、送別詩」に「送君灞陵亭、灞水流浩浩」（君を送る 灞陵亭、灞水 流れて浩浩たり）とある。灞陵は現在の西安市の東にあり、唐代、都の人の送別の場所であった。

［**為謝五老翁**］「五老翁」は、五老山の上から昇天したという五人の老人のこと。『元和郡縣志』巻一二、河中府永樂縣に「五老山、在縣東北十三里。堯升首山觀河渚、有五老人。飛為流星、上入昴。因號其山為五老山」（五老山は、縣の東北十三里に在り。堯 首山に升りて河渚を觀るに、五老人有り。飛びて流星と為り、上りて昴に入る。因りて其の山を號して五老山と為す。）とある。宋本は「為君謝老翁」（為に君 老翁に謝せ）に作り、底

本、明抄本は「為吾謝老翁」（吾が為に老翁に謝せ）に作る。今は『全唐詩』および宋本、底本、明抄本の校語によって改めた。

【訳】

祁樂が河東に歸るのを送る

祁樂は　後輩の中の秀才
高々と河東に現れた
往年　驪《り》山に至って
温泉宮に賦を獻じたのだった」
しかし　天子には召見されず
鞭を揮《ふる》って　そのまま従軍した
先月　西域から長安に還ったが
嚢《ふくろ》のなかの金は　已に空になっていた」
ふと興が湧いた時には
江上の峰を描きだす
牀頭には　蒼梧の雲が湧き
簾の下には　天臺の松が見える」
たちまち高殿の上にいるようで
あたりには颯颯と　清らかな風が吹きわたって來る
頃は五月　火のような夏雲は停まって動かず
大氣は燃えて　天も地も紅に染まっている
鳥たちでさえ敢えて飛ぼうとしないというのに
君は轉蓬が風に飛ばされるように　河東に歸っていく」
少華と首陽と
黄河を隔てて　その雄姿を競いあっており
新月は　河上に出て
清らかな光が　關中に滿ち滿ちていることだろう」
置酒して灞陵亭で別れを告げ
高らかに詠って　心を開きあった
君が　郷里に着いたなら
私の為に　五老翁によろしく傳えてくれたまえ

100　梁園歌　送河南王説判官

梁園歌《りやうえんか》　河南の王説《わうえつ》判官を送る

君不見　　君見ずや
梁孝王修竹園　　梁孝王の修竹園
頽牆隱轔勢仍存　　頽牆《たいしやう》　隱轔《いんりん》として　勢ひ仍《な》ほ存す
嬌娥曼臉成草蔓　　嬌娥《けうが》　曼臉《まんれん》　草蔓と成り
羅帷珠簾空竹根」　　羅帷《らゐ》　珠簾《しゆれん》　竹根空《むな》し
大梁一旦人代改　　大梁　一旦　人代　改まり

秋月春風不相待　秋月 春風 相待たず
池中幾度雁新來　池中 幾度か 雁新《あら》たに來り
洲上千年鶴應在」　洲上 千年 鶴 應《まさ》に在るべし
梁園二月梨花飛　梁園 二月 梨花は飛び
却似梁王雪下時　却《かへ》って梁王 雪下の時に似たり
當時置酒延枚叟　當時 置酒して枚叟《ばいそう》を延《ひ》く
肯料平臺狐兔走　肯《あ》に料《はか》らんや 平臺に狐兔の走るを
萬事翻覆如浮雲　萬事 翻覆《ほんぷく》 浮雲の如く
昔人空在今人昔」　昔人空《むな》しく在り 今人の口
單父古來稱宓生　單父《ぜんぽ》 古來 宓生《ふくせい》を稱し
祇今為政有吾兄　祇《た》だ今 政を為すに吾兄有り
輶軒若過梁園道　輶軒《いうけん》 若《も》し梁園の道を過ぐれば
應傍琴臺聞政聲　應《まさ》に琴臺に傍《そ》ひて政聲を聞くなるべし

【語釈】

＊天寶十三年に岑參が北庭に赴く前、兄の岑況が単父県令であった頃の作。

［梁園］又の名は兔園。漢の孝王劉武が大梁に作った。園内には、高い建物があり、山水の景色に優れた所であった。大梁は今の河南開封市。

［王説］未詳。

［判官］河南道の採訪處置使判官のことであろう。

［梁孝王］漢の文帝の第二子。漢の景帝と異父弟。竇太后の寵愛を受けた。梁國中に、宮廷や庭園を作り、方々から優れた人物を招き寄せた。『史記』梁孝王世家に詳しい。

［修竹園］梁園のこと。『史記』梁孝王世家に「是に于て孝王は東苑を築く。方三百餘里。」とある。「東園」は梁園のこと。『正義』に「葛洪『西京雜記』巻二に云ふ、梁孝王の苑中、諸宮観は相連《つら》なり、奇果佳樹、瑰禽異獣、畢《ことごと》く備はらざる靡《な》し。俗人は、梁孝王の竹園と言ふと」と。園中には竹が多く、枚乘「梁王兔園賦」に「修竹檀欒、夾池水旋」（修竹 檀欒《だんらん》として、夾池 水は旋《めぐ》る）とある。

［隠鱗］平らでない様子。

［嫦娥］美女の事。梁王の宮女を指す。

［曼臉］和やかな顔のこと。

［大梁］戦國、魏の都（今の河南開封）。梁國の都城である睢陽《すいよう》（今の河南商丘）を指す。

［人代］世の中の事。

［**雁池、鶴洲**］『太平御覧』巻一九六引『西京雑記』に、「梁の孝王は、宮室 苑囿を營む樂しみを好み、曜華の宮を作り、兎園を築く。園中に百靈山有り。又た雁池有り。池間に鶴洲、鳧渚有り」とある。

［**梁王雪下時**］謝惠連「雪賦」に「歳將暮、時既昏。寒風積、愁雲繁。梁王不悅、遊於兔園。迺置旨酒、命賓友、召鄒生、延枚叟。相如末至、居客之右。俄而微霰、零密雪下。」（歳將《まさ》に暮れんとし、時に既に昏《くら》し。寒風 積り、愁雲 繁し。梁王 悅ばず、兎園に遊ぶ。迺《すなは》ち旨き酒を置き、賓友に命じ、鄒生を召し、枚叟を延《ひ》く。相如 末に至り、客の右に居る。俄かにして微霰あり、零密にして雪下る。）とある。

［**枚叟**］枚乘、字は叔。西漢の著名な辞賦家。呉王濞《び》の郎中となった。呉王の謀逆に際して、枚乘は上書して王を諫めたが、結局は呉王を諫める事ができなかったので、梁に行った。梁の孝王は枚乘を尊んで上客とした。『史記』枚乘傳に詳しい。

［**平臺**］河南省商丘縣の東北にあった台。戦國、梁の武王の築いたもの。『史記』梁孝王世家に「孝王は、宮室を治し複道を為《つく》り、王宮から平臺まで五十餘里に及んだ」とある。

［**狐兔走**］平臺の土地が荒れ果て、狐や兎が出没する様子をいう。

［**浮雲**］遠く離れて何の関係も無い事。また、當てにならない事。『論語』述而に「不義而富且貴、於我如浮雲」（不義にして富み且つ貴きは、我に於て浮雲の如し）とある。

［**昔人**］梁の孝王を指す。

［**單父**］春秋の魯の邑。唐の時、單父縣となった。宋州に屬す。故城は、今の山東省單縣の南にある。

［**宓生**］宓不斉。字は子賤。春秋、魯の人。孔子の弟子。單父の宰に任じられ、琴を奏して、その身は堂を下りること無く治めたので、孔子の賞賛を受けた。『史記』仲尼弟子列傳、『呂氏春秋』巻二一に見える。

［**吾兄**］岑況を指す。この詩の作られた頃、岑況は、單父縣の知事であった。注に、「家兄時宰單父」（家兄は時に單父に宰たり）とある。

［**輶軒**］軽く速い車。天子の使者の乗る車。

［**琴臺**］琴堂ともいう。單父に在った。宓子賤が琴を弾いていた場所。

【訳】

梁園の歌　河南の王説判官を送る

あなたは見たことがあるだろう 梁の孝王の修竹園を
崩れた土塀に 今もなお面影が殘っている
可愛らしい美女達のいた場所は 草むらとなり
絹の帳《とばり》や玉すだれのあった場所は 空しく竹根が生えて
いるだけだ」
大梁は一旦にして衰えてしまい
秋の月や春の風は 立ち止まってくれなかった
池には幾度も新たな雁がやって來て
池の間には 千年もの洲鶴がいたことであろう」
梁園では 二月に梨の花が飛び
梁王が雪の中で酒宴を開いた時を思いおこさせる
その時 枚叟を呼んで酒を汲み交わしていたが
その平台に狐や兎が走るなどと思っただろうか
万事の翻覆することは 當てにならない浮雲のようで
昔の人のことは 今空しく人の噂にのぼるだけだ」
單父では古來 宓生《ふくせい》のことを称《たた》えているが
今では政治を行う人物として 我が兄がそこにいる
もしあなたの乗っている車が梁園の道を過ぎたならば
琴台のほとりで私の兄の評判を聞くことであろう

101 送楚丘麹少府赴官

楚丘の麹《きく》少府の 官に赴くを送る

青袍美少年　青袍の美少年
黄綬一神仙　黄綬の一神仙
微子城東面　微子城の東面
梁王苑北邊」　梁王苑の北邊
桃花色似馬　桃花 色は馬に似て
楡莢小於銭　楡莢《ゆけふ》 銭よりも小なり
單父聞相近　單父は相近しと聞く
家書早為傳　家書 早く為に傳へよ

【語釈】

＊前詩と同じ頃の作。

［**楚丘**］唐の縣名。宋州に属す。故城は現在の山東省曹縣の東南、東は單父縣に相隣す。

［**少府**］縣尉。警察、軍事等に関する官。

［**青袍**］唐の八、九品官の袍服を指す。『唐會要』巻三一に「八、九品は青を以てす」とある。

［**黄綬**］漢代の縣府は黄綬を用いた。『漢書』百官公卿

表には「秩六百石より以上は、皆な銅印墨綬～。二百石より以上は、皆な銅印黄綬」、又「縣の令、長は、皆な秦の官。其の縣を掌治す。～皆な丞、尉を有し、秩は四百石より二百石に至る」とある。

［**一神仙**］縣尉に對する美称で、西漢南昌の縣尉梅福《ばいふく》が仙人になった故事による。梅福は、壽春の人で字は子眞。幼くして長安に学び、『尚書』『穀梁春秋』に精通し、郡の文学となり南昌の尉となる。後に棄官し、元始中、王莽が政を執《と》ると、妻子をも棄てて九江に行き仙人になったという。その後、會稽で彼を見たという者があり、姓名を変えて呉市の門卒となっていたという。

［**微子**］名は啓、殷の紂王の庶兄。紂の暴虐を諫めて、聞き入れられず、ついに國を去ったが、周公が紂の子の武庚の反亂を平定した後、商丘（現在の河南商丘）に封ぜられた。國号は宋であった。「微子城」は商丘を指す。

［**梁王苑**］梁園。漢代、梁の孝王（文帝の次男）が今の河南省開封市付近に造り、多くの賓客を集めて遊んだという。

［**桃花色似馬**］古くは黄白雑毛の馬を桃花馬と言ったことからこのように表現している。『爾雅』釋畜によれば、黄白雑毛の馬を駓《ひ》（つきげ）とよび、郭璞の注に「今の桃華馬」とある。

［**楡莢小於錢**］「莢」字、底本は「筴」に作る。明抄本、『全唐詩』により改める。「楡莢」は、ニレの実。漢代初めの銭の形に似ていた。ここではその楡莢が銭より小さい事を言い、前句と併せて、春まだ浅い季節を表している。

［**單父**］春秋時代の魯の邑で、唐代に單父縣となる。現在の宋州に属す。當時、兄の岑況が知事となっていた。

［**家書**］家族に送る手紙。此處では岑參が兄へ送ろうとする手紙を指す。

【訳】

　楚丘の麹《きく》少府が　官に赴任するのを送る

青袍の美少年
黄綬の一神仙
楚丘は微子城の東面
梁王苑の北邊にある
桃花はつきげの馬の色に似て
楡《にれ》の莢《さや》は　まだ銭よりも小さい
聞けば　單父はごく近くとのこと

102 終南雙峯草堂作

終南の雙峯草堂の作

斂跡歸山田　跡を斂《おさ》めて山田に歸り
息心謝時輩　心を息《いこ》はさんとして 時輩に謝す
晝還草堂臥　晝に還りて 草堂に臥し
但見雙峯對」　但だ雙峯の對するを見る
興來恣佳游　興《きょう》來たりて 佳游を恣《ほしい》ままにし
事愜符勝概　事愜《かな》ひて 勝概に符す
著書高窗下　書を著《あらは》す 高窗の下
日夕見城内」　日夕 城内を見る
曩爲世人誤　曩《さき》に世人の爲に誤られ
遂負平生愛　遂に平生の愛に負《そむ》く
久與林壑辭　久しく林壑と辭《わか》れ
及來松杉大」　來《きた》るに及んで松杉は大なり
偶茲精廬近　偶《たまた》ま茲《ここ》は精廬近く
數預名僧會　數《しばし》ば名僧の會に預《あづか》る
有時逐樵漁　時有りて樵漁を逐《お》ひ
盡日不冠帶」　盡日 冠帶せず
崖口上新月　崖口より 新月上り
石門破蒼靄　石門 蒼靄《さうあい》を破る
色向羣木深　色は羣木に向かひて深く
光搖一潭碎」　光は一潭に搖れて碎かる
緬懷鄭生谷　緬《はる》かに懷ふ 鄭生の谷
頗憶嚴子瀨　頗る憶ふ 嚴子の瀨
勝事猶可追　勝事 猶ほ追ふ可きも
斯人邈千載　斯《こ》の人 千載に邈《はる》かなり

【語釈】

*天寶十年に辺塞から長安に歸って二年餘り、岑參は終南山で半官半隠の生活を送った。この詩はその時期に作られたもの。

［**終南**］終南山。陝西省にある山。古寺、名勝が多い。南山、秦山ともいう。

［**雙峯**］草堂と向かい合う二つ連なった山の峯。詩の題は底本、明抄本、呉校では「終南兩峯草堂」、『全唐詩』では「終南山雙峯草堂作」となっている。ここは『河嶽英靈集』に従った。

［**斂跡**］跡（役人としての仕事）を斂《おさ》める（取り収める）こと。すなはち、役人をやめて隠居する。

［**息心**］心を平静にして、名譽欲と無縁になる。

［**謝時輩**］「時輩」（友人）に「謝」す（いとまを告げる）こと。
［**但見雙峯對**］『河嶽英靈集』『全唐詩』では「但與雙峯對」（但だ雙峯と對す）に作る。
［**事愜符勝概**］「勝概」は佳景。すべてが心にかなって、佳い景色としっくり合っていること。
［**城内**］長安城内。
［**遂負平生愛**］「平生」二字、底本では互倒して「生平」に作る。ここは『河嶽英靈集』『全唐詩』に従った。
［**精盧近**］「精盧」は精盧寺。『河嶽英靈集』『全唐詩』は「近精盧」に作る。
［**數預**］『全唐詩』では「屢得」に作る。
［**樵漁**］きこりと漁夫。
［**冠帶**］冠を着け帯を結ぶ。役人の服装。
［**崖**］石鼈崖を指す。太乙谷のこと。終南山の高冠谷の東にある。『陝西通志』巻九に「石鼈谷は、咸寧縣の西南五十五里に在り。谷口の大石は鼈《かめ》の如し。咸（寧）・長（安）、此を以って界を分かつ。内に景陽川、梅花洞、九女潭、仙人跡有り」とある。谷を流れる川は石鼈谷水とよばれる。
［**新月**］東の空に昇り始めた月。
［**石門**］終南山中にある石門谷。『陝西通志』巻九に「石門谷は、藍田縣の西南四十里。即ち唐の昭宗の幸する所の處」とある。
［**破蒼靄**］「破」字、底本の注に「一作斂」とある。「蒼靄」は、青い靄《もや》。
［**潭**］九女潭を指すのであろう。
［**色向羣木深、光摇一潭碎**］朦朧とした月光の下、樹林がより深く密に見えて來て、淵の水が揺れて月光にきらめき、細かい波紋が広がる。
［**鄭生**］鄭樸、字は子眞。漢の人。成帝の時、大將軍王鳳に禮をもって聘《まね》かれたが應ぜず、谷口（陝西省涇陽縣の西北）に家し、谷口子眞と称された。『漢書』巻七二、王貢兩龔鮑傳に「谷口有鄭子眞。成帝時、元舅大將軍王鳳、以禮聘子眞、子眞遂不詘而終。」（谷口に鄭子眞有り。成帝の時、元舅の大將軍王鳳、禮を以て子眞を聘《まね》くも、子眞は遂に詘《まげ》ずして終はる。）とある。楊雄は、その徳を称して、「谷口鄭子眞、不詘其志。耕於巖石下、名震于京師」（谷口の鄭子眞、其の志を詘《まげ》ず。巖石の下に耕し、名は京師に震ふ）と言う。

〔**嚴子**〕巌光、字は子陵。後漢の隠士。33「宿関西客舎、寄東山嚴許二山人」に既出。幼時、光武帝と共に遊学したが、光武帝が位に即くや、身を隠して沢中に釣り、帝の招聘に應じなかった。この釣りをしていた所を「嚴陵灘」と言う。(『後漢書』巻八三 逸民傳、『高士傳』巻下)

〔**勝事**〕優れた事。鄭や嚴が隠棲したことをいう。

〔**斯人**〕鄭子眞や嚴子陵ら隠士を指す。

【訳】

終南の雙峯草堂での作

役人を辞《や》めて山田に歸り
心を休めようと 友にも暇《いとま》を告げた
昼に歸って 草堂に寝ころび
但だ眼前の雙峯を見ている」
興がわくと佳游に耽《ふけ》り
全てが心に適《かな》い 佳景にしっくり合っている
高窓の下で書を著《あらは》し
朝に夕に 城内を見ている」
これまで世人に影響されて誤り
そのため平生の好みに反していた
長い間 林や谷に別れていたが
來て見れば 松や杉が大きくなっている」
たまたま此処《ここ》は寺が近いので
しばしば名僧の會に加わる
時には樵《きこり》や漁夫になり
終日 冠帯しないこともある」
石鼈崖《せきべつがい》に 月が昇り
石門谷の青い靄《もや》が破れた
月の色は 群木の中に深々と入り
月光は 一潭に揺れて砕けた」
遙かに鄭生の谷を思い
頗る嚴子の瀬を思う
その素晴らしい事は見習うべきだが
あの人たちは 遙か千年も前の遠い存在なのだ

103 太一石鼈崖口潭舊廬招王學士

太一の石鼈《せきべつ》崖口潭の舊廬に王學士を招く

驟雨鳴浙瀝　驟雨 鳴ること浙瀝《せきれき》たり
颼飀渓谷寒　颼飀《そうりう》として 渓谷 寒し
碧潭千餘尺　碧潭 千餘尺

下見蛟龍蟠」　下に蛟龍の 蟠《わだかま》るを見る
石門呑衆流　石門 衆流を呑み
絶岸呀層巒　絶岸 層巒《そうらん》に 呀《くちひら》く
幽趣倏萬變　幽趣 倏《たちま》ち萬變し
奇觀非一端」　奇觀は一端に非ず
偶逐干祿徒　偶《たま》ま干祿《かんろく》の徒を逐《お》ふも
十年皆小官　十年 皆な小官なり
抱板尋舊圃　板を抱きて 舊圃を尋ぬれば
弊廬臨迅湍」　弊廬は 迅湍《はやせ》に臨む
君子滿清朝　君子 清朝に滿ちて
小人思挂冠　小人 冠を挂《か》くるを思ふ
釀酒漉松子　酒を釀《かも》して 松子を漉《こ》し
引泉通竹竿」　泉を引きて 竹竿を通ず
何必濯滄浪　何ぞ必ずしも滄浪《さうらう》に濯《あら》はむ
不能釣嚴灘　嚴灘に釣ること能はず
此地可遺老　此の地 老いを遺《や》るべし
勸君來考槃　君に勸《すす》む 來たりて考槃《たのし》まんことを

【語釈】

＊天寶十二年、長安での作。

［潭］九女潭を指す。

［學士］唐の玄宗が開元二十六年（七三八）に學士院を置き、専ら制誥の起草を掌らせた。

［淅瀝］雨や風や落葉などの寂しい音の形容。

［颼飀］風の音。

［蟠］とぐろを巻く。

［石門］石門の谷を指し、終南山の中にある。石鼈谷の兩崖の山石が對峙していて、門のようになっている。

［呀］口を開き張っている様子。この詩では、石門谷の兩辺は絶壁で、中間は深谷をなし、幾重にも連なった山の中にあって大きな口を開き張ったようになっている。

［層巒］幾重にも重なっているさま。重なりあってそばだつ峰。

［幽趣］奥ゆかしい趣。

［逐］追随すること。

［干祿］祿を求める。仕官を望む。『論語』為政に「子張學干祿」（子張 祿を干《もと》むるを學ぶ）とある。

［板］「版」と同じで「笏」のこと。古代の官員は上朝の時に手に笏を持っていた。『舊唐書』輿服志に「文武之官、皆執笏。五品以上、用象牙為之、六品以下、用竹木」（文武の官は、皆 笏を執《と》る。五品以上は、象牙を用

ひて之を為し、六品以下は、竹木を用ふ）とある。

［抱板］官吏のまま。『後漢書』范滂傳に「滂懐恨、投版棄官而去」（滂は恨みを懐き、版を投じ官を棄てて去る）とある。

［圃］田園。

［清朝］清明なる朝廷。

［漉］松の実で酒を作り、その実を漉《こ》して清酒にする。

［滄浪］漁父の歌。『楚辭』漁父辞に「滄浪之水清兮、可以濯吾纓。滄浪之水濁兮、可以濯吾足」（滄浪の水清《す》まば、以て吾が纓《えい》を濯《あら》ふ可し。滄浪の水濁《にご》らば、以て吾が足を濯ふ可し）とある。

［遺老］老年を過ごすのに適した場所。

［考槃］隠者の樂しみ。『詩經』衞風「考槃」に「考槃在澗、碩人之寛」（槃《たのし》みを考《な》して澗に在るは、碩《すぐれ》し人の寛《くつろ》ぎなり）とある。『毛傳』に「考は成す。槃は樂なり。」とある。『孔疏』に「明碩人成樂、在於此澗。所謂終處也。」（碩人の樂しみを成すは、此の澗に在るを明らかにす。所謂《いはゆ》る終處なり）とある。

【訳】

太一の石槃崖口潭の旧廬に王學士を招く

驟雨は　浙瀝《せつれき》と響き
風の音は　渓谷に寂しい
紺碧の淵は　千餘尺もあり
その淵の下には　蛟龍がとぐろを巻いている」
石門は　多くの水流を取り込み
絶壁は　幾重にも重なって呀《ひら》く
奥深い趣は　忽ち萬變し
奇観は　一通りではない」
偶《たまた》ま官に就《つ》くことは出來たが
この十年間　ずっと小官にすぎなかった
役人の身分のまま　舊圃を尋ねてみると
我があばら屋は　早瀬を前にしている」
君子が清朝に満ち溢れているので
小人なる私は　退官しようと思う
酒を醸《かも》し　松子を漉《こ》して　自前の酒を造り
泉から竹竿で水を引いて來るとしよう」
どうして滄浪《そうろう》で　冠の紐を濯《あら》う必要があろう
嚴光が釣糸を垂らしたようにできはしない
しかしこの地は老後を遺るのに適した場所
君にここに來て樂しみを成されんことを勧める

104
題華嚴寺環公禪房
華厳寺の環公の禪房に題す

寺南幾十峯　寺南　幾十峯
峯翠晴可掬　峯翠　晴れ掬《きく》すべし
朝從老僧飯　朝に老僧に從ひて飯《はん》し
昨日崖口宿」　昨日は　崖口に宿す
錫仗倚枯松　錫仗　枯松に倚《よ》り
繩牀映深竹　繩牀　深竹に映ず
東溪草堂路　東溪　草堂の路
來往行自熟　來往　行くこと自ら熟す
生事在雲山　生事　雲山に在り
誰能復羈束　誰か能く　復た羈束《きそく》せん

【語釈】
＊天寶十二年、長安での作。
［**華嚴寺**］樊川にある。樊川は潏水（陝西省長安県の南、秦嶺に源流がある。）の支流の一つで、今は長安県の南にある。
［**環**］『全唐詩』では「瓌」字に作る。
［**禪房**］座禅をする堂。
［**可掬**］掬すべし。手で掬い取ることができる。多いさま。「掬」は、双手を用いて捧げ取ること。この句は、空が晴れて、山に蒼翠が満ちていることを言う。
［**朝從老僧飯**］「老僧」とは環公を指し、「飯」とは食事を捧げることをいう。81「登涼州尹台寺」（涼州の尹台寺に登る）に「胡地三月半、梨花今始開。因從老僧飯、更上夫人台」（胡地　三月半ば、梨花　今始めて開く。老僧の飯に從ふに因りて、更に上る夫人台）とある。
［**崖口**］崖の入口。「崖」は石鼈崖を指す。
［**錫仗・繩牀**］「錫仗」（仗は杖に通ず。）は道士や僧等の用いる杖。「繩牀」は、繩を張って作った腰掛け。90「臨洮龍興寺玄上人院同詠青木香叢」（臨洮　龍興寺の玄上人の院にて　青木香叢を同詠す）に見える。
［**東溪草堂**］「東溪」は石鼈の谷水を指すのであろう。唐の京兆府、長安県の東にある。「草堂」は石鼈崖口のみぎわの旧い廬を指す。元は茅葺きの家の意で、隠棲した人は、多く草堂を營んだ。
［**生事**］暮らし、生活。『華陽國志』蜀志に「徳陽縣有青石祠、山原肥沃、有澤魚之利、士女貞孝。望山樂水、土地易爲生事。」（徳陽縣に青石祠有り、山原は肥沃に

して、澤魚の利有り、士女 貞孝なり。山を望み水を樂しみ、土地は生事を爲し易《やす》し。）とある。

［雲山］雲のかかっている遠くの高い山。

［羈束］拘束する。束縛。


【訳】

華嚴寺の環公の禪房に題す

寺の南には 幾十もの峯が連なり
峯の翠は 晴れて兩手に掬《すく》えるほどに満ちている
朝は老僧に従って食事を捧げ
昨日は崖口に宿をとった」
錫杖は 枯松に立て掛けてあり
縄牀は 深竹の緑に映えている
東溪にある草堂への路は
何度も往來して慣れてしまった」
この暮らしは 遠く雲のかかる山にあって
誰も再び拘束することはできない

105 終南東溪口作

終南東溪口の作

溪水碧於草　溪水 草よりも碧《あお》く
潺潺花底流　潺潺《せんせん》として花底に流る
沙平堪濯足　沙《すな》平《たいら》にして 足を濯《あら》ふに堪《た》へ
石淺不勝舟　石淺《あさ》くして 舟に勝《た》へず
洗藥朝與暮　藥を洗ふは 朝と暮と
釣魚春復秋　魚を釣るは 春 復《ま》た秋
興來從所適　興《きょう》來たりて 適《かな》ふ所に從《よ》り
還欲向滄州　還《ま》た 滄《そう》州に向かはんと欲す

【語釈】

＊作詩時期は上篇に同じ。
［東溪口］「口」字、『全唐詩』は「中」に作る。

［花底］花の下。254「韋員外家花樹歌」に、「朝回花底恒會客、花撲玉缸春酒香」（朝《あした》に花底を回《めぐ》りて 恒《つね》に客を會す、花は玉缸を撲《う》ちて 春酒 香《かんば》し）とある。

［石淺］溪水は、石が多く浅いのでこのように言う。

［從所適］行きたい所に行く。

［向滄州］歸隱を意味する。


【訳】

終南東溪口の作

谷川の水は 草よりも青く
さらさらと 花の下を流れている

砂が平らなので　足を洗うことはできるが
石が多く水は浅いので　舟を浮かべることはできない
薬草を洗うのは　朝と暮れで
魚を釣るのは　春と秋
興がわけば　自分の行きたい所に行き
更にまた　滄《そう》州に向かおうと思っている

106　青門歌　送東臺張判官

青門歌　東臺の張判官を送る

青門金鎖平旦開　　青門の金鎖　平旦に開き
城頭日出使車回　　城頭に日出《い》でて　使車は回《かへ》る
青門柳枝正堪折　　青門の柳枝　正《まさ》に折るに堪《た》へ
路傍一日幾人別」　路傍　一日　幾人《いくたり》か別る
東出青門路不窮　　東　青門を出づれば　路窮《きは》まらず
驛樓官樹灞陵東　　驛樓　官樹　灞陵《はりょう》の東
花撲征衣看似繡　　花は征衣を撲《う》ち　看るに繡に似
雲隨去馬色疑驄」　雲は去馬に隨ひ　色は驄かと疑はる
胡姫酒壚日未午　　胡姫　酒壚　日未だ午ならざるに
絲繩玉缸酒如乳　　絲繩　玉缸《こう》　酒は乳の如し
灞頭落花沒馬蹄　　灞頭の落花　馬蹄を沒《うづ》め
昨夜微雨花成泥」　昨夜の微雨　花は泥と成る
黃鸝翅濕飛屢低　　黃鸝　翅濕《はね》りて　飛びて屢《しばし》ば低く
關東尺書醉懶題　　關東の尺書　醉ひて題するに懶《ものう》し
須臾望君不可見　　須臾《しゅゆ》　君を望むも　見る可からず
揚鞭飛鞚疾於箭」　鞭を揚げ　鞚《くつわ》を飛ばして　箭《や》よりも疾《はや》し
借問使乎何時來　　借問す　使ひなる乎《かな》　何《いつ》れの時にか來たる
莫作東飛伯勞西飛燕　東飛の伯勞　西飛の燕と作《な》ること莫かれ

【語釈】

＊天寶十二年、安史の亂以前に岑參が長安に居た時の作か。

［青門］漢の長安城の東門の名。その色が青いのでいう。

［東臺］東都留臺。宋の程大昌『演繁露』巻七に「唐都長安、於洛陽爲西。而洛陽亦有留臺。故御史、長安名西臺、而洛陽爲東臺也。」（唐都の長安は、洛陽に西為《た》り。而して洛陽にも亦た留臺有り。故に御史は、長安を西臺と名づけ、而して洛陽を東臺と爲す）とある。東臺には判官は無かったが、留臺御史が兼任していた都畿採訪處置使の属員に判官があった。

〔**金鎖**〕金の鎖。金の錠前。実際は銅製だがここは美称。
〔**平旦**〕夜明け。あかつき。
〔**城頭**〕城のほとり。城壁の上。
〔**使車回**〕「使車」は張判官の車を指す。これから東の洛陽の役所に帰ることを言う。
〔**青門柳枝正堪折**〕古くから、別れには柳の枝を折って贈る習慣があった。「柳」の音が「留」の音に通じるので別れを惜しむ氣持ちを表した。「正堪折」春も盛りで、柳の枝が伸びて折るのに充分だということ。
〔**驛樓**〕駅舎。
〔**官樹**〕官道の両側の樹。
〔**灞陵**〕漢の文帝の陵墓の名。長安の東。
〔**征衣**〕旅衣。客衣。
〔**繡**〕繡衣。ぬいとりした美しい着物。
〔**花撲征衣看似繡、雲隨去馬色疑驄**〕この二句は、花びらが張判官の身体に降りそそぎ、縫い取りをした衣裳を着たように見え、張の乗った白馬に雲が随《つ》いてくるために、葦毛の馬のように見えることを言う。漢代、侍御史を直指使として各地へ派遣したが、繡衣を着ていたので「繡衣直指」と呼ばれた。（『漢書』巻十九上、百官公卿表）ここでは張判官が御史臺に供奉していたので、「繡衣」は暗に彼を指す。「驄馬」は「驄馬御史」を指す。『後漢書』巻六十七、桓榮傳に「（桓典）擧高第、拜侍御史。是時宦官秉權、典執政無所迴避。常乘驄馬、京師畏憚、爲之語曰、『行行且止、避驄馬御史』」（桓典は高第に擧げられ、侍御史に拜せらる。是の時、宦官 權を秉《と》るも、典は政を執《と》るに迴避する所無し。常に驄馬に乘れば、京師畏《おそ》れ憚《はばか》り、之が為に語りて曰く、行き行かんとするも且《しばら》く止まれ、驄馬御史を避けむと）とある。ここでも張判官が御史臺に供奉していたので「驄馬」は暗に彼を指している。
〔**驄**〕あしげ。青白混毛の馬。
〔**胡姫**〕「姫」は婦女の美称。唐の長安西市、青門、曲江あたりは、胡人の経営する酒屋が多く、そこには胡の女性がいた。
〔**絲繩玉缸酒如乳**〕「絲繩」は、絹糸で作った縄。酒壷の両耳につけて提げ持つ。「玉缸」は、玉のように美しい酒壷。「酒如乳」古來、米で作った酒は、色が乳のように白かった。辛延年の『羽林郎』に「胡姫年十五、春日獨當壚。～就我求清酒、絲繩提玉壷。（胡姫 年は十

五、春日 獨り壚に當る。～（金吾子）我に就きて清酒を求むれば、絲繩もて玉壷を提《さ》ぐ）の句がある。

〔**灞頭落花沒馬蹄、昨夜微雨花成泥**〕「灞頭」は霸上。霸水のほとりにあった地名、古くは咸陽、長安の軍事的要地。この二句は、酒を酌《く》み交わした後に出発する様子を表す。「成泥」の例は、72「宿鐵關西舘」に「馬汗踏成泥、朝馳幾萬蹄」（馬の汗は 踏まれて泥と成り、朝より馳すること幾萬蹄）、111「首春渭西郊行呈藍田張主簿」に「廻風度雨渭城西、細草新花踏作泥」（廻風 雨を度《わた》す 渭城の西、細草 新花 踏まれて泥と作る）とある。

〔**黄鸝**〕こうらい鶯。

〔**囀**〕『全唐詩』には「転」字に作る。「転《うた》た～」

〔**關東尺書醉懶題**〕「關東」は潼關以東、ここでは洛陽を指す。「尺書」は手紙。別れの酒に酔ったので、自から筆をとって、洛陽の友人への手紙を書くのもものうい。

〔**飛鞚**〕「鞚」は、くつわとおもがい。飛馬。

〔**疾於箭**〕『全唐詩』では「疾如箭」（疾きこと箭の如し）と作る。

〔**使乎**〕使者を誉めていうことば。『論語』憲問篇に「子曰、使乎、使乎。」（子曰く、使いなるかな、使いなるかな。）とある。ここでは張判官を指す。

〔**伯勞**〕鳥の名、もず。『古樂府』巻十「東飛伯勞歌」に「東飛伯勞西飛燕、黄姑織女時相見」（東飛の伯勞 西飛の燕、黄姑 織女 時に相見る）と。この二句では、張判官が長安へしばしば來てくれることを願って、伯勞と燕のように東西に別れて飛び、長く別れることのないようにと言う。

【訳】

青門歌 東臺の張判官を送る

青門の金鎖は 朝《あした》に開き
城壁に日が昇れば 使いの車は歸る
青門の柳枝は 今や折るにふさわしく
この道のほとりで 一日に幾人と別れることか」
東へ青門を出れば 道は盡きず
駅舎 官道の樹 そこは灞陵の東
落花は旅着を撲《う》ち まるで繡衣のよう
雲は行く馬に隨い まるで驄馬のようだ」
胡姫のいる酒壚は まだ昼にもならないのに
絲繩 玉壷 酒は乳のようだ

灞陵の落花は　馬蹄をうずめ
昨夜の微雨に　花は泥と成っていることだろう」
黃鸝は羽が湿って　しばしば低く飛び
関東への手紙は　酔って書くのものうい
君を望んでも　すぐに見えなくなるだろう
鞭を揚げ鞚を飛ばして　箭よりも疾い
お尋ねするが使者よ　いつまた來られるのかな
「東飛の伯勞、西飛の燕」になることのないように

107　趙少尹南亭送鄭侍御歸東臺　得長字

趙少尹の南亭にて鄭侍御が東臺に歸るを送る　長字を得たり

紅亭酒甕香　　紅亭に　酒甕は香《かぐは》しく
白面繡衣郎　　白面　繡衣の郎
砌冷蟲喧坐　　砌《みぎり》冷たくして　蟲は坐に　喧《かまびす》しく
簾疏月到牀　　簾《みす》は疏《そ》にして　月は牀に到る
鐘催離思急　　鐘は　離思を催《うなが》して急に
弦逐醉歌長　　弦は　醉歌を逐《お》ひて長し
關樹應皆落　　關樹　應《まさ》に皆落《ち》りぬべし
隨君滿路霜　　君に隨ふ　滿路の霜

【語釈】

＊作詩時期は上篇と同じ。

［**少尹**］官名。唐の京兆、河南等の府に各二人の少尹を置き、尹に協力して府中の行政事務を司った。

［**侍御**］官名。侍従。

［**東臺**］官署の名。上篇の注を参照。底本は「歸東臺得長字」の六字無し。いま『全唐詩』によって補う。

［**紅**］底本は「江」字に作る。ここは『全唐詩』によって改めた。

［**繡衣**］御史を指す。

［**砌冷蟲喧坐**］「砌」は、階段の縁邊り。『詩經』豳風「七月」に「十月蟋蟀、入我牀下」（十月　蟋蟀《しつしゅつ》、我が牀下に入る）とある。

［**月**］『全唐詩』は「雨」字に作る。

［**牀**］ここでは、坐具を指す。椅子。

［**思**］『全唐詩』は「興」に作る。

［**逐**］『全唐詩』注に「一に緩に作る」とある。

［**關樹**］潼関の樹木を指す。

［**皆**］『全唐詩』は「先」字に作る。

［**路**］『全唐詩』は「**鬢**」字に作る。

【訳】

趙少尹の南亭で鄭侍御が東臺に歸るのを送る

長字を得る

紅亭に　酒甕は香り
白面　繡衣の君
砌《みぎり》は冷たく　蟲は席のそばで鳴きたて
簾は疏《あら》く　月は牀を照らす
鐘の音は　離別の情を駆り立てて急に
絃《こと》は　醉歌を逐って何時までも盡きない
関所の樹木の葉は　きっと皆落《ち》ってしまい
君の行くに随って　道は霜に満ちていることだろう

108　春　夢

春の夢

洞房昨夜春風起　　洞房　昨夜　春風　起り
遥憶美人湘江水　　遥かに憶ふ　美人　湘江の水
枕上片時春夢中　　枕上　片時　春夢の中
行盡江南數千里　　行き盡くす　江南　數千里

【語釈】

＊此の詩の作られた年代は不詳。唐、殷璠編の『河嶽英靈集』に載っているので、天寶十二年（七五三）岑參三十九歳以前の作といえる。『文苑英華』巻一五七では、題が「春夜所思」となっている。

［**洞房**］奥深い部屋。明抄本、呉校では、「洞庭」に作る。

［**遥憶美人湘江水**］「遥憶美人」四字、明抄本、呉校、『全唐詩』では、「故人尚隔」（故人　尚《な》ほ隔つ）に作る。この詩に拠ったと思われる宋・范成大「湘陰橋口市別游子明」（湘陰　橋口市にて游子明と別る）に「遥憶美人湘水夢、側身西望劍門詩」（遥かに憶ふ　美人　湘水の夢、身を側《そば》めて　西望す　劍門の詩）と有るので「故人尚隔」は後人が改めたものではなかろうか。「湘江水」は、廣西省興安縣の海陽山を発し、東北に流れ出て洞庭湖に注ぐ。舜の妃、娥皇、女英の二人は、舜の崩じた後を追って湘江に身を投げ、湘江の神となったという。

【訳】

春の夢

昨夜　洞房に　春風が吹いてきた
湘江の美人のことが　遥かに憶われる
枕上しばしの　春夢の中で

江南數千里を 行き盡くしてしまう

109 蜀葵花歌

蜀葵花の歌

昨日一花開　昨日 一花開き
今日一花開　今日 一花開く
今日花正好　今日の花は 正に好し
昨日花已老」 昨日の花は 已に老いたり
人生不得恆少年　人生 恆《つね》には少年なるを得ず
莫惜牀頭沽酒錢　惜しむこと莫《な》かれ 牀頭 沽酒《こしゅ》の錢
請君有錢向酒家　君に請ふ 錢有らば酒家に向かはん
君不見 蜀葵花　君見ずや 蜀葵の花

【語釈】

*此の詩も『河嶽英靈集』に載っていることから天寶十二年以前の作といえる。『文苑英華』巻三二三では 劉愼虚の作となっている。

[蜀葵] 多年草、茎は直立して、高さは六、七尺。葉は大きく互生していて心臓の形に似ている。花びらは五枚で、紅、紫、黄、白、等の色があり、根は薬になる。戎葵、胡葵、呉葵などの名称も有る。「蜀」字、『河嶽英靈集』では「戎」、『文苑英華』では「茙」となっている。

[昨日花已老]『河嶽英靈集』『全唐詩』では、この句の下に「始知人老不如花、可惜落花君莫掃」(始めて知る 人の老いること花にも如《し》かず、惜しむ可し 落花 君掃《はら》ふこと莫かれ) の二句がある。(「莫掃」の二字、『河嶽英靈集』は「未掃」(未だ掃《はら》はず) に作る。) この二句は岑參の254「韋員外家花樹歌」の中にもみられるので劉愼虚の作ではなく、岑參の作と考えられる。

【訳】

蜀葵花の歌

昨日 一輪の花が開き
今日も 一輪 花が開く
今日の花は まことに美しく咲いているが
昨日の花は 既に老いている
人生に於いては恒《つね》に少年であることはできないのだから
寝床のそばの 酒を買う銭を惜しんではいけない
あなた 銭が有ったら酒屋にいきなさい
あの蜀葵花を 見たことがあるでしょう

110
送魏升卿擢第歸東都　因懷魏校書陸渾喬潭
魏升卿の擢第して東都に歸るを送る　因りて魏校書陸渾の喬潭を懷ふ

井上桐葉雨　　井上　桐葉　雨《あめふ》り
灞亭卷秋風　　灞亭　秋風を卷く
故人適戰勝　　故人　適《まさ》に戰勝し
匹馬歸山東」　匹馬　山東に歸る
問君今年三十幾　君に問ふ　今年三十幾つなる
能使香名滿人耳　能く香名をして　人耳に滿たしむ
君不見　　君見ずや
三峯直上五千仞　三峯　直上　五千仞
見君文章亦如此」　君が文章も　亦た此の如きを見る
如君兄弟天下稀　君が兄弟の如きは　天下稀《まれ》なり
雄辭健筆皆若飛　雄辭　健筆　皆飛ぶが若《ごと》し
將軍金印嚲紫綬　將軍の金印　紫綬に嚲《た》れ
御史鐵冠重繡衣」　御史の鉄冠　繡衣に重し
喬生作尉別來久　喬生　尉と作《な》り　別れ來たりて久し
因君爲問平安否　君に因りて為に問はん平安なるや否や
魏侯校理復何如　魏侯の校理　復た何如《いかん》
前日人來不得書」　前日　人來たるも書を得ず
陸渾山水佳可賞　陸渾の山水　佳にして賞す可し
蓬閣間時亦應往　蓬閣　間時　亦た應《まさ》に往くべし
自料青雲未有期　自ら料《はか》るに　青雲　未だ期有らず
誰知白髮偏能長」　誰か知らん　白髮　偏《ひとへ》に能く長し
壚頭青絲白玉瓶　壚頭の青絲　白玉の瓶
別時相顧酒如傾　別時　相顧《かへり》みて　酒傾くが如し
搖鞭擧袂忽不見　鞭を揺らし袂を擧げて　忽ち見えず
千樹萬樹空蟬鳴　千樹萬樹　蟬鳴　空《むな》し

【語釈】
＊天寶十二年秋の作か。『唐摭言』に、喬潭は天寶十三年に科擧に登第し陸渾の尉に任ぜらる、とあるが、喬潭の『會昌主簿廳壁記』には、天寶四年にはすでに登第していた旨の記載があるので『唐摭言』の記載は誤りであろう。またこの詩は秋を詠んでいるが、天寶十三年の秋には岑參は北庭に赴任していたので、おそらく前年の秋と思われる。
［**魏升卿**］92「送魏四落第還鄉」の詩中の魏四。「升卿」は底本、宋本、明抄本、『全唐詩』とも「一作叔虹」の注がある。

［**東都**］『唐百家詩選』では「東京」となっている。天寶元年（七四二）には東都は東京と改められていた。

［**校書**］官名、校書郎。

［**陸渾**］唐の県名、河南府に属した。今の河南崇県の北。

［**喬潭**］李華の「三賢論」に「梁國喬潭徳源、昂昂有古風。是皆慕於元（元徳秀）者也。」（梁國の喬潭徳源、昂昂として古風有り。是れ皆、元（元徳秀）を慕う者なり。）とある。

［**桐葉**］底本は「梧桐」に作るが、ここは宋本、明抄本、呉校、『全唐詩』に従った。

［**灞亭**］灞陵亭。

［**山東**］崤山、函谷關以東の地区。

［**三峯**］華嶽三峯（蓮花峯、仙人掌、落雁峯）を指す、華山は、魏升卿が洛陽に帰る時に必ず通る地なので例えとした。

［**將軍金印韠紫綬、御史鐵冠重繡衣**］漢代、將軍は金印、紫綬を用いた。「韠」は、垂れ下がるさま。「鐵冠」は法冠。冠の柱が鉄製だったことによる。この二句では、魏の兄弟に將軍と御史がいたことを言う。

［**校理**］古籍を校正し整理する。

［**陸渾山水**］『全唐詩』には「陸渾山下」とある。『元和郡縣志』巻六には「陸渾の山、俗に方山と名づく」、『河南通志』巻七に「崇下の東北四十里に在り」とある。

［**蓬閣**］東觀。後漢の宮中図書室。華嶠『後漢書』（『太平御覧』巻二三三引）に「學者稱東觀爲老氏藏書室、道家蓬萊山。」（學者は東觀を稱して老氏藏書室、道家の蓬萊山と爲す。）とある。

［**青雲**］高い位のたとえ。

［**酒如傾**］酒を流水がほとばしるように沢山飲むこと。「如傾」は、底本、宋本、明抄本は並びに「一作初醒」と注す。

［**忽**］底本、宋本、明抄本、呉校の注に「一作去」とある。

【訳】

魏升卿が試験に合格して東都に帰るのを送り、因って魏校書と陸渾の喬潭のことを懐ふ

井戸のほとりには　桐の葉が散り
灞亭《はてい》には　秋風が巻いている
我が友は　このたび戰勝し
ひとり馬に乗って山東に帰る」

君に問う　今年三十幾歳になられると
その香名は　人の耳を満たしている
君は見たことがあるだろう
三峯が五千仞も直上しているのを
君の文章を見るに　あのようだ」
君の兄弟の如きは　天下に稀《まれ》な存在
その雄辭　健筆は　皆な空を飛んでいるようだ
將軍の金印は　紫綬に垂れ
御史の鉄冠は　繍衣に重い」
畜君は　尉となって別れてから久しい
君に無事かどうか聞いてもらいたい
魏侯の校理は　またどんな具合か
このまえ人が來たが　彼からの手紙はなかった」
陸渾の山水は　佳にして賞《め》でるに足るもの
蓬閣へは　ひまな時に亦た行くだけの価値はある
自分で考えるに　高位はいつのことか分からない
白髪ばかりがよく伸びている私を　誰が知ろう」
壚頭の青い提げ紐の白玉の瓶
別れの時　お互い顧みて　酒は流しこむようだ
鞭を揺らし袂をあげると　たちまち見えなくなり
あとには千樹萬樹に　空しく蝉が鳴いていることだろう

111　首春渭西郊行　呈藍田張主簿

首春　渭西の郊行　藍田の張主簿に呈す

迴風度雨渭城西　　迴風　度雨　渭城の西
細草新花踏作泥　　細草　新花　踏みて泥と作《な》る
秦女峯頭雪未盡　　秦女峯頭　雪未だ盡きず
胡公陂上日初低　　胡公陂上　日は初めて低し
愁窺白髮羞微祿　　愁ひて白髪を窺《うかが》ひ　微祿を羞《は》ぢ
悔別青山憶舊溪　　青山に別れしを悔い　舊溪を憶《おも》ふ
聞道輞川多勝事　　聞道《きくなら》く　輞川　勝事多しと
玉壺春酒正堪攜　　玉壺の春酒　正《まさ》に攜《たずさ》ふに堪《た》へたり

【語釈】
＊「愁窺白髪羞微祿」とあるので、天寶十一年から十三年まで暫く長安に住んでいた時の作か。
［**首春**］春の始め。
［**渭西**］渭城の西を指す。
［**藍田**］唐の縣名で、今の陝西省藍田縣。
［**張主簿**］『全唐詩』では「張」字の下に「二」の字がある。「主簿」は、県の官吏。ここでは藍田縣主簿を指

す。
［**迴風**］つむじ風。
［**度雨**］さっと降り渡る雨。
［**渭城**］地名。秦の都、咸陽の別名。長安の北西の渭水付近に在り、今の陝西省咸陽市の東に在る。
［**秦女峯**］『古今圖書集成』方輿彙編、職方典巻四九四によれば「陝西渭南縣、龍尾坡西有秦女峯」（陝西 渭南縣、龍尾坡の西に秦女峯有り）とある。
［**胡公陂**］渼陂《びひ》を指すのであろう。胡公泉（陝西戸縣の西南十里に在る）の水は、渼陂に流れこんでいる。『長安志』巻十五によれば「渼陂在鄠縣西五里、出終南諸谷、合胡公泉為陂。」（渼陂は鄠《こ》縣の西五里に在り、終南の諸谷に出で、胡公泉に合して陂と為る。）とある。
［**日初低**］太陽が山から丁度出ていることを指す。「日低」の例は、ほかに、217「虢州郡斎南池幽興、因與閻二侍御道別」に「相看紅旗下、飲酒白日低」（相看る 紅旗の下、酒を飲めば白日低《た》る）の一例があるのみで、この場合は夕方の景を表している。
［**溪**］明抄本、呉の校は「**棲**」字に作る。
［**輞川**］陝西省藍田縣の南にあり、唐代、長安付近の山水の景勝地。
［**勝事**］風景が勝れている。326「宿太白東溪李老舍、寄弟姪」に「我行有勝事、書此寄爾曹」（我が行に勝事有り、此を書して爾曹に寄せん）とある。

【**訳**】

首春 渭西の郊行 藍田の張主簿に呈す
渦巻く風 さっと降り過ぎる雨 渭城の西
細い草や咲いたばかりの花も 踏まれて泥となる
秦女峯の頂きには 雪がまだ残り
胡公陂の上に 日がやっと出てきた
白髪を窺い見て愁い 微禄を羞じ
青山に別れたことを悔い 故郷の渓川を思い出す
輞川《もうせん》は 景勝地が多いとのこと
春酒の玉壺を携《たずさ》えるのに 最適な時

112 送宇文舍人出宰元城 分得陽字
宇文舍人の出でて元城に宰《さい》たるを送る
分かちて陽字を得たり
雙鳧出未央 雙鳧《そうふ》 未央を出で
千里過河陽 千里 河陽を過ぐ

馬帶新行色　馬は帶ぶ　新行の色
衣聞舊御香　衣に聞く　舊御の香り
縣花迎墨綬　縣花　墨綬を迎へ
關柳拂銅章　關柳　銅章を拂ふ
別後能爲政　別後　能く政を爲さん
相思淇水長　相思へば　淇水《きすい》長し

【語釈】

＊天寶十一年から十三年に長安に居た頃の作。

［**舍人**］官名。唐、中書省に中書舍人六人、起居舍人二人、通事舍人十六人を置く。皆、皇帝の側仕えである。

［**出宰**］京官から出て、一縣一邑の長となること。

［**元城**］河北省の大名縣の東に在る。

［**雙鳧**］ここでは縣令を指す。後漢の王喬が葉縣の令となり、毎月一日と十五日に、いつも靴を二羽の鳧に化して朝廷に出仕したという故事により、地方官を言う。『後漢書』王喬傳に見える。

［**未央**］未央宮を言う。漢の宮殿の名。陝西省長安縣の西北。

［**河陽**］縣名。漢の時代、河南省孟縣の西に置かれた。隋、唐に孟縣の南に移した。26「春尋河陽聞處士別業」（春に河陽の聞處士の別業を尋ぬ）の注參照。

［**馬帶新行色**］「新行色」は、今や旅立たんとする様子。

［**衣聞舊御香**］この句は宇文氏が元は皇帝の側仕えであったことを指す。

［**縣花迎墨綬、關柳拂銅章**］宇文氏が赴任する途中の様子を想像して詠ったもの。「縣花」は桃李。河陽縣の花を指す。26「春尋河陽聞處士別業」の注參照。「關柳」の關は潼関を指す。「墨綬」「銅章」は縣令の印綬を指す。

［**淇水**］川の名。河南省北部を流れて衛河に注ぐ。元城の近くを流れている。

【訳】

　宇文舍人が出でて元城に宰となるのを送る
雙鳧《そうふ》は未央宮を出て
千里の彼方　河陽に向かう
馬は　今や旅立たんとする様子だが
衣には　舊い御香の香りがする
縣花は　墨綬を迎え
關柳は　銅章を拂う
別れて後は　よき政事を行われることだろう

あなたを思えば 淇水の流れのように止むことがない

113 崔駙馬山池重送宇文明府 分得苗字

崔駙馬の山池にて 重ねて宇文明府を送る

分かちて苗字を得たり

竹裏過紅橋 竹裏 紅橋を過ぎ
花間藉緑苗 花間 緑苗を藉《し》く
池涼醒別酒 池は涼しくして 別酒を醒《さ》まし
山翠拂行鑣 山は翠にして 行鑣《かうへう》を拂ふ
鳳去牀樓閉 鳳 去りて 牀樓 閉ざし
鳧飛葉縣遥 鳧 飛びて 葉《せふ》縣 遥かなり
不逢秦女在 秦女の在るに逢はざれば
何處聽吹簫 何《いづ》れの處にか 簫を吹くを聽かん

【語釈】

*この詩は天宝十一年から天宝十三年に至る長安在住時に作ったもの。

［**崔駙馬**］崔惠童。冀州刺史 崔庭玉の子。玄宗の皇女の晉國公主の婿となった。『全唐詩』巻二五八に「奉和同前」の一首だけが収められている。杜甫の「崔駙馬山亭宴集」の詩の崔駙馬は、この人のこと。「駙馬」は公主、即ち天子の娘の夫。魏晉以後、公主の夫がこの官に任ぜられたのでこのようにいう。

［**崔駙馬山池**］崔駙馬の屋敷（長安城東にある）の庭。その中に池がある。

［**宇文明府**］唐の玄宗の時代に丞相に任ぜられた宇文融の族人。「明府」は唐代に於ては大守、縣令を言う。「縣令」とは一縣を主宰する官。従って縣令の官職に任ぜられた宇文という意。

［**竹裏**］竹藪の中。

［**紅橋**］赤く塗られた橋。

［**藉緑苗**］送別の宴を設けるために、若草の上に坐臥する。

［**池涼醒別酒**］池から吹く風は涼しく、その上、惜別の情も加わって、送別の酒盛りの酒氣も醒めてしまった。93「送薛播擢第歸河東」に「雨氣醒別酒、城陰低暮曛。遥知出関後、更有一終軍」（雨氣 別れの酒を醒《さ》まし、城陰 暮曛 低《た》る。遥かに知る 出関の後、更に一終軍有るを）の例がある。

［**山翠拂行鑣**］「鑣」は「くつわ」のこと。馬の口に含ませて手綱をつける金具。山の緑を背景に、これから宇

文明府が乗って行こうとする馬が佇んで、しきりに首を振っている。その様子はあたかも山翠の氣が馬の鑣のあたりに漂って、鑣を拂ってでもいるかのように感じられる。（佚）「漢上題韋氏莊」に「水痕侵岸柳、山翠借廚煙」（水痕 岸柳を侵し、山翠 廚煙を借る）の例がある。

［鳳去］ 秦の穆公の女弄玉の故事。穆公が 簫を吹いて鳳の鳴き声を善くする簫史に弄玉を嫁した。簫史は弄玉に吹簫を教えた。弄玉が簫を吹くと鳳の鳴き声となり、鳳が飛んで來て、その屋根に止まるに至ったので、公は鳳臺を作った。後、弄玉は鳳に乗り、簫史は龍に乗って共に昇天し去ったという。（『後漢書』矯慎傳注）ここでは女主人が留守であることを例えている。

［牀樓閉］ 婦人の部屋のある高殿は閉ざされている。「牀」は「粧」に同じ。装うの意がある。

［鳧飛］ 明帝の代に葉《しょう》（河南省葉縣）の縣令となった王喬（山西省河東郡の人）の故事。王喬は毎月一日と十五日に宮中に參内していたが、いつもお供の行列が見えないのを不思議に思った帝は、太史に命じてこっそり監視させていた。或る日のこと太史は帝に次のような報告をした。「王喬が參内する頃、必ず鴨が二羽東南から飛んで來ます」と。そこで霞網を張って鴨を待ち受けたところ、片方の靴だけが網にかかったという。（『後漢書』方術）ここでは、宇文明府が遥かに遠い元城に赴任して行くことをいう。

［不逢秦女在］ 「秦女」は崔駙馬の妻。今日は家人は何處かに出掛けていて留守であった。崔駙馬の庭園を借りて送別の宴を催している。

［何處聽吹簫］ 「鳳去」の故事から「秦女に逢わないで行けば、何處で簫の音を聴くというのか」（秦女の吹く巧みな簫の音を聴いてもらいたかったのに、という氣持ち）

【訳】

崔駙馬の屋敷にて、再度 宇文明府を送る

分けて苗字を得た

竹藪の中の 赤い橋を過ぎて
花の間に 若草を敷いて坐る
池は涼しく 送別の酒氣を醒まし
山は翠で（その氣が）馬の鑣《くつわ》を拂う
鳳（女主人）は留守で 粧樓は閉ざされており
鳧は飛んで 葉縣（元城）は遥か遠い

秦女が不在のまま　逢わなければ
何處で　簫を吹くのを聴くのだろう

114　送嚴維下第還江東

嚴維の下第し　江東に還るを送る

勿嘆今不第　嘆くこと勿れ　今の不第を
似君殊未遲　君は殊《こと》に　未だ遲からざるに似たり
且歸滄州去　且《まさ》に滄州《さうしう》に歸り去《ゆ》かんとすれば
相送青門時」　相ひ送る　青門の時
望鳥指郷遠　鳥を望みては　郷《くに》の遠きを指し
問人愁路疑　人に問ひては　路の疑はしきを愁ふ
敝裘沾暮雪　敝裘《へいきう》は　暮雪に沾《うるほ》ひ
歸櫂帶流澌」　歸櫂《きたう》は　流澌《りうし》を帶ぶ
嚴子灘復在　嚴子の灘《なだ》　復た在り
謝公文可追　謝公の文　追ふ可し
江皐如有信　江皐《こうかう》　如《も》し信有らば
莫不寄新詩　新詩を寄せざる莫かれ

＊天寶十三年（七五四）春の作。

【語釈】


［嚴維］字は正文。越州（今の浙江省紹興県）の人。

［下第］科擧の試験に落第すること。

［江東］揚子江下流の南岸地方。

［滄州］水の青い州濱。ここでは、嚴維の隠居する場所を指す。

［青門］覇城門のこと。長安城の東南の門。

［敝裘］破れた皮衣。

［暮雪］夕方に降る雪。

［歸櫂］歸舟の櫂。転じて歸る舟のこと。

［流澌］流氷のこと。

［嚴子灘］嚴陵灘。一名、厳瀨。浙江省桐廬県の南に位置する。33「宿關西客舍、寄東山厳許二山人」、96「送李翥遊江外」、102「終南雙峯草堂作」参照。

［謝公］謝靈運のこと。晉、宋代に活躍した山水詩人。宋の少帝の時、謝公は永嘉太守（浙江省永嘉県治）であったが、後に會稽（今の浙江省紹興県の東南）に隠居した。

［江皐］水邊の低地。ここでは、嚴維が向かう場所を指す。


【訳】

嚴維《げんい》が落第し　江東に還るのを送る

嘆くことはない　このたびの不合格を
君はとりわけ　まだ遅くはないようだから
滄州に歸っていくということなので
青門のところで　送ることになった」
鳥を仰いでは　故郷の遠いことを指さし
人に問うては　歸路に迷うことを愁う
敝《くたび》れた裘《ころも》は　暮雪に濡れ
歸櫂は　流氷を帯びることだろう」
厳子の灘も　復た在るし
謝公の詩を　きっと思い起こすことだろう
江皐で　もし使いの便が有れば
新詩を寄せないことがあってはならないよ

115 春日醴泉杜明府承恩五品宴席上賦詩

春日　醴泉の杜明府の承恩五品の宴席上にて詩を賦す

鳧舃舊稱仙　　鳧舃《ふせき》　舊《もと》　仙と稱し
鴻私降自天　　鴻私　天自《よ》り降《くだ》る
青袍移草色　　青袍　草の色を移し
朱紱奪花然　　朱紱　花の然《も》ゆるを奪ふ
邑裏雷仍震　　邑裏　雷　仍《な》ほ震《ふる》ふも
臺中星欲懸　　臺中　星　懸《か》からんと欲す
吾兄此棲棘　　吾が兄　此に棲棘す
因得賀初筵　　因りて　初筵を賀するを得たり

【語釈】

＊天寶十三年春の作。

［**醴泉**］唐の県名。京兆府に属す。

［**明府**］県令。

［**承恩五品**］『舊唐書』巻九、玄宗紀に「天宝十三載二月、令丞各升一階」（天宝十三載二月、令丞各々一階を升らしむ）とある。杜明府はもと六品であったがこの時五品を賜った。

［**鴻私**］廣大な私恩、個人的にいただく大恩。

［**鳧舃舊稱仙、鴻私降自天**］「鳧舃」は県令をいう。後漢の王喬の故事による。「舃」は、靴。この二句は、杜が県令に任じられ皇帝の恩寵が天より降るようだと言う。

［**青袍**］六品の官吏の緑色の服。『唐會要』巻三十一に「貞観四年、詔曰、三品已上服紫、四品五品已下服緋、六品七品以緑、八品九品以青」（貞観四年、詔して曰く、

三品已上は紫を服す、四品五品已下は緋を服す、六品七品は緑を以てし、八品九品は青を以てす）とある。

［**朱綬奪花然**］『舊唐書』巻四十五、輿服志によると「朱綬」は親王の色であるので、「綬」字は「紱」の誤りであろう。「朱紱」は、朱裳。五品は緋色の官服なので、その色が花の燃える色より勝っている様子を言う。「然」は「燃」。

［**邑裏雷仍震**］「邑」は県。『白孔六帖』巻二に「（雷）震百里。論衡曰「雷震百里」。制以萬國、故雷聲爲諸侯之政教」（雷）百里に震ふ。『論衡』（雷虚）に曰く「雷百里に震ふ」と。制するに萬國を以てす、故に雷聲を諸侯の政教と爲す）とあり、巻七十七に「（縣令）象雷。雷震百里。縣令象之、分土百里」（（縣令）雷に象《かたど》る。雷 百里に震ふ。縣令 之に象《かたど》り、土を分つこと百里）とある。雷が百里四方を震わし、県令もまた百里四方を治めるので雷を県令にたとえた。

［**臺中星欲懸**］「臺」は尚書省、「星」は尚書郎を指す。「邑裏雷仍震　臺中星欲懸」この二句は杜が県令に任ぜられたので、やがては尚書省に至って尚書郎になるであろうと言う。

［**吾兄**］兄の岑況を指すのであろうか。

［**棲棘**］棲息。『詩経』秦風「黄鳥」に「交交黄鳥、止于棘」（交交たる黄鳥は、棘に止《とどま》る）とある。

［**初筵**］初めて宴席に入ること。『詩経』小雅「賓之初筵」に「賓之初筵、左右秩秩」（賓の初めて筵する、左右 秩秩《ちつちつ》たり）の語が見える。

【訳】

春日 醴泉県の杜明府の承恩五品の宴席上にて詩を賦す

県令は 古くから仙人といわれており
恩寵が天より降《くだ》った
青袍は 草の色を移し
朱裳は 花の燃えるより朱《あか》い
県中に 今なお力は及び
やがて臺中に昇ろうとしている
吾が兄が ここらに住んでいるので
それで初宴に お祝いを申しあげることができた

116 **醴泉東渓送程皓元鏡微入蜀**　得寒字

醴泉の東渓にて程皓と元鏡微の蜀に入るを送る

寒字を得たり

蜀郡路漫漫　蜀郡 路は漫漫
梁州過七盤　梁州 七盤を過ぐ
二人來信宿　二人 來たりて信宿なるに
一縣醉衣冠　一縣 衣冠を醉はす
溪逼春衫冷　溪は逼《せま》りて 春衫 冷え
林交宴席寒　林は交はりて 宴席 寒し
西南如噀酒　西南 如《も》し酒を噀《そん》するあらば
遥向雨中看　遥か雨中に向かひて看ん

【語釈】

＊作詩時期は上篇と同じ。

［**東溪**］醴泉縣の東の溪流を指す。

［**程皓**］唐の代宗の時、太常博士に任じられたことがある。作品に「駁顔眞卿論韋陟不得謚忠孝議」（顔眞卿の「韋陟は忠孝と謚《おくりな》するを得ざるを論ずる議」を駁す）がある。『全唐文』巻四四〇。

［**元鏡微**］未詳。

［**蜀郡**］唐の成都府、今の四川省成都市。

［**梁州**］唐の州名で、今の陝西省漢中市。

［**七盤**］七盤嶺という山の名。陝西省寧強縣と四川省廣元縣との境。嶺に七盤関があった。

［**信宿**］二泊。再泊。

［**衣冠**］ここでは、醴泉縣の名士たちを指す。

［**逼**］近い。逼る。

［**交**］接合している。

［**西南如噀酒、遥向雨中看**］『後漢書』欒巴傳の李賢注に引く『神仙傳』に「（欒）巴、蜀郡人也。少而學道、不修俗事。巴為尚書。正朝大會、巴獨後到。又飲酒、西南噀之。有司奏巴不敬。有詔問巴、巴頓首謝曰、臣本縣成都市失火。臣故因酒爲雨以滅火。臣不敢不敬。詔即以驛書問成都、成都答言、正旦大失火。食時、有雨從東北來、火乃熄。雨皆酒臭。」（（欒）巴は蜀郡の人なり。少《わか》くして道を學び、俗事を修めず。巴 尚書と為る。正朝の大會に、巴 獨り後《おく》れて到る。又 飲酒し、西南に之を噀す。有司 巴の不敬を奏す。詔有りて巴に問ふに、巴 頓首し謝して曰く、臣の本縣成都市 失火す。臣故に酒に因りて雨と爲し以て火を滅す。臣敢えて敬せずんばあらずと。詔して即ち驛書を以て成都に問ふに、成都より答えて言ふ、正旦に大いに失火す。食時、雨有り東北從《よ》り來たり、火乃ち熄《や》む。雨は皆な酒臭ありと。）とある。

この二句は、程皓と元鏡微の二人に、欒巴のように蜀の災害を除いてくれるような活躍を期待している。「噀」はもと「噴」に作るが、底本注に「一作噀」とあるのに従った。

【訳】

醴泉の東渓で程皓《ていこう》と元鏡微が蜀に入るのを送る
寒字を得た

蜀郡への路は 遠く長く続き
梁州の険しい七盤嶺を過ぎることでしょう
二人が來られて まだ二日なのに
全縣（醴泉）の名士たちは 皆酒に酔ってしまった
渓は迫っていて 春の衣では冷え
林は接していて 宴席は寒い
西南（蜀）に あなた方が酒を噴き出されるかどうか
遥か雨の中に それを看ております

117 夏初醴泉南樓送太康顔少府
夏の初 醴泉の南樓にて太康の顔少府を送る

何地堪相餞　何《いづれ》の地か 相餞《おく》るに堪へん
南樓出萬家　南樓 萬家に出づ
可憐高處送　憐れむ可し 高處に送り
遠見故人車　遠く 故人の車を見ん
野果新成子　野の果は 新たに子《み》を成し
庭槐欲作花　庭の槐は 花を作《な》さんと欲す
愛君兄弟好　君が兄弟の好きを愛す
書向潁中誇　書もて潁中に向ひて誇らん

【語釈】

＊天寶十三年夏の初めの作。
［**太康**］唐の縣名。現在の河南太康縣。
［**相餞**］赴任地に向かう顔少府を見送ること。
［**萬家**］一萬軒の家。
［**野果**］野に実る果実。
［**庭槐**］園の槐《えんじゅ》の木。
［**潁中**］現在の河南潁水流域一帯は、秦漢の潁川郡の地に相当する。太康と潁中の地は近く、おそらく潁中は顔少府の故郷であろう。

【訳】

夏の初 醴泉の南樓で太康の顔少府を送る
何處で君を見送れば良かろうか
南樓は 萬軒の家並みを抜いて一際《ひときわ》高い

ああ　あの高殿で送るなら
遠くまで　友の車を見ることができるだろう
野の果樹は　実をつけたばかりで
園の　槐《えんじゅ》は　今にも花咲こうとしている
君の　兄弟の素晴らしさを愛でて
手紙を書いて　潁《えい》中の人達に誇るとしよう

118　南樓送衞憑　分得歸字

南樓にて衞憑を送る　分かちて歸字を得たり

近縣多過客　　近縣　過客　多きも
似君誠亦稀　　君に似たるは　誠に亦た稀《まれ》なり
南樓取涼好　　南樓　涼を取るに好し
便送故人歸　　便ち故人の歸るを送る
鳥向望中滅　　鳥は　望中に向かひて滅し
雨侵晴處飛　　雨は　晴處を侵《おか》して飛ぶ
應須乘月去　　應《まさ》に須《すべか》らく月に乘じて去るべし
且爲解征衣　　且《しばら》く爲に征衣を解かんことを

*作詩時期は上篇に同じ。

【語釈】

［**南樓**］上篇の「醴泉の南樓」のことであろう。
［**衞憑**］嘗て左威衛録事参軍に任じられていた。
［**近縣**］都の近くの縣。京兆府醴泉縣を指す。
［**過客**］旅人。「過」字、『全唐詩』の注に「一作來」とある。
［**鳥向望中滅、雨侵晴處飛**］この両句は樓上から見た様子を述べたもの。「鳥向望中滅」は鳥が遠くへ去り、視野から消えて見えなくなることを言う。「向」字、明抄本は「去」に作る。「雨侵晴處飛」は雨が次第に近付いてくる様子を言う。
［**征衣**］旅人の衣服。

【訳】

南樓で衞憑《えいひょう》を送る　歸字を得る

近縣には　旅人が多いが
君に似ている人は　誠に稀である
南樓は　涼を取るのに丁度よいので
ここで君が歸るのを送ることにした
鳥は遠く視界から消えて行き
雨は晴れている處を侵して飛んでくる
月の光に乘じて行くのが良いでしょう
しばらく旅支度を解きませんか

119 與鄠縣羣官泛渼陂
鄠《こ》縣の羣官と渼陂《びは》に泛《うか》ぶ

萬頃浸天色　萬頃《ばんけい》　天色を浸《おか》し
千尋窮地根　千尋　地根を窮む
舟移城入樹　舟移りて　城は樹に入り
岸闊水浮村　岸闊《ひろ》くして　水は村を浮かぶ
閑鷺驚簫管　閑鷺　簫管に驚き
潛虯傍酒樽　潛虯　酒樽に傍《そ》ふ
暝來呼小吏　暝《よる》の來たれば　小吏を呼び
列火儼歸軒　火を列《つら》ねて　歸軒を儼にす

＊天寶十三年の作。

【語釈】
［**鄠縣**］唐の縣名。今の陝西省戸縣。
［**羣官**］「羣」字、底本は「郡」に作る。郡の役人。
［**渼陂**］池の名。戸縣西南にある。廣さ十余里四方。
［**萬頃**］地面、水面などの廣々としたさま。
［**千尋**］測り難いほどの深さ。
［**地根**］地底。
［**舟移**］舟が進んで行く。
［**城入樹**］舟が前に進んで行くと、縣城が後に走り去って、樹木の中に入っていくようだ。
［**水浮村**］陂水が浩渺と広がっていて、岸邊の村が水上に浮かんでいるように見える。
［**閑鷺驚簫管、潛虯傍酒樽**］簫管を奏でると水鳥は驚いて飛び立ち、水中に潜んでいた虯《みづち》が、賑やかな様子に浮かれて出て來て、酒樽に寄り掛かってくる。「虯」は傳説中の一種の龍。角のあるみづち。『文苑英華』引には「蛇」となっている。
［**暝來**］「暝」は「冥」に同じ。暗くなってくること。
［**列火**］たいまつを連ねる。
［**儼**］恭しく厳かなこと。

【訳】
鄠《こ》縣の役人と渼陂《びは》に（舟を）浮かべる
廣い水面は　空の色を湛《たた》え
千尋の深さは　地底を窮めるほどだ
舟が進めば　街は樹木の陰に隠れ
岸辺は廣く　水面が村を浮かべている
閑《のど》かに休んでいた鷺は　簫管《ふえ》の音《ね》に驚いて飛び立ち
虯は水中から出てきて　酒樽の傍らに添う

暗くなって來て 小役人を呼び
松明を列ねて 厳めしく歸りの車を送る

120 與鄠縣源少府泛渼陂 得人字
鄠《こ》縣の源少府と渼陂《びは》に泛《うか》ぶ 人字を得たり

載酒入天色 酒を載せて 天色に入れば
水涼難醉人 水は涼《つめ》たくして 人を醉はしめ難し
清揺縣郭動 清 揺れて 縣郭 動き
碧洗雲山新 碧 洗ひて 雲山 新《あら》たなり
吹笛驚白鷺 笛を吹きては 白鷺 驚き
垂竿跳紫鱗 竿を垂れては 紫鱗 跳ぬ
憐君公事後 君の 公事の後なるに
陂上日娯賓 陂上に 日に賓を娯《たの》しまするを憐れむ

【語釈】

*この作詩時期は上篇に同じ。杜甫に同賦がある。

[杜甫の同賦]
與鄠縣源大少府宴渼陂
鄠《こ》縣の源大少府と渼陂《びは》に宴す

應為西陂好 應《まさ》に西陂の好《よ》きが為なるべし
飯抄雲山白 飯は 雲山の白きを抄し
瓜嚼水精寒 瓜は 水精の寒きを嚼《か》む
無計廻船下 船を廻らして下るに計無し
空愁避酒難 空しく愁ふ 酒を避くることの難きを
主人情爛漫 主人の情は 爛漫《らんまん》たり
持答翠琅玕 持して翠琅玕《すゐらんかん》に答ふ

[**入天色**] 空の色が映っている湖面に浮かぶこと。
[**縣郭**] 県の周囲を取り巻く城壁。
[**雲山**] 雲のように見えるほど遠くて高い山。
[**紫鱗**] 日の光で魚の鱗が紫色に見える。左思「蜀都賦」に、「若其舊俗、終冬始春、吉日良辰、置酒高堂、以御嘉賓。金罍中坐、肴核四陳、觴以清醥、鮮以紫鱗。」（若し其れ舊俗は、終冬 始めて春なれば、吉日良辰、高堂に置酒し、以て嘉賓に御《すす》む。金罍 中坐にして、肴核《かうかく》 四《よも》に陳《つらな》り、觴するに清醥を以てし、鮮とするに紫鱗を以てす。）とある。
[**公事**] 役所の仕事。
[**娯賓**] 賓客を樂しませること。
[翠琅玕] 緑の玉。源君の厚情をたとえた。

【訳】
鄠《こ》縣の源少府と渼陂に泛《うか》ぶ 人字を得た

酒を載せて 空色の湖面に入れば
水は涼《つめ》たく 人を酔わせ難い
清《す》んだ水は揺れて 縣郭は動き
碧に洗われて 雲山が鮮やかである
笛を吹けば 白鷺が驚き
釣り竿を垂らせば 紫鱗が跳ね上がる
ああ 君は公事の後なのに
渼陂《びは》で 毎日 客人を樂しませてくださる

121 送王伯倫應制授正字歸

王伯倫 制に應じ正字を授かりて歸るを送る

當年最稱意　當年 最も意に稱《かな》ひ
數子不如君　數子 君に如《し》かず
戰勝時偏許　戰勝し 時に 偏《ひと》へに許され
名高人共聞　名は高く 人は共に聞く
半天城北雨　半天 城北の雨
斜日灞西雲　斜日 灞西の雲
科斗皆成字　科斗 皆な字を成す
無令錯古文　古文を錯《す》て令《し》むること無かれ

【語釈】

＊天寶十三年、長安での作。

［**王伯倫**］王伯倫は至徳二年（七五七）行軍司馬の職にあった時に戰死した。岑參は天宝十三年（七五四）から至徳元年（七五六）まで北庭都護府に赴任していたので、この詩が作られた時、すなわち王伯倫が正字を授かったのは、それ以前、岑が長安に居た時ということができる。

［**應制**］「制擧」に應じること。「制擧」とは科擧の一つで、勅令によって招き、天子みずから題を課して試験するもの。

［**正字**］官名。秘書省に属し、文字の誤りを正す。

［**共**］底本は「總」に作るが、ここは『全唐詩』に従った。

［**半天**］天の半分。

［**斜日**］夕日。斜陽。

［**灞西**］灞水の西。「灞」字、底本は「嶺」。注に「本は灞に作る」とある。宋本　明抄本等はみな「灞」に作る。

［**科斗**］科斗文字。中國の古い文字。上古、筆墨のなかった頃、竹や木に漆で書いたので、点画の頭が太く、尾が細くなって、その形がおたまじゃくし（科斗）に似て

いることから名付けられたといわれる。

【訳】

王伯倫が制に應じ、正字を授かって歸るのを送る

近頃あなたは最も意にかなっており
誰も　君にはかなわない
戰勝して　世に偏《ひと》えに認められ
名は高く　人々の耳に届いている
空の半分は　城北の雨
夕日に　灞水の西の雲
「科斗《かと》」は皆　字を成しているのだから
この古文を棄てさせることのないように

122　送人赴安西
人の安西《あんせい》に赴くを送る

上馬帶胡鉤　　上馬　胡鉤《ここう》を帶び
翩翩度隴頭　　翩翩《へんぺん》として　隴頭《ろうとう》を度《わた》る
小來思報國　　小來　國に報いんことを思ひ
不是愛封侯　　是れ侯に封ぜらるることを愛さず
萬里鄉爲夢　　萬里　鄉は夢と爲り
三邊月作愁　　三邊　月は愁ひを作《な》さん
早須清黠虜　　早《つと》に須《すべから》く　黠虜《かつりょ》を清《す》ますべし
無事莫經秋　　事無くして　秋《とし》を經《ふ》ること莫かれ

【語釈】

＊天寶十三年（七五四）北庭に赴く前の長安での作。この詩は底本に載っていないが、今は『全唐詩』によってあげる。

［**胡鉤**］「鉤」は、剣の類で先が曲がっているもの。「胡」は「呉」の発音に近いので、「呉鉤」の誤りか。『呉越春秋』巻二に、呉王闔閭は干將と莫邪の二剣を得た後、「復命于國中作金鉤、令曰、能爲善鉤者、賞之百金。呉作鉤者甚衆。」（復た國中に命じて金鉤を作らしめ、令して曰く、能く善鉤を爲《つく》る者、之に百金を賞せんと。呉に鉤を作る者　甚だ衆し。）とある。

［**翩翩**］馬が身軽に翔《と》ぶように走る様子。

［**隴頭**］隴山の畔。

［**小來**］若い時から。

［**封侯**］領土を與えて諸侯にする。62「初過隴山途中呈宇文判官」に「西來誰家子、自道新封侯」（西より來るは誰《た》が家の子ぞ、自ら道《い》ふ　新たに侯に封ぜらると）とある。

［**三邊**］北・西・南の三つの邊境地。

［**黠虜**］悪賢い異民族。
［**無事**］何もしない事。無為に過ごす。
［**經秋**］年數を過ごす。

【訳】

安西に赴く人を送る
颯爽と馬に騎《の》り　胡鉤《ここう》を腰にさげ
翩翩として　隴頭をわたる
若い時から　國に報いたいとの思いが強く
侯に封ぜられることなど　好まなかった
萬里の果てでは　故郷のことは夢となり
三邊の地では　月は愁いを起こさせることだろう
早急に　悪賢い異民族を始末すべきで
無為に年數を過ごさぬように

123　餞王崟判官赴襄陽道

王崟判官の襄陽道に赴くを餞《おく》る

故人漢陽使　　故人　漢陽の使ひ
走馬向南荊　　馬を走らせて　南荊に向かふ
不厭楚山路　　楚山の路を厭《いと》はず
祇憐襄水清」　祇《た》だ襄水の清きを憐れむのみ
津頭習氏宅　　津頭　習氏の宅
江上夫人城　　江上　夫人の城
夜入橘花宿　　夜は橘花に入りて宿り
朝穿桐葉行」　朝は桐葉を穿《うが》ちて行かん
害羣應自慴　　羣を害するは　應《まさ》に自《おのづ》から慴《おそ》るべし
持法固須平　　法を持するは　固《もと》より須《すべから》く平らかなるべし
暫得青門醉　　暫く青門の醉ひを得んとするも
斜光速去程　　斜光　去程を速《せ》かす

【語釈】

＊作詩時期は上篇に同じ。
［**王崟**］安州都督王仁忠の子。嘗て渭南縣尉、左司、戸部、度支、吏部等の員外郎、信州刺史、懐州刺史に任ぜられた。『全唐詩』に「王岑」と作るが、誤りであろう。
［**襄陽**］唐の郡名。現在の湖北省襄樊市。
［**漢陽使**］「漢陽」とは漢水の陽《きた》。襄陽を指す。
［**南荊**］南楚のこと。
［**襄水**］漢水の襄陽を流れる部分を俗に襄水と言う。襄河とも言う。
［**津頭**］渡頭。渡し場のこと。

〔習氏宅〕晉代の襄陽の豪族、習氏の住宅。優美な庭園を持つ。81「登涼州尹臺寺」の注に見える。

〔夫人城〕湖北省襄陽縣の西北にある。晉の朱序が梁州刺史として襄陽を守っていた時、前秦の苻堅が將軍苻《ふ》丕《ひ》を遣して攻めて來た時の話。『晉書』朱序傳に「序母韓、自登城履行。謂、西北角當先受弊。遂領百餘婢、并城中女丁、於其角斜築城二十餘丈。賊攻西北角、果潰。衆便固新築城。丕遂引退。襄陽人、謂此城爲夫人城」（序の母 韓、自ら城に登りて履行す。謂へらく、西北の角《すみ》 當に先づ弊を受くべしと。遂に百餘の婢、并びに城中の女丁を領し、其の角に於て斜めに城二十餘丈を築く。賊は西北の角を攻め、果たして潰ゆ。衆便ち新たに築きし城を固む。丕 遂に引き退く。襄陽の人、此の城を謂《い》ひて夫人城と爲す。）とある。

〔害羣〕全体の妨げとなる者。『莊子』徐無鬼に、黄帝が小童に天下の治め方を聞いた時、「小童曰、夫爲天下者、亦奚以異乎牧馬者哉。亦去其害馬者而已矣」（小童曰く、夫れ天下を爲《おさ》むる者は、亦た奚《なに》を以てか馬を牧《やしな》ふ者に異ならんや。亦た其の馬を害する者を去らんのみと）とある。


〔懾〕おそれる。

〔持法〕執法。法令をとり行うこと。

〔斜光速去程〕「斜光」は夕日の光。「去程」は旅行く道、旅の行程を言う。


【訳】

　王崟判官が襄陽道に赴くのを送る

あなたは漢陽の使となり
馬を走らせて南楚に向かう
楚山の道を厭うことなく
ただ襄水の流れの清いことを慈《いつく》しむことだろう」
渡し場のほとりには 習氏の宅
江のほとりには 夫人城がある
夜には橘花に入りて宿り
朝になれば桐葉をかき分けて行くことだろう」
全体を損なう者は處置して
法を携えて公平な政治を行なってほしい
少しの間 青門で酒を酌み交わしたいところだが
斜めの光は あなたの旅路を急《せ》かせている

五、北庭都護府

天宝十載（七五一）の初秋に武威から長安に帰った岑參は、その後、十三載の夏に北庭都護府に赴任するまでの二年数か月を長安で過ごす。その間、いろいろと手を盡くして在京の官署での就職を探したようであるが、結局それはうまくいかず、再び西域の都護府に勤務することになる。

天宝十三載、安西四鎮節度使の封常清が入朝して、北庭都護・伊西節度・瀚海軍使を兼任することになり、岑參は安西・北庭節度判官としてその幕下に加わった。安西都護府に勤務していた時は掌書記であったから、それよりも二階級上の官職である。その後さらに判官の上の副使（支度副使）に昇進している

北庭都護府は庭州、今の新疆ウイグル自治区迪化県にあった。岑參は五月頃に長安を出発して、隴山―臨洮―金城（蘭州）―武威（涼州）―賀延塞、という経路で、北庭に赴任して行った。

赴任後しばらくして、岑參は庭州から輪臺に移る。輪臺は庭州に属する県で都護府のある庭州の西、約一二〇キロのところにあった。彼の勤務する役所が輪臺にあったものと思われる。以後 岑參は、ここを中心として各地に出向いて判官の仕事に従事している。

岑參が此の地にいたのは足かけ三年で、その塞外詩は此の時期に最も多く作られている。その内容は以下の三部にまとめられる。

（1）長安から北庭へ―道中の作―

（2）庭州、輪臺での作

（3）歸途の作

（1）長安から北庭へ―道中の作―

124
赴北庭度隴思家

北庭に赴かんとして隴《ろう》を度《わた》り家を思ふ

西向輪臺萬餘里　西に輪臺に向かひて 萬餘里

也知鄉信日應疏　也《ま》た知る 鄉信の日に應《まさ》に疏となるべきを

隴山鸚鵡能言語　隴山の鸚鵡は 能く言語すと

為報家人數寄書　為に家人に報ぜよ 數《しばし》ば書を寄せと

【語釈】
＊天宝十三年（七五四）、北庭への途中、隴山を越えた時の作。
［隴山］陝西省の西端、甘粛省との境にある。

［輪臺］庭州の西。今のウルムチの北にあった。『元和郡県志』巻四〇によれば、庭州には属県が三（後庭・蒲類・輪臺）あり、そのうちのひとつである輪臺が岑參の勤務地であったらしい。

［隴山鸚鵡］『元和郡県志』巻三九には「小隴山、一名は隴。隴坂は九廻し、高さは幾里なるかを知らず。山東の人は西役する毎に、ここに到りて瞻望し、悲思せざる莫し。～東に大震関を去ること五十里、上に鸚鵡多し」とある。

【訳】
北庭への途中　隴山を越え　家人を思う
西に輪臺に向かって　萬餘里
家からの便りは　次第に稀になることだろう
隴山の鸚鵡は　よく人間の言葉が話せるとか
度々手紙をくれるように　家の者に傳えてくれないか

125 臨洮泛舟　趙仙舟自北庭罷使還京　得城字

臨洮《りんとう》にて舟を泛《うか》ぶ。趙仙舟　北庭より使を罷《や》めて
京に還る　城字を得たり

白髪輪臺使　白髪　輪臺の使ひ
邊功竟不成　邊功　竟《つひ》に成らず
雲沙萬里地　雲沙　萬里の地
孤負一書生」一書生に孤負《そむ》く
池上風廻舫　池上　風は舫《ふね》を廻《めぐ》らせ
橋西雨過城　橋西　雨は城を過ぐ
醉眠郷夢罷　醉眠　郷夢　罷《や》め
東望羨歸程　東に望みて　歸程を羨む

【語釈】
＊臨洮において、趙仙舟が北庭での勤務を終えて京に歸るのに出合い、池に舟を浮かべて遊んだ時の作。
［孤負］自分の願いと反對の結果になる。用例は、
祇縁五斗米　祇《た》だ五斗米に縁《よ》り
孤負一漁竿　一漁竿に　孤負《そむ》く
（45「初めて官を授けられ高冠の草堂に題す」）
相思不解説　相ひ思ふも　説くを解せず
孤負舟中杯　舟中の杯に　孤負《そむ》く
（191「虢州の南池で厳中丞を候《ま》つも至らず」）

［**橋西雨過城**］舟遊びをしているのは町はずれの川であろう。遥かに橋の西の方に町が見え、雨が通り過ぎているのがわかる。

【訳】

臨洮での舟遊び。趙仙舟が北庭での勤務を終えて都に還る途中で

白髪あたまの　輪臺の老役人
邊功は　結局たてることはできなかった
雲のような砂漠が　萬里に廣がる土地で
一書生の志に　背く結果になった
池のうえでは　風が吹き付けて舟を回し
橋の西の方では　雨が町を通り過ぎている
酔って眠っても　故郷の夢は覚め
東の方を望んでは　帰途に就かれるあなたを羨む

126 發臨洮將赴北庭留別　得飛字
臨洮《りんとう》を發して將に北庭留後に赴かんとす
飛字を得たり

聞説輪臺路　聞説《きくな》らく　輪臺の路
連年見雪飛　連年　雪の飛ぶを見る
春風不曽到　春風は　曽《かつ》て到らず
漢使亦來稀」　漢使も　亦た來ること稀《まれ》なりと
白草通疏勒　白草　疏勒《そろく》に通じ
青山過武威　青山　武威《ぶい》に過ぐ
勤王敢道遠　王に勤《つと》むるに　敢へて遠きを道《い》はんや
私向夢中歸　私《ひそ》かに夢の中にて歸らん

【語釈】

＊臨洮の駅舎に宿し、その駅の人か或は同宿の人と別れるにあたっての作。古人あるいは今人の詩の中に使われていた字を、一坐の人と分け合って「飛」字が当たり、それを韻字として此の詩を作った。

［**臨洮**］今の甘粛省臨洮県。隴山から約四〇〇キロ西方。今の蘭州市の南。

［**連年**］年中の意に解した。『全唐詩』の校語に「一作年年」とある。「年年　雪の飛ぶを見る」。

［**春風不曽到**］「不曽」二字、『全唐詩』は互倒して「曽不」に作り、校語に「曽、一に來に作る」という。王之渙「涼州詞」に、

羌笛何須怨楊柳　羌笛　何ぞ須《もち》ひん　楊柳を怨むを
春光不度玉門関　春光　度《わた》らず　玉門関

という、よく似た句がある。
［**來稀**］「來」字、四部本は「應」に作るが、今『文苑英華』による。『全唐詩』は「應」字であるが、校して「一に來に作る」という。
［**疏勒**］安西四鎮（亀滋《きじ》、疏勒《そろく》、于闐《うてん》、砕葉《すいよう》）の一つ。庭州から西南、約一〇〇〇キロの所にある。
［**武威**］臨洮から北西、約三〇〇キロの所にある。
［**勤王敢道遠**］『全唐詩』の校語に「一に不敢道遠思に作る」という。「敢へて遠思を道《い》はず」。

【訳】
臨洮《りんとう》を發して北庭に向かう時の作　飛字を得た

聞くところによると　輪臺への路は
年中　雪が飛んでおり
春風は　ここにやって來たことが無く
漢の使者も　稀《まれ》にしか來ないという
白草は　疏勒《そろく》にまで続いており
青山は　武威にまで通じている
王事に勤めるのに　どうして遠いなどと言おうぞ
私《ひそ》かに夢のなかで　家に歸ることにしよう

127
題金城臨河駅樓
金城　臨河の駅樓に題す

古戍依重険　古戍《こじゅ》　重険に依《よ》り
高樓見五涼　高樓　五涼　見ゆ
山根盤駅道　山根は　駅道に　盤《わだかま》り
河水浸城牆　河水は　城牆を浸《おか》す
庭樹巣鸚鵡　庭樹に　鸚鵡は巣くひ
園花隠麝香　園花には　麝香　隠る
忽如江浦上　忽として江浦の上《ほと》りの如く
憶作捕魚郎　捕魚の郎と作《な》らんことを憶ふ

【語釈】
＊金城の駅樓に登っての作。金城は今の甘粛省蘭州市。臨洮の北、約八〇キロ。
［**古戍依重険**］古城の跡に駅が置かれているのであろう。それは高く険しい場所にあり、崖の下には河が流れている。そうして麓の邊りには駅馬の通る道が巡っている。
［**五涼**］昔の五胡の地。甘粛の武威、張掖、酒泉、及び青海の樂都一帯の地を指す。
［**忽如江浦上、憶作捕魚郎**］「江浦」「捕魚郎」とあれば、どうしても屈原の「漁父の辞」が思い起こされる。

第五・六句のような環境のなかで、俗世のあれこれが煩わしくなったというのであろうか。

【訳】

金城の　河を前にした駅樓に題す
古城は　険阻な場所に依りかかって立ち
高樓からは　五陵の地が見える
山の麓には　駅道がめぐっており
河の水は　城の牆《かこい》を洗っている
庭の樹々には　鸜鵒が巣くっており
園の花には　麝香鹿が隠れているようだ
ふと　長江の畔《ほとり》にいるような氣がして
このまま魚取りの男になりたくなってくる

128　涼州館中與謝判官夜集

涼州の館中で謝判官と夜集《つど》ふ

彎彎月出挂城頭　彎彎《わんわん》として月は出で　城頭に挂《かか》り
城頭月出照涼州　城頭　月は出でて　涼州を照らす
涼州七里十萬戸　涼州は七里にして　十萬戸
胡人半解弾琵琶　胡人　半ばは　琵琶を弾《ひ》くを解す
琵琶一曲腸堪断　琵琶　一曲　腸は断《た》ゆるに堪《た》へ
風蕭蕭兮夜漫漫　風蕭蕭として　夜は漫漫
河西幕中多故人　河西　幕中　故人　多し
故人別來三五春　故人と別れ來りて　三五の春
花門樓前見秋草　花門　樓前　秋草を見ん
豈能貧賤相看老　豈に能く貧賤にして老いを相看ん
一生大笑能幾回　一生に大笑すること　能く幾回ぞ
斗酒相逢須醉倒　斗酒もて相逢ひて　須《すべか》らく醉倒すべし

【語釈】

*涼州の宿舍で謝判官と、夜に宴を開いた時の作。涼州は武威のことで、金城の西北にある。四部本は「涼」字を「梁」に作るが、今『全唐詩』による。詩の中の「涼」字についても同じ。この詩には、尻取り形式が多用されている。すなわち、「～城頭、城頭～涼州、涼州～琵琶、琵琶～」おそらく、民歌風の趣を出そうとしたものであろう。

[**彎彎月出**]「出」字、四部本の校語に「一に子に作る」という。「彎彎たる月子」

[**涼州七里**]「里」字、『全唐詩』校語に「一に城に作る」とある。『元和郡県志』巻四〇に「涼州の城は、本と匈奴　新たに築く。漢　置きて県と為す。城は方にあら

ずして、頭、尾、両翅あり。名づけて鳥城と為す。南北七里、東西七里」とあり、また『通鑑』巻二一九には「武威は、大城の中に小城七つ有り」という。
［**腸堪断**］「堪」は、十分に～させうる、の意。断腸の思いをさせるのに十分である。
［**河西**］涼州のこと。河西節度使の役所が置かれていた。
［**故人別來三五春**］十数年も會っていない友人たちが涼州の役所にいたのであろう。しかし、今の貧賤なる私には顔が合わせにくいという。
［**花門樓**］四部本は「花樓門」に作るが、今『全唐詩』による。涼州の宿舎の近くにある城門の名か。已に擧げた82「戯れに花門の酒家の翁に問う、涼州に在り」の詩には、花門樓の近くに店を出している酒家の老人が登場する。
［**豈能貧賤相看老**］このまま年老いてしまうわけにはいかない。友人の前に惨めな姿をさらすことのないように、何としても塞外の地で功績をあげたいものと、庭州での活躍を心に期している。
［**一生大笑能幾回**］「生」字、四部本の校語に「一に年に作る」という。已に擧げた89「臨洮の客舎にて、祁四に留別す」に「心に知る　君と別れし後、口を開けて笑ふことの應《まさ》に稀なるべきを」という句もある。

【訳】

　涼州の宿舎で謝判官と夜に宴す

弓張月が出て　城頭にかかる
城頭に月が出て　涼州を照らす
涼州は七里四方　十萬戸
胡人の半ばは　琵琶が弾ける」
琵琶一曲　思いは断腸
吹く風は蕭蕭　夜は漫漫
河西の幕府には　知人が多い
彼らと別れて　もはや三五の春」
花門樓の前には　秋の草が揺れているだろうが
どうして貧賤のままに　老いた顔が合わせられよう
一生のうちで大笑することが　何度あるというのか
斗酒を前に逢うときは　酔って倒れるまで飲まねばならぬ

129　日没　賀延磧作

　日没、賀延磧の作

沙上見日出　沙上 日の出づるを見
沙上見日没　沙上 日の没するを見る
悔向萬里來　悔ゆらくは萬里に向かひて來しこと
功名是何物　功名 是れ何物ぞ

【語釈】

［賀延磧］伊州、いまの哈密《はみ》（武威から西に約一〇〇〇キロ）の東南にある。莫賀延磧。『元和郡県志』巻四〇には「(伊州より）東南に莫賀磧の路を取れば、瓜州に至るまで九百里」とある。

［沙上見日出、沙上見日没］同じ表現を繰り返すことにより、沙漠の旅が、單調な繰り返しの毎日であることを強調している。

［悔向萬里來、功名是何物］128「涼州館中與諸判官夜集」詩で「豈に能く貧賤にして 老いを相い看ん」と言っているように、塞外での功績をひたすら願いながら、それと同時に何のためにこんなに遠くまで、家族と別れて苦労しに來たのかという思いが、西域に滞在しているあいだ、常に胸中に去來していたようである。

【訳】

日没　賀延磧《がえんせき》での作

沙漠の上に 日がのぼり
沙漠の上に 日が沈む
はるばると萬里も來たことが悔やまれる
功名など そんなものが何になろう

（2） 庭州・輪臺での作

130 輪臺歌 奉送封大夫出師西征

輪臺歌《りんだいか》　封大夫の師を出だして西征するを送り奉る

輪臺城頭夜吹笛　輪臺 城頭 夜 笛を吹き
輪臺城北旄頭落　輪臺 城北 旄頭《ぼうとう》 落つ
羽書昨夜過渠黎　羽書 昨夜 渠黎《きょれい》より過《いた》り
單于已在金山西」　單于は 已に金山の西に在りと
戍樓西望煙塵黒　戍樓より西に望めば 煙塵 黒く
漢兵屯在輪臺北　漢兵 屯《とど》まりて 輪臺の北に在り
上將擁旄西出征　上將は旄《はた》を擁して 西に出征し
平明吹笛大軍行」　平明 笛を吹いて 大軍は行く
四邊伐鼓雪海湧　四邊に鼓を伐《う》てば 雪海は湧き
三軍大呼陰山動　三軍 大呼すれば 陰山は動く

虜塞兵氣連雲屯　虜塞の兵氣は　雲に連なりて屯《とど》まり
戰場白骨纏草根」　戰場の白骨は　草根纏《まつは》る
剣河風急雪片闊　剣河は　風急にして　雪片は闊《ひろ》く
沙口石凍馬蹄脱　沙口は　石凍《こほ》りて　馬蹄は脱す
亞相勤王甘苦辛　亜相　王に勤めて　苦辛に甘んず
誓將報主静邊塵　誓ひて將に主に報じて　邊塵を静めんとす
古來青史誰不見　古來の青史　誰か見ざらん
今見功名勝古人　今こそ功名の　古人に勝《まさ》るを見たり

【語釈】

＊北庭都護府着任後の作。何度か行われた封常清の西征のうちのひとつ、その出発の場面を詠んだもの。

［旄頭］二十八宿の一つで、胡星。胡を象徴し、それが「落ち」たということは、胡の勢いの衰えを意味する。

［渠黎］西域諸國の一つ。

［金山］アルタイ山。胡の根拠地。庭州の北方に連なっていた。

［上將］封常清を指す。

［平明］『全唐詩』の校語に「一に小胡に作る」とある。「小胡が笛を吹いて〜」。

［連雲屯］「屯」の用例としては、

五月火雲屯　五月　火雲　屯《とど》まり
氣燒天地紅　氣は焼きて　天地は紅なり
（99「祁樂の河東に歸るを送る」）

旗旐遍草木　旗旐は　草木に遍《あまね》く
兵馬如雲屯　兵馬は　雲の屯《とど》まるが如し
（224「潼関鎮國軍」）

いずれも、厚みと廣がりのある物が、上の方にじっと留まっている様子を意味している。

［雪片闊］「雪」字、四部本は「雲」に作るが、今『全唐詩』による。

［沙口］「沙」字、『全唐詩』の校語に「一に河に作る」とある。

［亞相］御史大夫の別稱。封常清は天宝十三載に入朝したときに、御史大夫を加えられていた。

【訳】

輪臺歌　封大夫が軍を出して西征するのを送る

輪臺の城頭に　夜　角笛が鳴り響き
輪臺の城北に　旄頭星《ぼうとうせい》が落ちた
軍書が昨夜　渠黎《きょれい》から届き

單于は已に 金山の西にいるという」
城樓から西を望めば 煙塵が黒く立ちのぼり
漢兵は輪臺の北に集結している
上將は節旄を擁して西に出征し
平明 笛を吹きながら 大軍は出て行く」
四邊で太鼓を打てば 雪海は湧き立ち
三軍が大呼すれば 陰山は揺れ動く
虜塞に立ちこめる戰氣は 雲に連なって屯《とど》まり
戰場の白骨には 草の根がからまっている」
剣河では 風が急で 雪片が一面に舞い
沙口では 石が凍り 馬蹄は滑る
亜相は 王事に力を盡くし 辛苦をいとわず
天子に報いるために 邊塵を静めんと誓った」
古來の史書は 全て読んでいるが
今や封大夫の功名は 古人に勝るものと知った

131 走馬川行 奉送出師西征

走馬川行　師を出して西征するを送り奉る

君不見　君 見ずや
走馬川行雪海邊　走馬川行 雪海の邊り
平沙莽莽黄入天」　平沙 莽莽として 黄 天に入る
輪臺九月風夜吼　輪臺 九月 風は夜に吼《ほ》え
一川碎石大如斗　一川の砕石 大なること斗《ます》の如し
随風満地石亂走」　風に随ひ地に満ちて 石は亂れ走る
匈奴草黄馬正肥　匈奴 草は黄ばみ 馬は肥え
金山西見煙塵飛　金山 西に煙塵の飛ぶを見
漢家大將西出師」　漢家の大將 西に師を出だす
將軍金甲夜不脱　將軍は 金甲を 夜も脱《ぬ》がず
半夜軍行戈相撥　半夜 軍行すれば 戈は相撥《はっ》す
風頭如刀面如割」　風頭は刀の如く 面《おもて》は割《さ》かるるが如し
馬毛帯雪汗氣蒸　馬毛は雪を帯びて 汗氣は蒸し
五花連銭旋作氷　五花連銭 旋《たちま》ち氷と作《な》る
幕中草檄硯水凝」　幕中 檄《げき》を草すれば 硯の水は凝《こほ》る
虜騎聞之應胆慴　虜騎 之を聞かば 應《まさ》に胆《きも》は慴《くだ》け
料知短兵不敢接　料《はか》り知る 短兵もて敢へて接せざるを
車師西門佇献捷　車師の西門にて捷《かち》を献ずるを佇《ま》たん

【語釈】
＊これも將軍が西に討伐軍を出すことを詠ったもの。

[君不見、走馬川行雪海邊]「走馬川行」は「馬を走らせて川行す」とも読めるが、今は「走馬川　行《なが》れる」とした。『唐詩紀事』では此の句を「君不見、走馬滄海邊」(君見ずや、馬を滄海の邊《ほと》りに走らせば)と作る。

[平沙] 73「磧中の作」に「平沙　萬里　人煙　絶ゆ」と。

[一川碎石大如斗]「碎」字、四部本の校語に「一に破に作る」という。「斗」は十升入りのます。ただし、日本の約十分の一。

[金山] 匈奴の根拠地。今の新疆ウイグル自治区の北境、アルタイの地にあった。

[漢家大將] 封常清を指す。

[風頭如刀面如割]「風頭」の用例は、

　雨過風頭黒　　雨過ぎて　風頭は黒く
　雲開日脚黄　　雲開きて　日脚は黄なり
　　　　　　　　　(288「李司諫の京に歸るを送る」)

というものがあり、また「○頭」の例としては、

　野曠不見山　　野曠《ひろ》くして山を見ず
　白日落草頭　　白日は草頭に落つ
　　　　　　　　　(21「冀州の客舎にて」)
　草頭一点疾如飛　　草頭一点　疾《はや》きこと飛ぶが如く
　却使蒼鷹翻向後　　却《かへ》って蒼鷹をして翻《と》びて後に向かはしむ
　　　　　　　　　(222「衛節度　赤驃馬の歌」)

などがある。いずれも、その物の尖端を意識しての表現のようである。

風を刀にたとえた例は、次のようなものがある。

　九月天山風似刀　　九月　天山　風は刀に似たり
　城南獵馬縮寒毛　　城南の獵馬　寒毛を縮む
　　　　　　　　　(153「趙將軍の歌」)

[車師] 庭州のこと。その地は、漢の車師國であった。

[獻捷] 勝ちいくさの知らせ。

【訳】

　走馬川行　軍を出して西征するのを送る
君　見ずや
走馬川の流れる　雪海のほとり
平沙　莽莽として　黄色が天に入るあたりを」
輪臺の九月　風は夜に吼え
川に溢れる碎石は　斗《ます》ほどの大きさ
風の吹くままに地に満ち　石は亂れ走る」
匈奴の地では草が黄ばんで　馬は正に肥え

金山の西に　煙塵の飛ぶのが見える
かくて漢の大將は　西に軍を出すことになった」
將軍は金の甲《よろい》を　夜になっても脱がない
夜半に軍は動きだし　戈の触れあう音がする
風の尖端は刀の如く　顔は割《さ》かれるようだ」
馬の毛に雪が積もり　汗は湯氣となり
五花と連銭の模様は　忽ち氷となる
幕中で檄文を書けば　硯の水は凍ってしまう」
虜騎が此のようすを聞けば　怖氣をふるい
おそらく　白刃を交そうとはしないだろう
私は車師の西門で　勝利の報せを待つとしよう

132　北庭西郊候封大夫受降回軍献上

北庭の西郊にて大夫の　降を受け軍を回《かへ》して献上するを候《ま》つ

胡地苜蓿美　　胡地に苜蓿《もくしゅく》は美しく
輪臺征馬肥　　輪臺に　征馬は肥ゆ
大夫討匈奴　　大夫は匈奴を討たんとして
前月西出師」　前月　西に師を出だす
甲兵未得戰　　甲兵　未だ戰ふを得ざるに
降虜來如歸　　降虜　來たること歸するが如し
橐駝何連連　　橐駝《らくだ》の　何ぞ連連たる
穹帳亦累累」　穹帳も　亦た累累《るいるい》たり
陰山烽火滅　　陰山に　烽火は滅し
剣水羽書稀　　剣水に　羽書は稀なり
却笑霍嫖姚　　却《かへ》って笑ふ　霍《かく》嫖姚の
区区徒爾為」　区区として　徒爾《いたづ》らに為すを
西郊候中軍　　西郊に　中軍を候《ま》てば
平沙懸落暉　　平沙に　落暉《らくき》懸《か》かる
駅馬従西來　　駅馬　西従《よ》り來たり
雙節夾路馳　　雙節　路を夾《はさ》んで馳《は》す
喜鵲捧金印　　喜鵲《きじゃく》は　金印を捧げ
蛟龍盤画旗」　蛟龍は　画旗に　盤《わだかま》る
如公未四十　　公の如きは　未だ四十ならざるに
富貴能及時　　富貴　能く時に及ぶ
直上排青雲　　直上して　青雲を排し
傍看疾若飛」　傍《かたはら》より看れば　疾《はや》きこと飛ぶが若し
前年斬樓蘭　　前年には　樓蘭《ろうらん》を斬り
去歳平月氏　　去歳は　月氏を平らぐ
天子日殊寵　　天子　日に殊寵あり

朝廷方見推」　朝廷　方《まさ》に推すを見る
何幸一書生　何ぞ幸ひなる　一書生
忽蒙國士知　忽ち國士の知を蒙るを
側身佐戎幕　身を側《そば》めて　戎幕に佐となり
斂衽事邊陲」　衽《えり》を斂《おさ》めて　邊陲《へんすゐ》を事《こと》とす
自逐定遠侯　定遠侯を逐《お》ひて自《よ》り
亦著短後衣　亦た著《き》る　短後《たんこう》の衣
近來能走馬　近來　能く馬を走らせ
不弱并州児　并州の児にも弱《おと》らず

【語釈】

＊北庭の西郊で、封大夫の凱旋を待ちうける歌で、既に擧げた130「輪臺歌」、131「走馬川行」と、同じ時の戰いに関するものと考えられる。

〔**苜蓿**〕うまごやし。胡地原産の草。

〔**霍嫖姚**〕匈奴討伐で名を擧げた漢の將軍、霍去病。武帝の時に嫖姚《ひょうよう》校尉、驃騎將軍となる。

〔**中軍**〕三軍のうち、將軍が直接に指揮する軍。

〔**駅馬**〕軍の到着を知らせる先駆けの傳令であろう。

〔**雙節**〕節度使の旗印。隊列の先頭に掲げる。

〔**喜鵲捧金印、蛟龍盤画旗**〕封大夫の儀仗を詠じたものであり、「金印」は鵲が何羽かで金印を捧持する形に作られたものであろうか。「画旗」は、蛟龍の画かれている將軍の旗。

〔**及時**〕その機會を逃すことなく。

〔**直上排青雲、傍看疾若飛**〕此の二句は、封常清の出世栄達に勢いがあり、スピードのあることをいう。

〔**樓蘭**〕西域の國名。いまの新疆のロプノールのほとりにあった。

〔**月氏**〕西域の國名。今の甘粛省一帯の地。

〔**國士**〕國中で双《なら》びなき士、の意。封常清を指す。

〔**側身**〕恐縮して、安んずることのない意。『毛詩』大雅「雲漢」の詩の序に「災ひに遇ひて懼《おそ》れ、身を側《そば》め行いを修めて、之を銷《け》し去らんと欲す」とある。

〔**定遠侯**〕西域平定に活躍した、後漢の班超のこと。ここでは封常清を指す。

〔**短後衣**〕前が長く、後が短くなっている、乗馬に便利な衣服。

〔**并州児**〕「并州」二字、底本の校語に「一に幽并に作る」とある。并州は戰國時代の趙の地。今の山西省一帯の地。『漢書』地理志に「其の民は鄙樸にして、禮文少なく、射猟を好む」とある。宋の鮑照の「擬古八首」其の三には「幽并重騎射、少年好馳逐」(幽・并は騎射を重んじ、少年より馳逐を好む」と詠う。

【訳】

北庭の西郊で封大夫の凱旋を待つ
胡地に　苜蓿《もくしゅく》は美しく生え
輪臺では　征馬が肥えてきた
封大夫は　匈奴を討つために
先月　西方に軍を出された」
我が甲兵が　まだ戰うこともしないのに
虜兵は　歸するが如く降伏してきた
駱駝は　何と連連と続いていることか
穹帳もまた　累々と重なっている」
陰山に　烽火は滅《き》えてしまい
剣水に　軍令の飛ぶことは稀になった
それにつけても漢の霍去病《かくきょへい》が
小さな功績を徒《いたず》らに立てたのがおかしい」
西の郊外に　中軍を待っていると
平沙に　夕日が落ち懸《か》かる
傳令が西からやって來る
雙節は　路を挟んで駆けて來る」
喜鵲が　金印を捧げており
蛟龍は　画旗に盤《わだかま》っている
此の方《かた》は　まだ四十にもなっていないのに
富貴を　その時々に手に入れられた」
眞直ぐに上って　青雲を排《お》しひらき
そばで見ていると　飛ぶような疾さ
前年は　樓蘭《ろうらん》の王を斬り
去年は　月氏を平定した」
天子の寵は　日に盛んに
朝廷においては　尊奉のまと
何と幸いなことか　一書生なる私が
俄かに國士の知遇を　蒙《こうむ》るとは」
身を引き締めて　軍幕でお仕えし
衽《えり》を正して　邊境の仕事に従っている
定遠侯のあとを逐うようになってからは
私も短後の衣服を着るようになった」
近ごろは馬を走らせることもうまくなり
并州の若者にも劣らぬほどだ

133 使交河郡　郡在火山脚　其地苦熱無雨雪　献封大夫
交河郡に使《つかひ》す　郡は火山の脚《ふもと》に在り　其の地は
苦《はなは》だ熱く雨雪無し　封大夫に献ず

奉使按胡俗　使ひを奉じて　胡俗を按《やすん》ぜんと
平明発輪臺　平明　輪臺を発す
暮投交河城　暮に交河城に投ずれば
火山赤崔嵬」　火山は　赤崔嵬《せきさいぐわい》たり
九月尚流汗　九月なるに　尚《な》ほ汗を流し
尖風吹沙埃　尖風　沙埃《さあい》を吹く
何事陰陽工　何事ぞ　陰陽の工《たく》み
不遣雨雪來」　雨雪をして來たらしめざる
吾君方憂邊　吾が君は　方《まさ》に邊を憂へ
分閫資大才　閫《こん》を分かちて　大才に資《よ》る
昨者新破胡　昨は　新たに胡を破り
安西兵馬回」　安西より　兵馬　回《かへ》る
鉄関控天涯　鉄関は　天涯を控え
萬里何遼哉　萬里　何ぞ遼《はる》かなる
煙塵不敢飛　煙塵は　敢へて飛ばず
白草空皚皚」　白草は　空皚皚《くうがいがい》
軍中日無事　軍中　日々　事も無く
醉舞傾金罍　醉ひて舞ひ　金罍《きんらい》を傾く
漢代李將軍　漢代の李將軍
微功今可咍　微功　今は咍《わら》ふ可し

【語釈】

＊交河郡は庭州から南、約一五〇キロの所にあり、西州に属す。
輪臺から交河城に出張した時の作。

［**火山脚**］「脚」の上に底本は「東」字があるが、今『全唐詩』による。

［**奉使按胡俗**］岑參の判官としての職務内容の一部が、胡俗視察であったことがわかる。

［**火山**］交河の東に断続的に続き、鄯善県の南にまで到る山地。三「安西都護府」の69「火山を経る」を参照。

［**分閫資大才**］「閫」は門のしきい。ここは國の内外を分ける区切り。『史記』馮唐傳に「馮唐對へて曰く、臣聞く『上古、王者の將を遣はすや、跪して轂を推して曰く、閫《こん》以内は寡人これを制し、閫以外は將軍これを制せよ。軍功　爵賞は、皆な外に決し、歸りて之を奏せよ』と」とある。「大才」は、封常清を指す。

［**鉄関**］鉄門関。安西都護府から東、約三〇〇キロの所にあり、そこから北東、約三〇〇キロの所に交河がある。

〔**煙塵**〕戰いによって起こる塵埃。封常清を恐れて胡兵が攻めて來ないので、戰いは起こらない。
〔**皚皚**〕白さを形容する語。
〔**金罍**〕黄金で飾った酒器。
〔**李將軍**〕匈奴征伐で名を擧げた、漢の飛將軍李廣のこと。
〔**微功今可咍**〕「今」字、『全唐詩』は「合」に作る。「合《まさ》に咍《わら》ふべし」。あの李將軍の功績も封常清のそれに比べれば、全く問題にならないくらい微少なものだ。

【**訳**】

交河郡に使《つかい》す　郡は火山の麓に在ってたいへん暑く
　雨雪は降らない　封《ほう》大夫に献ず

命を奉じて　胡俗を視察するために
明け方　輪臺を出発した
日暮れに　交河城に着くと
火山は　赤くそそり立っている」
九月だというのに　なお汗が流れ
炎風は　沙塵を吹きつける
いったいどうして　造化の神は
雨や雪を此の地に降らせないのか」
我が君は　邊境のことを心配され
その地を治めるために　大才ある人を用いられた
先日　その人は　また新たに胡賊を破って
兵馬が　安西から還ってきた」
鉄門関は　天涯に控えており
そこまでは萬里　何と遥かなことか
今や戰塵は　飛ぶこともなく
白草は　空しく白々と続いている」
軍中では　毎日することもなく
酒を飲んでは舞い　金杯を傾けている
漢の世の李將軍の
その微功は　思えば笑うべきものだ

134　献封大夫　破播仙凱歌六章
　封大夫に献ず　播仙《はせん》を破りての凱歌六章

第一章

漢將承恩西破戎　　漢將　恩を承《う》けて　西に戎《えびす》を破り
捷書先奏未央宮　　捷書　先ず未央宮に奏せらる
天子預開麟閣待　　天子　預《あらかじ》め麟閣《りんかく》を開きて待つ
祇今誰數貳師功　　祇《た》だ今　誰か數へん　貳師《じし》の功

【語釈】

＊封常清が播仙を破って凱旋したのを祝っての歌。

［**播仙**］播仙鎮。故の且末城。庭州の南、約八〇〇キロ。今の新疆の且末県の東北にあった。

［**六章**］「章」字、『全唐詩』は「首」に作る。

［**未央宮**］漢宮の名。ここは長安宮のこと。

［**麟閣**］漢の麒麟閣のこと。漢の宣帝が、功臣の像を閣上に画かせた。

［**貳師**］漢の貳師将軍、李廣利のこと。武帝は李廣利に大宛を攻めさせ、大宛馬三千余頭を得た。

【訳】

封大夫に献ず　播仙を破っての凱歌六章

第一章

漢将は天子の恩に感じて　西に戎《えびす》を破り
戦勝の知らせが　先ず未央宮《みおうきゅう》に奏上された
天子は　預《あらかじ》め麒麟閣を開いて待っておられた
今では貳師将軍の功など　誰も問題にしていない

第二章

官軍西出過樓蘭　　官軍　西に出でて　樓蘭《ろうらん》を過ぎ
營幕傍臨月窟寒　　營幕　傍《かたは》ら月窟に臨みて寒し
蒲海暁霜凝馬尾　　蒲海の暁霜は　馬尾に凝《こ》り
葱山夜雪撲旌竿　　葱《そう》山の夜雪は　旌竿を撲《う》つ

【語釈】

［**月窟**］月の生ずる所。西の果ての意。

［**蒲海**］蒲昌海。今の新疆のロプノール。

［**馬尾**］「馬」字、『全唐詩』の校語に「一に剣に作る」とある。

［**葱山**］葱嶺。パミール高原と、その周邊一帯を指す。

【訳】

第二章

官軍は　西に進んで　樓蘭を過ぎ
軍營は　月窟のそばに置かれていて寒く
蒲海《ほかい》の明け方の霜は　馬の尾に凍りつき
葱山《そうざん》の夜の雪は　旗竿を撲《う》つ

第三章

鳴笳疊鼓擁回軍　　笳《か》を鳴らし鼓を疊《う》ちて　回軍を擁し
破國平蕃昔未聞　　國を破り蕃を平らぐること　昔より
未だ聞かず

大夫鵲印迎邊月　大夫の鵲印《じゃくいん》は 邊月を迎へ
大將龍旗掣海雲　大將の龍旗は 海雲を掣《ひ》く

【語釈】
［大夫］「大」字、各本は「丈」に作るが、今『萬首唐人絶句』によった。
［鵲印］將軍の金印。
［迎邊月］「迎」字、『全唐詩』は「揺」に作る。「邊月に揺れ」。

【訳】
第三章
笳《か》を鳴らし太鼓を打って 凱旋の軍を迎える
これほどに蕃國を破った例は 昔から聞いたことが無い
大夫の鵲印は 邊塞の月を迎えて輝き
大將の龍旗は 海から立ちのぼる雲を引き留めている

第四章
日落轅門鼓角鳴　日は轅門《えんもん》に落ちて 鼓角は鳴り
千羣面縛出蕃城　千羣 面縛して 蕃城を出づ
洗兵魚海雲迎陣　兵を魚海に洗へば 雲は陣を迎へ
秣馬龍堆月照營　馬に龍堆《りゅうたい》に 秣《まぐさか》へば月は營を照らす

【語釈】
［轅門］軍門。行軍して宿營する時、車の轅《ながえ》を向かい合わせて門とする。
［面縛］自ら後ろ手に縛ること。
［龍堆］白龍堆のこと。新疆南部の庫穆塔格砂漠。

【訳】
第四章
日は軍門に落ちて 鼓角《こかく》は鳴り
幾千もの降兵が面縛して 蕃城から出てくる
刀を魚海で洗えば 雲は我が軍を迎え
馬に龍堆で秣《まぐさ》をやれば 月は軍營を照らす

第五章
蕃軍遥見漢家營　蕃軍 遥かに漢家の營を見
滿谷連山遍哭声　谷に満ち山に連なり 遍《あまね》く哭声あり
萬箭千刀一夜殺　萬箭《ばんせん》 千刀もて一夜に殺し
平明流血浸空城　平明 流血 空城を浸《ひた》す

【訳】
第五章
蕃軍は 遥かに漢軍の陣營を見て

谷に満ち山に連なって　遍《あまね》く哭声をあげた
萬の箭《や》　千の刀で　一夜のうちに殺し盡くされ
明け方には流血が　人け無き城を浸《ひた》していた

第六章

暮雨旌旗湿未乾　　暮雨　旌旗　湿りて未だ乾かず
胡煙白草日光寒　　胡煙　白草　日光は寒し
昨夜將軍連曉戰　　昨夜　將軍　曉に連なりて戰ひ
蕃軍只見馬空鞍　　蕃軍　只《た》だ見る　馬の空鞍なるを

【語釈】

［胡煙］「煙」字、『全唐詩』の校語に「一に塵に作る」とある。

【訳】

第六章

夕暮れの雨に濡《ぬ》れた旌旗は　まだ乾かずに垂れており
白草の上には霧が流れ　日の光が寒々と照らしている
昨夜　將軍は　曉になるまで戰い
蕃軍の方には　主のいない馬が見えるばかり

135 北庭作

北庭の作

雁塞通塩沢　　雁塞《がんさい》　塩沢《えんたく》に通じ
龍堆接醋溝　　龍堆《りゅうたい》　醋溝《さくかう》に接す
孤城天北畔　　孤城　天北の畔《ほとり》
絶域海西頭　　絶域　海西の頭《ほとり》
秋雪春仍下　　秋雪は　春に仍《な》ほ下り
朝風夜不休　　朝風は　夜も休《や》まず
可知年四十　　知る可し　年四十にして
猶自未封侯　　猶ほ　自《おのづか》ら　未だ侯に封ぜられざるを

【語釈】

＊天宝一四載（七五五）春、北庭での作。第二句は、上の句から、「塩沢」の近くの「龍堆」は更に「醋溝」に接している、と続くのであろう。第一～四句は　北庭の位置を説明し、第五・六句は北庭の氣候を述べる。そうして第七・八句で「このような土地で私は為すことなく四十歳になった」と、無為に過ごした年を嘆く。

［雁塞］空飛ぶ雁も、翼を擧げてやっと飛び越えるほどの険塞のことで、庭州を指す。

［塩沢］蒲昌海。今のロプノール。

［龍堆］白龍堆。新疆南部の庫穆塔格砂漠。
［醋溝］西の果てにあるらしいが、未詳。

【訳】
北庭の作
雁塞は 塩沢に通じ
白龍堆は 醋溝《さくこう》に接している
孤城は 天北の果てに
絶域の地 沙漠の西にある
秋に降り始めた雪が 春になってもまだ止まず
朝の風が 夜になっても吹いている
なんと私は 四十になっても
まだ侯に封ぜられずにいる

136 輪臺即事

輪臺風物異　　輪臺 風物は異《こと》なり
地是古單于　　地は是れ 古への單于《ぜんう》
三月無青草　　三月 青草 無く
千家盡白楡」　千家 盡く白楡あり
蕃書文字別　　蕃書 文字は別にして
胡俗語音殊　　胡俗 語音は殊《こと》なり
愁見流沙北　　愁ひて見る 流沙の北
天西海一隅　　天西 海の一隅

【語釈】
＊天宝一四載の春、輪臺での作。第一・四句では、輪臺の風物・氣候が中國のそれとは異なることを述べる。第五・六句。この土地では文字も、話す言葉も、中國とは全く異なり、その文字を見、言葉を聞く度に、中國（故郷）との隔たりをしみじみと感じる、というところから、第七・八句の、天の一隅なる輪臺にあっての愁いに続く。
［古單于］昔の單于の土地。

【訳】
輪臺即事
輪臺の地は 風物が異なっている
ここは其の昔 單于《ぜんう》がいたところだ
三月になっても 青い草は生えず
どの家にも すべて白い楡《にれ》がある
蕃の文字は 漢字とちがっており
胡人の言葉は 語音が殊《こと》なる
私は流沙の北を 愁いを含んで眺める

天の西　沙漠の海の一隅に立って

137　北庭貽宗學士道別

北庭にて宗學士に貽《おく》りて別れを言ふ

萬事不可料　萬事　料《はか》る可からず
歎君在軍中　君の　軍中に在るを歎ず
読書破萬巻　書を読みては　萬巻を破るに
何事來従戎」　何事ぞ　來りて戎《いくさ》に従ふ
曽逐李軽車　曽《かつ》ては　李軽車を逐《お》ひ
西征出太蒙　西征して　太蒙に出づ
荷戈月窟外　戈を荷《にな》ふ　月窟の外
擐甲崑崙東」　甲《よろひ》を擐《まと》ふ　崑崙《こんろん》の東
両度皆破胡　両度　皆な胡を破るも
朝廷軽戰功　朝廷は　戰功を軽くす
十年祇一命　十年　祇《た》だ一命
萬里如飄蓬　萬里　飄蓬の如し
容鬢老胡塵　容鬢は　胡塵に老い
衣裘脆邊風」　衣裘は　邊風に脆《もろ》し
忽來輪臺下　忽ち輪臺の下に來り
相見披心胸　相ひ見て　心胸を披《ひら》く
飲酒對春草　酒を飲みて　春草に對し
弾棋聞夜鐘」　棋を弾じて　夜鐘を聞く
今且還亀滋　今且《まさ》に亀滋《きじ》に還《かへ》らんとし
臂上懸角弓　臂《うで》の上に　角弓を懸《か》く
平沙向旅館　平沙　旅館に向かひ
匹馬随飛鴻」　匹馬　飛鴻に随ふ
孤城倚大磧　孤城は　大磧に倚《よ》り
海氣迎邊空　海氣は　邊空に迎へん
四月猶自寒　四月　猶《な》ほ　自《おのづか》ら寒く
天山雪濛濛」　天山　雪は濛濛たり
君有賢主將　君に賢なる主將有り
何謂泣途窮　何ぞ謂《おも》はん　途《みち》の窮《きは》まるに泣くを
時來整六翮　時の來らば　六翮《りくかく》を整へて
一擧凌蒼穹　一擧　蒼穹を凌《しの》がん

【語釈】

＊天宝一四載の四月、輪臺での作。亀滋《きじ》（安西都護府）から使者として北庭に來て、また還っていく宗學士を送る詩。

［宗學士］「學士」とは、宗氏が従軍する前の職務であったろう。岑參とは、都にいる時の知り合いであった。

［**読書破萬巻**］杜甫「韋左丞丈に贈り奉る」詩に、

読書破萬巻　書を読みては　萬巻を破り
下筆如有神　筆を下しては　神有るが如し

と、同じ表現の句がある。

［**李軽車**］李廣の従弟の李蔡。軽車將軍となり、匈奴右賢王を撃って功があった。宋の鮑照の「東武吟」に、

後逐李軽車　後に李軽車を逐ひ
追虜窮塞垣　虜を追いて　塞垣を窮む

とあるのに依ったものであろう。

［**太蒙**］日の入る所。西の果て。

［**一命**］初めて官を賜わること。周代には任官に、一命から九命まであったことに依る。

［**飄蓬**］転蓬。李白の「友人を送る」詩に、

此地一為別　此の地　一たび別れを為し
孤蓬萬里征　孤蓬　萬里に征《ゆ》く

とある。

［**忽來輪臺下**］安西都護府のある亀滋から、輪臺に使者としてやってきた。

［**飲酒對春草、弾棋鬪夜鐘**］宗學士が輪臺に滞在中、岑參は彼と「飲酒、弾棋」した。

［**旅館**］官の設けた駅亭。

［**匹馬随飛鴻**］同じような場面を他の詩では次のようにも表現している。

匹馬西従天外歸　匹馬　西　天外より歸り
揚鞭只共鳥争飛　鞭を揚げて　只《た》だ鳥と飛ぶを争ふ
（150「崔子の京に還るを送る」）

火山五月人行少　火山　五月　人の行くこと少《まれ》に
看君馬去疾如飛　君の馬の去りて　疾《はや》きこと飛ぶが如きを看る
（86「武威にて劉判官の磧西の行軍に赴くを送る」）

［**孤城**］亀滋の城塞を指す。

［**賢主將**］安西四鎮節度使の封常清を指す。

［**何謂泣途窮**］阮籍が馬車を走らせ、行き止まりになったところで、泣きながら帰ったという故事に拠る。

［**六翮**］鳥の羽翼の中心となる六本の羽。『韓詩外傳』巻六に「夫れ鴻鵠の一擧千里なるや、恃《たの》む所の者は六のみ」とある。

【**訳**】

北庭にて　宗學士に別れる
此の世のことは萬事　予測できないもの
あなたが軍中においでになるとは

書を読んでは 萬巻を盡されたお方が
どうしてまた従軍されたのか」
かつては軽車將軍に従って
西征して 太蒙に至り
戈を荷《にな》って 月窟の彼方に行き
甲《よろい》をつけて 崑崙《こんろん》の東に出かけられた」
二度も胡虜を破ったが
朝廷は 戰功を軽く見て
十年かかって 僅かに初任官
萬里の地に 転蓬のごとくさまよい
姿かたちは 胡塵の中に老いて
衣裘は 邊地の風に朽ちてしまった」
突然に 輪臺においでになり
顔見合わせ 心胸を開くことができた
酒を飲んでは 春草の上に向き合い
棋を樂しんでは 夜更けの鐘の音を聞いた」
そうして今は 亀滋《きじ》に還ろうとされ
あなたは臂《うで》の上に 角弓を懸けられる
平沙の中を 次の駅亭に向かって
一頭の馬が 飛ぶ鴻《とり》に随って走る」
孤城は 大沙磧の中に立っており
蜃氣樓は 邊空にあなたを迎えることだろう
四月とはいえ なお寒く
天山には 雪が降りしきっている」
あなたには賢なる將軍がついておられる
途の窮して泣くことが どうしてあろう
その時が來たならば 六翮《かく》を整えて
一擧に蒼天を凌《しの》がれることであろう

138　陪封大夫宴瀚海亭納涼　得時字

封大夫の 瀚海亭《かんかいてい》に宴して納涼するに陪《ばい》す。
「時」字を得たり

細管雜青糸　　細管は 青糸に雑《まじ》り
千杯倒接羅　　千杯 接羅《せつら》を倒す
軍中乘輿出　　軍中より 輿《きょう》に乗じて出で
海上納涼時」　海上 納涼の時
日没鳥飛急　　日没して 鳥の飛ぶこと急に
山高雲過遅　　山高くして 雲の過ぐること遅し
吾従大夫後　　吾は大夫の後に従ひて
歸路擁旌旗　　歸路 旌旗を擁す

【語釈】

＊天宝一四載の夏、封常清が北庭の瀚海亭で納涼の會を催した時の作。岑參には「時」字が当たり、それを韻字として此の詩を詠んだ。

［細管雑青糸］「細管」「急管」が、「青糸」つまり宴坐の女性たちの黒い髪の毛にまじり、その間を通りぬけながら廣がってゆく、という場面を、岑參はしばしば詠じている。すなわち、

急管雑青糸　急管は　青糸に雑《まじ》り
玉瓶屈金卮　玉瓶　屈金の卮
（238「冬宵の家會」）

置酒宴高館　酒を置きて　高館に宴し
嬌歌雑青糸　嬌歌は青糸に雑《まじ》る
（267「梁州を過ぎ、張尚書大夫公に贈り奉る」）

嬌歌急管雑青糸　嬌歌　急管　青糸に雑《まじ》り
銀燭金杯映翠眉　銀燭　金杯　翠眉に映ず
（193「使君の席にて　夜　厳河南の長水に赴くを送る」）

同じ語句、表現の使用は、岑參詩の特徴であるが、それは、その表現を我ながらすばらしいものと考えて繰り返し使うのであろうか、それとも発想が固定化して新しい表現が生まれてこないためなのか。しかしながら、細やかな笛の音が人々の黒髪の中に入り込み、もつれあいながら流れてゆくという、具体的で、その様子が目に見えるような表現は、岑參ならではのものと言えよう。

［千杯倒接羅］晉の山簡の故事を用いたもの。「接羅」は、頭巾。81「涼州　尹臺寺に登る」詩の注を参照。

［日没鳥飛急、山高雲過遅］鳥と雲との組合わせは、例えば李白には、

衆鳥高飛盡　衆鳥は　高く飛びて盡き
孤雲独去間　孤雲は　独り去りて間《しずか》なり
（「独り敬亭山に坐す」）

孤雲還空山　孤雲は　空山に還り
衆鳥各已歸　衆鳥は　各《おのお》の已に歸る
（「春日独酌」）

のようにある。ただ李白の場合はそれに、例えば孤独の思いを託したりするが、岑參にはそのようなところは無い。

【訳】

　封大夫の瀚海亭での納涼の宴にて
笛の音は　黒い髪の毛に雑《まじ》り

千杯の酒に酔って　頭巾を逆《さかさ》にかぶる
軍中ながら　興に乗じて出かけ
今日は　湖のほとりで納涼の集まり
やがて日は暮れ　鳥はせわしげに飛んでゆき
山は高く　雲はのろのろと過ぎて行く
私は大夫様の後に従い
歸り路は　旗を擁して行く

139　登北庭北樓呈幕中諸公
　　北庭の北樓に登り　幕中の諸公に呈す

嘗讀西域傳　　嘗《かつ》て讀む　西域傳
漢家得輪臺　　漢家　輪臺を得たり
古塞千年空　　古塞　千年　空《むな》しく
陰山独崔嵬」　陰山　独り崔嵬《さいぐわい》たり
二庭近西海　　二庭は　西海に近く
六月秋風來　　六月　秋風は來《きた》る
日暮上北樓　　日暮　北樓に上れば
殺氣凝不開」　殺氣　凝《こ》りて開かず
大荒無鳥飛　　大荒　鳥の飛ぶ無く
只見白龍堆　　只《た》だ見る　白龍堆《はくりゅうたい》
舊國眇天末　　舊國　天末に眇《かす》かに
歸心日悠哉」　歸心　日に悠《いう》なる哉
上將新破胡　　上將　新たに胡を破り
西郊絶煙埃　　西郊　煙埃《えんあい》絶えたり
邊城寂無事　　邊城　寂として事無く
撫劍空徘徊」　劍を撫して　空《むな》しく徘徊す
幸得趨幕中　　幸いに幕中に趨《おもむ》き
託身厠群才　　身を託して群才に厠《まじ》るを得たり
早知安邊計　　早《つと》に邊を安んずるの計を知るも
未盡平生懐　　未だ平生の懐ひを盡くさず

【語釈】
＊天宝一四載六月、北庭での作。
［**嘗讀西域傳、漢家得輪臺**］「西域傳」は『漢書』西域傳のこと。そこには、漢の將軍の李廣利が大宛を破った後、輪臺に屯田兵を置いたことが記されている。
［**古塞**］輪臺を指す。
［**二庭近西海**］「二庭」とは、北庭と南庭。『新唐書』突厥傳に「焉耆《えんぎ》より西北すること七日、行きて南庭を得、北すること八日、行きて北庭を得」とある。「西海」は中央アジアの鹹海のことか。

［**六月秋風來**］秋風は西方から吹いてくる。秋は七月からであるが、此の土地では六月に秋風が吹き始める。
［**殺氣**］『禮記』月令に「仲秋の月、殺氣は浸《やうや》く盛んにして、陽氣は日に衰ふ」とある。秋の蕭殺の氣。
［**大荒無鳥飛、只見白龍堆**］「大荒」は西域の地を指す。荒遠の地。直接には庭州のこと。「白龍堆」は新疆南部の庫穆塔格沙漠にある。
［**舊國眇天末、歸心日悠哉**］「舊國」は、故郷長安を指す。「悠哉」は憂いの思いの表現。『毛詩』関雎に「悠なる哉 悠なる哉、輾転 反側す」とあり、毛傳に「悠は、思なり」と注す。
［**上將新破胡、西郊絶煙埃**］「上將」は封常清を指す。「西郊」は中國の西郊、つまり塞外の地。「煙埃」は胡兵の來攻をいう。
［**幕中**］封常清の軍中。
【**訳**】
　北庭の北樓に登り、幕府の諸公に呈す
嘗て「西域傳」を読んだことがあるが
漢のときに輪臺を手に入れたという
古塞は　千年の間に人の住まぬ所となり
陰山だけが　昔のままに独りそびえている」
二庭の地は　西海に近く
六月になると　もう秋風が吹いてくる
日の暮れに　北樓に登れば
粛然とした氣は　凝り固まって解けない」
ここ荒遠の地には　飛ぶ鳥も見えず
ただ白龍堆が見えるだけ
故郷は　天末遥かに
歸心のために　日ごと憂いがつのる」
上將は此のたび　胡賊を破り
西郊の地には　煙塵が絶えた
此の邊城には　全く何事も無く
剣を撫でつつ　空しく徘徊するばかり」
幸いにも將軍の幕府に加わることができ
羣才の中に身を置くことができた
しかし邊地を安んずる計を知っていながら
未だに平生の懐いを盡くせずにいる

140　滅胡曲
都護新滅胡　都護　新たに胡を滅ぼし

士馬氣亦粗　　士馬 氣も亦た粗なり
蕭條虜塵浄　　蕭條として 虜塵は浄《す》み
突兀天山孤　　突兀《とっこつ》として 天山 孤なり

【語釈】
＊天宝一四載、北庭での作と考えられる。
［**都護新滅胡**］「都護」は封常清のこと。「新」は、～したばかり。
［**蕭條虜塵浄、突兀天山孤**］「蕭條」は、ものさびしいさま。「虜塵」は、胡虜との戦いによってあがる戦塵。「突兀」は、高く突き出ているさま。「天山」は北庭の南方に連なりそびえる山脈。

【訳】
滅胡曲
都護は このたび胡虜を滅ぼし
兵士も馬も 氣はなお荒い
ひっそりと 虜塵は静まりかえり
突兀《とっこつ》として 天山が聳えている

141　奉陪封大夫宴　得征字、時封公兼鴻臚卿
封大夫の宴に陪し奉る。「征」字を得たり。
時に封公は鴻臚卿を兼ぬ

西邊虜盡平　　西邊 虜は盡く平らぎ
何處更専征　　何處《いづこ》をか 更に専征せん
幕下人無事　　幕下 人は事無きも
軍中政已成　　軍中 政は已に成る
座參殊俗語　　座には殊俗の語を參《まじ》え
樂雜異方聲　　樂《がく》は 異方の聲を雜《まじ》ふ
醉裏東樓月　　醉裏 東樓の月
偏能照列卿　　偏《ひと》へに能く 列卿を照らす

【語釈】
＊天宝一四載、北庭での作。封大夫の宴會における同作で、岑參は「征」字が当たり、それを韻字として詠んだ。
［**鴻臚卿**］鴻臚寺（外國に関する事柄を扱う役所）の長官。
［**座參殊俗語、樂雜異方聲**］今夜の封大夫の宴席における様子。そこには異民族の人たちも加わっていて、それぞれの民族の言葉や音樂が混じりあって聞こえる。これは西邊の地が全て封大夫の征討に服した結果であり、第二句「何處更専征」と呼應する。
［**醉裏東樓月、偏能照列卿**］「列卿」は、封大夫を指す。

鴻臚卿は九卿（太常、光禄、衛尉、宗正、太僕、大理、鴻臚、司農、太府）のひとつで、それぞれの長官を卿という。東樓の上に出た月は、封大夫だけをくっきりと浮かびあがらせている。

【訳】

封大夫の宴に侍す「征」字を得た。時に封公は鴻臚卿を兼ねていた。

ここ西邊では 虜賊は盡く平定され
もはや征討に力を注ぐ所は無くなった
幕府では 人々は何もしていないが
軍中には 規律が十分に行き届いている
宴坐には 異民族の言葉が入りまじっており
音樂は 異國のメロディーが雑《まじ》っている
酒に酔えば 東樓の上に出た月が
ひたすらに列卿を照らしている

142 敬酬李判官使院即事見呈
　敬《つつし》みて李判官の「使院即事」を呈せ見《ら》るるに酬《こた》ふ

公府日無事　公府は 日に事無く
吾徒只是閑　吾が徒は 只だ是れ閑なり
草根侵柱礎　草根は 柱礎を侵《おか》し
苔色上門関」　苔色は 門関に上る
映硯時見鳥　硯に映《うつ》して 時に鳥を見
巻簾晴對山　簾を巻きて 晴れ 山に對す
新詩吟未足　新詩 吟ずるも未だ足らず
昨夜夢東還　昨夜 夢は東に還る

【語釈】

＊天宝一四載、北庭での作。李判官に「使院即事」の作を贈られての返事。「李判官」は李栖筠のこと。『新唐書』本傳によれば、字は貞一、安西節度使封常清の判官となり、封常清が都に召されたとき、常清の上表によって監察御使を摂し、行參軍となる。

［**草根侵柱礎、苔色上門関**］「公府日無事、吾徒只是閑」であるために、このような状態になるのであろう。「侵し」「上る」と、草や苔に、あたかも意志のあるように表現するのは、岑詩の特色のひとつ。

［**映硯時見鳥**］「映」字、『全唐詩』は「飲」に作る。「硯に映して」とは変わった発想であるが、岑參はよく、杯とか椀とかの小さな水面に映った對象を詠じている。例えば、

映酒見山火　酒に映して　山火を見
隔簾聞夜灘　簾を隔てて　夜の灘を聞く
（270「羣公の龍興寺に舟を泛ぶに陪す」）
薬椀揺山影　薬椀に　山の影は揺れ
魚竿帯水痕　魚竿は　水痕を帯ぶ
（26「春に河陽の聞処士の別業を尋ぬ」）

酒杯に映る山の火、薬椀のなかに揺れる山の影、といった発想は、唐代の詩人のなかでもめずらしいものである。

［新詩吟未足、昨夜夢東還］「新詩」とは、新たに作った詩か、それとも新たな趣向を凝らした詩、という意味か。

舟中饒孤興　舟中　孤興　饒《おほ》く
湖上多新詩　湖上　新詩　多からん
（28「王大昌齢の江寧に赴くを送る」）
為問太原賢主人　為に問ふ　太原の賢主人
春來更有新詩否　春來たりて　更に新詩有りや否や
（58「宇文南金を送る」）
江皐如有信　江皐　如《も》し信あらば
莫不寄新詩　新詩を寄せざる莫かれ
（114「厳維の下第して江東に還るを送る」）
臺中厳公於我厚　臺中にて厳公は我に厚し
別後新詩満人口　別後　新詩は人口に満たん
（157「独孤漸と別れを道《い》ふ長句」）

いずれの例も両方の意味を持っているように思える。「吟未足」とは、李判官に酬《こた》えるための詩であろう。うまく作れぬままに眠ってしまい、その夜見た夢に、私は長安に還った、という。

【訳】

李判官が「使院即事」を贈られたのに酬《こた》える
公府では　毎日　何事も無く
我々は　ただのんびりと過ごしている
草の根は　柱の基礎にまで迫り
苔の色は　門の　関《かんぬき》のところまで上っている
硯の水に映って　時折り鳥の飛ぶのが見え
簾を巻けば　空は晴れて山は目の前
新しい詩を　作ろうとして成らないままに
昨夜　夢は東の故郷に帰った

143 使院中新栽柏樹子　呈李十五栖筠
使院中に新たに柏樹子を栽《う》う　李十五栖筠に呈す

愛爾青青色　爾《こ》の青青たる色を愛し
移根此地來　根を移して 此の地に來り
不曽臺上種　曽《かつ》て臺上に種えず
留向磧中栽」　留めて磧中に栽《う》えたり
脆葉欺門柳　脆葉 門柳を欺き
狂花笑院梅　狂花 院梅を笑ふ
不須愁歳晩　歳の晩《く》るるを愁ふるを須《もち》ひず
霜露豈能摧　霜露も 豈に能く摧《くだ》かんや

【語釈】

＊天宝一四載、北庭での作。役所の中に新たに柏樹を植えたので此の詩を作って李君に呈した。李君を柏樹にたとえて、その挫けることのない人柄を詠う。

［**使院中**］「中」字、『全唐詩』によって補う。

［**臺上種**］「臺」は御史臺のこと。検察をつかさどる。漢の御史臺には柏樹が植えてあり、世に御史臺のことを柏臺とか柏府と稱した。

［**脆葉**］もろく、ちぎれ易い葉。柳の葉を指す。

［**狂花**］咲いても実のならない花。あだ花。梅の花を指す。

【訳】

役所に柏樹を植える

その青々とした色を愛するが故に
根を移して此の土地に持って來た
御史臺のそばに植えないで
この磧中に留めて栽《う》えられた
門のそばの柳の葉が すぐにちぎれるのを侮り
庭の梅が 花ばかりで実のならないのを笑っている
歳の暮れを心配する必要はない
霜や露も どうしてそれを摧《くだ》くことができようぞ

144　白雪歌　送武判官歸京

白雪歌　武判官の京に歸るを送る

北風捲地白草折　北風は地を捲《ま》き 白草は折れ
胡天八月即飛雪　胡天 八月 即ち雪を飛ばす
忽如一夜春風來　忽如として一夜 春風 來り
千樹萬樹梨花開」　千樹萬樹 梨花 開く
散入珠簾湿羅幕　散じて珠簾に入り 羅幕を湿《しめ》らす
狐裘不暖錦衾薄　狐裘も暖かならず 錦衾も薄し
將軍角弓不得控　將軍の角弓は 控《ひ》くを得ず
都護鉄衣冷難着」　都護の鉄衣は 冷たくして着難し

瀚海闌干百尺氷　瀚海は闌干《らんかん》たり　百尺の氷
愁雲惨淡萬里凝　愁雲は惨淡《さんたん》として　萬里　凝る
中軍置酒飲帰客　中軍に酒を置きて　帰客と飲む
胡琴琵琶与羌笛」　胡琴　琵琶と　羌笛《きやうてき》と
紛紛暮雪下轅門　紛紛として暮雪は　轅門に下る
風掣紅旗凍不翻　風は紅旗を掣《ひ》くも　凍《こほ》りて　翻《ひるがへ》らず
輪臺東門送君去　輪臺の東門に　君の去るを送る
去時雪満天山路　去る時　雪は満つ　天山の路
山廻路転不見君　山は廻り路は転じて　君を見ざらん
雪上空留馬行處　雪上　空しく留めん　馬行の處

【語釈】

*輪臺を去って帰京する武判官を送る詩。ほとんど全ての句が輪臺の白雪を詠じたもので、送別の句は、終りの四句だけである。これも岑參の作の特徴である。

［**忽如一夜春風來、千樹萬樹梨花開**］胡地の遅い春に梨の花が眞っ白に咲き亂れる、あたかもそのように雪が降り積む。

［**散入珠簾湿羅幕、狐裘不暖錦衾薄**］都護である人の妻妾の部屋の様子を描いたものであろう。都護は都護府の長官。

［**瀚海闌干百尺氷**］「瀚海」は、ひろく西域の砂漠をいう。「闌干」は、入り亂れ、溢れている様子。「尺」字、『全唐詩』は「丈」に作る。

［**胡琴琵琶与羌笛**］いずれも西域の樂器。

屢見羌児笛　屢《しばし》ば見る　羌児の笛
厭聴巴童歌　聴くに厭《あ》きたり　巴童の歌
（274「犍為に赴き、龍閣の道を経る」）

［**風掣紅旗凍不翻**］「掣」字、『唐詩紀事』は「撃」に作るが、岑參の動詞の用法としては、いかにも意志あるもののような風の動作を思い描かせる「掣」字が是であろう。

【訳】

白雪歌　武判官が京に帰るのを送る
北風は地を捲《ま》いて吹き　白草は折れ
胡天には　八月だというのに雪が飛ぶ
忽ち一夜　春風が吹いて
千樹　萬樹　梨の花が開いたようだ」
珠簾の中に散入して　羅《きぬ》のとばりを湿らせ
狐白裘を着ても暖まらず　錦の衾《しとね》も薄くて寒い
將軍の角弓は　引きしぼることができず

都護の鉄衣は 冷たくて着れない」
瀚海には 百尺もの氷が立ち並び
愁雲が どんよりと萬里にわたって凝《こ》り固まっている
軍中に酒席を設けて 歸りゆく人と飲む
胡琴に琵琶 それと羌笛と」
紛紛として暮雪は 軍門に降り積もり
風は紅旗を引っ張るが 凍ってしまって翻らない
輪臺の東門で あなたの去ってゆくのを送る
去ってゆく時 雪は天山の路に満ちている」
山は廻り路は転じて あなたの姿は見えなくなり
雪の上には馬の足跡だけが 空しく残っている

145 奉陪封大夫九日登高

封大夫の九日登高に陪し奉る

九日黄花酒　九日 黄花の酒
登高會昔聞　登高 會は昔より聞く
霜威逐亜相　霜威 亜相を逐ひ
殺氣傍中軍」　殺氣は 中軍に傍《そ》ふ
横笛驚征雁　横笛 征雁を驚かせ
嬌歌落塞雲　嬌歌 塞雲を落とす
邊頭幸無事　邊頭 幸ひに事無く
醉舞荷吾君　醉舞 吾が君に荷《よ》る

【語釈】

＊天宝一四載の秋、北庭において、封常清の九日登高の宴に陪席しての作。

［登高會昔聞］登高の行事が、昔から聞いている通りに、ここ塞外の地でも行われている。

［霜威逐亜相、殺氣傍中軍］「逐」字、四部本の校語に「一に従に作る」とあるが、岑參の動詞の使い方からみて「逐」がよい。「亜相」は副宰相。「亜」は「次」の意。つまり宰相の次の位にある人。封常清を指す。「中軍」は軍中のこと。「軍」字、底本は「原」字に作るが、今『全唐詩』による。

［横笛驚征雁、嬌歌落塞雲］登高の宴の様子。後の句は「秦青遏雲」の故事を踏まえる。『列子』湯問篇に「薛譚《せったん》は謳《うた》を秦青に學ぶ。未だ青の技を窮めざるに、自ら之を盡くすと謂《おも》ひ、遂に辞し歸る。秦青は止めず、郊衢に餞《おく》る。節を撫して悲歌するに、声は林木を振わせ響きは行雲を遏《とど》む。薛譚は乃ち謝して反るを求め、終身 敢へて歸を言わず」とある。

〔邊頭幸無事、醉舞荷吾君〕「邊頭」は、邊塞のほとり。「醉舞」は、『詩経』有駜の詩に「鼓すること咽咽として、醉ひて言《ここ》に舞ひ、于《ここ》に胥《あ》ひ樂しむ」とあるのを意識しつつ使われている。「吾君」は、封常清のこと。

【訳】

　封大夫の九日登高のお供をする
九日　菊花の酒
登高の行事は　昔のままに行われる
霜の厳しさは　副宰相の後を逐い
殺氣は　軍中に流れている
横笛は　空飛ぶ雁を驚かせ
嬌歌は　塞《とりで》の雲を落とすほど
この邊地にあって　幸いに何事も無く
醉舞して樂しめるのは　吾が君のおかげ

146　玉門關　蓋將軍歌

　玉門關　蓋將軍の歌

蓋將軍　　蓋《がい》將軍は
眞丈夫　　眞の丈夫
行年三十執金吾　　行年三十にして　執金吾《しつきんご》
身長七尺頗有鬚」　　身長七尺にして　頗る鬚《ひげ》有り
玉門關城迥且孤　　玉門關城　迥《はる》かにして且《か》つ孤
黄沙萬里百草枯　　黄沙萬里　百草は枯れたり
南鄰犬戎北接胡　　南は犬戎《けんじゅう》に隣《となり》し　北は胡に接すれば
將軍到來備不虞」　　將軍　到來して　不虞に備ふ
五千甲兵胆力粗　　五千の甲兵は　胆力　粗なり
軍中無事但歡娯　　軍中　無事にして　但だ歡娯するのみ
暖屋繡簾紅地炉　　暖屋　繡簾　紅地の炉
織成壁衣花氍毹」　　織り成せる壁衣　花の氍毹《くしゅ》
燈前侍婢瀉玉壷　　燈前の侍婢　玉壷に瀉《そそ》ぎ
金鐺亂点野駝酥　　金鐺《きんたう》　亂れ点ず　野駝《やだ》の酥《そ》
紫紱金章左右趨　　紫紱《しふつ》　金章　左右に趨《はし》り
問着即是蒼頭奴」　　問着するに　即ち是れ蒼頭《さうとう》の奴と
美人一雙閑且都　　美人一雙　閑にして且つ都《みやび》やか
朱唇翠眉映明眸　　朱唇　翠眉　明眸に映ず
清歌一曲世所無　　清歌一曲　世に無き所
今日喜聞鳳將雛」　　今日　聞くを喜ぶ「鳳將雛」
可憐絶勝秦羅敷　　可憐　絶《た》えて勝《まさ》る　秦羅敷《しんらふ》に
使君五馬謾踟蹰　　使君の五馬は　謾《いたづ》らに踟蹰《ちちゅう》す

野草繍紱紫羅襦　野草　繍紱《しうふつ》　紫の羅襦《らじゅ》
紅牙鏤馬對樗蒲　紅牙　鏤馬　樗蒲《ちょぼ》に對す
玉盤纖手撒作盧　玉盤　纖手もて　撒《ま》きて盧を作《な》し
衆中誇道不曽輸」　衆中　誇《ほこ》りて道《い》ふ「曽《か》つて輸《ま》けず」と
櫪上昂昂皆駿馬　櫪上《れきじゃう》　昂昂《かうかう》として　皆な駿馬あり
桃花叱撥価最殊　桃花　叱撥《しつはつ》　価《あたひ》は最も殊《こと》に
騎將猟向城南隅　騎して將《まさ》に城南の隅にて猟せんとす
臘日射殺千年狐」　臘日　射殺す　千年の狐
我來塞外按邊儲　我は塞外に來りて邊儲を按ず
為君取酔酒剰沽　君の為に酔《よい》を取れば　酒を剰《おほ》く沽《か》はん
醉争酒盞相喧呼　醉ひて酒盞を争ひ　相喧呼《けんこ》し
忽憶咸陽舊酒徒　忽ち咸陽の舊き酒徒を憶ふ

【語釈】

＊天宝一四載、職務のために玉門関に立ち寄った時の作と考えられる。

「**蓋將軍**」時に玉門関の守將であった人。聞一多は、河西兵馬使の蓋庭倫であろうという。

「**執金吾**」漢代の官名で、禁軍を統率する將。唐代では左右金吾衛將軍のこと。

「**百草枯**」「百」字、『全唐詩』は「白」に作る。「白草は枯れ」。

「**南隣犬戎北接胡**」「犬戎」は西戎の別名。ここは廣く西方の異民族を指す。「胡」は匈奴。

「**甲兵**」「兵」字、『唐詩紀事』は「士」に作る。

「**暖屋繍簾紅地炉**」兵士たちの部屋の様子か。「地炉」は床下や地下に通した煖炉。

「**壁衣**」壁かけの織物。

「**花氍毹**」花模様の毛織物。

「**金鐺亂点野駝酥**」「鐺」は、平底の浅い鍋。「亂点」は多くの人が「金鐺」に盛られた食べ物をつつくこと。「酥」は乳で作った食品。チーズの類。

「**紫紱金章**」紫綬金印。つまり將軍が身につける衣飾。ここではそれを「蒼頭奴」召し使いたちがつけている。

「**鳳將雛**」古曲の名。呉声十曲の中の一つであるが、ここは懐かしい中國の古曲というほどの意であろう。

「**可憐絶勝秦羅敷、使君五馬謾踟躕**」漢代の樂府「陌上桑」を踏まえている。

日は東南の隅に出で、我が秦氏の樓を照らす。
秦氏に好き女あり、自ら名つけて羅敷と為す。
羅敷は蠶桑を喜び、桑を採る　城南の隅。～
使君は南より來たり、五馬は立ちて踟躕す。

「使君」は太守、つまり殿様。「五馬」は太守の馬車に付けられている五頭の馬。つまり太守の馬車のこと。「謾」は、徒らに、空しく。「踟躕」は、徘徊して進まないさま。

〔**野草繡紱紫羅襦**〕紫の羅襦（紫の絹の上着）の上に、野草の花が刺繍されているのであろうか。

〔**紅牙鏤馬太樗蒲**〕「紅牙、鏤馬」は、樗蒲の道具。骰か駒か。「樗蒲」は、古の博戯の名。

〔**玉盤纖手撒作盧**〕樗蒲をしている様子を詠んだもの。「玉盤」は、骰を振るための盤。五つの骰の一面は黒くぬられて犢の絵が描かれており、他の面は白くて雉がかかれている。それを投げて五つとも黒が出るのを「盧」と呼び、最高の數とした。

〔**桃花叱撥價最殊**〕「桃花叱撥」は、良馬の名。宋・秦再思の『紀異録』に「天宝中、大宛國より、汗血馬六匹を進む。一に曰く、紅叱撥。二に曰く、紫叱撥。～六に曰く、桃花叱撥」とある。

〔**臘日射殺千年狐**〕「臘日」は、大寒の後の辰の日で、この日、百神を祭る。「千年狐」は千年も生きている霊力のある狐。

〔**我來塞外按邊儲**〕「邊儲」は、邊地の軍の必要物資。時に岑參は支度判官（支度副使の下）として、軍需物資の調達を任務としていたようである。

〔**為君取醉酒剰沽**〕あなたのために、こんなに酔わされたから、玉門関の城には酒をたくさん買っておきましょう、という意味であろう。

〔**忽憶咸陽舊酒徒**〕「咸陽」は、ここでは長安のこと。「舊酒徒」は、若いころ、長安で酒を飲んでいた仲間たち。おそらく杜甫もそのなかの一人であったろう。

【訳】

玉門関　蓋《がい》將軍の歌

蓋將軍こそは
眞の男子
年三十にして　はや禁衛の將軍
身の丈は七尺　たいへんな鬚面」
玉門関城は　遠く　そのうえ孤立し

しかも黄沙萬里　百草の枯れるころ
南は犬戎に隣《となり》し　北は胡に接しているために
將軍がやって來て　不測の事態に備えているのだ」
五千の甲兵は　胆力の大きな者ばかり
しかし軍中には何事も無く　ただ遊んでいるだけ
暖かい部屋にかかる刺繍の簾《みす》　紅く燃える煖炉
織り上げた壁懸け　花模様の毛織物」
燈前の侍婢は　玉壷に酒を注ぎ
金の皿に盛った槖駝《らくだ》の酥《そ》を皆でつつく
紫綬金章をつけた人が　左右に行き來する
問ねてみれば　なんと奴僕たち」
美人が二人　のびやかにして品よく
朱い唇　翠の眉　明るい瞳が光っている
澄んだ声で歌をうたえば　この世のものとも思われぬ
今日は「鳳將雛《ほうしょうすう》」の曲が聞けて　本当に嬉しい」
その可憐なことは　あの秦羅敷もとても及ばず
お殿様の馬車は　空しく行ったり來たり
野の花を縫い取った紫色の羅襦の衣を着て
紅牙と鏤馬を持って　樗蒲《ちょぼ》をする
玉盤に細い手で骰《さい》を投げて　盧の目を出し
これまで負けたことはないと　皆に誇る」
厩《うまや》で勇むは　すべて駿馬
なかでも桃花叱撥は　とびぬけた逸物
將軍はそれにまたがり　城南の隅で狩りをして
臘日には千年の狐を射殺する」
私は塞外にやってきて　物資の調達を担当している
あなたに酔わせてもらったから　酒をたくさん買入れる
としよう
酔っぱらって酒杯を競い　大声を出しあいながら
ふと長安の町の　昔の飲み仲間のことを思い出した

147　玉關寄長安李主簿
　　玉關より長安の李主簿に寄す
東去長安萬餘里　　東のかた長安を去ること　萬餘里
故人何惜一行書　　故人　何ぞ惜しむや　一行の書
玉關西望堪腸断　　玉關より西望すれば　腸《はらわた》断つに堪《た》ふ
況復明朝是歳除　　況《いは》んや復た明朝は是れ歳除なるをや

【語釈】
＊前の作と同じ時に作られたものであろう。玉門関に在って、長安にいる李主簿に寄せた手紙。「主簿」は各役所や郡県の

総務部長のような役職。
［**堪腸断**］腸《はらわた》は十分に断たれる。
【訳】
　玉関で、長安の李主簿に寄せる
東のかた長安を去ること萬余里
友人たちは何故に一行の便りを惜しむのか
ここ玉門関から西の方を望めば断腸の思い
まして明朝は 歳の終わりだというのだから

148 天山雪歌　送蕭治歸京
　天山雪歌　蕭治の京へ歸るを送る

天山雪雲常不開　天山の雪雲 常に開かず
千峯萬嶺雪崔嵬　千峯萬嶺 雪は 崔嵬《さいぐわい》たり
北風夜捲赤亭口　北風 夜に捲《ま》く 赤亭口
一夜天山雪更厚」　一夜 天山 雪は更に厚し
能兼漢月照銀山　能く漢月を兼ねて 銀山を照らし
復逐胡風過鉄関　復た胡風を逐ひて 鉄関を過ぐ
交河城邊鳥飛絶　交河城邊 鳥 飛ぶこと絶え
輪臺路上馬蹄滑」　輪臺路上 馬蹄 滑《すべ》る
晻靄寒氛萬里凝　晻靄《あんあい》たる寒氛 萬里 凝《こ》り
闌干陰崖千丈氷　闌干《らんかん》たる陰崖 千丈の氷
將軍狐裘臥不暖　將軍の狐裘 臥するも暖まらず
都護宝刀凍欲断」　都護の宝刀 凍りて断《た》えんと欲す
正是天山雲下時　正に是れ天山 雪下《ふ》るの時
送君走馬歸京師　君の 馬を走らせて京師に歸るを送る
雪中何以贈君別　雪中 何を以て 君に贈りて別れん
惟有青青松樹枝　惟《た》だ青青たる松樹の枝有るのみ

【語釈】
*北庭での作。天山は北庭の南に連なる山脈。
［**崔嵬**］高く聳えるさま。
［**赤亭口**］交河の東、蒲昌の西にあった。
［**能兼漢月照銀山**］「漢月」とは漢（中國、それも長安）の空に出た月であるが、その月にあわせたように雪は白く輝いて銀山磧を照らしている。次の句の「胡風」に對する「漢月」であるが、何故ここで「漢月」が出てくるのか。あるいは、長安の空にでていたあの明るい月のことを思い出しているのであろうか。
［**復逐胡風過鉄関**］交河、焉耆を通って南下する道が玉門関から安西に至る道と交わる所にある。
［**交河城邊鳥飛絶、輪臺路上馬蹄滑**］「交河」は北庭の

南、天山を越えたあたりにある。北風が赤亭口に吹き荒れて雪を天山に降らせ、更に雪風は銀山磧を過ぎて鉄門関に向かう。そのために途中にある交河城のあたりでは飛ぶ鳥の影もなく、輪臺では路が凍って馬の蹄が滑ってしまう、という。

「**晻靄寒氛萬里凝、闌干陰崖千丈氷**」「**晻靄**」は、暗々としたさま。「闌干」は「144白雪歌」に、

瀚海闌干百丈氷　瀚海に闌干たり 百丈の氷
愁雲惨淡萬里凝　愁雲は惨淡として 萬里凝《こ》る

とある。氷が群がり生じ、そそり立つ様子をいうのであろう。この二句は、表現も内容も「白雪歌」の右の二句と極めてよく似ており、類似表現を繰り返し使用する岑参詩の特徴を示している。「陰崖は、年中 日の当たらない崖。

「**雪中何以贈君別、惟有青青松樹枝**」「雪」字、四部本の校語に「一に客に作る」とある。「旅の途中とて何を以てあなたに贈ればよいのか」。この二句は、前の二句とあわせて、送別の情を述べる。その前の十二句は送別とは関わりなく、天山の雪の様子を詠う。「青青松樹枝」は、雪に逢っても其の色を変えることのない松によって、変わることのない友情を示している。

【訳】

天山雪歌　蕭治が京に帰るのを送る

天山の雪雲は 開くことがなく
千の峯 萬の嶺には 雪が積み重なっている
北風が夜になって赤亭口を吹き捲けば
一夜にして天山の雪は 更に厚さを増している」
雪は漢月を兼ね合わせたように銀山を照らし
さらに胡風を逐って 鉄関を過ぎてゆく
交河城のほとりでは 鳥の飛ぶことは絶え
輪臺の路では 馬の蹄は滑る」
暗々と寒氣は 萬里にわたって凝りかたまり
そそり立つ陰崖には 千丈もの氷
將軍の狐白裘は 臥しても暖まらず
都護の宝刀も 凍って折れてしまいそうだ」
ちょうど今 天山の雪の降るとき
あなたが馬を馳せて都に帰られるのを送る
雪中のこととて あなたに何を贈って別れようか
ただ青々とした 松樹の枝があるだけだ

149
熱海行　送崔侍御還京
熱海行　崔侍御の京へ還るを送る

側聞陰山胡児語　側聞す　陰山胡児《こじ》の語
西頭熱海水如煮　「西頭の熱海　水は煮るが如く
海上衆鳥不敢飛　海上　衆鳥は敢《あ》へて飛ばず
中有鯉魚長且肥」　中に鯉魚有り　長く且《か》つ肥えたり」
と
岸旁青草常不歇　岸旁の青草は　常に歇《つ》きず
空中白雪遥旋滅　空中の白雪は　遥かに旋《たちま》ち滅《き》ゆ
蒸沙爍石燃虜雲　沙を蒸し石を爍《と》かし　虜雲を燃やし
沸浪炎波煎漢月」　浪を沸《わ》かし波を炎《も》やして　漢月を煎《い》る

陰火潜焼天地炉　陰火　潜《ひそ》かに焼く　天地の炉
何事偏烘西一隅　何事ぞ　偏《ひと》へに烘《も》やす　西の一隅
勢呑月窟侵太白　勢いは月窟を呑み　太白を侵し
氣運赤坂通單于」　氣は赤坂を運《めぐ》りて　單于《ぜんう》に通ず
送君一酔天山郭　君を送りて一酔す　天山の郭
正見夕陽海邊落　正に夕陽の　海邊に落つるを見る
柏臺霜威寒逼人　柏臺の霜威は　寒くして人に逼《せま》り
熱海炎氣為之薄　熱海の炎氣も　之が為に薄し

【語釈】
＊北庭における作であろう。「熱海」は阿拉木図の南にある伊塞克湖のことだという。
【**陰山**】北庭の西北、シュンガル盆地の更に西北方にある山脈。
【**蒸沙爍石燃虜雲、沸浪炎波煎漢月**】「148天山雪歌」の「能兼漢月照銀山、復逐胡風過鉄関」と同じような句作り。「天山雪歌」の方は、天山の白い雪の輝きと其の流れとを表現しており、「熱海行」では、その熱氣の強さを表現している。ただ、「胡風」「虜雲」が出てくるのは当然であり、句の意味もわかるが、「漢月」は唐突で、意味もよくわからない。「天山雪歌」にある「漢月」の場合は「長安の空に出ていた、あの明るい月。雪は、その月を合わせたような明るさで照らしている」と解したが、ここの「漢月」は「遥か中國（長安）の空に出ている月までも煎りつけるほど」である、と解釈した。
【**陰火潜焼天地炉、何事偏烘西一隅**】「陰火」とは、誰も知らない所で潜かに燃えている、造化の神の火。69「火山を経る」詩に、
火焔焼虜雲　火焔は　虜雲を焼き

炎氛蒸塞空　炎氛は 塞空を蒸す
不知陰陽炭　知らず 陰陽の炭の
何独燃此中　何ぞ独り 此の中に燃ゆるかを

という、同じ内容の句がある。「天地炉」とは、天地の間にあって萬物を作り出し生み出している、造化の神の炉のこと。「西一隅」とは、熱海のある土地を指す。

「**勢呑月窟侵太白、氣運赤坂通單于**」「月窟」は、月の沈む窟。西の果てをいう。「太白」は金星で、西の空に出る。「赤坂」は、鮑照の「苦熱行」に「赤坂は西阻に横たわり、火山は南威に赫たり」とあり、李善の注に「漢書西域傳に、杜欽曰く、又た大頭痛、小頭痛山、赤土身熱の阪を歴るに、人をして身熱く色無く、頭痛 嘔吐せしむ、と」とあるような、西域の険阻な坂。「單于」は、唐初に單于都護府の置かれていた土地。後、開元九年（七二一）に朔方節度使の管轄下に入った。

「**柏臺霜威寒逼人、熱海炎氣為之薄**」「柏臺」は御史臺のこと。崔侍御が都に歸って勤務する役所。役人の検察を司る。「霜威」は御史臺の威厳。「為之」の「之」字、『全唐詩』の校語に「一に君に作る」とある。「君の為に薄し」。

【訳】

熱海行　崔侍御が京に還るのを送る

陰山の胡児の話を耳にした
西の方にある熱海は 水は煮え立っているようで
その上は 鳥たちも飛ぼうとせず
中には鯉魚がいて 長大でよく肥えていると」
岸邊の青草は 盡きることなく
空中の白雪は 遥か上のほうですぐに滅《き》えてしまう
沙を蒸し石を爍《と》かし 邊地の雲を燃やし
浪を沸かし波を炎《も》やして 漢月までも煎る」
陰火は潜《ひそ》かに 天地の炉の中で燃えているが
いったいどうして此の西の一隅だけで燃えているのか
その勢いは 月窟を飲みつくして太白星を侵《おか》し
熱氣は赤坂を運って 單于《ぜんう》の地にまで通じる」
あなたを送って一酔する 天山の城
いましも 夕陽が熱海《ねっかい》のほとりに落ちてゆく
（あなたの就かれる）御史臺の厳しさは人に迫って寒く
熱海の炎氣も そのために薄くなるほどです。

150 送崔子還京

崔子の京に歸るを送る

匹馬西従天外歸　匹馬 西 天外より歸り
揚鞭只共鳥争飛　鞭を揚げて 只だ鳥と飛ぶを争ふ
送君九月交河北　君を送る 九月 交河の北
雪里題詩涙満衣　雪裏 詩を題すれば 涙は衣に満つ

【語釈】

＊西州の交河での作。西州は北庭都護府の管轄地で、庭州の南にある。

［匹馬西従天外歸、揚鞭只共鳥争飛］ 崔氏の歸ってゆく様子を思いえがいての描写。崔氏の歸京の喜びが表現されているが、そこには作者岑參の、崔氏を羨ましく思う氣持ちもうかがえる。

【訳】

崔子が京に還るのを送る
馬が一頭 西は天外から歸ってゆく
鞭を揚げて ひたすら鳥と飛ぶことを争いながら
あなたを此の九月に 交河の北で見送り
雪のなかで詩を書きつければ 涙は衣服に溢れます

151 火山雲歌　送別

火山突兀赤亭口　火山 突兀《とっこつ》たり 赤亭口
火山五月火雲厚　火山 五月 火雲 厚し
火雲満山凝未開　火雲は山に満ち 凝《こ》りて未だ開かず
飛鳥千里不敢來」　飛鳥 千里 敢へて來たらず
平明乍逐胡風断　平明 乍《たちま》ち 胡雲を逐《お》ひて断《た》え
薄暮渾随塞雨回　薄暮 渾《すべ》て 塞雨に随ひて回る
繚繞斜呑鉄関樹　繚《まつは》り繞《めぐ》りて 斜めに呑む 鉄関の樹
氛氳半掩交河戍」　氛氳《ふんうん》として 半ば掩《おほ》ふ 交河の戍《とりで》
迢迢征路火山東　迢迢《てうてう》たる征路 火山の東
山上孤雲随馬去　山上の孤雲は 馬に随ひて去る

【語釈】

＊北庭在任中の作。

［火山突兀赤亭口、火山五月火雲厚］「突兀」は高くそびえるさま。この二句は火山の遠望。

［火雲満山凝未開、飛鳥千里不敢來］ この二句は、火雲の様子を述べる。

［平明乍逐胡風断、～氛氳半掩交河戍］ この四句は、火雲の活動するさまを描いたもの。「胡風を逐ひて断え」とは、実際は、胡風に吹き拂われるのであるが、雲を意

志あるもののごとくとらえて、このように表現したのであろう。「天山雪歌」にも似たような表現があった。「繚繞」は、ぐるぐるとめぐりまつわるさま。「氛氳」は、氣が盛んに湧き立つさま。「戍」は、とりで。

［**沼沼征路火山東、山上孤雲随馬去**］送別の意は、この二句に込められる。火山の東の方に向かって、はるばると続いている歸路。山上の孤雲がひとつ、あなたの馬について去ってゆく。山上の孤雲は、都に歸る人について一緒に行きたい作者の分身であろう。

【訳】

火山雲歌　送別

火山は高々と　赤亭口に聳えている
火山は　五月には　厚い火雲に覆われる
火雲は　山に満ち満ち　凝《こ》り集まって未だ開かず
飛鳥も千里のうちには　近づこうとしない」
火雲は　夜明けになって　胡風を逐《お》ってちぎれ
夕暮れには　また塞雨に随って還ってくる
大きく旋回して　斜めに鉄関の樹々を呑み
湧きたっては　交河の塞《とりで》を半ば覆ってしまう」
はるばると続く旅路は　火山の東に
山上の孤雲は　あなたの馬に随って去る

152　胡　歌

黒姓蕃王貂鼠裘　　黒姓蕃王　貂鼠《てんそ》の裘《かはごろも》
葡萄宮錦醉纏頭　　葡萄の宮錦　醉ひて頭に纏《まと》ふ
関西老將能苦戰　　関西の老將　能《よ》く苦戰し
七十行兵仍未休　　七十にして兵を行ひ　仍《な》ほ未だ休まず

【語釈】

＊北庭での作。

［**黒姓**］突騎施の別部。唐の玄宗の時、突騎施は黄姓と黒姓の二部に分裂した。

［**蕃王**］「蕃」字、『全唐詩』は「賢」に作る。

［**纏頭**］宴會で歌舞音曲を演じて喝采を浴びた者に、褒美として布などを頭に被せてやること。此の蕃王は節度使の館における宴會などで、このようなことをして遊んでいたらしい。

［**関西老將**］「関西」は函谷関以西の地。古の秦の地。今の陝西省一帯の土地。杜甫の「兵車行」に「況《いは》んや復た秦兵は苦戰に耐ふるとて、駆らるること犬と鶏とに異

ならず」、また「未だ関西の卒を休《や》めざるに、県官は急に租を索《もと》む」のように、関西の兵が酷使されていることを詠じている。

［**七十行兵仍未休**］関西の七十歳の老將は、黒姓蕃王に對比して詠われているが、岑參はそれによって何が言いたいのであろうか。この蕃王は唐に従属しており、そのために大切に扱われているが、関西の老將の方は、どんなに苦戰しても恩賞は得られず、この歳になっても、なお戰いを休むわけにはいかない。唐朝の政策であるから、何を言っても仕方のないことであるが、その不合理に對する割り切れない氣持ちと、老將への同情を込めての作と思われる。

【訳】

胡歌

黒姓蕃王は貂鼠の裘を着て
葡萄《ぶどう》模様の宮錦を　頭の上に載せている
だが関西の老將は　苦戰に耐えて
七十にして兵を指揮し　今なお休まないでいる

153　趙將軍歌

趙將軍の歌

九月天山風似刀　　九月　天山　風は刀に似
城南獵馬縮寒毛　　城南の獵馬　寒毛を縮む
將軍縦博場場勝　　將軍　博を縦《ほしいまま》にして　場場　勝ち
賭得單于貂鼠袍　　賭《か》け得たり　單于《ぜんう》が貂鼠《てんそ》の袍

【語釈】

＊北庭に居た頃の作であろう。

［**趙將軍**］聞一多は、天宝一四年一一月に封常清が入朝して安禄山を討つように命を受けたあと、後任の北庭節度使となった趙崇玼《すうひん》のこととする。

［**風似刀**］天山から吹きおろす寒風が、刀のように肌を刺すのに喩えた。岑參独自の比喩。

［**城南獵馬**］城の南に繋いである獵馬。天山は北庭の南に聳えている。

［**寒毛**］冬の寒さを防ぐために抜けかわった毛。

［**賭得**］博打で勝って手に入れること。

［**單于**］四部本は「將軍」に作るが、今『全唐詩』による。

【訳】

趙將軍の歌

九月の天山から吹きおろす風は　刀のようであり
城南にいる猟馬は　寒毛を縮めている
將軍は　博打ばかりして　その度に勝ち
單于の貂鼠の裘を手に入れた

154　送李別將攝伊吾令充使赴武威　便寄崔員外

李別將　攝伊吾令の使ひに充《あ》てられ武威に赴くを送る　便ち崔員外に寄す

詞賦滿書囊　詞賦は　書囊に滿つるに
胡為在戰場　胡為《なんす》れぞ　戰場に在る
行間脱寶劍　行間　寶劍を脱し
邑裏掛銅章」　邑裏《いうり》　銅章を掛く
馬疾行千里　馬は疾《はや》くして　千里を行き
鳧飛向五涼　鳧《ふ》は飛びて　五涼に向かふ
遥知竹林下　遥かに知る　竹林の下
星使對星郎　星使の　星郎に對するを

*北庭での作。李別將・兼伊吾令が使者として武威に赴くのを送り、ついでに崔員外に寄せた詩。

【語釈】

[**別將**] 副將のこと。

[**攝伊吾令**] 「攝」字、底本は「還」に作る。今『全唐詩』による。「伊吾」は伊州の中心地。今の新疆の哈密《はみ》。「令」は県知事。

[**行間**] 行伍の間、つまり軍隊のこと。

[**銅章**] 県令の印章。

[**行千里**] 「行」字、『全唐詩』は「飛」に作る。

[**鳧飛**] 後漢の王喬が葉県の令となり、毎月、一日と十五日に、いつも鳧に化して朝廷に出仕した故事による。

[**五涼**] 五胡十六國の中、前涼、後涼、南涼、北涼、西涼の興亡した、武威、張掖、酒泉あたりの土地をいう。

[**竹林下**] 李別將と崔員外の好會を、晉の「竹林の七賢」の好會にたとえていう。次句の「星使」「星郎」とあわせて、俗外の境地としてとらえたものか。

[**星使**] 使臣のこと。ここは李別將を指す。星の動きを見て勅使の來るのを知った故事による。『後漢書』李郃傳。

[**星郎**] 郎官のこと。朝廷の各部局の事務主任。郎官は天の星宿に對應して配置されているという。ここは崔員外を指す。

【訳】

李別將 兼伊吾令が武威に赴くのを送る
そのついでに崔員外に寄せる
詩賦は書嚢に溢れるほどであるのに
どうして戰場においでなのであろう
軍中にあっては 宝剣を腰からはずし
町のなかでは 県令の印を柱に懸けていらっしゃる
馬は疾走して 千里を行き
梟は飛んで 五涼の地に向かう
遥かに私には見える 竹林のもとで
星使が星郎に向かい合っているのが

155 送張都尉東歸　時封大夫初得罪
張都尉の東歸を送る　時に封大夫初めて罪を得たり

白羽緑弓厳　白羽　緑弓は厳に
年年只在邊　年年　只だ邊に在り
還家劍鋒盡　家に還りては　劍鋒は盡き
出塞馬蹄穿　塞を出でては　馬蹄は穿《うが》たる
逐虜西踰海　虜を逐ひて　西のかた海を踰《こ》え
平胡北到天　胡を平げて　北のかた天に到る
封侯應不遠　侯に封ぜらるること應《まさ》に遠からざるべし
燕頷豈徒然　燕頷　豈に徒然《いたづら》ならんや

【語釈】

＊天宝一五載（七五六）春、北庭での作。

［都尉］部隊長。

［東歸］長安に歸ること。

［時封大夫初得罪］天宝一四載（七五五）冬、封常清は入朝し、范陽・平盧節度使に任じられて安・史の賊軍を討ったが洛陽で大敗し、退いて潼関を守った。封はこれによって官爵を削除された。

［燕頷］大きな口のこと。『後漢書』班超傳に「超は、行きて相者《さうしや》に詣《いた》るに、曰く、祭酒は布衣の書生なるのみ。而れども当《まさ》に侯として萬里の外に封ぜらるべしと。超は其の狀を問うに、相者は指して曰く、生は燕頷にして虎頸、飛びて肉を食らわん。此れ萬里侯の相《さう》なりと。後に定遠侯に封ぜらる」とある。

【訳】

張都尉の東歸を送る。時に封大夫が初めて罪を得られた

白羽の矢に緑の弓も厳しく

來る年も來る年も　ただ邊庭の勤め
家に還るにあたっては　剣はすり減り
塞を出る時は　馬蹄に穴があいている
虜を逐いかけては　西はその果てまで沙の海を渡り
胡を平らげては　北は天にまで到らんとした
侯に封ぜられるのは　そんなに遠いことではない
燕領は　どうして形だけのことであろうか

156　送四鎮薛侍御東帰
　　四鎮薛侍御の東帰するを送る
相送涙沾衣　　相送りて　涙は衣を沾《うるほ》す
天涯独未歸　　天涯　独り未だ歸らず
將軍初得罪　　將軍　初めて罪を得たり
門客復何依」　門客　復た何にか依らん
夢去湖山闊　　夢は去りて　湖山　闊《はる》かに
書停隴雁稀　　書は停まりて　隴雁　稀《まれ》なり
園林幸接近　　園林　幸ひに接近す
一為到柴扉　　一たび為に　柴扉に到れ

【語釈】
＊155の詩と同じころの作。四鎮節度使の部下、侍御である薛某が東に歸るのを送った時の詩。
［四鎮］安西四鎮（亀滋、焉耆、于闐、疏勒）のこと。

［門客］將軍の幕僚を指すが、ここは作者自身のこと。

［夢去］自分の見る夢が、山や川を越えて故郷に行くのであり、「夢の中で行く」のではない。岑參独自の擬人法である。

［湖山］北庭から故郷までの間に連なっている山や川。

［隴雁］長安から隴山を越えて、家族からの手紙を運んでくる雁。雁は漢・蘇武の故事にあるように、書信を運んでくれる鳥と考えられていた。

［園林］故郷のこと。

［到柴扉］長安にある岑參の家に立ち寄って、家族に無事を傳えてほしい、というのであろう。

【訳】
　四鎮薛侍御の東帰を送る
あなたを送れば　涙は衣服を濡らします
ここ天の涯で　私は独り未だ歸れずにおります
封將軍が　このたび初めて罪を得られました
私はいったい　誰を頼りにすればよいのでしょう
夢も故郷までは湖山はるか

便りは途絶えて 隴雁の訪れは稀です
あなたの家は私の家に近いから
一度 我が家の柴の扉を 叩いてはくださらぬか

157 與獨孤漸道別長句 兼呈嚴八侍御
獨孤漸と別れを道《い》ふ長句 兼ねて嚴八侍御に呈す。

輪臺客舍春草満　輪臺の客舍に 春草は満ち
潁陽歸客腸堪断　潁陽《えいやう》の歸客 腸は断ゆるに堪えたり
窮荒絶漠鳥不飛　窮荒 絶漠 鳥も飛ばず
萬磧千山夢猶懶」　萬磧 千山 夢も猶ほ懶《つか》る
憐君白面一書生　憐《ああ》君 白面の一書生たりしとき
讀書千巻未成名　讀書千巻 未だ名を成さず
五侯貴門脚不到　五侯の貴門 脚は到らず
數畝山田身自耕」　數畝の山田 身自《みづか》ら耕す
興來浪跡無遠近　興《きょう》來りて跡を 浪《ほしいまま》にして 遠近無く
及至辞家憶郷信　家を辞するに及至《およ》びては 郷信を憶ふ
無事垂鞭信馬頭　事無くして鞭を垂れ 馬の頭《かしら》に信《まか》せ
西南幾欲窮天盡」　西南 幾《ほと》んど天を窮め盡さんと欲す
奉使三年獨未歸　使を奉じて三年 獨り 未だ歸らず
邊頭詞客舊來稀　邊頭の詞客 舊來 稀なり
借問君來得幾日　借問す 君の來るや幾日を得たる
到家不覺換春衣」　家に到れば 覺えず 春衣を換えん
高齋清晝巻羅幕　高齋の清晝 羅幕を巻き
紗帽接䍦慵不着　紗帽 接䍦 慵《おこた》りて着けず
中酒朝眠日色高　酒に中《あた》りて朝眠し 日色は高し
弾棊夜半燈火落」　弾棊 夜半 燈火は落《き》ゆ
氷片高堆金錯盤　氷片 高く堆《かさ》ぬ 金錯の盤
満堂凛凛五月寒　満堂 凛凛《りんりん》 五月も寒し
桂林葡萄新吐蔓　桂林の葡萄 新たに蔓《つる》を吐き
武城刺蜜未可餐」　武城の刺蜜《しみつ》は 未だ餐《くら》ふ可からず
軍中置酒夜撾鼓　軍中に酒を置き 夜 鼓を撾《う》ち
錦筵紅燭月未午　錦の筵 紅の燭 月は未だ午ならず
花門將軍善胡歌　花門の將軍は 善く胡歌し
葉河蕃王能漢語」　葉河の蕃王は 能く漢語す
知爾園林圧渭浜　知る爾《なんぢ》が園林は 渭浜に圧《ちか》く
夫人堂上泣羅裾　夫人 堂上 羅裾に泣《なみだ》するを
魚龍川北盤渓雨　魚龍川北 盤渓の雨

烏鼠山西洮水雲」　烏鼠山西　洮《とう》水の雲
臺中厳公于我厚　臺中の厳公は　我に于て厚し
別後新詩満人口　別後の新詩　人口に満つ
自憐棄置天西頭　自ら憐れむ　天の西頭に棄置さるるを
因君為問相思否　君に因《よ》て為に問はん　相思ふや否やと

【語釈】

＊天宝一五載（七五六）春、輪臺での作。三十六句の長詩。
一首の内容は次のようにまとめることができる。
①第一句～四句　春まだ浅い輪臺での思歸の情を述べて、詠い出しとする。
第五句～一二句　独孤漸の若いころの様子。放浪の旅と、その果てに西邊に來たこと。
②第一三句～一六句　独孤が歸ると寂しくなること。
第一七句～二〇句　輪臺での樂しかった日々。
第二一句～二四句　春とはいえ、まだ寒い西域の様子。
③第二五句～二八句　今夜の盛大な送別會。
第二九句～三二句　独孤の歸ってゆく渭水あたりの風景。
第三三句～三六句　厳公に私の思いを傳えてほしい。

［**獨孤漸**］詳しいことはわからないが、輪臺の役所における岑參の同僚で、詩文に巧みな人であったらしい。
［**長句**］古詩のこと。
［**嚴八**］厳武、字は季鷹のこと。官は剣南節度使、禮部尚書に至る。天宝一五載六月、安禄山の亂に際して玄宗が蜀に避難したとき、それに従っているから、此の詩はそれ以前の作であろう。厳武は杜甫も頼りとしていた人物であり、放浪の果ての成都でたいへん世話になっている。
［**潁陽歸客**］「潁陽思歸の客」の意。岑參自身のこと。「潁陽」は、河南省の県の名。岑參は嘗てここに住んでいたことがある。
［**腸堪断**］「堪」は、十分に～である、という意味。
［**窮荒**］最果ての地。「荒」は國の果ての地。邊地。
［**絶漠**］砂漠の果て。
［**夢猶懶**］故郷があまりにも遠いので、夢さえも歸るのがおっくうになる。夢にとっては距離などは関係無いはずであるが、その夢さえも。
［**白面一書生**］年少で、経験の乏しい若者のこと。
［**五侯**］権貴の人をいう。漢の成帝が五人の舅を同時に

侯に封じた故事による。（『漢書』元后傳）
［**浪跡**］氣ままに旅をすること。
［**郷信**］故郷からの便り。
［**奉使三年**］天宝一三載（七五四）に赴任してから、今は一五載の春。
［**獨未歸**］すぐ前の詩、156「送四鎮薛侍御東歸」に「天涯獨未歸」と、同じ表現がある。
［**邊頭詞客舊來稀**］「詞客」は文人。詞客である独古漸が東に帰ると、詩文をともに作る者がいなくなるので、寂しくなることを言う。
［**不覺**］よくわからないが。はっきりしないけれど。
［**換春衣**］春の季節も終わって、春衣を着かえる。
［**高齋**］宿舎の部屋であろう。
［**清晝**］爽やかに晴れた昼。
［**羅**］『全唐詩』は「帷」に作る。
［**紗帽**］役人のかぶる帽子。
［**接離**］頭巾。くつろいでいる時にかぶる。
［**慵不着**］怠って頭に着けない。帽子をかぶるのは禮儀であるが、それをしないのは氣心の知れた二人だからであろう。

［**中酒**］酒にあたる。二日酔いになること。
［**氷片**］氷片が何のために盤に積み上げられているのか、よくわからないが、食事と関係があるのであろう。
［**金錯盤**］金めっきをした盤。
［**桂林**］西域の地名であるが、今の何処にあたるのか不明。
［**武城**］新疆ウイグル自治区、吐魯番付近の地名。
［**刺蜜**］『元和郡県志』巻四〇、西州・前庭県の条に「沢間に草あり、名づけて羊刺と為す。其の上に蜜を生じ、之を食えば蜂蜜と異ならず。名づけて刺蜜という」とある。
［**月未午**］月はまだ中天に上っていない。「午」は天の中央の南北の線。
［**花門將軍善胡歌**］「花門」は花門山堡。居延海の北、三百里。そこを守る唐の將軍は胡歌が上手、の意。
［**葉河蕃王能漢語**］「葉歌」は葉河守捉。北庭節度使治下の地名。その地の蕃王は漢語が巧み、の意。
［**園林**］故郷のこと。
［**圧渭浜**］「渭浜」は長安の北を流れる渭水のほとり。「圧」は、近く迫っていること。

［夫人］母親のこと。ここは独孤漸の母親。

［堂上］表座敷。

［羅裾］絹のもすそ。「羅」字、底本は「紅」に作るが、今『全唐詩』による。

［魚龍川］汧水（陝西省の隴県に出て東南に流れ、渭水に注ぐ）に入る川。

［盤渓］魚龍川の東北にあり、渭水に注ぐ。

［鳥鼠山］甘粛省渭源県の西。渭水の源はここから出る。

［洮水］鳥鼠山の西を流れる。「魚龍」「鳥鼠」の二句は、独孤の故郷に近い渭水の流域の様子を詠んだもの。

［臺中］御史臺のこと。時に厳武は侍御史としてここに勤務していた。

［新詩］新しく作った詩、という意味と思われるが、新鮮味のある詩、ということかも知れない。また、その両方の意味を持つ場合もあろう。


【訳】

独孤漸《どくこぜん》に別れを言う

輪臺の宿舎に　春の草は満ちて
潁陽《えいよう》の思歸の客は　断腸の思い
ここ窮荒絶漠の地には　鳥も通わず
萬磧千山が続いて　夢さえも歸るのがしんどい」
ああ　君は　白面の一書生のころ
読書千巻なるも　まだ名を知られていなかった
しかし　権貴の人の門には　脚を向けず
數畝の山田を　自ら耕していた」
興のわくままに放浪して　遠く　また近く
家を辞してからは　家族の手紙が欲しくなる
仕事も無く鞭を垂れて　馬の行くに任せ
西南に行っては　殆ど天の果てを窮めんとした」
使いを奉じて三年　私は未だ歸らずにいる
邊境においては　文人は昔から稀なもの
君がこちらに來られる時　いったい何日かかりましたか
家に着いたら　已に春着を着かえる頃でしょうか」
思えば　部屋のなかで　明るい日中に帷《とばり》を巻き上げ
帽子も頭巾も　横着をして着けなかった
酒に酔うて寝過ごしては　日は已に高かったし
弾棋をしては夜半になり　燈火は燃え盡きた」
さて氷片は金色の盤に高く積み上げられ
部屋中　凛凛として　五月でもまだ寒い
桂林の葡萄は　いま蔓を吐き始めたばかり

武城の刺蜜《しみつ》は　食べるにはまだ早い」
軍中で酒を飲み　夜に鼓を打てば
錦の敷物に紅い燈火　月はまだ中天に上っていない
花門を守る將軍は　胡歌が上手
葉河の蕃王は　漢語が巧み」
あなたの故郷は　渭水《いすい》に近く
母上は堂上で羅《きぬ》の裳裾を　涙で濡《ぬ》らされるだろう
魚龍川の北　盤渓《ばんけい》に降る雨
鳥鼠《ちょうそ》山の西　洮水《とうすい》にかかる雲」
御史臺にお勤めの厳公に　私は厚い情を受けている
別れてからの新詩は　人々の口に満ちていることだろう
歎かわしくも私は　天の西方に棄ておかれたまま
君に託して　厳公が私を思っていてくださるかどうか問ねたいのです

158　優鉢羅花歌

優鉢羅花《いうはつらか》の歌

序

岑嘗読佛教、聞有優鉢羅花、目所未見。天宝景申歳、參忝大理評事、摂監察御史、領伊西北庭支度副使。自公多暇、乃於府庭内栽樹種薬、為山鑿池、婆娑乎其間、足以寄傲。交河小吏有献此花者、云得之於天山之南。其状異於衆草、勢巃嵸如冠弁。嶷然上聳、生不傍引。攅花中拆、駢葉外包。異香騰風、秀色媚景。因賞而嘆曰、爾不生於中土、僻在遐裔、使牡丹価重、芙蓉譽高。惜哉。夫天地無私、陰陽無偏。各遂其生、自物厥性。豈以偏地而不生乎、豈以無人而不芳乎。適此花不遭小吏、終委諸山谷。亦何異懐才之士、未會明主、擯於林藪耶。因感而為歌。歌曰、

岑は嘗て佛典を読み、優鉢羅花有るを聞くも、目の未だ見ざる所なり。天宝景申の歳、參は大理評事・摂監察御史・領伊西北庭支度副使を忝くす。公自《よ》りして暇《いとま》多ければ、乃ち府の庭内に於て樹を栽《う》え薬を種え、山を為《つく》り池を鑿《うが》ち、其の間に婆娑《ばさ》して、以て傲《がう》を寄するに足る。交河の小吏に此の花を献ずる者有り、之を天山の南に得たりと云ふ。其の状は衆草に異なり、勢ひは巃嵸《ろうしょう》として冠弁の如し。嶷然として上聳し、生じては傍らに引かず。花を攅《あつ》めて中に拆《さ》き、葉を駢《なら》べて外に包む。異香は風に騰《あが》り、秀色は景《ひ》に媚《こ》ぶ。因りて

賞して歎じて曰く「爾《なんぢ》は中土に生ぜず、僻《かたよ》りて遐裔《かえい》に在りて、牡丹をして価《あたひ》重く、芙蓉をして譽《ほまれ》高からしむ。惜しい哉。夫れ天地は私無く、陰陽は偏《かたよ》り無し。各《おのおの》の其の生を遂げ、自ら厥《そ》の性を物たらしむ。豈に偏地なるを以て生ぜざらしめんや、豈に人無きを以て芳《かんば》しからざらしめんや。適《まさ》に此の花 小吏に遭《あ》はざれば、終《つひ》に諸《これ》を山谷に委《ゆだ》ねん。亦た何ぞ才を懐《いだ》くの士の、未だ明主に會はず、林藪に擯《しりぞ》けらるるに異ならんや」と。因りて感じて歌を為《つく》る。

　歌に曰く、

白山南　赤山北　　白山の南　赤山の北
其間有花人不識　　其の間に花有り　人は識らず
緑茎碧葉好顔色」　　緑の茎　碧《あお》き葉　好き顔色《いろあひ》
葉六瓣　花九房　　葉は六瓣　花は九房
夜掩朝開多異香　　夜掩《と》ぢて朝開き　異香　多し
何不生彼中國兮　　何ぞ彼の中國に生ぜずして
生西方　　西方に生ずる
移根在庭媚我公堂」　　根を移して庭に在《おけ》ば　我が公堂に媚《こ》ぶ
恥与衆草之為伍　　衆草と　之れ伍を為すを恥づるか
何亭亭而独芳　　何ぞ亭亭として独り芳《かぐは》しき
何不為人之所賞兮　　何ぞ人の賞する所と為らずして
深山窮谷委厳霜」　　深山窮谷に　厳霜に委《ゆだ》ねる
吾竊悲陽関道路長　　吾は竊《ひそ》かに悲しむ　陽関の道路の長く
曽不得献于君王　　曽《かつ》て君王に献ずるを得ざるを

【語釈】

＊北庭都護府での作。時に岑參は、判官の上の伊西・北庭支度副使を領していた。

［**優鉢羅花**］梵語の音訳。葉は細長く、下の方は丸く、先の方はとがっており、少し刺がある。花は紅、白、また桃色のものがあり、香りが高い。清浄高潔で、佛典の中で、よく佛にたとえられている。

［**大理評事**］「大理寺」は刑獄を司る官署で、十二人の評事がいる。

［**摂**］兼任。

［**監察御史**］御史臺には十人の御史がいて、内外の官吏の違法を取り締まる。

［**伊西北庭支度副使**］「伊西」は、伊州と西州。北庭節度使の管轄。節度使は、支度使、營田使などを兼ねてお

り、それぞれ副使がいる。「支度」は軍で使う物資（食料や武器）の管理、供給が任務。つまり岑參は北庭節度使の下で伊州・西州の支度副使として軍需物資の管理・供給の任にあたっていた。

［**自公多暇**］『詩経』召南「羔羊」の「委蛇委蛇、退食自公」（委蛇《ゐい》 委蛇《いい》として、退食 公自《よ》りす）にもとづく。役所の仕事を終えて我が家に歸り、ゆっくりと食事をする、という意味。

［**婆娑**］あたりをぶらつくこと。

［**寄傲**］ゆったりとして、心安らぐさま。陶潜の「歸去來の辞」に「南窓に倚《よ》りて以って傲を寄せ、膝を容《い》るるの安《やす》んじ易きを審《つまび》らかにす」とある。

［**交河**］庭州の南、一五〇キロの所にあり、西州に屬す。

［**勢巃嵸**］高くそびえるさま。

［**白山**］天山のこと。

［**赤山**］火山のこと。吐魯番から東に断続的に続いている山地。山は赤い砂岩で、無数の火炎が燃えているような形状をしているので火山と呼ばれる。

［**公堂**］官署。

［**亭亭**］聳え立つさま。

【訳】

優鉢羅花《ゆうはつらか》の歌

序

私は嘗て佛典を読んだ時に、優鉢羅花《ゆうはつらか》という花のあることを知ったが、まだ見たことはなかった。天宝、丙申の歳、私は大理評事・摂監察御史・領伊西北庭支度副使に任命された。公務をすませたあと時間が有るので、役所の庭に樹を植え薬草を栽培し、山を作り池を掘って、その間を歩き回って樂しんでいた。あるとき交河の小吏に、この花を持って來てくれた者がいて、「天山の南で採ってきました」と言った。その様子は他の草とは異なっていて、すっきりと伸びていて冠のようであり、茎が高くて、横に廣がらず、花は中央に集まって咲き、その外に葉が廣がっている。異香は風に漂い、秀色は日の光に輝いている。私は賞歎して言った「お前は中國に生えず、こんなに遠くにいて、牡丹の花の価値を重くし、芙蓉の花の譽を高くさせている。惜しいことだ」と。そもそも天地には私意は無く、陰陽にはえこ贔屓は無い。それぞれ生まれたままに、その性のままに育てる。どうして偏った土地にあるからといって成長させないことがあろうか。どうして人がいないからといって芳しくさせないことがあろうか。もし此の花が小吏に遇わなかったならば、いつまでも山谷にそのままになっていたであろう。本当に、才能ある士が明主に會えないままに林藪に退けられているのと、どうして異なろうか。私はそのことに感じて歌を作った。それは次のようである。

天山の南　火山の北
そのあたりに花があり　誰もそれを知らない
緑の茎　碧《あお》い葉　美しい花の色」
葉は六弁で　花は九房
夜に閉じて朝開き　異香は薫る
どうして中國に生えないで　西方に生えたのか
根を移して庭におけば　役所で美しく咲いている」
他の草花と一緒にいるのを恥じるのか
どうして亭亭と立って　独り薫っているのだろう
どうして人々に賞されることなく
深山幽谷にあって　厳しい霜の降るに任せているのか」
私はひそかに悲しむ　陽関の道が長くて
どうしても君王に献ずることができないのを

159　首秋輪臺
　　首秋の輪臺

異域陰山外　異域　陰山の外
孤城雪海邊　孤城　雪海の邊り
秋來唯有雁　秋來るも　唯だ雁有るのみ
夏盡不聞蝉」　夏盡くるも　蝉を聞かず
雨拂氈牆湿　雨の拂ひて　氈牆《せんしゃう》は湿り
風揺毳幕羶　風の揺らして　毳幕《ぜいばく》は羶《なまぐさ》し
輪臺萬里地　輪臺　萬里の地
無事歴三年　事無くして　三年を歴《へ》たり

【語釈】
＊天宝一五載、すなわち至徳元載（七五六）七月の作。玄宗が退位し、粛宗が即位して年号を至徳とする。
［首秋］初秋七月。
［異域］中國とは異なる地域。西域を指す。『後漢書』班超傳に「大丈夫、他の志略なくんば、猶《な》お当《まさ》に傅介子張騫《ちやうけん》に效《なら》ひて、功を異域に立つべし」とある。
［孤城］輪臺を指す。

［**陰山・雪海**］陰山も雪海も、輪臺からは遠く離れており、ここは強調の表現。「輪臺歌」の「四邊の伐鼓 雪海は湧き、三軍は大呼し 陰山は動く」と同じ。
［**無事歷三年**］三年も経ってしまったが、何の功も立てられなかったことをいう。

【訳】

初秋の輪臺
ここは異域で 陰山の外
孤城は 雪海のほとりにある
秋が來ても ただ雁が飛ぶだけ
夏が盡きても 蝉の声もしない
雨が吹きつけて 毛織の囲《かこ》いは湿り
風が揺らすと 毛織の幕は生臭い
輪臺は 故郷から萬里の地
為すこと無くして 三年が過ぎた

160 送郭司馬赴伊吾郡 請示李明府　郭子是趙節度同好

郭司馬の伊吾《いご》郡に赴くを送る 李明府に示さんことを請ふ　郭子は是れ趙節度の同好

安西美少年　安西の美少年
脱劍卸弓弦　劍を脱《はず》し 弓弦を卸《はず》す
不倚將軍勢　將軍の勢いを倚《たの》まざれば
皆稱司馬賢　皆な 司馬の賢を稱す
秋山城北面　秋山は 城の北面に
古治郡東邊　古治は 郡の東邊に
江上舟中月　江上 舟中の月
遥思李郭仙　遥かに思ふ 李 郭の仙

【語釈】

＊至徳元載の秋、北庭での作。
［**郭司馬**］「司馬」は行軍司馬のこと。節度使の僚属。詩題の注に「郭子は是れ趙節度の同好」とあるから、郭司馬は趙節度と親しかった。趙節度は、封常清の後任として北庭節度使になった人。
［**伊吾郡**］伊州のこと。
［**李明府**］伊吾郡の長官の李某。名はわからないが、「李別將・攝伊吾令の、使に充《あ》てられ武威に赴くを送る」詩の李別將のこと。「明府」は郡の太守の別稱であるが、縣令についても使用した。
［**脱劍卸弓弦**］しばらく軍務を離れて、使者として赴くことをいうのであろう。

［**將軍**］郭司馬の上役である趙節度を指す。州の遥か北方に聳えている。
［**秋山**］「山」は天山のこと。
［**城**］伊吾城。
［**古治**］後漢の明帝の時に始まる伊吾郡の治所。「秋山城北面、古治郡東邊」の二句は、郭司馬が赴く伊吾の位置について述べた。
［**江上舟中月、遥思李郭仙**］この二句は、後漢の郭太と李膺の故事を踏まえて、郭司馬と李明府の交情を讃えたもの。『後漢書』郭太傳に「郭太、字は林宗。洛陽に遊び、初めて河南尹の李膺に見ゆ。膺は大いに之を奇とし、遂に相い友として善し。是に於て名は京師に震う。後に郷里に歸るに、衣冠諸儒、送りて河上に至り、車は數千輛。林宗は唯だ李膺と、舟を同じくして濟《わた》る。衆賓は之を望み、以って神仙と為す」とある。

【訳】

郭司馬が伊吾郡に行くのを送る。李明府に示してほしいと頼んだ。

安西の美少年は
剣を脱《はず》し 弓の弦をはずす
趙將軍の権勢を かさにきないので
人々は皆な 司馬の賢明を讃えている
秋の山は 伊吾の城の北に聳え
古くからの治所は 郡の東邊にある
江のほとり 舟の中から見る月に
李・郭 二人の様子が 遥かに目に浮かぶ

161 醉裏送裴子赴鎮西

醉裏に裴氏の鎮西に赴くを送る

醉後未能別　醉後 未だ別るる能はざれば
醒時方送君　醒《さ》めし時 方《まさ》に君を送る
看君走馬去　君の 馬を走らせて去り
直上天山雲　直《ただ》ちに天山の雲に上るを看る

【語釈】

＊至徳元載の作。安西都護府は至徳元載に鎮西都護府と名が改められたので、此の詩はそれ以後の作となる。北庭から天山を越えて安西に向かう友人を送った時のもの。
［**醉後未能別、醒時方送君**］送別の酒を飲んでいる時は、別れの言葉をなかなか言い出せず、そのまま醉っぱらってしまった。別れの時が近づき、醉いが醒めてはじめて、

別れの挨拶をした。「醒時」二字『全唐詩』は「待醒」に作る。「醒むるを待ちて」。

【訳】

　酔中、裴子の鎮西に赴くを送る

酔ってしまい 別れを告げることができなかったので
酔いが醒めて あなたを送る
あなたが馬を走らせて去ってゆくのが見える
そのまま天山の雲の中に上ってゆくのが

162　田使君美人如蓮花　舞北旋歌　此曲本出北同城

田使君の美人 蓮花の如く 北旋《ほくせん》歌を舞ふ。

此の曲 本と北同城に出づ

如蓮花　舞北旋　　蓮花の如く 北旋を舞ふ
世人有眼應未見　　世人 眼有るも 應《まさ》に未《いま》だ見ざるべし
高堂滿地紅　　高堂は 滿地の紅
試舞一曲天下無　　試みに一曲舞ふも 天下に無し
此曲胡人傳入漢　　此の曲 胡人 傳へて漢に入る
諸客見之驚且嘆」　　諸客 之を見て 驚き且つ嘆ず
漫瞼嬌娥纖復穠　　漫瞼《まんれん》の嬌娥《けうが》は 纖《ほそ》くして復た穠《こまや》か
軽羅金縷花葱蘢　　軽羅 金縷 花は葱蘢《そうろう》
回裙転袖若飛雪　　裙《すそ》を回し袖を転じて 飛雪の若く
左旋右旋生旋風」　　左に旋《めぐ》り右に旋《めぐ》りて 旋風の生ず
琵琶横笛和未匝　　琵琶 横笛 和して未だ匝《をは》らざるに
花門山頭黄雲合　　花門山頭 黄雲は合す
忽作出塞入塞聲　　忽ち「出塞」「入塞」の聲を作《な》せば
白草胡沙寒颯颯　　白草 胡沙 寒颯颯《さつさつ》
翻身入破如有神　　身を翻《ひるがへ》して破に入るや 神有るが如く
前見後見回回新」　　前見と後見と 回回 新たなり
始知諸曲不可比　　始めて知る 諸曲の比す可からざるを
採蓮落梅徒聒耳　　採蓮と落梅 徒《いたづ》らに耳に聒《かまびす》しきのみ
世人學舞祇是舞　　世人 舞を學ぶは 祇《た》だ是れ舞ふのみ
姿態豈能得如此　　姿態 豈に能く此の如きを得んや

【語釈】

＊歸途の作かとも考えられるが、よくわからないので、一應ここに置く。州の長官の宴坐に招かれて、北旋舞を見た時のも

の。

［**使君**］州郡の長官の稱。

［**美人**］ここは田使君の家妓であろう。

［**北旋**］舞の名。胡旋舞の類。

［**北同城**］居延海（今の内蒙古　額済納旗の北境）付近の地名。

［**高堂**］底本は「高臺」に作る。今『全唐詩』による。

［**繊復穠**］細くもなく太くもなく、丁度よいところ。

［**葱蘢**］花枝茂盛のさま。

［**匝**］ひとめぐりすること。

［**花門山頭黄雲合**］花門山は居延海の北方にある山。曲のすばらしさに、雲も止まって動かない。秦青が歌を歌ったら其の美しさのために、空ゆく雲も停まったという。『列子』湯問篇の故事による。

［**出塞入塞聲**］「出塞」「入塞」は漢代の頃からあった曲。『西京雑記』に「戚夫人は善く出塞・入塞、望歸の曲を歌ふ」とある。

［**白草**］砂漠に生える草。

［**入破**］曲の最高潮に達すること。

［**採蓮落梅**］「採蓮」も「落梅」も、中國の古曲。

【訳】

田使君の美人は　蓮花のごとく　北旋歌を舞う
蓮の花のように　北旋を舞う
世の人は眼はあっても　まだ見たことは無いだろう
高堂にはいっぱいに　赤い毛氈が敷きつめられており
試しに一曲舞っただけだが　天下に比べるものが無い」
この曲は　胡人が中國に傳えたものであり
客人たちはこれを見て驚き　また感嘆している
美しい顔の嬌女は　細やかで復た豊満
軽やかな羅《きぬ》に金の糸で　溢れる花模様
裾を回し袖を転じて　飛雪のように
左に右に旋回すれば　つむじ風が立つ」
琵琶と横笛は　まだ一曲も終わらないのに
花門山の上には　黄雲が横たわり
次に「出塞」と「入塞」の曲を奏すると
白草と胡沙に　寒風が吹きつける
さっと破の段に入ると　神が乗り移ったかのように
どれもこれも　すべて新しい動き」
いま初めて他の曲すべて比べものにならないことを知った

「採蓮」も「落梅」も　ただ騒がしいだけ
世人が舞を學ぶのは　ただ舞うというだけ
姿態を　どうして此のように変化させることができよう

（3）　帰途の作

至徳二載（七五七、四三歳）此の歳の二月、粛宗は鳳翔に至り、長安奪回の機を伺っていた。岑參はそのころ鳳翔の行在に至り、六月に杜甫等の推薦によって右補闕を授けられ、十月に粛宗に随って長安に還る。

163 酒泉太守席上醉後作

酒泉太守席上　醉後の作

酒泉太守能劍舞　　酒泉の太守　能く劍舞し
高堂置酒夜撃鼓　　高堂に置酒して　夜　鼓を撃つ
胡笳一曲断人腸　　胡笳一曲　人の腸を断ち
座上相看涙如雨」　座上　相看て　涙は雨の如し
琵琶長笛曲相和　　琵琶　長笛　曲は相和し
羌児胡雛齊唱歌　　羌児　胡雛　齊《ひと》しく唱歌す
渾炙犂牛烹野駝　　渾《さか》んに犂牛《りぎう》を炙《あぶ》り　野駝《やだ》を烹《に》
交河美酒金叵羅」　交河の美酒は　金叵羅《きんはら》
三更醉後軍中寝　　三更　醉後　軍中に寝《い》ね
無奈秦山歸夢何　　秦山の歸夢を奈何《いかん》ともする無し

【語釈】

＊至徳元載（七五六）の暮に、岑參は東歸のために、晉昌、酒泉と、場所を移動する。この詩は至徳二年の春、酒泉太守が開いてくれた送別會の様子であろう。なお此の詩を『全唐詩』では、前四句と後六句を、それぞれ一首として扱い、「酒泉太守席上醉後作」と同じ題をつけている。

［**撃鼓**］『舊唐書』裴寛傳に「鼓を撃ちて食らうは、当世 之を栄とす」とあり、盛んな宴會をいう。

［**胡笳一曲断人腸**］57「胡笳の歌」を參照。「之を吹くこと一曲 猶お未だ了《おは》らざるに、愁殺す 樓蘭 征戍の児」

［**胡雛**］胡児に同じ。

［**犂牛**］黒黄まだらの牛。

［**交河美酒**］交河特産の葡萄酒。交河は今の吐魯番。

［**金叵羅**］金の杯。「叵羅」は、杯の一種。

［**三更**］午後十一時から午前一時の間。

［**秦山歸夢**］「秦山」は終南山のこと。故郷に歸った夢。

【訳】

酒泉太守の席上 酔後の作
酒泉太守は 剣舞が上手
高堂で酒宴を開き 夜に鼓を打つ
胡笳《こか》が一曲奏でられると 人の腸は断たれ
一坐の者は顔見合わせて 涙は雨のよう
琵琶と長笛の 巧みな合奏に
胡《えびす》の子供たちが 聲をそろえて歌う
盛んに牛を炙《あぶ》り 駱駝《らくだ》を烹《に》て
交河の美酒は 金の杯に溢れる
夜も更《ふ》けて酔っぱらい 軍中に寝てしまうが
故郷に歸る夢を どうしても見てしまう

164 贈酒泉韓太守
酒泉の韓太守に贈る
太守有能政　太守に能政有り
遥聞如古人　遥かに聞くに 古人の如しと
俸銭盡供客　俸銭は 盡く客に供し
家計常清貧」　家計は 常に清貧
酒泉西望玉関道　酒泉より西望す 玉関の道
千山萬磧皆白草　千山 萬磧 皆な白草
辞君走馬歸長安　君に辞して馬を走らせ 長安に歸る
憶君倏忽令人老　君を憶へば倏忽《しゅくこつ》として 人をして老いしむ

【語釈】
＊東歸の途中、酒泉を過ぎた時の作。前作「酒泉太守席上酔後の作」の後に作られたものであろうか。
［如古人］昔の有能な太守のようである。
［憶君倏忽令人老］「古詩十九首」（其の一）に「思君令人老、歳月忽已晩」（君を思へば人をして老いしむ、歳月 忽ち已に晩《く》れぬ）とある。

【訳】
酒泉の韓太守に贈る
太守には政治の能力があり
古人のようだと聞いている
俸給はことごとく客人に供し
家計は常に清貧であるという
酒泉から西のかた玉関への道を望めば
千山 萬磧 皆な白草ばかり
あなたに別れを告げ 馬を走らせて長安に歸るが
あなたのことを思えば 忽ち私を老いさせてしまう

（4）鳳翔府

酒泉を後にした岑參は、至徳二載の夏に、ようやく鳳翔の行在所に入る。肅宗は、初め西北の國境にある霊武にいたが、やがて南下して彭原に、更に長安の西にある鳳翔に行在所を移して、長安奪回の機會を伺っていた。

鳳翔の行在所には、その四月に長安を脱出して行在所に辿り着いた杜甫が、左拾遺（天子を諫諍する職で、従八品上）として肅宗に仕えていた。やがて岑參は、杜甫らの推薦によって右補闕（天子を諫諍する職で、従七品上。杜甫より一つ上の官職）を授けられた。

行在所における岑參は、西域勤務での経験を生かして肅宗の役に立ち、また功績をあげようと努力したようであるが、どうもうまくいかなかったらしい。

165　行軍二首　時扈從在鳳翔

行軍二首　時に扈《こ》從《じゅう》して鳳翔に在り

其一

吾竊悲此生　　吾は竊《ひそ》かに 此の生を悲しむも
四十幸未老　　四十 幸ひに未だ老いず
一朝逢世亂　　一朝 世の亂れに逢ひて
終日不自保」　終日 自ら保てず
胡兵奪長安　　胡兵は 長安を奪ひ
宮殿生野草　　宮殿に 野草を生ず
傷心五陵樹　　心を傷ましむ 五陵の樹
不見二京道」　二京の道を見ず
我皇在行軍　　我が皇《きみ》は 行軍に在り
兵馬日浩浩　　兵馬は 日に浩浩《かうかう》たり
胡雛尚未滅　　胡雛は 尚ほ未だ滅びず
諸將懇征討」　諸將は 征討を 懇《ねんごろ》にす
昨聞咸陽敗　　昨は聞く 咸陽の敗るるを
殺戮盡如掃　　殺戮され 盡く掃《はら》ふが如し
積屍若丘山　　積屍は 丘山の若く
流血漲豊鎬」　流血は 豊 鎬《かう》に 漲《みなぎ》ると
干戈礙鄉國　　干戈は鄉國を 礙《さへぎ》り
豺虎滿城堡　　豺虎は 城堡に滿つ
村落皆無人　　村落には 皆な人無く
蕭條空桑棗」　蕭條として 桑棗 空《むな》し
儒生有長策　　儒生に 長策有るも

無處豁懐抱　處として懐抱を豁《ひら》く無し
塊然傷時人　塊然《くわいぜん》として 時人を傷《いた》み
擧首哭蒼昊　首《かしら》を擧げて 蒼昊《さうかう》に哭《こく》す

【語釈】

＊鳳翔の行營における作。

[**行軍**] 行營。征討先の陣營。

[**四十**] 時に岑參は四三歳。

[**胡兵奪長安**] 天宝一四載（七五五）の一二月に長安は賊の手に陥ちた。

[**五陵**] 長安付近にある前代天子の墓陵。

[**二京**] 長安と洛陽。

[**我皇**] 肅宗を指す。

[**浩浩**] 軍容の盛んなさま。

[**胡雛**] 安慶緒らの胡兵を見下して言った。

[**咸陽敗**] 至徳元載十月、宰相の房琯が咸陽の東にある陳陶沢で賊軍に大敗し、四萬人の死傷者を出したことをいう。

[**盡如掃**]「盡」字、『全唐詩』は「浄」に作る。

[**豊鎬**]「豊」は、周の文王の都した所。「鎬」は、武王の都した所で、いずれも長安の近くにある。

[**干戈**] 盾と戈《ほこ》。武器。

[**郷國**] 故郷、つまり長安を指す。

[**蕭條**]「條」字、底本は「然」に作るが、今『全唐詩』による。

[**儒生**] 岑參自身のこと。

[**長策**] 治國の良策。

[**無處豁懐抱**] 岑參は「長策」をしばしば上奏したようであるが、それはいつも肅宗側近のために退けられたという。（杜確「岑嘉州詩集」序）

[**塊然**] 孤独のさま。独り、つくねんとして。

[**蒼昊**] 天のこと。蒼天。

【訳】

行軍二首　時に天子に従って鳳翔《ほうしょう》に在った

其の一

私は内心 この生涯を悲しく思っているが
年は四十 まだ幸いに老いてはいない
たちまち世の亂れに逢って
一日すらも身の安全が保たれないほどだ」
胡兵は 長安を奪い取り
宮殿には 野の草が生えている

五陵に茂る樹々を　遥かに見ては心を傷めるが
長安・洛陽への道は　見えない」
我が君は　行營におられ
兵馬は　日ましに強盛になっている
胡児どもは　まだ滅びておらず
諸將たちは　征討を願い出ている」
さきごろ聞くに　咸陽の敗戰では
殺戮されて　完全に一掃されてしまい
積み重なった屍は　丘山のごとく
流血は　豊《ほう》と鎬《かう》の地に溢れたと」
干戈は　故郷への道を遮《さえぎ》り
豺虎は　城堡に満ちている
村落には　どこも人かげは無く
もの寂しく　桑や棗の木が立っているだけ」
私に　治國の良策が有るのだけれども
その内容を述べる場所が　どこにも無い
独りつくねんと　世の人の苦しみを傷み
頭を擧げて　蒼天に哭するのみである

其二

早知逢世亂　早《つと》に世の亂れに逢ふと知らば
少小謾読書　少小　読書を謾《おこた》るに
悔不學彎弓　悔ゆらくは弓を彎《ひ》くを學ばざること
向東射狂胡」　東に向かひて　狂胡を射んものを
偶従諫官列　偶々《たまたま》　諫官の列に従ひ
謬向丹墀趨　謬《あやま》りて丹墀《たんち》を趨《はし》る
未能匡吾君　未だ吾が君を匡《ただ》す能はず
虚作一丈夫」　虚《むな》しく一丈夫と作《な》るのみ
撫剣傷世路　剣を撫して　世路を傷み
哀歌泣良図　哀《かな》しみ歌ひて　良図に泣く
功業今已遅　功業　今や已に遅く
覧鏡悲白頭」　鏡を覧て　白頭を悲しむ
平生抱忠義　平生　忠義を抱く
不敢私微躯　敢へて微躯《びく》を私《をし》まず

【語釈】
［**謾**］　軽んじ、侮る。
［**丹墀**］　宮中をいう。皇宮の前の臺階上の空地が紅色に塗られていたことによる。
［**傷世路**］　國家が危難に遭遇していることを悲しむ。

［泣良図］用いられることなく、空しく良策を抱いていることを悲しむ。「泣」字、底本の校語に「一に乏に作る」とある。「良図に乏しきを哀しみ歌う」。

【訳】

其の二

世の亂れに逢うと　わかっていたら
少年の頃　讀書はいいかげんにしておいたのに
弓を引く術を學ばなかったのが　悔やまれる
東に向かい　狂胡を射たかった」
たまたま諫官の列に従うことになり
誤って　宮中を行き來することになった
しかし　まだ吾が君を匡《ただ》すこともできないで
虚《むな》しく一人の男でいるだけだ」
剣を撫して　世の亂れを傷み
哀しみの歌をうたって　我が良図に涙する
功業を立てるには　今や歳を取り過ぎた
鏡を見ては　白髪頭を悲しんでいる」
だが私は　いつも忠義の心を抱いており
この我が身を　惜しみはしない

166　行軍九日、思長安故園　時未収長安

行軍の九日、長安の故園を思ふ
　時に未だ長安を収めず

強欲登高去　強《し》ひて高きに登り去《ゆ》かんと欲するも
無人送酒來　人の　酒を送りて來たる無し
遥憐故園菊　遥かに憐れむ　故園の菊
應傍戰場開　應《まさ》に戰場に傍《そ》ひて開くなるべし

【語釈】

＊至徳二載の秋、鳳翔の行軍での作。この年の九月に長安は奪回されるから、これはその少し前の作。この詩は、隋の江総《こうそう》の「於長安歸還揚州、九月九日、行薇山亭、賦韻」（長安より揚州に歸還し、九月九日、薇山亭に行きて、賦韻す）の作、
心逐南雲逝　心は南雲を逐ひて逝き
形随北雁來　形は北雁に随ひて來る
故郷籬下菊　故郷　籬下の菊
今日幾花開　今日　幾花か開く
を踏まえて作られたものと言われる。
［九日］九月九日。重陽の節句。
［強欲］氣がすすまないのを、重陽の節句だからというので無理に氣を引き立てて。氣が進まないのは「行軍二

首」にあるように、自分の「長策」「良図」が用いられないためであろう。せっかく意氣込んで歸ってきたのに、面白くない日が続いていたらしい。

［**無人送酒來**］晉、江州刺史の王弘が、陶潛に酒を送った故事による。『晉書』陶潛傳に「(淵明) 嘗て九月九日に酒無し。宅邊の菊叢の中に、出て坐すること久し。たまたま王弘、酒を送りて至る。即便《すなは》ち就きて酌《く》み、酔いて後に歸る」とある。

［**遥憐故園菊、應傍戰場開**］故郷の家に咲いていたあの菊は、戰場と化した故郷に、いつもの年と変わりなく美しい花を開かせていることだろう。「憐」とは、か弱く、かわいらしいものが、自分の無力さを自覚することなく、精一杯健気に生きている、その姿を第三者が見て感じる思いをいう。

【**訳**】

行軍の九日

高いところに　強《し》いて登ってみようと思うが
酒を送ってきてくれる人はいない
遥かに故園の菊を憐れんでいる
今年も戰場にそって咲いていることであろうと

167　鳳翔府行軍送程使君赴成州

鳳翔府の行軍にて程《てい》使君の成州に赴くを送る

程侯新出守　程侯　新たに出《い》でて守となり
好日發行軍　好日　行軍を發す
拜命時人羨　命を拜するを　時人　羨む
能官聖主聞　官を能くするは　聖主　聞く
江樓黑塞雨　江樓　塞雨　黒く
山郭冷秋雲　山郭　秋雲　冷たし
竹馬諸童子　竹馬の諸童子
朝朝待使君　朝朝に使君を待たん

【**語釈**】

＊至徳二年秋の作。

［**鳳翔府**］府名。陝西省鳳翔県。

［**行軍**］軍営。

［**使君**］太守の尊称。

［**成州**］もと漢陽郡。天寶元年に成州同谷郡と改名。現在の甘粛省成県の西南にあたる。

［**出守**］朝廷から出て、地方の太守となること。

［**好日**］良日。吉日。

［**拝命**］官職に任ぜられること。
［**聖主**］智徳の優れた天子。
［**江樓**］江辺の高殿。この場所は、嘉陵江支流の西漢水のほとりであろう。
［**塞雨**］151「火山雲歌送別」に「平明乍逐胡風断、薄暮渾随塞雨回」（平明　乍《たちま》ち胡風を逐《お》ひて断《た》え、薄暮　渾《すべ》て塞雨に随ひて回《かへ》る）、『全唐詩』巻二〇一、岑參の「送陶銑棄擧荊南覲省」に「天寒楚塞雨、月浄襄陽秋」（天は寒し　楚塞の雨、月は浄《きよ》し　襄陽の秋）とある。
［**竹馬**］『後漢書』郭伋傳に「伋于漢光武帝時、任并州刺史、始至行部、到西河美稷。有童児数百、各騎竹馬、於道次迎拝。伋問、児曹何自遠來。對曰、聞使君到喜、故來奉迎。」（伋《きふ》は漢の光武帝の時に、并州刺史に任ぜられ、始めて行部に至り、西河の美稷《びしょく》に到る。童児　数百有り、各《おのお》の竹馬に騎《の》りて、道の次《ほとり》に於て迎拝す。伋問ふ、児曹　何ぞ遠く自《よ》り來たるやと。對へて曰く、使君の到るを聞きて喜び、故に來たりて奉迎すと。」とある。

【**訳**】

鳳翔《ほうしょう》府の行軍で程《てい》使君の成州に赴くのを送る

程侯は　新たに太守となり
吉日に　軍営を出発することになった
命を承ったことを　時の人々は羨んでおり
官を能くすることは　聖主がお聞きになっていた
江樓は　塞雨のために暗々としており
山郭には　秋雲が冷たくかかっている
竹馬の童児たちが
朝ごとに　使君を待っていることだろう

168 宿岐州北郭嚴給事別業

岐州北郭の嚴給事の別業に宿す

郭外山色瞑　郭外　山色瞑《くら》く
主人林館秋　主人　林館の秋
疏鐘入臥内　疏鐘　臥内に入り
片月到牀頭　片月　牀頭に到る
遥夜惜已半　遥夜　已に半ばなるを惜しみ
清言殊未休　清言　殊《こと》に未だ休《や》まず
君雖在青瑣　君　青瑣《せいさ》に在ると雖も
心不忘滄州　心は滄州を忘れず

【**語釈**】

＊至徳二年秋の作。
［**岐州**］唐の州名。天宝元年に扶風郡、また至徳元年、鳳翔郡と改められたが、ここでは旧称を用いている。
［**嚴給事**］「嚴」は嚴武。『新唐書』巻一二九、嚴挺之列傳に「至徳初、赴肅宗行在。房琯以其名臣子、薦爲給事中」（至徳の初め、肅宗の行在に赴く。房琯 其の名臣の子なるを以て、薦《すす》めて給事中と爲す）とある。「給事」は給事中。門下省に属し、天子の詔勅に不都合な点があれば間違いを指摘し訂正することを職務とした。明抄本、呉校は「給事中」に作る。
［**別業**］別宅。別墅《しょ》。
［**疏鐘**］間をおいて時々聞こえる鐘の音。
［**臥内**］ふしど。寝間。
［**遥夜**］長い夜。
［**清言**］俗事にとらわれない風流な話。清談。
［**青瑣**］天子の宮門。門の扉に鎖形の彫刻をして青漆を塗るのでいう。
［**滄州**］歸隱の地を指す。

【**訳**】

岐州北郭の嚴給事の別荘に宿る

郭《まち》の外は 山色 暝《くら》く
主人との林館の秋
切れ切れの鐘の音は 寝屋にひびき
片月は 枕元に届く
長い夜も もう半ば過ぎたのを惜しみ
清言は それでもまだ休《や》まない
あなたは宮中にお仕えの身ではあるが
心は滄《そう》洲をお忘れではない

169　送王著赴淮西幕府作

王著の淮西幕府に赴くを送りて作る

燕子與伯勞　燕子と伯勞と
一西復一東　一は西し 復《ま》た一は東す
天空信寥廓　天空 信《まこと》に寥廓《れうくわく》たるも
翔集何時同」　翔集 何《いつ》れの時か同じくせん
知己悵難偶　知己《ちき》 偶《あ》ひ難きを悵《なげ》く
良朋非易逢　良朋 逢ふに易《やす》からず
憐君心相親　君の 心に相ひ親しむを憐れむ
與我家又通」　我と 家 又た通ず
言笑日無度　言笑 日に度無く

書箚凡幾封　書箚《しょさつ》 凡そ幾封
湛湛萬頃陂　湛湛《たんたん》たり 萬頃《ばんけい》の陂《は》
森森千丈松」　森森たり 千丈の松
不知有機功　機功 有るを知らず
無事干心胸　事として心胸を干《おか》す無し
滿堂皆酒徒　滿堂 皆 酒徒たり
豈復羨王公」　豈に復た王公を羨まんや
早年抱將略　早年にして 將略を抱き
累歲依幕中　累歲 幕中に依《よ》る
昨者從淮西　昨者 淮西從《よ》りし
歸來奏邊功」　歸り來たりて 邊功を奏す
承恩長楽殿　恩を長楽殿に承《う》け
醉出明光宮　醉ひて 明光宮を出づ
逆旅悲寒蟬　逆旅 寒蟬《かんぜん》に悲しみ
客夢驚飛鴻」　客夢 飛鴻《ひこう》に驚く
發家見春草　家を發して 春草を見
却去聞秋風　却《かへ》り去らんとして 秋風を聞く
月色冷楚城　月色 楚城に冷たく
淮光透霜空」　淮光《わいくわう》 霜空に透《とほ》る
各自務功業　各自 功業に務め
當須激深衷　當《まさ》に須《すべから》く 深衷を激すべし
別後能相思　別後 能く相ひ思はん
何嗟山萬重」　何ぞ嗟《なげ》かん 山の萬重《ばんちょう》なるを

【語釈】

＊至徳二年（七五七）秋、鳳翔での作。

［**王著**］『全唐詩』は「送王著作赴淮西幕府」（王著作の淮西幕府に赴くを送る）に作る。「王著作」であれば、「著作」は著作郎のこと。著作郎は朝廷の著作を司る官で、魏の明帝の太和年間に初めて置かれた。

［**淮西幕府**］淮南西道節度使の幕府を指す。

［**燕子與伯勞、一西復一東**］古楽府「東飛伯労歌」に「東飛伯労西飛燕、黄姑織女時相見」（東に伯労飛び 西に燕飛ぶ、黄姑 織女 時に相見る）とあることによる。

［**寥廓**］からりと広いさま。

［**悵**］嘆く。

［**家又通**］父祖からの親しいつきあい。代々交際した間柄。

［**言笑**］ものを言い且つ笑うこと。談笑すること。『詩経』衛風「氓」に「総角之宴、言笑晏晏。信誓旦旦、不思其反」（総角の宴、言笑すること晏晏。信誓すること

旦旦、其の反せんことを思はず）とある。

［**無度**］節制が無い。際限が無いこと。

［**箚**］手紙。

［**湛湛**］水を深く湛えたさま。または清く澄んでいるさま。深々としたさま。ここでは友との友情の深さを表す。

［**萬頃**］地面や水面などの非常に広いこと。

［**陂**］池。ため池。土を築いて水をためた池。

［**森森**］樹木が深く繁っているさま。

［**不知有機功、無事干心胸**］「機功」は、たくらみ、いつわり。「心胸」は　心の内、心情。この二句は王著の心情が純粋で浄らかで有ること、世俗の塵事や、汚れを受けつけないこと。

［**酒徒**］大酒を飲む人。酒を飲んで酔っぱらっている人。今、王著のために送別の宴をはっているさま。

［**將略**］大将としての用兵のはかりごと。

［**累歳**］歳をかさねる。

［**奏邊功**］「邊功」は辺地で立てるてがら。外国、異民族を征伐したてがら。「奏」は奏上すること。『通鑑』に「至徳二載二月、永王璘敗死」とある。時に、高適が淮南節度使として永王璘の討伐にあたった。ここでの「邊功」は即ちそのことを指し、この詩中の王著は高適の配下にあり、その邊功を奏上することが役目であったと思われる。

［**承恩長楽殿、酔出明光宮**］「承」字、底本は「乘」に作る。『全唐詩』により改める。手柄をたてた事により、時の皇帝より恩賞を授かること。「長楽殿」は漢の宮殿の名。もとは秦の興楽宮で高帝五年に重ねて修復し、名を長楽殿と改める。故址は現在の陝西省の長安縣西北。「明光宮」は漢の宮殿名。この二句で奏上に對する恩賞、宴のさまを表す。至徳二年二月から十月、粛宗は鳳翔にあり、長安は天宝一四載（七五五）十二月に賊の手に陥ちているので、「承恩」「酔出」した時期が十月以前であったなら、それは長安でのことではなく、鳳翔であり、粛宗の鳳翔にいた居所を長楽殿、明光宮に均しく準えて指しているのであろう。

［**逆旅悲寒蟬、客夢驚飛鴻**］「逆旅」は客舎。旅館。ここ鳳翔は他郷であり、他郷に寄居していることを指す。「客夢」は旅先の宿で見る夢。「飛鴻」は故郷に飛び行く雁。この両句は他郷に在って、故郷に向けて飛び行く雁を見、旅人の望郷の思いが触発されたことを言う。

［發家］淮西の任地より出発して鳳翔に來た時期を指す。至徳二年二月のころか。

［却］返る。

［月色冷楚城、淮光透霜空］「月色」は月の光。「楚城」は淮西節度の一部で、戦国末期の楚に属する城のこと。「淮光」は、淮水の上に反射して輝いている月光を指す。「霜空」は秋空。霜が満ちている秋の空。『唐詩選』張継の詩「楓橋夜泊」に、「月落烏啼霜満天」（月落ち烏啼きて霜は天に満つ）とある。この両句は淮西の秋の夜景を寫し、王著がこれから歸って行く場所を点出する。

［激深衷］「衷」は、まごころ。功をあげて出世しようとの深く蔵した思いを激しく表に出すこと。

［山萬重］「萬」字、『全唐詩』は「水」に作る。

【訳】

王著が淮西の幕府に赴くのを送って作る

燕子と伯労とは
一は西に 一は東に
天空は 実にからりと広いのに
何時になったら 共に翔《と》ぶことができるのだろう」
親友に遭遇することは難しく
良友に巡り逢うことはたやすくない
ああ君は 心から親しんでくれている
私とは 家同士もまた父祖からの親しい付き合いだった」
互いに言い合い笑い合うこと限りなかった
交わした便りは 幾通になることだろう
君との友情が湛湛として深いさまは 萬頃の陂のようで
森森として久しくつづくことは 千丈の松のようだ」
企みや偽りがあることすら君は知らない
世俗のよごれに 胸中を干《おか》されることもなかった
表座敷いっぱいの人達は 皆 酒飲みばかりで
王公のことなど 少しも羨んではいない」
君は年若くして 将略を抱き
長の歳月 陣中ではたらいた
先日 淮西より
歸って來て 辺域での功績を奏上した」
恩賞を長楽殿で承け
酔って 明光宮を出てきたのだった
旅の宿では 寒蝉に悲しさがこみあげて
旅人の夢は 飛び行く鴻にさへ驚かされる」
出発した時は 春草を見たというのに

歸りゆく今は　已に秋風の音を聞いている
月の色は　楚城に冷たく輝き
淮水に照り返す光は　霜の満ちた空に透っている」
それぞれ　手柄をたてることに務め
心奥の思いを励まさなければならない
別れた後も　互いにしっかり思いあっていよう
どうして萬重の山の阻《へだ》たりを嗟《なげ》くことがあろうか

170　行軍雪後月夜宴王卿家　得初字

行軍の雪後　月夜に王卿の家に宴す　初字を得たり

子夜雪華餘　　子夜　雪華の餘
卿家月影初　　卿家　月影の初め
酒香薫枕席　　酒香　枕席に薫り
爐氣暖軒除　　爐氣　軒除に暖かなり
晩歳宦情薄　　晩歳　宦情は薄くして
行軍歡宴疏　　行軍　歡宴は疏《まれ》なり
相逢剰取醉　　相逢ひて　剰《あまつさ》へ酔を取り
身外盡空虚　　身外　盡く空虚なり

【語釈】

*至徳二年初冬、鳳翔においての詩。

［行軍］行営のこと。

［卿］官名。「九卿」は、太常・光禄勲・衛尉・大僕・廷尉・大鴻臚・宗正・大司農・少府の九人の大臣のことで、「王」は、この中のどれかであったのだろう。

［得初字］底本には、題の下に「得初字」は無いが、今は明抄本、呉校によって補った。

［子夜］子《ね》の時刻で午前零時。

［軒除］「軒」は家。「除」は階段。ここでは樓の部屋を指す。

［宦情］役人として出世しようとする気持ち。

［剰］それればかりか。その上に。

［身外盡空虚］宦情や歡宴に對する価値を感じられなくなり、俗世間を離れた氣持ちになったことをいう。329「觀楚國寺璋上人寫一切經院南曲池深竹」詩に「不知將錫杖、早晩躡空虚」（知らず　錫杖を將《も》ちて、早晩　空虚を躡《ふ》むを）とある。

【訳】

行軍の雪後　月夜に王卿の家で宴す　初字を得る
深夜　雪の華が降った後
卿の家に　月影がさし初めた

酒の香りは　寝室にまで薫り
爐の熱氣で　部屋は暖かい
晩年　官位への感情は薄くなり
行軍での歓びの宴も　稀となった
あなたに逢って　その上に　ついつい酔っぱらい
わが身の外はすっかり空虚になってしまった

六、長安帰還

至徳二年（七五七、四三歳）九月二十日、官軍は長安に入城した。長安が胡賊のものになってから、まさに一年三ヶ月ぶりであった。次いで十月十八日には洛陽も奪還され、賊の総帥の安慶緒は北方の鄴城（河南省安陽）に逃れた。粛宗は洛陽奪還の翌日、十月十九日に鳳翔を出発して二十三日に長安に歸り、岑參も粛宗に従って懐かしい長安に歸ってきた。そのご岑參は、乾元二年（七五九）三月に起居舍人に轉じ、四月に虢州長史に署せられる。

171 奉和中書賈舍人早朝大明宮

中書賈至舎人の「早《つと》に大明宮に朝する」に和し奉る

鶏鳴紫陌曙光寒　鶏 紫陌《しはく》に鳴きて 曙光 寒く
鶯囀皇州春色闌　鶯 皇州に囀《な》きて 春色 闌《たけなは》なり
金闕暁鐘開萬戸　金闕の暁鐘 萬戸を開き
玉階仙仗擁千官　玉階の仙仗 千官を擁す
花迎剣珮星初落　花は剣珮《けんぱい》を迎えて 星初めて落ち
柳拂旌旗露未乾　柳は旌旗《せいき》を拂ひて 露未《いま》だ乾かず
獨有鳳凰池上客　獨り 鳳凰池上の客のみありて
陽春一曲和皆難　陽春一曲 和すること皆難《かた》し

【語釈】

＊乾元元年（七五八）春末、長安で右補闕に任ぜられていた頃の作。

［**賈至**］唐の人。字は幼鄰、諡は文。明經《めいけい》に抜擢される。官は知制誥《ちせいこう》中書舍人。代宗の時、右散騎常侍となる。

［**早朝**］朝の政務。

［**大明宮**］宮殿の名。朝會の行われる處。

［**鶏鳴紫陌曙光寒**］「紫陌」は長安の大路。「曙光」は暁の光。この句は朝のまだ早い時間であることを表す。

［**鶯囀皇州春色闌**］「皇州」は、帝都をいう。この句は春の盛りであることを表している。

［**金闕暁鐘開萬戸、玉階仙仗擁千官**］「金闕」は天子の宮闕。宮城。「暁鐘」は暁の鐘の音。「萬戸」は宮中の扉。「玉階」は玉をちりばめた階《きざはし》。「仙仗」は、皇帝の儀杖。この両句は、朝の政務の様子を詠じたもの。

［**剣珮**］腰に帯びた剣と珮玉。

【旌旗】旗の総称。

【鳳凰池】禁苑中にある池の名。傍に中書省があるので、転じて、中書省、又は宰相を言う。

【客】賈至を指す。

【陽春】古楽曲「陽春白雪」。ここでは賈至の作った詩「早朝大明宮呈両省僚友」を指す。宋玉「對楚王問」に「客有歌於郢中者。其始曰下里巴人。國中屬而和者數千人。其為陽阿薤露、國中屬而和者數百人。其為陽春白雪、國中屬而和者不過數十人。引商刻羽、雜以流徵、國中屬而和者、不過數人而已。是其曲彌高、其和彌寡。」（客に郢《えい》中に歌う者有り。其の始めに下里・巴人を曰ふ。國中 屬《つ》きて和する者は數千人。其の陽阿・薤露《かいろ》を為すや、國中 屬きて和する者は數百人。其の陽春・白雪を為すや、國中 屬きて和する者は數十人に過ぎず。商を引き羽を刻み、雜《まじ》ふるに流徵《りうち》を以てすれば、國中 屬きて和する者は、數人に過ぎざるのみ。是れ其の曲 彌《いよい》よ高ければ、其の和するもの 彌《いよい》よ寡《すく》なければなり。）とある。


【訳】

中書賈至《かし》舎人の「早《つと》に大明宮に朝す」に和し奉る

鶏は都の大路に鳴き 暁の光景は寒く
鶯は帝都に囀《さえず》り 春は闌《たけなわ》である
金闕の暁の鐘の音に 萬戸 開き
玉階の仙仗は 仙官を従える
花が剣珮を迎える頃 星は初めて落ち
柳が旌旗を拂う頃 露はまだ乾かない
ただ独り 鳳凰池上の客である君が居るばかり
その「陽春」の一曲に和することは 非常に難しい

［参考］

賈至「早朝大明宮呈両省僚友」
早《つと》に大明宮に朝して両省の僚友に呈す

銀燭朝天紫陌長　銀燭 天に朝して 紫陌《しはく》 長し
禁城春色暁蒼蒼　禁城の春色 暁 蒼蒼《さうさう》たり
千條弱柳垂青瑣　千條の弱柳 青瑣に垂《た》れ
百囀流鶯遶建章　百囀の流鶯 建章を遶《めぐ》る
剣珮聲随玉墀歩　剣珮の聲は 玉墀《ぎょくち》の歩に随ひ
衣冠身惹御爐香　衣冠の身は 御爐の香を惹《ひ》く
共沐恩波鳳池上　共に恩波に沐《もく》す 鳳池の上《ほとり》
朝朝染翰侍君主　朝朝 翰《ふで》を染めて 君主に侍す

王維「和賈至舍人早朝大明宮之作」
賈至《かし》舍人の「早に大明宮に朝する」の作に和す

絳幘鷄人報曉籌　絳幘《かうせき》の鷄人　曉籌《げうちう》を報じ
尚衣方進翠雲裘　尚衣《しやうい》　方《まさ》に進む　翠雲裘
九天閶闔開宮殿　九天の閶闔《しやうかう》　宮殿を開き
萬國衣冠拝冕旒　萬國の衣冠　冕旒《べんりう》を拝す
日色纔臨仙掌動　日色　纔《わづか》に仙掌に臨みて動き
香烟欲傍袞龍浮　香烟　袞龍《こんりゆう》に傍《そ》ひて浮かんと欲す
朝罷須裁五色詔　朝罷《や》みて　須《すべか》らく五色の詔を裁すべし
珮聲歸至鳳池頭　珮聲《はいせい》　歸りて至る　鳳池の頭《ほとり》

杜甫「奉和賈至舍人早朝大明宮」
賈至《かし》舍人の「早《つと》に大明宮に朝する」に和し奉る

五夜漏聲催曉前　五夜の漏聲　曉前を催し
九重春色酔仙桃　九重の春色　仙桃　酔ふ
旌旂日暖龍蛇動　旌旂　日暖かにして　龍蛇　動き
宮殿風微燕雀高　宮殿　風微《かす》かにして　燕雀　高し
朝罷香烟攜滿袖　朝罷《や》みて香烟《かうえん》　攜《たづさ》へて袖に滿つ
詩成珠玉在揮毫　詩成りて　珠玉　揮毫《きがう》に在り
欲知世掌絲綸美　世　絲綸《しりん》を　掌《つかさど》るの美を知らんと欲せば
池上于今有鳳毛　池上　今に于《お》いて鳳毛有り

172　西掖省即事

西掖重雲開曙輝　西掖の重雲　曙の輝きを開き
北山踈雨點朝衣　北山の踈雨　朝衣に點ず
千門柳色連青瑣　千門の柳色　青瑣に連なり
三殿花香入紫微　三殿の花香　紫微に入る
平明端笏陪鵷列　平明　笏《しやく》を端《ただ》して　鵷列《えんれつ》に陪し
薄暮垂鞭信馬歸　薄暮　鞭《むち》を垂れて　馬に信《まか》せて歸る
官拙自悲頭白盡　官拙《つたな》くして自ら悲しむ　頭の白盡するを
不如巖下偃荊扉　如《し》かず　巖下　荊扉に偃《ふ》さんには

【語釈】
*上篇と同じ時期の作。
［**西掖省**］唐代、門下（左）、中書（右）の二省は宮中の左右の掖《わき》に在ったので、掖省と称す。西掖省は中書省の異称。宮殿の西にあるから西省と称す。
［**曙輝**］朝日の光。

［**北山**］龍首山を指す。長安の北にある。山上に大明宮がある。

［**疎雨**］ぱらぱらと疎《まば》らに降る雨。

［**點朝衣**］「朝衣」とは、朝廷に上るときに着る着物。「點」は、ぽつぽつと落ちかかる様子。

［**千門柳色連青瑣、三殿花香入紫微**］この二句は、宮殿の景色を寫している。「千門」は宮殿をいう。『資治通鑑』唐紀に「漢武帝起建章宮、度為千門萬戸。後世遂謂宮門為千門」（漢の武帝は建章宮を起こし、度は千門萬戸と為す。後世 遂に宮門を謂ひて千門と為す。）とある。杜甫の「哀江頭」の詩に「江頭宮殿鎖千門、細柳新蒲為誰緑」（江頭の宮殿 千門を鎖《とざ》し、細柳新蒲 誰が為にか緑なる）とある。「青瑣」は、皇宮中の門窓の飾り。『漢書』元后傳の注に「孟康曰、以青畫戸邊鏤中、天子制也。師古曰、青瑣者、刻為連環文而青塗之也。」とある。即ち、天子の宮門の扉に連鎖の模様を彫刻して青く塗ったものである。「瑣」は底本では「鎖」となっている。賈至の「早朝大明宮呈両省僚友」詩に「千條弱柳垂青瑣 百囀流鶯遶建章」（千條の弱柳 青瑣に垂れ、百囀の流鶯 建章を遶《めぐ》る）とある。「三殿」は、徐松の『唐両京城坊考』巻一に、唐の大明宮に麟徳殿が有り、「殿に三面有り、南に閣有り、東西に楼有り、故に三殿と曰ふ」とある。「紫微」は、もともとは北斗の北にある星の名で、天帝の座。転じて王宮、禁城、京師をいう。朝會のとき皇帝所在の宮殿を指す。なお唐代、中書省を改めて紫微省といった。『唐書』百官志の注に「開元元年、中書省を改めて紫微省と曰ひ、中書令と曰ふ」とある。岑參の「寄左省杜拾遺」詩に「聯歩趨丹陛、分曹限紫微」（歩を聯《つら》ねて丹陛を趨《はし》り、曹を分かちて紫微を限る）とある。

［**平明端笏陪鵷列、薄暮垂鞭信馬歸**］「平明」は、夜の明け初めの頃。「端笏」は、笏を正しく持つこと。「笏」は、しゃく。官位ある者が束帯のときに持って、その上に記録をする細長い板。象牙や竹木で作った。「鵷列」「鵷」は鳳凰の一種で、飛ぶ時に序列が決まっているところから、百官の整然と列を作っていることに例える。「陪」は、したがう、添う。「薄暮」は、日暮れ。「薄」は、迫る意。「信馬」は、馬の歩くがままに任せる。唐の朝廷の政は早朝に行われた。官人はまだ薄暗いうちに家を出る。それが「平明端笏陪鵷列」と述べられている。

當時、賈至・岑參・王維・杜甫の四人は共に大明宮にあって、諫省の官であった。岑參は大明宮にあっては、快々として楽しまぬ生活を送っている。朝廷で面白くないことがあって、仕事に疲れて歸ってくる様を「薄暮垂鞭信馬歸」と表現している。

［**官拙自悲頭白盡、不如巖下偃荊扉**］「官拙」は、官位が低いこと。「偃荊扉」の「偃」は臥す、伏すの意。「荊扉」は、荊で作った扉で「柴扉」と同じ意。柴扉を閉ざして寝起きして、隠者の生活をすること。

【訳】

西掖省即事

西掖の上に重なった雲から　旭光がさし出て
北山からの疎《まば》らな雨は　朝衣に落ちかかる
千門の柳の色は　青瑣に連なり
三殿の花の香りは　天子の宮殿にまで入ってくる
夜の明け方　笏《しゃく》を端然と持って　百官の列に従い
日暮れには　鞭を垂れて　馬に信《まか》せて歸る
官途拙《つたな》く　頭が真っ白になったのを私は悲しむばかり
巖の下に荊《いばら》の扉を閉ざした暮しをする方がよいようだ

173 寄左省杜拾遺

「早朝大明宮」と同じ頃の作。『全唐詩』巻二二五に杜甫の「奉答岑參補闕見贈」（岑參補闕の贈らるるに答へ奉る）がある。

窈窕清禁闥　　窈窕として　禁闥清《きよ》く
罷朝歸不同　　朝を罷《や》めて　歸ること同じからず
君随丞相後　　君は　丞相の後に随ひ
我往日華東　　我は　日華の東に往く
冉冉柳枝碧　　冉冉《ぜんぜん》として　柳枝は碧に
娟娟花蕊紅　　娟娟《けんけん》として　花蕊は紅なり
故人得佳句　　故人　佳句を得ば
独贈白頭翁　　独り　白頭の翁に贈れ

寄左省杜拾遺
左省の杜拾遺に寄す

聯歩趨丹陛　　歩を聯《つら》ねて　丹陛《たんぺい》を趨《はし》るも
分曹限紫微　　曹を分かちて　紫微《しび》に限らる
暁随天仗入　　暁に　天仗《てんぢやう》に随ひて入り
暮惹御香歸」　暮に　御香を惹《ひ》きて歸る
白髪悲花落　　白髪　花の落つるを悲しみ

青雲羨鳥飛　青雲 鳥の飛ぶを羨む
聖朝無闕事　聖朝に 闕事 無く
自覚諫書稀」　自《おのづか》ら諫書の稀《まれ》なるを覚ゆ

【語釈】
＊作詩時期は乾元元年（七五八）春の末、171「奉和中書賈至舎人早朝大明宮」と同じころ。
［**杜拾遺**］『文苑英華』巻二五三には、この下に「甫」字がある。
［**左省**］唐代の門下省をさす。門下省は、中書省（右省）に對して東（左）に在ったので左省という。
［**聯歩**］並び歩む。連れ立って歩く。
［**丹陛**］赤く塗った階段。天子の宮殿の称。
［**紫微**］天子の居る所をいう。紫微宮。『晋書』巻十一、天文志上に「一曰紫微。大帝之坐也。天子之常居也。主命主度也」（一に紫微と曰ふ。大帝の坐なり。天子の常居なり。命を主《つかさど》り度を主るなり）とある。
［**天仗**］天子の衛兵。近衛兵。
［**暮**］『文苑英華』は「夕」に作る。
［**惹**］潤い染まること。ここでは、香の匂いが服に染みついた状態をさす。
［**御香**］『新唐書』巻二三上、儀衛上に「朝日、殿上設黼扆、席、熏爐、香案」（朝日には、殿上に黼扆、席、熏爐、香案を設く）とある。
［**聖朝**］朝廷の尊称。
［**闕事**］過ち事。落ち度。
［**諫書**］天子を諫める書状。

【訳】
左省の杜甫に寄せる
歩を連ねて 丹陛を趨《はし》っているが
役所は 紫微宮によって分けられている
夜明けには 天仗に随って入廷し
日暮れには 香を服に染み付けて帰る
白髪の私は 花の散ることを悲しみ
青い雲に 鳥の飛ぶことを羨んでいる
朝廷には 過ち事が無く
諫書が稀であるのを しみじみ感じている

174　送人歸江寧
人の江寧に歸るを送る
楚客憶郷信　楚客 郷信を憶ひ

向家湖水長　家に向かへば 湖水長し
住愁春草緑　住《とど》まりては 春草の緑を愁ひ
去喜桂枝香　去《ゆ》きては 桂枝の香を喜ぶ
海月迎歸楚　海月 楚に歸るを迎え
江雲引到郷　江雲 郷に到るを引く
吾兄應借問　吾兄 應《まさ》に借問《しゃもん》すべし
爲報鬢毛霜　爲に報ぜよ 鬢毛の霜

【語釈】

＊乾元元年（七五八）の作か。劉長卿「曲阿對月別岑況徐説」「旅次丹陽郡遇康侍御宣慰召募兼別岑單父」の二詩によると、岑參の兄の岑況は至徳年間に丹陽に居た。江寧と丹陽は遠くないので、至徳年間かその少し後の作であろう。

［**江寧**］今の南京市。

［**楚客**］楚の地の客。江寧は戦国時代は楚に属していた。詩中の「江寧に歸る」その人のこと。

［**郷信**］国元からの便り。家書、郷書。「郷信」の用例は、316「巴南舟中夜書事」中に「見雁思郷信、聞猿積涙痕」（雁を見れば 郷信を思ひ、猿を聞けば 涙痕積《つ》もる）、124「赴北庭度隴思家」に「西向輪臺萬里餘、也知郷信日應疎」（西のかた輪臺に向かふこと萬里餘、也《ま》た知る郷信の日に應《まさ》に疎《まれ》なるべきを）など五例ある。

［**湖水長**］船で家に歸る道程が遠いこと。

［**春草**］『楚辞』招隱士に「王孫遊兮不歸、春草生萋萋」（王孫 遊びて歸らず、春草 生じて萋萋《せいせい》たり）の句、また、王維の「送別」に「春草明年緑、王孫歸不歸」（春草 明年 緑なるも、王孫 歸るや歸らざるや）の句がある。春草を見ては、歸らぬ自分を待っているであろう故郷の人を憶っている。

［**桂枝**］桂は南方に産する。

［**海月**］海に浮かんだ月の影。張説の「送王光庭詩」に「楚雲眇羈翼、海月倦行舟」（楚雲 羈翼に眇たり、海月 行舟に倦《う》む）の句がある。

［**江雲引到郷**］「江雲」ここでは長江にかかる雲。「江雲」の用例は175「送揚州王司馬」詩に「海樹青官舍、江雲黒郡樓」（海樹 官舍に青く、江雲 郡樓に黒し）、291「聞崔十二侍御灌口夜宿報恩寺」詩に「溪月冷深殿、江雲擁回廊」（溪月 深殿に冷たく、江雲 回廊を擁す）など五例がある。「引」の用例は、32「送許子擢第歸江寧拝親因寄王大昌齡」詩に「楚雲引歸帆、淮水浮客程」（楚雲 歸帆を引き、淮水 客程を浮かぶ）、37「郊行寄杜位」

詩に「秋風引歸夢、昨夜到汝潁」（秋風 歸夢を引き、昨夜 汝潁《じょえい》に到る）、78「早発焉者懐終南別業」詩に「暁笛引郷涙、秋氷鳴馬蹄」（暁笛 郷涙を引き、秋氷 馬蹄に鳴る）などがあるが、いずれも「楚雲」「秋風」「暁笛」に意思があるかのような岑參独特の擬人的表現である。

【訳】

人が江寧に歸るのを送る

楚の旅人は 故郷の便りを思い
家に向かって辿る船路は遠い
都にあっては 春草の緑を愁え
旅立っては 桂枝の香りを喜ぶ
海の月は 楚に歸るのを迎え
江《かわ》の雲は 故郷に至るのを引く
わが兄が きっと聞くだろうから
鬢に霜を置いていると 傳えてほしい

175 送揚州王司馬

揚州の王司馬を送る

君家舊淮水　君が家は 舊《もと》 淮水
水上到揚州　水上 揚州に到る
海樹青官舍　海樹 官舍に青く
江雲黒郡樓　江雲 郡樓に黒し
東南隨去馬　東南 去馬に隨ひ
人吏待行船　人吏 行船を待つ
爲報吾兄道　爲に 吾兄に報じて道《い》へ
如今已白頭　如今 已に白頭と

【語釈】

＊この詩は、上篇の詩と同じ時に作っている。
［**揚州**］唐の州名。政治の中心は現在の江蘇省揚州市にあった。
［**司馬**］州刺史の属吏、刺史を補佐し政事を掌握する。
［**水上到揚州**］唐代、淮水と揚州の間、邗溝があって相通じていた。
［**東南隨去馬**］揚州は唐の都から見れば東南の方角にあたる。また、王司馬の故郷の方角でもある。「隨去馬」は、馬が行くのに任せて、それに随う意であり、任地が故郷の近くなので氣楽に行くさまを表現している。
［**人吏待行船**］「人吏」は役人。「行」は宋本、明抄本、呉校、『全唐詩』の注には「一に歸に作る」とある。

［吾兄］岑參の兄。當時、丹陽に居た。

【訳】

揚州の王司馬を送る

君の家は 舊《もと》 淮水の辺り
水上を行くと 揚州に到る
海沿いの樹々は 官舎までも青くし
江上の雲は 郡の樓閣をも黒くしていることだろう
東南の方角へ 馬に任せて行く
役人達は 君の乗った舟を待っているにちがいない
どうか私の兄に傳えてほしい
今はもう すっかり白頭になってしまったと

176 送許拾遺恩歸江寧拜親

許拾遺の 恩もて江寧に歸り親に拜するを送る

詔書下青瑣　詔書 青瑣《せいさ》より下り
駟馬還呉州　駟馬《しば》 呉州に還る
束帛仍賜衣　束帛《そくはく》 仍《かさ》ねて衣を賜り
恩波漲滄流」　恩波 滄流に漲《みなぎ》る
微祿將及親　微祿 將《まさ》に親《しん》に及ばんとし
向家非遠遊　家に向かふは 遠遊に非ず
看君五斗米　君の五斗米なるも
不謝萬戸侯」　萬戸侯に謝せざるを看る
適出西掖省　適《まさ》に西掖省を出で
如到南徐州　如《ゆ》きて 南徐州に到る
歸心望海日　歸心 海日を望み
郷夢登江樓」　郷夢 江樓に登る
大江盤金陵　大江 金陵を盤《めぐ》り
諸山横石頭　諸山 石頭に横《よこ》たはる
楓樹隠茅屋　楓樹 茅屋を隠し
橘林繫漁舟」　橘林 漁舟を繫《つな》ぐ
種薬疏故畦　薬を種ゑて 故畦《けい》を疏《おさ》め
釣魚垂舊鈎　魚を釣りて 舊鈎を垂る
對月京口夕　月に對《むか》ふ 京口の夕
觀濤海門秋」　濤を觀《なが》む 海門の秋
天子憐諫官　天子は 諫官を憐《いつく》しみ
論事不可休　論事は 休《や》む可からず
早來丹墀下　早《つと》に 丹墀《たんち》の下に來たり
高駕無淹留　高駕 淹《ひさ》しく留むる無かれ

【語釈】

＊乾元元年（七五八）の春から夏の間、長安での作。

［**許拾遺**］岑參の同僚。杜甫に同賦の作「送許八拾遺帰江寧観省」（許八拾遺の江寧に帰り観省するを送る）がある。

送許八拾遺帰江寧観省

許八拾遺の江寧に帰り観省するを送る

詔許辞中禁　詔ありて 中禁を辞するを許され
慈顔赴北堂　慈顔 北堂に赴く
聖朝新考理　聖朝 考理新《あら》たに
祖席倍輝光」　祖席 倍《ますま》す輝光あり
内帛擎偏重　内帛 擎《ささ》ぐること 偏《ひと》へに重く
宮衣著更香　宮衣 著《つ》けて更に 香《かぐは》し
淮陰清夜驛　淮陰《わいいん》 清夜の驛
京口渡江航」　京口 渡江の航《ふね》
竹引趨庭曙　竹は 趨庭の 曙《あけぼの》を引き
山添扇枕涼　山は 扇枕の涼を添ふ
十年過父老　十年 父老に過《よぎ》り
幾日賽城隍」　幾日か 城隍に賽せん
看画曾飢渇　画を看て 曾《しき》りに飢渇《きかつ》
追蹤恨淼茫　追蹤 淼茫《べうばう》たるを恨む
虎頭金粟影　虎頭 金粟の影
神妙獨難忘　神妙 獨り忘れ難し

［**江寧**］江蘇省の県名。南京市の東南に有る。

［**恩帰**］底本は「恩」字を「思」と作るが、『全唐詩』によって改めた。「恩帰」は皇帝の許しを得て帰省すること。

［**青瑣**］皇宮を指す。

［**駟馬**］一乗の車につける四頭の馬。四頭だての馬車。

［**呉州**］江寧を指す。

［**束帛**］一束の帛。古、帛の両端から相向かって巻いていき、あわせて一両とする。五両を一束とし、聘問の礼物として用いた。

［**恩波漲滄流**］「恩波」は仁恵。恵み。「滄流」は深く青々とした流れ。皇帝の恩恵の広く深い様を言う。

［**五斗米**］俸禄が少ないことを言う。陶淵明の故事に拠る。

［**謝**］恥じる。

［**西掖垣**］中書省の異称。宮殿の西に有るから言う。

［**南徐州**］東晋南渡の時、京口（今の江蘇鎮江市）に徐州の地名を移した際の名。

［**金陵**］今の江蘇省丹徒縣。

［**石頭**］石頭城。また石首城、石城とも呼ばれる。現在の石頭山の後ろに址《あと》がある。
［**疏**］世話をする。ここでは薬園を耕すこと。
［**故畦**］故郷の家の畑。
［**舊鈎**］以前に故郷で使っていた釣り針。
［**京口**］江蘇鎮江府丹徒縣、對岸の揚州より江を渡ってここへ着き、江寧へ入る。
［**海門**］海門山。一名松寥山、又は夷山と称される。鎮江市の東北で長江の岸辺にある。32「送許子擢第歸江寧拜親、因寄王大昌齡」（許子の擢第して江寧に歸り親に拜するを送る、因りて王大昌齡に寄す）の注にある。
［**憐**］大事にすること。
［**論事**］諫官の職務。評議すること。
［**丹墀**］朱漆で塗り込めた庭。天子の庭は宮殿の階段の下を赤く塗るから言う。
［**高駕**］立派な乗り物。許拾遺が乗って歸る車を指す。
［**淹留**］久しく留まること。

【**訳**】

許拾遺の　休暇を頂き江寧に歸り親に拜するのを送る

詔書が皇宮より下って
駟馬に乗って　呉州に還られる
束帛と　更に衣を賜り
恩恵は　滄流のように深い」
微祿ながら　恩は家族に及ぼうとしており
家に歸るのは　異郷への遠い旅ではない
君は薄給だが
萬戸侯に劣らない存在だ」
今　西掖垣を出て
行きて南徐州に到る
歸心を以て　海日を望み
故郷の夢の中で　江楼に登る」
大江は　金陵をめぐり
諸山は　石頭に横たわっている
楓樹は　茅屋を隠し
橘林は　漁舟を繋ぐ」
薬を植えては　故郷の畑を耕し
魚を釣っては　釣り針を垂れる
京口の夕に　月に向かい
海門の秋に　波を眺める」
天子は諫官を大事にされており

評議は止むことがない
早く丹墀の下に歸って來て
高駕を 久しく留まらせないでほしい

177 懐葉縣關操姚擴韓渉李叔齎
葉《せふ》縣の關操 姚擴 韓渉 李叔齎を懐ふ

數子皆故人　數子は 皆な故人
一時吏宛葉　一時 宛・葉に吏たり
經年總不見　年を經るも 總《すべ》て見ず
書札徒滿篋　書札 徒《いたづ》らに篋《かご》に滿つ
斜日半空庭　斜日 空庭に半ばにして
旋風走梨葉　旋風 梨葉を走らしむ
去君千里地　君を去ること 千里の地
言笑何時接　言笑 何《いつ》れの時か接せん

【語釈】
＊乾元の初めの作か。『岑詩繫年』に「顔真卿『靖居寺題名』に曰く、唐の永泰二年～御史韓公渉、刺史梁公乘 嘗って招かると。此れ永泰二年、韓渉の御史たるを知る。此の詩に、韓渉の宛・葉に吏たり、と謂ふは、即ち當に御史と為るの前に在るべし。詩に又曰く、君を去ること千里の地、と。長安は葉縣を去ること千里。即ち詩は蓋し長安においての作ならん。乾元の初めより廣徳年間に及び、公は倶に長安に在り。廣徳は永泰を距たること近しと為す。其の時、韓渉は恐らく已に御史為り。則ち其の葉縣に官たること、當に乾元の初めに在るべし」と。
［葉縣］唐の縣名。故城は今の河南葉縣の南に在る。

［關操 姚擴 韓渉 李叔齎］未詳。「擴」字、宋本、明抄本、『全唐詩』は「曠」に作る。

［宛］旧縣名。隋以後 改名して南陽。今の河南省南陽縣。

［總不見］誰とも逢っていない。

［滿篋］竹籠にいっぱい。

［半空庭］人氣《ひとけ》のない庭の半分。底本は「空半」に作る。

［旋風］つむじ風。

［走梨葉］旋風のため、梨の葉が走るように飛ばされている様子。

［言笑］おしゃべりをしたり、楽しく笑ったりすること。

【訳】
葉《しょう》縣の關操 姚擴 韓渉 李叔齎を懐う
数子は 皆な旧友であり

一時　宛や葉縣で　役人であった
何年も経《た》つが　全く會っていない
書簡のみ　徒《いたずら》に竹籠いっぱいになった
夕日は　人けのない庭　半分にさし
つむじ風は　梨の葉を　走らせる
貴方と別れて　千里の遠くにいるが
何時になったら　會って話をしたり笑ったりできるのだろう

178　過緱山王處士黒石谷隠居
緱山王處士《わうしょし》の黒石谷の隠居に過《よ》ぎる

舊居緱山下　舊居　緱《こう》山の下
偏識緱山雲　偏《ひとへ》に識る　緱山の雲
處士久不還　處士　久しく還らず
見雲如見君」　雲を見れば　君を見るが如し
別來逾十秋　別れ來たりて　十秋を逾《こ》え
兵馬日粉粉　兵馬　日に粉粉たり
青溪開戦場　青溪　戦場を開き
黒谷屯行軍」　黒谷　行軍を屯《とん》す
遂令巣由輩　遂に　巣《さう》・由《いう》の輩をして
遠逐麋鹿羣　遠く　麋鹿《びろく》の羣を逐《お》はしむ
獨有南澗水　獨り　南澗の水有りて
潺潺如昔聞　潺潺《せんせん》として　昔聞くが如し

【語釈】
＊作詩時期は至徳二年（七五七）十月から乾元二年（七五九）九月の間。安史の乱の時期に作ったもの。
［**緱山**］　8「緱山西峯草堂作」（緱山の西峯　草堂の作）がある。岑參は若い頃、緱山に移り住んだことがある。「緱山」は、緱氏山のこと。今の河南省偃師《えんし》県の南に位置する。
［**處士**］まだ天子の士として仕えていない者をいう。
［**黒石谷**］今の河南省鞏《きょう》県の西南に位置する関。洛水の渡し場。
［**粉粉**］入り乱れるさま。多いさま。
［**巣由輩**］巣父と許由たち。「巣由」は堯時代の隠人たち。「巣許」ともいう。巣父は山居し年老いてから、樹の上に巣を作り、その上に寝ていたという。許由は、堯が天下を譲ろうとしたのを拒み、箕山に隠れ住んだ。その後、九州の長に指名されそうになったとき、その耳を潁川で洗ったが、巣父はその川の水が汚れたと言い、渡

らなかったという話がある。ここでは王處士をさす。
［**麋鹿羣**］麋鹿《なれしか》と鹿の群れ。
［**南澗**］南にある谷川。
［**潺潺**］底本では「潺湲」に作る。明抄本、呉校本の注に「湲」字を「一作潺」とあり、今これに従う。浅い渓流がさらさらと流れるさま。

【訳】

緱《こう》山　王處士の黒石谷の隠居に過《よ》ぎる

旧居は　緱山《こうざん》の麓
見慣れている　緱山の雲
王處士は　長い間　歸って來ない
雲を見れば　君を見ているようだ」
別れて以來　十年を越え
兵馬は　日に日に多くなってきている
青溪も　戦場となり
黒石谷には　軍隊が駐屯した」
遂に巣父《そうふ》　許由《きょゆう》たちを
遠く麋鹿の群れを追いかけて行かせてしまった
ただ独り　南澗の水だけが
潺潺《せんせん》と　昔のままに流れている

179
送劉郎將歸河東　同用邊字
劉郎將の河東に歸るを送る　同《とも》に邊字を用ふ

借問虎賁將　借問《しゃもん》す　虎賁將
従軍凡幾年　軍に従ふこと　凡《およ》そ幾年ぞ
殺人宝剣缺　人を殺して　宝剣は缺け
走馬貂裘穿　馬を走らせて　貂裘《てうきう》は穿《うが》たる
山雨醒別酒　山雨は　別れの酒を醒《さ》まさせ
関雲迎渡船　関雲は　渡船を迎ふ
謝君賢主將　君が賢主將に謝せ
豈忘輪臺邊　豈に忘れん　輪臺の邊りをと

【語釈】

＊宋本、明抄本、呉校、『全唐詩』には「參曾北庭事趙中丞」（參は曾《かつ》て北庭にて趙中丞に事《つか》ふ）という注がある。第七句にある「賢主將」とは、參が北庭に勤務していた時の北庭節度使趙玭《ちょうし》であるらしい。趙玭は其の後、同・蒲・虢三州の節度使となり、羽林大將軍を兼任していた。「劉郎將」は趙玭の部下で、「郎將」は、羽林軍（近衛師団）の属官である。それらのことから此の詩は、岑參が北庭から歸ってしばらくして長安で作ったものと考えられる。

［**虎賁將**］勇猛な將のこと。
［**剣**］宋本、明抄本、『全唐詩』は「刀」に作る。
［**貂裘穿**］貂《てん》の皮で作った裘《かわごろも》も、いつも馬を走らせているために擦れて穴があいてしまった。
［**関雲迎渡船**］「関」は潼関を指す。劉郎將はこれから長安を發って東に行き、潼関を過ぎて河を渡り河東に向かう。河東の蒲には同、蒲、虢、三州節度使の役所が置かれていた。
［**輪臺**］北庭都護府に属する県で、都護府のある庭州の西約一二〇キロのところに在った。

【訳】
　劉郎將が河東に歸るのを送る
虎賁將どのに　お問ねいたしますが
従軍されてから　およそどれくらい経ちましたか
敵を殺して　宝剣の刃は缺けてしまい
馬を走らせて　貂の裘も穴があいたことでしょう
山雨は　別れの酒の酔いを醒ませてしまい
関所の上の雲は　渡し船を迎えに出ていることと思います
あなたの仕えている賢主將に傳えてほしい
どうして輪台辺りのことを忘れておりましょうかと

180
送張獻心充副使歸河西　雜句
　張獻心　副使に充《あ》てられ河西に歸るを送る　雜句

將門子弟君獨賢　將門の子弟　君獨《ひと》り賢なり
一從受命常在邊　一たび命を受けて從《よ》り　常に邊に在り
未年三十已高位　未だ年《よはひ》三十ならざるに　已に高位
腰間金印色赭然」　腰間の金印　色は赭然《しやぜん》たり
前日承恩白虎殿　前日　恩を承《う》くる　白虎殿
歸來見者誰不羨　歸り來りて　見る者　誰か羨まざらん
篋中賜衣十重餘　篋中の賜衣　十重餘
案上軍書十二卷」　案上の軍書　十二巻
看君謀智若有神　君が謀智　神有るが若きを看《み》
愛君詞句皆清新　君が詞句　皆な清新なるを愛す
澄湖萬頃深見底　澄湖　萬頃《ばんけい》　深く底を見《あらは》し
清冰一片光照人」　清冰一片　光は人を照らす
雲中昨夜使星動　雲中　昨夜　使星　動き
西門驛樓出相送　西門の驛樓　出でて相送る

玉瓶素蟻臘酒香　玉瓶の素蟻　臘酒　香り
金鞍白馬紫遊韁」　金鞍の白馬　紫遊の韁《きょう》
花門南　花門の南
燕支北　燕支《えんし》の北
張掖城頭磧雲黒　張掖《ちゃうえき》　城頭　磧雲《せきうん》　黒く
送君一去天外憶　君を送りて一たび去れば天外に憶はん

【語釈】

＊吐番による河西陥落、廣徳元年（七六三）以前、長安に居た時の作。

［**張獻心**］未詳。『舊唐書』巻一二二、『新唐書』巻一三三によると、幽州節度使張守珪の子獻誠《けんせい》に、獻恭、獻甫という従弟がいた。詩中の「將門子弟」という表現から獻心もまた獻誠の従兄弟かと思われる。

［**副使**］節度副使。

［**河西**］河西節度。涼州（今の甘粛省武威）にあった。

［**雑句**］雑言詩。一句の字數の定まっていない詩体。

［**將門**］代々将軍を出した家柄。

［**常**］底本の注に、「一作恒」とある。

［**年**］『全唐詩』は、「至」に作る。「未至三十已高位」（未だ三十に至らざるに已に高位）

［**金印**］将軍の印を指す。

［**承恩**］恩を蒙ること。節度副使に任命されたこと。

［**白虎殿**］『三輔黄圖』に「未央宮有白虎殿」（未央宮に白虎殿有り）とある。未央宮は漢の宮殿であるが、ここでは唐の長安の宮殿。

［**十重**］底本、宋本、明抄本、呉校には「一作千萬」の注がある。

［**案上軍書十二巻**］「案上」は机の上。「軍書」は、軍事の記録。『木蘭詩』に「軍書十二巻、巻巻有爺名」（軍書十二巻、巻巻に爺《ちち》の名有り）とあるが、これは徴兵の名簿であろう。

［**若**］底本に「一作恒」の注がある。

［**清冰一片**］王昌齢の「芙蓉樓送辛漸」詩に「寒雨連江夜入呉、平明送客楚山孤。洛陽親友如相問、一片冰心在玉壺」（寒雨　江に連なり　夜呉《ご》に入る、平明　客を送れば　楚山孤《こ》なり。洛陽の親友　如《も》し相問はば、一片の冰心　玉壺に在り）とある。

［**使星動**］ここでは張獻心が河西節度副使として赴任することを指す。『後漢書』巻八二、李郃《りこう》傳に「和帝即位、

分遣使者。皆微服単行、各至州縣、觀採風謡。使者二人當到益部、投郤候舍。時夏夕露坐。郤因仰觀、問曰、二君發京師時、寧知朝廷遣二使邪。二人默然、驚相視曰、不聞也。問何以知之。郤指星示云、有二使星向益州分野、故知之耳。」(和帝 位に即くや、使者を分遣す。皆 微服単行し、各《おのおの》の州縣に至りて、風謡を觀採す。使者二人 益部に到るに當り、郤の候舍に投ず。時に夏の夕にして露坐す。郤因りて仰ぎ觀て、問ひて曰く、二君 京師を發《た》つ時、寧《むし》ろ朝廷の二使を遣《つかは》すを知る邪《や》と。二人默然として、驚き相視て曰く、聞かざるなりと。何を以て之を知るやと問ふに、郤は星を指して示して云ふ、二使星の益州の分野に向かふ有り、故に之を知る耳と。)

[**素蟻**]「蟻」は、酒のもろみの表面に浮く滓《おり》。白い滓《おり》。

[**臘酒**] 十二月に醸造した酒。

[**紫遊韁**] 紫の紐で作った手綱。『晉書』巻二八、五行志に「海西公太和中、百姓歌曰、青青御路楊、白馬紫遊韁」(海西公の太和中、百姓 歌ひて曰く、青青たり御路の楊、白馬 紫遊の韁《たづな》と)、『古樂府』に「青驄白馬紫糸韁」(青驄白馬 紫糸の韁) とある。

[**花門南、燕支北、張掖城頭磧雲黒**]「花門」は、花門山堡。「燕支」は、山名。甘粛省山丹県の東。「張掖」は、郡名。今の甘粛省張掖県。唐代、河西節度に属した。「磧雲」甘粛省は、北隣に大砂漠があった。この三句は、張がこれから赴任する土地を言う。『新唐書』巻六七、方鎮表に「副使治甘州、領都知河西兵馬使」(副使 甘州を治め、都知河西兵馬使を領す。) とある。

【訳】

張獻心が副使に充《あ》てられ河西に帰るのを送る 雑句

將門の子弟のうち 君は獨り賢であり
一たび命を受けてより 常に辺境においでだ
まだ年は三十にならないのに すでに位は高く
腰間の金印 色は赤く燃えている」
前日 恩を白虎殿に承け
歸って來ると 見る者は皆な羨んだ
篋中の賜衣は 十重《かさ》ねに餘り
机上の軍書は 十二巻」
君の智謀は まるで神が宿っているかのようであり
君の詞句は 皆な清新であるのを愛す
澄湖 萬頃《ばんけい》 深く底を見《あらは》し
清冰一片 光は人を照らす」

雲中では昨夜　使星が動き
西門の驛樓に　出て相送る
玉瓶の素蟻　臘酒は香り
金鞍の白馬　紫遊の手綱」
花門の南
燕支の北
張掖の城頭に　磧雲は黒く
君を送って一たび去ってのち　天外に憶うことだろう

七、虢州長史

岑參は乾元二年（七五九）四五歳。三月に起居舎人（中書省に属し、従六品上。天子の側に侍して其の言行を記録する官）に昇進したが、わずか一か月後の四月には、長安と洛陽の中間あたりにある虢《かく》州の長史に任じられ、五月に赴任した。その後、宝應元年（七六二）の春に太子中允（東宮職で太子の秘書）として長安に召還されるまで、三年間を此の地で過ごす。

181　出關經華嶽寺訪法華雲公
關を出て華嶽寺を經《へ》　法華の雲公を訪ふ

野寺聊解鞍　野寺にて　聊《いささ》か鞍を解き
偶見法華僧　偶《たまた》ま見《あ》ふ　法華の僧
開門對西嶽　門を開けば　西嶽に對し
石壁青稜層」　石壁　稜層に青し
竹徑厚蒼苔　竹徑は　蒼き苔を厚くし
松門盤紫藤　松門には　紫藤　盤《わだかま》る
長廊列古畫　長廊は　古畫を列ね
高殿懸孤燈」　高殿には　孤燈を懸く
五月山雨熱　五月　山雨　熱く
三峯火雲蒸　三峯　火雲　蒸《む》す
側聞樵人言　側聞す　樵人の言
深谷猶積冰」　深谷　猶ほ　冰を積むと
久願尋此山　久しく　此の山を尋ねんことを願ふも
至今嗟未能　今に至るまで　未だ能はざるを嗟《なげ》く
謫宦忽東走　謫宦《たくくわん》　忽ち東走し
王程苦相仍」　王程　苦《はなは》だ相仍《よ》る
欲去戀雙樹　去《ゆ》きて　雙樹を戀はむと欲す
何由窮一乘　何に由《よ》りてか　一乘を窮めん
月輪吐山郭　月輪　山郭に吐《い》で
夜色空清澄　夜色　空《むな》しく清澄たり

【語釈】

*乾元二年（七五九）五月、岑參は虢州の長史となった。此の詩はその赴任途中の作。

［關］潼關のこと。

［華嶽寺］西嶽廟。華山の麓にある。13「宿華陰東郭客舍憶閻防」（華陰東郭の客舍に宿し閻防を憶ふ）の語釈を參照。

［法華］法華宗を指す。またの名を天台宗。唐代に栄えた宗派。

［稜層］高く聳えている様子。

［孤燈］寂しく灯っている灯火。「孤燈」の用例は、33「宿關西客舎山東嚴許二山人時天寶高道擧徴」に「孤燈然客夢、寒杵擣郷愁」（孤燈 客夢を然《も》やし、寒杵 郷愁を擣《つ》く）、243「盛王輓歌」に「地底孤燈冷、泉中一鏡寒」（地底 孤燈 冷たく、泉中 一鏡寒し）などがある。

［三峯］華山の中峯は蓮華峯、東峯は仙人峯、南峯は落雁峯と言い、世に華嶽三峯と称されている。

［火雲］夏の燃えるような紅い雲。「火雲」の用例は、99「送祁樂歸河東」に「五月火雲屯、氣焼天地紅」（五月 火雲は屯し、氣焼け 天地は紅なり）、151「火山雲歌送別」に「火山突兀赤亭口、火山五月火雲厚。火雲滿山凝未開、飛鳥千里不敢來」（火山 突兀《とつこつ》たり 赤亭口、火山 五月 火雲 厚し。火雲は 山に満ち 凝《こ》りて未だ開かず、飛鳥千里 敢へて來たらず）などがある。

［謫宦］地方へ左遷されること。

［忽］底本の注に「一作向」とある。

［王程］官家規定の期限。

［苦相仍］役目上の日程が ひどくつまっていること。

［雙樹］沙羅雙樹の略称。

［窮］推し究めて極点に到ること。

［一乗］佛教語で、唯一の成佛の教え。この教えは涅槃の彼岸に一つの乗り物に乗せて行き、人々を救うことの譬え。「法華経」は一乗の理を説く。「一乗」の用例は、328「送青龍招提歸一上人遠遊呉楚別詩」に「棄官向二年、削髪歸一乗」（棄官して二年に向かふ、削髪して一乗に歸せん）がある。

［吐］出る。「吐」の用例は、309「上嘉州青衣山中峯題惠浄上人幽居寄兵部楊郎中并序」に「江雲入袈裟、山月吐縄牀」（江雲 袈裟《けさ》に入り、山月 縄牀に吐かる）、310「江行夜宿龍吼灘臨眺思峨眉隱者兼寄幕中諸公」に「水烟晴吐月、山火夜焼雲」（水烟 晴れて月を吐き、山火 夜雲を焼く）がある。

［山郭］山辺の村。山村。

［夜色］夜のけしき。夜の氣配。

［空］心が空虚であるさま。


【訳】

潼関《どうかん》を出て華嶽寺を経《へ》 法華の雲公を訪ねる

野の寺で 暫く鞍を解き
偶《たま》ま法華僧にあった
門を開けば 西嶽に對しており
石壁は 青く聳え立っている」
竹林の 径《こみち》は 蒼い苔で厚く覆われ
松の門には 紫の藤蔓が巻きついている
長い廊下には 古い画が並び
高殿には 寂しく 燈《ともしび》が懸かっている」
時は五月 山に降る雨は熱く
華嶽三峯には 燃えるような夏雲が蒸せている
樵人達の話声を漏れ聞くに
谷の奥には まだ氷が積もっているとのこと」
久しく この山を尋ねることを願っており
これまで果たせなかったことを嘆いている
左遷されて すぐに東に行かなければならず
定められた日程は ひどく窮屈だ」
沙羅双樹を慕ってゆきたいと願っているが
どうやって 一乗経の理を窮めたものか
いまや月輪は山村の上に出て
夜色はただ 清らかに澄みわたっているばかりだ

182
初至西虢官舍南池呈左右省及南宮諸故人
初めて西虢《せいかく》に至り 官舎の南池にて左右の省及び南宮の諸故人に呈す

黜官自西掖　官を黜《しりぞ》けられて 西掖自《よ》りし
待罪臨下陽　罪を待ちて下陽に臨む
空積犬馬戀　空しく犬馬の戀《こひ》を積む
豈思鵷鷺行」　豈に鵷鷺《えんろ》の行《かう》を思はんや
素多江湖意　素《もと》より江湖の意多く
偶佐山水郷　偶《たま》ま山水の郷に佐たり
滿院池月静　滿院 池月 静かに
捲簾溪雨涼」　簾を捲けば 溪雨 涼し
軒窗竹翠濕　軒窗《けんそう》 竹翠 濕《しめ》り
案牘荷花香　案牘《あんとく》 荷《はす》の花は香る
白鳥上衣桁　白鳥 衣桁《いこう》に上り
青苔生筆牀」　青苔《せいたい》 筆牀に生ず
數公不可見　數公 見《あ》ふ可からず
一別盡相忘　一別 盡く相ひ忘る
敢恨青瑣客　敢へて恨まんや 青瑣《せいさ》の客
無情華省郎」　無情なり 華省の郎

早年迷進退　早年　進退に迷ふも
晩節悟行藏　晩節　行藏を悟る
他日能相訪　他日　能く相ひ訪《と》はん
嵩南舊草堂　嵩南《すうなん》の舊草堂

【語釈】
＊乾元二年（七五九）の夏、虢州での作。
［西虢］今の陝西省寶雞県の虢城。故城は河南省陝県の東南。

［左右省］門下省と中書省。門下省は東（左）にあったので左省、中書省は西（右）にあったので右省といった。

173「寄左省杜拾遺」の注參照。

［南宮］尚書省を指す。漢の尚書省は星座の南宮（北極から四十度以南で、井・鬼・柳・星・張・翼・軫《しん》の七宿を包含する。総称して朱鳥星という。）から名を得た。

［黜官］官職をしりぞけられること。

［西掖］中書省の異称。宮殿の西に在るからいう。岑參は虢州長史となる前は起居舎人であり、この職は唐代、中書省に所属していた為に「自西掖」といった。

［待罪］罪を待つ。官吏が其の職に在ることを言う謙辞。

［下陽］北虢の中心地。虢州に近い。今は山西の平陸県に在る。

［犬馬戀］犬馬の主人を慕う情。犬馬を自らに、主人を君に喩えている。

［鵷鷺行］朝の官吏の行列を言う。「鵷鷺」は鵷鶵《えんすう》（鳳凰の類。）と鷺《さぎ》。其の儀容が閑雅であることから、百官が朝廷に居並ぶ様をいう。

［江湖意］隠棲への思いをいう。「江湖」とは隠士の住む所。

［佐］属官。上官を輔佐する吏。

［山水郷］虢州を指す。

［案牘］取り調べを要する書類。公文書。

［白鳥上衣桁、青苔生筆牀］「衣桁」とは、衣服を掛けて置く家具。「筆牀」とは、筆掛け。筆架《ひっか》。この兩句は職務が多忙でないことをいう。

［青瑣客］朝廷によく出入りし、皇帝の近くに仕える者。

［華省郎］尚書郎を指す。

［悟行藏］「行藏」については、『論語』述而に「子謂顔淵曰、用之則行、舍之則藏。惟我與爾有是夫。」（子顔淵に謂ひて曰く、之れを用ふれば則ち行ひ、之れを舍《す》つれば則ち藏《かく》る。惟《た》だ我れと爾《なんぢ》とのみ是れ有るかなと。）

とある。「悟行藏」とは、自由自在の境地を悟ること。

［嵩南］嵩山の南。岑參は十五歳の時、河南の登封県（隋代の嵩陽県。武后の時に改名した。）に住んでいた。

【訳】

初めて西虢にやって來て、官舍の南池で左右の省および南宮にいる友人たちに呈する

官職を　西掖より退けられ
虢州長史となって　下陽に臨むことになった
空しく天子を　お慕いしてきたが
今更どうして朝廷のくらしを思おうか」
もとより隠棲の思いが強かったが
偶《たま》ま　山水の郷の役人となった
庭一面　池を照らす月は静かで
簾《みす》を捲けば　溪雨は涼しい」
軒窓のそばに　竹の翠は雨に湿り
案牘に　荷《はす》の花は香る
衣架には　白鳥が上り
筆架には　青苔が生えている」
數公に會うこともかなわず
一別以來　悉く忘れられてしまった
青瑣の客を恨みはしないが
華省の郎とは　無情なものだ」
若い頃は進退に迷ったが
晩年になって　出処進退は定めと悟った
何時の日か　訪れたいものだ
嵩南の　舊き草堂を

183 衙郡守還
郡守に衙《が》して還る

世事何反覆　世事　何ぞ反覆する
一身難可料　一身　料《はか》る可きこと難し
頭白翻折腰　頭白きに　翻《かへ》って腰を折り
歸家還自笑　家に歸りて　還《ま》た自ら笑ふ
所嗟無産業　嗟《なげ》く所は　産業の無く
妻子嫌不調　妻子は　不調を嫌《いと》ふ
五斗米留人　五斗米　人を留む
東溪憶垂釣　東溪に　釣りを垂るるを憶ふのみ

【語釈】
＊作詩時期は上篇に同じ。
［衙］衙參。屬吏が州の役所に集まり、官長に參謁して

政事を稟白し、決断を聴候することを言う。

[**郡守**] 虢州刺史王奇光。『岑嘉州繫年考證』に「『太平御覧』巻九五七引『唐書』に「乾元中、虢州刺史王奇光、閿郷縣界の女媧の墳、天寶十三載、大雨 晦瞑し、所在を失ふ。今、河上の側近に、忽ち雷風の聲を聞き、暁に墳の踊出するを見ると奏す云云」と。『舊唐書』『新唐書』五行志は、どちらも此の事を乾元二年六月に載せている。したがって、岑參が長史であった時、虢州の刺史は乃ち王奇光であった。

[**還**] 底本は「邊」に作る。『全唐詩』によって改める。

[**世事**] 世の中の事がら。世間の事がら。

[**反覆**] 覆る。予想通りにいかないこと。

[**翻**] 「反」に通じる。ここでは「白髪頭(の年齢)に反して」の意。

[**折腰**] 鞠躬下拝を言う。身をかがめて上官を敬うこと。

[**歸**] 『全唐詩』は「還」に作る。

[**還**] 『全唐詩』は「私」に作る。底本の注に「一作惟」とある。ここは「なお」の意。

[**自笑**] 「自嘲」の意。

[**産業**] 家業。

[**不調**] 生活がうまくいかないこと。

[**五斗米**] 縣令の微薄な俸給。陶潜の故事による。45「初授官題高冠草堂」に「祇縁五斗米、孤負一漁竿」(祇《た》だ五斗米に縁《よ》り、一漁竿に孤負《そむ》く)とある。

[**留人**] (五斗米が)私を引き止める。薄給であっても生活に収入は必要であるし、出世の夢も捨てたわけではないので、役人暮らしを辞めることはできない。

[**東溪**] 高冠谷の東にある渓流。40「還高冠潭口留別舍弟」に「東溪憶汝處、閑臥對鸕鷀」(東溪にて汝を憶ふ處《とき》、閑《しつ》かに臥して鸕鷀《ろじ》に對《むか》はん)とある。この句は、自己の想念が高冠谷の隠居生活に在ることを詠んだものである。

【訳】

郡守に參謁して還る

世間の事がらは どうして予想通りにいかないのか
我が一身のことさえ 思うようにはならない
白髪頭になっても 小腰を屈《かが》め
家に歸ってもなお 自嘲の笑い
嘆かわしいのは 家業がないこと
妻子も生活がうまくいかないことを託《かこ》つ

それでも微薄な俸給は私を引き留める
ただ東溪で釣り糸を垂れる夢を憶うばかりだ

184　郡齋閑坐

郡齋に閑坐す

負郭無良田　　負郭　良田　無く
屈身徇微祿　　身を屈して　微祿に徇《したが》ふ
平生好疏曠　　平生　疏曠《そくわう》を好むに
何事就羈束」　何事ぞ　羈束《きそく》に就く
幸曾趨丹墀　　幸ひにも曾《かつ》て　丹墀《たんち》を趨《はし》り
數得侍黄屋　　數《しばし》ば　黄屋に侍るを得たり
故人盡栄達　　故人　盡《ことごと》く栄達す
誰念此幽獨」　誰か念《おも》はん　此の幽獨を
州縣非宿心　　州縣は　宿心に非ざるも
雲山忻満目　　雲山　眼に満つるを忻《よろこ》ぶ
頃來癈章句　　頃來　章句を癈し
終日披案牘」　終日　案牘を披《ひら》く
佐郡竟何成　　佐郡　竟《つひ》に何をか成さん
自悲徒碌碌　　自ら悲しむ　徒《いたづら》に碌碌《ろくろく》たるを

【語釈】

＊乾元二年（七五九）、虢州での作。
［**郡齋**］郡守の居る所。郡の役所。
［**負郭**］城郭の外の、城郭に近接した土地のこと。
［**良田**］よく肥えた田畑。
［**徇微祿**］少ない報酬に仕方なく従うこと。
［**疏曠**］拘束されないこと。
［**羈束**］拘束する。束縛。
［**趨丹墀**］中央で職に在ること。
［**侍黄屋**］黄屋は、天子の車蓋をさす。車蓋の裏に黄色の絹《きぬ》が張ってあったことによる。「侍黄屋」は天子の行幸に付き従うこと。岑は嘗て起居舎人に任ぜられていた。
［**幽獨**］静かに獨り居ること。孤独の人。ここでは作者自身を指す。
［**宿心**］長い間持ち続けていた想い。宿志。
［**満目**］見渡す限り。
［**癈章句**］章句は、文章を章句に分けて句読を正し、文意を明らかにすること。「癈章句」とは、暇がなくて、勉強もできないこと。
［**案牘**］取り調べを要する書類。公文書。
［**佐郡**］郡の佐吏のこと。郡吏を補佐する役目。

［碌碌］平凡なさま。随従するさま。

【訳】

郡齋に閑坐す

城郭の外側に 良田を持っていないから
身をかがめて 微禄に従うしかない
日頃から 拘束されないことを好んでいるのに
いったいどうして 拘束されているのか」
幸いにも嘗ては 丹墀を趨《はし》り
しばしば 天子に付き従う機會を得ていた
舊友は ことごとく地位が上がり
誰がこの孤独な私を覚えているだろうか」
州縣の役人は 宿志には適《かな》わないが
雲山は目に満ちて 樂しませてくれる
この頃は 章句を学ぶひまもなく
一日中 案牘を廣げている」
郡の佐吏をしていて いったい何ができるというのか
いたづらに日を送っている自分を悲しんでいる

185 佐郡思舊遊 并序

佐郡に舊遊を思ふ 并びに序

己亥歳春三月、參自補闕轉起居舍人。夏四月、署虢州長史。適見秋草、涼風復來。昔桓譚出爲六安丞、常忽忽不樂。今知之矣。悲州縣瑣屑、思掖垣清閑、因呈左右省舊遊。

己亥の歳 春三月、參は補闕より起居舍人に轉ず。夏四月、虢州長史に署せらる。適《まさ》に秋草を見、涼風 復た來たる。昔、桓譚 出でて六安の丞と爲り、常に忽忽として樂しまず。今之を知れり。州縣の瑣屑《させつ》なるを悲しみ、掖垣《えきえん》の清閑を思ひ、因りて左右省の舊遊に呈す。

幸得趨紫殿　幸《さいは》ひにも紫殿に趨《おもむ》くを得
叨憶侍丹墀　叨《かへ》って丹墀《たんち》に侍るを憶ふ
史筆衆推直　史筆 直を推すこと衆《おお》く
諫書人莫窺」　諫書 人 窺ふ莫し
平生恒自負　平生 恒《つね》に自負するも
垂老此安卑　垂老 此《ここ》に卑《ひく》きに安んず
同類皆先達　同類 皆な先に達し
非才獨後時」　非才 獨り時に後《おく》る
庭槐宿鳥亂　庭槐 宿鳥 亂れ
階草夜蟲悲　階草 夜蟲 悲しむ

白髪今無數　白髪 今 無數にして
青雲未有期　青雲 未だ期有らず

【語釈】
＊乾元二年秋、虢州での作。
[佐郡] 郡の長官を補佐する役。郡の長史のこと。
[己亥歳] 乾元二年。「歳」字、底本には無いが、明抄本、呉校、『全唐詩』によって補った。
[補闕] 唐代の官名。天子の過ちを諫める官。
[起居舍人] 官名。唐代、中書省に起居舍人二人、門下省に起居郎二人を置き、共同して「起居注」(天子の左右に仕えて、その言行を記録した文書) を修めた。
[署虢州長史] 「虢州」は河南省霊宝県。「長史」は刺史の下に置かれた総務部長のような役。「署」は職務などを割り当てること。
[昔] 底本では誤って「晉」に作るが、明抄本、呉校、『全唐詩』によって改めた。
[桓譚出爲六安丞] 「桓譚」は前二三 ～五〇、後漢の学者。字は君山。音樂を好み、五経に精通す。天文に詳しく、渾天説を主張した。光武帝に仕え、給事中になり、帝が予言を好むのを諫めた。後、帝の不興を買って六安県の丞に左遷された。『後漢書』桓譚傳に「出爲六安郡丞、意忽忽不樂、道病卒。時年七十餘」(出でて六安郡に丞爲《た》り、意は忽忽として樂しまず、道に病みて卒す。時に年七十餘) とある。
[忽忽] 失意のさま。
[瑣屑] くだくだしい、わずらわしい。
[掖垣] 唐代、中書省と門下省をいう。掖省。
[因] 『全唐詩』にはこの字は無い。
[紫殿] 天子の宮殿。古くから天子の宮殿の上には、紫微 (こぐま座のベータ星を取り巻く十五の星) が護衛していたことから、王宮を紫微宮、紫微垣《えん》、紫垣、紫宮などという。
[丹墀] 天子の宮殿の階《きざはし》を上った上の、朱の漆で塗り込めてある土間、転じて天子の宮殿。
[史筆] 歴史家の記載の筆法。
[垂老] 老境に近いこと。

【訳】
　佐郡の職にあって舊遊を思う　并びに序
己亥の歳 春三月、私 參は補闕から起居舍人に轉じた。夏四月、虢州長史に任じられた。時に適《まさ》に秋草を見、涼風は復た吹いてきた。その昔、桓譚が宮中を出て六安に丞となった時、常に忽忽として樂しまなかったというが、今その思いが分かった。州縣の煩わしさを悲しんで、掖省の清閑な様子を思い、左右省の舊遊に呈する。

幸いにも嘗て宮中に昇ることができ
丹庭に侍っていた頃を　今も思い出す
記録の筆は　率直に書くことが多く
諫書するのに誰はばかることがなかった」
いつも常にそれを自負していたが
老境に至って　今や低い位に我慢している
同輩は皆　先に出世し
才能のない私は　独り時世に遅れている」
庭の　槐《えんじゅ》に宿る鳥は　亂れさわぎ
階《きざはし》の草に　夜の虫は悲しげに鳴く
白髪も　今や數え切れないほどなのに
高位には　まだ巡り合っていない

186　早秋與諸子登虢州西亭觀眺　得低字
早秋　諸子と虢州西亭に登りて觀眺す　低字を得た

亭高出鳥外　亭は高くして　鳥外に出で
客到與雲齊　客到りて　雲と齊《ひと》しくす
樹點千家小　樹は點となり　千家は小に
天圍萬嶺低」　天圍みて　萬嶺は低し
殘虹挂陝北　殘虹　陝北に挂《かか》り
急雨過關西　急雨　關西を過ぐ
酒榼縁青壁　酒榼《さかだる》は　青壁に縁《よ》り
瓜田傍緑溪」　瓜田　緑溪に傍《そ》ふ
微官何足道　微官　何ぞ道《い》ふに足らんや
愛客且相攜　客を愛して　且《しばら》く相ひ攜《たずさ》ふ
唯有郷園處　唯《た》だ有り　郷園の處
依依望不迷　依依として　望みて迷わず

【語釈】
*作詩時期は乾元二年（七五九）の秋、虢州で作られたもの。
［**虢州**］州名。隋、置く。河南省盧氏縣。
［**西亭**］虢州の西方にある高殿。
［**點**］点をうったように小さく見えること。
［**陝北**］陝州の北のこと。陝州は州名。
［**急雨**］俄雨。ゆうだち。
［**酒榼**］酒樽のこと。

［青壁］苔や草が生えて青くなっている山崖のこと。

［微官］卑しい官職。下級の官吏。己の官級の謙称。

［郷園］ふるさとのこと。ここでは長安を指す。


【訳】

早秋に諸子と虢州の西亭に登って観眺した時のこと
低字を得る

西亭は高く　鳥の飛んでいるその上に出ており
客の訪れに　雲と等しい西亭に登った
樹は小さな点となり　千家も小さく見え
天は丸く囲んで　萬嶺は低く連なっている」
残虹は　陝北にかかり
急雨は　関所の西を過ぎてゆく
酒榼《さかだる》は　青色の山崖に寄せかけてあり
瓜田は　緑の溪の傍らに続いている」
微官は　どうして言うに足ろうか
客の訪れを喜んで　しばらく一緒にやって來たが
唯《た》だ　郷園の方角ばかりを
心ひかれて　ひたすら眺め続けている

187　西亭送蒋侍御還京　分得來字

西亭に蒋侍御の京に還るを送る　分かちて來字を得たり

忽聞驄馬至　忽ち聞く　驄馬《そうば》の至るを
喜見故人來　喜びて見る　故人の來たるを
欲語多時別　多時の別れを語らんと欲するも
先愁計日回　先づ日を計《はか》りて回《かへ》るを愁ふ
山河宜晩眺　山河は　晩眺に宜《よろ》しく
雲霧待君開　雲霧　君を待ちて　開く
為報烏臺客　為に報ぜよ　烏臺《うだい》の客
須憐白髪催　須《すべから》く白髪の催すを憐れむべしと

【語釈】

＊虢州に居た時の作。
［侍御］官名。侍御史。御史台の役人。

［驄馬］あおうま。後漢の桓典は侍御史になると、常に驄馬に乗っていた。桓典は厳正な人物であり、「奸人は常に驄馬御史を避けよ」と畏れられていたことに基づく。106「青門歌送東臺張判官」（青門歌　東臺の張判官を送る）の注を參照。

［計日回］滞在期間に限りがあって、短いことを言う。

［待君開］「待」字、『全唐詩』の注に「一作頼」とあ

る。「頼」であれば、「君に頼りて開く」となる。
［**為報烏臺客、須憐白髪催**］「烏臺」とは御史台のこと。御史台には柏樹が茂り、烏が多く生息していたからいう。「烏臺客」ここでは蒋侍御を指す。この両句には、自分を都に呼び戻して欲しいという心情が込められている。

【訳】

西亭で 蒋侍御が京に歸るのを送る
分け合って「來」字を得た

驄《そう》馬《ば》の至ったことを 突然に聞く
やって來た我が友に會えて嬉しい
久しく別れていた間のことを 語りたいのだが
まず 歸られるまでの日數が氣にかかる
山河は 晩の眺めが美しく
雲霧は 君を待っていたかのように晴れた
烏台からの客人よ どうか報じてはくださらぬか
白髪の増えてきたのを 氣の毒に思ってやらねばと

188 送裴判官自賊中再歸河陽幕府
裴判官の 賊中より再び河陽幕府に歸るを送る

東郊未解圍　東郊 未だ圍みを解かず
忠義似君稀　忠義 君に似たるは稀《まれ》なり
誤落胡塵裏　誤りて 胡塵の裏《うち》に落つるも
能持漢節歸　能く 漢節を持して歸る
巻簾山對酒　簾を巻けば 山は酒に對し
上馬雪沾衣　馬に上れば 雪は衣を沾《ぬら》す
却向嫖姚幕　却《かへ》って 嫖姚《へうえう》の幕に向かひ
翩翩去若飛　翩翩《へんぺん》として去ること飛ぶが若《ごと》し

【語釈】

＊『岑詩繫年』によると「上元元年（七六〇）十一月、李光弼は河陽より懐州を攻めてこれを降した。乾元二年（七五九）九月、洛陽陷落後、史思明が屢々攻めたが李光弼はよく河陽を拠守した。（東郊未解囲）上元二年二月、李光弼は屢々朝廷の催促を受け、やむを得ず洛陽に軍隊を出したが大敗し、河陽も懐州も皆陥落する。このことから、この詩は河陽陥落前の乾元二年冬（「上馬雪沾衣」）の作と思われる。この時、岑參は虢州にいた。」とある。
［**自賊中**］洛陽陥落後、賊中に在ったが、後に逃げ歸ったことを指す。
［**河陽**］今の河南孟縣の南に在る。
［**東郊未解圍**］洛陽の東郊を指す。河陽は洛陽の東に在

る。時に史思明は洛陽より兵を率いて、河陽を囲んだ。
〔**胡塵**〕異民族によって起こされる騒亂。
〔**能持漢節歸**〕「持」は、保持の意。「節」は、朝廷より使者を外國に派遣するときに携えて行かせるもの。使節の証明となるもの。『漢書』蘇武傳によれば、武は、字は子卿、武帝の天漢の初め、中郎將を以て匈奴に使いし、大窖（おおきな穴ぐら）の中に幽置され、飲食を絶たれ、雪と旃毛（毛織物）とを齧んで生き延びた。又、北海上に徙《うつ》され、野鼠を掘り、草の実を食べるなど辛苦を重ねたが、漢節を杖ついて羊を牧し、起臥 常に操持し、節旄は盡く落つるに至った。留まること凡そ十九載。昭帝が匈奴と和親するに及んで還るを得、典属國（蠻夷の國を掌る役）に拝せられた。
〔**巻簾山對酒**〕簾を巻き上げると、山が席上の酒のむこうに見える。
〔**却向～**〕河陽は今、敵軍に囲まれている状態であるのに、「それなのに」と強調する意。
〔**嫖姚**〕霍嫖姚（霍去病）のこと。「嫖姚」は、將軍号。ここでは霍嫖姚のように優れた將軍李光弼の意。
〔**翩翩**〕裴判官の乗った馬が、遠く駆けていく様をいう。

【訳】
裴判官が賊中から再び河陽の幕府に歸るのを送る
洛陽の東郊（河陽）はまだ圍みが解かれておらず
忠義の心が あなたほどの人は稀である
あなたは誤って胡軍の手中に落ちたが
能く漢節を保持して歸られた
簾を巻き上げると 山は酒席の前にあり
馬に上ると 雪は衣を沾《ぬら》す
却ってあなたは敵に包囲されている嫖姚の幕府に
飛ぶように去って行かれるのだ

189　題虢州西樓
虢州の西樓に題す

錯料一生事　料《はか》るを錯《あやま》つ 一生の事
蹉跎今白頭　蹉跎《さた》たり 今や白頭
縱横皆失計　縱横 皆な計を失し
妻子也堪羞　妻子 也《ま》た羞《は》づるに堪《た》えたり
明主雖然棄　明主 然《しか》く棄つと雖も
丹心亦未休　丹心 亦た未だ休《や》まず
愁來無去處　愁ひ來たるも 去《ゆ》く處無く

祇上郡西樓　祇《た》だ 郡の西樓に上るのみ

【語釈】
＊虢州長史であった頃の作。
［**蹉跎**］躓くこと。時機を失うこと。
［**縦横**］縦に、或いは、横に。あれやこれやとやってみたが、の意。
［**明主雖然棄**］明主（天子）に見棄てられたとはいっても。孟浩然の「歳暮歸南山」（歳暮 南山に歸る）に「不才明主棄、多病故人疏」（不才にして 明主棄《す》て、多病にして 故人疏《うと》んず）とある。
［**丹心亦未休**］杜甫の「水宿遣興、奉呈羣公」（水宿《すゐしゆく》して興を遣《や》る、羣公に呈し奉る）に「丹心老未折、時訪武陵溪」（丹心老《お》いて未だ折れず、時に訪《と》ふ 武陵の溪）とある。
［**祇上郡西樓**］「上」字、底本では「在」に作るが、『全唐詩』によって改めた。

【訳】
虢州の西樓に題す
一生の事を計り誤って
思う様にならぬまま 今や白髪頭
あれこれしてみたが 皆なうまくいかず
妻子にも羞ずかしさで 合わせる顔がない
明主にこのように棄てられてしまっても
忠誠の心は なおも止むことがない
愁いが湧いてきても 行く處も無く
ただ 郡の西樓に上るのみである

190 春興思南山舊廬招柳建正字
春興 南山の舊廬を思ひ 柳建正字を招く

終歳不得意　終歳 意を得ざるに
春風今復來　春風 今復《ま》た來たる
自憐蓬鬢改　自ら憐れむ 蓬鬢の改まるを
羞見梨花開　羞《は》ぢて見る 梨花の開くを
西掖誠可戀　西掖 誠に戀ふ可きも
南山思早回　南山 早《つと》に回《かへ》らんことを思ふ
園廬幸接近　園廬 幸ひにも接近す
相與歸蒿萊　相ひ與《とも》に 蒿萊《かうらい》に歸らん

【語釈】
＊上元元年（七六〇）春、虢州での作。
［**南山舊廬**］「南山」は、終南山。岑參は登第前に終南

山に隠居しており、出仕後も終南山に別荘を持っていた。終南高冠草堂のこと。

［**柳建正字**］『新唐書』宰相世系表に「柳氏、初めは延州司馬。子は建、金部郎中」とある。「正字」は官名。

［**終歳**］一年を終わるまで。

［**蓬鬢**］亂れ衰えた髪。謝朓の「落日、何《か》儀曹昫《く》に同ず」詩に、「一賞桂樽前、寧傷蓬鬢颯」（一たび賞す 桂樽《けいそん》の前、寧《なん》ぞ傷まん 蓬鬢《ほうびん》の颯《さつ》たるを）とある。

［**西掖**］中書省。

［**相與歸蒿萊**］「蒿萊」は、蓬《よもぎ》などの雑草が茂っている所。「歸蒿萊」は、歸隠の意。「相與」は、岑參と柳建はともに、終南山に園廬があったので言う。

【訳】

春の興趣 終南山の舊宅を思い柳建正字を招く

昨年一年も 意に適《かな》わなかったが
春風は 今またやって來た
蓬鬢が 白髪になったのを独り憐れみ
梨花の開くのを 羞しく見ている
西掖は 誠に恋しい所ではあるが
南山に 早く歸りたいと思う
園廬は 幸いにも近いので
一緒に 蒿萊《こうらい》に歸ろうではないか

191 虢州南池候嚴中丞不至

虢州の南池にて嚴中丞を候《ま》つも至らず

池上日相待　池上 日に相ひ待つも
知君殊未回　君の 殊《こと》に未だ回《かへ》らざるを知る
徒教柳葉長　徒《いたづ》らに柳葉をして長からしめ
謾使梨花開　謾《みだ》りに 梨花をして開かしむ
駟馬去不見　駟馬《しば》 去りて見えず
雙魚空復來　雙魚 空しく復た來たり
相思不解説　相ひ思ふも 説くを解せず
孤負舟中杯　舟中の杯に孤負《そむ》く

【語釈】

＊作詩時期は上元元年（七六〇）の春のようである。「岑詩繫年」に「案ずるに至徳二載九月、長安を収復す。乾元二年九月、史思明 洛陽を陥す。同年夏、公方《まさ》に虢州に至る。此の詩、既に春景を寫す。當に乾元三年、即ち上元元年に作るなるべし」とある。

［**嚴中丞**］嚴武のこと。唐、華陰の人。挺之の子。字は

季鷹。「中丞」は官名。御史中丞。漢代、宮中に在って蘭臺の秘書を掌り、外には刺史を監督し、内には侍御史の職を領する。

【雙魚】書信をいう。遠地から送られてきた二尾の鯉の腹中に手紙があったという故事にもとづく。後漢の蔡邕《さいよう》の「飲馬長城窟行」に「客從遠方來、遺我雙鯉魚。呼童烹鯉魚、中有尺素書。」（客 遠方從《よ》り來たり、我に雙鯉魚《そうりぎょ》を遺《おく》る。童を呼びて鯉魚を烹《に》しむるに、中に尺素《せきそ》の書有り。）とある。

【相思】「相」は、必ずしも相互にではなく、それを対象としての意である。

【孤負】そむくこと。明抄本『全唐詩』に「辜負」に作る。45「初授官題高冠草堂」（初めて官を授けられ高冠の草堂に題す）に「祇縁五斗米、孤負一漁竿」（祇《た》だ五斗米に縁《よ》り、一漁竿《ぎょかん》に孤負《そむ》く）と。また、125「臨洮泛舟趙仙舟自北庭罷使還京」（臨洮《りんとう》に舟を泛《うか》ぶ。趙仙舟 北庭より使を罷《や》めて京に還る）に「雲沙万里地、孤負一書生」（雲沙万里の地、一書生に孤負《そむ》く）とある。

【訳】

虢州の南池で嚴中丞を待ったが到着しなかった

毎日 池のほとりで待っていたが
あなたは まだ歸ってこられないことを知った
ただ柳葉を長くさせるばかりであり
みだりに梨花を開かせているだけだ
あなたの乗られた驄馬は 去ったまま現れず
雙魚《たより》が ただ空しく届く
思い続けていても 私の思いは届かず
舟中で杯を交わすことは できなくなってしまった

192 稠桑驛喜逢嚴河南中丞便別 得時字

稠桑驛《ちょうさう》にて嚴河南中丞に逢ふを喜び 便ち別る
時字を得たり

驄馬映花枝　驄馬 花枝に映ず
人人夾路窺　人人 路を夾《はさ》みて窺ふ
離心且莫問　離心 且《しば》らく 問ふ莫れ
春草自應知　春草 自ら 應《まさ》に知るべし
不謂青雲客　謂《おも》はざりき 青雲の客
猶思紫禁時　猶ほ 紫禁の時を思ふを
別君能幾日　君に別れて 能く幾日ぞ
看取鬢成絲　鬢《びん》の絲と成るを 看取せよ

【語釈】

＊作詩時期は上篇と同じく、上元元年（七六〇）の春の作。

［**稠桑驛**］虢州の西に在った。『元和郡縣志』巻六に「稠桑驛は陝州靈寶縣の西十里」とある。

［**嚴河南中丞**］上篇の注參照。嚴武のこと。上篇の注によれば、嚴武は上元の時期、河南尹と御史中丞を兼ねていた。

［**春草**］『**楚辭**』招隱士の「王孫遊兮不歸、春草生兮萋萋」（王孫 遊びて歸らず、春草 生じて萋萋《せいせい》たり）にもとづく。174「送人歸江寧」に「住愁春草緑、去喜桂枝香」（住《とど》まりては 春草の緑を愁ひ、去《ゆ》きては 桂枝の香を喜ぶ）とある。歸ってこない友のことを、いつも憶っている氣持ちを表している。

［**青雲客**］高位にある嚴武を指す。

［**猶思紫禁時**］「紫禁」とは皇宮を言う。宋本、明抄本、呉校、『全唐詩』の注には「參恭西掖曾聯接」（參は西掖にて曾《かつ》て聯接するを恭くす）の七文字がある。

【訳】

稠桑《ちゅうそう》驛で嚴河南中丞に逢ったことを喜び 便ち別れる
時字を得る

四頭立ての馬車は 花の枝越しに見え
人々は路を挟《はさ》んで それを窺っている
別れていた間の思いは且《しばら》く聞かないでほしい
春草を見れば 自《おのづか》ら分かって下さるはず
青雲の客のあなたが 今もなお
宮中に仕えていた頃のことを覚えていて下さったとは
あなたと別れて はや幾日になることだろう
わたしの鬢が 絲のようになったのを見てほしい

193 使君席夜送嚴川南赴長水 得時字

使君の席にて 夜 嚴河南の長水に赴くを送る
時字を得たり

嬌歌急管雜青絲　嬌歌 急管 青絲に雜《まじ》り
銀燭金杯映翠眉　銀燭 金杯 翠眉に映ず
使君地主能相送　使君 地主として 能く相ひ送る
河尹天明坐莫辭　河尹《かいん》 天明 坐して辭する莫かれ
春城月出人皆醉　春城 月出で 人は皆な醉ふ
野戍花深馬去遲　野戍《やじゅ》 花深く 馬の去ること遲し
寄聲報爾山翁道　聲を寄せて 爾《なんぢ》に報ぜん 山翁の道
今日河南勝昔時　今日の河南は 昔時に勝《まさ》ると

【語釈】

＊作詩時期は上二篇に同じ。

[使君] 虢州刺史を指す。

[赴長水]「長水」は唐の県名。河南省盧氏県の東南。「赴長水」三字、明抄本、呉校には無い。

[得時字] この三字は底本には無く、宋本、『全唐詩』によって補った。

[嬌歌急管雜青絲]「急管」とは、リズムの速い管樂の音。「青絲」とは宴座の女性たちの黒い髪の毛。女性の歌声と管樂の音が女性たちの髪の毛の間に雜って流れていく様を、視覚的に詠じている。「雜青絲」という表現の例は、138「封大夫の瀚海《かんかい》亭に宴して納涼するに陪す時字を得たり」に「細管雜青糸、千杯倒接羅」（細管は青糸に雜《ま》じり、千杯 接羅《せつり》を倒す）、238「冬宵の家會」に「急管雜青糸、玉瓶屈金卮」（急管は青糸に雜り、玉瓶《ぎょくへい》 屈金の卮《さかずき》）とある。

[翠眉] 緑色の眉。美人の眉をいう。

[地主] 送別會を行っている場所の主人。ここでは「使君」を指す。

[河尹] 河南の長官。嚴武を言う。

[野戍] 國境の砦。當時、洛陽は史思明の拠る所となり、陜・虢州一帯は戦場となっていた。

[寄聲] ことづてする。

[山翁道]「山翁」とは、晉の山簡のこと。この詩では酩酊した嚴武を指すが、これは『晉書』巻四三・山簡傳に有る酩酊した山簡の様子になぞらえたもの。81「登涼州尹臺寺」（涼州の尹臺寺に登る）の注參照。「山翁道」とは、山簡が征南將軍として、毎日酒を飲みながらも襄陽を安全に保っていた、その方法をいう。

[河南] 黄河の南を指す。虢州は黄河の南に在り、唐には河南道に属していた。當時の河南は嚴武が長官を務めていた。

【訳】

使君の席にて、夜 嚴河南が長水に赴くのを送る
時字を得た

艶《あで》やかな歌声と急管の音は 黒髪に雑《まじ》り
銀燭と金杯は 翠眉に映えている
使君は地主として 心を込めてあなたを送られる
河尹殿 天明まで 座に留まって歸らないで下され
春城に月は出て 人は皆な酔っている

野戍に花は深く 馬はゆっくりと去ってゆくことだろう
誰かに「山翁の道」を傳えさせましょう
今日の河南は 昔に勝《まさ》っていると

194 陪使君早春東郊遊眺 得春字
使君の早春 東郊の遊眺に陪《したが》ふ 春字を得たり

太守擁朱輪　太守 朱輪を擁し
東郊物候新　東郊 物候 新たなり
鶯聲隨坐嘯　鶯聲 坐嘯に隨ひ
柳色喚行春　柳色 行春を喚《よ》ぶ
谷口雲迎馬　谷口 雲は馬を迎え
渓邊水照人　渓邊 水は人を照らす
郡中叨佐理　郡中 佐理を叨《かたじけな》くす
何幸接芳塵　何ぞ幸ひなるかな 芳塵に接すること

【語釈】
*上元元年か二年の春 虢州での作。
［**得春字**］底本にはないが、『全唐詩』によって補う。「春」字、明抄本、呉校は「奉」字に誤る。
［**朱輪**］朱塗りの車。高位高官の人の乗る車。
［**物候**］万物が氣候に應じて変化すること。氣候風物。
［**行春**］春の日に野に出て遊ぶこと。
［**叨佐理**］「佐理」は佐治。政務を助け治める役職。長史の職に任ぜられること。
［**接芳塵**］「芳塵」は、花の下の塵。歩いたあと。使君の東郊遊眺に同道したこと。

【訳】
使君が早春東郊に遊眺するのに陪《したが》う 春字を得る
太守は 朱輪の車に乗り
東郊に 萬物は新たである
鶯は 宴座の嘯《うた》に隨い
柳色は 春の野遊びを誘う
谷口では 雲が馬を迎え
渓邊では 水が人を照らす
郡中では佐理の職につかせていただいており
何という幸運か 芳塵に接している

195 陪使君早春西亭送王贊府赴選 分得歸字
使君に陪《したが》ひ 早春の西亭にて王贊府の選に赴くを送る 分かちて歸字を得たり

西亭繫五馬　西亭に 五馬を繫ぎ

為送故人歸
客舍草新出
關門花欲飛
到來逢歳酒
却去換春衣
吏部應相待
如君才調稀

為に送る 故人の歸るを
客舍 草は新たに出で
關門 花は飛ばんと欲す
到來 歳酒に逢ひ
却去 春衣に換ふ
吏部 應《まさ》に相待つべし
君が如き 才調は稀《まれ》なり

【語釈】

*上元元年、或は二年春、虢州での作。

[陪] 付き従う。

[使君] 州の刺史（長官）。ここは虢州の長官のこと。

[贊府] 唐代の縣丞（次官）の別称。

[赴選] 京に赴いて候選するを言う。唐代六品以下の官吏の銓選。文官は吏部が責任をもって、其の言辞刀筆、體貌才行を観察し、其の年の功績などにより選抜を決定する。

[五馬] 五頭の馬。太守の異称。もと太守の車には駟《し》（四頭立ての馬車）に更に一馬を添え馬としてつけていた。

[門] 底本注に「一作外」とある。

[歳酒] その歳に醸した新しい酒。

[却去] 虢州を離れて、京に赴くことをいう。

[吏部] 文官の銓選などのことをつかさどる。

[才調] 才氣。才氣の程度。

【訳】

使君に陪《したが》って早春の西亭にて王贊府が選に赴くのを
　送る 分けて歸字を得た

西亭に五馬を繋ぎ
友が歸るのを送る
宿舎では 草が芽生えたばかり
関所の辺りは 花が散っていることだろう
おいでになった時は 新酒ができたころ
歸って行かれる今は 春着に着替えるころ
（京では）吏部が待っていることだろう
あなたのように才氣ある人は稀なのだから

196 春半與羣公同遊元處士別業

春の半ば 羣公と同《とも》に元處士の別業に遊ぶ

郭南處士宅
門外罹羣峯
勝概忽相引

郭南 處士の宅
門外 羣峯 罹《つら》なる
勝概 忽ち相ひ引きて

春華今正濃」　春華　今正《まさ》に濃《こま》やかなり
山廚竹裏爨　山廚　竹裏に爨《かし》ぎ
野碓藤間舂　野碓　藤間に舂《つ》く
對酒雲數片　酒に對すれば　雲數片
捲簾花萬重」　簾を捲《ま》けば　花萬重
巖泉嗟到晚　巖泉　到ることの晚《おそ》きを嗟《なげ》き
州縣欲歸慵　州縣　歸らんと欲するも慵《ものう》し
草色帶朝雨　草色　朝雨を帶び
灘聲兼夜鐘」　灘聲　夜鐘を兼ぬ
愛茲清俗慮　茲《これ》を愛して　俗慮を清《す》ます
何事老塵容　何事ぞ　塵容の老いん
況有林下約　況《いは》んや林下の約有るをや
轉懷方外蹤　轉《うた》た懷ふ　方外の蹤《あと》

*上元元年（七六〇）、或いは二年の春、虢州での作。

【語釈】

［**勝概**］すぐれた景色。
［**山廚**］山の中にある台所。
［**巖泉**］ここでは元處士の別業を指す。
［**州縣欲歸慵**］州の役所に歸ろうとすると、この場所に心ひかれて歸りたくなくなる。
［**灘聲**］早瀬の音。
［**林下約**］官をやめて退隠することを、元處士と約束していたのであろう。
［**方外**］世の雑事にわずらわされない所。俗世の外。

【訳】

　春の半ば　羣公と元處士の別荘に遊んだ
城郭の南にある處士の家では
門の外に峯峯が連なっている
すばらしい景色は　忽ち引き合い
春の盛りは　今まさに濃《こま》やかである」
山廚では　竹やぶの中で飯を炊《た》き
野外の碓《うす》で　穀物をつく
酒を前にすると　空に雲が數片たなびき
簾を捲けば　花が幾重にも重なっている」
この巖泉の地に來ることの遅かったのを嘆き
州の役所に歸ろうとすれば物憂くなる
草の色は　朝の雨を帶び
瀬音は　夜の鐘に重なって聞こえる」
ここを愛し　世俗の思いを忘れる
どうして塵まみれの姿のまま老いたりしようか

まして隠棲の契《ちぎり》を結んでいるからには
益々世俗を離れた暮らしが思われる

197　西亭子送李司馬
　　西亭子にて李司馬を送る

高高亭子郡城西　　高高たる亭子　郡城の西
直上千尺與雲齊　　直上千尺　雲と齊《ひと》し
盤崖縁壁試攀躋　　崖を盤《めぐ》り壁に縁《よ》りて　試みに攀躋《はんせい》す
羣山向下飛鳥低」　羣山　下に向かひ　飛鳥低《ひく》し
使君五馬天半嘶　　使君の五馬　天半に嘶《いなな》き
絲繩玉壺爲君提　　絲繩の玉壺　君の為に提《ささ》ぐ
坐來一望無端倪　　坐し來たりて　一望すれば端倪《たんげい》無く
紅花緑柳鶯亂啼」　紅花　緑柳　鶯は亂れ啼く
千家萬井連迴渓　　千家　萬井　迴渓に連なり
酒行未醉聞暮鷄　　酒行はれて未だ醉はざるに暮鷄を聞く
點筆操紙爲君題　　筆を點じ紙を操《と》りて　君の爲に題す
爲君題　　君の爲に題し
惜解攜　　解攜《かいけい》を惜む
草萋萋　　草は萋萋として
没馬蹄　　馬蹄を没す

【語釈】
＊作詩時期は上篇と同じ。
［西亭子］西にある高殿。「子」は助詞。186「早秋諸子登虢州西亭観眺」（早秋　諸子と虢州西亭に登りて観眺す）を参照。

［上］底本は「下」に作る。諸本に従って「上」に改めた。

［盤崖］崖をめぐる。

［縁壁］険岨な山崖に沿う。

［攀躋］よじ登る。

［羣山向下］「向」は「対」の意。亭子に登って見ると、虢州の羣山が遥か下に見えることをいう。その羣山の辺りを羽ばたく飛鳥は、亭子から眺めて見ると低い位置を飛んでいるように見える。

［使君］虢州の長官を指す。

［五馬］漢代、太守の駕車用である五頭の馬。虢州刺史の駕車用の馬を指す。

［絲繩］宋本、明抄本、呉校の注に「一作青絲」とある。

［無端倪］廣々として限りないこと。

［柳］底本、宋本の注、ならびに「一作錦」とある。

［點筆］筆に墨をつける。

［爲君題、惜解攜］「爲君題」は底本には無いが、今は宋本、明抄本『全唐詩』によって補う。「解攜」は離別の意。

［萋萋］草が盛んに茂った様子。これは春に萌え出づる若草が盛んに茂り、李司馬の馬蹄の跡を覆うという連想。あなたは馬蹄の跡さへも残さずに虢州から去ってしまうが、何と名残惜しいことだろうと、友人との別離を惜しむ表現。144「白雪歌送武判官歸京」（白雪歌 武判官の京に歸るを送る）中の「山廻路轉不見君、雪上空留馬行處」（山廻り路轉じて君を見ず、雪上空《むな》しく留む馬行の處）が雪上に馬蹄の跡を留めるというのに対し、この詩では、春草が李司馬の馬蹄の跡を覆うとして逆の状態を指すが、ともに歸京を願い、嘆き悲しむ岑參の様を表現している。

【訳】
　西亭にて李司馬を送る
高々とそびえ立つ亭子は　郡城の西にあり
真っ直ぐ千尺にのびており　その高さは雲と齊しい
崖をめぐり絶壁に沿いながら　試しによじ登ると
羣山は遙か下に見え　鳥は低く飛んでいる」
使君の五馬は天半に嘶《いなな》き
酒を入れる絲繩の玉壺を　君の爲に提《さ》げてきた
腰を下ろして一望すると　どこまでも限りなく
紅花　緑柳　鶯が亂れ啼いている」
千家萬井は　曲がった谷に連なり
酒宴が行われて　未だ酔わないのに暮鶏の声を聞く
筆に墨をつけ　紙を操《と》って　君の爲に詩を題す
君の為に詩を題し
解攜《わかれ》を惜しむ
草は盛んに茂り
馬蹄を覆う

198　暮春虢州東亭送李司馬歸扶風別廬
　暮春　虢州の東亭にて李司馬の扶風の別廬に歸るを送る
柳嚲鶯嬌花復殷　　柳嚲《た》れ　鶯は嬌《こ》び　花復《ま》た殷《ふか》し
紅亭緑酒送君還　　紅亭　緑酒　君の還るを送る
到來函谷愁中月　　到來　函谷　愁中の月

歸去磻溪夢裏山　歸去　磻溪《はんけい》　夢裏の山
簾前春色應須惜　簾前の春色　應《まさ》に須《すべか》らく惜しむべし
世上浮名好是閑　世上の浮名《ふめい》　好《まこと》に是れ閑なり
西望郷關腸欲斷　西望すれば　郷關　腸《はらわた》　斷えんと欲し
對君衫袖涙痕斑　君に對《むか》へば　衫袖《さんしゅう》に　涙痕《るいこん》　斑《まだら》なり

【語釈】

＊上元元年（七六〇）、或いは二年（七六一）春の作。

［**司馬**］官名。州の長官を補佐して軍事を司る官。

［**扶風**］唐の郡名。今の陝西省咸陽縣の東。長安の西方にある。

［**別廬**］別墅（別宅・別荘）と同じ。

［**柳嚲鶯嬌**］柳の枝は垂れ下り、鶯の声は媚びている。美しい春の景色。

［**殷**］深紅色。

［**到來函谷愁中月、歸去磻溪夢裏山**］作者は李司馬の氣持ちを推測して、虢州に來た時に故郷から遠ざかる悲しみで眺めた月を「函谷愁中月」、そして故郷に近付く喜びで眺める磻溪の山を「磻溪夢裏山」と表現したのであろう。「函谷」とは函谷関を指す。今の河南省霊宝県。「磻溪」は川の名。陝西省宝鶏県の東南に在り、源の秦嶺を出て、北に流れ渭河に入る。周の呂尚は渓中の茲泉で釣りをしていて文王に遇ったと傳えられる。

［**好是**］真是（本當に、まことに）と同じ。

［**閑**］等閑（関わりがなくなること）と同じ。

［**西望郷關腸欲斷、對君衫袖涙痕斑**］作者は故郷の長安に断腸の思いを抱いており、長安を通り扶風へ歸郷する李司馬との別れに、一緒に歸れない悲しさで涙を流したのであろう。「郷関」は、故郷をいう。ここでは長安を指す。

【訳】

　晩春　虢州の東亭にて　李司馬が扶風の別宅に歸るのを送る

柳の枝は垂れて鶯の声は嬌《うつく》しく　花の色もまた深紅
紅亭で緑酒を飲んで　あなたが還るのを送る
ここに來た時　函谷関で愁いの思いで眺めた月
歸るときに磻溪では　いつも夢の中で見ていた山
しかし今は簾の前にある美しい春の景色を　ぜひとも惜しむべきだろう
世間の虚名は　まことに関係のないことだ
西望すれば　私は故郷に　腸がちぎれるほどの思い

あなたに對《むか》えば　衣服の袖に涙の痕が斑《まだら》についてしまう

199 虢中酬陝西甄判官見贈
虢中にて　陝西の甄《しん》判官の贈らるるに酬《こた》ふ

微才棄散地　微才　散地に棄てられ
拙宦慚清時　拙宦　清時に慚《は》づ
白髪徒自負　白髪　徒《いたづ》らに自負し
青雲難可期」　青雲　期すべきこと難《かた》し
胡塵暗東洛　胡塵　東洛を暗くし
亞相方出師　亞相　方《まさ》に師を出だす
分陝振鼓鼙　分陝　鼓鼙《こへい》を振り
二崤滿旌旗」　二崤　旌旗に滿つ
夫子廊廟器　夫子は　廊廟の器
迥然青冥姿　迥然《けいぜん》たり　青冥の姿
閫外佐戎律　閫《こん》外　戎律を佐《たす》け
幕中吐兵奇」　幕中　兵を吐くこと奇なり
前者驛使來　前者《さきに》　驛使　來たり
忽枉行軍詩　忽ち枉《ま》ぐ　行軍の詩
晝吟庭花落　晝に　庭花の落つるを吟じ
夜諷山月移」　夜に　山月の移るを諷す
昔君隱蘇門　昔　君は蘇門に隱れ
浪跡不可羈　浪跡　羈《つな》ぐべからず
詔書自徴用　詔書　自《おのづか》ら徴用し
令譽天下知」　令譽　天下　知る
別來春草長　別來　春草　長く
東望轉相思　東に望みて　轉《うた》た相ひ思ふ
寂寞山城暮　寂寞たり　山城の暮れ
空聞畫角悲　空《むな》しく聞く　畫角《ぐわかく》の悲しきを

【語釈】

＊上元元年（七六〇）の春の作。
［**陝西**］今の河南省陝県。
［**清時**］天下が平和で何事もなく治まる。
［**自負**］自らの才智をたのみとすること。
［**胡塵**］北方の砂漠におこる黄塵。胡人の兵馬によって起こる砂塵のこと。乾元二年九月の後、東の京洛陽が史思明に占拠されたことを指す。
［**東洛**］今の河南省洛陽市の東。
［**亞相**］御史大夫の称。ここでは、郭英乂《かくえいがい》のことを指す。朝廷が史思明を討つにあたり、英乂を陝州刺史、陝西節度、潼関の防禦などの任にあてたことをいう。

［**分陜**］周の成王の時代に、陜より東を周公旦、西を召公に治めさせたが、ここはその土地を指す。
［**振鼓**］騎兵が馬上で鳴らす鼓。
［**二崤**］崤山、又は嶔崟《きんぎん》山という。今の河南省洛寧県の西北。西は陜県の界、東は黽池県の界。
［**旌旗**］旗の総称。
［**夫子**］甄《しん》判官のことを指す。
［**廊廟器**］朝廷において國の政事が担當できる人物。
［**迥然**］遙かなさま。
［**青冥**］青空。青天。
［**閫外**］朝廷のしきみの外のこと。
［**戎律**］戦場でのきまり。
［**吐兵**］談兵のこと。軍事についての議論。
［**驛使**］宿驛から諸方へ信書や物品等を送達する使い。公文書を傳達する人のこと。
［**行軍**］軍隊が駐屯している場所のこと。
［**蘇門**］蘇嶺、又は百門山という。今の河南省輝県の西北七里のところにある。
［**浪跡**］あてもなく、氣ままに歩きまわること。
［**令譽**］令《よ》き譽れ。
［**轉**］時がたつにつれて、程度がだんだん激しくなるさま。いよよ益々。
［**寂寞**］ひっそりとして寂しいさま。又、形も声もないさま。廣々としたさま。
［**山城**］虢州を指す。
［**畫角**］樂器の名。長さ五尺、形は竹筒に似て、本細く末大。竹・木或いは皮・銅を以て製し、外部に彩繪を加えるので畫角という。その声は嗚嗚然として哀厲高亢《あいらいこうこう》、之を聞けば人をして興奮せしめるという。古時、軍中に用いて、夕暮れと夜明けに警《いまし》め、士氣を鼓舞した。

【訳】

　虢中で陝西の甄《しん》判官から贈られてきた詩に應《こた》える

この微才は　辺鄙な土地に棄てられて
平和な世の中に　低い官職とは恥ずかしいことだ
白髪頭になるまで　空しく自分の能力を信じてきたが
出世することは　もう期待できそうにない」
胡塵によって　東洛は暗くなり
亜相はちょうど今　軍隊を出そうとしている
分陝では鼓鼙が振られ
二崤《こう》は軍旗に満ち満ちている」

あなたは 政事の才能に長《た》けた人物で
そのお姿は 果てしなく廣がる青空のよう
戰場では軍律を助け
幕中では兵法について優れた意見を出す」
先日 使いの者がやって來た
忙しい中を曲げて あなたは軍中の詩を送ってくれた
昼には庭にある花が落ちることを吟じ
夜には山月が移っていくことを詠っている」
昔あなたは 蘇門山に隠れ
氣ままな暮らしをしていた
このたび詔書によって召し出され
あなたのよき誉れを 天下の人々は知った」
お別れしてから 春草も長くなり
東を見ては 益々あなたのことを思っている
ひっそりと山城が暮れてゆき
悲しげな畫角の音が 空しく聞こえてくる

200 喜華陰王少府使到南池宴集
華陰の王少府 使ひして南池に到り宴集するを喜ぶ

有客至鈴下　客有り 鈴下に至り
自言身姓梅　自ら言ふ 身は梅を姓とすと
仙人掌裏使　仙人掌裏の使ひ
黄帝鼎邊來　黄帝鼎邊より來たる
竹影拂棋局　竹影 棋局を拂ひ
荷香隨酒杯　荷香 酒杯に隨ふ
池前堪醉臥　池前 醉臥するに堪ふ
待月未須回　月を待ちて 未だ須《すべから》く回《かへ》るべからず

【語釈】
＊作詩時期について『岑詩繫年』には、「『新唐書』地理志に、華州の華陰は垂《すい》拱《きょう》元年に名を仙掌と更め、神龍元年に復た華陰と曰ひ、上元二年に太陰と曰ふ。此の詩、華陰と称すれば、或いは上元元年に作るならん」とある。
［**王少府**］王季友のこと。唐、豐城の人。貧しくはあったが学を好み、詩に巧みであった。官は御史中丞。『唐才子傳』に傳がある。225「潼関使院懐王七季友」（潼関の使院にて王七季友を懐ふ）の王七季友と同じ人物。
［**南池**］虢州に在った。
［**鈴下**］「鈴」とは、樓や役所の軒の角に懸ける鈴鐸《れいたく》で、ここは役所を指す。
［**自言身姓梅**］「梅」とは漢の梅福のこと。『漢書』巻

六十七、梅福傳に「至元始中、王莽専政。福一朝棄妻子、去九江。至今傳以為仙。（元始中に至り、王莽 政を専らにす。福は一朝 妻子を棄て、九江を去る。今に至りて傳へて以て仙と為す。）」とある。「仙人掌」からやって來た王季友が、自らを仙人になったという梅福に喩えて言った。なお、梅福も王季友も妻子と離別し、引き立てを得て官に仕えている。「梅福」は、247「江陵の泉少府の任に赴くを送り、便ち衞荊州に呈す」詩に「神仙吏姓梅、人吏待君來」（神仙の吏 姓は梅、人吏は君の來たるを待つ）とある。

[**仙人掌**] 華山の三峯のうち、東峯を指す。

[**黄帝鼎**]『史記』封禅書に、黄帝が荊山の下で鼎を鋳たことから其処を後人が鼎湖と称した、とある。また、『元和郡縣志』巻六に、虢州湖城縣の南の荊山は、黄帝が鼎を鋳た処であるとあり、王少府が華陰から湖城を経て虢州に至った為にこう言った。

【訳】

華陰の王少府が 使いとして南池に至り
　宴集するのを喜ぶ
客が鈴下にやって來て
自ら言われる 私は「梅」と申しますと
仙人掌のほとりからのお使いが
黄帝鼎の辺りよりおいでになった
竹の影は棋盤を拂い
蓮の花の香りは 酒杯に随う
池のほとりは 酔って横になるのに充分
月の出を待ち まだお帰りにならないで下さい

201 五月四日送王少府歸華陰 得留字

五月四日 王少府の華陰に歸るを送る 留字を得たり

仙掌分明引馬頭　仙掌 分明にして 馬頭を引く
西看一點是關樓　西に看ゆる一點 是れ關樓
五日也須應到舍　五日 也《ま》た須《すべから》く應《まさ》に舍に到るべし
知君不肯更淹留　君の更に淹留を肯《がへん》ぜざるを知る

【語釈】

＊上篇の詩と同年の作。

[**關樓**] 潼関の樓を指す。

[**五日**] 五月五日を指す。虢州から華陰まで一百里、馬で行くと一日で着くことができる。『全唐詩』は「五月」に作るが誤り。

【訳】

五月四日　王少府が華陰に帰るのを送る　留字を得た

仙掌の峯がはっきり見えて　馬の首を引っぱっているようだ
西方に見える一点は　潼関の樓
五日のうちにはまた　華陰の宿に着くだろう
君が最早ここに止まろうとしないことはわかっている

202　六月三十日水亭送華陰王少府還縣　得潭字

六月三十日　水亭にて華陰の王少府の縣に還るを送る　潭字を得たり

亭晩人將別　亭は晩《く》れ　人將《まさ》に別れんとするも
池涼酒未酣　池　涼《つめ》たくして　酒　未だ　酣《たけなは》ならず
關門勞夕夢　關門　夕夢を勞し
仙掌引歸驂　仙掌　歸驂《きさん》を引く
荷葉藏魚艇　荷葉　魚艇を藏《かく》し
藤花罥客簪　藤花　客簪を罥《か》く
殘雲收夏暑　殘雲　夏暑を収め
新雨帶秋嵐　新雨　秋嵐を帶ぶ
失路情無適　失路　情は適《かな》ふ無く
離懷思不堪　離懷　思ひは堪へず
頼茲庭戸裏　茲《こ》の庭戸の裏《うち》に
別有小江潭　別に小江潭有るを頼む

【語釈】

＊前の二詩と同時期の作。

［**六月三十日**］底本、宋本は「十三」と作り、どちらも、「一作三十」の注がある。『全唐詩』は、「三十」。「殘雲」以下の二句から、三十日の方が良かろう。

［**水亭**］虢州の南池のほとりにあったものと思われる。

［**池涼酒未酣**］120「與鄠縣源少府泛美陂」詩の、「水涼難醉人」（水　涼《つめ》たくして人を醉はしめ難し）と同じ意味。

［**關門勞夕夢**］「關」は潼關、この句は、潼關は通るに難く、夢の中で通るのでさえ、辛苦を覚えることを言う。

［**仙掌引歸驂**］「仙掌」は華嶽三峯の東峯、仙人掌。「歸驂」は歸る車。庾信『李陵蘇武別讚』に「李陵北去、蘇武南旋。歸驂欲動、別馬將前」（李陵は北に去り、蘇武は南に旋《かへ》る。歸驂　動かんと欲し、別馬　將に前《すす》まんとす）とある。「引」の用例は、174「送人歸江寧」詩に、「海月迎歸楚、江雲引到鄉」（海月　楚に歸るを迎え、江雲　鄉

に到るを引く）、32「送許子擢第歸江寧拜親因寄大昌齡」詩に「楚雲引歸帆、淮水浮客程」（楚雲 歸帆を引き、淮水 客程を浮かぶ）などがある。いずれも、擬人的表現。

［艇］ふね、こぶね。

［残雲収夏暑］「残雲」は、残った雲。孟浩然の「行至汝墳寄盧徵君詩」に「洛川方罷雪、嵩嶂有残雲」（洛川 方《まさ》に雪罷《や》み、嵩嶂 残雲有り）とある。ここは、降った雨が夏の暑さを終わらせ、その雨を降らせた雲が空にまだ残っている様。

［新雨帯秋嵐］「新雨」は、あらたに降った雨。白居易の「贈江客詩」に、「江柳影寒新雨地、寒鴻聲急欲霜天」（江柳 影寒く 新雨の地、寒鴻 聲急に 霜ならんと欲するの天）とある。「秋嵐」の「嵐」は山氣。秋氣のこと。

［失路］人生において、路を誤ること。

［頼茲庭戸裏、別有小江潭］「庭戸」は、庭の戸。「江潭」は、『楚辭』漁夫に「屈原既放、遊於江潭」（屈原既に放たれて、江潭に遊ぶ）とあり、「小江潭」は、南池を指すのであろう。この二句では、南池があることによって、少しばかり、憂いを慰めることができると言う。

【訳】

六月三十日 水亭で華陰の王少府が縣に還るのを送る
　潭字を得る
亭は暮れて 人はもう別れようとしているが
池が冷たいので 酒宴はまだ 酣《たけなわ》 にならない
潼關を過ぎるのは 夢の中でもしんどいことだが
仙人掌が 歸る車を引いてくれるだろう
荷《はす》の葉は 小舟を隠し
藤の花は 客の簪を引っ掛ける
残雲に 夏の暑さは収まり
新雨に 秋氣を帯びてくる」
路を失い 心に満足するものはなく
別れのつらさに 思いは堪えがたい
この 庭戸の中に
別に小江潭の有るのが せめてもの頼みだ

203 送永壽王贊府逕歸縣 得蟬字
永壽の王贊府の 逕《ただ》ちに縣に歸るを送る
　蟬字を得たり
當官接閑暇　官に當たりて 閑暇に接す

暫得歸林泉　暫く 林泉に歸るを得たり
百里路不宿　百里の路も 宿らず
兩鄉山復連　兩鄉 山復《ま》た 連なる
夜深露濕簟　夜深く 露は 簟《しきもの》を 濕《うるほ》し
月出風驚蝉　月出でて 風は蝉を驚かす
且盡主人酒　且《しばら》く盡くせ 主人の酒
為君從醉眠　君の為に 醉眠に從はん

【語釈】

＊「王贊府」については、他に195「送王贊府赴選」がある。上元元年（七六〇）か二年の春に行われた都の候選に赴く王贊府が、途中 虢に立ち寄った時の作であり、203の此の詩は、候選に落第した王贊府が故鄉の永壽に歸る途中、再び虢に立ち寄った時のものである。おそらく王贊府は落第した後、すぐに任地（虢州の東か、その付近に在ったようである）に歸り、また虢を經由して永壽に向かったのであろう。その時期は、上元元年か二年の秋のことと考えられる。

［**永壽**］今の陝西省永寿県の西北あたり。

［**歸林泉**］一時、鄉里に歸るのか、或いは退隠するのか。

［**兩鄉**］任地と虢州を指すのであろう。任地から虢州までは「百里」の間に「山復連」山々が連なっていた。

【訳】

永壽の王贊府がまっすぐ県に歸るのを送る
「蝉」字を得た
役目が 暇《ひま》になったので
暫く鄉里に歸ることができたと
百里の路を 宿もとらずに來られた
あちらから此処まで 山々が連なっているのに
夜深く 露は敷物を湿らせ
月が出て 吹く風は蝉を驚かせる
まずは私の酒を 十分に飲んでほしい
あなたについて 酔って眠ることにしよう

204　虢州西亭陪端公宴集
虢州の西亭 端公の宴集に陪す

紅亭出鳥外　紅亭 鳥外に出で
驄馬繫雲端　驄馬 雲端に繫《つな》ぐ
萬嶺窗前睥　萬嶺 窗前に睥《うかが》ひ
千家肘底看　千家 肘底に看る
開瓶酒色嫩　瓶《かめ》を開ければ 酒色 嫩《やはらか》く
踏地葉聲乾　地を踏めば 葉聲 乾《かは》く

爲逼霜臺使　霜臺の使《つかひ》に逼《せま》らるるが爲に
重裘也覺寒　裘《かわぎぬ》を重ぬるも 也《ま》た寒きを覺ゆ

【語釈】

＊虢州長史であった頃の作。

［西亭］虢州の西方にある高殿。186「早秋與諸子登虢州西亭觀眺」（早秋 諸子と虢州西亭に登りて觀眺す）の語釈を參照。

［端公］侍御史のこと。『唐語林』巻八に「御史臺に三院あり。一は臺院と曰ひ、其の僚を侍御史と曰ふ。衆呼びて端公と為す。」とある。此の「端公」は即ち、207「范公叢竹歌」の中の「范公」である。この歌の注によれば、范公は范季明のことで事歴は明らかではない。上元元年の頃、岑は范と屢々《たびたび》手紙のやりとりをしていた。

［鳥外］鳥が飛ぶあたりより更に上の方の空。

［驄馬］あおうま。後漢の桓典は侍御史となり、常に驄馬に乗っていた。

［開瓶酒色嫩］282「暮秋會嚴京後廳竹斎」（暮秋、嚴京に後廳の竹斎に會す）に「京尹小齋寛、公庭半藥欄。甌香茶色嫩、窓冷竹聲乾」（京尹の小齋 寛《ひろ》く、公庭の藥欄 半ばなり。甌は香りて 茶の色は嫩《やはら》かに、窓は冷たく 竹の聲は乾く）とある。

［霜臺］御史台の別名。御史台は法律をつかさどるため、霜の厳しさにたとえられる。

【訳】

虢州の西山亭で范端公を送る 濃字を得た
紅亭は 鳥が飛ぶあたりよりも高く出て
萬もの嶺は 窗《まど》の前に眺められ
驄馬は 雲の端に繫《つな》がれている
千家は 肘《ひじ》の底《した》に見えている
瓶を開ければ 酒の色は淡く
地を踏めば 木の葉の音は乾いている
霜臺の使者の近くにいるために
裘《かわぎぬ》を重ねても まだ寒く感じる

205 虢州西山亭子送端公 得濃字
虢州の西山亭子にて范端公を送る 濃字を得たり

百尺紅亭對萬峯　百尺 紅亭 萬峯に對す
平明相送到齋鐘　平明にして相送り 齋鐘に到る
驄馬勸君皆卸却　驄馬 君に勸《すす》む 皆な卸却《しやきやく》せよ
使君家醞舊來濃　使君の家醞《かうん》 舊來 濃《こ》し

【語釈】
＊作詩時期は上篇と同じ。
［西山亭子］西亭のこと。

［范端公］上篇の注を参照。

［得濃字］この三字、底本には無いが、宋本、明抄本、呉校、『全唐詩』によって補う。

［紅］明抄本、呉校は「江」に作るが、誤りであろう。

［平明］天が明ける頃。夜明け。

［齋鐘］寺院の昼の時刻を知らせる鐘聲のこと。

［皆卸却］「皆」字、『唐人萬首絶句』は「教」に作る。「卸却」は、（馬に乗せている旅の荷物を全て）下ろすこと。

［使君家醞舊來濃］「使君」は、虢州の刺史を指す。使君の家で醸した酒は元々濃くて美味しく、恐らく沢山飲んでしまうから出發出來なくなりますよという意。范端公を引き止める岑參の心情表現。

【訳】
虢州西山亭子で范端公を送る　濃字を得た
百尺の紅亭から眺めると　峯々が前に連なっている
明け方に送別會を始め　昼の食事の鐘がなる時刻になった
あなたに馬に積んでいる荷物を全て下ろすように勧めます
使君の家で醸した酒は　もともと濃《こ》くてうまいですよ

206　原頭送范侍御　得山字

原頭にて范侍御を送る　山字を得たり

百尺原頭酒色殷　　百尺　原頭　酒色殷《ふか》し
路傍驄馬汗斑斑　　路傍の驄馬　汗斑斑《はんぱん》たり
別君祇有相思夢　　君に別れては　祇《た》だ相思の夢有るのみ
遮莫千山與萬山　　遮莫《さもあらばあれ》　千山と萬山と

【語釈】
＊作詩時期は上二篇と同じ。
［原］西原を指す。「西原」は『古今圖書集成』方輿彙編・職方典四三八によれば「在（靈寶）縣城西南」（靈寶縣城西南に在り）という。

［范侍御］上二篇中の「范端公」。207「范公叢竹歌」中の「范公」と同一人物。

［得山字］この三字は底本に無いが、宋本、明抄本、呉

校、『全唐詩』によって補った。
［遮莫］「不論、不問」（論じない、問いただださない）と同じ。唐以來の俗語。

【訳】

西原の頭《ほとり》にて范侍御を送る
百尺の西原のほとりで飲む酒の色は 深紅であり
路のほとりの馬は 汗を盛んにかいて斑模様
あなたと別れた後は 思慕の情をただ夢で通わせるだけ
千山と萬山が 間を隔ててはいるけれど

207 范公叢竹歌 并序

范公叢竹の歌 并びに序

職方郎中兼侍御史范公、迺于陝西使院内種竹、新製叢竹詩以見示。美范公之清致雅操、遂為歌以和之。

職方郎中兼侍御史の范公は、迺《すなは》ち陝西使院の内に竹を種え、新たに「叢竹の詩」を製して以て示さる。范公の清致 雅操を美し、遂に歌を為《つく》りて以て之に和す。

世人見竹不解愛　世人 竹を見るも 愛するを解せず
知君種竹府庭内　君の 竹を府庭の内に種うるを知る
此君託根幸得所　此の君 根を託して 幸ひに所を得たり
種來幾時聞已大」　種え來りて幾時 已に大となると聞く
盛夏翛翛叢色寒　盛夏には翛翛《せうせう》として 叢色 寒く
閑宵摵摵葉聲乾　閑宵には 摵摵《しゅくしゅく》として 葉聲《ようせい》 乾く
能清案牘簾下見　能く案牘《あんとく》を清《す》ませて 簾下に見
宜對琴書窗外看」　宜《よろ》しく琴書《きんしょ》に對し 窗外に看るべし
為君成陰將蔽日　君が為に陰《かげ》を成し將《まさ》に日を蔽はんとす
迸筍穿階踏還出　迸筍《ほうじゅん》 階を穿《うが》ちて 踏むも還《ま》た出づ
守節偏凌御史霜　節を守りて偏《ひとへ》に凌《しの》ぐ 御史の霜
虛心願比郎官筆」　虛心 比を願ふ 郎官の筆
君莫愛南山松樹枝　君 南山松樹の枝を愛すること莫かれ
竹色四時也不移　竹色 四時《しいじ》 也《ま》た移らず
寒天草木黄落盡　寒天 草木 黄落し盡くすも
猶自青青君始知　猶《な》自《ほ》 青青として 君始めて知らん

【語釈】

＊上元元年、或いは二年、虢州での作。

［**范公**］范季明のこと。
［**職方郎中**］官名。職方は兵部四曹の一つ、地圖、城隍、堡寨、烽堠のことを司る。郎中は六部諸曹の長官のこと。
［**陝西使院**］陝西節度使の役所。范公はこの詩が作られた時、ここに任ぜられていた。
［**清致**］清らかな風流心。
［**雅操**］正しいみさを。正しい心。
［**府庭**］役所。「庭」字、『全唐詩』は「城」に作る。
［**此君**］竹の異名。晉の王徽之が竹を指して、「何ぞ一日として此の君無かるべけんや」と言った故事（『晉書』王徽之傳）に本づく。「君」字、『全唐詩』は「地」に作る。
［**夏**］明抄本、呉校、『全唐詩』は「暑」字に作る。
［**翛翛**］風が吹いた時に、竹の葉がこすれる音のこと。
［**叢色寒**］竹藪の色が涼しげな氣持にしてくれること。
［**摵摵**］「瑟瑟《しつしつ》」（さびしい色調）と同じ。風が寂しく吹いて竹の葉を揺らすこと。明抄本、呉校、『全唐詩』は「槭槭」に作るも誤り。
［**葉聲乾**］「聲乾」の用例は、204「虢州西亭陪端公宴集」に「開瓶酒色嫩、踏地葉聲乾」（瓶を開けば 酒色 嫩《やはら》かに、地を踏めば 葉聲 乾《かは》く）。236「暮秋會嚴京兆廳竹齋」に「甌香茶色嫩、窗冷竹聲乾」（甌香りて茶の色 嫩《やはら》かに、窗冷たく竹聲 乾く）がある。
［**案牘**］官府の文書のこと。取り調べを必要とする書類や書翰。
［**琴書**］琴と書物。ともに知識人にとって必要なもの。
［**御史霜**］御史は官名。隋・唐には御史臺といひ、唐・高宗の龍朔二年に、憲臺と改めたが、咸亨元年、舊に復す。御史臺の門は北に闢き、陰殺を主とす。故に御史を風霜の任とし、不法を糾弾することを職とした。
［**虚心**］心を虚にして何も考えないこと。わだかまりのない心。私欲のない心。
［**郎官筆**］98「送顏平原」に「赤筆仍存篋、鑪香惹衣裘」（赤筆は 仍《な》ほ篋《はこ》に存し、鑪香は 衣裘に惹《つ》く）とある。東漢の頃、尚書郎には、文書を起草する具として、月毎に赤管の大筆一雙が賜給された。
［**南山**］終南山のこと。
［**黄落**］秋になって木の葉が黄ばんで落ちること。

【**訳**】

范公叢竹の歌　并びに序

職方郎中兼侍御史の范公は、陝西使院の中に竹を植えて、新しく「叢竹の詩」を作って示された。范公の清らかな風流心と正しい操とを讃え、そこで歌を作って唱和した。

世の人々は竹を見ても 愛するわけが分かっていない
あなたが 竹を役所の庭に植えたことを知った
「此の君」は 幸いに根を託する場所を得たようだ
植えてから幾年か 大きくなったと聞いた」
盛夏には その葉がさわさわと揺れて 竹藪の中は寒々と
静かな夜には 風が寂しく吹き 乾いた葉音がする
簾の下から竹を見て 官府の文書の仕事の疲れを癒《いや》し
窓の外にある竹を見て 琴書に向かう氣持ちになる」
あなたの為に陰《かげ》を成し 日を遮《さえぎ》ろうとしており
生えてくる筍は 階を穿ち 踏んでもまた出てくる
節を守ることは 偏《ひとえ》に御史の霜をも凌《しの》ぎ
心の無なることは郎官の筆のようでありたいと願う」
どうかあなた 南山の松樹の枝だけを愛さないでほしい
竹の色は 四季を通じて また変わることはない
寒空のもと 草木が黄ばんで散り盡くしても
なお青々としていることで 始めてそれを知るでしょう

208 郡齋南池招楊鱗

郡齋の南池に楊鱗《ようりん》を招く

郡僻人事少　郡は僻《へき》にして 人事少なく
雲山遮眼前　雲山 眼前を遮《さへぎ》る
偶従池上醉　偶《たまた》ま池上に従ひて醉ひ
便向舟中眠　便ち舟中に向《お》いて眠る
與子居最近　子《し》と 居は最も近く
同官情又偏　官を同じくして 情は又た偏《ふか》し
閑時耐相訪　閑時 相ひ訪《と》ふに耐《た》ふ
正有牀頭錢　正《まさ》に牀頭の錢有り

【語釈】
＊虢州長史に任ぜられていた時の作。
［郡齋］郡守の居る所。郡の役所。

［南池］虢州に有る。

［楊鱗］作者との関係は不詳。

［人事］人間の社會の事柄。ここでは役所の仕事を指す。

［牀頭錢］酒を買う金。鮑照「擬行路難十八首」（其の五）に「且願得志數相就、牀頭恒有酤酒錢」（且つ願ふ志を得て數《しばし》ば相ひ就《な》り、牀頭に恒《つね》に酒を酤《か》ふ錢有るを）

とある。

【訳】

　郡齋の南池に楊轔を招く

郡は僻《はずれ》地にあって　仕事は少なく
雲山は　眼前を遮《さえぎ》っている
偶《たまた》ま池のほとりにやって來て酔い
そのまま舟の中で眠る
あなたとは居所も最も近く
官職も同じで　氣心も又た知れている
閑《ひま》な時もあって訪問するには充分
ちょうど「牀頭の錢」も有ることだから

209　題山寺僧房

　山寺の僧房に題す

窗影揺羣木　　窗影　羣木揺れ
墻陰戴一峯　　墻陰　一峯を戴《の》す
野爐風自爇　　野爐　風　自《おの》づから爇《た》き
山碓水能舂　　山碓　水　能く舂《うすつ》く
勤學翻知誤　　學に勤めて翻《かえ》って誤てるを知り
爲官好欲慵　　官と爲りて　好く慵《ものう》からんと欲す
高僧瞑不見　　高僧　瞑《く》れて見えず
月出但聞鐘　　月出で　但だ鐘を聞く

【語釈】

＊虢州は山が多く、この詩も山中の景を詠んでいる。虢州にいたときの作であろう。

［戴］其の上に加えるという意味。明抄本、『全唐詩』は「載」字に作る。

［風自爇］風の助けを借りて燃焼することをいう。

［山碓］谷間にかけた水車で舂く碓のこと。

［翻］反対に。かえって。

［爲官好欲慵］役人になっても、ともすれば物憂い氣持ちになる。196「春半與羣公同遊元處士別業」に、「州縣欲歸慵」（州縣　歸らんと欲して慵《ものう》し）とある。「官」字、底本は「君」と作る。ここは明抄本、呉校、『全唐詩』に従った。

［好］ともすれば。

［瞑］日が暮れること。

【訳】

　山寺の僧房に題す

窓の影には　木々が揺れており

垣の影の上には　山を頂いている
野爐は風によって　自然に燃え
山碓は水が上手く　舂《つ》いてくれている
学問につとめて　かえって惑いを知り
官吏となって　ともすれば物憂い氣分になる
高僧は日が暮れて　姿が見えなくなった
月が出て　ただ鐘の音だけが聞こえてくる

210 林　臥

林に臥す

偶得魚鳥趣　偶《たま》ま魚鳥の趣きを得
復茲水木涼　復た茲《ここ》は　水木　涼し
遠峯帶雨色　遠峯　雨色を帯び
落日揺川光　落日　川光に揺れる
臼中西山藥　臼中　西山の藥
袖裏淮南方　袖裏　淮南の方《はう》
唯愛隠几時　唯《た》だ愛す　隠几の時
獨遊無何郷　獨り遊ぶ　無何《むか》の郷《さと》

【語釈】

＊虢州に居る時の作か。『岑參詩集編年箋注』では、「魚鳥」「水木」「隠几」などの語句から、若い頃、少室山に居た時の作としている。

［**魚鳥趣**］自然の中での暮らしを言うのであろう。4「自潘陵尖還少室居止秋夕憑眺」に「心淡水木會、興幽魚鳥通」（心淡《あは》くして　水木會《くわい》し、興幽《ふか》くして　魚鳥通《つう》ず）、7「鞏北秋興寄崔明允」に「所適在魚鳥、鳥能徇錐刀」（適《ゆ》く所　魚鳥在り、鳥《なん》ぞ能く錐刀《すいとう》に徇《したが》はん）などの用例がある。

［**西山藥**］曹丕の「折楊柳行」に、「西山一何高、高高殊無極。上有兩仙僮、不飲亦不食。與我一丸薬、光耀有五色。服薬四五日、身體生羽翼。軽擧乘浮雲、倏忽行萬億。」（西山　一に何ぞ高き、高高　殊《こと》に極まり無し。上に兩仙僮有り、飲まず亦た食《くら》はず。我に與ふ　一丸薬、光耀　五色あり。薬を服して四五日、身體に羽翼を生ず。軽擧して浮雲に乗り、倏忽《しゅっこつ》として　行くこと萬億」とある。

［**淮南方**］淮南王劉安の薬方。『漢書』巻二五下の郊祀志に「大夫劉更生、獻淮南枕中洪寶苑秘之方」（大夫劉更生、淮南枕中の洪寶苑秘の方を獻ず」とある。

［**唯愛**］底本、明抄本の注に「一作誰見」とある。

〔**隠几**〕肘掛けにもたれかかる。『荘子』齊物論篇に「南郭子綦隠几而坐」（南郭子綦 几に隠《よ》りて坐す）とある。

〔**無何郷**〕無何有の郷のこと。無為の仙境。『荘子』逍遥遊篇に「今子有大樹、患其無用。何不樹之於無何有之郷、廣莫之野、彷徨乎無為其側、逍遥乎寝臥其下。」（今、子に大樹有りて、其の用無きを患ふ。何ぞ之を無何有の郷、廣莫の野に樹え、彷徨して其の側《かたわら》に為す無く、逍遥して其の下に寝臥せざる。）とある。

【訳】

林に臥す

たまたま 魚鳥の趣きを得て
またここは 水木のある涼しいところ
遠い峯は 雨の色を帯び
落日は 川の光に揺れている
臼の中には 西山の薬
袖のうちには 淮南王の処方
ただ机によりかかる時を愛し
ひとり無何有《むかう》の郷《さと》に遊ぶ

211 虢州臥疾喜劉判官相過水亭

虢州にて疾に臥し 劉判官の水亭に相過《よ》ぎるを喜ぶ

臥疾嘗晏起　疾に臥して 嘗《つね》に晏《おそ》く起き
朝來頭未梳　朝來 頭《かしら》未だ 梳《くしけず》らず
見君勝服薬　君を見るは 薬を服するに勝《まさ》り
清話病能除　清話 病ひ 能く除かる
低柳供繫馬　低き柳は 馬を繫ぐに供し
小池堪釣魚　小さき池は 魚を釣るに堪《た》ふ
観棋不覚暝　棋を観て 暝《くれ》を覚えず
月出水亭初　月の出ずるや 水亭に初めなり

【語釈】

＊虢州に居た時の作。

〔**劉判官**〕劉顒。時の節度判官。

〔**水亭**〕南池のほとりにある。

〔**晏起**〕遅く起きる事。朝寝をする事。

〔**清話**〕俗っぽくない話。清談。

〔**供繫馬**〕馬を繫ぐのに役立つ。「供」字、『全唐詩』は、「共」に作る。

〔**堪釣魚**〕魚を釣るのにちょうど良い。

〔**月出水亭初**〕水亭のあたりから月が出始める。

【訳】

虢州で病床に臥し、劉判官が水亭に立ち寄ってくれたのを嬉しく思う

病床に臥して いつも遅く起きるので
朝から 頭髪も まだ梳《と》かしていない
貴方に會うのは 薬を飲むよりも ずっとよい
俗氣のない話は 病氣を取り除いてくれる
丈の低い柳は 馬を繋ぐのに お誂え向きで
小さな池は 魚を釣るのに 適している
將棋を観ていると いつの間にか 日が暮れ
月は水亭のあたりから 出始めた

212 水亭送劉顒使還歸節度 分得低字

水亭にて劉顒の使して還り 節度に歸るを送る。分かちて低字を得たり

無計留君住　計の 君を留めて住《とど》むる無きも
應須絆馬蹄　應《まさ》に須《すべか》らく 馬蹄を絆《つな》ぐべし
紅亭莫惜醉　紅亭 醉ふを惜しむこと莫れ
白日眼看低　白日 眼に低きを看る
解帶憐高柳　帶を解きて 高柳を憐れみ
移牀愛小溪　牀を移して 小溪を愛す
此來相見少　此に來りて 相見ること少なし
王事各東西　王事もて 各《おのお》の東西すれば

【語釈】
＊上篇と同じ時の作。
［**劉顒**］殿中侍御史になったことがある。その他は未詳。
［**紅亭**］水亭のことを指す。
［**白日眼看低**］太陽が目に見えて沈んでゆくこと。岑参の「眼看」の用例は、322「綿州の李司馬、秩満ちて京に歸るを送る。因りて李兵部に呈す」詩に「眼看春光老、羞見梨花飛」（眼のあたりに看る 春光の老ゆるを、羞じらいて見る 梨花の飛ぶを）とあり、375「春興 戲れに題し李侯に贈る」詩に「長安二月眼看盡、寄報春風早為催」（長安二月 眼に看て盡き、報を春風に寄せん 早《つと》に為に催せと）とある。
［**王事**］天子のための労役、勤務のこと。「王」字、『全唐詩』は「正」に作り、注に「一に政と作る」とある。「正《まさ》に事ありて各《おのお》の東西す。」

【訳】
水亭にて、劉顒が使いをして還り 節度の役所に歸るのを送る。分かちて低字を得たり。

君を留めようにも 住《とど》める方法は無いが
少しの間でも 馬蹄を絆《つな》ぎとめていてくれ
この紅亭では 酔ふことを惜しんではいけない
太陽は目に見えて低くなっていく
帯を解いて 高柳を樂しみ
牀を移して 小溪を愛《め》でよう
此に來てから 會うことはほとんどない
王事で 各《おのおの》の西へ東へと忙しくしているから

213 虢州後亭送李判官使赴晉絳　得秋字
虢州後亭にて、李判官の使いして晉絳に赴くを送る。 秋字を得たり

西原驛路挂城頭　　西原の驛路 城頭に挂《か》かる
客散紅亭雨未休　　客散じて 紅亭に雨未だ休《や》まず
君去試看汾水上　　君去《ゆ》きて 試みに看よ 汾《ふん》水の上《ほとり》
白雲猶似漢時秋　　白雲 猶ほ漢時の秋に似たり

【語釈】
＊虢州に居る時の作。
［晉絳］晉州（現在の山西省臨汾縣）、絳州（現在の山西省新絳縣）を指す。ともに河東道に属する。この兩地は等しく汾水に臨んでいる。

［得秋字］底本には無い。今は宋本、明抄本、呉校、『全唐詩』によって補う。

［西原］地名。靈寶縣城の西南に在る。

［挂城頭］西原への驛路が次第に高くなり、虢州の城頭に挂《か》かって見えること。

［紅亭］紅色の漆で塗られた亭をいう。岑參の詩によると、虢州の西亭、東亭、水亭、後亭などには全て「紅亭」の稱がある。285「早春陪崔中丞泛浣花溪宴」（早春、崔中丞に陪して浣花溪に泛《うか》びて宴す）にも「紅亭移酒席、畫舸逗江村。」（紅亭 酒席を移し、畫舸 江村に逗《とど》まる。）とある。

［紅］明抄本、呉本、『唐百家詩選』は「江」字に作るが、誤りであろう。

［休］明抄本、呉本、『全唐詩』は「收」字に作る。

［汾水］河の名。源は山西省寧武縣の西南の管涔山。省の中央を西南に流れて黄河に注ぐ。

［白雲句］これは、『漢武故事』にある、漢の武帝が元鼎四年（前一一三）に河東郡の汾陰（現在の山西省萬榮縣）に到って土神を祭り、羣臣とともに汾河に船を泛べ

て酒宴を開いた時の話による。その時に作られた武帝の「秋風の辭」に、「秋風起兮白雲飛、草木黄落兮雁南歸」（秋風 起こりて白雲飛び、草木 黄落して雁は南に歸る）とある。この二句は「現在も、漢武帝が「秋風辭」に詠んだ汾河における風景を見ることができるであろう」ということを示唆する。人の世の移りかわりにも関わらず、白雲だけが漢時と変わらずに飛んでいるということ。

【訳】

虢州後亭で 李判官の使いして晉絳に赴くを送る。

秋字を得た

西原への驛路は 高く続いて城頭に挂《か》かっている
客は散じたが 紅亭に降る雨は まだ休《や》まない
あなたは汾陰に行き 汾水の上《ほとり》を看てごらんなさい
白雲だけは今もなお 漢時の秋と変わらないから

214 虢州送天平何丞入京市馬

虢州にて天平の何丞《かじやう》の入京し 馬を市《か》ふを送る

關樹晩蒼蒼　　關樹 晩《く》れて蒼蒼
長安近夕陽　　長安 夕陽に近し
回風醒別酒　　回風 別酒を醒まし
細雨濕行裝　　細雨 行裝《かうさう》を濕す
習戰邊塵黒　　習戰 邊塵 黒く
防秋塞草黄　　防秋 塞草 黄なり
知君市駿馬　　君の駿馬を市《か》ふは
不是學燕王　　是《こ》れ燕王に學ばざると知る

【語釈】

＊乾元三年（七六〇）、或いは上元二年（七六一）の作。

［天平］虢州湖城縣のこと。今の河南省靈寶縣閿郷鎮東。『新唐書』地理志によると、乾元三年（七六〇）に天平の名を変え、大暦四年（七六九）には復た戻したとある。

［丞］縣丞のこと。唐の縣では丞を置き、縣令の職務を補佐させた。

［市］「買」と同じ。

［關］潼關のこと。洛陽方面から長安に入る要地。今の陜西省潼関縣。

［近夕陽］西方にあることを言う。

［回風］「旋風」（つむじ風）と同じ。

［邊塵黒］「邊塵」は、辺地における戦い。「安史の亂」平定の戦いを指す。「塵」字、明抄本、呉校は、「城」に作る。

［防秋］突厥や吐蕃は、いつも秋になると中國に攻め入った。そのため兵士を調えて辺地を守ることを「防秋」と呼んだ。『舊唐書』陸贄傳には、「～西北邊、常以重兵守備。謂之防秋」（～西北辺は、常に重兵を以て守備す。之を防秋と謂ふ）とある。

［知君市駿馬、不是學燕王］何丞が京に馬を買いに行くのは、「習戰」や「防秋」のためであって、燕の昭王とは同じではない。「燕王」は、戦國時代、燕の昭王を指す。『戦國策』燕策一によると、燕の昭王が賢者を招きたいと郭隗に尋ねた時、郭隗は「昔、千金を使って一日に千里を走る馬を求めさせた王がいたが、三年も得ることができなかった。おそばの人物が三ヶ月かけて得た千里の馬は、すでに死んでいたが、その骨を五百金も出して買って歸ったため、王は大いに怒った。その人物が言うには、死んだ馬でさえ五百金で買ったのです。まして生きている馬ならどうですか。天下は必ず王が馬をさらに高く買うと思います。立派な馬は今にやってくるでしようと。すると、まる一年もたたないうちに、千里の馬が三頭もやって來たというのです。今、王がどうしても立派な人物を抱えたいと思われるなら、まず私をよく待遇することから始めなさい。そうすれば、まして私より賢なる人は、どうして千里の道を遠いとするでしょうか」と。このため後世、「燕昭市駿」は賢人を求めることを指すようになった。

【訳】

虢《かく》州で天平の何丞が京に入って馬を買うのを送る

潼關の樹は　夕暮れに青黒く
長安は　夕陽に近い
つむじ風は　別離に酌み交わす酒を醒まし
霧雨は　旅装束を湿らせている
戦いの続く辺地の塵は黒く
敵を防ぐ塞地の草は黄色である
あなたが駿馬を買うのは
燕王に学んでのことではないと知っている

215 虢州酬辛侍御見贈

虢州にて、辛《しん》侍御の贈らるるに酬《こた》ふ

門柳葉已大　門柳　葉は已に大にして
春花今復闌　春花　今復た　闌《たけなは》なり
鬢毛方二色　鬢毛　方《まさ》に二色

愁緒日千端　愁緒 日に千端
夫子屢新命　夫子 屢《しばし》ば新たに命ぜられ
鄙夫仍舊官　鄙夫《ひふ》 仍《な》ほ舊官なり
相思難見面　相ひ思ふも 面《おもて》を見ること難し
時展尺書看　時に 尺書を展《ひら》きて看る

【語釈】

＊上元二年、虢州に居る時の作。

［愁緒］「緒」は、いとぐち。愁いを引き出す糸口のこと。

［鄙夫］自分をへりくだっていう。

【訳】

虢州にて 辛侍御に贈られた詩に應《こた》える

門の柳は 葉が已に大きくなり
春の花は 今また盛りである
髪の毛の色は 今や白と黒との二色になっており
愁いの 緒《いとぐち》は 一日に千もの數
あなたは 何度も新しい官職に命ぜられ
私は 依然として元のままの官職
あなたのことを思っていても 逢うことはできず
時に 手紙を開いて眺めるしかないのだ

216　南池宴餞辛子　賦得科斗子

南池の宴 辛子を餞《おく》る 賦して科斗子を得たり

臨池見科斗　池に臨みて 科斗《くわと》を見る
羨爾樂有餘　爾《なんぢ》の 樂しみに餘り有るを羨む
不憂網與釣　網と釣とを憂へず
幸得免為魚　幸ひに魚と為るを免るるを得たり
且願充文字　且つは願ふ 文字に充《あ》てられ
登君尺素書　君が尺素の書に登るを

【語釈】

＊「南池」は虢州の南池と考えられるから、此の作も虢州長史に任ぜられていた時のものであろう。『全唐詩』一九五には、韋應物の作として載せられている。

［辛子］上詩の「辛侍御」のことであろう。

［科斗子］おたまじゃくし。底本は「子」字を「字」字に作るが、『全唐詩』一九八によって改めた。

［羨爾樂有餘］「羨」字、『全唐詩』一九五では「美」に作る。

［幸得免為魚］魚であれば網や釣りで狙われるが、科斗であるからそれを免れることができる。

「且願充文字、登君尺素書」「充文字」とは、「科斗文」という古代文字があることにかけたもの。「科斗文」とは筆墨の發明以前に、木や竹の棒の先に漆をつけて書いたため、初めは点画の頭が太く、後に細くなっておたまじゃくしに似ているためにいう。孔子の時代に使われた字体で、「古文」と呼ばれる。「尺素書」とは白い絹に書かれた手紙を指す。この兩句には、辛子に対して別れた後に手紙を書いてほしいとの意が含まれている。

【訳】

　南池の宴に辛子を送る　分詠して科斗子を得た
池に臨んで　科斗を見た
樂しみに餘り有る君が羨ましい
網と釣とを　憂うることもなく
幸いに魚となるのを免れることができた
さて　お願いは　文字に充てられて
君の「尺素の書」に登ること

217　虢州郡齋南池幽興因與閻二侍御道別
虢州の郡齋　南池の幽興、因りて閻二侍御と別れを道《い》ふ

池色浄天碧　　池色　天碧より浄《きよ》く
水涼雨凄凄　　水涼《つめ》たく　雨　凄凄《せいせい》たり
快風従東南　　快風　東南　従《よ》りし
荷葉翻向西」　荷葉は　翻《ひるがへ》りて西に向ふ
性本愛魚鳥　　性　本《もと》　魚鳥を愛するも
未能返巖渓　　未だ巖渓に返る能はず
中歳徇微官　　中歳　微官に徇《したが》ひて
遂令心賞睽」　遂に心賞をして睽《そむ》かしむ
及茲佐山郡　　茲《ここ》に及びて山郡に佐たり
不異尋幽棲　　幽棲を尋ぬるに異《こと》ならず
小吏趨竹徑　　小吏　竹徑に趨《はし》り
訟庭侵藥畦」　訟庭　藥畦に侵さる
胡塵暗河洛　　胡塵　河洛に暗く
二陜震鼓鼙　　二陜　鼓鼙《こひ》震ふ
故人佐戎軒　　故人　戎軒を佐《たす》け
逸翮凌雲霓」　逸翮《いつかく》　雲霓《うんげい》を凌《しの》ぐ
行軍在函谷　　行軍　函谷に在り
兩度聞鶯啼　　兩度　鶯啼を聞く
相看紅旗下　　相看る　紅旗の下
飲酒白日低」　酒を飲めば　白日低《ひく》し

聞君欲朝天　君　天に朝《てう》せんと欲すると聞く
駟馬臨道嘶　駟馬《しば》　道に臨みて嘶《いなな》く
仰望浮與沈　仰ぎて浮と沈とを望む
忽如雲與泥」　忽ち雲と泥との如し
夜眠驛樓月　夜　眠る　驛樓の月
暁發關城鶏　暁に發す　關城の鶏
惆悵西郊暮　惆悵たり　西郊の暮
郷書對君題　郷書　君に對して題す

＊虢州の郡齋での作。

【語釈】

［郡齋］郡の役所。

［幽興］奥ゆかしい興趣。

［侍御］天子の側に仕える官。

［天碧］天の青さ。

［凄凄］寒々としたさま。寒冷の意。

［荷葉］荷《はす》の葉。

［翻］風によって葉の裏が出るように反る。

［性］生まれつき。生來。

［巖渓］岩が重なり合っている渓谷。岑參が以前住んでいた場所。

［中歳］中年。

［微官］役人が自分のことを謙遜していう言葉。卑しい役目の意。

［心賞］心中に深く賞し楽しむこと。

［幽棲］俗世間から離れて静かに暮らす。また、その住まいのこと。

［訟庭］訴えを裁く役所。裁判所。

［藥畦］薬畑。薬園。

［胡塵］攻め寄せる胡人の兵馬によって巻き起こる砂塵。

［河洛］黄河と洛水。また黄河と洛水の流域地方。

［二陝］陝東と陝西とをいう。

［鼓鼙］攻め太鼓。

［戎軒］兵車。戦いをいう。

［逸翮］優れた羽。疾《はや》くかける鳥。ここでは閻二侍御の威勢、能力についていう。

［雲霓］雲と虹。

［行軍］出陣した先の陣営。

［相看紅旗下、飲酒白日低］函谷関にある行軍に、岑參が立ち寄った時のことを言っている。

［駟馬］四頭だての馬車。また、その四頭の馬。

［驛樓］宿駅にある樓臺。
［關城］関所と城郭。
［鄕書］故鄕への手紙。

【訳】
虢州の郡齋 南池の幽興 閻《えん》二侍御と別れを言う
池の色は 天の深碧《ふかみどり》より澄んでおり
水は冷たく 雨は 寒々と降っている
快い風が 東南から吹いてきて
荷《はす》の葉がひっくり返り 西を向いている」
生來 自然を愛する氣持ちが強かったが
まだ巖渓に歸ることができないでいる
中年になっても 微官に従っているので
遂に自然を賞することができなくなってしまった」
ここは山の中の小さな郡で
俗世間から離れて 静かに暮らすのと変わらない
小吏は竹徑を走り
訟庭は 薬畑に侵《おか》されてしまっている」
胡塵が 河洛を暗くし
二陝では 鼓鼙が鳴り響いている
故人は 戦いの補佐役として
威勢は 雲霓を淩《しの》いでいる」
軍隊は 函谷関に駐屯しており
あれから二回 鶯が鳴くのを聞いた
紅旗の下で向かい合い
酒を飲んでいたら 日が暮れてしまったものだ」
あなたは此のたび天子に拝謁されると聞く
四頭の馬は 道を前にして嘶《いな》いている
あなたと私とを比べると
まるで雲と泥のようだ」
夜は 驛樓で月を見て眠り
夜明けに 關城の鶏が鳴く頃に出發される
西郊の夕暮れは もの悲しく
故鄕への手紙を あなたを前にして書き付ける

218
送陝縣王主簿赴襄陽成親
陝《せん》縣の王主簿の 襄陽に赴き成親するを送る
六月襄山道　六月 襄山の道
三星漢水邊　三星 漢水の邊《ほとり》
求鳳應不遠　求鳳 應《まさ》に遠からざるべし
去馬臏須鞭　去馬 臏《まこと》に鞭を須《もち》ひん

野店愁中雨　野店 愁中の雨
江城夢裏蝉　江城 夢裏《むり》の蝉
襄陽多故事　襄陽 故事多く
爲我訪先賢　我が爲に 先賢を訪《おとな》へ

【語釈】

＊虢州に居る時の作。

［陜縣］唐の県名。今の河南省陜県。

［襄陽］唐の郡名。襄州。今の湖北省襄樊市。底本は、「襄城」に作るが、ここは、明抄本、呉校、『全唐詩』に従った。

［成親］婚姻すること。

［襄山］湖北省襄樊市の西五里にある。底本は「襄陽」に作るが、ここは、明抄本、呉校、『全唐詩』に従った。

［三星］星の名。オリオン座の中央部。この星は、夏暦六月の夕方、真南に出るが、漢水は虢州の南にあったので、「三星漢水邊」と言った。『詩経』唐風・綢繆《ちゅうびゅう》に「綢繆束薪、三星在天。今夕何夕、見此良人」（綢繆 薪《しん》を束《つか》ぬ、三星 天に在り。今夕《こんせき》 何の夕《ゆうべ》ぞ、此の良人を見る）とあり、毛傳に「三星在天、可以嫁娶」（三星 天に在り、以て嫁娶すべし）とある。

［求凰］鳳凰の雄を「鳳」、雌を「凰」と言い、鳳が凰を求めること。『史記』巻百十七、司馬相如傳に「是時、卓王孫有女文君、新寡。好音。故相如謬與令相重、而以琴心挑之。」（是の時、卓王孫に女《むすめ》文君有り、新たに寡となる。音を好くす。故に相如は謬《いつは》りて令と相重んじ、而して琴心を以て之に挑む）とあり、「索隠」に張揖が以下の詩を引いている。「鳳兮鳳兮歸故郷。遊遨四海求其皇。有一艶女在此堂。室邇人遐毒我腸。何由交接為鴛鴦。」（鳳や鳳や 故郷に歸る。四海に遊遨《いうごう》して其の皇を求む。一艶女有りて此の堂に在り。室邇《ちか》く人遐《とほ》く 我が腸を毒す。何に由《よ》りてか交接し 鴛鴦と為らん。）

［野店］田舎の茶店。

［江城］襄陽を指す。

［蝉］明抄本は「禪」に作るが、誤りであろう。

【訳】

陜縣の王主簿が襄陽に赴き婚姻するのを送る

六月の襄山への道
三星は 漢水の邊りに輝く
鳳を求めること きっと遠くはないだろう
去馬には 益々鞭が當てられることであろう

野店での愁いの中の雨
江城の夢の中に鳴く蝉
襄陽には　故事が多いので
私のために　先賢を訪ねて來てくだされ

219 南池夜宿思王屋青蘿舊齋

南池に夜宿り　王屋の青蘿舊齋を思ふ

池上臥煩暑　池上　煩暑に臥し
不櫛復不巾　櫛《くしけず》らず　復た　巾《おお》はず
有時清風來　時有りて　清風の來たり
自謂羲皇人」　自ら　羲皇《ぎくわう》の人と謂《おも》ふ
天晴雲歸盡　天晴れて　雲は歸り盡くし
雨洗月色新　雨洗ひて　月色　新たなり
公事常不閑　公事　常に閑ならずして
道書日生塵」　道書　日に塵を生ず
早年家王屋　早年　王屋に家し
五別青蘿春　五たび別る　青蘿の春
安得還舊山　安《いず》くんぞ　舊山に還りて
東溪垂釣綸　東溪に　釣綸《つりいと》を垂るるを得ん

【語釈】

＊虢州に居る時の作。
［南池］虢州の南池。

［王屋］山の名。正峰は今の河南省濟源縣の西にある。

［青蘿舊齋］「青蘿齋」は河南省濟源縣の西、王屋山下にあった岑參の別荘。

［煩暑］蒸し暑いこと。

［不巾］（帽子も）かぶらない。

［羲皇人］伏羲氏の頃の人。太古の人民。世事を忘れて、安逸に世を送る民。伏羲氏は、上古の帝王の名。風姓。其の聖徳を日月の明に象って太昊という。民に佃漁《でんぎょ》牧畜を教え、犧牲を養ったので庖羲ともいう。初めて八卦を画し、書契を造る。陳に都し、在位百五十年。陶淵明「與子儼等疏」に「嘗言、五六月中、北窗下臥、遇涼風暫至、自謂是羲皇上人」（嘗《かつ》て言ふ、五六月中、北窗の下に臥し、涼風　暫く至るに遇へば、自ら謂《おも》ふ　是れ羲皇上の人かと）とある。一年の中、五六月は炎暑の期。この時、北窗の下に静かに眠り、涼風の窗に入るのを受ける、この氣分は実に太古の人のものである。

［道書］道家の書籍。

［五別青蘿春］作者は若い頃、王屋山下にある別荘「青

蘿齋」に住んでいた。詳しいことはわかっていないが、二十歳から三十歳の頃まで、就職活動などのため、五回も青蘿の春に別れたという。
［東渓］王屋山の東にある渓流。
［釣綸］釣り糸。

【訳】

南池に夜宿り 王屋の青蘿舊齋を思う
蒸し暑さに 池のほとりに臥し
髪は 櫛《くしけず》らず 頭巾もかぶらない
時々 爽やかな風が吹いて來て
自分は羲皇の頃の人のようだと謂《おも》う」
天空は晴れて 雲は（山の方へ）歸ってしまい
雨はすべてを洗って 月色も新鮮だ
公事は いつも閑《ひま》でないから
道家の書籍は 日毎に塵にまみれている」
若い頃 王屋に住んでいたが
五回も青蘿の春に別れて來た
いつになったら 故郷の山に還り
東渓に釣り糸を垂れることができるのだろう

220 虢州送鄭興宗弟歸扶風別廬

虢州にて鄭興宗の弟の扶風の別廬に歸るを送る

佐郡已三載　佐郡 已に三載
豈能長後時　豈に能く 長く時に後《おく》れんや
出關少親友　關を出でては 親友少《すく》なし
賴汝常相隨」　汝の常に相随ふを頼る
今旦忽言別　今旦 忽ち別れを言ひ
愴然倶涙垂　愴然として 倶《とも》に涙垂《た》る
平生滄州意　平生 滄州の意
獨有青山知」　獨《た》だ青山の知る有るのみ
州縣不敢説　州縣 敢へて説かず
雲霄誰敢期　雲霄 誰か敢へて期せん
因懷東溪老　因りて懷ふ 東溪の老
最憶南峯緇」　最も憶ふ 南峯の緇《し》
為我多種藥　我の為に 多く藥を種えよ
還山應未遲　山に還ること 應《まさ》に未だ遲《おそ》からざるべし

【語釈】

＊「佐郡已三載」の句に據り、此の詩は上元二年の作と考えられる。
［鄭興宗］父は君嶷《くんぎょく》、湘源縣の令に任ず。

〔**扶風**〕唐の縣名。今の陝西省扶風縣のこと。

〔**且**〕底本は「且」と作るが、ここは明抄本、呉校、『全唐詩』に従う。

〔**愴然**〕悲しみ傷むさま。

〔**滄州意**〕滄州は、隠者の住むところ。歸隱の志向を指す。

〔**雲霄**〕高い位のたとえ。ここの兩句は、州縣に在りて吏と為るも、官職の位は低く、其の情は言うに難い。しかし、一体誰が私を高い職位に推挙してくれようか。それは期待することができないという意味。

〔**懷**〕人や場所などを思い慕うこと。

〔**東溪**〕終南山にある。岑參は登第前に終南山に隠居しており、出仕後も終南山に別荘を持っていた。「東」字、底本、明抄本は「陳」に作り、底本の注には「本、東に作る」とある。『全唐詩』は「東」に作る。今、「東」に従う。

〔**憶**〕心のなかに思って忘れない。

〔**南峯**〕雲際の南峯のこと。「雲際」は山の名で、終南山に属す。

〔**緇**〕和尚のこと。昔、僧の服が緇衣（黒色の衣服）であったことによる。作者は曾て終南に隠居しており、この兩句は、終南の隠者と和尚を懷かしみ念っている。

〔**為我**〕底本は「我為」と作るが、今、『全唐詩』に従う。

【**訳**】

虢州において鄭興宗の弟が扶風縣の別荘に歸るのを送る

郡の下役人になって已に三年が過ぎた
どうして長い間 人におくれておれようか
關を出ると親友は少ないので
あなたが常に私に随うのを頼りにしてきた」
今朝早く 突然 別れを言って
愴然として 倶に涙を流す
私には常に隠遁の思いがあり
それは獨《た》だ青山だけが知っている」
州縣の職のことは 敢えて言うことなどしない
高い地位など どうして期待することなどできよう
それがために 東溪の隠者を懷う
最も憶われるのは、南峯にいる和尚のことだ」
私の為にたくさんの薬草を種えておいてほしい

山に隠遁するのは そんなに遅くはならないだろうから

221 九日使君席奉餞衛仲丞赴長水

九日 使君の席にて衛中丞の長水に赴くを餞《おく》り奉る

節使横行東出師　節使の横行して 東に師を出だし
鳴弓擐甲羽林兒　弓を鳴らし甲《よろい》を擐《き》る 羽林の兒
臺上霜威凌草木　臺上の霜威は 草木を凌《しの》ぎ
軍中殺氣傍旌旗　軍中の殺氣は 旌旗《せいき》に傍《そ》ふ
預知漢將宣威日　預《あらかじ》め知る 漢將 威を宣《の》ぶるの日
正是胡塵欲滅時　正に是れ 胡塵 滅せんと欲《す》るの時
爲報使君多泛菊　爲に報ず 使君 多く菊を泛《うか》べ
更將絃管醉東籬　更に絃管を將《もち》て 東籬に醉はしめん
と

【語釈】

＊上元二年九月の作。

［**九日**］ 九月九日は重陽の節句。底本は「月」と作る。宋本、明抄本、『全唐詩』によって改めた。

［**使君**］ 虢州刺史を指す。

［**衛中丞**］ 衛伯玉のこと。「中丞」は御史中丞の略。

［**長水**］ 193「使君席夜送嚴河南赴長水」（使君の席にて夜 嚴河南の長水に赴くを送る）の注を參照。

［**節使**］ 節度使の略。「安史の亂」以前は邊地に設置していたが、亂以後は内地にも置いた。

［**横行**］ ほしいままに軍隊を進めること。

［**東**］ 諸本は「西」に作り、「一作東」と注す。長水県は虢州から見て東にあるので「東」が正しい。

［**擐甲**］ 鎧を着ること。

［**羽林**］ 近衛。唐の頃、左右羽林軍を置く。後に「軍」を改めて「衛」とし、大將軍、將軍等の官を置いた。

［**臺**］ 御史臺のこと。

［**霜威**］ 御史の職務の嚴威あることの例え。「威」字、『全唐詩』は「風」に作る。上句は伯玉が御史中丞の任にあったことを指す。

［**傍旌旗**］ 旌旗にそって殺氣が盛んになることをいう。

［**泛菊**］ 菊の花をとって酒に泛べること。古くから重陽の節句に菊花酒を飲む習俗があった。

［**使君多泛菊**］ 蕭統「陶淵明傳」に「嘗九月九日、出宅邊菊叢中坐、久之。滿手把菊、忽値弘（江州刺史王弘）送酒至。即便就酌、醉而歸」（嘗て九月九日、宅邊の菊叢の中に出でて坐し、之を久しうす。手に滿たして菊を

把《と》るに、忽ち弘（江州刺史王弘）の酒を送りて至るに値《あ》ふ。即《すなは》便ち就《つ》きて酌《く》み、酔ひて歸る）とある。

［**東籬**］陶淵明「飲酒」其五の「採菊東籬下、悠然見南山」（菊を採る 東籬の下、悠然として 南山を見る）の句による。

［**將**］帯ぶ。

［**絃管**］絃樂器と管樂器。

【**訳**】

九日、使君が催した宴の席で衛中丞が長水に赴くの
を餞《おく》り奉る

節度使は横行して 東に軍隊を出す
弓を鳴らし甲《よろい》をまとった羽林の兒
御史台の霜威は 草木を枯らし
軍中の殺氣は 旌旗の周《まわ》りに立ちこめる
既に分かっている 漢將（衛中丞）が威を宣《の》べる日は
正に是れ胡塵を撃滅する時だと
あなたの為に知らせます 使君が菊を酒に沢山泛《うか》べ
その上 管絃を添えて東籬の下に酔わせようとしておられることを

222 衛節度赤驃馬歌

衛節度の赤驃《せきへう》馬《ば》の歌

君家赤驃畫不得　君が家の赤驃は 畫くとも得ず
一團旋風桃花色　一團の旋風は 桃花の色
紅纓紫韁珊瑚鞭　紅纓 紫韁《しきやう》 珊瑚の鞭
玉鞍錦韉黃金勒」　玉鞍《ぎよくあん》 錦韉《きんせん》 黃金の勒《ろく》
請君鞴出看君騎　請ふ 君の鞴《ひ》出《しゆつ》し 君の騎するを看ん
尾長窣地如紅絲　尾長く 地に窣《た》るること 紅絲の如し
自矜諸馬皆不及　自ら矜《ほこ》る 諸馬は皆及ばずと
却憶百金初買時」　却《かへ》つて憶ふ 百金もて初めて買いし時
香街紫陌鳳城内　香街 紫陌 鳳城の内
滿城見者誰不愛　滿城の見る者 誰か愛さざる
揚鞭驟急白汗流　鞭を揚げ 驟《は》せ急げば 白き汗の流れ
弄影行驕碧蹄碎」　影を弄し 行き驕《おご》りて 碧の蹄は碎《くだ》く
紫髯胡雛金剪刀　紫髯《しぜん》の胡雛 金剪刀
平明翦出三騣高　平明 翦《き》り出して 三騣《そう》高し
櫪上看時獨意氣　櫪《れき》上 看る時 獨り意氣あり

衆中牽出偏雄豪」　衆中に牽《ひ》き出せば　偏《ひとへ》に雄豪なり
騎將獵向南山口　騎將　獵に向ふ　南山の口
城南狐菟不復有　城南　狐菟《こと》　復た有らず
草頭一點疾如飛　草頭　一點　疾《はや》きこと飛ぶが如く
却使蒼鷹翻向後」　却つて蒼鷹《さうやう》をして翻《と》びて後に向かはしむ
憶昨看君朝未央　憶ふ昨　君の未央宮に朝《てう》するを看る
鳴珂擁蓋滿路香　珂《か》を鳴らし蓋《がい》を擁して　滿路に香る
始知邊將眞富貴　始めて知る　邊將　眞に富貴なるを
可憐人馬相輝光」　可憐なり　人馬　相ひ輝光す
男兒稱意得如此　男兒　意に稱《かな》ひて　此《かく》の如きを得たり
駿馬長鳴北風起　駿馬　長く鳴きて　北風　起らん
待君東去掃胡塵　待つ　君が東に去《ゆ》きて胡塵を掃はんことを
爲君一日行千里　君の爲に　一日にして千里を行かん

【語釈】

＊『岑詩繫年』によると、この詩は乾元元年、長安での作とする。

[**衛節度**] 衛伯玉のこと。上篇の注參照。

[**赤驃**] 馬の名。「驃」は白い斑点のある黄褐色の馬。明抄本には詩題の「赤」の字が無い。

[**君家赤驃畫不得、一團旋風桃花色**] 馬の行く姿がつむじ風と同様に迅捷で、画家をしてもそれを把握し、描きまねる方法がないこと。

[**纓**] 馬の頸にかける革。むながい。

[**韁**] 繮と同じ。馬をつなぐ縄のこと。手綱。底本、『全唐詩』は「鞚」に作る。ここは明抄本、呉校に従う。

[**珊瑚鞭**] 珊瑚で飾った馬の鞭。

[**韉**] 鞍墊《あんてん》（鞍を厚く高くするもの）。したぐら。

[**勒**] 馬の頭の上から、くつわにかける帯。おもがい。

[**紅纓紫韁珊瑚鞭、玉鞍錦韉黄金勒**] 馬具の精美、華貴を極めていることを言う。

[**鞴**] 「鞁」と同じ。馬具を配置すること。『全唐詩』は「韝」に作るが誤り。

[**君騎**] 「君」は各本同じであるが、唯だ底本は誤って「馬」に作る。

[**窣**] 垂れる、拂う。

[**初**] 『唐詩記事』、『唐百家詩選』、明抄本、『全唐詩』は、「新」字に作る。

[**香街紫陌**] 長安の大路を指す。

［鳳城］京城のこと。
［滿城］『唐百家詩選』は「行人」に作る。
［白汗］馬の汗を指す。
［弄影］馬が行く時、その身体の影が光り輝いて動くことを指している。
［碧蹄］馬の蹄を、碧玉にたとえた。
［碎］細かく歩くのを指す。
［紫髯胡雛］胡人が馬夫になっているのを指す。「髯」は頬の毛のこと。
［平明］夜明けのこと。
［三鬉］馬の鬉を切って三弁に束ねる様式を言う。所謂る「三花馬」のこと。
［獨意氣］氣概が獨特で凡《なみ》ではないこと。
［南山］長安城南の終南山。
［草頭一點疾如飛］馬が草の上を飛んでいるように見えることの形容。
［昨］昔のこと。
［未央］漢の宮名。宮殿跡は今の西安市西北に在り、此處を借りて唐の宮殿を指す。
［珂］馬のおもがいの上の玉飾りで、馬の行く時の音を「鳴珂」と称した。
［擁］抱え持つこと。
［蓋］車蓋（車上の傘）。
［路］底本の注に「一作邑」とある。
［邊將］伯玉は、もと安西の節度使であった。
［稱意］『唐百家詩選』は「意氣」に作る。
［胡塵］安史の叛亂軍を指す。

【訳】

衛節度の赤驃馬の歌

君の家の赤驃馬は　描くことができない
ひとかたまりのつむじ風は　桃花の色
紅色のむながい　紫色の手綱　珊瑚の鞭
玉の鞍　錦のしたぐら　黄金のおもがい」
君がこれらの馬具をつけて　馬に乗った姿が見たい
尾は長く　地面に垂れて紅糸のよう
自ら誇る諸々の馬は皆及ばないと
この馬を僅か百金で初めて買った時のことを思い出す」
長安の大路　鳳城の内
城中で見る者　誰が愛さないでいられるだろうか
鞭を揚げ　馳せ急げば　白い玉のような汗が流れる

影を弄んで歩きおごれば　碧玉の蹄が砕けるようだ」
紫髯の胡雛の金翦刀
夜明けに金翦刀で　三つの鬉を高くする
厩《うまや》にいるのを見れば　獨特の氣概を持っており
皆の前に引き出せば　ひとえに猛々しい」
騎兵の大将が猟に向かうのは　南山の口
城南の狐と兎は　もういなくなった
草頭の一点の疾いこと　まるで飛んでいるかのようで
かえって　蒼鷹をして翻《と》んで　後ろに向かわせる」
覚えている　昔　君が未央宮に參内するのを見たのを
馬勒の飾りを鳴らし　車蓋を持って　路中に香る
初めて知る　國境を守る将軍は眞に富貴であることを
まことに人馬は互いに輝きあっている」
男子として　意に叶ってこのようになられた
駿馬は嘶いて北風を起こすことだろう
君が東に去って胡塵を掃うのを待っている
この馬は君の為　一日に千里を走ることだろう

223　秦箏歌　送外甥蕭正歸京

秦箏歌《しんそうか》　外甥蕭正の京に歸るを送る

汝不聞　　汝　聞かずや
秦箏聲最苦　　秦箏の聲　最も苦しきを
五色纏弦十三柱　　五色の纏弦　十三の柱
怨調慢聲如欲語　　怨調　慢聲　語らんと欲するが如く
一曲未終日移午」　　一曲　未だ終はらざるに日は午に移る
紅亭水木不知暑　　紅亭の水木　暑さを知らず
忽彈黄鐘和白紵　　忽ち黄鐘と白紵《はくちょ》を彈《ひ》く
清風颯來雲不去　　清風　颯として來り　雲去らず
聞之酒醒涙如雨」　　之を聞けば　酒醒《さ》めて　涙　雨の如し
汝歸秦兮彈秦聲　　汝　秦に歸れば　秦聲を彈く
秦聲悲兮聊送汝　　秦聲の悲しみもて　聊《いささ》か汝を送らん

【語釈】
*虢州に居る時の作。
[秦箏] 秦の土地の箏の琴。
[外甥] 外生。男の側からみて、他家に嫁いだ姉妹が産んだ男の子のこと。
[五色] 五色の弦。
[纏弦] 「纏」は纏繞。まつわりつく。

［十三柱］箏は瑟に類するもので、もとは十二弦あったが、唐代から十三弦となった。

［紅亭］虢州の水亭のこと。ここには水と木があることにより、日中であっても暑くならない。

［颯颯來］81「涼州の尹臺寺に登る」詩に、「清唱雲不去、彈弦風颯來」（清唱すれば 雲は去らず、弦を彈けば 風は颯として來る）とある。その注を參照。

【訳】

　秦箏歌　外甥の蕭正が京に歸るのを送った

あなたは聞いているだろうか
秦箏の声が最も悲しいことを
五色の纏弦は十三の柱
怨調の慢聲は 語ろうと欲しているようだ
一曲がまだ終わらないのに 日は午《ひる》に移っている」
紅亭の水木は 暑さを知らない
いつの間にか「黄鐘《こうしょう》」と「白紵《はくちょ》」を弾いている
清風が颯として來て 雲は去らない
これを聞けば 酒は醒めて 涙が雨のように流れる」
あなたが秦に歸るので 秦聲を弾く
秦聲の悲しみを以て いささかあなたを送ることにする

八、潼關―太子中允、関西節度判官―

寶應元年（七六二）四八歳の春、岑參は太子中允、兼殿中侍御史、充関西節度判官に改められた。勤務地は潼關であった。十月には、雍王の史朝義追討に従って掌書記として陝州に在った。

224 潼關鎭國軍句覆使院早春寄王同州
潼關《どうくわん》の鎭國軍　句覆《こうふ》使院の早春　王同州に寄す

胡寇尚未盡　胡寇　尚《な》ほ未だ盡きず
大軍鎭關門　大軍　關門に鎭す
旗旌遍草木　旗旌　草木に遍《あまね》く
兵馬如雲屯」　兵馬　雲の屯《とど》まるが如し
聖朝正用武　聖朝　正に武を用ゐんとし
諸將皆承恩　諸將　皆な恩を承く
不見征戰功　征戰の功を見ず
但聞歌吹喧」　但だ聞く　歌吹《かすい》の　喧《かまびす》しきを
儒生有長策　儒生　長策有るも
閉口不敢言　口を閉ざして敢へて言はず
昨從關東來　昨《きのふ》　關東從《よ》り來たりて
思與故人論」　故人と論ぜんと思ふ
何為廊廟器　何為《なんす》れぞ　廊廟の器にして
至今居外藩　今に至るまで　外藩に居する
黄霸寧淹留　黄霸　寧《なん》ぞ淹留するや
蒼生望騰騫」　蒼生　騰騫《とうけん》を望む
捲簾見西嶽　簾を捲《ま》けば　西嶽　見ゆ
仙掌明朝暾　仙掌　明朝に暾《とん》す
昨夜聞春風　昨夜　春風を聞き
戴勝過後園」　戴勝　後園を過ぐ
各自限官守　各自　官守に限られ
何由敍涼温　何に由りてか　涼温を敍せん
離憂不可忘　離憂　忘る可からず
襟背思樹萱　襟《まへ》と背《うしろ》に　萱《わすれぐさ》を樹《う》ゑんことを思ふ

【語釈】
＊寶應元年（七六二）の春に作られた。
［**潼關**］洛陽方面から長安に入る要地。今の陝西省潼関縣。
［**鎭國軍**］鎮國節度に属する軍。鎮國節度また鎮國軍節度と称し、潼関の防御を兼ね司る。唐の上元の初、鎮國

節度使を置く。治は華州、今の陝西省華縣の治。

［句覆］地名。詳細は未詳。

［使院］鎮國軍使の官署。

［王同州］名は不詳。同州刺史であった。同州は今の陝西大荔《だいれい》県。虢州の北西に在った。

［胡寇］安史の餘党、史朝義の軍を指す。

［旗旌］明抄本、『全唐詩』は「旌旗」に作る。

［雲屯］雲の様に集まる。50「登千福寺楚金禪師法華院多寶塔」（千福寺　楚金禪師の法華院多寶塔に登る）に「焚香如雲屯、幡蓋珊珊垂」（焚香　雲の屯《とど》まるが如く、幡蓋　珊珊として垂る）、130「輪臺歌奉送封大夫出師西征」（輪臺歌　封大夫の師を出して西征するを送り奉る）に「虜塞兵氣連雲屯、戰場白骨纒草根」（虜塞の兵氣　雲に連なりて屯《とど》まり、戰場の白骨　草根を纒《まと》ふ）とある。

［從］底本の注には「一作夜」とある。

［關東］潼關の東にある虢州を指す。

［故人］王同州を言う。

［廊廟器］國家の重任を負うに足る才と器を言う。ここでは王同州を指す。「廊廟」は、底本では「廟廊」に作るが、明抄本、『全唐詩』によって改めた。


［居外藩］「外藩」は地方に封ぜられた諸侯を指す。此處でいう「居外藩」とは、地方に在って中央の任職にはないこと。

［黄覇］字は次公。西漢の有名な循吏で、宣帝の時、潁川太守に任じられた。後に太子の太傅、さらに昇って丞相となった。98「送顔平原並序」（顔平原を送る　並びに序）の注參照。

［淹留］久しく留まること。

［騰騫］高く空に飛び上がること。「騫」とは、翼で空を飛ぶこと。

［西嶽］五嶽の一。華山の異称。

［仙掌］華山東峰の仙人掌のことで、華嶽三峰の一つ。

［暾］初めて昇る太陽のこと。

［戴勝］鳲鳩（かっこう）の異名。農耕を勧め、春の訪れを知らせるという。

［襟］堂南、堂前。

［背］堂北、堂後。

［萱］「諼」に同じ。植物の名で、また「忘憂草」とも称される。『文選』の、陸機「贈從兄車騎」（從兄の車騎に贈る）詩に、「安得忘歸草、言樹背與襟」（安《いづく》にか

忘歸の草を得て、言《ここ》に背と襟に樹ゑん）とある。李善注には、「韓詩 衞風・伯兮曰、『焉得諠草、言樹之背。』然襟猶前也。」（韓詩・衞風「伯兮《けい》」に曰く「焉《いづく》にか諠草《けんさう》を得て、言《ここ》に之を背に樹ゑん」と。然らば襟は猶ほ前のごときなり。）とある。

【訳】

潼關の鎭國軍、句覆の使院の早春。王同州に寄せる

胡寇はなお いまだ盡きることなく
大軍は關門に駐屯している
旗旌は 草木に遍《あまね》く
兵馬は 雲が屯《とど》まっているかのようだ」
聖朝は まさに武を用いようとし
諸将は 皆な恩を承けている
征戦の手柄は 立てられていないまま
ただ喧しい歌吹だけが聞こえている」
私には良い策が有るのだが
口を閉じて敢えて言いはしない
昨日、関東からやって來たが
あなたと論じたいと思っている」
どうしてあなたのような廊廟の器が
今に至るまで 地方に居るのだろう
黄覇は どうして久しく留まっているのか
民衆は（あなたの）活躍を望んでいるのに」
簾を捲けば 西嶽が見える
仙掌には 明朝 日が昇る
昨夜 春風を聞き
戴勝は 後園を過ぎた」
それぞれ役目に縛られて
どうして時候の挨拶などできようか
別れている憂いを 忘れることはできない
家の前と後に 萱草を植えようと思う

225 潼關使院懷王七季友

潼關の使院にて王七季友を懷ふ

王生今才子　王生は 今の才子
時輩咸所仰　時輩 咸《みな》 仰ぐ所
何當見顏色　何ぞ當《まさ》に 顏色を見るべき
終日勞夢想」　終日 夢想を勞す
驅車到關下　車を驅《か》りて 關下に到り
欲往阻河廣　往かんと欲するも 河の廣きに阻《はば》まる

滿目徒春華　滿目 徒《むな》しく春華
思君罷心賞」　君を思ひて 心賞を罷《や》む
開門見太華　門を開きて 太華を見る
朝日映高掌　朝日《ちょうじつ》 高掌 映ゆ
忽覺蓮花峯　忽ち覺ゆ 蓮花峯
別來更如長」　別來 更に長ずるが如し
無心顧微祿　微祿を顧みるに心無く
有意在獨往　意有り 獨往するに在り
不負林中期　林中の期に負《そむ》かず
終當出塵網　終《つひ》には當《まさ》に塵網を出づべし

【語釈】

＊前の詩と同時期の作。

［**王季友**］『唐才子傳』王季友傳に「季友、河南人。暗誦書萬巻、論必引經。家貧賣屐、好事者多携酒就之。其妻柳氏、疾季友窮醜。遣去、來客鄴城。洪州刺史李公、一見傾敬、即引佐幕府。工詩。性磊浪不羈、愛奇務險、遠出常性之外。」（季友は、河南の人。書萬巻を暗誦し、論ずるに必ず経を引く。家貧しく屐を賣り、好事者 多く酒を携へて之に就く。其の妻柳氏、季友の窮し醜きを疾む。去らしめ、來たりて鄴城に客たり。洪州刺史李公、一見して傾敬し、即ち引きて幕府に佐とす。詩に工《たく》みなり。性は磊浪不羈、奇を愛し険に務め、遠く常性の外に出づ。）とある。杜甫の「可嘆」詩には、季友のことについて述べてあり、『唐才子傳』の内容とほぼ同じである。仇兆鰲の注によると、李勉は洪州刺史として廣徳二年（七六四）から大暦二年（七六七）までその職にあり、それは王季友が洪州に赴いて任に當たった時期と合う。この詩に「開門見太華、朝日映高掌」とあるのは、この時 王季友は、華陰にいたことを言っている。また、「送王七録事赴虢州」、「送王録事却歸華陰」詩によると、王七録事はこの時、華陰の尉となっており、王七季友も同じく華陰にいることから、王七録事は、王七季友かと推測される。唐では、縣尉を少府と言うが、岑參は虢州に居るとき、しばしば手紙を華陰の王少府に送っている。この王少府もまた王季友のことであろう。

［**才子**］「子」字、底本は「人」に作り、注に、「一に子と作る」とある。宋本、明抄本も同じ。『全唐詩』は「子」に作り、今これに従った。

［**咸所仰**］皆がことごとく慕うこと。

［**見顔色**］その人の様子を窺い見ること。ここでは王季

友の顔を見たいけれども見られないことを言っている。285「江上春嘆」詩に「終日不得意、出門何所之。従人覓顔色、自嘆弱男児。」（終日 意を得ず、門を出づるも何の之く所ぞ。人に従ひて顔色を覓《もと》め、自ら嘆ず 弱き男児と）とある。

［**勞夢想**］夢の中でさえ忘れずに、いつも心から離れないこと。「夢」字、底本、宋本、明抄本には、「一に憂と作る」とある。

［**阻河廣**］潼關と華陰は黄河のそばにあり、場所は近いが、道が阻まれ隔てられているために華陰になかなか行けないと言う。『詩経』秦風「蒹葭」に「所謂伊人、在水一方。遡洄従之、道阻且長。」（謂《おも》ふ所の伊《か》の人、水の一方に在り。遡洄《そくわい》して之れに従はんとすれば、道阻《けわ》しく且つ長し。）とある。

［**罷心賞**］春の景を見て樂しむことを、止めること。

［**太華**］華山のこと。

［**高掌**］華山の東にある仙人掌のこと。仙掌とも言う。

［**忽覺蓮花峯、別來更如長**］蓮花峯は、華山の中峯のこと。王季友と離別してから長い時間が經って、蓮花峯も蓮の花のように長く伸びているように思えることを言う。

［**獨往**］官吏を辞めて隠遁し、二度とは世を顧みないことを言う。『文選』の謝靈運「入華子崗是麻源第三谷」詩に、「且申獨往意、乗月弄潺湲」（且つ獨往の意を申《のば》さん、月に乗じて潺湲を弄ぶ）とあり、李善注には「淮南王『荘子略要』曰、江海之士、山谷之人、軽天下、細萬物而獨往者也。（江海の士、山谷の人、天下を軽んじ、萬物を細として獨往する者なり）。司馬彪曰、獨往任自然、不復顧世也。（獨往して自然に任せ、復たは世を顧みざるなり）。」とある。底本の注には「獨は、一に長に作る」とある。

［**林中期**］退官して林の中に隠棲しようとすること。

【訳】

潼關の使院で王七季友を思う

王君は當代の才子であり
人々は皆 仰ぎ慕っている
どうして（君の）様子を見ることが出來るだろうか
一日中（君のことを）夢想して心を苦しめている」
車を驅って關下に來たけれど
行きたく思うのに「河の広さ」に阻まれている

見渡す限り 空しく春の華（が咲いている）
君を思うと 花を愛でる氣持ちもなくなる」
門を開いて太華山を見ると
朝日に高掌の峯が照り輝いている
ふと氣付く 蓮花峯
別れて以來ますます高くなったように感じられる」
官職には未練がない
心は獨往することにある
隠棲すると決心したことに背かず
最後には 俗世から出るつもりだ

226 送王七録事赴虢州
王七録事の虢州に赴くを送る

早歳即相知　早歳 即ち相知り
嗟君最後時　君の最も時に後《おく》れたるを嗟《なげ》く
青雲仍未達　青雲 仍《な》ほ未だ達せざるに
白髪欲成絲　白髪 絲と成らんと欲す
小店關門樹　小店 關門の樹
長河華嶽祠　長河 華嶽の祠
弘農人吏待　弘農 人吏 待つ
莫使馬行遲　馬行をして遲らしむる莫れ

【語釈】
＊寶應元年春、潼關にての作。
［王七録事］「王七」は王季友。「録事」は録事參軍。郡守の副官の役目。

［赴虢州］王が華陰尉から虢州録事參軍になって、赴任すること。

［青雲］高い位のたとえ。

［白髪欲成絲］「成絲」の用例は、192「稠桑驛喜逢嚴河南中丞便別」詩に、「別君能幾日、看取鬢成絲」（君に別れて能く幾日ぞ、鬢の絲と成るを看取せよ）とある。

［小店關門樹］王七と岑參は今、潼關の小店で別れを惜しんでいるのであろう。

［河］黄河。

［華嶽祠］西嶽廟。華陰県の東、華陰と潼關との間に在る。181「出關経華嶽寺訪法華雲公」詩を參照。

［弘農］唐の県名。今の河南省霊宝県。唐代、虢州の治所を置いた。

［馬行］馬行の用例は、144「白雪歌 送武判官歸京」に、「山迴路転不見君、雪上空留馬行處」（山は迴り路は転

じて君を見ざらん、雪上 空しく留めん馬行の處）と。

【訳】

王七録事が虢州に赴くのを送る
若い頃より もうよく知っており
あなたが 最も時におくれているのを嘆く
高位には いまだ到らないのに
白髪は 糸のようになろうとしている
小店には 關門の樹があり
長河には 華嶽の祠があった
弘農では 役人が待っている
馬の行くのを遅らせてはいけないよ

227 送王録事却歸華陰

王録事自華陰尉授虢州録事參軍、旬日即復舊官

王録事 却って華陰に歸るを送る

王録事 華陰の尉より虢州録事參軍を授かるも、旬日にして即ち舊官に復す。

相送欲狂歌　相送りて 狂歌せんと欲す
其如此別何　其れ 此の別れを如何せん
攀轅人共惜　攀轅 人 共に惜しむ
解印日無多　解印 日 多きこと無し
仙掌雲重見　仙掌 雲 重ねて見
關門路再過　關門 路 再び過ぐ
雙魚莫不寄　雙魚 寄せざる莫れ
縣外是黃河　縣外 是れ黃河

【語釈】

＊作詩時期は上篇に同じ。

[王録事却歸華陰]「却」は「思いもよらず、もう〜」といった意。王録事が、つい十日ばかり前に華陰の尉から虢州録事參軍を授かり、この地に來たばかりなのに、思いもかけずもう解任されて華陰に歸ることになったということ。

[録事參軍] 記録を掌り、軍事の協議に預かる官。

[旬日] 十日間、十日ほど。

[復舊官] 虢州録事參軍を授かったが、十日ほどで復た華陰の尉にかえった。

[相送欲狂歌]「欲狂歌」は、氣が狂ったように歌いたい氣持ちだ、といった意。僅か十日ばかりで、また華陰へ歸ることになった王録事を送らなければならない、やりきれない氣持ちを表している。「狂歌」の用例は、20

「邯鄲客舍歌」詩に「酩酊酔時月正午、一曲狂歌壚上眠」（酩酊 酔時 月は正に午なり、一曲 狂歌して壚上に眠る）、21「冀州客舍酒酣貽王綺寄題南樓。時王子應制擧欲西上」（冀州の客舎にて酒酣にして王綺に貽《おく》り 寄せて南楼に題す。時に王子は制擧に應じ西上せんと欲す）詩に、「酔後或狂歌、酒醒満離憂」（酔後 或いは狂歌し、酒醒めて 離憂 満つ）がある。

［攀轅］車の長柄にすがり引き止めること。

［解印］官を辞すること。

［仙掌雲重見］「仙掌」は華山東峯。復た華陰に歸る事を言う。200「喜華陰王少府使到南池宴集」詩を參照。

［路再過］十日ばかり前に通った道を再び通ること。

［雙魚］書信。191「虢州南池候嚴中丞不至」詩を參照。

［縣外是黄河］「黄河」は「雙魚」の縁語的なはたらき。

潼關は華州華陰縣に属し、黄河の南岸にある。

【訳】

王録事が却って華陰に歸るのを送る

王録事が華陰の尉より虢州録事參軍を授かるも十日ばかりで元の官に還る

あなたを送るのに　狂歌したい氣分だ
いったい　この別れをどうしたらいいのだろう
車の長柄に縋って　人々は皆　別れを惜しんでいる
日数　いくばくもなくして　職を解かれたのだ
仙掌にかかる雲を重ねて見ながら
關門の路を　再び通り過ぎる
どうか　便りを寄越さないことがないように
縣の外には　黄河があるのだから

228　閿鄕送上官秀才歸關西別業

閿《ぶん》郷にて上官秀才の關西の別業に歸るを送る

風塵奈汝何　　風塵　汝を奈何《いかん》せん
終日獨波波　　終日　獨り波波たり
親老無官養　　親老いるも　官の養ふ無し
家貧在外多　　家貧しく　外に在ること多し
酔眼輕白髪　　酔眼　白髪を輕んじ
春夢渡黄河　　春夢　黄河を渡る
相去關城近　　相去りて　關城近きも
何時更肯過　　何れの時か　更に過《よぎ》るを肯《がえん》ぜん

【語釈】

＊潼關に居た時の作であろう。

〔閺郷〕唐の縣名で虢州に屬す。今の河南靈寶縣のこと。閺郷の西は潼關に接する。

〔汝〕宋本、明抄本、呉校、『全唐詩』の注には「一に爾に作る」とある。

〔波波〕波がどっと押し寄せるように、忙しくて休む間もないこと。上の「波」の字は底本では空欄になっており、宋本、『全唐詩』に據って補った。

〔眼〕底本は「眠」と作るが、ここでは『全唐詩』に従う。ここの両句は、酒に酔って年老いたことも忘れ、頭の白髪も氣にならないでいる。故郷を思念し、夢の中で河を渡り歸去するという意味。

〔城〕「城」の下に、宋本、明抄本、呉校の注には「一に山と作る」とある。

【訳】

閺郷《ぶんきょう》にて上官秀才が關の西にある別荘に歸るのを送る

世間は　あなたをどうしようとしているのか
あなたはいつも獨り忙しくしている
親が老いても　その官職では養うことが出來ない
家は貧しく　地方の任に就いていることのほうが多い
酒に酔えば　白髪があることも忘れ
春の夢の中では　黄河を渡る
相去っても　關城は近いが
いつまたあなたはこちらにやって來てくれるのだろうか

229　敷水歌　送竇漸入京

敷《ふ》水の歌　竇漸《とうぜん》の京に入るを送る

羅敷昔時秦氏女　　羅敷《らふ》　昔時　秦氏の女
千載無人空處所　　千載　人無くして　處所空《むな》し
昔時流水至今流　　昔時の流水　今に至るも流れ
萬事皆逐東流去」　萬事　皆　東流を逐《お》ひて去る
此水東流無盡期　　此の水　東に流れて　盡くる期《とき》無し
水聲還似舊來時　　水聲は還《ま》た似たり　舊來の時
岸花仍自羞紅臉　　岸の花は　仍《な》ほ自ら紅臉《こうれん》に羞《は》ぢ
堤柳猶能學翠眉」　堤の柳は　猶ほ能く　翠眉に學ぶ
春去秋來不相待　　春去り秋來りて　相ひ待たず
水中月色長不改　　水中の月色　長《とこしへ》に改まらず
羅敷養蠶空耳聞　　羅敷の蠶を養ふこと　空しく耳に聞く
使君五馬今何在」　使君の五馬は　今何《いづ》くにか在る
九月霜天水正寒　　九月の霜天　水は正《まさ》に寒《つめた》く

故人西去度征鞍　故人 西に去りて 征鞍度《わた》る
水底鯉魚幸無數　水底の鯉魚は 幸ひに無數
願君別後垂尺素　願はくは君 別れて後 尺素を垂れよ

【語釈】

*關西節度判官に充てられ、華州に居る時の作か。

［**敷水**］川の名。陝西省華陰縣の西にある敷水鎮の付近を流れている。華州東南 敷水の谷から、北流して渭水に合流する。

［**羅敷**］漢の樂府「陌上桑」に「日出東南隅、照我秦氏樓。秦氏有好女、自名爲羅敷。」（日は東南隅に出でて、我が秦氏の樓を照らす。秦氏に好女有り、自ら名づけて羅敷と爲す。）とある。羅敷は実在の人物ではなく、敷水とは無関係。恐らく後の人が、羅敷は敷水で生まれ過ごしたと言うことを、敷水の伝説として付け加えたのであろう。

［**逐**］後について行くという意味。水の流れを逐って全ては去ってしまったことをいう。

［**舊來**］素來と同じで、もとよりの意。

［**翠眉**］かつて婦女は眉を書く時、青緑色の顔料を使っていた。柳の葉が美女の眉毛のようだという。

［**羅敷養蠶空耳聞、使君五馬今何在**］この二句は、容姿端麗で養蠶の上手な羅敷が、城郭の南隅で桑つみをしていたところを使君が見かけ、五頭立の馬車を止めてそこから動こうとしなかったという「陌上桑」の故事を踏まえている。

「陌上桑」

……

羅敷喜蠶桑　羅敷 蠶桑《さんそう》を喜《よ》くし
採桑城南隅　桑を城の南隅に採る
青絲爲籠系　青絲をば籠系と爲し
桂枝爲籠鉤」　桂枝をば籠鉤《ろうこう》と爲す
頭上倭墮髻　頭上には倭墮《いだ》の髻《けい》
耳中明月珠　耳中には明月の珠
緗綺爲下裙　緗綺《しょうき》を下裙《かくん》と爲し
紫綺爲上襦」　紫綺《しき》を上襦《じょうじゅ》と爲す
行者見羅敷　行く者は羅敷を見て
下擔捋髭鬚　擔《たん》を下して髭鬚《ししゅ》を捋《ひね》り
少年見羅敷　少年は羅敷を見て
脱帽著帩頭」　帽を脱して帩頭《しょうとう》を著す
耕者忘其犂　耕す者は 其の犂《すき》を忘れ

鋤者忘其鋤　鋤《す》く者は　其の鋤《くわ》を忘る
來歸相怨怒　來り歸って　相《あい》怨怒するは
但坐觀羅敷」　但だ羅敷を觀るに坐するのみ
使君從南來　使君　南從《よ》り來り
五馬立踟躕　五馬　立ちて踟躕《ちちゅう》す
使君遣吏往　使君　吏をして往かしめ
問是誰家姝　問ふ　是れ誰《た》が家の姝ぞと

［使君］郡太守の称。［五馬］漢代、太守の駕車用の五頭の馬。

［征鞍］出発する馬。

［鯉魚］191「虢州南池候嚴中丞不至」詩の［雙魚］の注を参照。

［垂］上が下に施す。

［尺素］てがみ。尺牘《せきとく》。「尺」は、小さい、短いの意味があり、「素」は、手紙を書く「帛」のこと。手紙は本來、簡潔に用件を伝えるものなので、短い帛が手紙として最適であって、そのため「尺素」が手紙の意になったのであろう。

【訳】

敷水の歌　竇漸《とうぜん》の入京の折りに送る

嘗てここに秦氏の娘の羅敷がいたが
長い年月の間　人は住んでおらず　ひっそりとしていた
かつての流水は　今もそのままに流れ
全てのことは皆な　東流を逐って去ってしまった」
此の水は　東に流れて　盡きるときがなく
水の聲《おと》は　ずっと昔から変わらない
岸の花は　今もまだ　紅色の美しい顔を羞じ
堤の柳は　今もまだ　翠眉を学んで美しい」
春が去り秋が來るが　互いに待つことなく
水中に映る月色は　古來から変わらない
羅敷が蠶を養っていたことは　かすかに耳にするが
使君の五馬は　今どこにいるのであろうか」
九月の霜おく夜空になると　水はまさに冷たくなり
故人は西に向かい　馬で出発していく
水底の鯉魚は　幸いなことに　沢山いる
願はくは　あなた　別れた後も　便りをくださるように

230　陝州月城樓送辛判官入奏

陝州月城樓にて辛判官の入奏するを送る

送客飛鳥外　客を送る　飛鳥の外

樓頭城最高　　樓頭は　城の最高
樽前遇風雨　　樽前　風雨に遇ひ
窗裏動波濤　　窗裏　波濤動《さわ》ぐ
謁帝向金殿　　帝に謁せんとして　金殿に向かひ
隨身唯寶刀　　身に隨ふは　唯だ寶刀のみ
相思灞陵月　　相ひ思ふ　灞陵の月
祇有夢偏勞　　祇《た》だ　夢の偏《ひと》へに勞する有り

【語釈】

＊寶應元年十月、雍王の書記として陝州に在った時の作。

［**月城**］防守の都合で半月型に築かれた城。

［**辛判官**］時に雍王は、諸道節度使を陝州に會し、史朝義を討った。辛は陝州の節度使判官であった。

［**入奏**］朝廷に參内して上奏すること。

［**飛鳥外**］樓が高いことを言う。204「虢州西亭陪端公宴集」（虢州の西亭　端公の宴集に陪す）に「紅亭出鳥外、驄馬繫雲端」（紅亭　鳥外に出で、驄馬　雲端に繫《つな》ぐ）とある。

［**樓頭城最高**］樓頭が城の中で最も高いことを言う。明抄本、呉校、『全唐詩』は「城頭樓最高」に作る。

［**樽前**］酒宴の席の前方を指す。

［**窗裏動波濤**］陝州の治所の北側は黄河に臨んでいた。樓の窓から黄河の波が翻るのが見えた。

［**金殿**］天子の宮殿。

［**相思灞陵月、祇有夢偏勞**］「灞陵」は覇水のほとりの地で、今の陝西省長安縣の東。「月」字は、底本では「後」に作り、注に「一作月」とあるが、明抄本、呉校、『全唐詩』によって改めた。「偏勞」とは、ひたすらそれだけが疲れること。この両句は、長安を思って、夢だけが長安に歸っていることを言う。

【訳】

　陝州月城の樓で　辛判官が入奏するのを送る

客を飛鳥よりも上で送る
この樓頭は　城の中で最も高い
宴席の前では　風雨が起こり
窓の中には　波濤が翻る
帝に拝謁するために　金殿に向かい
身に随えるものは　宝刀のみ
灞陵の月を　心に思い
ただ夢が　ひたすら疲れるばかり

九、長安—祠部員外郎、考功員外郎など—

廣徳元年（七六三）四九歳。長安に在り。正月に入京して御史臺に暫く勤務したのち、秋に祠部員外郎に任じられた。二年には考功員外郎に改められ、尋《つい》で虞部郎中に轉ず。永泰元年（七六五）春には屯田郎中に改められ、尋で庫部郎中に轉じた。

231 尹相公京兆府中棠樹降甘露詩
尹《いん》相公の京兆府中 棠樹 甘露を降すの詩

相公尹京兆　相公《しょうこう》は京兆《けいちょう》に尹《いん》たり
政成人不欺　政成りて 人 欺《あざむ》かず
甘露降府庭　甘露 府庭に降り
上天表無私」　上天 私無きを表す
非無他人家　他人の家に無きに非ず
豈少羣木枝　豈に羣木の枝の少なからんや
被茲甘棠樹　被《お》ひ茲《しげ》る 甘棠《かんとう》の樹
美掩召伯詩」　美は掩ふ 召伯《せうはく》の詩
團團甜如蜜　團團として甜《あま》きこと蜜の如く
晶晶凝若脂　晶晶として凝《こ》ること脂《あぶら》の若し
千柯玉光碎　千柯《せんか》 玉光 碎け
萬葉珠顆垂」　萬葉《ばんよう》 珠顆《しゅか》 垂る
崑崙何時來　崑崙《こんろん》 何れの時にか來たり
慶雲相逐飛　慶雲 相ひ逐《お》ひて飛ぶ
魏宮銅盤貯　魏宮に 銅盤 貯《たくわ》へ
漢帝金掌持」　漢帝に 金掌 持《じ》す
王澤布人和　王澤 人和を布《し》き
精心動靈祇　精心 靈祇《れいぎ》を動かす
君臣日同徳　君臣 日に徳を同じくし
禎瑞方潜施」　禎瑞《ていずい》 方《まさ》に潜《ひそ》かに施す
何術令大臣　何の術か 大臣をして
感通能及茲　感通 能く茲《ここ》に及ばしむ
忽驚政化理　忽ち驚く 政化の理
暗與神物期」　暗に神物と期するを
却笑趙張輩　却《かへ》りて笑ふ 趙 張の輩
徒稱今古稀　徒《た》だ稱す 今古 稀《まれ》なりと
爲君下天酒　君の爲に 天酒を下す
麹蘖將用時　麹蘖《きくげつ》 將に用ひられんとするの時

【語釈】

＊廣徳元年（七六三）の正月、長安での作と思われる。

［**尹相公京兆府中棠樹降甘露詩**］『舊唐書』巻一二三、代宗紀に「廣徳元年正月、國子祭酒・兼御史大夫京兆尹劉晏、吏部尚書・同中書門下平章事と爲《な》る」とある。「中書門下平章事」とは宰相のこと。この詩に「相公尹京兆」といい、題に「尹相公」とあるのは劉晏を指している。「尹」は、京兆・河南・太原などの大きな州に置かれた長官の官職名。「相公」は、大臣。宰相の敬称。ここでは劉晏のことを指す。劉晏は、字は子安、南華の人。経済に明るいことで名を知られた。官位を上げていって御史中丞、京兆尹となり、廣徳元年に宰相となる。『舊唐書』巻一二三、『新唐書』巻一四九に傳がある。「京兆」は、今の陝西省西安市の北西にあった。「棠樹」は、やまなし。甘棠ともいう。「甘露」は、天下太平のしるしとして天が降らせると言う。

［**美掩召伯詩**］「召伯詩」とは、『詩経』召南「甘棠」の詩のこと。「召伯」とは、周の召公のことで、民衆がその善政に感じ、召公がその下で休んだ甘棠《かんとう》の木を人民が大切にしたという故事がある。ここでは劉晏の善政が召伯のそれを凌いでいることを言っている。

［**珠顆**］珠のように丸い粒になっているもの。

［**崑崙**］山の名。神々が生まれ、仙人や聖人が集うところ。五色の雲氣が出るといわれる。

［**慶雲**］甘露とともにめでたいしるし。『漢書』禮樂志に、「甘露 降り、慶雲は集まる」とある。また、王子年『拾遺記』巻八に「崑崙山有九層。其上毎一層、有雲氣五色。従下望之、皆有城闕之象。又崑崙之西方、曰須彌山。九層、其第七層、有景雲出、以映朝日。」（崑崙山に九層有り。其の上は一層毎に、雲氣の五色なる有り。下従《よ》り之を望めば、皆な城闕の象《かたち》有り。又た崑崙の西方を、須彌山と曰ふ。九層にして、其の第七層に、景雲の出づる有り。以て朝日に映《は》ゆ）とある。

［**魏宮銅盤**］魏の明帝（二二七～二三四）が銅製の承露盤を作ったことをいう。承露盤とは天から降ってくる甘露を受ける大皿のこと。

［**漢帝金掌**］漢の武帝（前一四〇～前八七）が、黄金で仙人の掌に似せて甘露をうける盤を作ったことをいう。

［**王澤**］「王」字、底本は「玉」に作る。今、明抄本、呉校、『全唐詩』による。天子の恵みのことを言う。

［**靈祇**］神々のこと。

［禎瑞］めでたいしるし。

［感通］心に響き應じて通じること。

［政化理］「政化」とは、政治と教化のこと。境内がよく治まっていることを言う。

［神物期］神々が、甘露を降らせたことを指す。

［趙張輩］漢の趙廣漢と張敞のこと。ともに京兆府の長官を務め、善政を敷いて名を挙げた。

［天酒］甘露のこと。

［麹蘖］麹。転じて宰相のこと。『尚書』説命に、「爾惟訓于朕志。若作酒醴、爾惟麹蘖」（爾《こ》惟れ朕が志を訓《おし》へよ。若《も》し酒醴を作らば、爾《こ》惟れ麹蘖なるのみ）とある。

【訳】
尹《いん》相公の京兆府の中の棠樹に、甘露の降る詩
（あなた）相公は京兆の長官として
政治は成し遂げられ 人々は欺くことはない
甘露が役所の庭に降り
天が 私心の無いことを示された」
他の家に（甘棠《やまなし》が）無いわけではない
どうして木々の枝が少ないことがあろうか
やまなしの木は 生い茂り
貴方の美名は 召伯を覆い淩《しの》いでいる」
（露は）丸く蜜のように甘く
きらきらと凝《かた》まって 脂のようだ
千の枝には 玉の光がちりばめられ
萬の葉に 珠玉がしたたっている」
崑崙から 何時の間に来たのか
慶雲は 互いに追いつ追われつ飛んでいる
魏宮では（甘露を）銅盤に貯え
漢帝は 金掌の中に入れていた」
天子の恵みが 人々を仲良くさせ
あなたの真心が 天地の神を動かした
君と臣は 日々徳を積み
めでたいしるしは 今やひそかに施された」
どうやって大臣の善政が
天にまで届いて 甘露を降らせたのだろうか
政化の道理が
暗に瑞祥をもたらしたことに驚く」
趙廣漢 張敞《ちょうしょう》らについて
今古まれな存在と称していることがおかしい

あなたの為に　天は甘露を下し
麹蘗《こうじ》は　今や用いられんとしている

232 劉相公中書江山畫障

劉相公中書の江山畫障

相府徴墨妙　相府　墨妙を徴し
揮毫天地窮　毫《ふで》を揮《ふる》ふ　天地の窮
始知丹青筆　始めて知る　丹青の筆の
能奪造化功」　能く造化の功を奪ふを
瀟湘在簾間　瀟湘　簾間に在り
廬壑横座中　廬壑　座中に横たはる
忽疑鳳凰池　忽ち疑ふ　鳳凰の池
暗與江海通」　暗に江海と通ずるを
粉白湖上雲　粉白　湖上の雲
黛青天際峯　黛青　天際の峯
晝日恒見月　晝日　恒《つね》に月を見
孤帆如有風」　孤帆　風有るが如し
巖花不飛落　巖花　飛落せず
澗草無春冬　澗草　春冬無し
擔錫香爐緇　錫を擔《にな》ふ　香爐の緇《し》
釣魚滄浪翁」　魚を釣る　滄浪の翁
如何平津意　如何せん　平津の意
尚想塵外蹤　尚ほ想ふ　塵外の蹤《あと》
富貴心獨輕　富貴　心は獨り輕く
山林興彌濃」　山林　興《きょう》は彌《いよい》よ濃し
喧幽趣頗異　喧幽　趣《おもむ》きは頗る異《こと》なり
出處事不同　出處　事は同じからず
請君為蒼生　君に請ふ　蒼生の為に
未可追赤松　未だ赤松を追ふ可からざるを

【語釈】
*廣徳元（七六三）年、長安での作。
［**劉相公**］劉晏を指す。字は士安、南華（現在の河南省東明縣の東南）の人。御史中丞、京兆の尹を経て、廣徳元（七六三）年正月、同中書門下平章事（宰相）になる。『舊唐書』巻一二三、『唐書』巻一四九に傳がある。
［**中書**］中書令（宰相）を指す。
［**畫障**］畫屏。底本には「畫張」に作り、明鈔本、呉校には「畫幛」に作る。此處では『全唐詩』に從った。
［**墨妙**］絵の上手な人を指す。
［**天地窮**］天地の窮極の風景。

［**丹青**］絵を描く為の顔料。また絵をも指す。
［**造化**］萬物を創造し育てるもの。天、自然。
［**瀟湘**］瀟水の源は湖南寧遠縣の南にある九疑山で、流れは零陵縣の西北にある湘水に入り、世に「瀟湘」と呼ばれる。此處では画中の川の流れを指す。
［**廬壑**］廬山の谷々。画中に描かれた景物を指す。底本の注に「壑、疑作霍」（壑、疑ふらくは霍に作る）とある。「廬霍」とは廬山、霍山（南嶽衡山）を謂う。
［**鳳凰池**］中書省を指す。唐代、中書省に政事堂を設け、宰相治事の場所とした。「畫障」は此處に置いてあったものであろう。
［**黛青**］深い青。
［**擔錫香爐緇、釣魚滄浪翁**］絵の中に描かれている人物。「錫」は僧が用いる錫杖。また禅杖といい、省略して錫という。「香爐」は廬山の北の峯。江西九江市の西南にある。「緇」は僧のこと。
［**平津**］丞相を指す。漢の武帝は丞相公孫弘を封じて平津侯とした。
［**塵外**］俗世の外。底本には「一に丘壑に作る」とある。
［**喧幽**］喧噪と幽静。
［**出處**］進退。出仕と退隠を指している。4「自潘陵尖還少室居止秋夕憑眺」（潘陵尖より少室の居止に還り秋の夕に憑眺す）の注参照。
［**赤松**］赤松子。古の仙人。『漢書』張良傳に「願棄人間事、欲從赤松子遊耳。」（願はくは人間の事を棄て、赤松子に從ひて遊ばんと欲するのみ。）とある。顔師古注には、「赤松子、仙人號也。神農時、為雨師。」（赤松子は、仙人の號なり。神農の時、雨師と為る。）とある。

【訳】

劉相公中書の江山畫障

相府に画の巧みな者を呼び寄せて
筆を揮《ふる》って　天地の窮極の景を画かせた
始めて知った　丹青の筆が
これ程に造化の巧を奪うことを」
瀟湘は　簾間に在り
廬壑は　座中に横たわっている
忽ち鳳凰の池が
暗に江海と通じているかと疑った」
粉白で　湖上の雲を描き
黛青で　天際の峯を描く

日中に 何時も月を見て
孤帆には 風が吹いているかのようだ」
巖花は散ることもなく
澗草には季節の移ろいが無い
香爐峯の僧は錫杖を担《にな》い
滄浪《そうろう》の翁は 魚を釣っている」
丞相のお考えをどうしたものか
なお塵外の跡を想っておられる
富貴に對して 心は獨り軽く
山林への興は いよいよ濃い」
喧と幽とは 趣きを全く異にし
出仕と隠棲とは 違う事である
君にお願いしたいことは蒼生《たみ》の為に
まだ赤松子を追わないでほしいということ

233 秋夕讀書幽興獻兵部李侍郎

秋夕 讀書の幽興 兵部李侍郎に獻ず

年紀蹉跎四十強　年紀 蹉跎《さた》として四十強なり
自憐頭白始爲郎　自ら憐れむ 頭 白くして始めて郎と爲るを
雨滋苔蘚侵階緑　雨滋《しげ》くして苔蘚 階を侵して緑に
秋颯梧桐覆井黄　秋は颯《さつ》として梧桐 井を覆ひて黄なり
驚蟬也解求高樹　驚蟬 也《ま》た高樹を求むるを解し
旅雁還應厭後行　旅雁 還《ま》た應《まさ》に後に行くを厭《いと》ふなるべし
覧巻試穿隣舎壁　巻を覧ては試みに穿《うが》たん 隣舎の壁
明燈何惜借餘光　明燈 何ぞ惜しまん 餘光を借すを

【語釈】

＊廣徳元年秋初、祠部員外郎になった頃の作。

［**幽興**］奥ゆかしい興趣。幽閑の興を發するを謂う。

［**侍郎**］尚書省の各部の副長官。

［**年紀**］年月。年数。年齢。

［**蹉跎**］つまずく。ぐずぐずして時期を失う。

［**四十強**］強は数量に餘りがあることをいう。実際は廣徳元年に作者は四十九歳であった。

［**郎**］祠部員外郎のこと。

［**自憐頭白始爲郎**］『漢紀』巻八に「馮唐白首、屈於郎署。豈不惜哉。夫以絳侯之忠功存社稷、而猶見疑不。亦痛乎。夫知賢之難、用人不易。忠臣自古難為也。」（馮

唐 白首にして、郎署に屈す。豈に惜しまざらんや。夫れ絳侯の忠功の社稷を存するを以てして、而も猶ほ疑はるや。亦た痛ましからずや。夫れ賢を知るの難き、人を用ふること易《やす》からず。忠臣は古自《よ》り為し難きなり。）とあり、出世が遅いことを言っている。

［**驚蝉也解求高樹**］秋になると露が高樹に降りてくることを、蝉は本能的に知っており、露を飲む為に高樹を求める。

［**旅雁還應厭後行**］秋になると雁の群は南へ移動する。雁は危険を避ける為、飛ぶ時にはきちんと整列し、群に遅れることを嫌う。

［**覧巻試穿隣舎壁、明燈何惜借餘光**］『西京雜記』巻二に、「匡衡、字稚圭。勤學而無燭、隣舎有燭而不逮。衡乃穿壁引其光、以書映光而讀之。」（匡衡 字は稚圭。學に勤めて燭無く、隣舎に燭有るも逮《およ》ばず。衡は乃ち壁を穿ちて其の光を引き、書を以て光に映じて之を讀む。）とある。

【訳】

　秋夕 読書の幽興 兵部李侍郎に献上する
今日まで時機を失い 四十餘りになってしまった
頭が白くなって 始めて郎官と爲った自分を憐れむ
雨が盛んに降って 苔蘚《こけ》が階段を緑色に侵《おか》し
秋が衰えて 梧桐の葉は井戸を黄色に覆う
驚蝉はまた 高樹を求めることを知っており
旅雁もまた 群に遅れることを嫌《いと》うているようだ
書物を読む時に 隣舎の壁を試しに穿ってみようか
明燈の餘光を借すことを どうして惜しんだりするだろう

234
和刑部成員外 秋夜寓直寄臺省知己
　刑部の成員外の「秋夜寓直《ぐうちょく》し臺省の知己《ちき》に寄す」
　　に和す

列宿光三署　列宿 三署に光《かがや》き
仙郎直五宵　仙郎 五宵に直す
時衣天子賜　時衣は 天子の賜《たまもの》
廚膳大官調　廚膳は 大官の調《しつら》へ
長樂鐘應近　長樂 鐘は應《まさ》に近かるべく
明光漏不遙　明光 漏は遙かならず
黄門持被覆　黄門 被を持ちて覆ひ
侍女捧香燒」　侍女 香を捧げて燒《た》く
筆爲題詩點　筆は題詩の爲に點じ

燈緣起草挑　燈は起草に縁《よ》りて挑《かか》ぐ
竹喧交砌葉　竹は喧《かまびす》し　砌《みぎり》に交わる葉
柳彈拂窗條」　柳は彈《た》る　窗《まど》を拂ふ條《えだ》
粉署榮新命　粉署に　新命を榮《はえ》とし
霜臺憶舊僚　霜臺に　舊僚を憶ふ
名香播蘭蕙　名香　蘭蕙を播《ま》き
重價蘊瓊瑤」　重價　瓊瑤《けいよう》を蘊《たくは》ふ
撃水翻滄海　水を撃ちて　滄海を翻《と》び
摶風透赤霄　風を摶《あつ》めて　赤霄《せきしょう》に透る
微才喜同舍　微才　同舍を喜ぶ
何幸忽聞韶　何ぞ幸ひなるかな　忽ち韶《せう》を聞くとは

【語釈】

＊廣德元年の作。底本は、詩題を「和刑部成員外秋寓直臺省寄知己」に作り、明抄本、呉校は「和刑部成員外秋寓直寄臺省知己」に作るが、ここは『全唐詩』に従った。

［**刑部**］刑部には、刑部司・都官司・比部司・司門司があった。

［**成員外**］員外郎の成賁。

［**寓直**］役所などに當番で泊まる。宿直。

［**臺省**］「臺」は御史台。「省」は、尚書・中書・門下省等を指す。

［**列宿**］空に連なる多くの星。郎官をいう。

［**三署**］五官署・左署・右署。

［**仙郎**］尚書省の各部郎中の員外郎をいう。

［**時衣**］四季折々に應じた衣服。

［**廚膳**］食膳。

［**大官**］太官。宮中の食事を司る。

［**長樂鐘**］「長樂」は漢の宮殿、長樂宮。銭起の「贈闕下裴舍人詩」に「長樂鐘聲花外盡、龍池柳色雨中深」（長樂の鐘聲　花外に盡き、龍池の柳色　雨中に深し）とある。

［**明光漏**］「明光」は漢の宮殿、明光宮。「漏」は漏刻。水時計。

［**黄門**］宮門をいう。宮門の小門は、黄色に塗られた。転じて黄門のうちに給事する宦者をいう。

［**挑**］かかげる。白居易の「長恨歌」に「孤燈挑盡未成眠」（孤燈挑《かか》げ盡くして未だ眠りを成さず）とある。

［**粉署榮新命**］「粉署」は、胡粉で白色に塗った役所、尚書省をいう。廣德元年、岑參は、御史台の属官から尚書省の祠部員外郎に栄転したので、「榮新命」といった。

［**霜臺**］御史台の異称。御史台は法律を掌る所であるか

ら秋官に配して霜台という。
［**名香播蘭蕙**］蘭も蕙も香草。屈原の『離騒』に「余既滋蘭之九畹兮、又樹蕙之百畝」（余は既に蘭の九畹を滋《う》え、又蕙の百畝を樹《う》う）とあり、優秀な人材を育てることを香草を播《ま》くことにたとえる。
［**重價蘊瓊瑤**］「瓊瑤」は、美しい玉。『詩経』衛風「木瓜《もくか》」に「投我以木桃、報之以瓊瑤。非報也、永以爲好也」（我に投ずるに木桃を以てし、之に報ゆるに瓊瑤を以てせん。報ゆるに非ざる也、永く以て好《よし》みと爲さん）とあり、価値のある人を育てることを、美しい玉を蓄えることにたとえる。
［**撃水、搏風**］『荘子』逍遙遊篇に「鵬之徙於南冥也、水撃三千里、搏扶揺而上者九萬里。」（鵬の南の冥《うみ》に徙《うつ》るや、水に撃つこと三千里、扶揺《つむじかぜ》を搏《あつ》めて上る者《こと》九萬里）とある。
［**滄**］宋本、明抄本は、「蒼」字に作る。
［**赤霄**］天の赤色の雲氣。
［**韶**］舜が作ったと言われる音樂。『論語』八佾《はちいつ》に「子謂韶、盡美矣、又盡善也」（子《し》 韶を謂ふ、美を盡くせり、又た善を盡くせりと）とある。

【訳】

刑部の成員外の「秋の夜 宿直し臺省の知己に寄す」
詩に和する

列宿は 三署に光り
仙郎は 五宵に直《とのい》す
時衣は 天子の賜《たまもの》で
廚膳は 太官の調理したもの」
長樂宮の鐘は 近くに聞こえ
明光宮の漏刻は 遠くはない
黄門は 被を持って覆い
侍女は 香を捧げて焼《た》く」
筆は 題詩の爲に墨をつけ
燈は 起草するために掲げる
竹の葉は 喧《やかま》しく 砌《きざはし》に交わり
柳の枝は 垂れて窗《まど》を拂う」
粉署に 新命を名誉とし
霜臺に 舊僚を憶ふ
蘭蕙のような香草を播《う》え
瓊瑤のような高價な玉を蘊《たくわ》える」
水を撃って 滄海から飛び立ち

風を集めて 赤霄《せきしょう》に向かう
微才の私は 同《とも》に直《とのい》するのを喜ぶ
何と幸せなことか 忽ち「詔《しょう》」を聞くとは

235 送任郎中出守明州

任郎中の出でて明州に守たるを送る

罷起郎官草　郎官の草を起こすを罷《や》め
初分刺史符　初めて 刺史の符を分かたる
城邊樓枕海　城邊 樓は海に枕し
郭裏樹侵湖　郭裏 樹は湖を侵《おか》す
郡政傍連楚　郡政 傍《かたは》ら楚に連なり
朝恩獨借呉　朝恩 獨り呉を借す
觀濤秋正好　濤を觀るは 秋 正に好し
莫不上姑蘇　姑蘇《こそ》に上らざること莫かれ

【語釈】

＊此の詩は廣徳元年、公が郎と為った時の作と思われる。

［**郎中**］朝廷における諸司の長官。

［**明州**］呉のこと。現在の浙江省寧波市。

［**罷起**］（文書を）起草することをやめる。ここは郎官を退いて地方官になること。

［**初分刺史符**］「分」字、『全唐詩』は「封」に作る。「史」字、底本は「吏」に作るが、明抄本、呉校、『全唐詩』に拠り改めた。「刺史」は州の長官の称。「符」は刺史の証明となるもの。99「送顔平原」の「仙郎授剖符、華省輟分憂」（仙郎 剖符を授けられ、華省 分憂を輟《や》む）、すなわち仙郎（顔真卿）は剖符を授けられ、尚書省での天子の憂いを分かつ仕事を止めることとなったとあるのと、同じ状況を述べた。

［**城邊樓枕海、郭裏樹侵湖**］この二句は、明州の風物を寫している。「城邊」は、内ぐるわ。「樓枕海」は、海辺に臨んで樓が建っている様子。「樹侵湖」は、樹木が湖の中にまで生えている様子。「郭裏」は、外ぐるわ。

［**郡政傍連楚**］明州の地は「楚」の地に近かったので、政事は「楚」と関連していた。

［**朝恩獨借呉**］「呉」は「明州」を指す。春秋のとき「呉」の地に属していた。故に「借」とは、朝廷が私に此の地を貸し与えたことをいう。出でて明州の刺史に任ぜられたことは、朝廷の恩澤によるものである

［**觀濤秋正好、莫不上姑蘇**］この二句は、赴任途中のことを述べたものである。「觀濤」は太湖の大波を観賞す

ること。それは秋が良いので、絶好の機會だという。「姑蘇」は江蘇呉縣西南にある山の名。「是非、姑蘇山に上って太湖を遊觀してほしい」ということ

【訳】

任郎中が明州に太守となって行くのを送る
あなたは郎官としての文書起草の仕事をやめ
初めて刺史としての仕事に任命された
内ぐるわの樓は　海に臨んで建ち
外ぐるわの樹木は　湖中にまで侵入している
郡の政治は　すぐ傍の楚と関わっており
朝廷は有難くも　特に呉（明州）を貸し與えられた
觀濤には　秋が最適だから
どうか姑蘇山に上らないことがないように

236　暮秋會嚴京兆後廳竹齋

暮秋　嚴京兆の後廳の竹齋に會す

京尹小齋寛　　京尹　小齋　寛《ひろ》く
公庭半薬欄　　公庭　薬欄　半ばなり
甌香茶色嫩　　甌は香りて　茶の色は嫩《やはら》かに
窗冷竹聲乾　　窗は冷たく　竹の聲は乾く
盛徳中朝貴　　盛徳　中朝に貴《たか》く
清風畫省寒　　清風　畫省に寒し
能將吏部鏡　　能く吏部鏡を將《もっ》て
照取寸心看　　寸心を照取して看ん

【語釈】

＊廣徳元年（七六三）の秋の作。

［**嚴**］嚴武のこと。廣徳元年十月、京兆尹と吏部侍郎を兼ねながら黄門侍郎となる。

［**廳**］明抄本、呉校は「亭」と作る。

［**京尹**］京兆尹の略。京兆（今の陝西省西安市の北西）地区の長官のこと。『全唐詩』は「京兆」と作る。

［**薬欄**］芍薬を植えた庭の手すり。

［**甌**］茶を入れる小さいかめ。

［**竹聲乾**］「聲乾」の用例は、204「虢州西亭陪端公宴集」に、「開瓶酒色嫩、踏地葉聲乾」（瓶を開けば　酒色　嫩《やはら》かに、地を踏めば　葉聲乾《かは》く）。207「范公叢竹歌 并序」に「盛夏翛翛叢色寒、閑宵摵摵葉聲乾」（盛夏に翛翛として叢色寒く、閑宵に摵摵として　葉聲乾く）とある。

［**中朝**］朝廷の内のこと。

［**畫省**］尚書省のこと。中書、門下と並ぶ三省の一つで、

行政の中央最高官庁。

［**清風畫省寒**］嚴武の姿振舞いが清正としていることから、畫省の人達は畏れ憚っており、その事を凛凛とした寒さに例えている。

［**吏部鏡**］「吏部」は文官の選任、勲階、懲戒などを掌る。「吏部鏡」は又、衡鏡、藻鏡と稱し、すべて人物を見分けることを指す。

【**訳**】

秋の暮れ　嚴京兆の後廳にある竹齋に集う

京兆の尹の小齋は　ゆったりとしており
公庭には藥欄が　半ばを占めている
甌《かめ》は香り　茶の色は嫩《やわら》かに
窗《まど》は冷たく　乾いた竹の葉音がきこえる
（嚴武の）盛徳は　朝内にも貴《たか》く
清らかな風格は　畫省に寒さを感じさせる
能く吏部の鏡をもって
寸心を照らし取って看てほしい

237　崔倉曹席上送殷寅充右相判官赴淮南

崔倉曹の席上にて　殷寅《いんいん》の右相判官に充《あ》てられ淮南に赴くを送る

清淮無底緑江深　清淮《せいわい》　底無くして　緑江　深し
宿處津亭楓樹林　宿處の津亭　楓樹の林
駟馬欲辭丞相府　駟馬　丞相の府を辭さんとす
一樽須盡故人心　一樽　須《すべから》く故人の心を盡すべし

【**語釈**】

＊廣徳元（七六三）年、長安での作と思われる。

［**倉曹**］倉曹参軍を指す。府中の倉、財物、市の店等のことを司った。

［**殷寅**］陳郡、長平（今の河南西華県の東北）の人。（『元和姓纂』巻四）。『新唐書』儒學傳には「殷踐猷、字伯起、～少子寅。舉宏辭、為太子校書。出為永寧尉、吏侮謾甚、寅怒殺之。貶澄城丞。病且死、以母蕭老不忍決。及斂、其子亮斷指剪髪置棺中、自誓事祖母如寅在。」（殷踐猷、字は伯起、～少子は寅。宏辭に舉げられ、太子校書と為る。出でて永寧の尉と為り、吏　侮謾すること甚だしく、寅怒りて之を殺す。澄城の丞に貶さる。病みて且《まさ》に死せんとするに、母蕭の老いたるを以て決するに忍びず。斂するに及び、其の子亮、指を斷ち髪を剪りて棺中に置き、自ら誓ふ　祖母に事ふること寅の在るが如くせ

んと。）とある。寅が右相判官に任じられた記載は無い。

「**右相**」「右」字、底本、『全唐詩』には「石」字に作る。明抄本に拠って改めた。『岑詩繫年』には、「案石相、疑當作元相。謂元載也。元載上元二年拜相、領土支轉運使如故。殷寅充判官赴淮南、蓋卽為支調之事。上元二年及寶應元年、公不在長安。且其時、東京阻兵、汴路未通、詩蓋廣德元年所作。」（案ずるに石相は、疑ふらくは當に元相に作るべし。元載を謂ふ。元載は上元二年に相を拜し、土支轉運使を領すること故の如し。殷寅判官に充てられて淮南に赴くは、蓋し卽ち支調の事の為ならん。上元二年及び寶應元年、公は長安に在らず。且つ其の時、東京 兵に阻まれ、汴路 未だ通ぜざれば、詩は蓋し廣德元年に作る所ならん。）とある。「相」とは、上元二年に相となった元載のことで、「石相」は「元相」の誤りではないかと言う。

「**淮南**」唐代、淮南道に観察處置使が置かれ、揚州（今の江蘇省揚州市。）を治めた。

「**駟馬欲辭丞相府、一樽須盡故人心**」この両句は殷寅の淮南への旅の様子を想像して詠ったもの。


【訳】

崔倉曹の席上で 殷寅が右相判官に充てられ淮南へ赴くのを送る
澄んだ淮水に底はなく 緑江は深い
宿所の津亭には 楓樹の林
駟馬は 丞相の府を辞そうとしている
この一樽で 故人の心を汲み盡くしてほしい

238 冬宵家會餞李郎司兵赴同州

冬宵の家會 李郎司兵の同州に赴くを餞《おく》る

急管雜青絲　急管 青絲に雜《まじ》り
玉瓶金屈巵　玉瓶 金の屈巵《くつし》
寒天高堂夜　寒天 高堂の夜
撲地飛雪時」　地を撲《う》つ 飛雪の時
賀君關西掾　君の関西の掾《えん》たるを賀す
新綬腰下垂　新綬 腰下に垂る
白面皇家郎　白面 皇家の郎
逸翮青雲姿」　逸翮 青雲の姿
明旦之官去　明旦 官に之《ゆ》きて去り
他辰良會稀　他辰 良會 稀《まれ》ならん
惜別冬夜短　別れを惜しまば 冬夜 短し

務歓杯行遅」 歓を務めて 杯行 遅し
季女猶自小 季女 猶ほ 自《おのづか》ら小なれば
老夫未令帰 老夫 未だ帰《とつ》がしめず
且看匹馬行 且つ 匹馬の行くを看る
不得鳴鳳飛」 鳴鳳 飛ぶを得ず
昔歳到馮翊 昔歳 馮翊《ふうよく》に到る
人煙接京師 人煙 京師に接す
曾上月樓頭 曾《かつ》て上る 月樓の頭《うへ》
遙見西嶽祠」 遙かに見る 西嶽祠
沙苑逼官舎 沙苑 官舎に逼《せま》り
蓮峯壓城池 蓮峯 城池を壓《あっ》す
多暇或自公 暇《いとま》多く 或いは公自《よ》りせば
讀書復彈棋」 書を讀み 復た棋を彈ず
州縣信徒労 州縣 信《まこと》に徒《いたづ》らに労す
雲霄亦可期 雲霄《うんしょう》 亦た期す可し
應須力爲政 應《まさ》に須《すべか》らく 爲政《いせい》に力《つと》め
聊慰此相思 聊《いささ》か此の相思を慰むべし

【語釈】

*この詩は廣徳元年（七六三）に作られたものであろう。

［司兵］司兵参軍のこと。軍事を司る下役人。

［同州］今の陝西省大茘縣。

［急管雜青絲］リズムの速い笛の音。「青絲」とは、宴席の女性達の黒い髪の毛。管樂の音が女性達の髪の毛の間を流れていく様を視覚的に詠じている。193「使君席夜送厳河南赴長水」參照。

［金屈巵］曲がった柄のついた黄金製の杯。「金屈」二字、底本は誤って「屈金」に作る。『全唐詩』によって改めた。

［關西掾］同州は潼關の西にあるので「關西」と言う。ここでは同州司兵參軍のこと。

［白面］唐代、貴族の子弟を指す。

［逸翮］すぐれた羽根、速く飛ぶ鳥のこと。

［季女］末の娘。

［猶］底本は「由」に作る。明抄本、呉校、『全唐詩』に拠って改めた。

［鳴鳳飛］『春秋左氏傳』の荘公二十二年に「初懿氏、卜妻敬仲。其妻占之。曰、吉。是謂鳳凰于飛、和鳴鏘鏘」（初め懿氏、敬仲に妻《めあは》さんことを卜す。其の妻 之を占ふ。曰く、吉なり。是れ鳳凰于《ゆ》き飛びて、和鳴 鏘鏘たりと謂ふ。）とある。杜預の注に「雄曰鳳、雌曰凰。雌

雄倶飛、相和而鳴、鏘鏘然。猶敬仲夫妻相随適齊、有聲譽。（雄を鳳と曰ひ、雌を凰と曰ふ。雌雄倶《とも》に飛び、相ひ和して鳴くこと、鏘鏘《しやうしやう》然たり。猶ほ敬仲夫妻の相ひ随ひて齊に適《ゆ》き、聲譽有るがごとし。）」とある。ここでは李郎が一人で赴任し、夫婦が一緒に行けないことを言う。

［**馮翊**］地名。唐の郡名で、同州のこと。役所は馮翊縣にあった。

［**月樓**］月城樓のこと。

［**西嶽祠**］西嶽廟、または華陰廟。昔は山神を祀る所であり、華陰縣の東に在る。

［**沙苑**］地名。また沙海、沙樓と言う。

［**蓮峯壓城池**］蓮華峯が町のすぐ近くにある。12「滻水東店送唐子帰高陽」（滻《さん》水の東店にて唐子の嵩陽に帰るを送る）に「野店臨官路、重城壓御提」（野店は官路に臨み、重城は御提を壓す）とある。

［**自公**］一日の勤務を終えて公門（官庁）から出ること。『**詩経**』召南「羔羊」に「羔羊之皮、素絲五紽。退食自公、委蛇委蛇」（羔羊の皮、素絲 五紽。退食 公自《よ》りし、委蛇《ゐい》委蛇たり）とある。

［**彈棋**］双六の遊びの一種。

［**雲霄**］大空。高位のたとえ。

【**訳**】

冬宵の家會 李郎司兵が同州に赴くのを餞《おく》る

急管の音は 黒髪に雑《まじ》り
玉の瓶 金の屈卮
寒空の 高堂の夜
地面を打って 雪が舞っている時」
君が関西の掾になったことを賀す
新綬は 腰下に垂れている
若々しい 李姓の貴方は
今や羽をはばたかせて出世せんとしている」
明日の朝 赴任して去れば
これから 會うことは少なくなるだろう
別れを惜しんでいると 冬の夜も短いものだ
樂しみを盡くそうとすれば 杯を干《ほ》すのも遅くなる」
末娘は まだ小さいので
老夫は まだ嫁《とつ》がさないでいる
そのため あなたひとりを見送り
鳳と凰は まだいっしょに飛ぶことは出来ない」

以前 馮翊に行ったことがあるが
人家は長安にまで続いている
かつて月城楼に登り
遙かに西嶽祠を見たことがある」
沙苑は 官舎に近く
蓮花峯は 城池に迫っていた
暇が多く 役所から帰ったら
読書をしたり また双六をしたものだ」
地方の役人は 無駄な苦労ばかりのようだが
高位に昇ることは まだ期待できる
今は真面目に仕事に務めて
貴方を心配している私を いささか慰めて欲しい

239 送嚴黄門拜御史大夫再鎮蜀川兼觀省
嚴黄門の御史大夫に拜せられ 再び蜀川に鎮し
兼ねて觀省するを送る

授鉞辭金殿　鉞《まさかり》を授けられて 金殿を辭し
承恩戀玉墀　恩を承けて 玉墀《ぎょくち》を戀ふ
登壇漢主用　登壇 漢主に用ゐられ
講徳蜀人思」　講徳 蜀人 思はん
副相韓安國　副相は 韓安國
黄門向子期　黄門は 向子期
刀州重入夢　刀州 重ねて夢に入り
劍閣再題詞」　劍閣 再び詞を題す
春草連青綬　春草 青綬に連なり
晴花間赤旗　晴花 赤旗に間《まじ》る
山鶯朝送酒　山鶯 朝 酒を送り
江月夜供詩」　江月 夜 詩に供す
許國分憂日　國に許す 憂ひを分かつ日
榮親色養時　親に榮す 色養の時
蒼生望已久　蒼生 望むこと已に久し
來去不應遲　來去 應《まさ》に遲《おく》るべからず

【語釈】
*廣徳二年（七六四）正月、長安での作と思われる。
［**嚴黄門**］嚴武のこと。
［**御史大夫**］御史台の長官。漢代では、丞相、御史大夫、太尉の順で最高官。嚴武が劍南節度史に任じられた時に兼ねていた職。
［**觀省**］父母、或いは尊親を見舞うこと。
［**授鉞**］昔、出征の命令があった時、鉞を授けられる儀

式があり、天子より鉞を授けられた。ここでは命を受け大將になることを言っている。

［**玉墀**］玉階。皇居の臺階。

［**登壇**］大將などを任命する式壇に登ること。大將になること。『史記』淮陰侯列傳。

［**漢主**］漢の天子。漢皇。

［**講徳**］徳について説く。また徳を学び修める。

［**副相韓安國、黄門向子期**］副相は御史大夫のこと。韓安國は、字は長孺、漢の武帝の時の御史大夫。『漢書』韓安國傳に「爲人多大略、知足以當世取捨、而出於忠厚。」（人と爲り大略多く、知は當世を以て取捨するに足り、而も忠厚に出づ。）とある。「黄門」は、黄門侍郎のことで、天子の侍従職。「向子期」は、向秀、字は子期。「竹林の七賢」（晉代、世俗を避けて竹林で音樂と酒を樂しみ、清談にふけった七人の隠者）の一人で、『荘子』の注を作った。官は黄門侍郎、散騎常侍。両句は嚴武が御史大夫と黄門侍郎に任じられたことを言っている。

［**刀州重入夢**］『晉書』王濬傳に「濬、夜夢懸三刀於臥屋梁上、須臾又益一刀。濬驚覺、意甚惡之。主簿李毅、再拜賀曰、三刀爲州字。又益一者、明府其臨益州乎。及賊張弘殺益州刺史皇甫晏、果遷濬爲益州刺史。」（濬、夜 夢に三刀を臥屋の梁上に懸け、須臾にして又た一刀を益《ま》す。濬は驚き覺め、意甚だ之を惡む。主簿李毅、再拜し賀して曰く、三刀は州の字爲り。又た一を益すは、明府其れ益州に臨むかと。賊の張弘 益州の刺史皇甫晏を殺すに及び、果たして濬を遷して益州の刺史と爲す。）とある。

［**青綬**］青い印綬。漢制では、九卿は青、公侯は紫を用いた。

［**晴花**］352「鄭少府赴滏陽」に「春草迎袍色、晴花拂綬香」（春草 袍色を迎へ、晴花 綬香を拂ふ）とある。

［**赤旗**］節度使出行の際の儀仗を指す。

［**許國**］身を捨てて国の為に盡す。

［**色養**］常に顔色を和らげて親に孝養を盡すこと。潘岳の「閑居賦」の序に「太夫人在堂、有羸老之疾。尚何能違膝下色養、而屑屑從斗筲之役乎。」（太夫人 堂に在りて、羸老の疾有り。尚ほ何ぞ能く膝下の色養に違《そむ》きて、屑屑として斗筲の役に従はんや。）とある。

［**蒼生**］多くの人民。

【訳】

嚴黄門が御史大夫に任命されて再び蜀地を鎮《しづ》め、兼ねて觀省するのを送る

鉞《おの》を授けられて 朝廷を去り
天子の恩寵を受けて 玉階を恋しく思う
壇に登って 漢主に大將に任命された
徳を学び修めたいと 蜀の人々は思っている」
副相であることは 韓安國のようで
黄門であることは 向子期のようだ
益州の長官になる夢を重ねて
剣門を通る時に 再び詩を作ることになった」
春草は 青綬に連なり
晴れやかな花は 赤旗に交わっている
山の鶯は 朝 酒を飲む氣分にさせ
川に映った月は 夜 詩を詠む氣分にさせる」
天子と憂いを分かつことを 国に許した日
親に誉れを感じさせる 色養の時
萬民があなたを待ち望んでから已に久しい
早く赴任され 遅れることのないように

240 送許員外江外置常平倉

許員外の江外に常平倉を置くを送る

詔置海陵倉　詔《みことのり》して海陵の倉を置き
朝推畫省郎　朝《てう》は畫省の郎を推す
還家錦服貴　家に還りては 錦服貴《たつと》く
出使繡衣香　使《つかひ》に出でては 繡衣香《かほ》る
水驛風催舫　水驛に 風は舫《ふね》を催《うなが》し
江樓月透牀　江樓に 月は牀に透る
仍懷陸氏橘　仍《な》ほ 懷《ふところ》にす 陸氏の橘
歸獻老親嘗　歸りて老親の 嘗《しやう》に獻ぜんと

【語釈】

＊廣徳二年正月の作。

［**員外**］員外郎のこと。尚書省の六部は二十四司に分かれ、それぞれの長が郎中で、その補佐役が員外郎である。

［**江外**］揚子江以南の地。

［**常平倉**］米穀の価格安定のために設けた公設庫。価格が安いときは官から価を増して買い上げ、高いときは価を減じて米穀を出し、常に穀価の平均を保たせた。

［**海陵倉**］倉庫の名。漢代、呉王劉濞《りゆうび》が、江蘇省泰縣の東の海陵に建てて米粟を蔵した。

［**畫省**］漢代、尚書省の異称。尚書省の壁に古賢烈士が

畫いてあったから言う。
［**錦服**］錦の衣服。
［**繍衣**］五色の縫い取り模様のある衣。
［**水驛**］水辺のふなつきば。唐代の駅には、水驛と陸驛があった。
［**舫**］もやいぶね。
［**陸氏橘**］陸氏は陸績。三国・呉の人。康の子。字は公紀。年六歳で、袁術に見《まみ》え、與えられた橘を懐にし、術にその故を問われると、還って母に遺ると言い、奇とせらる。（『三国志』巻五十七、陸績傳）49「送裴校書從大夫淄川郡觀省」詩に「懷中江橘熟、倚處戟門秋」（懷中江橘熟し、倚處　戟門の秋）とある。
［**嘗**］『廣雅』釋詁二に「嘗は食なり」とある。
【訳】
　許員外が江外に常平倉を置くために赴任するのを送る
詔して海陵の倉を置くことになり
朝廷は　畫省の郎を推薦した
家に還ると　錦の服が貴く
使者として出ると　繍《にしき》の衣が香る
水驛では　風は船を促《うなが》し
江樓では　月は牀にまで透《とほ》る
なお陸氏の橘を懐にして
帰って老親に差し上げようとしているのでは

241　奉送李太保兼御史大夫充渭北節度使　即大尉光弼弟
　李太保兼御史大夫の渭北節度使に充てらるるを送り奉る　即ち大尉光弼の弟なり

詔出未央宮　　詔ありて　未央宮より出で
登壇近總戎　　壇に登りて　近く總戎となる
上公周太保　　上公は　周の太保
副相漢司空　　副相は　漢の司空
弓抱關西月　　弓は抱く　關西の月
旗翻渭北風　　旗は　翻《ひるがへ》る　渭北の風
弟兄皆許國　　弟兄　皆　國に許し
天地荷成功　　天地　成功を荷《う》く

【語釈】
＊廣徳二年（七六四）正月の作。底本は「送李太保充渭北節度使」に作る。今は、明抄本、『全唐詩』による。
［**李太保**］『舊唐書』李光弼傳に載る。「代宗　京に還り

て二年（即ち廣徳二年）正月、（光弼の弟）光進を以て太子太保、兼御史大夫、涼國公、渭北節度使と為す」と。「太保」は、太子太保の省稱。太子を補佐する官職。

[**渭北節度使**]『通鑑』及び『新唐書』方鎮表に據れば、乾元三年（七六〇）正月、始めて鄜《ふ》（鄜州、今の陝西鄜縣）、坊（坊州、今の陝西黄陵縣）、丹（丹州、今の陝西宜川縣）、延（延州、今の陝西安塞縣西）に節度を置く。亦た渭北節度使と稱す。治所は坊州に在る。

[**大尉**] 秦漢三公の一つ。軍事を掌管する。

[**光弼**] 姓は李。唐代の名將。安史の亂平定の功臣。

[**未央宮**] 漢宮の名。今の陝西長安縣西北にある長安故城の中。此處は唐の皇宮を指す。

[**登壇**] 大將となること。漢の韓信の故事による。

[**總戎**] 軍事を主管する。ここは李光進が任ぜられて渭北節度使となることを指す。

[**副相**] 御史大夫。『漢書』百官公卿表に「御史大夫は、副丞相を掌る」とある。

[**上公周太保、副相漢司空**]「上公」は、太保のこと。周は太師、太傅、太保を以て三公とした。「司空」西漢末年、丞相、太尉、御史大夫を改めて、大司徒、大司馬、大司空とした。東漢は又改めて大司空を司空となす。この両句は李光進が太子太保、兼御史大夫となったことをいう。

[**弓抱關西月、旗翻渭北風**]「關西」は、潼關以西の地区。「弓抱關西月」は、弓の形が「關西の月を抱いたようだ」即ち弓が引き絞られて「三日月の形である」という意。「抱」字、『全唐詩』は「挽」に作る。「旗翻渭北風」は、李光進の率いる軍の旗が渭北の風に翻っている様子。この二句は李光進が渭北節度使として赴任するときの様子。

[**許國**] 國家のために一身を捧げること。

[**成功**] 成就の功業。

【訳】

　李太保が御使大夫を兼ねて渭北節度使に任ぜられた
のを お送り申しあげる 即ち太尉光弼の弟

天子の詔によって 未央宮から出て
大將となって 近く軍事を司られる
上公は 周の太保に當る官であり
副相は 漢の司空に當る官
弓は 關西の月を抱いたように引き絞られ

旗は 渭北の風に翻ることでしょう
弟兄とも 國のために身を捧げておられ
天下は あなたの功業のおかげを受けている

242 省中即事

華省謬為郎　　華省に 謬《あやま》りて郎と為るも
蹉跎鬢已蒼　　蹉跎《さた》として 鬢は已に蒼し
到來恆幞被　　到來 恆《つね》に幞《ぼく》を被《かぶ》るも
随例且含香　　例に随ひて 且《しばら》く香を含む
竹影遮窗暗　　竹影 窗《まど》を遮《さへぎ》りて暗く
花陰拂簟涼　　花陰 簟《てん》を拂ひて涼し
君王親賜筆　　君王 親しく筆を賜ひ
草奏向明光　　草奏 明光に向かふ

【語釈】
＊廣徳二年（七六四）の春の作。
[**即事**] その場のことを詠じた詩。
[**華省**] 尚書省のこと。中書、門下とならぶ三省の一つで、行政を掌る中央最高官庁。
[**蒼**] 深青色。頭髪に白髪の混っているさま。
[**恆**] 明抄本、呉校は「還」と作る。
[**幞被**] 「幞」は頭巾のこと。『晉書』魏舒傳に「入りて尚書郎と為る。時に郎官に沙汰し、其の才に非ざる者は之を罷《や》む。舒曰く、吾れ即ち其の人なりと。幞被して出づ。」とある。
[**含香**] 東漢では、尚書郎は口に鶏舌香（香の名）を含んで其の奏事を答對した。
[**簟**] 竹の座席。竹の敷物。
[**賜筆**] 98「送顔平原」に「赤筆仍存篋、鑪香惹衣裘」（赤筆 仍《な》ほ篋に存し、鑪香 衣裘に惹《ひ》く）とある。東漢の頃、尚書郎には、文書を起草する道具として、月毎に赤管の大筆一雙が賜給された。
[**草奏**] 起草した文章を奏章すること。
[**明光**] 漢の宮殿の名。尚書郎が起草した文章を奏章する場所。

【訳】
省中即事
尚書省に 謬《あやま》って郎となったが
時機を失って 鬢はすでに白髪まじり
郎になってより 恆《つね》に幞を被《かむ》っているが
例に随って しばらく香を口に含ませる

竹の影は 窗《まど》を遮《さえぎ》って暗く
花の陰《かげ》は 簟《しきもの》を拂って涼しい
君主は 親しく筆を下さり
文章を奏上するために 明光殿に向かう

243 盛王輓歌

盛王の輓歌

幽山悲舊桂　幽山 舊桂を悲しみ
長坂愴餘蘭　長坂 餘蘭を愴《いた》む
地底孤燈冷　地底 孤燈 冷たく
泉中一鏡寒　泉中 一鏡 寒からん
銘旌門客送　銘旌 門客 送り
騎吹路人看　騎吹 路人 看る
漫作琉璃椀　漫《いたづ》らに作る 琉璃《るり》の椀
淮王誤合丹　淮王《わいわう》 丹《たん》を合はすを誤る

【語釈】

*廣德二（七六四）年三月の作。このころ岑參は長安の朝廷に在り、虞部郎中、庫部郎中などを歴任している。

［**盛王**］名は琦。唐の玄宗の第二十一子。開元十三年に封ぜられて盛王となり、十五年に揚州大都督となる。天寶十五年、玄宗が蜀に入り、詔して廣陵大都督に充てる。『新唐書』巻八二、『舊唐書』巻一〇七に傳がある。『新唐書』代宗紀、及び『通鑑』には、廣徳二（七六四）年三月に薨じたとあるが、『舊唐書』には四月とする。「盛」字、原本は「成」字に作るが、明抄本、呉校の注には「一作晟」とある。『岑嘉州繫年考證』では「盛」に改めて、注に「諸本咸誤作成王。成王乃代宗居藩邸時封號。」（諸本、咸な誤りて成王に作る。成王とは乃ち代宗の藩邸に居する時の封號なり。）と記している。今はこの説に従った。

［**幽山悲舊桂、長坂愴餘蘭**］『楚辭』劉安「招隱士一首」に、「桂樹叢生兮山之幽、偃蹇連巻兮枝相繙。」（桂樹叢生せり 山の幽《ふかみ》、偃蹇《えんけん》 連巻《れんけん》として 枝は相ひ繙《まと》ふ。）とある。

［**孤燈**］墓の穴の中の、明々と灯る燈。

［**泉**］黄泉。

［**鏡**］黄泉の水を指す。水は姿を映すので、また地鏡とも言われた。

［**銘旌**］明旌のこと。葬具の一つで、形は幡に似ており、死者の官號姓名が書かれている。

［騎吹］唐 段安節『楽府雑録』に「鼓吹部、卽有鹵簿。鉦鼓及角樂、用絃鼗笳簫。…已上樂人、皆騎馬樂。卽謂之騎吹。俗樂亦有騎吹也。」（鼓吹の部に、卽ち鹵簿《ろぼ》有り。鉦鼓及び角樂、絃鼗《とう》笳簫を用ふ。…已上の樂人は、皆な馬に騎《の》りての樂。卽ち之を騎吹と謂ふ。俗樂にも亦た騎吹有るなり。）とある。唐代、天子から臣下に至るまで、吉凶の禮の時には皆これを用いた。

［漫作琉璃椀、淮王誤合丹］「漫」は、徒らに。空しく。「丹」は、丹薬。道教の徒はこれを服用することで長生を得られるとした。「淮王」とは、漢の淮南王劉安のこと。鮑照「代淮南王」に、「淮南王好長生、服食錬氣讀仙經。瑠璃作盌、牙作盤、金鼎玉匕合神丹。」（淮南王は長生を好み、服食錬氣して仙經を讀む。瑠璃もて盌を作り、牙もて盤を作り、金鼎玉匕もて神丹を合はす。）とある。「瑠璃椀」は、扁青石を焼いて作った絵具を塗った珍しい器。この兩句は、淮南王は瑠璃の椀などの薬を調合する器は作ったが、長生の薬の調合を誤って、却って長生を得ることが出來なかったことを言う。これは盛王が好んで丹薬を服用して長生を得られなかったことを指している。当時、道教が流行し、丹薬を服して長生を求める風潮が盛んであった。中には中毒によって命を喪う者も少なからずいたという。

【訳】

　盛王の輓歌

幽山に　年経《へ》た桂樹を悲しみ
長坂に　名残の蘭を悼《いた》む
地底の墓では　孤燈が冷たく
黄泉の一鏡は　寒々と光っていることだろう
銘旌を立てて　門客は柩《ひつぎ》を送り
騎吹の列を　路人が見送っている
空しく琉璃《るり》の椀を作り
淮王《わいわう》は　丹薬の調合を誤った

244 送張秘書充劉相公通汴河判官便赴江外觀省

　張秘書の劉相公の通汴河判官に充《あ》てられ　便ち江外に赴き觀省するを送る

前年見君時　　前年　君を見し時
見君正泥蟠　　君の正に泥蟠《でいはん》なるを見る
去年見君處　　去年　君を見し處《とき》
見君已風摶」　君の已に風摶《ふうはく》するを見る

朝趨赤墀前　朝趨す 赤墀《せきち》の前
高視青雲端　高視す 青雲の端
新登麒麟閣　新たに麒麟閣《きりんかく》に登り
適脱獬豸冠」　適《まさ》に脱す 獬豸《かいち》の冠
劉公領舟揖　劉公 舟揖を領し
汴水揚波瀾　汴水 波瀾を揚ぐ
萬里江海通　萬里 江海 通じ
九州天地寛」　九州 天地 寛《ひろ》し
昨夜動使星　昨夜 使星 動き
今旦送征鞍　今旦 征鞍を送る
老親在呉郡　老親 呉郡に在り
令弟雙同官」　令弟 同官に雙《なら》ぶ
鱸鱠剰堪憶　鱸鱠《ろかい》 剰《あまつ》さへ憶ふに堪《た》へ
蓴羹殊可餐　蓴羹《じゅんこう》 殊《こと》に餐《くら》ふ可し
既參幕中畫　既に幕中の畫《くわく》に參じ
復展膝下歓」　復た膝下《しっか》の歓を展《の》べんとす
因送故人行　因りて故人の行くを送り
試歌行路難　試みに行路難を歌ふ
何處路最難　何《いづ》れの處か 路 最も難き
最難在長安」　最も難きは 長安に在り
長安多權貴　長安 權貴 多く
珂珮聲珊珊　珂珮《かはい》 聲 珊珊《さんさん》たり
儒生直如弦　儒生 直なること弦の如く
權貴不須干」　權貴 須《すべか》らく干《もと》むべからず
斗酒取一酔　斗酒もて 一酔を取り
孤瑟爲君彈　孤瑟《こしつ》 君が爲に彈《ひ》かん
臨岐欲有贈　岐《わかれ》に臨みて 贈 有らんと欲す
持以握中蘭　持せしむるに 握中の蘭を以てせん

【語釈】

*この作品は廣徳二年三月に作られた。

［送張秘書充劉相公通汴河判官便赴江外観省］『通鑑』巻二二三に、「自喪亂以來、汴水堙廢、漕運者自江・漢抵梁・洋、迂險勞費。（廣徳二年）三月己酉、以太子賓客劉晏爲河南・江・淮以來転運使、議開汴水。……晏乃疏浚汴水、遣元載書、具陳漕運利病、令中外相應。」（喪亂自り以來、汴水 堙廢し、漕運する者は江漢自り梁・洋に抵《いた》るに、迂險し勞費す。（廣徳二年）三月己酉、太子賓客劉晏を以て河南、江、淮以來の転運使と爲し、汴水を開くを議せしむ。……晏乃ち汴水を疏浚し、元載（当時の大臣）に書を遣わし、具《つぶ》さに

漕運の利病を陳《の》べ、中外をして相応《おう》ぜしむ）とある。

［**秘書**］官名。唐の秘書省の役人には秘書丞や秘書郎がおり、総じて秘書と呼ばれる。

［**汴河**］唐の大運河であり、黄河と淮河をつなぐ水路であった。

［**江外**］長江以南の地区を指す。

［**判官**］転運使の僚属に判官がある。

［**泥蟠**］龍が泥の中に潜み隠れていることを言う。『揚子法言』問神篇に「龍蟠于泥」（龍　泥に蟠《わだかま》る）とある。ここではまだ志を得ない状態をいう。

［**風搏**］風に羽ばたく。出世をいう言葉。234「和刑部成員外秋夜寓直寄臺省知己」（刑部成員外の「秋夜寓直」に和し、臺省の知己に寄す）の注を参照。

［**朝趨赤墀前、高視青雲端**］ここでは、張秘書が朝廷で既に高い地位についており、また新たに出世の糸口を掴んだことを言う。

［**麒麟閣**］漢代の閣名で、秘書省を指す。『三輔黄圖』巻六に、「天禄閣、蔵典籍之所。漢宮殿疏云、麒麟閣、蕭何造。以蔵秘書、處賢才也。」（天禄閣は、典籍を蔵するの所なり。「漢宮殿疏」に云ふ、麒麟閣は、蕭何造ると。以て秘書を蔵し、賢才を處らしむるなり）とある。

［**獬豸冠**］御史台の役人のこと。88「送韋侍御先歸京」の注を参照。

［**舟揖**］舟の櫂のこと。転じて、劉晏が転運使であり、運河を通じさせたことを指す。

［**萬里江海通、九州天地寛**］ここでは、汴水が通じて物流が滞らなくなったことを言っている。

［**使星**］天子が臣下を異動させること。皇帝の命令が天に反応して星が動くのである。180「送張献心充副使歸河西雑句」参照。

［**鱸鱠剰堪憶、蓴羹殊可餐**］晋代、張翰が故郷の鱸の鱠と蓴菜の羹を思った故事による。『晉書』巻九二、張翰傳。32「送許子擢第歸江寧拝親因寄王大昌齢」の注を参照。

［**膝下**］子から父母に對する敬称。

［**行路難**］古樂府の雑曲歌辞の名。世の中の艱難辛苦や別れの愁いを詠う。

［**珂珮聲珊珊**］権貴の人間が腰に帯びている玉が、そこここで音を立てていること。

［**直如弦**］『後漢書』五行志に「順帝之末、京都童謡曰、

直如弦、死道邊。曲如鉤、反封侯。」（順帝の末、京都の童謡に曰はく、直なること弦の如くんば、道邊に死す。曲なること鉤の如ければ、反って侯に封ぜらると）とある。

［蘭］香草の名前。昔は香草を人に送る習慣があった。

【訳】

張秘書が劉相公の通汴河判官となり 江外に赴いて観
　省するのを送る

その昔 あなたにお會いしたとき
あなたは志を得ない状態だった
昨年 あなたにお會いした折には
あなたは既に出世されていた」
朝廷の赤い墀《にわ》の前を趨《はし》り
青雲の端を仰ぎ見ていた
新たに秘書省に出仕し
ちょうど獬豸《かいち》の冠を脱いだのだった」
劉公が転運使となると
汴水は波を立てて流れた
（汴水は）江海まで遙か萬里に通じ
全国 津津浦々に廣がっている」
昨夜 使星が動き
今朝 任地に赴くあなたを送る
年老いた親御は呉郡に在り
令弟は 同じ官に並んでいる」
鱸魚《ろぎょ》の鱠《なます》は 殊《こと》に食べたいものだし
蓴菜《じゅんさい》の羹《あつもの》は とりわけ美味だ
既に幕中の計りごとに携わり
また父母へ孝養を尽くそうとしている」
あなたの遠行を送るに当たって
試みに「行路難」を歌おう
どこの路が 最も難しいだろうか
最も難しい路は 長安に在る」
長安には 権貴の人が多く
帯び玉の聲が 珊珊《さんさん》と響く
儒生は 剛直であること弦のようである
権貴などを求めるべきではない」
斗酒をもって 先ずは酔い
孤瑟を 君の爲に彈こう
別れに臨んで 贈物をしたい
我が手の中の蘭を あなたに持たせよう

245 送崔主簿赴夏陽

崔主簿の夏陽に赴くを送る

常愛夏陽縣　常に愛す 夏陽縣
往年曾再過　往年 曾《かつ》て再び過ぐ
縣中饒白鳥　縣中 白鳥 饒《おお》く
郭外是黄河　郭外は 是れ黄河
地近行程少　地は近く 行程少《わづ》かなるも
家貧酒債多　家貧しく 酒債多し
知君新稱意　君の新たに意に稱《かな》ふを知る
好得奈春何　好し 春を奈何《いかん》するを得ん

【語釈】

＊乾元三年以後、又は廣徳年間の作と思われる。

［**主簿**］官名。記録や文書を司る。漢代以後、各官庁に置かれた。

［**夏陽**］今の陝西省洽陽県の東南四十里にある。

［**家貧**］96「送李翥遊江外」に「家貧禄尚薄、霜降衣仍單」（家貧しくして 禄 尚ほ薄く、霜降りて 衣 仍《な》ほ 單《ひとへ》なり）、228「閿郷送上官秀才歸關西別業」に「親老無官養、家貧在外多」（親老いるも 官の養ふ無し、家貧しく 外に在ること多し）とある。

［**酒債多**］酒債は酒屋に對する酒代の借金。354「送顔少府投鄭陳州」に「愛客多酒債、罷官無俸錢」（客を愛して 酒債多く、官を罷めて 俸錢無し）がある。

［**好得奈春何**］「好」は、「よし～」と、軽く肯定する言葉。韓愈の「左遷至藍関示姪孫湘」詩に「知汝遠來應有意、好収吾骨瘴江辺」（知りぬ 汝が遠く來るは 應《まさ》に意有るべし、好し 吾が骨を瘴江の辺に収めよ）、杜甫の「羌村」に「憶昔好追涼、故繞池辺樹」（昔を憶ふに好し 涼を追はんと、故《ことさ》らに池辺の樹を繞《めぐ》りしを）とある。ここは、あなたの門出を、どの様にお祝いしたら良かろうかの意。

【訳】

崔主簿が夏陽に赴くのを送る

（私は）常に夏陽県を愛しており
以前にも行ったことがある
県中には 白鳥が多く
城郭の外側には 黄河が流れている
夏陽は近く 旅の道のりは少ないが
わが家は貧しく 酒債が多い

あなたが新たに意に適《かな》ったことを知ったが
さて この春をどのようにしたらよかろうか

246 送蜀郡李掾
蜀郡の李掾《えん》を送る

飲酒倶未酔　酒を飲むも 倶《とも》に未だ酔はず
一言聊贈君　一言 聊《いささ》か君に贈らん
功曹善爲政　功曹は 善く政を爲し
明主還應聞　明主も 還《ま》た應《まさ》に聞くべし
夜宿劍門月　夜は宿る 劍門の月
朝行巴水雲　朝に行く 巴水の雲
江城菊花發　江城 菊花 發《ひら》き
滿道香氛氳　滿道 香り氛氳《ふんうん》たらん

＊廣徳二（七六四）年の作。

【語釈】

［掾］したやく。属官。

［功曹］功曹参軍のこと。唐代、郡の属吏に六參軍あり、功曹參軍はその一つ。官園、祭祀、禮樂、学校、選挙、考課などの仕事をした。

［明主］賢明なる君主。明君。

［劍門］四川省剣閣県の北にある山。大剣山、梁山、高梁山ともいう。昔からの要害の地。

［巴水］源は陝西省鎮巴縣西北の大巴山に発し、西南に流れて四川省渠縣の境に入り、渠河と會し、また西南に流れ、合川縣に至って嘉陵江に入る。

［江城］長江のほとりにある町。ここは成都を指す。

【訳】
蜀郡の李掾《えん》を送る
酒を飲んでも ふたりともまだ酔わない
ひと言 まずは君に贈ろう
功曹は 善く政治を爲し
明君も また聞いて下さっているにちがいない
夜は 劍門の月に宿り
朝は 巴水の雲とともに行く
江城には 菊の花が咲き
道いっぱいに 香りが溢れていることだろう

247 送江陵泉少府赴任 便呈衛荊州
江陵の泉少府の 任に赴くを送り 便ち衛荊州に呈す

神仙吏姓梅　神仙 吏の姓は梅
人吏待君來　人吏 君の來たるを待つ
渭北草新出　渭北 草 新たに出で
江南花已開　江南 花 已に開く
城邊宋玉宅　城邊 宋玉の宅
峽口楚王臺　峽口 楚王の臺
不畏無知己　知己《ちき》無きを 畏れず
荊州甚愛才　荊州 甚だ才を愛す

【語釈】

＊廣徳二年（七六四）或いは永泰元年（七六五）春の作。

［江陵］荊州の治所を此處に設ける。春秋の時の楚の都。今の湖北省江陵縣。

［衛荊州］衛伯玉。『舊唐書』衛伯玉傳に拠れば「廣徳元年冬、吐蕃 京師を寇《う》ち、乘輿 陝《せん》に幸す。伯玉は幹略有るを以て、江陵尹、兼御史大夫を拜し、荊南節度に充てらる」とある。荊南節度の治所は荊州に在った。

［神仙］縣尉に對する美称。西漢、南昌の縣尉梅福が仙人になった次の故事による。「西漢の梅福。字は子真。少《わか》くして長安に学び、『尚書』、『春秋穀梁傳』に精通し、郡の文学となり、南昌尉となる。後 職を去る。元始中、王莽が政を専らにするや、妻子を棄て去り九江に行き、仙人に為ったという。」102「送楚丘麹少府赴官」に「青袍美少年、黄綬一神仙」（青袍の美少年、黄綬の一神仙）とあり、200「喜華陰王少府使到南池宴集」に「有客至鈴下、自言身姓梅」（客有り 鈴下に至り、自ら言ふ 身は梅を姓とす）とある。

［城邊宋玉宅、峽口楚王臺］「玉」字、底本は誤って「王」に作る。明抄本、呉校、『全唐詩』に據り改めた。「宋玉宅」は江陵にあった。「楚王臺」は陽雲臺を指し、又た陽臺ともいう。『文選』司馬相如の「子虚賦」に「於是楚王乃登雲陽之臺」（是に於て楚王乃ち雲陽の臺に登る）とある。宋玉の「高唐賦」によれば、昔、楚の襄王は宋玉と雲夢の臺に遊び、高唐の觀を望むに、其の上に雲氣があった。王は玉に尋ねた。「此れは何の氣か」と。玉が對えていうには「所謂る朝雲です」と。王がいう。「どうして朝雲というのか」と。玉がいうには「昔、先王が嘗て高唐に遊び昼寝をしたとき、夢に一婦人が見《あらわ》れて言った。妾は巫山の女です。妾は今 高唐の客と為っています。王が高唐においでになったと聞いて、枕を共にしたいと思いましたと。王はそこで之を寵幸した。

辞去するときに言うには、妾は巫山の陽、高丘の阻に在り、且には朝雲となり、暮れには行雨となり、朝朝暮暮、陽臺の下におりますと」とある。臺は巫山の下に在り、巫山は楚の雲夢澤の中、今の湖北省漢陽縣の内に在る。兩句は楚地の古迹を記す。

【訳】

江陵の泉少府が赴任して行くのを送り、便ち衛荊州にさしあげる。

神仙　吏の姓は　梅福
役人は　あなたの來るのを待っている
渭北は　草が芽を出したばかりだが
江南は　花が已に開いているでしょう
城邊には　宋玉の宅があり
峽口には　楚王の臺がある
知己の無いことを畏れないでほしい
荊州はあなたの才能を大切にすることでしょう

248 送周子落第遊荊南

周子の落第して荊南に遊ぶを送る

足下復不第　足下　復た不第
家貧尋故人　家　貧しくして　故人を尋ぬ
且傾湘南酒　且《しばら》く傾く　湘南の酒
羞對關西春　關西の春に對《むか》ふに羞づ
山店橘花發　山店　橘花　發《ひら》き
江城楓葉新　江城　楓葉　新たなり
若從巫峽過　若《も》し巫峽に從ひて過ぐれば
應見楚王神　應《まさ》に楚王の神を見るべし

【語釈】

*廣徳二（七六四）年の作。

［荊南］「荊」字、底本は「京」字に作るが、『全唐詩』に拠って改めた。「荊南」は荊南節度を指す。『新唐書』方鎮表に拠ると、荊南節度は至徳二年に置かれ、「荊、澧《れい》、朗、郢、復、夔《き》、峽、忠、萬、歸の十州を領し、荊州を治」め、上元二年、「荊南節度、增して涪《ふう》、衡、潭、岳、郴《ちん》、邵《しょう》、永、道、連の九州を領す」とある。所轄地は今の四川東部、湖北南部及び湖南省一帯。

［**且傾湘南酒、羞對關西春**］「湘南」は湘水の南。荊南節度の領地の中では、郴《ちん》、永、道、連の四州が湘水の南に在る。「湘南」を周子の赴く地として、この兩句及び詩題に拠ると、この詩は上元二年の後、長安に居た時の

ものであろう。「關西」は潼關の西、すなわち長安を指す。このとき周子は落第していた為、「羞對」といった。「春」字は宋本、明抄本、呉校は「城」字に作る。『全唐詩』は「塵」字に作る。

［**山店橘花發、江城楓葉新**］この兩句は、荊南の春の風景を詠んだもの。「山店」は山中で物を売る店。山上の茶屋。

［**巫峡**］長江三峡の一つで、四川省巫山縣の東南に在る。

［**楚王神**］楚王が巫山に遊んだ時に現れた神女。宋玉「高唐賦」に基づく。周子は長安から南行して江に至り、また江に沿って東に下り三峡を過ぎて荊南に赴いたのであろう。

【訳】

周子が落第して荊南に赴くのを送る

あなたは　また落第し
家が貧しいために　友人を尋ねていく
暫く湘南の酒を傾ける
関西の春に對《むか》うのが羞《は》ずかしいから
山店では　橘花が開き
江城では　楓葉が青々としているはず
もし巫峡を通って行くならば
きっと巫山の神女を見ることだろう

249 左僕射相國冀公東齋幽居　同黎拾遺所獻

左僕射相國冀公《きこう》の東齋の幽居　黎《れい》拾遺の獻ずる所に同じくす

丞相百僚長　　丞相は　百僚の長
兩朝居此官　　兩朝　此の官に居す
成功雲雷際　　功を成す　雲雷の際
翊聖天地安　　聖を翊《たす》け　天地　安らかなり
不矜南宮貴　　南宮の貴に矜《ほこ》らず
祇向東山看　　祇《た》だ東山に向かひて看る
宅占鳳城勝　　宅は鳳城の勝を占め
窗中雲嶺寬　　窗中に　雲嶺　寬し
午時松軒夕　　午時　松軒の夕
六月藤齋寒　　六月　藤齋　寒し
玉佩罥女蘿　　玉佩　女蘿《じょら》を罥《か》け
金印燿牡丹　　金印　牡丹　燿《かがや》く
山蝉上衣桁　　山蝉　衣桁《いこう》に上り
野鼠縁藥盤　　野鼠　藥盤に縁《よ》る

有時披道書　時有りて 道書を披《ひら》き
竟日不着冠」　竟日 冠を着けず
幸得趨省闈　幸ひにも省闈《しょうい》に趨《おもむ》くを得
常欣在門闌　常に門闌《もんかん》に在ることを欣ぶ
何當復持衡　何《いつ》れか當に持衡《じこう》に復すべき
短翮期風摶　短翮《たんかく》もて 風に摶《う》たんことを期す

【語釈】

＊廣徳二年（七六四）、或いは永泰元年（七六五）の作。

［**左僕射**］尚書左僕射の略。尚書省の長官は尚書令で、その次官。唐では尚書令を置かなかったので事実上の長官。

［**相國**］丞相のこと。

［**冀公**］冀國公の裴冕《はいべん》、字は章甫。河中府河東縣の人。

［**拾遺**］唐の官名。天子を諫める役。

［**兩朝**］唐の肅宗、代宗の朝を指す。

［**雲雷際**］社會が動亂している時の喩え。

［**翊聖**］天子を補佐すること。

［**南宮**］尚書省のこと。

［**東山**］隠居の地を指す。

［**鳳城勝**］京城の名勝の地を言う。

［**午時松軒夕**］軒の外には松の樹が生い茂っており、昼時にも太陽の光が入ってこないことを言う。

［**玉佩**］玉の帯び物。帯び玉。

［**女蘿**］松の木に絡まる蔦。

［**金印燿牡丹**］漢の丞相は金印を用いた。

［**衣桁**］衣類を掛けておく道具。

［**道書**］道家の教えを説いた書物。

［**幸得趨省闈**］「省闈」は宮中。「幸得趨」の用例は、139「登北庭北楼呈幕中諸公」に「幸得趨幕中」（幸ひにも幕中に趨《おもむ》くを得）、185「佐郡思舊遊」に「幸得趨紫殿」（幸ひにも紫殿に趨《おもむ》くを得）がある。

［**常欣在門闌**］「門闌」は門檻のこと。岑參は尚書郎として裴冕に仕えていたことを常に欣んでいた。

［**持衡**］人の才能を評価して官吏に選任すること。宰相の職を指す。

［**短翮**］「翮」は、羽根の基《もと》のこと。翮が短いために鳥が高く飛べないこと。これは岑參のへりくだった言葉であり、自分には多大な才幹が無いことを意味している。

［**期風摶**］岑參は大鵬のように、勢いよく飛び立つことを心に期していた。『莊子』逍遙遊篇に、「鵬之徙於南

冥也、水撃三千里、搏扶揺而上者九萬里。」（鵬の南の冥《うみ》に従《うつ》るや、水に撃つこと三千里、扶揺《つむじかぜ》を摶《あつ》めて上る者《こと》九萬里）とある。

【訳】

左僕射相国である冀公の東齋の幽居にて　黎《れい》拾遺が献ずる所に和す

丞相は　諸々の役人の長であり
兩朝にわたって　此の官についておられる
社會が動亂している時代に功業をおさめ
天子を補佐して　天地は穏やかである」
尚書省の高位を誇らず
ただ隠居の地のあたりを伺い看る
宅は京城の中の名勝の地にあり
窓の中には　雲の嶺が寛《ひろ》がっている」
昼時にも松が生い茂っているため　軒は夜のように暗く
六月だというのに　藤齋は寒い
玉佩には　女蘿が掛かり
金印には　牡丹が耀いている」
山蝉は　衣桁に上り
野鼠は　薬盤の近くにいる
時間があれば　道書を開き
一日中　冠を着けずに過ごす」
（私は）幸いにも宮中に昇ることができ
いつも門闌にいられることを欣んでいる
宰相の職には　いつ頃もどられるのですか
「短翮」ながら私も　風に羽ばたくつもりです

250　冀國夫人歌詞
其一

夫人封賞國初開　　夫人　封賞されて　國初めて開かれ
竇札綸言天上來　　竇札《ほうさつ》　綸言《りんげん》　天上より來たる
翔鵠日邊鸞不去　　翔鵠《しゃうこく》は日邊に　鸞《らん》は去らず
盤龍印處鵲飛迴」　盤龍の印處　鵲《かささぎ》は飛び迴《めぐ》る

【語釈】

＊『岑詩繫年』には、「聞一多が言うには『敦煌唐寫残巻』影片の七首は作者が不明だが、岑参の「江行遇梅花」の詩の後にあることや、格調が餘篇よりもやや高いことから岑参の詩ではないかと思われる』と」とある。製作年については、裴冕は両京を平定した後に冀國公に封じられており、そこから考えると乾元元年か廣徳二年前後、岑参が長安に住んでいた

時に作られたものか。『旧唐書』裴冕傳に拠ると、裴冕は冀國公に封じられた後、「尋いで御史大夫、成都尹を加えられ、剣南西川節度使に充てられた」とある。この詩は冀國夫人が裴冕の成都への赴任に随った際の生活の様子を寫したものと思われる。

［冀國夫人］ 冀國公裴冕《はいべん》の妻の封号。唐の制度では、國公の妻は封國夫人となるならわしだった。なお、裴冕の夫人ではなく、崔寧の妾の任氏である、とする説が有る。

［國初開］ 裴冕が冀國公に封じられたことを指す。

［寶札］ 寶書。天子の詔勅の別称。『新唐書』車服志に「天寶初、改璽書爲寶書。」（天寶の初め、璽書を改めて寶書と爲す）とある。

［綸言］『禮記』緇衣に「子曰、王言如絲、其出如綸。王言如綸、其出如綍」（子曰く、王言 絲《し》の如し、其の出づるや綸《りん》の如し。王言 綸の如し、其の出づるや綍《ぼつ》の如しと）。孔穎達の疏には「『王言如絲、其出如綸』とは、王の言葉は初め出たときは微細な糸のようであるが、それが外に出ると次第に大きくなって太い糸のようになる。綸は絲より太いもの。『王言如綸、其出如綍』は、また次第に大きくなって、綍のようになることを言う。綍は綸より太い」とある。これにより、後世では帝王の言葉を綸言とした。

［天上］ 天子の居る場所を示している。

［鵠］ 白鳥のこと。『春秋繁露』巻十三「五行逆順」には、「舉賢良、進茂才。官得其能、任得其力。賞有功、封有徳。……恩及羽蟲、則飛鳥大爲、黄鵠出、見鳳凰翔。」（賢良を舉げ、茂才を進む。官 其の能を得、任 其の力を得る。功有るを賞し、徳有るを封ず。……恩 羽蟲に及べば、則ち飛鳥 大いに爲《おさ》まり、黄鵠 出で、鳳凰の翔《か》くるを見る）とある。

［日邊］ 天子のまわりのことを言う。

［鸞］ 鳳凰の一種。『太平御覧』巻九一六に引く『孝経援神契』には「徳至鳥獣、則鸞鳥舞。」（徳 鳥獣に至らば、則ち鸞鳥 舞ふ）とあり、また同巻に引く『春秋孔演圖』には、「天子官守以賢舉、則鸞在野。」（天子 官守 賢を以て舉ぐれば、則ち鸞 野に在り）とある。ここでは、天子は功があれば封賞し、賢人を任用すれば、黄鵠や鸞がやってくることを言う。

［盤龍印處］ 蟠龍印とは、天子の璽印を指す。秦の始皇帝が用いた藍田玉刻の璽印には、印のつまみに五匹の龍

が蟠っていた。その後、歴代に相傳され、傳國の璽と言われた。『新唐書』巻二十四 車服志に「太宗刻受命玄璽、以白玉爲螭首。」（太宗 受命の玄璽を刻むに、白玉を以って螭首《ちしゅ》と為す）とある。天子の璽印が押された詔書のことを言う。

【訳】

冀國《きこく》夫人の歌詞 其の一

夫人は封号を賜り 國が初めて開かれ
詔勅の綸言は 天子から下された
白鳥は天子の左右を翔《か》け 鸞は去らない
盤龍の印處に 鵲《かささぎ》は飛び廻る

其二

柳闇南橋花撲人 柳闇 南橋 花は人を撲《う》ち
紅亭獨占二江春 紅亭 獨占す 二江の春
爲愛錦波清見底 爲に錦波の 清く底の見ゆるを愛し
時時羅韈踏成塵 時時 羅韈《らべつ》 踏みて塵を成す

【語釈】

［**柳闇**］茂った柳によって、辺りが薄暗く見えること。

［**南橋**］江橋のこと。『華陽國志』巻三「蜀志」に「城南曰江橋。」（城南を江橋と曰ふ）とある。また、285「江上春嘆」に「朧月江上煖、南橋新柳枝」（朧月 江上 煖かに、南橋 新柳の枝）とある。

［**花撲人**］27「送郭乂雜言」（郭乂に送る雑言）に、「朝歌城邊柳嚲地、邯鄲道上花撲人」（朝歌の城邊 柳は地に嚲《た》れ、邯鄲の道上 花は人を撲《う》つ）とある。「撲」字、底本は「僕」に作る。

［**紅亭**］紅色の東屋。285「早春陪崔中丞泛浣花溪宴」（早春崔中丞 浣花溪に泛《うか》びての宴に陪す）に、「紅亭移酒席、畫舸逗江村」（紅亭 酒席を移し、畫舸 江村に逗《せま》る）とある。このように、岑參の成都での詩の中に「紅亭」の句が有ることから、この紅亭もまた成都に在ったと思われる。

［**二江**］『史記』河渠書に「蜀守冰、穿二江成都之中」（蜀守の冰、二江を成都の中に穿つ）とある。「正義」に「二江者郫江、流江也。」（二江は、郫江、流江なり）とある。流江は一名汶江と言い、蜀の人々は多くここで錦を濯《すす》ぐ。また錦江とも言う。二江は岷江の支流であり、流れは均《ひと》しく成都を経る。

［**爲愛錦波清見底**］蜀の人々はこの錦江の水で糸を晒し

て錦を織る。ここでは錦江の波が美しく澄んでいることを言っている。

［**時時羅韈踏成塵**］「羅韈」とは、薄絹の靴のこと。「韈」は「襪」と同じ。曹植『洛神賦』に「體迅飛鳬、飄忽若神。陵波微歩、羅蔑生塵。」（體は飛鳬よりも迅《はや》く、飄忽として神の若し。波を陵《しの》ぎて微歩し、羅蔑 塵を生ず）とある。「微歩」とは、普通の人間が土の上を歩くように水の上を歩くことを言う。『文選』の曹植「洛神賦」李善注に引く『淮南子』に「聖足行於水、無跡也。衆生行於霜、有跡也。」（聖足は水を行き、跡なし。衆生は霜を行き、跡有り）とある。

【訳】

其の二

柳が鬱蒼と茂る南の橋　柳の花は飛んで人を撲《う》つ
紅亭では（夫人が）二江の春を獨占している
錦江の波の　底が見えるほど清らかなのを愛し
（洛神のように）羅韈《らべつ》は塵を立てる

其三

錦帽紅纓紫簿寒　　錦帽　紅纓　紫簿　寒く
織成團襜鈿裝鞍　　織成す　團襜《だんせん》　鈿裝《でんさう》の鞍
翩翩出向城南獵　　翩翩《へんへん》として出で向かう　城南の獵
幾許都人夾道看」　幾許《いくばく》の都人か　道を夾《はさ》みて看る

【語釈】

［**纓**］帽子に付いた紐のこと。

［**紫簿寒**］「簿」は箔と同じ、則ち簾のこと。車の簾を指す。「寒」は緑から紫に至る寒々とした感じを与える色のこと。

［**團襜**］「襜」とは、車の垂れ絹のこと。「團襜」とは、上が円くなっている車の帳《とばり》で、その形は今の蚊帳に似ている。

［**鈿裝鞍**］金属、宝石などを填め込んで装飾した馬の鞍のこと。

［**翩翩**］鳥がひらひら飛ぶさま。ここでは馬が威勢良く駈けるさまに用いる。白居易「賣炭翁」に「翩翩両騎來是誰、黄衣使者白衫児」（翩翩《へんぺん》たる両騎　來《きた》るは是れ誰ぞ、黄衣の使者　白衫の児）とある。

［**幾許**］いくばく。若干。

【訳】

其の三

錦の帽子 紅の纓《ひも》 紫の簾《すだれ》は冷たそうで
織り成した車の垂れ絹に 螺鈿の鞍
翩翩と出でて 城南の獵に向かえば
都の人々が 道を挟んで看ている

其四
歌聲一發世間希　歌聲 一たび發し 世間希《まれ》なり
數片晴雲不肯歸　數片の晴雲 歸るを肯《がへん》ぜず
弱腕酔□□扇落　（弱腕 酔□して□扇 落ち）
誤令翻酒汚羅衣」　誤りて酒を翻《かえ》して羅衣を汚さしむ

【語釈】
［世間希］世間には稀なほど美しい歌声であること。
［雲不肯歸］歌声の美しさに雲も留まっている。『列子』湯問篇に「薛譚学謳於秦青。未窮青之技、自謂盡之。遂辞歸、秦青弗止。餞於郊衢、撫節悲歌。声振林木、響遏行雲。」（薛譚は謳《うた》を秦青に学ぶ。未だ青の技を窮めざるに、自ら之を盡くすと謂《おも》ふ。遂に辞し歸らんとするも、秦青は止めず。郊衢《かうく》に餞《おく》り、節を撫して悲歌す。声は林木を振るはせ、響《ひびき》は行雲を遏《とど》む）とある。
【訳】
其の四
歌聲が一たび發せられると それは世間には稀《まれ》
晴れた空の数片の雲は 歸ろうとしない
（なよやかな腕は酔□して □扇は落ち）
誤って酒をこぼして 羅《うすぎぬ》の衣を汚してしまう

其五
翠□珊珊餘□□　（翠□ 珊珊《さんさん》として □□を餘し）
清歌□管聞開□　（清歌 □管 開□を聞く）
流采不向巫山住　流采 巫山に向《お》いて住《とど》まらず
厭作楊臺一片雲　楊臺 一片の雲と作《な》るを厭《いと》ふ

【語釈】

［翠□珊珊］50「登千福寺楚金禅師法華院多宝塔」（千福寺楚金禅師の法華院の多宝塔に登る）に「焚香如雲屯、幡蓋珊珊垂」（焚香 雲屯の如く、幡蓋 珊珊として垂る）とある。「蓋」とは車の傘のことで、翡翠で作った羽形の飾りを付けた「翠蓋」がある。「翠□」は「翠蓋」か。

［清歌□管］193「使君席夜送厳河南赴長水」（使君の席にて夜 厳河南の長水に赴くを送る）に、「嬌歌急管雑青糸、銀燭金杯映翠眉」（嬌歌 急管 青糸に雑《まじ》り、銀燭

金杯 翠眉映《は》ゆ）とある。ここでは美しくすずやかな歌と笛の音のことを言っていると思われる。

［**流采**］夫人の光り輝く容貌の形容。

［**巫山**］四川省巫山縣の東にある山。楚の懐王が高唐に遊び、夢に巫山の神女と契ったが、神女が去るとき、自分は巫山の高い丘に住み、朝には雲となり、夕方には雨となると告げた故事がある。247「送江陵泉少府赴任便呈衛荊州」（江陵の泉少府の任に赴くを送りて便ち衛荊州に呈す）の注参照。

［**楊臺**］ここでは「陽臺」とするのが正しかろう。四川省巫山縣の境にあるという傳説上の山の名。この句は、冀國夫人は巫山などに神女のように住ませるのは惜しいと言うことを述べている。

【訳】

其の五

（翠□は涼やかな音を立てて □□を餘《あま》し）
（清らかな歌 □管 開□を聞く）
光りかがやく美しさは 巫山に留めるには勿体ない
陽臺の一片の雲となるのは本意でない

其六

甲士千羣若陣雲　甲士 千羣 陣雲の若く
一身能出定三軍　一身 能く出でて三軍を定む
仍将玉指調金鏃　仍《な》ほ玉指を将《も》ちて 金鏃《きんぞく》を調《ととの》ふ
漢北已東誰不聞　漢北已東 誰か聞かざらん

【語釈】

［**甲士**］武装した兵士のこと。『史記』呉世家に「伏甲士于窟室。」（甲士を窟室に伏す）とある。

［**陣雲**］戦場の空の殺氣をはらんだ雲のこと。

［**三軍**］諸侯の大国の上軍・中軍・下軍の総称。

［**玉指**］美しい指のこと。

［**調金鏃**］金の鏃を調えて準備すること。

［**漢北已東**］漢水の北から東のこと。

【訳】

其の六

甲士は千羣もあり 陣雲のようだ
其の身は出陣して三軍を治めることが出來る
その上 玉指で鏃《やじり》をととのえる
漢水の北の東で（評判を）聞かない者があるだろうか

其七

碎葉氍毹金燭盤
繁絃急管夜将闌
自憐丞相歌鍾貴
却笑陽臺雲雨寒

碎葉の氍毹《くゆ》 金の燭盤
繁絃 急管 夜将《まさ》に 闌《たけなは》ならんとす
自ら憐れむ 丞相 歌鍾《かしょう》の貴きを
却《かへ》って笑ふ 陽臺 雲雨 寒きを

【語釈】

［**碎葉**］城の名前。ソ連領中央アジアのバイカル湖の西。唐に築く。

［**氍毹**］毛織りの絨毯のこと。

［**金燭盤**］黄金の燭台と皿のこと。193「武威送劉単判官赴安西行営便呈高開府」（武威にて劉単判官の安西の行営に赴くを送る。便ち高開府に呈す）に、「紅涙金燭盤、嬌歌艶新妝」（紅涙 金の燭盤、嬌歌 新妝《しんしょう》 艶やかなり）とある。

［**丞相**］裴冕のこと。

［**歌鍾**］歌鐘のこと。『春秋左氏傳』の「襄公十一年」に、「鄭人賂晋侯～歌鐘二肆。～女樂二八、晋侯以樂之半賜魏絳。魏絳于是乎、始有金石之樂」（鄭人 晋侯に賂《まいな》ふに～歌鐘二肆。～女樂二八、晋侯は樂の半ばを以て魏絳（晋大夫）に賜ふ。魏絳 是に于てか、始めて金石の樂有り）とある。孔穎達の疏に「言歌鐘者、歌必先金奏。故鐘以歌名之。『晋語』孔晁注云、歌鐘、鐘以節歌也」（歌鐘は、歌ふに必ず先に金奏す。故に鐘は歌を以て之に名づくるを言ふ。『晋語』孔晁注に云ふ、歌鐘とは、鐘以て歌を節するなりと）とある。

【訳】

其の七
碎葉の絨毯に 金の燭盤
弦音が激しく響き笛が鳴り 夜は 闌《たけなわ》 である
ああ 丞相の歌鐘は貴くて
却《かえ》って陽臺の寒々とした雲雨など 話にならない

251 祁四再赴江南別詩

祁四《きし》の再び江南に赴かんとして別るる詩

萬里來又去
三湘東復西
別多人換鬢
行遠馬穿蹄
山驛秋雲冷
江帆暮雨低

萬里 來りて又去り
三湘 東し復た西す
別れ多くして 人は鬢を換へ
行《みち》遠くして 馬は蹄を穿《うが》つ
山驛 秋雲 冷やかに
江帆 暮雨 低し

憐君不解説　君の解説せざるを憐れむ
相憶在書題　相ひ憶ひて書に在りて題せん

【語釈】

＊廣徳二年（七六四）虞部郎中に任じられた時の作。于邵の「家令祁丞を送る」序に曰く、「去年八月、閩越　貢を納め、而して吾子　實に斯の役を董《ただ》し、水陸萬里、寒喧　年を浹《めぐ》る。三江五湖、夐然として復た遊ぶ。遠く輿に別れを爲し、故人何の情かある。虞部郎中岑公　詩一篇を贈る。情言兼ね至り、當時の絶なり」と。「家令の祁丞」は祁岳のこと。「岑公の詩」とは本篇のこと。

［**祁四**］祁岳のこと。89「臨洮客舎留別祁四」がある。

［**三湘**］河の名。灕湘、瀟湘、蒸湘。湘水の源は廣西省興安縣海陽山に出ている。灕水と源を同じくして合流し、興安縣の東に至って二水に分離し、灕湘と称される。東北に流れて湖南の零陵縣に至り、瀟水と合し、瀟湘と称される。更に衡陽市の北を経て、蒸水と会し、蒸湘と称す。これを三湘と称する。

［**鬢**］頭の左右側面の耳ぎわの毛。びんずら。

［**穿蹄**］蹄を穿つ。馬の傷み疲れること。

【訳】

再び江南に赴かんとする祁四《きし》に別れる詩
萬里の彼方から來ては又去って行き
三湘は東にまた西に流れている
別れは多く　人は鬢が白く変わり
道は遠く　馬は蹄を穿つ
山の駅では秋の雲が澄みきって冷たく
河の帆には暮れの雨が低《た》れている
あなたが氣持ちを言葉にできないのを　氣の毒に思う
私の思いは手紙に書くことにしよう

252　河南尹岐國公贈工部尚書蘇公輓歌（其一）

河南の尹　岐國公　贈工部尚書　蘇公の輓歌

其一

河尹恩榮舊　河尹　恩榮　舊《ふる》く
尚書寵賜新　尚書　寵賜　新《あらた》なり
一門傳畫戟　一門　畫戟《ぐわげき》を傳へ
幾世駕朱輪　幾世　朱輪に駕す
夜色何時曉　夜色　何れの時にか曉ならん
泉臺不復春　泉臺　復びは春ならず
惟餘朝服在　惟《た》だ餘して　朝服の在るのみ

金印已生塵　金印　已に塵を生ず

【語釈】

＊廣德二年（七六四）十月、長安での作。

［**河南尹岐國公贈工部尚書蘇公輓歌**］この題は、明抄本、呉校、『全唐詩』では、「故河南尹岐國公贈工部尚書蘇公輓歌二首」となっている。「河南尹」は、蘇震を指す。『舊唐書』代宗本紀の廣德二年十月に「河南尹蘇震卒」とあり、『新唐書』蘇瓌列傳に「二京平、封岐陽縣公、改河南尹。～以勞封岐國公、拜太常卿。代宗將幸東都、復以震爲河南尹、未行卒、贈禮部尚書。」（二京　平らぎて、岐陽縣公に封ぜられ、河南の尹に改めらる。～勞を以て岐國公に封ぜられ、太常卿を拜す。代宗　將に東都に幸せんとし、復た震を以て河南の尹と爲すも、未だ行かずして卒し、禮部尚書を贈らる。）とある。「國公」は、爵の名。國王、郡王、國公、郡公、縣公、侯、伯、子、男の九段階の三番目である。「工部尚書」を『新唐書』は、「禮部尚書」としているが、誤りか。「輓歌」は、人の死を悼む詩歌。

［**寵賜**］寵愛されて物を賜ること。

［**畫戟**］色彩や飾りを施した戟。『唐會要』巻三二に、「天寶六載四月八日、勅改儀制令。一品十六戟、～國公及上護軍帶職事三品、門各十戟。並官給。」（天寶六載四月八日、勅して儀を改め令を制す。一品は十六戟、～國公及び上護軍帶職事三品は、門ごとに各十戟。並びに官給す。）とある。

［**朱輪**］朱塗りの車輪。漢制では、二千石《せき》以上の官吏が朱輪に乗ることが出來た。

［**夜色**］夜の色。夜の景色。

［**泉臺**］墓穴。

［**金印**］國公の印。

【訳】

河南の尹、岐國公、贈工部尚書の蘇公の輓歌

其の一

舊くは　河南の尹の恩榮に浴し
新たに　尚書を寵賜された
一門は「畫戟」を傳え
幾世も「朱輪」に駕した
夜色は　いつ曉になるのだろう
泉臺に　再び春は來ない
惟だ殘したのは　朝服だけ

金印は既に 塵を生じている

其二

白日扃泉戸　　白日 泉戸 扃《とざ》され
青春掩夜臺　　青春 夜臺 掩《おほ》はる
舊堂階草長　　舊堂 階草 長《たけなが》く
空院砌花開　　空院 砌花《せつくわ》 開く
山晩銘旌去　　山晩《おそ》くして 銘旌は去り
郊寒騎吹回　　郊寒くして 騎吹《きすい》は回《かへ》る
三川難可見　　三川 見る可きこと難く
應惜庾公才　　應《まさ》に庾《ゆ》公の才を惜しむべし

【語釈】

［**泉戸**、**夜臺**］ともに墓穴。

［**空院**］「空」字、底本は「新」に作るが、明抄本、呉校、『全唐詩』によって改めた。

［**銘旌**］士大夫の葬式に用いる、死者の官位、姓名などを記した旗。

［**騎吹**］楽曲の名。鐃歌《どうか》（鐃に合わせて歌う、軍の鼓吹曲。）の異称。馬上で音楽を奏するので「騎」という。

［**三川**］郡名。秦代に置かれた。唐の河南府は、秦の三川郡で、蘇震が赴任するはずの土地であった。

［**庾公**］庾信（五一三～五八一）。南北朝時代、北周の文人。洛州（唐代の河南府）刺史に任じられたことがあり、駢儷体にすぐれ、徐陵とともに其の詩文は徐庾体《じょゆたい》と称せられた。ここは蘇震を庾信にたとえている。

【訳】

其の二

白日にも 泉戸は閉ざされ
青春にも 夜臺は覆われたまま
舊堂では 階《きざはし》の草が丈長く
空院では 砌《みぎり》の花が開く
山は暮れて 銘旌は去り
郊は寒く 騎吹が歸る
三川の地を見ることもかなわず
誠に庾公の才が惜しまれることだ

253
和祠部王員外雪後早朝即事

祠部王員外の「雪後早朝即事」に和す

長安雪後似春歸　　長安 雪後 春歸るに似たり
積素凝華連曙輝　　積素 凝華 曙輝《しょき》に連なる

色借玉珂迷曉騎　色は玉珂《ぎょくか》に借りて 曉騎を迷はしめ
光添銀燭晃朝衣　光は 銀燭に添ひて 朝衣を晃《かがや》かす
西山落月臨天仗　西山の落月 天仗《てんじゃう》に臨み
北闕晴雪捧禁闈　北闕の晴雪 禁闈を捧ぐ
聞道仙郎歌白雪　聞道《きくな》らく 仙郎 「白雪」を歌ふと
由來此曲和人稀　由來 此の曲 和する人稀《まれ》なり

【語釈】

*この詩は広徳二年（七六四）の作か。『岑詩繫年』によると「王員外は王紞《たん》（王維の弟）を言う。『郎官石柱題名』に祠部員外郎王紞の名は公の後にある。則ちこの詩は広徳元年以後、大暦元年以前に作ったもの」とある。すなわち岑が祠部員外郎に任ぜられたのは広徳元年の秋であり、王紞の名は岑の後にある。則ち祠部員外郎に任ぜられた年は岑より晩《おそ》かったと考えられるので、広徳二年の作としておくという。

[**祠部**] 禮部四司の一つで、祠祀、天文、卜祝、醫藥等のことを掌る。

[**王員外**]「王」は「王紞《たん》」のことで、王維の弟。「員外」は「員外郎」の略称。240「送許員外江外置常平倉」参照。

[**積素凝華**]「積素」は、降り積もった雪。「素」は白。「凝華」は、雪が木の枝などに花のように凝結しているさまをいう。

[**連曙輝**] 雪の光と曙の光とが、相互に交じり合って輝き映えているようす。

[**借**] 助けを借りて。

[**玉珂**] 馬の轡に付いている手綱の美称。

[**迷曉騎**] 雪が曙の光に照り映えて、花が咲き乱れているのかと、馬で行く者の目を迷わせる。「曉騎」は曉に馬で朝廷に参内する官吏。

[**晃**] 照り輝くさま。

[**天仗**] 皇帝の儀仗。「儀仗」は、儀式などに使う装飾的な武器。「仗」は武器の総称。

[**北闕晴雪捧禁闈**]「北闕」は、宮殿の北側に建てられた櫓のある門。「禁闈」は、天子の居処。「闈」は、宮中の大門の両端の小門。積雪が厚く「北闕あたりに積もった雪が、宮殿を捧げ持っているかのように見える」という意。

[**仙郎**] 唐代、尚書省の各部の郎中、員外郎を指すことば。99「送顔平原」参照。ここは王員外のこと。

[**白雪**]「陽春白雪」のこと。171「奉和中書賈至舍人早

朝大明宮」に、「獨有鳳凰池上客、陽春一曲和皆難」（獨り鳳凰池上の客のみ有りて、陽春一曲 和すること皆難《かた》し）ただ獨り鳳凰池上の客である君が居るばかり。「陽春」の一曲に和することは非常にむずかしい、とある。「陽春一曲」についての説明は、171「奉和中書賈至舍人早朝大明宮」を參照。ここは王員外の「雪後早朝卽事」を指す。

【訳】

祠部《しぶ》王員外の「雪後 早《つと》に朝する即事」に唱和する

長安に雪の降った後は 春が歸って來たようだ
白く積もって華が咲いたような雪に 曙光がさしている
雪の色は玉珂に映えて 曉に馬で行く者の目を迷わせ
雪の光は銀燭の光に加わって 朝服を輝かせている
西の山に沈もうとする月が 天子の儀仗に光を投げかけ
北門あたりの雪は晴れ 宮殿を捧げ奉っているようだ
聞けば あなたは「白雪」の歌を作られたとか
昔から「陽春」の曲は 唱和する人が稀だということです

254 韋員外家花樹歌
韋員外が家の花樹の歌

今年花似去年好　今年の花は 去年に似て好《よ》く
去年人到今年老　去年の人は 今年に到りて老ゆ
始知人老不如花　始めて知る 人の老ゆるは花にも如《し》かざるを
可惜落花君莫掃　惜しむ可し 落花 君 掃《はら》ふこと莫れ
君家兄弟不可當　君が家の兄弟 當る可からず
列卿御史尚書郎　列卿《れっけい》 御史 尚書郎
朝回花底恆會客　朝《ちょう》より回《かへ》れば花底に恆《つね》に客を會す
花撲玉缸春酒香　花は玉の缸《かめ》を撲《う》ちて 春酒 香る

【語釈】

*永泰元年（七六五）の春の作。

［如］底本、明抄本、呉校の注に、「一作及」とある。

［當］匹敵する。

［列卿］諸卿の位。

［朝］朝廷に出仕する。

［花底］花の美しく咲き匂う下。

［玉缸］玉で飾ったかめ。「缸」は、底本、明抄本、呉校の注に、「一作甌」とある。

【訳】

韋員外の家の花樹の歌

今年咲いた花は　去年咲いた花に似て美しく
去年の人は　今年に到って老いている
始めて知る　人の老いることは花にも如《し》かざることを
惜しいことだ　落ちた花を君は掃わないでくれ
君の家の兄弟とは　肩を並べることができない
列卿や御史　尚書郎
朝廷へ出仕して戻ってくれれば　花の下に常に客を集める
花は散って玉缸をうち　春の酒が香る

255　送懷州呉別駕
懷州の呉別駕を送る

灞上柳枝黄　　灞上　柳枝は黄にして
壚頭酒正香　　壚頭　酒は正《まさ》に香る
春流飲去馬　　春流　去馬に飲《みずか》へば
暮雨濕行装　　暮雨　行装を濕《うるほ》す
驛路通函谷　　驛路は　函谷に通じ
州城接太行　　州城は　太行に接す
覃懷人總喜　　覃懷《たんくわい》　人は總《すべ》て喜ばん
別駕得王祥　　別駕　王祥を得たるを

【語釈】

＊廣徳元年（七六三）年春、長安での作と考えられる。
［懷州］治所は、今の河南沁陽《しんよう》縣に在った。

［別駕］官名。州刺史の佐吏。『岑詩繫年』には、「『新唐書』百官志、高宗即位、改別駕皆為長史、上元二年諸州復置別駕。案上元二年及寶應元年、公不在長安。且其時、東京未復、懷州路恐不通、此詩殆廣徳元年春所作。」（『新唐書』百官志に、高宗　即位し、別駕を改めて皆な長史と為し、上元二年に諸州　復た別駕を置くと。案ずるに上元二年及び寶應元年に、公は長安に在らず。且つ其の時、東京　未だ復せず、懷州の路は恐らくは通ぜざれば、此の詩　殆ど廣徳元年の春に作る所ならん。）とある。『新唐書』百官志には「～上元（唐高宗年號）二年、諸州復置別駕、以諸王子為之。景雲二年、始參用庶姓。（天寶）八載、諸郡廢別駕、下郡置長史一員。上元（唐肅宗年號）二年、諸州復置別駕、徳宗時復省。」（～上元（唐の高宗の年號）二年、諸州　復た別駕を置き、諸王子を以て之と為す。景雲二年、始めて參ずるに庶姓を用ふ。（天寶）八載、諸郡　別駕を廢し、下郡に長史の一員を置く。上元（唐の肅宗の年號）二年、諸州　復た別駕を置き、徳宗の時、復た省く。）とある。唐の

天寶元年、州を改めて郡とし、至徳二年に元に戻す。ここに「州」といい、また「別駕」といっているから、この詩は廣徳元年から永泰元年の間、長安に居た時に作ったものであろう。

[灞上] 灞水の辺。48「喜韓樽相過」（韓樽の相ひ過《よ》ぎるを喜ぶ）の注参照。

[柳枝黄] 水辺の柳が、春になって黄に色づいたことをいう。

[壚頭] 酒店にある酒の瓶を置く土の台。

[酒正香] 送別の宴が設けられた様をいったもの。ちょうど新酒が出回る時期で、その香りが一際香しい。

[函谷] 17「函谷關歌、送劉評事使関西」（函谷關の歌、劉評事の関西に使ひするを送る）の注参照。

[太行] 山の名。河南省濟源縣から河南西北部、山西東部及び河北西部に連なっている。

[覃懷人總喜] 「覃懷」は、古の地名。『尚書』禹貢に「覃懷底績、至于衡漳。」（覃懷 績を底《いた》して、衡漳に至る）とあり、孔氏の傳には「覃懷は、河に近きの地名なり」と。また孔穎達の疏には「河内郡に懷縣有り、河の北に在り。蓋し覃懷の二字は、共に一地を為し、故に河に近きの地名と云ふ」と。今の河南省境内の黄河北岸にある沁陽《しんよう》縣、及びその左右一帯の地に當たると考えられる。「總」字は、底本には欠けており、明抄本、『全唐詩』によって補った。

[別駕得王祥] 「王祥」は、字は休徵、晉の人。継母に孝養を盡くした。『晉書』王祥傳に「徐州刺史呂虔、檄為別駕、…委以州事。于時寇盜充斥。祥率勵兵士、頻討破之、州界清静、政化大行。時人歌之曰、海沂之康、實賴王祥。邦國不空、別駕之功。」（徐州刺史の呂虔は、檄して別駕と為し、…委ぬるに州事を以てす。時に于いて寇盜 充斥す。祥は兵士を率勵し、頻りに討ちて之を破れば、州界は清静となり、政化 大いに行はる。時人之を歌ひて曰く、海沂の康、實に王祥に頼る。邦國 空しからざるは、別駕の功と。）とある。呉別駕を王祥に喩えて詠った。この両句は、覃懷（懷州）の人が王祥のごとき有能な別駕を得たことを云う。

【訳】

懷州の呉別駕を送る

灞上の柳枝は 黄に染まり
壚頭には 折から新酒が香っている

春の流れに　去りゆく馬に水を飲ませれば
暮れがたの雨は　旅装を湿らせる
駅路は　函谷関に通じており
州城は　太行山に接している
覃懐《たんかい》では　人々が総《すべ》て喜ぶことだろう
別駕に　王祥を得たことを

256　送盧郎中除杭州赴任

盧郎中の　杭州に除せられて任に赴くを送る

罷起郎官草　　郎官の草《さう》を起こすを罷《や》め
初分刺史符　　初めて刺史の符を分かたる
海雲迎過楚　　海雲　迎へて楚を過ぎ
江月引歸呉」　江月　引きて呉に歸る
城底濤聲震　　城底　濤聲　震ひ
樓端蜃氣孤　　樓端　蜃氣　孤なり
千家窺驛舫　　千家　驛舫《えきほう》を窺へば
五馬飲春湖」　五馬　春湖に飲む
柳色供詩用　　柳色　詩用に供し
鶯聲送酒須　　鶯聲　酒須を送る
知君望郷處　　知んぬ　君が郷を望む處《とき》
枉道上姑蘇　　道を枉《ま》げて姑蘇《こそ》に上るを

【語釈】

＊永泰元年三月の作か。『岑嘉州繫年考證』によると、李華の『杭州刺史廳壁記』に「詔して平部郎中范陽の盧公　幼平を以て之れと爲す。麾幢戻止《きとうれいし》（指揮をとって戻って來る）は三月を過ぎず。」と有り、終わりに「永泰元年七月二十五日記」と記している。岑詩の「千家窺驛舫、五馬飲春湖。柳色供詩用、鶯聲送酒須」は、盧公が京を出るときの季節の風物を記したもので、明らかに暮春である。永泰元年三月に京を出て、四月に杭州に到着していることから、同年三月の作と考えられる。

［**除杭州**］杭州刺史を授かったこと。

［**罷起郎官草、初分刺史符**］235「送任郎中出守明州」（任郎中の出て明州に守たるを送る）を参照。

［**雲**］底本注に「一作山」とある。

［**濤聲震**］杭州は銭塘江に臨んでいたので、このように言う。銭塘江の大濤は有名。「震」は、底本の注に「一作壯」とある。

［**蜃氣**］蜃氣楼のこと。光線の折射によって生じる自然現象。

「千家窺驛舫、五馬飲春湖」「千家」は沢山の家。「窺」は、皆が盧公の一行を窺い見ていることをいう。「驛舫」は舟着き場。「五馬」は、太守の乗る五頭立ての馬車。264「赴嘉州過城縣尋永安超禪師房」（嘉州に赴き城固縣を過《よぎ》り永安の超禪師の房を尋ぬ）の「門外不須催五馬、林中且聽演三車」（門外 須《すべから》く五馬を催《うなが》すべからず、林中且《しばら》く聽く 三車を演ずるを）の注参照。この両句は旅の途中の様子を寫す。

「柳色供詩用、鶯聲送酒須」「供詩用」は、詩の素材を提供してくれ、「送酒須」は「酒をすすめるようだ」の意。この両句は杭州の春景色を写している。

「枉道」回り道。

「姑蘇」235「送任郎中出守明州」（任郎中の出でて明州に守たるを送る）「觀濤秋正好、莫不上姑蘇」（觀濤 秋正に好し、姑蘇に上らざること莫れ）の注参照。

「知君望郷處、枉道上姑蘇」盧は范陽（今の河北涿縣）の人。「枉道」回り道。盧は途中回り道をして姑蘇山に上り、遙かに故郷を望まれることだろうという意。

【訳】

盧郎中が杭州刺史を授けられ 赴任して行くのを送る

あなたは郎官としての文書起草の仕事をやめ
初めて刺史としての仕事に任命された
海雲が迎えて 楚を通り過ぎ
江月が引っ張って 呉に歸る」
城の下の方は 濤の音で震え
高殿《たかどの》の頭《ほと》りには 蜃氣楼が孤《ひと》つ
周りの家の人々は あなたの一行を窺い見
五馬には 春湖で水を飲ませることでしょう」
柳色は 詩材を提供してくれ
鶯の聲は 酒をすすめてくれる
あなたは故郷を望むとき
回り道をして姑蘇《こそ》山に上られることでしょう

257 苗侍中輓歌（其二）

苗侍中の輓歌《ばんか》（其の二）

攝政朝章重　攝政 朝章 重く
持衡國相尊　持衡 國相 尊し
筆端通造化　筆端 造化に通じ
掌内運乾坤　掌内 乾坤を運《めぐ》らす
青史遺芳滿　青史 遺芳 滿ち

黄樞故事存　黄樞　故事　存す
空悲渭橋路　空しく悲しむ　渭橋の路
誰對漢皇言　誰か漢皇に對して言《ものい》はん

【語釈】

＊永泰元年四月の作であろう。

［**苗侍中**］苗晉卿のこと。字は元輔、上黨　壺關（今の山西壺縣）の人。開元二十九年に吏部侍郎に拜せられ、吏部の選を典ること前後五年。至徳二載に左相と爲り、兩京が平らぎ、功を以て韓國に封じられ、任を侍中に改められる。乾元二年、罷《や》めて太子太傅と爲る。上元元年、復た侍中と爲り、廣徳元年十二月、復た罷《や》められて太子太保と爲り、後に太保を以て致仕す。永泰元年四月　卒し、年は八十一。侍中は、門下省の最高長官、唐の時の宰相。

［**攝政**］天子に代わって政治を行うこと。苗が宰相であることを指す。

［**持衡**］天下の平衡を保つ意。「衡」字、底本は「行」字に作るが『明抄本』、『呉校』、『全唐詩』に従って改めた。

［**造化**］万物を創造化育すること。

［**青史遺芳滿、黄樞故事在**］「遺芳」は、後世に残る優れた評判や名誉。「黄樞」は、黄門（樞は、門上の轉軸）、門下省を言う。門下省は漢では黄門（官署名）と呼ばれていたが、唐の開元の間に黄門省と改められた。この二句は、苗侍中の遺芳が歴史に多く記録されており、黄樞の長官としての活躍が故事として傳わっていることを言っている。

［**渭橋**］中渭橋のこと。秦の始皇帝の時に造られ、唐の長安城と咸陽県の間、今の西安市西北の渭水の上《ほとり》にある。「渭橋路」は、長安を離れ北に行く路を指し、薛道衡の『昭君辞』に「啼霑す　渭橋の路、嘆きて別る　長安城」とある。

【訳】

苗侍中の輓歌《ばんか》（其の二）

摂政として出す国家の憲章は重んじられ
国を治めては　宰相として尊ばれた
筆のはこびは　造化に通じ
掌《てのひら》の内で　天地を運《めぐ》らす
歴史にその遺芳は滿ちており
黄門省での活躍は　故事として傳わっている

柩《ひつぎ》を見送る渭橋の路は　空しく悲しい
このの ち誰が漢皇に對して　意見を言えるだろうか

苗侍中の輓歌《ばんか》（其の二）

天子悲元老　　天子は　元老を悲しみ
都人惜上公　　都人は　上公を惜しむ
優賢几杖在　　賢を優して　几杖　在り
會葬市朝空　　葬に會して　市朝　空し
丹旐翻斜日　　丹旐《たんてう》　斜日に翻り
清笳怨暮風　　清笳　暮風に怨む
平生門下客　　平生　門下の客
繼美廟堂中　　美を繼ぐ　廟堂の中

【語釈】

[**元老**]　国家に大きな功績を残した老臣。大老。

[**上公**]　苗を指す。苗は太保を以て致仕し、卒して太師を贈られた。『新唐書』本傳に「太師を贈らる。」とある。太師、太傅、太保は、古くは三師と称し、位は三公（漢は丞相、太尉、御史大夫を以て三公と為す）の上で、上公と称す。240「送許員外江外置常平倉」参照。

[**賢**]　才知や徳の優れた人。賢い人。

[**几杖**]　肘掛けと杖。どちらも老人の持ち物。『禮記』曲禮上に「長者に謀るには、必ず几杖を操《と》り、以て之に從ふ。」とある。古時に天子は老臣に對し、常に几杖を賜り、優寵の意を示した。

[**市朝**]　町と朝廷。町中。

[**旐**]　旗の名。『文選』潘岳の「寡婦賦」に「龍輴（葬車）儼しく　其れ星駕し、飛旐　翩として以て路を啓《ひら》く。」とあり、「李善注」に「旐、葬柩の旗なり。」とある。

[**翻**]　『全唐詩』は「飛」に作る。

[**門下客**]　元載を指す。『新唐書』苗晉卿傳に「元載未だ顯《あらは》れざる時、晉卿の遇する所と爲る。」とある。『舊唐書』苗晉卿傳に「太常　謚を議して懿獻と曰ふ。初め晉卿　東都に留守し、引きて大理評事の元載を用ひて推官と爲す。是に至りて載は中書侍郎平章事と爲り、舊恩を懐ひ、有司に諷して謚を改め文貞と曰ふ。」とある。

[**繼美**]　苗の美行を継承することを言う。

[**廟堂**]　朝廷を指す。

【訳】

（其の二）

天子は　元老の死を悲しみ

都の人々は 上公を惜しむ
その賢を優遇されて几杖を賜り
人々は葬儀に出席して 市朝は空しい
赤い旗は 夕日に翻《ひるがえ》り
清らかな笳笛の音は 夕暮れの風に怨めしげだ
常日ごろ門下の客であった人が
朝廷において 苗侍中の美行を継承している

258 送郭僕射節制劍南
郭僕射が劍南を節制するを送る

鐵馬擐紅纓　　鐵馬 紅纓《こうえい》を擐《つらぬ》き
幡旗出禁城　　幡旗 禁城を出づ
明主親授鉞　　明主は 親しく鉞《えつ》を授け
丞相欲專征　　丞相は 專征せんと欲す
玉饌天廚送　　玉饌は 天廚 送り
金杯御酒傾」　金杯に 御酒 傾く
劍門乘嶮過　　劍門 嶮に乘じて過ぎ
閣道踏空行　　閣道 空を踏みて行く
山鳥驚吹笛　　山鳥 笛を吹くに驚き
江猿看洗兵　　江猿 兵を洗ふを看る
曉雲隨去陣　　曉雲 去陣に隨ひ
夜月逐行營」　夜月 行營を逐ふ
南仲今時往　　南仲 今時 往き
西戎計日平　　西戎 日を計りて平らがん
將心感知己　　心將《も》て 知己に感じ
萬里寄懸旌　　萬里 懸旌《けんせい》を寄さん

【語釈】
＊永泰元年五月の作。『通鑑』巻二二三に、「永泰元年五月癸丑、以右僕射郭英乂爲劍南節度使。」（永泰元年五月癸丑、右僕射の郭英乂を以て劍南節度使と爲す）とある。
［郭僕射］郭英乂。字は元武、瓜州晉昌の人。『舊唐書』英乂傳に「廣德元年、徵拜尚書右僕射、封定襄郡王。與宰臣元載交結、以久其權。會劍南節度使嚴武卒、載以英乂代之。」（廣德元年、徵されて尚書右僕射を拜し、定襄郡王に封ぜらる。宰臣元載と交結し、以て其の權を久しくす。劍南節度使嚴武の卒するに會ひ、載は英乂を以て之に代ふ。）とある。

［節制劍南］「節制」は、取り締まること。「劍南」は、劍南道。四川省劍閣県の南部地方で、首都は成都。劍南節度使に任じられること。

［**鐵馬**］武装した精鋭な騎兵。
［**幡旗**］旗。幟。曹植「東征賦」に「幡旗轉而心異兮、舟楫動而傷情」（幡旗 轉じて心異《こと》なり、舟楫 動きて情を傷ましむ）とある。
［**明主**］「主」字、宋本、明抄本、呉校、『全唐詩』は、「王」に作る。
［**授鉞**］古來、将軍が出征する時、天子より親しく斧鉞を授けられたことにより、命を受けて将軍となることを言う。
［**專征**］将軍が天子より全権を受けて征伐を行うこと。
［**玉饌**］すばらしい御馳走。
［**天廚**］宮中の厨房。『晉書』天文志に「紫宮東北維外六星曰天廚、主盛饌」（紫宮東北の維外六星を天廚と曰ひ、盛饌を主《つかさど》る）とある。
［**劍門**］四川省剣閣県の北にある山。大剣山、梁山、高梁山ともいう。昔からの要害の地。
［**閣道**］険しい崖から崖へ渡した架け橋。桟道。
［**洗兵**］兵器を洗うこと。
［**南仲**］『詩経』大雅「常武」に「南仲《なんちゅう》を大祖《たいそ》とする、大師皇父《たいしこうほ》」とあり、鄭箋に「南仲、文王時武臣也」（南仲は、文王の時の武臣なり）とある。また、『詩経』小雅「出車《すいしゃ》」に「赫赫南仲、玁狁于襄。赫赫南仲、薄伐西戎」（赫赫たる南仲、玁狁《げんいん》于《ここ》に襄《はら》ふ。赫赫たる南仲、薄《いささ》か西戎を伐つ）とあり、ここでは南仲を郭にたとえた。
［**西戎**］西方の異民族の国。ここは吐蕃を指す。
［**計日**］日数が多くなく、計算することが出來るほどである。「計」字、底本の注に「一作刻」（一に刻に作る）とある。
［**懸旌**］垂れ下がった旗。心が動いて定まらないたとえ。氣がかりなことがあって心が休まらないさま。『戦国策』楚策一に「楚王曰、寡人臥不安席、食不甘味。心揺揺如懸旌、而無所終薄」（楚王曰く、寡人 臥するに席に安んぜず、食するに味を甘しとせず。心揺揺として懸旌の如く、終《つひ》に薄《とま》る所無し）とある。「懸」字、底本は「旗」に作り、注に「本作懸」（本、懸に作る）としているが、宋本、明抄本、呉校、『全唐詩』は、みな「懸」に作る。

【訳】

郭僕射が剣南を節制するのを送る

鐵馬は 紅纓をつけ
幡旗は 禁城を出る

明主は 親しく鉞を授け
丞相は 専征を始めようとしている」
玉饌は 天廚より送られてきて
金杯に 御酒は そそがれる
劍門は 嶮を乗り越えて過ぎ
閣道は 空を踏んで行く」
山鳥は 笛を吹く音に驚き
江猿は 兵器を洗うのを看る
暁の雲は 出陣に隨い
夜の月は 行軍を追う」
南仲は 今や往かんとし
西戎は 日ならずして平定されるだろう
心から知己であることを感じ
萬里の果てにまで 心配を寄せている

259 送襄州任別駕
襄州の任別駕を送る

別乘向襄州　別乘は 襄州に向ふ
蕭條楚地秋　蕭條たり 楚地の秋
江聲官舍裏　江聲 官舍の裏《うち》
山色郡城頭　山色 郡城の頭《ほとり》
莫羨黄公蓋　黄公が蓋を 羨む莫れ
須乘彥伯舟　須《すべから》く彥伯《げんはく》が舟に乗るべし
高陽諸醉客　高陽 諸醉の客
唯見古時丘　唯だ見る 古時の丘

【語釈】
＊廣徳元年から永泰元年の間の作。255「送懷州呉別駕」参照。
［**襄州**］今の湖北襄樊市。
［**別乘**］別駕を指す。漢は別駕従事史を置き、州の刺史の佐吏と為す。刺史が郡国を巡行するに別駕「別乘傳車」して従行する。故に之を別駕という。『通典』巻三十二に「別駕従事史一人、従刺史行部。別乘傳車、故謂之別駕。漢制也、歴代皆有」とある。
［**江聲官舍裏、山色郡城頭**］「頭」字、底本は「樓」に作る。明抄本、呉校、『全唐詩』は均しく「頭」に作る。この二句は襄州の風物を寫す。
［**莫羨黄公蓋、須乘彥伯舟**］「黄公蓋」の「黄公」は「黄覇」。西漢の著名な循吏。幼時、律令の学を修め、武帝の末、侍郎謁者を授けられる。河南太守を歴任し、宣帝の時、廷尉正（官名で刑獄を掌る役）を授けられる。

夏侯勝《かこうしょう》の事に坐して獄に繫がれ、尋いで潁川《えいせん》太守に抜擢され、更に丞相に至る。「蓋」は、車のおおい。高級官員出行の時、儀飾の為に用いた。「彥伯」は、袁公。字を彥伯という。晉、陽夏の人。幼少にして文才有り。文章絶美であった。謝安の參軍となり、また桓温《かんおん》の記室となる。其の「詠史詩」「東征賦」「北征賦」「三国名臣頌《しょう》」は世に称せられている。後、吏部郎より東陽太守となる。嘗て『後漢書』の煩穢《はんあい》雑乱なるを慨《なげ》き『後漢記』・『竹林名臣傳』を撰す。『晉書』袁公傳に「晉の袁公は逸才があり、文章絶美の誉れが高かった。謝尚が牛渚の長官となり、秋夜、月明に乗じて舟を江に泛べたとき、袁宏も亦た舟遊びをした。謝尚は、宏の諷詠の文辞、音声の美しいのを聞き、舟中に迎え論談して暁に至り、これより名声が高くなった」とある。この二句は「あなたは、ここを去るに當たって、黄覇が天子の恩賜に浴したことを羨慕せず、只だ袁宏が舟の中であのように吟詠したことを眞似なさい」の意。

［**高陽**］高陽池を指す。湖北省襄陽縣にある。晉の山簡が酒を嗜み、常に酒食を載せて池上に浮かび、傾け盡くし、酔うて歸ったという故事を踏まえる。

［丘］墳墓

【訳】

襄州の任別駕を送る

別乘は　襄州へ向かわれる
楚地の秋は　ひっそりともの寂しい
川の流れる音は　官舎の中にまで聞こえ
秋の山色は　郡城のほとりにまで至っている
「黄公の蓋」などを羨まないで
彥伯のように　舟遊びでもしてください
高陽池で酔っぱらった人々も
今はただ　墳墓の丘に見るのみです

260　送韓巽入都覲省便赴擧

韓巽の都に入りて覲省《きんせい》し　便ち擧に赴くを送る

槐葉蒼蒼柳葉黄　槐葉　蒼蒼として　柳葉　黄《き》なり
秋高八月天欲霜　秋高く　八月　天　霜《しもふ》らんと欲す
青門百壺送韓侯　青門　百壺　韓侯を送り
白雲千里連嵩丘　白雲　千里　嵩丘に連なる
北堂倚門望君憶　北堂　門に倚《よ》り　君を望みて憶ひ
東歸扇枕後秋色　東歸　扇枕　秋に後《おく》るるの色

洛陽才子能幾人　洛陽の才子　能く幾人ぞ
明年桂枝是君得　明年の桂枝　是れ君ぞ得ん

【語釈】

＊永泰元年（七六五）の作。

［**都**］洛陽。

［**観省**］帰省して父母あるいは尊親に孝養を尽くすこと。

［**槐**］えんじゅ。中国原産の豆科の落葉高木。

［**蒼蒼**］草木の生い茂っているさま。

［**青門**］漢の長安城の南東門の名。その色が青いのでいう。

［**百壺**］「壺」は坪に通じ、殿舎と殿舎との間の中庭。

［**嵩丘**］嵩《すう》山のこと。五岳の中岳、河南省登封縣の北にある名山。

［**北堂**］母の称。

［**倚門**］家の門に寄りかかり、子の歸りを待つ。49「送裴校書従大夫淄川郡観省」（裴校書の大夫に淄川《しせん》郡に従ひて観省するを送る）に「懐中江橘熟、倚處戟門秋」（懐中 江橘は熟し、倚處 戟門《げきもん》の秋）とある。『戦国策』齊策六に「王孫賈年十五、事閔王。王出走、失王之處。其母曰、女朝出而晩來、則吾倚門而望。女暮出而不還、則吾倚閭而望。女今事王、王出走女不知其處。女尚何歸」（王孫賈は年十五にして、閔《びん》王に事ふ。王出で走り、王の處を失ふ。其の母曰く、女《なんぢ》朝に出でて晩に來れば、則ち吾は門に倚《よ》りて望む。女 暮れに出でて還らざれば、則ち吾は閭に倚りて望む。女は今 王に事へ、王出で走りて女は其の處を知らず。女尚《な》ほ何ぞ歸るやと。）とある。

［**扇枕**］枕を扇ぐこと。孝子の行いをいう。『東観漢記』巻十九、黄香傳に「黄香字文彊、江夏安陸人。…貧無奴僕、香躬執勤苦、盡心供養。…暑即扇牀枕、寒即以身温席。」（黄香 字は文彊、江夏安陸の人。…貧しくして奴僕無く、香 躬《みづか》ら勤苦を執《と》り、心を盡くして供養す。…暑ければ即ち牀枕を扇《あふ》ぎ、寒ければ即ち身を以て席を温む。）とある。

［**桂枝**］「桂林一枝」で、進士に及第することをいう。晉の郤詵《げきしん》が進士の試験に及第したのを、桂の林のうちのほんの一枝を折ったにすぎないと言った故事。

【訳】

韓翃《かんそん》が都に入りて観省《きんせい》し　そのまま擧に赴くのを送る
槐の葉は蒼蒼と生い茂り　柳の葉は枯れて黄色になって

いる
秋の空は高く 八月 天からは霜が降りようとしている
青門の百壺で韓侯を送れば
白雲は 千里 嵩丘に連なっている
母親は門に倚りかかり 君を待ち望んでおられる
東に帰り 枕を扇《あお》げば 秋も過ぎようとしているだろう
洛陽に才子がどれくらい いようとも
明年の桂枝は あなたが手中にすることでしょう

261 送羽林長孫將軍赴歙州

羽林 長孫《ちやうそん》將軍の 歙《きふ》州に赴くを送る

剖竹向江濆　剖竹もて 江濆に向かひ
能名計日聞　能名 日を計りて聞こゆ
隼旗新刺史　隼旗 新しき刺史
虎劍舊將軍　虎劍 舊き將軍
驛舫宿湖月　驛舫 湖月に宿り
州城浸海雲　州城 海雲に浸《ひた》る
青門酒樓上　青門 樓上の酒
欲別醉醺醺　別れんと欲し 醉ひて醺醺《くんくん》たり

【語釈】

＊永泰元年（七六五）の作か。
［**羽林**］宮中護衛の軍隊。
［**長孫將軍**］『岑詩繫年』によると「長孫將軍は長孫全緒のこと。『通鑑』二二三に「廣徳元年十月、子儀は左羽林將軍長孫全緒を藍田に行かせ、虜勢を見さす」とあり、全緒が羽林將軍であったのは廣徳元年であることがわかる。この詩は、歙州に出た後の事であるから、永泰元年の事としておく。」とある。『新唐書』宰相世系表によると「長孫將軍は嘗て寧《ねい》州の刺史であった」とある。
［**剖竹**］剖符。任命などの証拠として札を二つに裂き、一方を朝廷または役所に置き、一方をその人に與える。
［**能名**］有能であるという評判。
［**虎劍**］柄に虎の形の刻まれた劍。
［**驛舫**］宿駅に備え置く船。256「送盧郎中除杭州赴任」に「千家窺驛舫、五馬飲春湖」（千家 驛舫を窺ひ、五馬 春湖に飲《みずか》ふ）とある。
［**海雲**］海上の雲。海の彼方に出た雲。376「送李明府赴陸州便拝観太夫人」に「手把銅章望海雲、夫人江上泣羅裙」（手に銅章を把《と》りて 海雲を望み、夫人 江上 羅裙に泣く）とある。

［醺醺］酒に酔うさま。

【訳】

羽林長孫將軍の歙《きゅう》州に赴くのを送る
剖竹を持って　河の辺りに向かい
良い評判は　日増しに聞こえてくる
隼旗は新しき刺史のものであり
虎劍は古くからの將軍のものである
驛舫は湖月に宿り
州城は海雲に浸《ひた》る
青門の樓上で酒を飲み
別れようとすれば　酔いは深まるばかり

262　送蕭李二郎中兼中丞充京西京北覆糧使

蕭李二郎中兼中丞の京西京北覆糧使に充《あ》てらるるを送る

霜簡映金章　　霜簡　金章　映《は》え
相輝同舍郎　　相輝《て》らす　同舍郎
天威巡虎落　　天威　虎落を巡《めぐ》らし
星使出鴛行」　星使　出でて鴛行す
樽俎成全策　　樽俎　全策を成し
京坻閲見糧　　京坻《けいち》　見糧《げんりやう》を閲す
歸來虜塵滅　　歸り來《きた》れば　虜塵《りよぢん》滅し
畫地奏明光　　地に畫きて　明光に奏せん

【語釈】

＊此の詩は底本、『全唐詩』には載っておらず、明抄本に見られる。詩の意を考えてみると、蜀に行く前の数年間、長安にいて郎であった時の作か。なお、劉禹錫にも同題同文の詩が見える。

［**中丞**］御史中丞のこと。

［**覆糧使**］「覆」は、審を意味する。糧穀、兵儲の監察、査察を司る役人のこと。常備の官職ではない。

［**霜簡映金章**］「霜簡」とは、御史が出す奏上文のことを指す。『北史』文苑傳の序に「故憲臺執法、屢飛霜簡。」（故に憲臺　法を執《と》り、屢《しばし》ば霜簡を飛ばす）とある。「金章」とは官印のことを指す。この句は、蕭・李二人の御史台での仕事ぶりを詠っている。

［**相輝同舍郎**］蕭・李二人とも尚書郎であり、抜きん出た存在であることをいう。

［**天威巡虎落**］「天威」とは帝王の威厳を指す。「虎落」とは、敵の来往を知るために塞下に設け、沙を表に敷き、

その足跡を見るもの。ここでは都の護りとなる地を指す。即ち詩題にある「京西」「京北」の地方である。

[**星使出駕行**] 天子の命令に天が反応して星が動くことから、天子の使者を「星使」と言う。180「送張献心充使帰河西雑句」の注参照。「駕行」は鵷行に同じ。朝廷の役人の行列の喩え。この両句は蕭と李の二人が尚書郎から覆糧使に任じられて出行し、天子の威厳によって巡らされた虎落（京西・京北地方）を巡視することを言っている。

[**樽俎成全策**] 自分の担当する仕事をきちんとすることを言う。『荘子』逍遙遊に「庖人雖不治庖、尸祝不越樽俎而代之矣」（庖人 庖を治めずと雖も、尸祝は樽俎を越えて之に代らじ）とある。「成」字は底本には無く、劉禹錫の詩によって「成」とした。

[**京坻閲見糧**] 「京坻」とは糧食が多く積み上げられていることの形容。『詩経』小雅「甫田」に「曾孫之庾、如坻如京」（曾孫の庾、坻の如く京の如し）とある。毛傳に「京、高丘也。」（京は、高丘なり）とあり、鄭箋には「庾、露積穀也。坻、水中之高地也。」（庾は、露積の穀なり。坻は、水中の高地なり）とある。「見糧」とは、現存の食料のこと。『史記』項羽本紀に「今歳饑民貧、士卒食芋菽、軍無見糧。」（今歳 饑して民貧しく、士卒は芋菽を食らひ、軍に見糧無し。）とある。

[**虜塵滅**] 吐蕃の寇難の憂いがなくなることを指すか。『通鑑』廣徳元年七月に、「吐蕃入大震關、陥蘭、廓、河、鄯、洮、岷、秦、成、渭等州、盡取河西、隴右之地。及安禄山反……数年間、西北数十州、相継淪没、自鳳翔以西、邠州以北、皆為左衽矣。」（吐蕃 大震關に入り、蘭、廓、河、鄯、洮、岷、秦、成、渭等の州を陥し、盡く河西、隴右の地を取る。安禄山の反するに及び……数年間、西北数十州、相ひ継ぎて淪没し、鳳翔以西、邠州以北自り、皆な左衽を為せり）とある。この後、吐蕃はまた絶えず關中を襲擾し、京西、京北の地は吐蕃の入寇を防ぐ前哨地となっていた。

[**畫地**] 『漢書』張湯傳に「初、（張）安世長子千秋、與霍光子禹、倶為中郎將、將兵随度遼將軍范明友、撃烏桓還。謁大將軍光。問千秋戦門方略、山川形勢。千秋口對兵事、畫地成圖、無所忘失。光復問禹、禹不能記。曰、皆有文書。」（初め、（張）安世の長子千秋は、霍光の子禹と、倶に中郎將と為り、兵を將《ひき》ゐ度遼將軍范明友に随

ひ、烏桓を撃ちて還る。大將軍光に謁す。千秋に戰門の方略、山川の形勢を問ふ。千秋 兵事を口對するに、地に畫《えが》きて圖を成し、忘失する所無し。光復《ま》た禹に問ふに、禹は記す能はず。曰はく、皆な文書に有りと）とある。ここでは、彼らが地に画くように皇帝に報告するだろうことを言っている。

［明光］明光殿のこと。宮中にある建物の一つ。242「省中即事」の注参照。

【訳】

蕭・李二郎中兼中丞が京西京北覆糧使に充《あ》てられたのを送る

霜簡には　金章が輝き
同じ役所の郎を照らしている
帝の威信は　砦《とりで》を巡らせ
使いの役人は　都から出て行列を作る
自分の職務に従って　万全の策を謀り
積み上げられた糧秣を検閲する
歸って來るころには　外敵は壊滅し
「地に畫」いて明光殿で奏上されることでしょう

十、嘉州刺史となる—成都滞在—

永泰元年（七六五）五一歳。十一月、嘉州刺史となる。

嘉州は成都の南方、岷江が長江に合流するあたりに在った。しかし岑參は蜀中の亂の為に梁州（今の陝西省南西の漢中）まで行ったが引き還す。蜀中の亂は、劍南節度使の郭英乂《かくえいがい》が其の検校西川兵馬使崔旰《さいかん》に殺され、邛州の柏茂林、瀘州の楊子琳、劍南の李《り》昌巙《しょうどう》らが崔旰討伐のために起兵したものであった。

翌大暦元年（七六六）、相國杜《と》鴻漸《こうぜん》が劍南西川節度使となり、崔旰を成都尹、西川節度行軍司馬とすることで、蜀の亂は一応は治まった。杜鴻漸は岑參を表して職方郎中、兼侍御史として幕府に入れ、同に蜀に入った。岑參は四月に蜀に入り、六月に劍門を過ぎ、七月に成都に至る。しかし内亂が続いているために嘉州に赴任することはできず、翌大暦二年の六月頃まで成都に滞在している。

263　酬成少尹駱谷行見呈

成少尹の駱谷行《らくこくかう》の呈せらるるに酬《むく》ゆ

聞君行路難　君が行路の難《かた》きを聞き
惆悵臨長衢　惆悵《ちうちやう》として　長衢《ちやうく》に臨む
豈不憚險艱　豈に險艱《けんかん》を憚《はばか》らざらんや
王程剰相拘」　王程　剰《すこぶ》る相ひ拘《かかは》る
憶昨蓬萊宮　憶《おも》ふ　昨　蓬萊宮《ほうらいきう》
新授刺史符　新たに授かる　刺史の符
明主仍賜衣　明主より　仍《な》ほ衣を賜ひ
價直千萬餘」　價直《あたい》は　千萬餘
何幸承命日　何ぞ幸ひなる　命を承《う》くるの日
得與夫子倶　夫子《ふうし》と倶《とも》にするを得たり
攜手出華省　手を攜《たづさ》へて　華省を出で
連鑣赴長途」　鑣《くつばみ》を連ねて　長途に赴く
五馬當路嘶　五馬は　路に當たりて　嘶《いなな》き
按節投蜀都　節を按じて　蜀都に投ず
千崖信縈折　千崖　信《まこと》に縈折《えいせつ》し
一徑何盤紆」　一徑　何ぞ盤紆《ばんう》たる
層冰滑征輪　層冰　征輪を滑《すべ》らせ
密竹礙隼旟　密竹　隼旟《しゅんよ》を礙《さまた》ぐ
深林迷昏旦　深林　昏旦《こんたん》に迷ひ
棧道凌空虛」　棧道　空虛を凌《しの》ぐ

飛雪縮馬尾　飛雪　馬尾を縮め
烈風擘我膚　烈風　我が膚を擘《さ》く
峯攢望天小　峯は攢《あつま》りて天の小なるを望み
亭午見日初」　亭午にして　日の初めを見る
夜宿月近人　夜に宿れば　月は人に近く
朝行雲滿車　朝に行けば　雲は車に滿つ
泉澆石罅坼　泉　澆《そそ》ぎて　石罅《せきか》　坼《さ》け
火入松心枯」　火　入りて　松心　枯る
亞尹同心者　亞尹《あいん》　心を同じくする者
風流賢大夫　風流の賢大夫
榮祿上及親　榮祿　上は親に及び
之官隨板輿」　官に之《ゆ》くに　板輿《ばんよ》を隨ふ
高價振臺閣　高價　臺閣に振るひ
清詞出應徐　清詞　應・徐に出づ
成都春酒香　成都　春酒　香り
且用俸錢沽」　且《まさ》に俸錢を用ひて沽《か》はんとす
浮名何足道　浮名　何ぞ道《い》ふに足らん
海上堪乘桴　海上　桴《いかだ》に乘るに堪《た》へたり

【語釈】

＊永泰元年十一月、蜀に赴く途中の作。

〔**成少尹**〕成賁のことか。234「和刑部成員外秋夜寓直寄臺省知己」の注参照。少尹は官名。唐の京兆、成都等の府に各々少尹二人を置き、府中の事務を処理し尹を補佐する。

〔**駱谷**〕儻駱谷《とうらくこく》。陝西、終南山の山谷の一つ。全長二百四十キロメートル強。北口を駱谷と呼び、周至県の西南に在る。南口を儻谷と呼び、洋県の北に在る。総じて儻駱谷、省略して駱谷と言い、長安から梁州に赴くとき通る道の一つ。

〔**行見**〕底本は誤倒す。宋本、明抄本、『全唐詩』によって改めた。

〔**惆悵**〕がっかりして元氣を無くす。

〔**憚**〕はばかる。びくびくと氣にする。また心配して差し控える。

〔**險艱**〕地形が険しく困難である。

〔**王程**〕官府規定の期限。

〔**攜手**〕岑参は成が新しい職を授かる前、共に尚書省の郎であった。

〔**連鑣**〕「鑣」は、くつばみ。駕を並べて行く。

〔**五馬**〕195「陪使君早春西亭送王贊府赴選　分得歸字」の

注參照。

［按節］一定の節度に従って車を進める。

［崖］『全唐詩』注に「一に巖に作る」とある。

［縈折］盤折。曲がりくねる。

［盤紆］ぐるぐると曲がりくねる。

［隼旟］底本は「旟」に作るが、今『全唐詩』に従う。即ち州の刺史の儀杖を指す。

［棧道］切り立った崖に木を打ち込み、その上に棚の様に板を架け渡して作った道。架け橋。

［尾］『全唐詩』は「毛」に作るが、今宋本、明抄本に従う。

［亭午］停午。昼にあたった時。正午。

［日初］東の空に昇ったばかりの太陽。

［罅］ひび。瓶の割れ目。また、あらゆる物の裂け目。物の欠けた隙間。

［亞尹］尹の次の位。即ち少尹。

［風流］世俗的なことを捨てて、高尚な行いをすること。物事にこだわらず世俗的なことを超越していること。

［板輿］又は「版輿」と作る。『文選』潘岳の「閑居賦」に「太夫人 乃ち版輿に御《の》り、輕軒に升る。遠くは王畿を覧、近くは家園を周《めぐ》る。」とある。李善注に「版輿は、車名。一名 歩輿。」とある。父母を携えて赴任することを指している。

［臺閣］『後漢書』仲長統傳に「光武皇帝は政を下に任せず、三公を置くと雖も、事は臺閣に歸す。」とある。

［應徐］魏の應瑒《おうたう》と徐幹。瑒、字は徳璉、汝南（今の河南省汝南県東南）の人。幹、字は偉長、北海（今の山東省壽光県）の人。建安時代の文人、「建安七子」の二人。

［俸錢］俸給として官吏に支払われる金銭。給金。

［浮名］実質を伴わない評判。

［乗桴］『論語』公冶長に「子 曰く、道 行はれず、桴に乗りて海に浮かばんと。」とある。


【訳】

成少尹に「駱谷行」を贈られたのに答える
あなたが「行く路は困難」とされるのを聞き
惆悵として長い大路に臨む
どうして険艱を心配しないでいられようか
期限内に目的地に行けるか 大変氣になる」
昨年の蓬莱宮でのことが憶い出されるが
新たに刺史の符を授かった

賢明な君主より 更に衣を賜り
その価値は 千萬に餘るもの」
何と幸せなことか 命を承ける日
あなたと倶に それを承けることができた
手を携えて尚書省を出て
鑣《くつばみ》を並べて長旅に赴く」
五頭の馬は 路を前にして嘶《いなな》き
節度に従って車を進め 蜀の都に向かう
多くの崖は 信《まこと》に折れくねっており
一本の小径の 何と曲がりくねっていることか」
層になった冰は 征輪を滑らし
隙間のない林は 隼旟を見えにくくする
夜と朝が分からないくらい 深い林で
虚空を凌いで 桟道が続いている」
飛び散る雪は 馬尾を縮め
烈風は 私の膚を擘《さ》くほど冷たい
峯が攢《あつま》っていて 空が小さく見え
正午になって 太陽を初めて見た」
夜に宿れば 月は自分たちと近く感じられ
朝になると 雲は車に満ちている
泉の水が澆《そそ》がれて 石の割れ目が裂け
太陽の熱が入り込んで 松の中心まで枯れている」
少尹は私と 心を同じくする者
風流なる賢大夫
名誉や喜びの高さは親にまで及び
版輿に親を乗せて赴任する」
高い評判は尚書省にまで振るい
その清らかな詞は 應瑒・徐幹以上のもの
成都に春の酒が香り
やがて俸銭で沽《か》えるだろう」
浮名は どうして道《い》うに足りようか
浮《いかだ》に乗って海にでも出て 世を避けた方がよい

264 赴嘉州過城固縣尋永安超禪師房

嘉州に赴き城固縣に過《よぎ》り 永安の超禪師の房を尋ぬ

滿寺枇杷冬著花　滿寺の枇杷《びわ》は 冬に花を著《つ》け
老僧相見具袈裟　老僧 相見るに 袈裟《けさ》を具《そな》ふ
漢王城北雪初霽　漢王の城の北 雪初めて霽《は》れ
韓信壇西日欲斜　韓信壇の西 日は斜《なな》めならんと欲す
門外不須催五馬　門外 須《すべか》らく五馬を催すべからず

林中且聽演三車　林中　且《しばら》く聽かん　三車を演ずるを
豈料巴川多勝事　豈に料《はか》らんや　巴川　勝事多きを
爲君書此報京華　君が爲に此を書して　京華に報ぜん

【語釈】

＊永泰元（七六五）年十一月、蜀に赴く途中の作。

［**嘉州**］唐代の州名。今の四川省樂山縣。岑參を岑嘉州と呼ぶのは嘉州刺史になったことによる。

［**城固縣**］唐代は梁州に属した、今の陝西省城固縣の西北。

［**永安**］寺の名。

［**漢王城**］「漢王」は劉邦のこと。紀元前二〇六年、項羽は劉邦を漢王に封じた。『史記』高祖本紀に「王巴・蜀・漢中、都南鄭」（巴・蜀・漢中に王たり、南鄭（唐代は梁州の治所で、今の陝西省漢中市）に都す）とある。「漢王城」とは南鄭を指し、城固縣は南鄭の東北にある。『古今圖書集成』方輿彙編・職方典・巻五三二・漢中府部、城固縣に「漢王城、在城東十里。内城高十餘丈、南北二百歩、東西三百歩」（漢王の城は、城東十里に在り。内城は高さ十餘丈、南北二百歩、東西三百歩なり）とある。

［**韓信壇**］紀元前二〇六年、漢王劉邦は南鄭に壇を築き、韓信に拝命して大将とした。（『史記』淮陰侯列傳）『古今圖書集成』方輿彙編・職方典・巻五三二・漢中府部、南鄭縣に「拜將壇、在南城下。耆老傳云、高祖拜韓信爲大將、築此壇以受命」（拜將壇は、南城の下に在り。耆老傳へて云ふ、高祖 韓信を拜して大將と爲し、此の壇を築かしめ以て命を受《さず》くと）とある。また「壇」は『全唐詩』には「臺」と作る。『古今圖書集成』方輿彙編・職方典・巻五三二・漢中府部、城固縣に「韓信臺、在縣東五里。韓信所築。」（韓信臺、縣東五里に在り。韓信の築く所なり。）とある。

［**催五馬**］「五馬」は太守の馬車。「催」は、うながす、せきたてる。

［**演三車**］「三車」は佛教語。牛車、鹿車、羊車を謂い、佛教の大乘、中乘、小乘に喩えた。佛法を説くこと。

［**巴川**］巴嶺山脈付近を指す。巴嶺山脈は秦嶺より分かれて南向し、蜿蜒として東南に連なり、南鄭・西郷を経て、巴の諸縣を鎮《しず》め、連綿と陝西・四川の両省の辺境にわたる。

［**勝事**］風景がすぐれていること。111「首春渭西郊行呈

藍田張主簿」に「聞道輞川多勝事、玉壷春酒正堪攜」（聞道《きくなら》く輞川《もうせん》 勝事多しと、玉壷の春酒 正に攜《たづさ》ふるに堪へたり）とある。

【訳】

嘉州に赴くとき城固縣に立ち寄り、永安の超《ちょう》禪師の房を尋ねた

寺いっぱいの枇杷《びわ》は 冬に花を著け
老僧は 袈裟を身につけて私を迎えてくれた
漢王城の北に 雪は初めて晴れ
韓信壇の西に 日が傾こうとしている
門外で 五馬をせきたてる必要はない
林中でしばらく聴こう 「三車」を説かれるのを
思いがけず 巴川には勝事が多くあり
あなたの為に 此のことを書いて都に報《しら》せよう

265 送李賓客荆南迎親

李賓客が荆南に親を迎ふるを送る

迎親辭望苑　親を迎へて 望苑を辭す
恩詔下儲闈　恩詔 儲闈《ちょゐ》を下る
昨見雙魚去　昨見る 雙魚の去るを
今看駟馬歸」　今看る 駟馬の歸るを
驛帆湘水闊　驛帆 湘水 闊《ひろ》く
客舍楚山稀　客舍 楚山 稀なり
手把黄香扇　手に 黄香が扇を把《と》り
身披萊子衣」　身に 萊子《らいし》が衣を披《き》る
鵲隨金印喜　鵲《かささぎ》は 金印に隨ひて喜び
烏傍板輿飛　烏は 板輿に傍《そ》ふて飛ぶ
勝作東征賦　東征の賦を作るに勝《まさ》れり
還家滿路輝　家に還らば 滿路 輝かん

【語釈】

＊永泰元年か、或いは大暦元年初めの作。『岑詩繫年』によれば「李賓客は李之芳を謂う。『舊唐書』蒋王惲傳に『廣德元年、之芳に御史大夫を兼ねて、吐蕃に使いさせた。（『通鑑』は此の事を廣德元年四月に載せている）境上に二年間留め、廣德二年五月に歸した。（『舊唐書』吐蕃傳に曰ふ）禮部尚書に除せられ、尋《つい》で太子賓客に改められる。』とある。此れにより之芳が賓客と爲ったのは永泰元年であると推察できる。杜甫は『秋日夔府詠懷寄鄭監審李賓客（下脱「之芳」二字）一百韻』を大歴二年に作る。其の時、之芳は未だ此の官を罷めていなかった。大歴元年二月、公は已に再次、首途《かどで》して蜀

に赴く。則ち此の詩は、永泰元年或いは大歴元年の歳の初めの作と考えられる。」とある。

［**送李賓客**］「送」字の上、明抄本、『全唐詩』は「奉」字がある。「李賓客」は唐の宗室で、五言詩を善くし、右司郎中、工部侍郎、太子右庶子等の職を歴任した。

［**賓客**］太子を輔佐する官。

［**荊南**］248「送周子落第遊荊南」を参照。

［**望苑**］「博望苑」のこと。『漢書』武五子傳に「戻太子據《れいたいしきょ》、元狩元年、立ちて皇太子と為る。年七歳。成人式を迎えたとき、天子は太子の為に博望苑を建てた」とある。『三輔黃圖』巻四に「博望苑は長安城南杜門外五里に在り。遺址有り」とある。唐には望苑驛が有ったが、そこが博望苑の舊址。溫庭筠の「題望苑驛」に「花影至今通博望」（花影 今に至るも博望に通ず）とある。此れは太子の宮苑を指す。「望」字、『全唐詩』は「舊」に作る。

［**恩詔**］有り難い天子の仰せ。

［**儲闈**］太子をいう。「儲」字、底本は「慈」に作る。ここでは明抄本、『全唐詩』に従う

［**雙魚**］書信をいう。古、遠地から送られた二尾の鯉の腹中に書簡があったという故事による。陸機の「飲馬長城窟行」に「客從遠方来、遺我雙鯉魚。呼兒烹鯉魚、中有尺素書。長跪讀素書、書中竟何如。上有加餐食、下有長相憶」（客 遠方從り来たり、我に雙鯉魚を遺る。兒を呼びて鯉魚を烹しむれば 、中に尺素の書有り。長跪して素書を読むに、書中 竟《つひ》に何如。上に餐食を加へよと有り、下に長く相憶ふと有り。）とある

［**驛帆**］240「送許員外江外置常平倉」の注参照。

［**手把黃香扇、身披萊子衣**］「黃香扇」は、260「送韓巽入都覲省便赴擧」（北堂倚門望君憶、東歸扇枕後秋色）を参照。「萊子」は「老萊子」のこと。『史記』老子傳に「周、楚の人。性は志孝。年七十、五彩斑爛《はんらん》の衣を着て、嬰児の戯れを為し、又詐《いつわ》って地に倒れ、嬰児の泣き真似をして親を楽しませた」とある。この二句は李が家に歸り、親に孝行を尽くし、親を娯《よろこ》ばせるということ。

［**鵲隨金印喜**］漢の張顥《ちょうこう》が梁の相であったとき、山鵲に似た鳥が飛翔して来た。人をして捕らえさせたところ、化して石となり、その中から金印を得たという故事。32「北庭西郊候封大夫受降回軍獻上」に「喜鵲捧金印、蛟龍盤畫旗」（喜鵲は金印を捧げ、蛟龍は畫旗に盤《わだかま》る）

とある。『捜神記』巻九に「漢常山張顥、爲梁州牧。天新雨後、有鳥如山鵲、飛翔入市、忽然墜地。人爭取之、化爲圓石。顥椎破之、得一金印。文曰、忠孝侯印。顥以上聞、藏之秘府」（漢の常山の張顥は、梁州の牧と爲る。天新たに雨ふりし後、鳥有りて山鵲の如き、飛翔して市に入り、忽然として地に墜つ。人爭ひて之を取れば、化して圓石と爲る。顥は之を椎破《ついは》し、一金印を得たり。文に曰く、忠孝侯の印と。顥以て上聞《じょうぶん》し、之を秘府《ひふ》に藏す）とある。

［鳥傍板輿飛］ 鳥は古来 慈鳥と言われている。「鳥」は底本は「鳥」に作る。明抄本、『全唐詩』に據り改める。「板輿」は、263「酬成少尹駱谷行見呈」を參照。此の句は鳥が板輿に寄り添って飛ぶことで、李が親を迎えて孝養をつくすことを言う。「板輿」とは、方四尺、素木で作り、上に蔽《おおい》を施し、革紐を持って人が曳いて行く。老者、或いは脚疾者を優遇するのに用い、天子から庶人まで皆乗るを得たが、後世は在官者がその親を迎え養う意に用いる。下の句は李が親を迎えて孝養をつくすことを指す。

［東征賦］ 後漢、班固の妹、班昭の作。洛より陳留に至るまでの行程を賦す。「惟永初之有七兮、余隨子兮東征」（惟《こ》れ永初の有七、余は子に隨ひて東に征《ゆ》く）の李善注に引く『大家《こ》集』に「子の穀、陳留の長と為り、大家（班昭）隨ひて官に至り、東征の賦を作る」とある。息子の曹穀が陳留長垣県の県長となったのについて、母親である作者（班昭）が、首都洛陽から長垣まで旅をしたことを詠んだ賦。

【訳】

李賓客が荊南に親を迎えるのを送る

親を迎えるために望苑を辞す
有り難いことに 太子の詔が下された
先日は（あなたの）手紙が去《ゆ》くのを見
今日は（あなたが）四頭立ての馬車で歸るのを看る」
船着き場には 湘水が広がり
宿屋は 楚山には稀な様子
手には 黄香のような扇を持ち
身には 萊子のような衣を纏うことでしょう
鵲《かささぎ》は 金印に随って喜び
鳥は 板輿に傍《そ》うて飛ぶことでしょう
それは「東征賦」を作ることより勝っており

家に歸れば　路いっぱいに輝くことであろう

266　奉和杜相公初發京城作

杜相公の初めて京城を發するの作に和し奉る

按節辭黄閣　節を按じて　黄閣を辭し
登壇戀赤墀　壇に登りて　赤墀を戀ふ
銜恩期報主　恩を銜みて　主に報ゆることを期し
授律遠行師　律を授かりて　遠く師を行《や》る
野鵲迎金印　野鵲　金印を迎へ
郊雲拂畫旗　郊雲　畫旗を拂ふ
叨陪幕中客　叨《みだ》りに幕中の客に陪し
敢和出車詩　敢へて「出車」の詩に和す

【語釈】

＊大暦元年（七六六）春、蜀に入る途中の作。

［**杜相公**］即ち杜鴻漸のこと。字は之選、濮州濮陽（今の河南省濮陽縣の南）の人。廣德二年正月、兵部侍郎、同平章事となる。大暦元年二月、宰相を以て山南西道、劍南東西南副元帥、劍南西川節度使を兼ね、蜀の亂を平らげた。この事は、新、旧『唐書』杜鴻漸傳に見える。

［**相公**］宰相の呼び名。「初」字の下、底本には「夏」字があったが、『文苑英華』巻二九二、『全唐詩』巻二〇〇に従って削る。

［**黄閣**］宰相の役所のこと。

［**登壇**］大將に任命されること。241「奉送李太保兼御史大夫充渭北節度使」（李太保、兼御史大夫の渭北節度使に充てらるるを送り奉る）に「詔出未央宮、登壇近総戎」（詔ありて未央宮より出で、壇に登りて近く総戎となる）とある。

［**赤墀**］宮中のことを言う。

［**期**］『文苑英華』には「思」字に作る。

［**授律**］『周易』上経「師卦」に「師出以律。否臧凶。」（師出づるに律を以てす。臧《よ》からざれば凶なり。）とあり、孔穎達の疏に「律、法也。…使師出之時、當須以其法制整齊之。故云師出以律也。否臧凶者、若失其律行師、無論否之與臧、皆爲凶也。否謂破敗、臧謂有功。」（律は、法なり。…師をして之を出ださしむるの時、當に須《すべか》らく其の法制を以て之を整齊すべし。故に師の出づるに律を以てすと云ふなり。臧《よ》からざれば凶とは、若し其の律を失ひて師を行へば、否の臧とを論ずる無く、皆凶と爲すなり。否とは破敗を謂ひ、臧とは功有るを謂ふ。）

とある。後、因って將軍に命じて出征させることを「授律」とした。

［金印］丞相及び將軍は、皆な金印を用いる。

［幕中客］作者自身を言う。「幕中」とは、杜鴻漸の幕府を言う。

［出車詩］『詩経』の「出車」に、「我出我車、于彼牧矣。自天子所、謂我來矣」（我 我が車を出す、彼の牧に于いてす。天子の所自り、我に來れと謂ふ）とある。


【訳】

杜相公が初めて京城を出発するときの作に和し奉る

節を整えて 宰相の役所を辭し
大將に任命されて 宮中を恋しく思う
恩を受けて 天子に報いんことを思い
律を授けられて 遠く師を出す
野の鵲は 金印を待ち受け
郊外の雲は 畫旗を拂う
分に過ぎた恩恵を受けて 幕中の客に加えられ
あえて「出車」の詩に和し奉る

267 過梁州奉贈張尚書大夫公

梁州に過《よ》ぎり 張尚書大夫公に贈り奉る

漢中二良將　漢中の二良將
今昔各一時　今昔 各々 一時
韓信此登壇　韓信 此に登壇し
尚書復來斯」　尚書 復た斯《ここ》に來たる
手把銅虎符　手に 銅虎の符を把《と》り
身總丈人師　身は 丈人の師を總《す》ぶ
錯落北斗星　錯落たり 北斗星
照耀黑水湄　照耀《せうよう》す 黑水の湄《ほとり》
英雄若神授　英雄 神授の若く
大材濟時危」　大材 時の危きを濟《すく》ふ
頃歲遇雷雲　頃歲《けいさい》 雷雲に遇ひ
精神感靈祇　精神 靈祇《れいき》を感ぜしむ
動業振青史　動業 青史に振ひ
恩徳繼鴻私」　恩徳 鴻私に繼ぐ
羌虜昔未平　羌虜 昔 未だ平らがず
華陽積僵屍　華陽 僵屍《きょうし》を積む
人煙絶墟落　人煙 墟落に絶え
鬼火依城池　鬼火 城池に依る
巴漢空水流　巴漢 空しく水 流れ

褒斜惟鳥飛」　褒斜 惟《た》だ鳥の飛ぶのみ
自公布徳政　公 徳政を布《し》きて自り
此地生光輝　此の地 光輝を生ず
百堵創里閭　百堵 里閭を創《はじ》め
千家恤惸嫠　千家《せんか》 惸嫠《けいり》を恤《あはれ》む
層城重鼓角　層城 鼓角を重ね
甲士如熊羆」　甲士 熊羆《ゆうひ》の如し
坐嘯風自調　坐《そぞろ》に嘯《うそぶ》けば 風 自ら調《ととの》ひ
行春雨仍隨　行春 雨 仍《な》ほ 隨ふ
芃芃麥苗長　芃芃《ほうほう》として 麥苗 長く
藹藹桑葉肥　藹藹《あいあい》として 桑葉 肥ゆ
浮客相與來　浮客 相ひ與《とも》に來たり
羣盜不敢窺」　羣盜 敢へて窺《うかが》はず
何幸承嘉惠　何ぞ幸なるかな 嘉惠を承《う》け
小年即相知　小年より 即ち 相知る
富貴情易疏　富貴 情は 疏《そ》なり易《やす》きも
相逢心不移」　相逢ふて 心移らず
置酒宴高館　置酒して 高館に宴し
嬌歌雜青絲　嬌歌 青絲に雜《まじ》る
錦席繡拂廬　錦の席 繡の拂廬
玉盤金屈卮」　玉盤 金屈卮《くつし》
春景透高戟　春景は 高戟に透《とほ》り
江雲篿長麾　江雲は 長麾《き》を篿《は》く
櫪馬嘶柳陰　櫪馬《れきば》は 柳陰に嘶《いなな》き
美人映花枝」　美人は 花枝に映ず
門傳大夫印　門に傳ふ 大夫の印
世擁上將旗　世々擁《よう》す 上將の旗
承家令名揚　家を承《う》けて 令名揚《あ》がり
許國苦節施」　國に許す 苦節の施《し》
戎幕寧久駐　戎幕《じゅうばく》 寧《いづく》んぞ 久しく駐《とど》まらんや
台階不應遲　台階 應《まさ》に遲かるべからず
別有彈冠士　別に彈冠《だんくわん》の士有り
希君無見遺　君に希《ねが》ふ 遺《のこ》さるる無かれと

【語釈】

＊大曆元年（七六六）春 蜀に入る途中の作。

［**梁州**］唐の州名。後に改めて興元府と為す。治所は今の陝西漢中市に在った。

［**張尚書大夫**］張獻誠。陝州河北の人。幽州節度使、張守珪の子。安史の亂中、祿山に降り偽官を受く。寶應元年十月に歸唐し、汴州刺史、汴州節度使を拜す。翌年

來朝、代宗の寵賜 甚だ厚く、檢校工部尚書に三遷され、永泰元年正月、檢校工部尚書を加えられて、梁州刺史を兼ね、山南西道觀察使に充てらる。大曆元年二月、劍南東川節度使を兼ねる。「尚書」は尚書省の諸部の長。「大夫」は御史大夫のこと。是は張獻誠の兼職。

[**公**] 爵位の名。『舊唐書』本傳に、獻誠は大曆元年正月、鄧國公に封ぜらるるとある。

[**漢中**] 郡名。秦が始めて置く。今の陝西南部及び湖北の西北部の地。又、唐の梁州は天寶の時、嘗て漢中郡と改名したことがある。

[**二良將**] 韓信と張獻誠を指す。

[**韓信此登壇**] 241「奉送李太保兼御史大夫充渭北節度史」（李太保兼御史大夫の渭北節度史に充てらるるを送り奉る）に「詔出未央宮、登壇近總戎」（詔ありて未央宮より出で、壇に登りて近く總戎たり）とあり、264「赴嘉州過城固縣尋永安超禪師房」（嘉州に赴いて城固縣に過《よ》ぎり 永安の超禪師房を尋ぬ）に「漢王城北雪初霽、韓信壇西日欲斜」（漢王 城北 雪初めて霽《は》れ、韓信 壇西 日斜めならんと欲す）とある。注参照。

[**尚書復來斯**] 「尚書」は「張尚書大夫」のこと。「來斯」とは、檢校工部尚書兼梁州刺史に遷されて、山南西道觀察御使に充てられたこと。

[**銅虎符**] 虎の形に造った銅製の割り符で、銅は「同心」の意。漢代、兵を発する時に用いる符信。右半分を宮中に置き、左半分を臣下が持ち、天子の使者が持って行った場合、與えられた割り符と合わせて、その真偽を知る。『史記』孝文記に「初與郡國守相、爲銅虎符・竹使符」（初め郡國の守相の與《ため》に、銅虎符・竹使符を爲《つく》る。）とある。

[**丈人師**] 「丈人」は「長老」の称。「嚴荘尊重の人」「老成の人」である。『易経』上經の師卦に「師貞。丈人、吉、無咎」（師は貞なり。丈人、吉にして、咎無し）とある。「丈」は底本は「文」に作る。『全唐詩』に拠り改めた。「師」は兵衆。「衆」は「多」の義。「貞」とは「正」であり、よく兵衆を率いて貞正であれば、王者の師となすことができる。

[**錯落北斗星、照耀黒水湄**] 「錯落」は、互いに入り混じること。「黒水」は水名。梁州に在る。『元和郡縣志』巻二十二に「黒水は梁州城固縣の西北 秦山を去り、南流して漢水に入る。諸葛亮の牋《せん》に『朝に南鄭《てい》を発し、暮

れには黒水に宿る』といふ」とある。「湄」は水辺の地。「黒水湄」は梁州を指す。この両句は張が、燦爛と北斗星のように照り輝いて梁州に着いた様子を形容している。

〔**頃歳遇雷雲、精神感靈祇**〕「頃歳」は、近年の意。「雷雲」は雨雲のこと。雨が降る前に現れる暗黒色の厚い雲で、「遇雷雲」は、變故に遭遇したことの比喩。「靈祇」は神霊のこと。この両句は、張が變故に遭遇したが、却ってよく神霊の加護を得たことを謂い、張が賊中より無事に歸って來たことを指す。

〔**勳業振青史**〕「勳業」は功績。「振」は収める。「青史」は歴史書。

〔**恩徳繼鴻私**〕「鴻私」は、広大な私恩。個人的にいただく大恩。115「春日醴泉杜名府承恩五品宴席上賦詩」（春日 醴泉の杜名府の承恩五品の宴席上にて詩を賦す）の「鳧舄舊稱仙、鴻私降自天」（鳧舄《ふせき》 舊《もと》仙と稱し、鴻私 天自《よ》り降《くだ》る）の注参照。この句の意は、皇帝の恩徳を承けたことをいう。

〔**羌虜昔未平**〕「羌虜」は、吐蕃を指す。羌は古代、中国西部の民族（唐代のチベット）。「昔」は底本の注に「一に苦に作る」とある。

〔**華陽積僵屍**〕「華陽」は古えの地名。ここは梁州を指す。『尚書』禹貢《うこう》に「華陽の黒水は惟《こ》れ梁州」とある。「僵屍」は倒れた屍。此の下六句（「褒斜惟鳥飛」まで）は、吐蕃が曾て梁州一帯を殺掠したことを指す。安史の亂以来、吐蕃が不断に入寇していたと考えられる。262「送蕭李二郎中兼中丞充京西京北覆糧使」（蕭李二郎中 兼中丞の、京西京北覆糧使に充てらるるを送る）の「歸來虜塵滅、畫地奏明光」（歸り來れば 虜塵 滅し、地に畫きて 明光に奏せん）の注参照。

〔**墟落**〕荒れ果てた村落。

〔**鬼火**〕湿地などで見える燐。きつね火。

〔**城池**〕城の周囲にめぐらしたほり。

〔**巴漢空水流**〕「巴」は地名。もと国名。のち郡名。今の四川省重慶付近。「漢」は漢中の地を指す。

〔**褒斜**〕褒斜谷のこと。陝西終南山の谷の一つ。北口は斜谷と呼び、郿縣西南に在り、南口は褒谷と呼び、褒城縣（今の漢中市北褒城鎮）の北に在る。褒斜谷は長安より梁州に赴く道で、褒斜道と称す。

〔**生光**〕底本は「先生」に作るが、今、明抄本、呉校、

『全唐詩』に従う。
［**百堵創里閭**］「堵」は「垣根」または住まい。「里閭」は村の入り口。
［**恤惸嫠**］「恤」は、憐れむ。「惸」は、兄弟の無い者。孤独な者。「嫠」は寡婦。「惸嫠」で、やもめ。未亡人の意がある。
［**層城重鼓角**］「層城」は重城。「重鼓角」は鼓や角笛の音が重なり合っているさま。
［**熊羆**］熊とひぐまと。猛く勇ましい士のたとえ。
［**坐嘯風自調、行春雨仍隨**］「坐嘯」は、閑坐嘯詠。底本は「坐笑」に作る。今、明抄本、呉校、『全唐詩』に従う。「行春」は春日出行。194「陪使君早春東郊遊眺」（使君の早春 東郊の遊眺に陪《したが》ふ）の「鶯聲隨坐嘯、柳色喚行春」（鶯聲 坐嘯に隨ひ、柳色 行春を喚ぶ）を參照。
［**芃芃、藹藹**］草木が盛んに繁るさま。
［**浮客**］遊客。
［**小年**］幼年。明抄本は「少年」に作る。
［**青絲**］宴席の女性たちの黒い髪の毛。193「使君席夜送嚴河南赴長水」（使君の席にて夜 嚴河南の長水に赴くを送る）の「嬌歌急管雜青絲、銀燭金杯映翠眉」（嬌歌急管 青絲に雜《まじ》り、銀燭 金杯 翠眉に映ず）の注參照。
［**錦席繡拂廬、玉盤金屈巵**］「錦席」は、立派な席。「繡」は、美しい縫い取りのある布。吐蕃は美しい縫い取りのある帳幕を張り「拂廬」と称した。『舊唐書』吐蕃傳に「貴人は大氈《せん》帳に處《お》り、名づけて拂廬と爲す」とある。「玉盤」は玉で作った盛り皿。「金屈巵」は金製で、曲がった取っ手のついた杯。238「冬宵家會餞李郎司兵赴同州」（冬宵の家會、李郎司兵の同州に赴くを餞《おく》る）の「急管雜青絲、玉瓶金屈巵」（急管 青絲に雜《まじ》り、玉瓶 金屈巵）の注參照。この二句は宴会場の様子を描いている。
［**春景**］春の光。「景」は日光。
［**戟**］えだ矛。張が私邸の門の傍らに立てた戟を指す。
［**篲**］箒。ここは「掃く」と動詞として用いている。
［**麾**］旌旗。
［**櫪馬**］厩に繫がれている馬。
［**美人**］歌妓を称す。
［**門傳大夫印、世擁上將旗**］「門傳大夫印」は張獻誠と父張守珪がどちらも御史大夫に任ぜられたことを指す。『舊唐書』張守珪傳に「開元二十三年春、守珪は輔國大將軍となり、右羽林大將軍、御史大夫を兼ぬ」とある。

下の句は守珪が幽州節度使となり、輔國大將軍、右羽林將軍を拝し、御史大夫を兼ねたこと。獻誠が汴州刺史、汴州節度使となり、梁州刺史、山南西道觀察使に遷されたことを指す。

［**承家令名揚**］「承家」は、家業を承継すること。『易経』師卦に「開國承家」（國を開き家を承《う》く）とあり、孔疏に「若其功大、使之開國爲諸侯、若其功小、使之承家爲卿大夫」（若し其の功 大ならば、之をして國を開きて諸侯爲《た》らしめ、若し其の功 小ならば、之をして家を承《う》けて卿大夫爲らしむ）とある。「令名」は良い評判。

［**許國苦節施**］国家のために一身を捧げ、苦しみに負けず自己の態度や立場を守り通す。239「送嚴黄門拝御史大夫再鎮蜀川兼覲省」（嚴黄門の御史大夫に拝せられ 再び蜀川に鎮し兼ねて覲省《きんせい》するを送る）の「許國分憂日」（國に許す 憂ひを分かつ日）の注参照。

［**戎幕**］軍府（軍中で將軍が執務するところ）。節度使の衙《が》門(役所や兵営の門)を謂う。

［**台階不應遅**］「台階」は、三台のことで三公の位。『後漢書』郎顗傳に「三公上應台階、下同元首」とあり、『晉書』天文志に「在人曰三公、在天曰三台」（人に在りて三公と曰ひ、天に在りて三台と曰ふ）とある。この句は張が速やかに節度使の職に任ぜられ、三公、宰相となるであろうことをいう。

［**別有彈冠士、希君無見遺**］「彈冠」は、出仕の用意をすること。『漢書』王吉傳に「吉與貢禹爲友。世稱、王陽在位、貢公彈冠。言其取舍同也」（吉と貢禹とは友爲り。世に称す、王陽（吉の字は子陽）在位、貢公彈冠と。其の取舍の同じきを言ふなり）とあり、師古注に「彈冠は、入りて仕ふるを言ふなり」とある。この二句は、王吉を張に喩え、貢禹を自分（岑參）に喩えている。「張獻誠は宰相となったが、私（岑參）を援引して見棄てないでほしい」ということ。「別有」については202「六月三十日水亭送華陰王少府還縣」（六月三十日水亭にて華陰の王少府の縣に還るを送る）に「賴茲庭戸裏、別有小江潭」（茲《こ》の庭戸の裏《うち》に、別に小江潭有るを頼む）とある。

【訳】

梁州に立ち寄り 張尚書大夫公に贈り奉る

漢中の 二人の良將は

今と昔 それぞれ一時

韓信は　此處で大将を拝命し
張獻誠も　復た斯《ここ》に來た」
手に銅虎の符を持ち
身は　丈人として師を統率し
相互に入り混じった北斗星のように
梁州の水辺を　照り輝かせた」
英雄は　神の授け給うが如く
優秀な人物は　時の危機を濟う
近年　変故に遭遇したが
その精神は　神の心を打った」
功績は　歴史書に収められ
広大な恩徳を継承した
羌虜が　昔まだ平定されていなかったとき
華陽には　倒れた屍が積み重なっていた」
人家の煙は　荒れ果てた村落に絶え
きつね火は　堀端に燃え
巴・漢は　川だけが空しく流れて
褒斜谷は　ただ鳥が飛んでいるだけだった」
あなたが徳政を布かれてから
此の地は　光輝を生じた
沢山の住まいが　村に建ち始め
多くの家は　寡婦になった人を慰めている」
層城には　太鼓や角笛の音が響き
兵士は　羆《ひぐま》のように勇ましい
閑坐嘯詠すれば　風は自然に調《ととの》い
春に行けば　雨は適度に隨《つ》いてくる」
すくすくと伸びた麦の苗は長く
青々と桑の葉は繁り
遊興の客は連れだってやって来るし
盗人の群は　むやみに行動を起こさない」
何と幸せなことか　嘉《よ》い恵みを承《う》け
小さい時から　互いに知っていた
富める者は　情が疏《うと》くなり易いけれども
お互いに会ってみて　心は変っていなかった」
酒を置いて高殿に宴すれば
艶っぽい歌声は　黒髪に雜《まじ》る
錦繡と拂廬
玉盤と金盃子」
春の日差しは　高戟を輝かせ
江の雲は　旌旗を掃く

繫がれた馬は 柳の木陰で嘶き
歌姫は 花の枝越しに映えている」
（あなたの）一門は 大夫の印を継承し
代々 上將の旗を擁している
家を継承して 名声は更に揚がり
國の爲に一身を捧げ 苦しみにもよく堪えた」
軍府に どうして長く留まっておろうか
台階に登られるのも そんなに遅くはないでしょう
ここに彈冠の士もおりますが
あなたが私をお見棄てにならないようにと希《のぞ》みます

268　尚書念舊垂賜袍衣率題絶句獻上以申感謝

尚書 舊を念《おも》ひて袍衣を垂賜さる 率《いそ》ぎ絶句を題して獻上し以て感謝を申《の》ぶ

富貴情還在　　富貴となるも 情は還《な》ほ在り
相逢豈間然　　相ひ逢へば 豈に間然たらんや
綈袍更有贈　　綈袍《ていはう》 更に贈有り
猶荷故人憐　　猶ほ故人の憐れみを荷《にな》ふがごとし

【語釈】

＊この詩は前の詩と同じ時の作。

［尚書］前の詩にある張尚書のことか。

［率］そこで。早速。

［富貴情還在、相逢豈間然］前の詩に「富貴情易疏、相逢心不移」（富貴 情は疏《うと》くなり易きも、相逢ふて心は移らず）とある句と意が近い。

［間然］離れ隔たっていること。底本では「間」字を「問」に作るが、明抄本、呉校、『全唐詩』によって改めた。

［綈袍更有贈］「綈袍」とは、厚絹の肌着のこと。『史記』范雎《はんしょ》傳に「乃取其一綈袍以賜之」（乃ち其の一綈袍を取りて以って之に賜ふ）、「然公之所以得無死者、以綈袍戀戀、有故人之意。故釈公」（然れども公の死する無きを得る所以は、綈袍 戀戀、故人の意有るを以てなり。故に公を釈《ゆる》す）とある。魏の須賈は古なじみの友のことを忘れず、范雎《はんしょ》の寒苦を思いやって肌着を与え、後にそのことによって范雎に死罪を赦してもらった故事がある。ここでは、岑參と久しぶりに出逢った張尚書が須賈のように岑參のことを忘れず、綈袍まで贈ってくれたことを述べている。

【訳】

張尚書が昔のよしみを思って袍衣を下さったので早

速絶句を献上し感謝を申《の》べる
富貴となっても　友情はなお存する
互いに出逢えば　どうして心に間隙が生まれようか
綈袍《ていほう》まで贈って下された
まさに故《ふる》なじみからの恩を　お受けしたようだ

269　梁州陪趙行軍龍岡寺北庭泛船宴王侍御　得長字
梁州にて趙行軍の龍岡寺の北庭にて船を泛《うか》べて王侍御を宴するに陪す　長字を得たり

誰宴霜臺使　誰か宴す　霜臺の使ひ
行軍粉署郎　行軍　粉署の郎
唱歌江鳥沒　歌を唱へば　江鳥　沒し
吹笛岸花香　笛を吹けば　岸花　香る
酒影揺新月　酒影　新月　揺れ
灘聲聒夕陽　灘聲　夕陽に聒《かまびす》し
江鐘聞已暮　江鐘　聞きて已に暮れ
歸棹綠川長　歸棹　綠川　長し

＊大暦元年　蜀に入る途中の作。

【語釈】

［梁州］唐の州名、後に興元府と改められる。治所は今の陝西省漢中市。

［行軍］官名、即ち行軍司馬、唐節度使の僚属。

［龍岡寺］梁州の南鄭県（今の陝西省　漢中市）の龍岡山の西に在る。『大清一統志』巻二三八に引く『華陽国志』に「龍岡北臨漢水、南帯廉津。」（龍岡は　北は漢水に臨み、南は廉津を帯《めぐ》らす）とある。又、『輿地紀勝』に「山在（南鄭）県西十里、相傳梁天監中有龍鬥於此」（山は（南鄭）県の西　十里に在り、梁の天監中　龍有りて此に鬥ふと相ひ傳ふ）とある。

［北庭］聞一多の『考證』に「庭字　疑ふらくは誤りならん」とある。

［得長字］この三字、底本に無し。今『文苑英華』、『全唐詩』校補に據る。

［霜臺］御史台（御史の役所）。「霜臺使」は王侍御を指す。

［粉署郎］尚書郎のことで、作者自らを指す。時に岑参が杜鴻漸によって職方郎中兼侍御史に表せられ、幕中に置かれたことによる。

［綠川］漢水を指す。岑參らが船を泛かべているところ。


【訳】

梁州にて趙行軍が　龍岡寺の北庭に船を泛べて王侍
　御を宴するに陪《したが》う　長字を得た
誰が　霜臺の使いの為に宴会を開いているのか
それは行軍の粉署郎
皆で共に歌を唱《うた》えば　江の鳥は驚き　高く飛び去り
笛を吹けば　岸花の香りがする
酒に映って　新月は揺れ
急流の響きが　夕陽にかまびすしく聞こえてくる
江に響く鐘の音を聞いて　日の暮れを知り
船は　どこまでも続く緑川を　歸って行く

270 陪羣公龍岡寺泛舟　得盤字
　羣公の龍岡寺の泛舟に陪す　盤字を得たり
漢水天一色　漢水　天　一色
寺樓波底看　寺樓　波底に看ゆ
鐘鳴長空夕　鐘鳴りて　長空　夕《く》れ
月出孤舟寒」　月出でて　孤舟　寒し
映酒見山火　酒に映して　山火を見
隔簾聞夜灘　簾を隔てて　夜灘を聞く
紫鱗掣芳餌　紫鱗　芳餌を掣《ひ》き
紅燭燃金盤」　紅燭　金盤に燃ゆ
良友興正愜　良友　興《きょう》は正に愜《こころよ》く
勝遊情未闌　勝遊　情は未だ闌《たけなは》ならず
此中堪倒載　此の中　倒載に堪《た》ふ
須盡主人歡　須《すべか》らく主人の歡を盡すべし

【語釈】
*蜀での作。
[**寺樓波底看**] 龍岡寺は、北は漢水に臨んでいたので、寺樓が漢水に逆さまに映っていた。
[**映酒見山火**] 杯の小さな水面に映った山の火を見ている。26「春尋河陽聞處士別業」の「薬椀揺山影、魚竿帯水痕」（薬椀　山影　揺れ、魚竿　水痕を帯ぶ）や、142「敬酬李判官使院即事見呈」の「映硯時見鳥、巻簾晴對山」（硯に映《うつ》して時に鳥を見、簾を巻きて　晴れ　山に對す）の用例のように、薬椀の中に揺れる山影や、硯の池に映る鳥を詠じている。岑參の間接的表現の一例。
[**紫鱗**] 魚を指す。
[**勝遊**] 心にかなった遊覧。
[**倒載**] 『晉書』巻四三、山簡傳に「時有童兒、歌曰、山公出何許、往至高陽池。日夕倒載歸、茗艼無所知。時

時能騎馬、倒著白接䍦。舉鞭向葛彊、何如并州兒。」（時に童兒有り、歌ひて曰く「山公 何許《いづこ》にか出づ、往きて高陽池に至る。日夕にして倒載して歸り、茗艼《めいてい》して知る所無し。時時 能く馬に騎《の》り、倒著す 白接䍦《はくせつり》。鞭を擧げて葛彊《かっきょう》に向かひ、何如《いか》んぞ并州兒」と）とあり、山簡は、酔うと馬に逆さまに乗り、帽子を逆さにかぶって歸ってきたという。

【訳】

羣公が龍岡寺に舟を泛《うか》べるのに陪《したが》う 盤字を得た

漢水は 天と一色で
寺樓が 波底に見える
鐘が鳴って 天空は暮れ
月が出て 孤舟は寒い」
杯に映る 山の火を見
簾を隔てて 夜の瀬音を聞く
紫鱗は 芳《かぐわ》しい餌を引き
紅燭は 金盤に燃える」
良き友 樂しみはまことに快く
心に適う遊び 思いはまだ闌《さかり》にはならない
この中では「倒載」するのに十分
ぜひとも主人の歓びを盡くさねばならない

271 梁州對雨懷麴二秀才便呈麴大判官時疾贈余新詩

梁州にて雨に對し 麴《きく》二秀才を懷ひ 便ち麴大判官に呈す 時に疾《やまひ》あるも 余に新詩を贈る

江上雲氣黑　江上 雲氣 黑く
悍山昨夜雷　悍山《かんざん》 昨夜 雷あり
水惡平明飛　水は 平明を惡《にく》みて飛び
雨從嶓冢來」　雨は 嶓冢從《よ》り來たる
濛濛隨風過　濛濛として 風に隨ひて過ぎ
蕭颯鳴庭槐　蕭颯として 庭槐を鳴らす
隔簾濕衣巾　簾を隔てて 衣巾を濕すも
當暑涼幽齋」　暑に當りて 幽齋 涼し
麴生住相近　麴生 住《すま》いの相近きに
言語阻且乖　言語 阻《そ》にして 且つ乖《はな》る
臥疾不見人　疾に臥して 人を見ず
午時門始開」　午時 門 始めて開く
終日看本草　終日 『本草』を看
藥苗滿前階　藥苗 前階に滿つ
兄弟早有名　兄弟 早《つと》に名有り

甲科皆秀才」　甲科　皆な秀才
二人事慈母　二人　慈母に事《つか》ふること
不弱古老萊　古の老萊《ろうらい》に弱《おと》らず
昨嘆攜手遅　昨　攜手《けいしゅ》の遅くして
未盡平生懷」　未だ平生の懷《おも》ひを盡くさざるを嘆ず
愛君有佳句　君に　佳句有るを愛し
一日吟幾回　一日　吟ずること幾回《たび》ぞ

【語釈】

＊大曆元年　蜀に入る途中の作

［**秀才**］唐時、進士を称して秀才と為す。

［**時疾**］麴大判官は、そのとき病を患っていた。

［**江**］漢水を指す。

［**悍山**］旱山のこと。『新唐書』地理志に拠れば、旱山は梁州南鄭縣にある。現在の陝西漢中市の西南。底本、宋本、明抄本は「悍」の下に「一作歸」と注す。

［**水惡平明飛**］「水」は、降り始めたばかりの雨粒。「惡」は擬人法で、「夜が明けるのを嫌がるかのように」の意。底本、宋本、明抄本には「一作急」と注す。「平明」は、夜明けがた。「飛」は、ぽつぽつと降り始めた雨粒が風に飛ばされるさま。

［**嶓冢**］山の名。現在陝西寧強縣の北に在る。『元和郡縣志』巻二十二に「嶓冢山は縣（梁州金牛縣）の東二十八里、漢水の出づる所」とある。

［**蕭颯**］風雨がもの寂しく吹く形容。

［**庭槐**］庭に植えられているエンジュの木。

［**衣巾**］衣服と頭巾。

［**麴生**］麴大判官を指す。

［**本草**］『本草綱目』のこと。神農の作と傳えられている。

［**兄弟**］麴大判官と麴二秀才を指す。「大」は長男、「二」は次男をいう。

［**甲科**］唐代の科挙のこと。ここは進士科における甲第、つまり成績優秀であること。32「送許子擢第歸江寧拜親因寄王大昌齡」（許子の擢第して江寧に歸り親に拜するを送る）「青春登甲科、動地聞香名」（青春　甲科に登り、地を動かして香名聞こゆ）の注参照。

［**老萊**］周、楚の人「老萊子」のこと。265「送李賓客荊南迎親」（李賓客の荊南に親を迎ふを送る）の「手把黄香扇、身披萊子衣」（手に黄香が扇を把《と》り、身に萊子が衣を披《き》る）の注参照。

「攜手遅」「攜手」は、『詩経』邶風「北風」に「恵而好我、攜手同行」（恵にして我を好まば 手を攜へて同《とも》に行かん）とある。ここは、手を取り合って旧交をあたためること。「遅」は、時間がないこと。

【訳】

梁州で雨に對して麹二秀才を懐ひ、便ち麹大判官に差し上げる。時に（麹大判官は）病を患っていたが私に新詩を贈ってくださった

漢水の上《ほと》りは 雲の氣配が暗く
悍山は 昨夜は雷だった
雨粒は 夜明けを悪《にく》むかのように飛び
雨は 嶓冢《はちょう》山からやってくる」
濛濛として 風に随って通り過ぎ
もの寂しい音を立てて 庭の槐が鳴る
簾を隔てて 衣服や頭巾を湿らせるが
暑さに對處するには 静かな座敷が涼しい」
麹生の住まいは近いが
言葉は傳わらず 思いは通じない
病いに臥して 人に會わず
昼時になって 門が始めて開かれる」
一日中『本草』を看ており
薬草の苗は 階《きざはし》の前にいっぱいだ
兄弟は 早くから有名で
才能は 皆な優秀」
二人とも 慈母に仕え
昔の老萊子《ろうらいし》に負けてはいない
先日はお會いすることが遅くて
平生の懐いを盡くしていないことが嘆かれる」
あなたに佳い句があるのを愛し
一日に何回 吟ずることでしょう

272 與鮮于庶子泛漢江

鮮于庶子と漢江に泛ぶ

急管更須吹　急管 更に須《すべから》く吹くべし
杯行莫遣遲　杯行 遲《おく》ら遣《し》むること莫れ
酒光紅琥珀　酒光は 紅の琥珀
江色碧琉璃　江色は 碧の琉璃
日影浮歸棹　日影 歸棹を浮かべ
蘆花罥釣絲　蘆花 釣絲を罥《か》く
山公醉不醉　山公 醉ふや醉はざるや

問取葛彊知　葛彊《かっきょう》に問ひ取りて知らん

【語釈】

＊大暦元年（七六六）、蜀に入る途中の作。

［鮮于庶子］鮮于晉、字は叔明。岑参と同行して蜀に入る。

［漢江］漢水（湖北省の漢口で揚子江に注ぐ川）のこと。

［急管］笛の音の調べが速いこと。

［杯行］盃が座を順にめぐること。『文苑英華』巻一六二は「金盃」につくる。潘岳「金谷集作詩」には「玄醴染朱顔、但愬杯行遅」（玄醴 朱顔を染め、但だ杯行の遅きを愬《うった》ふ）とある。

［酒光］酒の色、酒の光り。

［琥珀］樹脂が地下で変成して化石となったもの。「紅琥珀」は酒の色。

［帰棹］帰船の櫂、転じて帰り船。269「梁州陪趙行軍龍岡寺北庭泛舟宴王侍御」に「江鐘聞已暮、帰棹緑川長」（江鐘 聞こえて已に暮れ、帰棹 緑川長し）、114「送嚴維下第還江東」に「敝裘沾暮雪、帰櫂帯流澌」（敝裘《へいきゅう》は暮雪に沾《うるほ》ひ、帰櫂は流澌を帯ぶ）とある。

［蘆花］葦の花。3「尋鞏縣南李處士別居」に「桑葉隠村戸、蘆花映釣船」（桑葉 村戸を隠し、蘆花 釣船に映ず）とある。

［山公］晉の山簡（山濤の子）のこと。酒を好んだ。ここは鮮于庶子を指す。

［葛彊］山簡の寵愛した従者。

【訳】

　鮮于庶子と共に漢江に泛《うか》ぶ

笛の音を もっと吹き鳴らせ
盃を廻すのを 遅らせてはいけない
酒光は紅の琥珀《こはく》のよう
江色は碧の琉璃《るり》のようだ
日の光が 帰舟を浮かび上がらせ
蘆花に 釣絲が引っかかっている
山公は酔っておいでかどうか
葛彊《かっきょう》に尋ねてみよう

273　早上五盤嶺

　早《つと》に五盤嶺に上る

平旦驅駟馬　平旦 駟馬を驅《は》せ
曠然出五盤　曠然として 五盤に出づ

江迴兩岸門　江　迴《めぐ》りて 兩岸　鬥《たたか》ひ
日隱群峯攢　日　隱れて 群峯　攢《あつ》まる
蒼翠煙景曙　蒼翠　煙景の 曙《あけぼの》
森沈雲樹寒　森沈として 雲樹　寒し
松疎露孤駅　松は 疎《まばら》にして 孤駅を 露《あらは》し
花密藏迴灘　花は密にして 迴れる灘《なだ》を藏《かく》す
棧道溪雨滑　棧道　溪雨 滑《なめ》らかに
畬田原草乾　畬田《よでん》 原草　乾く
此行為知己　此の行 知己の為にす
不覺行路難　覺えず 行路の難きを

【語釈】
＊大曆元年（七六六）、蜀に入る途中の作。
［**五盤嶺**］七盤嶺の別称。嶺上の石磴《いしだたみ》が曲がりくねっていることから、この名がある。今の四川省広元県の東北百七十里にあり、陝西省寧強県と境界を接し、古くから秦、蜀の境界となる所である。
［**出五盤**］曲がりくねった石磴を越えて、山の峯まで登ったことを指す。この句は單に叙事のみでなく、険しい道のりを尽《ことごと》く経てきた後の清々しい氣持ちを描寫している。
［**江迴兩岸門、日隱群峯攢**］「攢」は、集まる。上句は江の流れが曲折し、兩岸が交錯して互いに向かいあって戦っているように見える様を描寫している。下句は日の出前、群峰が連なり合い、その重なりがはっきりしないで一緒に集まって見える様子。
［**蒼翠煙景曙、森沈雲樹寒**］「煙景」は、霧靄にすっぽりと覆われた山の色。「雲樹」は、白雲がまつわりめぐる程高い山の樹木。朝日が初めて昇り、山の蒼翠色が殊のほか目立ち、雲樹が深々と沈んで、寒々としている。
［**花密藏迴灘**］「迴灘」は、めぐり曲がった江岸の浅瀬。それを覆い隠すように、草花が密集している様子。「迴灘」は上文の「江迴」と呼応している。
［**棧道溪雨滑、畬田原草乾**］「棧道」は、崖の絶壁に木を架けて作られた小道。「溪雨」は谷間にそそぐ雨。「畬田」は草木を焼き払って、田畑を作ること。
［**此行為知己**］「知己」は、杜鴻漸。266「奉和杜相公初発京城作」（杜相公の初めて京城を発するときの作に和し奉る）の注参照。

【訳】
早朝　五盤嶺に上る

夜明けに　四頭立ての馬車を走らせて
やっと広々として何もない五盤嶺まで抜け出た
江は曲がりくねり　両岸は戦っているかの様に入りくんでいる
日は隠れて　群峯が一つに集まっているようだ
蒼翠色の山　霧のかかった曙《あけぼの》
深々と沈んだ雲樹は　寒々としている
松はまばらで　その間から淋しそうな宿場が見え
花はびっしりと咲きみだれて　迴灘を覆い隠す」
桟道は　渓雨が滑らかに潤し
畬田《やきはた》の原草は　乾ききっている
この旅は　親友を思ってのこと
道中の険しさなど　感じはしない

274　赴犍爲經龍閣道
犍爲《けんい》に赴き龍閣道を經る

側徑轉青壁　側徑　青壁を轉《めぐ》り
危橋透滄波　危橋　滄波を透す
汗流出鳥道　汗は流れて　鳥道より出で
膽碎窺龍渦」　膽は碎けて　龍渦を窺ふ
驟雨暗溪谷　驟雨　溪谷を暗くし
歸雲網松蘿　歸雲　松蘿を網《おほ》ふ
屢聞羌兒笛　屢《しばし》ば聞く　羌兒の笛
厭聽巴童歌」　聽くを厭《いと》ふ　巴童の歌
江路險復永　江路　險にして復た永く
夢魂愁更多　夢魂　愁ひ更に多し
聖朝幸典郡　聖朝　幸ひにも郡を典《つかさど》らしむ
不敢嫌岷峨　敢へて岷峨《びんが》を嫌《いと》はず

【語釈】
＊大暦元年（七六六）、蜀に入る途中の作。
［赴犍爲］「犍爲」は郡名。今の四川省宜賓市の西南。『舊唐書』地理志によると、隋の眉山郡が武徳元年（六一八）に嘉洲となり、天寶元年（七四二）に犍爲郡となったが、乾元元年（七五八）にまた嘉州となった。ここでは旧称を用いている。岑参が嘉州刺史となって赴任したこと。

［龍閣］龍門閣。山南道利州緜谷縣（今の四川省廣元縣）の北。『元和郡縣志』巻二二に「龍門山は（緜谷）縣の東北八十二里に在り」とある。『方輿勝覧』巻六六に、馮鈴幹が言うには「其の它の閣道　險と雖も、然れども

山腰に在れば、亦た微《や》や徑《こみち》有りて、以て閣道を増置すべし。獨り此の閣は石壁斗立し、虚しく石竅《きょう》を鑿ちて、木を其の上に架《か》く。尤も険絶なりと。」とある。

［**側徑**］崖に側立つ小道。

［**轉青壁**］「青壁」は、青石崖。「轉」字、底本は「搏《はく》」、呉校は「摶《たん》」に作るが、ここは、『文苑英華』巻二九二、『全唐詩』巻一九八に従った。

［**危橋**］川の上に突き出た桟道。龍門閣の下は嘉陵江。「橋」字、明抄本、『全唐詩』は、「梁」に作る。

［**龍渦**］水の渦。「龍」字、『全唐詩』の注に「一作魚」とある。

［**溪谷**］『全唐詩』は「溪口」に作り、注に「一作溪谷」とある。

［**歸雲**］夕暮れに山中にかかる雲。

［**松蘿**］松の木に絡まる一種の蔦。

［**聞羌兒笛**］「聞」字、底本は「見」に作るが、明抄本、『文苑英華』、『全唐詩』によって改めた。「羌」は中國西方の異民族。

［**巴童**］巴の地の童。「巴」は、四川省東部一帯の古地名。

［**聖朝**］「朝」字、『文苑英華』は「主」に作る。

［**岷峨**］岷山（四川と甘粛省の境）と峨眉山（四川省にある）。

【訳】

　犍爲《けんい》に赴いて龍閣道を通る

崖下の徑《こみち》は 青壁を巡り
危《たか》い橋からは 滄波が透《す》けて見える
汗は流れる 鳥道より高きところ
膽は砕ける 龍渦を覗きこむとき
驟雨は 溪谷を暗くし
歸雲は 松蘿を覆う
しばしば羌兒の笛を聞き
巴童の歌は 聞き飽きた」
川沿いの路は 険《けわ》しくまた長く
夢の中でも 愁いは増すばかり
朝廷は 幸いにも郡を司る役目を下さり
岷山 眉山の地も厭《いと》いはしない

275 與鮮于庶子自梓州成都少尹自褒城同行至利州道中作

　鮮于庶子の梓《し》州自《よ》りし 成都少尹の褒城自《よ》りすると

同行し 利州に至る道中の作

剖竹向西蜀　竹を剖《さ》きて 西蜀に向かふ
岷峨眇天涯　岷峨《びんが》 天涯 眇《はる》かなり
空深北闕戀　空しく北闕の戀を深くするも
豈憚南路賖」　豈に南路の賖《とほ》きを憚《はばか》らんや
前日登七盤　前日 七盤に登り
曠然見三巴　曠然として 三巴《さんぱ》見ゆ
漢水出嶓冢　漢水 嶓冢より出で
梁山控褒斜」　梁山 褒斜《はうしゃ》に控えたり
棧道籠迅湍　棧道 迅湍に籠《こ》められ
行人貫層崖　行人 層崖を貫く
巖傾劣通馬　巖 傾きて 劣《わつ》かに馬を通し
石窄難容車」　石 窄《せば》まりて 車を容《い》れ難し
深林怯魑魅　深林 魑魅《ちみ》を怯《おそ》れ
洞穴防龍蛇　洞穴 龍蛇を防ぐ
水種新插秧　水種 新たに秧《いね》を插《さ》し
山田正焼畬」　山田 正に畬《た》を焼く
夜猿嘯山雨　夜猿 山雨に嘯《な》き
曙鳥鳴江花　曙鳥 江花に鳴く
過午方始飯　午《ひる》を過ぎて 方《まさ》に飯を始む
經時旋及瓜」　時を經て 旋《たちま》ち瓜に及ばん
數公各遊宦　數公 各《おのお》の遊宦し
千里皆辭家　千里 皆 家を辭す
言笑忘羈旅　言笑して 羈旅を忘れ
還如在京華　還《な》ほ京華に在るが如し

【語釈】

＊大暦元年（七六六）、蜀に入る途中の作。

［鮮于庶子］ 272「與鮮于庶子泛漢江」の注を参照。

［梓州］ 州名。蜀の剣南道に属す。今の四川三台県。

［成都少尹］ 成賁を指すと思われる。263「成少尹駱谷行見呈」の注を参照。

［褒城］ 唐の県名。蜀の梁州にあり、今の陝西漢中市北の褒城鎮に在る。

［利州］ 州名。蜀の山南道、今の四川広元県に在る。

［剖竹］ 即ち符を二つに剖《わ》る。割り符を二分すること。昔、天子が諸侯を封ずる時、符を二分して一方を朝廷または役所に置き、一方をその人に與えて任命や契約の証拠とした。ここでは嘉州の刺史と為ったことを指す。98「送顔平原」の注を参照。

［岷峨］ 山名。岷山の主峯は今の四川松潘県の西北に在

り、峨眉山は今の四川峨眉県の西南に在る。ここでは西蜀を指している。

［**北闕**］宮城の北の門。『漢書』高帝紀に「二月、長安に至る。蕭何 未央宮を治め、東闕、北闕、前殿、武庫、太倉を立つ。」とある。

［**南路**］長安より南行して蜀に入る路を指す。

［**七盤**］273「早上五盤嶺」の注参照。

［**曠然**］広々として何も無い様。

［**三巴**］漢末に、巴郡、巴東郡、巴西郡があった地域。今の四川省東部、湖北省に近い所。

［**梁山**］山名。梁州南鄭県（今の漢中市）東南。州を以て山名とし、又の名を梁州山と言う。

［**棧道籠迅湍**］「籠」は籠《こ》める。色々な物をまとめて一つにする。包括する。底本は「寵」と作るが、『全唐詩』によって改めた。「迅湍」は速い流れ。棧道が急な流れの上に架かっていることをいう。

［**魑魅**］山林の精氣から生じるという怪物。よく人を迷わせるという。

［**秧**］稲の名。底本は「秡」と作るが『全唐詩』によって改めた。

［**畬**］新たに開墾した田。

［**及瓜**］『左氏傳』荘公八年に「齊侯は連稱、管至父をして葵丘を戍《まも》らしむ。瓜の時にして往く。曰く、瓜に及びて代へんと。」とある。今年、瓜の熟する時に行き、明年 瓜の熟する時に任期が満了し、人と交代することを言う。

［**遊宦**］他國に行って役人になること。また仕官すること。

【**訳**】

梓《し》州から來た鮮于庶子 褒城から來た成都の少尹と同行して利州に至る道中の作

嘉州の刺史に任命されて西蜀に向かう
岷山 峨眉山は 眇《はる》か天の果てにある
空しく北闕の恋しさを深くするが
どうして蜀への路が遠いことを心配しようか」
前日 七盤に登ったら
遙かに三巴《さんば》が見えた
漢水は嶓冢《はちょう》山から出て
梁山は褒斜《ほうや》道に控えている」
棧道は 迅湍《はやせ》に囲《かこ》まれており

行く人は 幾つもの崖を貫いて行く
岩が傾き やっと馬を通し
石が窄《せば》まり 車を通しにくい」
深い林では 魑魅《ちみ》を恐れ
洞穴では 龍や蛇を防ぐ
水田では 新たに田植えをし
山田では ちょうど田を焼いている」
夜には 猿が山の雨に向かって 嘯《うそぶ》き
曙には 鳥が川の花に向かって鳴く
正午を過ぎて ようやく食事を始めるようだが
時を経て すぐに瓜の熟する時になるだろう」
数人の人たちは 各々他國に出向いて
皆な家を去って 千里も離れた所にいるが
話したり笑ったりして 旅のことを忘れ
還《な》お長安にいるかのようである

276 奉和相公發益昌
相公の益昌を發するに和し奉る

相國臨戎別帝京　相國 戎《えびす》に臨まんとして 帝京に別れ
擁旄持節遠横行　旄《はた》を擁し節を持して 遠く横行す
朝登剣閣雲隨馬　朝に剣閣に登れば 雲は馬に隨ひ
夜渡巴江雨洗兵　夜に巴江を渡れば 雨は兵を洗ふ
山花萬朶迎征蓋　山花 萬朶 征蓋を迎へ
川柳千條拂去旌　川柳 千條 去旌を拂ふ
暫到蜀城應計日　暫く蜀城に到るも 應《まさ》に日を計るべし
須知明主待持衡　須《すべから》く明主の 持衡を待つを知るべし

【語釈】
＊作者が杜鴻漸に従って蜀に入る途中の作。
［**奉和**］宋本には「春和」、明の抄本、呉校は「春日」と作る。
［**相公**］杜相公のこと。266「奉和杜相公初發京城作」の注を参照。「相公」の上、『全唐詩』注に「一に杜字有り」とある。
［**益昌**］利州のこと。今の四川省廣元縣西南の昭化鎮がある場所。嘉陵江が流れ、長安と成都との中間に位置する。
［**相國**］宰相、即ち杜鴻漸のことを指す。

「臨戎別」「臨戎」とは、軍の役職に任じられて出陣することを言う。「別」字、『文苑英華』巻二九二は「發」に作る。

「擁旄持節」天子の使者としての印を持つこと。「旄」字、宋本、明抄本、呉校は「麾」に作る。

「横行」221「九日使君席奉餞衛中丞送長水」に、「節使横行東出師、鳴弓擐甲羽林兒」（節使の横行して東に師を出し、弓を鳴らし甲を擐《き》る 羽林の兒）とある。

「剣閣」大剣山、小剣山の間の桟道のこと。四川省剣閣縣の北にある山。大剣山、梁山、高梁山とも言う。要害の地。『元和郡縣志』巻二十五に「小剣城、去大剣戍四十里。連山絶険、飛閣通衢、故謂之剣閣。道自（益昌）縣西南、踰小山入大剣口。即秦使張儀、司馬錯、伐蜀所由路也。亦謂之石牛道。」（小剣城は、大剣戍を去ること四十里。連山 絶険にして、飛閣 通衢あり、故に剣閣と謂ふ。道は（益昌）縣自り西南し、小山を踰《こ》えて大剣口に入る。即ち秦使の張儀、司馬錯の、蜀を伐つに由る所の路なり。亦た之を石牛道と謂ふ。）とある。246「送蜀郡李掾」の注を参照。

「雲隨馬」剣閣の高さを表している。

「夜渡巴江」「巴江」は川の名。四川省南江縣の北の大巴山を源とし、また南江とも称す。東南に流れて巴水と合流し、そこで巴江と称す。一説に、巴江とは嘉陵江を指す。「夜」字、宋本、明抄本、呉校は「曉」に作る。

「迎征蓋」「蓋」は車蓋、車の傘のこと。「迎」字、『文苑英華』は「垂」に作る。

「暫到蜀城應計日、須知明主待持衡」「蜀城」は成都を指す。また「持衡」は宰相、杜鴻漸を指している。「計日」については、221「西亭送蒋侍御還京」の注を参照。

【訳】

杜《と》相公の益昌を發するに和し奉る

宰相は 征戎に臨んで帝京から離れ
旗を持ち節を持って 遠くまで横行する
朝に剣閣に登れば 雲が馬に随い
夜に巴江を渡れば 雨が武器を洗う
山花は萬朶《ばんだ》進む車の傘を出迎え
川柳は千枝 進んでいく旌《はた》に触れかすめる
蜀城に居ることはほんの暫し 滞在期間は短いはず
明主があなたをお待ちであることを お忘れなきように

277 入劍門作寄杜楊二郎中時二公並爲杜元帥判官
劍門に入りての作 杜楊二郎中に寄す
時に二公は並びに杜元帥の判官爲り

不知造化初　知らず 造化の初め
此山誰開坼　此の山 誰か開き坼《さ》きたる
雙崖倚天立　雙崖 天に倚《よ》りて立ち
萬仞從地劈」　萬仞 地より劈《ひら》く
雲飛不到頂　雲飛びて 頂に到らず
鳥去難過壁　鳥去りて 壁を過ぎ難し
速駕畏巖傾　速駕 巖の傾くを畏れ
單行愁路窄」　單行 路の窄《せま》きを愁ふ
平明地仍黒　平明 地は仍《な》ほ黒く
停午日暫赤　停午 日は暫く赤し
凛凛三伏寒　凛凛として 三伏 寒く
巉巉五丁迹」　巉巉《ざんざん》たり 五丁《てい》の迹
與時忽開閉　時と與《とも》に 忽ち開閉し
作固或順逆　固めを作《な》しては 或いは順逆す
磅礴跨岷峨　磅礴《ほうはく》として 岷峨《びんが》に跨り
巍蟠限蠻貊」　巍蟠《ぎばん》として 蠻貊《ばんばく》を限る
星當觜參分　星は 觜參《ししん》の分に當たり
地處西南僻　地は 西南の僻《へき》に處す
斗覺煙景殊　斗《たちま》ち覺ゆ 煙景殊《こと》にして
杳將華夏隔」　杳《はる》かに 華夏と隔たるを
劉氏昔顚覆　劉氏 昔 顚覆し
公孫曾敗績　公孫 曾《かつ》て敗績す
始知德不修　始めて知る 德 修まらずんば
恃此險何益」　此れを恃《たの》むも 險 何の益かあらん
相公總師旅　相公 師旅を總《す》ぶ
遠近罷金革　遠近 金革を罷《や》む
杜母來何遲　杜母 來たることの何ぞ遲き
蜀人應更惜」　蜀人 應《まさ》に更に惜しむべし
暫回丹青慮　暫く 丹青の慮を回《めぐ》らせ
少用開濟策　少《しばら》く 開濟《かいせい》の策を用ふ
二友華省郎　二友 華省の郎
俱爲幕中客」　俱に 幕中の客と爲る
良籌佐戎律　良籌《ちゅう》 戎律を佐《たす》け
精理皆碩畫　精理 皆な 碩畫《せきかく》
高文出詩騷　高文 詩騷《しそう》より出で
奧學窮討賾」　奧學 討賾《とうさく》を窮む
聖朝無外戶　聖朝 外戶 無し

寰宇被徳澤　寰宇《くわんう》 徳澤を被《かうむ》る
四海今一家　四海 今や一家
徒然劍門石　徒然たり 劍門の石

【語釈】

＊大暦元年（七六六）、蜀に入る途中の作。

[**劍門**] 四川省劍閣縣の北にある山。昔からの要害の地。246「送蜀郡李掾」（蜀郡の李掾《りえん》を送る）の「夜宿劍門月、朝行巴水雲」（夜は宿る 劍門の月、朝は行く 巴水の雲）の注参照。

[**杜楊**] 杜亜と楊炎。「杜亜」は唐、京兆の人。粛宗の時、霊武に上書して當世のことを論じ、校書郎に擢《ぬき》んでられ、諫議大夫、給事中、江西観察使を歴任する。徳宗の時、召還せられ、上書して旨に称《かな》わず、陝虢《きょうかく》観察となる。興元の初め、官は刑部侍郎・淮西節度使。大いに水利を興す。後に検校吏部尚書を以て東都に留守となる。「楊炎」は鳳翔の人。播の子。父母に仕えて孝。官は徳宗の時、門下侍郎、同中書門下平章事。始めて兩税法を定める。後、元載に黨し、盧杞の構する所となって死を賜ったが、後に官に復された。

[**杜元帥**] 杜鴻漸《とこうぜん》のこと。唐の人。進士。安思順に表せられて朔方判官となる。安禄山の亂に、粛宗を擁立して功あり、河西節度使に累遷した。兩京の平ぎ、又、荊南に節度となった。代宗の時、中書侍郎に陞進《しょうしん》する。性畏怯《いきょう》、遠略なく、崔旰《さいかん》成都に據《よ》るや、その勇武を憚り、政を委ねた。後、門下侍郎に至る。

[**此山**] 大、小劍山を指す。

[**雙崖**] 大、小劍山の峭壁が中断され、兩崖が對峙して、劍門関が兩崖の間に在る。

[**速駕**]（危険だから）車の速度を速めて通り過ぎようとすること。

[**單行**] 劍閣は道路が狭くて、車馬が並行出來ない。

[**凜凜三伏寒**]「凜凜」は寒冷の様子。「三伏」は一年中で最も暑い時期。この句は、一年中で最も暑い時期でも寒いほどだということ。

[**巉巉五丁迹**]「巉巉」は、高く険しいこと。「五丁」は、蜀王の五人の力士。『水經』沔水注に「秦恵王欲伐蜀、而不知道。作五石牛、以金置尾下、言能屎金。蜀王負力令五丁引之成道。秦使張儀、司馬錯、尋路滅蜀、因曰石牛道。」（秦の恵王 蜀を伐たんと欲するも、道を知らず。五の石牛を作り、金を以て尾下に置き、能く金を屎《し》

すと言ふ。蜀王は力を負《たの》み五丁をして之を引かしめて道を成す。秦は張儀、司馬錯をして、路を尋ねて蜀を滅ぼさしむ。因りて石牛の道と曰ふ。）とある。石牛の道は、即ち劍閣道。276「奉和相公發益昌」（相公 益昌を發するに和し奉る）の「朝登劍閣雲隨馬」（朝に劍閣に登れば 雲は馬に隨ふ）の注參照。ここは高く厳しい劍閣に、當時の力士五丁が通った跡の有ることを言う。

［**與時忽開閉、作固或順逆**］張載の「劍閣銘」に「惟蜀之門、作固作鎭。是日劍閣、壁立千仭。窮地之險、極路之峻。世濁則逆、道清斯順。閉由往漢、開自有晉。」（惟《こ》れ蜀の門、固めを作し鎭《しず》めを作《な》す。是れを劍閣と曰ひ、壁立 千仭なり。地の險を窮め、路の峻を極む。世濁《にご》れば則ち逆らひ、道清《す》めば斯《ここ》に順ふ。閉づること往漢由《よ》り、開くこと有晉《いうしん》自りす。）とある。この兩句はこの意を承けている。「作固」は、敵を防ぐための固め。「忽」字は、明抄本、呉校に「一作或」とある。「或」は、底本空欠。明抄本、呉校、『全唐詩』により補う。明抄本、呉校には「一作明」とある。上句は、劍門關は時勢の変化に随い、忽ち開き忽ち閉じることを言う。下句は、劍門を防守するに順有り逆有るを謂う。世の中が治まっているときは開いているが、逆に亂れている時は閉ざされているということ。

［**磅礴**］氣勢雄壯なさま。

［**岷峨**］岷山、峨眉山を指す。二山は蜀地の高山中、最も雄偉な山。

［**巍蟠**］「巍」は、高大雄壯な様子。「蟠」は、大きいさま。

［**蠻貊**］古称で南方の民族を蠻と言い、北方の民族を貊と言う。此處は広く南方の蠻夷を指す。

［**觜參分**］「觜」「參」いずれも星の名。二十八宿に属す。西の方にある。「分」は、分野。古代天文学に「分野」の説有り。即ち天上の星辰の位置と地上の各区域が相互に對応しているとされた。『漢書』天文志に「觜、觽、參は益州」とある。

［**處**］底本は「起」字に作る。ここは明抄本、呉校、『全唐詩』に従う。

［**斗**］陡（にわかに、忽ち）に同じ。突然。

［**華夏**］中國の古称。

［**劉氏昔顚覆、公孫曾敗績。始知德不修、恃此險何益**］この四句は、張載の「劍閣銘」を踏まえている。「劍閣

銘」に「興實由徳、險亦難恃。自古迄今、天命匪易。憑阻作昏、鮮不敗績。公孫既滅、劉氏銜璧」（興《おこ》ること實に徳に由り、險も亦た恃《たの》み難し。古自《よ》り今に迄《いた》るまで、天命は易《かは》らず。阻を憑《たの》みて昏を作《な》せば、敗績せざること鮮《な》し。公孫は既に滅び、劉氏は璧《たま》を銜《ふく》めり。）とある。

［**相公總師旅、遠近罷金革**］「相公」は、宰相に對する称呼。杜鴻漸は時に宰相を以て節鎮の職を兼ねていた。「師旅」は軍隊の通称。「金革」は鎧甲。ここは戦争を言う。杜鴻漸の率いる軍が蜀に入り、遠近一帯の戦亂を鎮《しず》めたことを指す。

［**杜母**］即ち杜詩。字は君公。東漢、河内の汲（今の河南汲縣）の人。光武帝の時、侍御使と爲る。後、南陽郡（治は宛縣、今の河南南陽市）の太守に任ぜられる。『後漢書』杜詩傳に「性は節倹にして、政治は清平。計略を善くし、民役を省愛す。又た陂池を修治し、土田を廣拓し、郡内 比室 殷足す。時人は召信臣に方《くら》ぶ。南陽 之が爲に語りて曰く、前に召父有り、後に杜母有りと」と。

［**暫回丹青慮、少用開濟策**］「回」は、運用すること。「丹青慮」は、謀慮の光彩煥発であることの形容。「丹青」は、紅色と青色の顔料。色彩が鮮やかであるところから光彩煥発の喩え。「少用」は、略用。略施のこと。「開濟策」は、輔國済民の策。

［**華省郎**］尚書郎のこと。99「送顔平原」（顔平原を送る）の「仙郎授剖符、華省輟分憂」（仙郎 剖符を授けられ、華省 分憂を輟《や》む）の注参照。

［**幕中客**］杜亞と楊炎の二人が、杜鴻漸の幕府の中に在って判官職に任ぜられたことを言う。

［**良籌佐戎律、精理皆碩畫**］「良籌」良い謀りごと。「佐戎律」は、軍律を掌るのを補佐する。「精理」は、道理に詳しく通じていること。深思熟慮をもって行動してきたことを指す。「皆」は明抄本、呉校に「一作盡」とある。「碩畫」は、碩謀に同じ。遠大な計画。杜、楊の才幹を称誉する。

［**高文出詩騷、奥學窮討賾**］「高文」は、見識の高い文辭。「詩騷」は、『詩経』と「離騷」（『楚辭』）。「奥學」は、深遠なる学問。「窮討賾」は、探索して幽深、奥妙の道理を盡くしていること。杜、楊二人の文辞の美、学問造詣の深さを寫している。

［**聖朝無外戸、寰宇被徳澤**］「外戸」は疎遠排斥される者を指す。「寰宇」は天下。世の中。「徳澤」は恵み。

恩沢。今の御代は疎遠排斥されるものはなく、天下は恩沢をいただいていることを言う。

［四海今一家、徒然劍門石］「徒然」は、無意味なこと。理由がないこと。93「送魏四落第還郷」（魏四の落第して郷に還るを送る）に「君家盛徳豈徒然、時人注意在吾賢」（君が家の盛徳　豈に徒然《いたづら》ならんや、時人の注意　吾が賢に在り）とある。「劍門」は、239「送嚴黄門拜御史大夫再鎮蜀川兼觀省」（嚴黄門の御史大夫に拜せられ再び蜀川に鎮し兼ねて觀省するを送る）に「刀州重入夢、劍閣再題詞」（刀州　重ねて夢に入り、劍閣　再び詞を題す）とある。注を參照。「劍閣銘」に曰く「勒銘山阿、敢告梁益」（銘を山阿に勒し、敢て梁益に告ぐ）とあり、「劍門石」は、刻銘を謂う。今や天下は一つに纏まり、兵革（「兵」は武器、「革」は鎧。戦争の道具）は不用。劍門が険峻であることは無意味だという意。

【訳】

劍門に入りての作　杜楊二郎中に寄す

時に二公並びに杜元帥の判官爲り

天地開闢《かいびゃく》の初め

此の山は　誰が開き坼《さ》いたのか分からない

大小の劍山は　天に拠《よ》りかかって聳《そび》え

萬仭の高さは　地より裂けている」

雲は飛んでも　頂までは届かず

鳥は去っても　絶壁を過ぎることはむずかしい

速い車も　巌の傾くのを畏れ

單行するも　路の狭いのを心配する」

夜明けでも　地上はまだ黒く

正午になって　暫くの間だけ日が赤い

凛凛として　眞夏でも寒いほど

巉巉《ざんざん》として　五丁の通った跡がある」

時勢に応じては　ある時は開き　ある時は閉ざし

防守に當たっては　ある時は通じ　ある時は閉ざす

雄壮にして　岷山　峨眉山にまで続き

高大にして　蠻・貊を阻隔《へだ》てている」

星は觜參《ししん》の分野に當たり

地は西南の僻地に在る

風景は（これまでとは）異なり

遠く華夏と隔たっていることを忽ち感じる」

劉氏は　その昔　顚覆《くつがへ》り

公孫は　嘗て大敗した

始めて知った 徳が修まらなければ
剣閣を恃《たの》むも 険《けわ》しさが何の役にも立たないことを」
杜鴻漸が 軍隊を統率すると
どこもかしこも戦いは治まった
杜母の來るのがどうして遅かったのだろう
蜀の人は 當然 残念に思っているにちがいない」
僅かばかり 光彩煥発の 謀《はかりごと》をめぐらし
ほんの少し 人民救済の策を用いればよい
杜亜と楊炎とは 尚書郎となり
倶に幕中の判官職に任ぜられ」
良い謀慮は 軍の規律を佐《たす》け
精粋の理は 皆な遠大な 謀《はかりごと》となる
見識の高い文辞は 『詩経』や「離騒」から出て
深奥なる学問は 奥深い道理を窮めている」
聖代には疎遠排斥される者はなく
天下は恩沢を蒙っている
國中は今や統一され
剣門の険《けわ》しさも無駄である

278 漢川山行呈成少尹

漢川の山行 成少尹に呈す

西蜀方攜手　西蜀 方《まさ》に手を攜《たづさ》へ
南宮憶比肩　南宮 比肩を憶ふ
平生猶不浅　平生 猶ほ 浅からず
羈旅轉相憐　羈旅 轉《うた》た相ひ憐れむ
山店雲迎客　山店に 雲は 客を迎へ
江村犬吠船　江村に 犬は 船に吠ゆ
秋來取一酔　秋 來《きた》らば 一酔を取り
待倚月光眠　月光に倚《よ》りて 眠るを待たん

【語釈】

＊大暦元年（七六六）、蜀に入る途中の作。

［**漢川**］漢州の地をいう。杜甫の「漢川王大録事宅作」の仇注に「成都無漢川之名。當是廣徳元年漢州作。」（成都に漢川の名無し。當《まさ》に是れ廣徳元年の漢州の作なるべし。）とある。漢州の治は、今の四川廣漢縣にあった。

［**南宮**］尚書省のこと。成、岑の二人は蜀に入る前に、共に尚書省の郎官であった。

［**山店**］山中で物を売る家。山上の茶屋。

［**待倚**］『全唐詩』は「須待」（須《すべか》らく待つべし）に作る。

【訳】

漢川の山行、成少尹に呈す
西蜀で　手を携《たずさ》えており
南宮での比肩を憶い出す
平生の交情は　猶お浅くなく
羈旅にあって　ますます親しんでいる
山店では　雲が客を迎え
江村では　犬が船に吠えかかる
やがて秋が來たら　一酔を取り
月光に倚《よ》って眠りたいものだ

279　陪狄員外早秋登府西樓因呈院中諸公
狄《てき》員外に陪《したが》ひて早秋に府の西樓に登り因りて院中の諸公に呈す

常愛張儀樓　　常に張儀樓を愛し
西山正相當　　西山　正に相當《あ》たる
千峯帶積雪　　千峯　積雪を帶び
百里臨城牆」　百里　城牆《じょうしょう》に臨む
煙氛掃晴空　　煙氛《えんふん》　晴空に掃《はら》はれ
草樹映朝光　　草樹　朝光に映《は》ゆ
車馬隘百井　　車馬　百井に隘《せま》く
里閈盤二江」　里閈《りかん》　二江に盤《わだかま》る
亞相自登壇　　亞相　自ら登壇し
時危安此方　　時　危ふくして　此の方を安んず
威聲振蠻貊　　威聲　蠻貊《ばんはく》に振ひ
惠化鐘華陽」　惠化　華陽に鐘《あつ》まる
旌節羅廣庭　　旌節　廣庭に羅《つらな》り
戈鋋凜秋霜　　戈鋋　秋霜に凜たり
階下貔虎士　　階下　貔虎《ひこ》の士
幕中鵷鷺行」　幕中　鵷鷺《えんろ》の行
今我忽登臨　　今　我　忽ち登臨するも
顧恩不望郷　　恩を顧りみて　郷を望まず
知己猶未報　　知己　猶ほ未だ報ぜず
鬢毛颯已蒼」　鬢毛　颯として已に蒼なり
時命難自知　　時命　自ら知り難し
功業豈暫忘　　功業　豈に暫くも忘れんや
蟬鳴秋城夕　　蟬は秋城の夕《ゆうべ》に鳴き
鳥去江天長」　鳥は江天の長きに去る
兵馬休戰爭　　兵馬　戰爭を休《や》むるも
風塵尚蒼茫　　風塵　尚ほ蒼茫たり
誰當共攜手　　誰か當《まさ》に　共に手を攜《たずさ》ふべき

頼有冬官郎　頼るに冬官郎有り

【語釈】
＊大暦元年（七六六）七月、成都に着いて後の作。
［狄員外］生没不詳。岑參は他に「冬官郎」と呼んでいる。その時、狄は工部の員外郎（尚書省の六部がそれぞれ四司、全部で二十四司に分かれ、それぞれの長が郎中で、員外郎はその補佐役）を兼任していた。岑參は尚書省の郎官で、このとき二人は共に杜鴻漸の幕府に居た。

［府］成都（蜀の都・四川省）を指す。

［院］杜鴻漸の役所を指す。

［張儀樓］成都にある。『元和郡縣志』巻三一に「州城。秦惠王の二十七年、張儀の築く所。城の西南の樓は百有餘尺あり、張儀樓と名づく。山に臨み河を瞰《みおろ》す。蜀中の近望の佳處なり」とある。

［西山］劍南（四川省劍閣の南部地方。首都は成都。）の西山を指す。雪山・雪嶺とも言う。岷山（四川・甘粛の両省境にある）の山脈に連なり、四川中部の岷江以西の地区に連なり延びる。以下の六句は樓に登って見える景色を述べている。

［百里］張儀樓から見える城壁の長さを形容している。

［里閈］村の入り口、村里。

［二江］郫江、流江の二江。ここでは岷江の支流。

［亞相］御史大夫のこと、ここでは杜鴻漸を指す。

［登壇］大将に任命されること。

［時危］廣徳二年に崔旰《さいかん》がおこした軍閥の内亂を指す。

［威聲］威光が優れているという評判。威光と名誉。

［蠻貊］えびす。「貊」は、北方の異民族。

［惠化］恩恵を施して人を教化する。

［華陽］地名、唐の成都府は華陽の地にある。『元和郡縣志』巻三一に「本は蜀國の号。因りて以て名と為す。」とある。ここでは「華陽」は蜀を指す。

［旌節］儀仗を指す。

［戈鋋］戈矛、ほこ。「鋋」は、短いほこ。杜元帥の武装、儀仗（儀式用の武器）を述べている。

［貔虎士］「貔」は猛獣。ここでは勇猛の士を言う。

［鴛鷺行］鴛・鷺の飛行を、朝官の行列に例えている。ここでは杜の幕中の官員が並んで行く様子を言う。

［顧恩］「恩」は、杜鴻漸の知己の恩を指す。

［兵馬休戰爭］杜が蜀に入った後、内亂が平息したことを言う。

〔**風塵尚蒼茫**〕世が騒ぎ亂れ、これからどうなるかわからないことをいう。戦争は平息したけれども、世間は移り変わり、先を予想することができない憂いを述べる。
〔**冬官郎**〕「冬官」は工部のこと。唐の武后光宅元年（六八四）に工部を改めて冬官とした。

【訳】
狄《てき》員外に随って早秋　府の西樓に登り院中の諸公に示す

常に張儀樓に登っているが
西山とちょうど向かい合っている
千峯は　積雪を帯び
はるかに続く城壁に臨む」
靄は爽やかな秋の晴天に吹き拂われ
草木は朝の光に映えている
数多の車馬は広大な町に溢れ
村里は二つの江に沿って続いている」
杜鴻漸は自ら登壇し
亂れていたこの地方を鎮めた
威聲は蠻貊《えびす》にまで通じ
惠化は華陽に集中する」
旌節は　広い庭にひるがえり
戈鋋は　秋の霜に凛として輝く
階下には勇猛の士が居並び
幕中には整然と行く官員が見られる」
今私は　何氣なく登臨したが
宰相の恩を思うと　故郷を懐《なつ》かしんではおれない
その恩には未だ報いてはいないのに
鬢毛は衰えて　已に白髪が混じっている」
時の命運は　おのずから知り難いが
功業を立てんとする氣持は　忘れたことがない
蝉は秋城の夕暮れに鳴き
鳥は江の上空の彼方に去っていく」
兵馬は戦争を終えたけれども
世は騒ぎ亂れ　今後どのようになるかわからない
共に手を携えるべき人は誰であろうか
期待できる人としては冬官郎　あなたがいる

280
送顔評事入京
顔評事の京に入るを送る
顔子人嘆屈　顔子　人　屈するを嘆ず

宦游今未遅　宦游　今　未だ遅からず
佇聞明主用　佇《ひさ》しく聞く　明主の用ふるを
豈負青雲姿　豈に負《そむ》かん　青雲の姿
江柳秋吐葉　江柳　秋　葉を吐き
山花寒満枝　山花　寒きに　枝に満つ
知君客愁處　知る　君が客愁の處
月満巴川時　月は満つ　巴川の時

【語釈】

＊太暦元年（七六六）秋、成都に於ける作。
［**評事**］大理評事の略。官名。刑罰を掌る。
［**宦游**］役人になる為の道。
［**明主**］唐の代宗、李予を指す。
［**青雲**］学徳が有り、世間に名高いこと。
［**巴川**］「巴」の地は、四川省重慶を中心に、長江・嘉陵江流域一帯をいう。264「赴嘉州過城固県尋永安超禅師房」の注参照。
［**知君客愁處、月満巴川時**］宋本、明鈔本、呉校、『全唐詩』は、「客」の下に「一作窮。」とあり、「満」の下に「一作落、一作出。」とある。兩句は顔が京に入る途中、月光に満ちた巴の地を見て、旅愁の情を触發される所を想像している。

【訳】

顔評事の入京を見送る

顔君　人々はあなたの位が上がらないのを嘆いているが
宦游は　今まだ遅くはない
明主が有能な人物を登用することは以前から聞いている
その青雲の姿が　どうして認められないことがあろうか
江辺の柳は　秋にも葉をつけ
山の花も　寒い季節なのに枝に満ちている
あなたが旅の憂いに沈む様子が思われる
月が巴川の地に満ちわたる時

281　寄青城龍溪奐道人　青城即丈人　奐公有篇

青城龍溪の奐《くわん》道人に寄す　青城は即ち丈人

奐公に篇有り

五岳之丈人　五岳の丈人
西望青瞢瞢　西望すれば　青瞢瞢《ぼうぼう》
雲開露崖嶠　雲開き　崖嶠　露《あらは》れ
百里見石稜」　百里　石稜を見る
龍溪盤中峯　龍溪　中峯に　盤《わだかま》り

上有蓮華僧　上に 蓮華の僧 有り
絶頂小蘭若　絶頂には 小蘭若《らんにゃ》
四時嵐氣凝」　四時 嵐氣 凝《こ》る
身同雲虚無　身は雲と同《とも》に虚無
心與溪清澄　心は溪と與《とも》に清澄
誦戒龍毎聽　戒を誦すれば 龍毎《つね》に聽き
賦詩人則稱」　詩を賦せば 人則ち稱す
杉風吹袈裟　杉風 袈裟《けさ》を吹き
石壁冷孤燈　石壁 孤燈 冷たし
久欲謝微祿　久しく微祿を謝せんと欲し
誓將歸大乘」　誓ひて將に大乘に歸せんとす
願聞開士説　願はくは 開士の説を聞き
庶以心相應　心を以て相い應ぜんことを 庶《こひねが》ふ

【語釈】

*大暦元年（七六六）、成都に居る時の作。

［**青城龍溪奐道人**］「青城」は、青城山。四川省灌縣の西南にあり、岷山の第一峰。『元和郡縣志』巻三十二に「青城山在縣西北三十二里。『仙經』云、此是第五洞天。上有流泉懸澍。一日三時灑落。謂之潮泉。」（青城山は縣の西北三十二里に在り。『仙經』に云ふ、此れは是れ第五洞天。上に流泉の懸澍する有り、一日三時 灑落す。之を潮泉と謂ふと。）とある。「龍溪」は、『太平御覧』巻四十四に引く『李膺記』に「入山七里至赤石城。上五里至瀑布水。澗二百歩、有二石梯。東北有二石室。名龍宮。從龍宮過石室、至石梯、名龍橋。」（山に入ること七里 赤石城に至る。上ること五里 瀑布の水に至る。澗二百歩、二石梯有り。東北に二石室有り。龍宮と名づく。龍宮從り石室を過ぎ、石梯に至るを、龍橋と名づく。）とある。この瀑布の水をいうか。「道人」は、和尚のこと。

［**五岳之丈人**］青城山の別名。『太平御覧』巻四十四に引く『玉匱經』に「黄帝封爲五岳丈人。乃岳瀆之上司。一名赤城、一名青城都、一名天谷山。」（黄帝 封じて五岳丈人と爲す。乃ち岳瀆の上司。一に赤城と名づけ、一に青城都と名づけ、一に天谷山と名づく。）とある。

［**瞢瞢**］暗いさま。『文苑英華』は、「**懵懵**」に作る。

［**崖嶠**］崖と峰。

［**石稜**］岩石の角。

［**蓮華僧**］和尚。ここは奐道人のこと。

［**蘭若**］阿蘭若の略。寺のこと。

［嵐氣］湿った山の氣。「氣」字、『文苑英華』は「翠」に作る。
［杉風］「杉」字、『文苑英華』は「衫」に作る。底本の注には「一作冷」とある。
［冷孤燈］「冷」字、『文苑英華』『全唐詩』は「懸」に作る。
［歸大乘］佛門に歸依すること。
［開士］菩薩の別名。開悟の士。和尚の尊稱。
【訳】
青城の龍溪の奐《かん》道人に寄せる、青城は即ち丈人 奐公に篇が有る
五岳の丈人
西望すれば 青瞢瞢《ぼうぼう》
雲が開くと 崖道が露《あらわ》れ
百里の彼方に 石稜が見える」
龍溪は 中峯にとぐろを巻き
上に 蓮華僧が居る
絶頂には 小寺院があり
いつも 山氣が漂っている」
身は 雲と同じく虚無であり
心は 溪と與《とも》に清澄である
経を讀めば 龍がいつも聽いており
詩を賦したら 人がいつも稱す」
杉風は 袈裟《けさ》を吹き
石壁に 孤燈は冷やか
長い間 微禄を断りたかったが
今し佛門に歸依しようと誓った」
開士の説法を聞きたいと思い
心からそれに應じたいと願っている

282 送狄員外巡按西山軍 得霽字
狄《てき》員外の西山軍を巡按するを送る 霽《せい》字を得たり
兵馬守西山　兵馬 西山を守り
中國非得計　中國 計を得るに非ず
不知何代策　何れの代策あるかを知らず
空使蜀人弊」　空しく 蜀人をして弊《つか》れ使む
八州崖谷深　八州 崖谷 深く
千里雲雪閉　千里 雲雪 閉ざす
泉澆閣道滑　泉 澆《そそ》ぎて 閣道 滑らかに
水凍繩橋脆」　水 凍りて 繩橋 脆《もろ》し

戰士常苦飢　　戰士 常に飢えに苦しみ
糗糧不相繼　　糗糧《きゅうりょう》 相ひ繼がず
胡兵猶不歸　　胡兵 猶ほ歸らず
空山積年歲」　空山 年歲を積む
儒生識損益　　儒生 損益を識《し》り
言事皆審諦　　事を言ひて 皆 審諦《つまび》らかなり
狄子幕府郎　　狄子《てきし》 幕府の郎
有謀必康濟」　謀《はかりごと》 有らば 必ず康濟《こうさい》なり
胸中懸明鏡　　胸中 明鏡を懸《か》け
照耀無巨細　　照耀《しょうよう》 巨細 無し
莫辭冒險艱　　險艱《けんなん》を冒《おか》すを辭すること莫れ
可以裨節制」　以て節制を裨《おぎな》ふ可し
相思江樓夕　　相ひ思ふ 江樓の夕べ
愁見月澄霽　　愁ひて見ん 月の澄霽《ちょうせい》なるを

【語釈】

＊大暦元年（七六六）冬、成都での作。

［**狄員外**］279「陪狄員外早秋登府西樓、因呈院中諸公」（「狄員外に陪《したが》ひて早秋 府の樓に登り、因りて院中の諸公に呈す」）参照。

［**巡按**］各地を回り、役人の勤務状態や人民の暮らし向きなどを調べること。

［**西山軍**］唐の時、その地に防秋三戍を置き、吐蕃に備えたが、百姓は賦役に疲れ、高適は曾て之を論じて上書した。

［**西山**］279「將劉郎將歸河東」参照。

［**得計**］有効な計画。

［**弊**］疲れる。ぐったりとする。疲弊。

［**八州**］唐の剣南道に、松州、茂州、嶲州、雅州、黎州、戎州、姚州、瀘州の八都督府を置いた。

［**閣道**］山中の崖から崖に渡した橋。架け橋。桟道。

［**繩橋**］昔、竹縄を架けて設けた橋。『元和郡縣志』巻三三に「繩橋は（汶川）縣の西北に在り。大江水に架かり、篾笮四條を、葛藤を以て緯絡し、其の上に板を布く」とある。竹で編んだ縄を四本通してそれを葛藤で編み、その上に板を敷いた橋。四川の茂汶の羌族自治県 薛城の西に在り、当時は吐蕃と接した地で、蜀の西の門戸であった。

［**糗糧**］保存用、携帯用の食糧とする乾糧。

［**胡兵**］吐蕃兵を指す。

［**空山**］人けのない静かな山。もの寂しい山。

［**儒生**］儒学を学んでいる人。
［**識損益**］道の得失を知ることを言っている。
［**康濟**］民を安んじ救う。
［**胸中懸明鏡、照耀無巨細**］狄員外が巨細に関わらず、物事の眞実をはっきりと見抜くことを言っている。
［**莫辭冒險艱、可以裨節制**］「險艱」は、地形が険しく、行くのが困難である。転じて人生が困難で苦しいこと。「節制」は厳しい規律。この二句は、狄員外の巡視、考察が、軍隊の厳しい規律を補い、管轄を和ませることを言っている。
［**相思江樓夕、愁見月澄霽**］「江樓」は、川の畔にある高殿。或いは張儀樓を指し、この樓は山に臨み川を見下ろしているので言う。「澄霽」は、空が澄んで晴れ渡っていること。月の色が清徹明浄なことをいっている。この二句は、別後に互いのことを思い、江樓で夕方に月を見て、かつて共に遊んだ時のことを思い出すと言う。

【訳】

狄《てき》員外が西山軍を巡按するのを送る　霽字を得た

兵馬を出して　西山を守ったが
中國には　有効な計画が無かった
どのような代りの策も無く
空しく蜀の人々を弊《つか》れさせただけ」
八州は　崖谷が深く
雲や雪が　千里を閉ざしている
泉の水は　桟道に澆《そそ》いで滑らかにし
水が凍って　縄橋を脆《もろ》くする」
戦士は　常に飢えに苦しみ
食糧は　後に続かない
吐蕃の兵は　猶お歸らず
そのため空山で年月を重ねている」
儒生は　損益を識っており
事についての發言は　皆　詳《つまび》らかである
狄君は　幕府の役人として
その計謀は　必ず人民を救済するはず」
あなたの胸の内には　明鏡が懸《か》かっているようで
事の巨細に関係なく照らし出す
険艱を冒《おか》すことを辞《や》めてはならない
巡察によって　軍の規律を裨《おぎな》う可きだ」
互いに江樓の夕べを思い出し
澄みきった月を見て　愁えることだ

283
送裴侍御趁歳入京　得陽字
裴《はい》侍御の歳を趁《お》ひて入京するを送る　陽字を得たり

羨他驄馬郎　羨《うらや》他ましくも　驄馬郎
元日謁明光　元日　明光に謁《えつ》す
立處聞天語　處に立ちて　天語を聞き
朝回惹御香　朝《ちょう》より回れば　御香を惹《ひ》く
臺寒柏樹緑　臺は寒く　柏樹　緑に
江暖柳條黄　江は暖く　柳條　黄なり
惜別津亭暮　別れを惜しむ　津亭の暮れ
揮戈憶魯陽　戈を揮《ふる》ひて　魯陽を憶ふ

【語釈】

＊大暦元年（七六六）冬、成都での作。

［**趁歳入京**］底本は「赴歳入京」に作る。ここは『文苑英華』巻二七一によって改めた。「歳」は「歳除」のこと。

［**得陽字**］この三字は底本に無く、宋本、明抄本、『全唐詩』によって補った。

［**羨他驄馬郎**］「他」は助辞。「驄馬郎」は裴侍御のことを指す。後漢の桓典が侍御になって常に驄馬に乗っていたため。106「青門歌送東臺張判官」の注参照。

［**元日謁明光**］唐の制度では、王侯百官は元日に太極殿に集まって朝賀献壽を行った。「明光」は漢の宮殿の名前で、ここではそれを借りて唐の宮殿を指している。

［**立處聞天語**］「立」は、出仕すること。「處」は、位置や部署を言う。「天語」とは、天子のお言葉のこと。

［**惹御香**］「惹」とは、潤い染まること。ここでは朝廷の香の匂いが服に染み付くことを言う。173「寄左省杜拾遺」の注参照。

［**臺**］御史臺を指す。漢代の御史府には柏樹が多く植えられていたため、御史臺を柏臺と呼ぶようになった。

［**惜別津亭暮、揮戈憶魯陽**］「津亭」とは、渡し場のあずまやのこと。『淮南子』覧冥訓に「魯陽公與韓搆難、戰酣日暮。援戈而揮之、日爲之反三舍」（魯陽公　韓と難を搆へ、戦　酣《たけなは》にして日暮る。戈を援《ひ》きて之を揮《ふる》へば、日　之が爲に反ること三舍）とあり、高誘注に「魯陽、楚之縣公、楚平王之孫、司馬子期之子、國語所稱魯陽文子也。楚僭號稱王、其守、縣大夫、皆稱公。故曰魯陽公。今南陽魯陽、是也。」（魯陽は、楚の縣公。楚の平王の孫、司馬子期の子にして、『國語』に稱する所の

魯陽の文子なり。楚 僭號して王と稱し、其の守、縣大夫は、皆 公と稱す。故に魯陽公と曰ふ。今の南陽の魯陽、是れなり）とある。この兩句では、裴侍御との別れを惜しんでいるときに太陽が山に隠れようとしていたので、魯陽公が戈を揮って太陽を戻してくれないかと願っている。

【訳】

裴侍御が歳除を逐《お》って京に入るのを送る　陽字を得た

羨ましや　驄馬郎は
元日　明光殿に拝謁される
出仕して　天子の言葉を聞き
朝廷から歸ってくると　香が染みついている
御史臺は寒く　柏の樹は青々としており
江辺の地は暖く　柳の枝は黄に色づく
別れを惜しむ　津亭の日暮れ
戈を揮《ふる》って　魯陽公のことを憶う

284 江上春嘆

江上　春の嘆き

臘月江上暖　　臘月　江上　暖かに
南橋新柳枝　　南橋　柳枝　新たなり
春風觸處到　　春風　觸處に到り
憶得故園時　　憶ひ得たり　故園の時
終日不如意　　終日　意の如くならず
出門何所之　　門を出づるも何れの所にか之《ゆ》かん
從人覓顏色　　人に從ひて　顏色を覓《もと》め
自笑弱男兒　　自ら笑ふ　弱男兒

【語釈】

＊大暦元年（七六六）十二月、成都での作。

［**江上春嘆**］蜀の地は春の來るのが早く、十二月には已に春の氣配が感じられる。「江」は、岷江のことか。

［**觸處**］触れるところ。至る所。

［**不如意**］「如」字、底本は「得」に作るが、明鈔本、呉校、『全唐詩』によって改めた。

［**何所之**］底本、明鈔本、呉校の注は「一作知告誰」（誰にか告ぐるを知らん）とある。

［**從人覓顏色**］自分に好意を寄せてくれる人を探し求めている。この時、岑參は杜鴻漸の幕府で属吏となっていた。

［**自笑**］「自」字、底本、明鈔本、呉校の注に「一作可」

とある。

【訳】

江上　春の嘆き

臘月　江のほとりは暖かく
南橋には　柳の枝が新たに芽吹いた
春風が　至る處にやってきて
故園が　憶い出される
終日　思うようにいかず
門を出ても　どこにも行く所がない
人に従って　顔色を窺いながら
自ら弱い男兒であることを笑っている

285　早春陪崔中丞泛浣花溪宴　得暄字

早春　崔中丞の浣花溪に泛《うか》びて宴するに陪す
暄字を得たり

旌節臨溪口　旌節　溪口に臨み
寒郊陡覺暄　寒郊　陡《には》かに暄《あたたか》きを覺ゆ
紅亭移酒席　紅亭　酒席を移し
畫舸逗江村　畫舸　江村に逗《とど》む
雲帶歌聲颺　雲は帶ぶ　歌聲の颺《あが》るを
風飄舞袖翻　風は飄す　舞袖の翻るを
花間催秉燭　花間　秉燭《へいしょく》を催《うなが》し
川上欲黄昏　川上　黄昏《たそがれ》ならんと欲す

【語釈】

*大暦二年（七六七）春、成都での作。

［**崔中丞**］即ち崔寧のこと。名は旰で、衛州の人。永泰元年閏十月、旰は剣南節度使の郭英乂《かくえいがい》を殺し、蜀中は大乱となった。杜鴻漸は入蜀の後、朝廷に旰を薦め、旰は成都尹を授けられた。（旰が御史中丞を兼ねたのは此の時であろう）大暦二年七月に、剣南西川節度使と為る。

［**浣花溪**］成都府の西南にある。名は百花潭で、又、濯錦江とも言われる。此の詩は『全唐詩』張謂集にも見られる。聞一多曰く「張謂に関する記載に據ると、彼は入蜀した事が無い。浣花渓は成都にあるので、則ち、此の詩は張謂の作とすることはできない。且つ、崔寧が御史中丞を加えられたのは大暦に改元した後と考えられる。然し大暦三年、張謂は禮部侍郎から潭州の刺史となっている。寧が御史中丞の時、謂は京師と、潭州にいた。二人が同《とも》に浣花渓に泛ぶことはあるまい。此に據ると、この詩が謂の作ではないこと明らかである」と。（『岑嘉州

繫年考證』注〔四三〕。明鈔本、呉校、『全唐詩』では「泛」の上に「同」字がある。底本には題下の注は無い。明鈔本、呉校に據って補う。

［旌節］崔中丞の儀仗を指す。

［暄］暖かい。日が暖かい。

［催秉燭］「催」字、底本は「摧」に作るが、今『全唐詩』張謂集によって改めた。

【訳】

早春　崔中丞の浣花渓に泛んでの宴に侍る

暄字を得る

崔中丞の儀仗が　渓口に臨むと
寒い郊外も　にわかに暖かく感じられる
紅亭に酒席を移し
畫舸を江村に逗《と》める
歌聲は　空に広がり雲にまで届き
翻る舞人の袖は　風に吹かれる
花の間で　燭を秉《と》るように催す聲
川上のほとりに　黄昏《たそがれ》が迫っている

［参考］『全唐詩』張謂集

早春陪崔中丞浣花溪宴　得暄子
旌節臨溪口、寒郊斗覺暄。紅亭移酒席、畫鷁逗江村。
雲帶歌聲颺、風飄舞袖翻。花間催秉燭、川上欲黄昏。

286　送崔員外入奏因訪故園

崔員外の入りて奏し因りて故園を訪ぬるを送る

欲謁明光殿　明光殿に謁《えつ》せんと欲し
先趨建禮門　先づ建禮門に趨《はし》る
仙郎去得意　仙郎　去《ゆ》きて意を得
亞相正承恩　亞相　正に恩を承く
竹裏巴山道　竹裏　巴山の道
花間漢水源　花間　漢水の源
憑將兩行淚　兩行の涙に憑將《よ》りて
爲訪邵平園　爲に邵平の園を訪ねん

【語釈】

＊大暦二年（七六七）春、成都での作。

［入奏］杜鴻漸のために朝廷に行き、天子に事態を報告したこと。奏字、『全唐詩』は「秦」に作る。

［明光殿、建禮門］尚書郎が文章を作ったり、寝泊まりした所。明光殿は建禮門の中にある。

［先趨］「先」字、『文苑英華』は「應」に作る。
［仙郎］郎官。崔員外を指す。
［亞相］副宰相。杜鴻漸を指す。
［巴山］大巴山、又た巴嶺とも言う。秦嶺から分かれて南に向かい、秦と蜀の境に長く連なる。岷江と漢水を分かつ山脈。
［漢水源］漢水は陝西、寧強縣の北、嶓冢山に水源を發す。
［竹裏巴山道、花間漢水源］この二句は、崔が入朝の途中に通る土地の様子を想像して書いている。
［憑將］頼る、寄り掛かる。64「西過渭州見渭水思秦川」に「憑添兩行涙、寄向故園流」（兩行の涙を憑添《そ》へて、寄せて故園に向けて流さん）とある。
［邵平園］邵平園瓜園のこと。『三輔黃圖』巻一に「長安城の東門に覇城門という門があった。人々は青城門、或いは青門と呼び、門の外で古くから良い瓜がとれた。廣陵の邵平は秦の東陵侯となり、秦が破れると、官位を無くしたので、青門の外に瓜を植えて生活していた。」とある。このことは、『史記』蕭相國世家にも載っている。

【訳】

崔員外が入奏し その機会に故園を訪ねるのを送る

明光殿で事を奏するために
まずは建禮門に向かう
仙郎は參内して役目を果たし
亞相は今や天子の恩恵を授かる
竹林の中には 巴山《はざん》の道
花の間には 漢水の源
二筋の涙に思いを寄せて
あなたは邵平《しょうへい》の園を訪ねることだろう

287 送趙侍御歸上都

趙侍御の上都に歸るを送る

驄馬五花毛　驄馬 五花の毛
青雲歸處高　青雲 歸する處《ところ》 高し
霜隨祛夏暑　霜は隨ひて 夏暑を祛《はら》ひ
風逐振江濤　風は逐《お》ひて 江濤を振ふ
執簡皆推直　簡を執《と》りては 皆 直を推し
勤王豈告勞　王に勤めては 豈に勞を告げんや
帝城誰不戀　帝城 誰か恋ひざらん

回望動離騒　回望すれば 離騒を動《もよほ》す

【語釈】

＊大暦二年（七六七）夏 成都に於ける作。

[上都] 長安。『資治通鑑』巻二二二、粛宗の宝應元年（七六二）に、「復以京兆為上都」（復た京兆を以て上都と為す）とある。

[**驄馬五花毛、青雲帰處高**]「驄馬」とは、御史の馬を指す。青黒と白の混ざった毛色の馬。106「青門歌」の注参照。「五花」とは、馬の鬣をはさみで切り 花弁様式に仕上げた装飾で、鬣を五弁に仕上げることから「五花」とする。下句は趙が帰京後 高位を得るであろうことを言う。「青雲」は学徳があり、世間に名高いこと。

[**霜隨袪夏暑、風逐振江濤**]「袪」は、除去。明鈔本、『全唐詩』巻二〇〇は「驅」に作る。「霜」「風」は、御史の厳しさを喩えている。88「送韋侍御先帰京」（韋侍御の先に京に帰るを送る）の注参照。

[**執簡**]『春秋左氏傳』襄公二五年、「(齊の崔杼《さいちょ》 其の君《きみ》 光《こう》を弑す）大史 書して曰く、崔杼 其の君を弑すと。崔子 之を殺す。其の弟《おとうと》 嗣ぎて書す。而して死する者 二人。其の弟 又 書す。乃ち之を舍《お》く。南史氏 大史の盡く死するを聞き、簡を執りて以って往く。既に書するを聞き、乃ち還る」と。杜預《どよ》注に「傳に、齊に直史 有り、崔杼の罪の聞こゆる所以《ゆえん》を言ふ」と。ここは御史が外出して各地を見回り、その結果を持って天子に奏上することを指す。

[**回望動離騒**][動]は感情を發散する、引き起こすこと。「離騒」は『史記』屈原列傳に「離騒者、猶離憂也。」（離騒は、猶ほ 憂に離《かか》るがごときなり）とあり、王逸の『楚辞章句』に「離、別也。騒、愁也。」（離は、別なり。騒は、愁《うれい》なり。）とある。ここでは 前者を採った。

【訳】

趙侍御が上都に帰るのを送る

驄馬は 五花の毛なみ
青雲のあなたは 高い所へ落ち着かれることだろう
霜は（あなたに）随って 夏の暑さを拂い
風は追って 江涛を振るい起こす
文書を執行しては 皆 眞っ直ぐなことを推し通し
天子に盡《つく》しては どうしてその疲れを言おうか
帝城を 誰が恋しく思わないことがあろう
振り返り望めば 憂いを引き起こされる

288
送李司諫歸京　得長字
李司諫の京へ帰るを送る　長字を得たり

別酒爲誰香　別れの酒は　誰《た》が爲にか香る
春官駁正郎　春官　駁正《ばくせい》の郎
醉輕秦樹遠　酔へば　秦樹の遠きを輕くし
夢怯漢川長　夢に　漢川の長きに怯《おび》ゆ
雨過風頭黒　雨過ぎて　風頭　黒く
雲開日脚黄　雲開きて　日脚　黄なり
知君解起草　知る　君が起草を解し
早去入文昌　早《つと》に去《ゆ》きて　文昌に入るを

【語釈】
*大暦二年（七六七）夏、成都での作。
［**司諫**］官名。『周禮』地官・司諫に「司諫、掌糾萬民之徳而勸之」（司諫は、萬民の徳を糾《ただ》して之を勸むを掌る）とあるが、唐代には、この官名は無い。司諫は、諫を司る事、つまり、諫議大夫・補闕・拾遺などの諫職を言う。杜甫の「巴西聞収京闕、送班司馬入京二首」（巴西にて京闕を収むと聞き、班司馬が京に入るを送る二首）に「黄閣長司諫、丹墀有故人」（黄閣　長《つね》に諫を司り、丹墀《たんち》に故人有り）とある。
［**春官駁正郎**］「春官」は、禮部。唐の光宅元年（六八四）、禮部を改めて春官とした。「駁正」は、誤りを正す。唐では、諫官は皆な門下省、中書省に属したので、禮部には属さなかった。ここの「春官郎」は、李の歸京後の官職を指しているのであろう。
［**醉輕**］「輕」字、底本は「經」に作るが、明鈔本によって改めた。
［**秦樹**］秦の地、長安の樹。
［**漢川**］漢水。李が長安へ帰る際に、必ず漢水を通る。
［**風頭**］風の尖端。131「走馬川行　奉送出師西征」に「半夜軍行戈相撥、風頭如刀面如割」（半夜　軍行すれば戈は相撥し、風頭は刀の如く　面《おもて》は割《さ》かるるが如し）とある。「風」字、底本の注に「疑作峯」とある。
［**知君解起草、早去入文昌**］「起草」は、案文を作る。『後漢書』百官志の注に「一曹有六人、主作文書起草」（一曹に六人有り、文書を作り起草するを主《つかさど》る）とある。「文昌」は、文昌臺。尚書省の別稱。この二句は、李が尚書郎（禮部は尚書省に属す）になることを指す。

【訳】

李司諫が京へ帰るのを送る 長字を得た
別れの酒は 誰のために香るのだろうか
禮部となられる 駁正の郎よ
酔えば 秦樹の遠いこともあまり氣にならないが
夢は 漢川の長いことに怯《おび》えている
雨が過ぎて 風頭は黒く
雲は開いて 日脚は黄色
あなたは起草に長じておられるので
早々と尚書郎になられることでしょう

289 過王判官西津所居
王判官が西津の所居に過《よ》ぎる

勝迹不在遠　勝迹 遠きに在らず
愛君池館幽　君が池館の幽なるを愛す
素懷巖中諾　素《もと》より懷く 巖中の諾
宛得塵外遊」　宛《あたか》も塵外の遊びを得たり
何必到清溪　何ぞ必ずしも 清溪に到らん
忽來見滄洲　忽ち來たりて 滄洲を見る
潜移岷山石　潜《ひそか》に移す 岷《びん》山の石
暗引巴江流」　暗《あん》に引く 巴《は》江の流れ
樹密晝先夜　樹 密にして 晝は先づ夜となり
竹深夏已秋　竹 深くして 夏は已に秋なり
沙鳥上筆牀　沙鳥 筆牀に上り
溪花篲簾鈎」　溪花 簾鈎《れんこう》を篲《はら》ふ
夫子賤簪冕　夫子 簪冕《しんべん》を賤《いや》しみ
注心向林丘　心を注ぎて 林丘に向ふ
落日出公堂　落日 公堂を出《い》で
垂綸乘釣舟」　綸《いと》を垂れて 釣舟に乘ず
賦詩憶楚老　詩を賦して 楚老を憶ひ
載酒隨江鷗　酒を載せて 江鷗に隨ふ
翛然一傲吏　翛然《しゅくぜん》たり 一傲吏
獨在西津頭」　獨り西津の頭《ほとり》に在り

【語釈】
＊大暦二年夏、成都での作。
［王判官］未詳。杜鴻漸節度使幕府の判官。

［西津］曹學佺『蜀中名勝記』巻十一「嘉定洲」下に曰く「『方輿勝覧』に言ふ。梨花山、西津橋五里を過ぐれば、梨花百餘樹有り。岑參『過王判官西津所居』詩に言ふ～」と。判官は節度使の僚屬である。詩に「落日出公堂、垂綸乘釣舟」（落日 公堂を出でて、綸《いと》を垂れて 釣

舟に乗ず）とあるので、王は其の時、仍《な》ほ判官の職に居たことがわかる。則ち西津は嘉洲に在るはずはなく、成都に在った。

［**勝迹**］名勝の地。即ち、王判官の西津の所居を指す。

［**素懷巖中諾、宛得塵外遊**］この兩句は、平素から官職を退いて山中の巌の中に住むことを良しとしていた。身を俗世の外に置くのが適している。と言う意。

［**何必到清溪、忽來見滄洲**］「清溪」は、隠居地の溪流を指す。78「早發焉耆懷終南別業」（早に焉耆《えんぎ》を發し終南の別業を懷ふ）に「故山在何處、昨日夢清溪」（故山は何處《いづこ》にか在る、昨日 清溪を夢む）とある。「滄洲」は水濱、常に隠者の居を稱するに用いる。97「送李翥遊江外」に「且尋滄洲路、遥指呉雲端」（且《まさ》に尋ねんとす滄洲の路、遥かに指す 呉雲の端）とある。注參照。この兩句は、「どうして別の處に隠棲の地を探し求める必要があろうか。此處に來てみれば甚だ好い隠棲の地があるではないか」の意。

［**潜移岷山石、暗引巴江流**］「岷山」は『括地志』に「岷山は岷州溢洛《いつらく》の南一里に在り、連綿として蜀に至ること二千里、皆 岷山と名づく」とある。「巴江」は川の名。四川省南江縣の北の大巴山を源とし、南江とも稱す。東南に流れて巴水と合流し、そこで巴江と稱す。276「奉和相公發益昌」（相公の益昌を發するに和し奉る）に「朝登劍閣雲随馬、夜渡巴江雨洗兵」（朝 劍閣に登れば雲は馬に随ひ、夜 巴江を渡れば 雨は兵を洗ふ）とある。注參照。この兩句は、池館の水石は名山大川よりきたと言う意。

［**樹密晝先夜、竹深夏已秋**］上句は池館の中は樹木密に茂り、晝と雖も夜が既に降りて來ているの意。下句は竹林の中の清涼を謂い、夏日であると雖も既に秋を覺ゆるの意。

［**沙鳥**］水際の上を飛ぶ鳥。

［**筆牀**］筆架。筆かけ。

［**溪花篲簾鉤**］「篲」は掃く。この句は溪《たに》の花が伸びてきて門の中に入り、簾の鉤《かぎ》に触れている様子。

［**夫子賤簪冕、注心向林丘**］「夫子」は、王判官を指す。「簪冕」は、朝に在って官となること。「簪」は、かんざし。「冕」は、古代、大夫以上の官員が戴いた禮帽。「注心」は、心を傾けること。「林丘」は、33「宿關西客舎寄東山嚴許二山人 時天寶初七月初三日 在内學見有

高道擧徵」（關西の客舍に宿し東山嚴許二山人に寄す、時に天寶初七月初三日、內學に在りて高道擧の徵有るを見る）に「蒼生今有望、飛詔下林丘」（蒼生 今望むこと有り、詔を飛ばして林丘に下さんことを）とある。注參照。

［**落日出公堂、垂綸乗釣舟**］「公堂」は、節度使の衙門《がもん》。官署。158「優鉢羅花歌」（優鉢羅花の歌）に「何不生彼中國兮生西方、移根在庭媚我公堂」に（何ぞ彼の中國に生ぜずして西方に生ずる、根を移して庭に在《お》けば我が公堂に媚ぶ）とある。注参照。

［**垂綸乗釣舟**］「綸」は、釣糸。この一句は底本、明鈔本、呉校、「一に『垂釣登孤舟』に作る」と。ここは魚を釣ることを言う。

［**賦詩憶楚老、載酒隨江鷗**］「楚老」は、楚地の老人。「漁父」を指す。35「至大梁却寄匡城主人」（大梁に至りて却って匡城の主人に寄す）の「一從棄魚釣、十載干明王。無由謁天階、却欲歸滄浪」（一たび魚釣を棄てて從《よ》り、十載 明王に干《もと》む。天階に謁するに由《よし》なく、却って滄浪に歸らんと欲す）の注參照。『楚辭』「漁父の辞」に「滄浪之水清兮、可以濯我纓、滄浪之水濁兮、可以濯我足」（滄浪の水清《す》まば、以て我が纓《えい》を濯ふ可く、滄浪の水濁らば、以て我が足を濯ふべし）とある。「江鷗」は99「送顏平原」に「易俗去猛虎、化人似馴鷗」（俗を易《か》へて猛虎を去らしめ、人を化すること鷗を馴らすに似たり）とある。ここは俗世間を離れて自然の中に遊ぶこと。

［**脩然**］のびやかで何ものにもとらわれない様子。

［**傲吏**］俗世の濁りに染まらない吏。王判官を指す。

【訳】

王判官の西津の所居に立ち寄る
名勝の地は 遠くにあるのではない
あなたの池館の趣深いのを 好ましく思う
私は素々《もともと》 巖中の生活を良しとする思いを懐《いだ》いていた
ここは まさに俗塵を離れた遊興を得た感がある」
どうして必ずしも清渓に行くことがあろう
何となくここに來て絶好の隱棲の地を見た
こっそりと岷山の石をここに移し
それとなく巴江の流れを引き込んでいるようだ」
樹木は密に繁り 晝でも夜の感じがするし
竹林は深く 夏でも已に秋の感がある
渚を飛ぶ鳥は 筆掛けに上り

渓《たに》の花は 簾の鈎《かぎ》に触れている」
あなたは官職をつまらないものと思い
心は林丘に向かって注がれている
日が落ちると官署を出て
釣り船に乗り 糸を垂らす」
詩を作って漁父《ぎょほ》のことを憶い
酒を載せて鷗《かもめ》と共にある
のびやかに 俗に煩わされない官吏として
獨り西津の頭《ほと》りにいらっしゃる

290 酬崔十三侍御登玉壘山思故園見寄
　崔十三侍御の玉壘山に登り 故園を思ひて寄せらるるに酬《こた》ふ

玉壘天晴望　　玉壘より 天《てん》晴れて望めば
諸峯盡覺低　　諸峯の 盡く低きを覺ゆ
故園江樹北　　故園 江樹の北
斜日嶺雲西　　斜日 嶺雲の西
曠野看人小　　曠野 人を看れば小に
長空共鳥齊　　長空 鳥と共に齊《ひと》し
高山徒仰止　　高山 徒《いたづ》らに仰止《あふ》ぐのみ
不得日攀躋　　日に攀躋《はんせい》するを得ず

【語釈】
＊大暦二年、成都での作。
［玉壘山］『元和郡縣志』巻三十二に「玉壘山在縣西北二十九里」(玉壘山は縣の西北二十九里に在り)とあり、左思の「蜀都賦」には「廓靈關而爲門、包玉壘而爲宇」(霊關を廓《ほがら》かにして門と爲し、玉壘を包《か》ねて宇と爲す)とある。

［江］岷江のこと。284「江上春嘆」の注を參照。

［長空共鳥齊］山にいる自分と空中を高く飛ぶ鳥とが同じくらいの高さにあることを言う。

［高山徒仰止］「高山」は、玉壘山のことをいう。「仰」は、仰ぎ慕うことであり、「止」は、語末の助詞。『詩経』小雅「車舝」に「高山仰止、景行行止」(高山は仰ぎ、景行は行く)とある。最高級の思慕の表現である。玉壘山を借りて、崔十三侍御に對する思慕を表している。

【訳】

　崔十三侍御が玉壘山に登って故郷を思い 寄せて下さったのに酬える
玉壘山から 天が晴れている時に辺りを望めば

諸峯の盡く低いことが分かる
故郷は　岷江《びんこう》ぞいの樹々の北の方にあり
夕日は　嶺の雲の西にかかっている
曠野には　人が小さく看え
果てしない大空の中　鳥と同じ高さにいる
高い山は　ただ徒《いたづ》らに仰ぎみるだけで
登る日が來ようとも思えない

291　聞崔十二侍御灌口夜宿報恩寺

崔十二侍御の灌口にて夜　報恩寺に宿るを聞く

聞君尋野寺　君の　野寺を尋ね
便宿支公房　便ち　支公《しこう》の房《ばう》に宿ると聞く
溪月冷深殿　溪月　深殿　冷やかに
江雲擁廻廊　江雲　廻廊を擁す
燃燈松林靜　燈を燃やして　松林　静かに
煮茗柴門香　茗を煮て　柴門　香る
勝事不可接　勝事　接すべからず
相思幽興長　相思ひて　幽興　長し

【語釈】

＊前作と同じ時の作であろう。

［**聞**］『文苑英華』巻二三五は「同」に作る。

［**崔十二**］『文苑英華』は「崔三十」に作る。前の詩から、玉壘山に登ったのと灌口報恩寺に宿ったのは、同じ時のことと考えられるので、兩者の崔侍御はすなわち、同一人物となろう。この詩の「十二」は「十三」の誤りではなかろうか。「三十」を「十三」に互倒したか。

［**灌口**］地名。『元和郡縣志』巻三二に「灌口山、在彭州導江縣西北二十六里。漢蜀文翁、穿揃江溉灌。故以灌口名山。」（灌口山は、彭州導江縣の西北二十六里に在り。漢の蜀の文翁は、揃江を穿ちて溉灌す。故に灌口を以て山に名づく。）とある。また「灌口鎮、在導江縣西二十六里」（灌口鎮は、導江縣の西二十六里に在り）とある。

［**便**］『文苑英華』は「夜」に作る。

［**支公房**］「支公」は、東晉の高僧支遁（字は道林）のこと。後、支公、支郎の語をもって僧徒を指した。ここでは、仙遊寺の謙道人を指す。「房」は、寺に付属した僧の住居。38「秋夜宿仙遊寺南涼堂呈謙道人」（秋夜　仙遊寺の南涼堂に宿し、謙道人に呈す）の「日西到山寺、林下逢支公」（日　西《にし》して山寺に到り、林下に支公に逢ふ）の注参照。

［渓月冷深殿、江雲擁廻廊］佛寺の殿堂の深冷さと夜の雲霧の多さを形容している。

［勝事］俗世を離れて自然に親しむこと。ここでは、玉壘山に登ることを指す。用例は1「丘中春臥寄王子」（丘中春に臥す 王子に寄す）に「勝事那能説、王孫去未還」（勝事那《なん》ぞ能く説かん、王孫 去りて未だ還らず）、102「終南雙峯草堂作」（終南雙峯草堂の作）に「勝事猶可追、斯人貌千載」（勝事 猶ほ追ふ可きも、斯《こ》の人 千載 貌《はる》かなり）、111「首春渭西郊行、呈藍田張主簿」（首春 渭西の郊行、藍田の張主簿に呈す）に「聞道輞川多勝事、玉壺春酒正堪攜」（聞道《きくなら》く 輞川 勝事多しと、玉壺の春酒 正に攜《たづさ》ふるに堪へたり）とある。

［不可接］自分は勝事に加わることはできないことをいう。


【訳】

崔十二侍御が灌口で夜 報恩寺に宿ったことを聞く

あなたが野寺を訪ねて
僧房に泊まられたということを聞いた
渓月のもと 深殿は澄みきって冷たく
長江の雲は 渡殿を包み込む
灯火《ともしび》は燃えて 松林は静かに
茗《ちゃ》を煮て 柴門が香しかったことでしょう
勝事に加わることはできないが
あなたを思うだけでも 興趣が盡きない

292　送柳録事赴梁州

柳録事の梁州に赴くを送る

英掾柳家郎　英掾《えいえん》 柳家の郎
離亭酒甕香　離亭に 酒甕《しゅおう》香る
折腰思漢北　腰を折りて 漢北を思ひ
随傳過巴陽　傳に随ひて 巴陽を過ぐ
江樹連官舎　江樹は 官舎に連なり
山雲到臥牀　山雲は 臥牀に到る
知君歸夢積　知る 君が歸夢の積もりて
來去劍川長　劍川の長きに來去するを

【語釈】

＊大暦二年（七六七）、成都での作か。
［録事］録事参軍、郡守の副官の役目。

［梁州］今の陝西省漢中市。

［掾］属官。地方長官の下に属する者。

［**折腰**］人に頭を下げること。『晉書』巻九四、陶潛傳に「吾不能爲五斗米折腰、拳拳事郷里小人邪」（吾れ五斗米の爲に腰を折る能はず、拳拳として郷里の小人に事《つか》へんや）とある。
［**漢北**］漢水以北のこと、梁州を指す。
［**傳**］宿場と宿場との連絡に使われた車馬。
［**巴陽**］巴山の南。
［**來去**］「來」字、『全唐詩』巻二〇〇は「去」に作る。
［**劍川**］劍水。今の陝西省劍閣縣にある。『元和郡縣志』巻三三に「大劍水出縣西四十九里、空冢山下」（大劍水は縣の西四十九里、空冢山下より出づ）とある。

【**訳**】

柳録事が梁州に赴任するのを送る

優秀な副官である　柳家の男子
離亭に酒甕は香る
腰を曲げて　漢北を思い
傳に随って　巴陽を過ぎて行く
江辺《かわべ》の樹々は　官舎に連なり
山の雲は　臥所《ふしど》に到る
君の故郷への夢が積もって
長き劍川を行きつ戻りつするのを知っている

293　先主武侯廟

先主武侯の廟

先主與武侯　先主と武侯と
相逢雲雷際　相ひ逢ふ　雲雷の際
感通君臣分　感は通ず　君臣の分
義激魚水契　義は激す　魚水の契り
遺廟空蕭然　遺廟は　空しく蕭然として
英靈貫千歳　英靈は　千歳を貫く

【**語釈**】

＊大暦二年（七六七）、成都での作か。
［**先主**］劉備（一六一～二二三）。字は玄德。涿郡涿縣（今の河北省涿縣）の人。諸葛亮の補佐を得て、建安十三年に荊州を攻め、益州・漢中を奪取し、蜀漢政権を建てた。公元二二一年に帝を称す。謚は昭烈。
［**武侯**］諸葛亮。（一八一～二三四）字は孔明。琅邪《ろうや》陽都（今の山東省沂水南）の人。三国時代の政治家、軍事家。劉備が帝を称して後、丞相に任ぜらる。備死して、遺子劉禪が繼位するや、亮を封じて武郷侯と爲す。亮、

これに仕え内外の国政を執り、魏と戦って勝たず、五丈原の陣中で病死す。「忠武」と諡され、世に「武侯」と称される。

［**先主武侯廟**］成都縣に在る。『元和郡縣志』巻三十一によれば「先主廟は（成都）縣の南一十里に在り」とあり、『大清一統志』巻三八五には「『寰宇記』に、武侯廟は先主廟の西に在りと」とある。

［**雲雷際**］社会が動乱している時を喩える。249「左僕射相國冀公東齋幽居同黎拾遺所獻」（左僕射相國冀公の東齋の幽居 黎拾遺の獻ずる所に同じくす）の「成功雲雷際、翊聖天地安」（功を成す 雲雷の際、聖を翊《たす》け 天地安らかなり）注參照。

［**感通君臣分**］諸葛亮、劉備の兩人の精神が相互に感通していたことをいう。諸葛亮は「出師表」の中で「臣本布衣。先帝不以臣卑鄙、猥自枉屈、三顧臣於草廬之中、諮臣以當世之事。由是感激、遂許先帝以驅馳。」（臣は本《もと》布衣。先帝、臣が卑鄙なるを以てせず、猥《みだ》りに自ら枉屈《おうくつ》して、臣を草廬の中に三顧し、臣に諮《と》ふに當世の事を以てす。是れに由りて感激し、遂に先帝に許すに驅馳を以てす。）と述べている。

［**義激魚水契**］忠義の心の厚いことを言う。「水魚の交り」。『三國志』蜀志・諸葛亮傳に「是に於て（先主は）亮と情好 日に密なり。關羽、張飛等悦《よろこ》ばず。先主 之を解して曰く、孤に孔明有るは、魚の水有るがごときなり。願はくは諸君 復た言ふ勿れと。羽、飛乃ち止む」とある。

［**英靈**］優れて偉い人の靈魂。

【訳】

先主と武侯の廟
先主と武侯は
動乱の世に相逢った
君臣として互いに心が通じ合い
忠義の心の厚いことは 水魚の契りそのものだった
今は遺廟だけが 空しくひっそりと静まって
英霊だけが 千年もの歳月を経てなお存している

294 文公講堂

文公の講堂

文公不可見　文公 見る可からず
空使蜀人傳　空しく蜀人をして傳へしむ

講席何時散　講席 何れの時にか散ず
高堂豈復全　高堂 豈に復た全《まった》からん
豐碑文字滅　豐碑 文字は滅し
冥寞不知年　冥寞《めいばく》として 年を知らず

【語釈】

＊大暦二年（七六七）、成都での作か。

［**文公**］文翁、前漢の人。『漢書』循吏傳に「景帝の末、蜀の郡守と為り、仁愛にして教化を好む。學官を成都の市中に修起し、下縣の子弟を招きて學官弟子と為し、為に更繇《こうよう》（辺境守護の役目）を除く。高き者は以て郡縣の吏に補し、次は孝弟力田と為す」とある。

［**講堂**］文翁が建てた學堂のこと。『漢書』循吏傳の顔師古注に「文翁の學堂は、今も猶ほ益州城内に在り」とあり、『元和郡縣志』巻三十二に「南外の城中に、文翁の學堂有り、一名周公禮殿」と。『華陽國志』巻三「蜀志」に云ふ「文翁は學を立つ。精舍講堂は石室と作し、一に曰く玉室と」とある。

［**堂**］『全唐詩』は「臺」字に作る。

［**冥寞**］冥寂な様子。もの静かで音もない様子。「冥」字、『全唐詩』は「漠」につくる。

［**豐碑文字滅、冥寞不知年**］講堂の前に大きな石碑があり、文字は既に無くなっていて、いつの時代のものか分からない。

【訳】

文公の講堂

文公の姿はもう見ることが出來ない
空しくその功徳だけが 蜀の人の間に傳わっている
講席は いつ無くなってしまったのだろう
高堂もまた 昔のままではない
石碑の文字は磨滅し
冥寞として その年代も分からない

295　揚雄草玄臺

揚雄の草玄臺

吾悲子雲居　吾れ 子雲の居を悲しむ
寂寞人已去　寂寞として 人は已《すで》に去る
娟娟西江月　娟娟《けんけん》たる 西江の月
猶照草玄處　猶ほ照らす 草玄の處
精怪憙無人　精怪 人無きを憙び
睢盱藏古樹　睢盱《きく》して 古樹に藏《かく》る

【語釈】
＊大暦二年、成都での作か。
［揚雄］字は子雲、蜀の成都の人。（前五七年～一八年）。著書に『太玄經』『揚子法言』『方言』などがある。

［草玄臺］揚雄が『太玄經』を著したところ。『太平寰宇記』巻七二に「子雲宅在少城西南角、一名草玄堂」（子雲の宅は少城の西南角に在り、一に草玄堂と名づく）とある。

［娟娟］月光の清く明るいさま。

［西江］流江を指すのであろう。

［精怪］もののけ。物の怪。

［睢盱］小人の喜悦するさま。『易経』豫卦に「盱豫、悔」（盱豫《くよ》す、悔《く》ゆ）とあり、注に「睢盱、小人喜悦佞媚之貌也」（睢盱は、小人の喜悦佞媚の貌なり）とある。

［古樹］「古」字、明鈔本、呉校、『全唐詩』は「老」に作る。

【訳】
　揚雄の草玄臺
私は子雲の居を悲しむ
寂寞として　人は既に居ない
西江の月が冴えわたり
いまなお　草玄の處を照らす
物の怪は　人のいないのを喜び
大喜びで　古い樹に蔵《かく》れ住んでいる

296　司馬相如琴臺
　司馬相如の琴臺

相如琴臺古　　相如の琴臺　古く
人去臺亦空　　人去りて　臺も亦た空し
臺上寒蕭瑟　　臺上　寒くして　蕭瑟たり
至今多悲風　　今に至るも　悲風　多し
荒臺漢時月　　荒臺　漢時の月
色與舊時同　　色は舊時と同じ

【語釈】
＊大暦二年、成都での作か。
［司馬相如］字は長卿、蜀郡成都の人。景帝の時、武騎常侍と爲るが、病んで免官となる。武帝の時、召されて郎と爲る。後、中郎將に拜せられ、出て西南夷に使す。作品に「子虛賦」「上林賦」等がある。『史記』司馬相如列傳に據ると「酒酣《たけなは》にして、臨邛《りんきょう》の令　前《すす》みて琴を

奏して曰く、竊《ひそか》に聞く、長卿 之を好むと。願はくは以て自ら娯しまんと。相如 辭謝し、爲に鼓すること一再行。是の時、卓王孫に女《むすめ》文君有り。新たに寡となる。音を好む。故に相如 繆《いつは》りて令と相重んじ、琴心を以て之に挑む」と。

［琴臺］成都の司馬相如宅中に在った。司馬相如宅は成都縣西南に在った。『寰宇記』巻七十二に「相如の宅は州の西四里に在り。『蜀記』に云ふ、相如の宅は市橋の西に在り。即ち文君の、壚《ろ》に當たりて器を滌《すすぎ》し處なりと。又た『益部耆舊傳』に云ふ「宅は少城中の笮橋《さくきよう》の下 百許歩に有るもの是れなり。又た今、琴臺の是れに有る在り。金花等寺と爲すと」とある。

［臺亦空］當時の人は既に亡くなり、琴臺は残っているが今は訪れる人もなく、空しく形を留めているに過ぎないの意。

［蕭瑟］「瑟」字、『全唐詩』は「條」に作る。

【訳】

司馬相如の琴臺

相如の琴臺は古びて
人は去り 臺も亦た空しく
臺の上は寒々と もの寂しい
今に至るも なお 秋風が頻りに吹いている
荒臺は 漢の頃と同じ月が照らしており
色は昔と同じだ

297 嚴君平卜肆

嚴君平が卜肆

君平曾賣卜　君平 曾《かつ》て卜を賣る
卜肆荒已久　卜肆 荒れて已に久し
至今杖頭錢　今に至るも杖頭錢
時時地上有　時時 地上に有り
不知支機石　知らず 支機石《しきせき》
還在人間否　還《な》ほ人間《じんかん》に在りや否や

【語釈】

*大暦二年、成都での作か。

［嚴君平］西漢の隠士。名は遵で、蜀の人。『漢書』巻七十二に、「君平卜筮於成都市。以為卜筮者賤業、而可以恵衆人。有邪悪非正問、則依蓍亀為言利害。與人子言依於孝、與人弟言依於順、與人臣言依於忠。各因勢導之以善。從吾言者、已過半矣。裁日閲數人、得百銭足自養、則閉

肆下簾而授老子。博覧而無不通。依老子嚴（荘）周之指、著書十萬餘言。君平年九十餘、遂以其業終。蜀人愛敬、至今稱焉。」（君平は成都の市に卜筮す。以為《おも》へらく、卜筮は賤業なり、而れども以て衆人に恵むべしと。邪悪非正の問有らば、則ち蓍亀に依りて為に利害を言ふ。人子のために言ふは孝に依り、人弟のために言ふは順に依り、人臣のために言ふは忠に依る。各々勢に因りて之を導くに善を以てす。吾が言に従ふ者、已に半ばを過ぐるなりと。裁《わづ》かに日に數人を閲し、百銭を得て自らを養ふに足れば、則ち肆《みせ》を閉ぢ簾《すだれ》を下して老子を授く。博覧にして通ぜざること無し。老子 嚴（荘）周の指に依りて、書十萬餘言を著す。君平は年九十餘、遂に其の業を以て終はる。蜀人 愛敬し、今に至るまで焉《これ》を稱す。」とある。

［卜肆］占いの店。『大清一統志』巻三八五に「嚴君平の宅は、成都縣に在り。『寰宇記』に、益州の西一里に在り。『耆舊傳』に、卜肆の井、猶ほ存す。今は普賢寺と為ると。舊志に、今、嚴眞觀と名づく、中に支機石有りと」とある。

［荒已久］「荒」字、明鈔本、『全唐詩』は「蕪」に作る。

［杖頭銭］酒を買う銭の意。『晉書』阮修傳に「（修）簡任、不修人事。絶不喜見俗人、遇便舍去。常歩行、以百銭掛杖頭、至酒店、便獨酣暢。雖當世富貴而不肯顧。家無儋石儲、晏如也。與兄弟同志、常自得于林皐之間。」（修は簡任にして、人事を修めず。絶えて俗人を見るを喜ばず、遇へば便ち舎《す》て去る。常に歩行し、百銭を以て杖頭に掛け、酒店に至れば、便ち獨り酣暢す。當世の富貴と雖も顧みるを肯ぜず。家に儋石の儲《たくは》へ無くも、晏如たり。兄弟同志と、常に林皐の間に自得す。）とある。

［支機石］織女星が織機を支えた石と傳えられる。『太平御覧』巻八に引く劉義慶の『集林』に「昔有一人尋河原。見婦人浣紗。以問之、曰、此天河（銀河）也。乃與一石。歸問嚴君平、云、此支機石也。」（昔一人 河原を尋ぬる有り。婦人の紗を浣《あら》ふを見る。以て之に問ふに、曰く、此れ天河（銀河）なりと。乃ち一石を與ふ。歸りて嚴君平に問ふに、云ふ、此れ支機石なりと）とある。宋之問の『明河篇』に、「便将織女支機石、還問成都賣卜人」（便ち織女の支機石を將《も》ちて、還りて成都の賣卜の人に問はむ）とある。陸深『蜀都雜鈔』に「支機石、在蜀城西南隅石牛寺之側。出土而立、高可五尺餘、石色微紫。近土有一竅、傍刻支機石三篆文。似是唐人書迹。此石蓋出傳

會、然亦舊物也。」（支機石は、蜀城の西南隅の石寺の側らに在り。土より出て立ち、高さは五尺餘ばかり、石色は微《やや》紫なり。近土に一竅有り、傍らに支機石の三篆文を刻す。是れ唐人の書迹なるに似たり。此の石は蓋し傳會に出づるも、然れども亦た舊物ならん。）とある。

【訳】

嚴君平の占いの店
君平は かつて占いを商賣としていた
占いの店は すでに荒れること久しい
今もなお 杖頭銭は
時に地上にもあるが
支機石は
一体まだこの世にあるのだろうか

298 張儀樓

傳是秦時樓　傳ふ 是れ秦時の樓と
巍巍至今在　巍巍《ぎぎ》として 今に至りて在り
樓南兩江水　樓南 兩江の水
千古長不改　千古 長《とこ》しえに改まらず
曾聞昔時人　曾《かつ》て聞く 昔時の人
歳月不相待　歳月 相待たず

【語釈】

＊大暦二年（七六七）、成都での作か。

［張儀樓］成都にある。『元和郡縣志』巻三一に「州城。秦惠王の二十七年、張儀の築く所。城の西南の樓は百有餘尺あり、張儀樓と名づく。山に臨み河を瞰《みおろ》す。蜀中の近望の佳處なり」とある。張儀（?〜紀元前三一〇年）は、秦の惠文公十年に秦の相となる。279「陪狄員外早秋登府西樓因呈院中諸公」に「常愛張儀樓、西山正相當」（常に愛す 張儀樓、西山 正に相當《あ》たる）とある。

［巍巍］山の高いさま。

［兩江］郫《ひ》江、流江の二江。岷江の支流。『史記』河渠書に「蜀守冰鑿離碓、辟沫水之害、穿二江成都之中」（蜀守の（李）冰は離碓を鑿《うが》ち、沫水の害を辟《さ》け、二江を成都の中に穿つ）とある。『史記正義』に「二江者、郫江流江也。」（二江は、郫江・流江なり）とある。流江は一に汶江と言い、蜀の人々は多くここで錦を濯ぐ。また錦江とも言う。250「冀國夫人歌詞」に「柳闇南橋花撲人、紅亭獨占二江春」（柳闇 南橋 花は人を撲《う》ち、紅亭 獨占す 二江の春）とある。

［**歳月不相待**］陶淵明の「雑詩十二首」其の一に「及時當勉勵、歳月不待人」（時に及んで當に勉勵すべし、歳月 人を待たず）とある。

【訳】

張儀樓

是れは秦の時代の樓と傳えられている
高々と 今に至るまで聳えている
樓の南には 兩江の水が流れ
千古 とこしえに變わることがない
かつて昔の人が言うのを聞いたことがある
歳月は人を待たずと

299　昇遷橋

長橋題柱去　　長橋 柱に題して去る
猶是未達時　　猶ほ是れ未だ達せざるの時
及乘駟馬車　　駟《し》馬《ば》の車に乘るに及び
却從橋上歸　　却《かへ》って橋上に從ひて歸る
名共東流水　　名は東流の水と共に
滔滔無盡期　　滔滔《たうたう》と 盡くる期《とき》無し

【語釈】

＊大暦二年（七六七）、成都での作か。

［**昇遷橋**］橋の名。『史記』司馬相如列傳の司馬貞「索隠」に『華陽國志』に云ふ、蜀の大城の北十里に、昇仙橋・送客觀有り。相如 初めて長安に入るに、其の門に題して云ふ、赤車駟馬に乘らずんば、汝の下を過ぎざるなりと」とある。『元和郡縣志』巻三二に「昇仙橋は（成都）縣の北九里に在り。相如初めて長安に入るに、其の門に、高車駟車に乘らずんば汝の下を過ぎずと題す」とある。張駒賢「考證」に「『水經注』に、仙を遷に作る、趙一清は僊に作る。顧祖禹は兩名並びに存す。『華陽國志』亦た遷に作る。疑ふらくは形の僊に近ければ仙に轉訛するならん」とある。「遷」字、『全唐詩』は「仙」に作る。

［**駟馬車**］四頭引きの馬車、貴人の乘るもの。『史記』司馬相如列傳に、相如は西南夷に使者として遣はされ、「四乘の傳を馳せて蜀に至るに、蜀の太守以下郊迎し、縣令 弩矢を負ひて先駆す。蜀人以て寵と為す」と記されている。

［**滔滔無盡期**］司馬相如の名は、盡きることのない水の流れと同様に、永遠に後世に傳えられていることをいう。

「滔滔」は、廣大な水の流れの様。「無盡期」は229「敷水歌 竇漸の京に入るを送る」に「此水東流無盡期、水聲還似舊來時」（此の水 東に流れて盡くる期《とき》無く、水聲は還《ま》た舊來の時に似たり）とある。

【訳】

昇遷橋

（相如《しょうじょ》が）長橋の柱に書きつけて去ったのは
まだ高位に達していない時のこと
駟馬《しば》の車に乗るに及び
また橋の上を通って歸ってきた
名聲は東に流れる水と共に
滔滔《とうとう》として盡きることはない

300 萬里橋

成都與維揚　成都と維揚と
相去萬里地　相去ること 萬里の地
滄江東流疾　滄江 東流して 疾《はや》く
帆去如鳥翅　帆の去ること 鳥の翅《はね》の如し
楚客過此橋　楚客 此の橋を過ぎ
東看盡垂淚　東看して 盡く 淚垂る

【語釈】

＊大暦二年（七六七）、成都での作か。

［萬里橋］橋の名。『元和郡縣志』巻三一に「萬里橋架大江（即流江）水、在（成都）縣南八里。蜀使費禕聘呉、諸葛亮祖之。禕嘆曰、萬里之路、始於此橋。因以爲名。」（萬里橋は大江（即ち流江）水に架かり、（成都）縣の南八里に在り。蜀使の費禕《ひい》は呉に聘《め》され、諸葛亮 之を祖す。禕嘆じて曰く、萬里の路、此の橋より始まると。因りて以て名と爲す）とある。

［維揚］揚州。『書経』禹貢に「淮海惟揚州」（淮海は惟《こ》れ揚州）とあり、「惟」は「維」に通じている。三國・呉は揚州を置き、治所は建業、即ち今の江蘇省南京市。唐の揚州の治所は、今の江蘇省揚州市。

［成都與維揚、相去萬里地。滄江東流疾、帆去如鳥翅］この四句は、費禕が、かつて此の橋より東下して、呉都の建業へ赴いたことについて言ったもの。

［楚客過此橋、東看盡垂淚］この二句は、楚地の客で蜀に居る人が、此の橋を通過すると、望郷の念を禁じ得ないことを言う。

【訳】

萬里橋
成都と揚州とは
相去ること 萬里の地
滄《あお》き江は 東へ流れて 疾《はや》く
帆の去るようすは 鳥の翅《はね》のようだ
楚の客は この橋を通り
東を看ては 盡《ことごと》く 涙を流す

301 石犀《せきさい》

江水初蕩潏　江水 初め蕩潏《たうけつ》し
蜀人幾為魚　蜀人 魚と為るに幾《ちか》し
向無爾石犀　向《さき》に 爾《こ》の石犀 無くんば
安得有邑居　安《いづ》くんぞ 邑居 有るを得んや
始知李太守　始めて知る 李太守
伯禹亦不如　伯禹も亦た如《し》かずと

【語釈】

*作詩時期は上詩に同じ。

［石犀］『水経注』巻三十三に「西南两江有七橋、直西門郫江上曰沖治橋、西南石牛門曰市橋。呉漢入蜀、自廣都令軽騎先往焚之。橋下謂之石犀淵。李冰昔作石犀五頭、以厭水精。穿石犀渠于南江、命之曰犀牛里。後転犀牛二頭在府中、一頭在市橋、一頭沈之于淵也。」（西南 两江に七橋 有り、西門の郫江上に直《あた》るを沖治橋と曰ひ、西南の石牛門を市橋と曰ふ。呉漢 蜀に入るに、廣都自り軽騎をして先に往きて之を焚かしむ。橋下 之を石犀淵と謂ふ。李冰 昔 石犀五頭を作り、以て水精を厭《おさ》ふ。石犀渠を南江に穿ち、之を命《な》づけて犀牛里と曰ふ。後 犀牛二頭の府中に在るを転じ、一頭は市橋に在り、一頭は之を淵に沈む）とある。『元和郡県志』巻三十二に、「（成都府）犀浦県本成都県之界、垂拱二年（六八六）分置犀浦県。昔蜀守李冰造五石犀、沈之於水以厭怪。因取其事為名。」（（成都府）犀浦県は本《もと》 成都県の界なるも、垂拱《すゐきよう》二年（六八六）犀浦県を分置す。昔 蜀守 李冰は五石犀を造り、之を水に沈めて以て怪を厭《おさ》ふ。因りて其の事を取りて名と為す。）とある。

［蕩潏］水がとめどなく湧き出て、氾濫すること。

［李太守］蜀郡の太守 李冰。戦國時代の秦の人で、昭王の時 蜀郡の長官となり、治水で著名な人。『漢書』巻二十九 溝洫《こうきょく》志に「蜀守李冰鑿離岸、避沫水之害。穿二江成都中。此渠皆可行舟。有餘則用溉、百姓饗其利。」

（蜀守 李冰 岸を鑿離し、沫水《まっすい》の害を避く。二江を成都の中に穿つ。此の渠 皆 舟を行《や》るべし。餘《あまり》有らば則ち漑に用ひ、百姓《ひゃくせい》は其の利を饗《う》く。）とある。

［伯禹］上古時代 治水事業を成した夏の禹王。

【訳】

長江の水は その初め氾濫し
蜀の人は 魚になりかけた
その昔 この石犀が無ければ
どうして（ここに）村里が有ろうか
始めて知る 李太守は
伯禹もまた及ばないことを

十一、嘉州刺史の任に就く

大暦二年（七六七）五十三歳、四月になって蜀の内乱が平息し、それまで成都に滞在していた岑參は、同年六月に嘉州刺史の任に赴く。

302 江上阻風雨

江上 風雨に阻《はば》まる

江上風欲來　江上 風 來たらんと欲し
泊舟未能發　舟を泊《と》めて 未だ發する能はず
氣昏雨已過　氣 昏《くら》くして 雨 已に過ぎ
突兀山復出」　突兀《とつこつ》として 山 復た出づ
積浪成高丘　積浪 高丘と成り
盤渦爲嵌窟　盤渦 嵌窟《かんくつ》と爲る
雲低岸花掩　雲 低《た》れて 岸花 掩《おほ》はれ
水漲灘草没」　水 漲《みなぎ》りて 灘草《たんさう》 没す
老樹蛇蛻皮　老樹は 蛇蛻《だぜい》の皮
崩崖龍退骨　崩崖は 龍退の骨
平生抱忠信　平生 忠信を抱く
艱險殊可忽　艱險 殊《こと》に忽《おろそ》かにすべし

【語釈】

＊大暦二年（七六七）夏六月、嘉州に赴く途中の作。

［**江上**］「江」は岷江を指す。「上」字、『文苑英華』巻一五三は「山」に作る。

［**已**］底本は「未」字に作る。『文苑英華』巻一五三、『全唐詩』に據り改めた。

［**盤渦**］水の渦巻き。旋渦。

［**嵌窟**］深く落ち込んだ洞穴。

［**蛇蛻皮**］風雨によって削られた老樹の樹皮が、蛇の抜け殻のようであること。「蛻」字、底本注に「一に脱に作る」とある。

［**龍退骨**］晉・王嘉の『拾遺記』巻十に「方丈之山、一名巒雉、東有龍場。地方千里、玉瑶爲林、雲色皆紫。有龍皮骨如山阜。散百頃、遇其蛻骨之時、如生龍。」（方丈の山、一名巒雉、東に龍場有り。地は方千里、玉瑶 林を爲し、雲色 皆な紫なり。龍の皮骨 山阜の如き有り。散ずること百頃、其の蛻骨の時に遇へば、生龍の如し。）とある。梁・任昉の『述異記』巻下に「冀州鵠山、傳龍千年則於山中蛻骨。今有龍岡、岡中出龍脳是也」（冀州

の鵠山は、龍 千年 則ち山中に蛻骨すと傳ふ。今 龍岡有り、岡の中より龍脳を出すは是れなり）と。この句は暴雨の後、崖岸が崩落して龍の蛻骨の様相を呈していることを言う。

［忠信］165「行軍二首」に「平生抱忠義、不敢私微軀」（平生 忠義を抱く、敢て微軀を私《をし》まず）とある。底本の注に「信」字、「一に義に作る」とある。

［艱險］『文苑英華』巻一五三は「艱」字を「灘」に作る。

【訳】

江上 風雨に阻《はば》まる

江上には風が吹き始めようとし
舟を泊めたまま出發することができない
大氣は昏《くら》くなって 雨は已に過ぎ
高く突き出た山が 復た現れた」
積み重なった浪は 高い丘となり
水の渦巻きは 深く落ち込んだ洞窟となっている
雲は低《た》れて 岸の花は掩《おお》われ
水は漲って 水辺の草は沈んでいる」
老樹は 蛇の抜けがらのようで
崩れた崖は 龍退の骨のようだ
平生 忠信を抱いており
困難で危険なことなど 全く問題にしていない

303 晩發五溪

晩に五溪を發す

客厭巴南地　客は厭《いと》ふ 巴南の地
郷鄰劍北天　郷は鄰《とな》る 劍北の天
江村片雨外　江村 片雨の外
野寺夕日邊　野寺 夕日の邊《ほとり》
芋葉藏山徑　芋葉 山徑を藏《かく》し
蘆花雜渚田　蘆花 渚田に雜《まじ》る
舟行未可住　舟行 未だ住《とど》まるべからず
乘月且須牽　月に乘じて 且《まさ》に須《もっ》て牽《ひ》かんとす

【語釈】

＊大暦二年（七六七）、嘉州に赴く途中の作。

［五溪］五渡溪を指す。眉州青神縣（今の四川青神縣）の東。『大清一統志』巻四一〇には、五渡山は「在青神縣東十里、水經上下、繞流屈曲、渡處凡五、因名。」（青神縣の東十里に在り、水經 上下し、繞流 屈曲す。渡處は

凡て五あれば、因りて名づく。）とある。『全唐詩』では、「溪」字を「渡」に作る。五渡溪は、嘉州の北に在る。

［客］作者のこと。

［巴南］今の四川省南部の地を指す。

［劍北］劍山以北の地を指す。「劍」字、底本と明鈔本、呉校に「一に漢と作る」とある。

［雜渚田］『文苑英華』巻二九二は、「雜」字を「間」に作る。「渚」は、水中の間の小さな陸地をいう。以上の四句は、五溪の周圍の景物を詠んだ。

［未可住］明鈔本では、「住」字を「往」に作る。

【訳】

晩に五溪を立つ

旅人は　巴南の地を厭う
ふるさとは　劍北の空と隣り合わせ
江村は　片雨の外側にあり
野寺は　夕陽のあたり
芋の葉は　山道を覆い隠しており
蘆の花は　渚田に雜《まじ》っている
舟旅でこのあたりに留まっているわけにはいかない
月に乗じて　これから舟を牽こうとする

304
龍女祠

龍女何處來　　龍女　何處《いづこ》より來たる
來時乘風雨　　來たる時　風雨に乘ず
祠堂青林下　　祠堂は　青林の下
宛宛如相語　　宛宛《えんえん》として　相語るが如し
蜀人競祈恩　　蜀人　競《きそ》ひて恩を祈り
捧酒仍擊鼓　　酒を捧げ　仍《かさ》ねて鼓を擊つ

【語釈】

＊大暦二年（七六七）夏、嘉州へ赴く途中の作。

［龍女祠］龍女寺のことか。『古今圖書集成』方輿彙編・職方典・六二五巻に「龍女寺、在舊青神縣五渡溪上。唐時建。有龍浮江、因名」（龍女寺は、舊の青神縣の五渡溪上に在り。唐時　建つ。龍有りて江に浮かぶ、因りて名づく）とある。

［宛宛如相語］祠堂に描かれた龍女像の様子を詠うのであろう。

【訳】

龍女祠

龍女は　どこからやって來るのか

來る時は 風雨に乘じてくる
祠《ほこら》は 青い林の下にあり
宛宛と 語りかけているようだ
蜀の人は 競って福を祈り
酒をお供えし また鼓を打つ

305 初至犍爲作
初めて犍爲《けんゐ》に至りて作る

山色軒檻內　山色 軒檻《てすり》の內
灘聲枕席間　灘聲 枕席の間
草生公府静　草生《お》ひて 公府 静かに
花落訟庭閒　花落ちて 訟庭 閒《しつ》かなり
雲雨連三峽　雲雨 三峽に連なり
風塵接百蠻　風塵 百蠻に接す
到來能幾日　到來して 能く幾日ぞ
不覺鬢毛斑　覺えず 鬢毛 斑《まだら》なり

【語釈】
＊大暦二年（七六七）夏六月、嘉州での作。
［**犍爲**］唐に置かれた郡名。嘉州にある。
［**山色**］山の氣配。259「襄州の任別駕を送る」詩に「江聲官舍裏、山色郡城頭」（江聲 官舍の裏《うち》、山色 郡城の頭《ほとり》）とある。
［**軒檻**］窓の手すり、欄干のこと。明抄本、呉校は「軒楹」に作る。
［**枕席**］枕と敷物、転じて寝床を言う。170「行軍 雪後の月夜、王卿の家に宴す、初字を得たり」の詩に、「酒香薫枕席、爐氣暖軒除」（酒香 枕席に薫り、爐氣 軒除に暖かなり）とある。
［**公府**］嘉州の役所。
［**訟庭**］訴訟を裁判する場所。
［**三峽**］瞿塘峽、巫峽、西陵峽のこと。四川省東部と、湖北省西部を流れる長江の上流にある。嘉州から川に沿って東に下ると三峽となる。
［**風塵**］その土地の様子、ここでは犍爲の地が、都から遠く離れ、百蠻の民族と隣り合わせていることを指す。
［**百蠻**］南方の少数民族を指す。
［**鬢毛**］耳ぎわの髪の毛。

【訳】
初めて犍爲《けんい》に至って作る
山色は 欄干の内側にまで迫り

急流の響きは 枕もとまで届く
草が生えて 公府は静まりかえり
花は枯れ落ち 訟庭はひっそりとしている
雲雨は 三峡にまで連なっており
風土は 百蠻の地に接している
ここに來て 幾日経《た》ったであろうか
いつの間にか 鬢の毛も白髪まじりになっている

306 登嘉州凌雲寺作
嘉州の凌雲寺に登りて作る

寺出飛鳥外　寺は飛鳥の外に出で
青峯戴朱樓　青峯 朱樓を戴く
搏壁躋半空　壁を搏《とら》へて 半空を躋《のぼ》り
喜得登上頭」　喜び得たり 上頭に登るを
殆知宇宙闊　殆《はじ》めて 宇宙の闊《ひろ》きを知り
下看三江流　下に三江の流るるを見る
天晴見峨眉　天は晴れ 峨眉《がび》を見れば
如向波上浮」　波上に向《お》いて浮かぶが如し
迴曠煙景豁　迴曠《くわいこう》として 煙景 豁《ひら》き
陰森棕枏稠　陰森《いんしん》として 棕枏《そうだん》 稠《おほ》し
願割區中緣　願はくは 區中の緣を割《さ》き
永從塵外遊」　永く塵外の遊びに從はん
迴風吹虎穴　迴風 虎穴に吹き
片雨當龍湫　片雨 龍湫に當る
僧房雲濛濛　僧房 雲は濛濛
夏月寒颼颼」　夏月なるに 寒きこと颼颼《しうしう》たり
回合俯近郭　回合して 近郭に俯《うつむ》き
寥落見遠舟　寥落《れうらく》として 遠舟を見る
勝概無端倪　勝概 端倪《たんげい》無く
天宮可淹留」　天宮 淹留《えんりう》すべし
一官詎足道　一官 詎《なん》ぞ道《い》ふに足らん
欲去令人愁　去らんと欲すれば 人をして愁へしむ

【語釈】

＊大暦二年（七六七）夏六月、嘉州での作。

［凌雲寺］寺の名。『大清一統志』巻三〇七・嘉定府に「寺觀凌雲寺、在府城東凌雲山。唐開元初建、有雨花臺、兜率宮、近河臺、浮玉亭諸勝。」（寺観 凌雲寺は、府城の東 凌雲山に在り。唐の開元の初に建てられ、雨花臺、兜率《とそつ》宮、近河臺、浮玉亭の諸勝有り）とある。

［寺出飛鳥外］寺が高い所にあることを言う。186「早秋

與諸子登虢州西亭觀眺」に「亭高出鳥外、客到與雲齊」（亭高くして鳥外に出で、客到りて雲と齊《ひと》し）、204「虢州西亭陪端公宴集」に「紅亭出鳥外、驄馬繫雲端」（紅亭 鳥外に出で、驄馬 雲端に繫ぐ）とある。

［**三江**］岷江、青衣江、大渡河を指す。

［**迥曠**］「迥」字、底本は「野」に作るが、『文苑英華』、明抄本、『全唐詩』によって改めた。

［**陰森**］樹木が茂って薄暗いこと。

［**棕枏**］棕櫚。

［**區中緣**］世上の塵縁。

［**迴風吹虎穴、片雨當龍湫**］「迴風」は旋風。「吹」字、『文苑英華』は「旋」に作る。「片雨」は、通り雨。8「緱山西峯草堂作」に「片雨下南澗、孤峯出東原」（片雨 南澗に下《ふ》り、孤峯 東原に出づ）、303「晩發五溪」に「江村片雨外、野寺夕陽邊」（江村は片雨の外、野寺は夕陽の邊）とある。「片」字、『文苑英華』は「飛」に作る。「湫」は、池。郭沫若はその著書『李白と杜甫』の中で、「虎穴」「龍湫」は、凌雲山上にある。巖の上に草書で「虎」の大字が彫ってあるのが「虎穴」で、また草書で「龍」の大字があり、その下に泉があるのが「龍湫」であろう。その字をよく観察するに、唐初の人のものか、あるいは後の人が岑參の詩にこじつけて彫ったものか、よくわからない、と言う。

［**颼颼**］寒そうなさま。

［**寥落**］星などの少ないさま。まばら。

［**勝概**］すぐれた趣きの景色。

［**端倪**］きわ、はし。謝靈運の「游赤石進汎海」詩に「溟漲無端倪、虛舟有超越」（溟漲 端倪無きも、虛舟 超越する有り）とあり、李周翰注に「端倪、猶涯際也」（端倪とは、猶ほ涯際のごときなり）とある。

［**天宮**］天帝の宮殿、ここは凌雲寺を指す。

【訳】

嘉州の凌雲寺に登って作る

寺は 飛ぶ鳥よりも高く
青き峯は 朱樓を戴《いただ》く
壁をよじて 半空を登り
頂上に登ることが出來たことを喜ぶ」
はじめて 宇宙の廣きを知り
眼下には三江が流れるのが見える
天は晴れ 峨眉山を見れば

波の上に浮かんでいるかのようだ」
遙か広々と 煙景が開け
鬱蒼《うっそう》と 棕櫚《しゅろ》が茂る
俗世の縁を裁ち切り
永久《とこしえ》に「塵外」の遊びに従いたいものだ」
吹き廻《めぐ》る風は 虎穴に吹き
通り雨は 龍湫に當る
僧房は 雲の濛濛たる中
夏というのに 颼颼《しゅうしゅう》として寒い」
俯《うつむ》けば 城郭は曲がり連なり
ぽつんと 遠くの舟が見える
この素晴らしい景色には 際限がなく
天宮に 留まりたいものだ」
この官職は取るに足らないものだが
罷《や》めようとすれば 愁いが溢れてくる

307 峨眉東脚臨江聴猿懐二室舊廬

峨眉の東脚 江に臨《のぞ》みて猿を聴き 二室の舊廬を懐ふ

峨眉煙翠新　　峨眉 煙翠 新たに
昨夜秋雨洗　　昨夜 秋雨 洗ふ
分明峯頭樹　　分明なり 峯頭の樹
倒插秋江底　　倒《さかさま》に插《さ》さる 秋江の底
久別二室間　　久しく別る 二室の間
圖他五斗米　　圖る 他の五斗の米
哀猿不可聴　　哀猿 聴く可からず
北客欲流涕　　北客 涕 流れんと欲す

【語釈】

＊大暦二年（七六七）秋、嘉州での作。

［**峨眉**］峨眉山。

［**脚**］ふもと。

［**二室**］河南省登封県北の嵩山には、東峯の太室及び西峯の少室 二山がある。『元和郡県志』巻六に「嵩高山、在県北八里、亦名方外山。又云、東曰太室、西曰少室。嵩高総名、即中岳也。」（嵩高山は、県の北八里に在り、亦た方外山と名づく。又云ふ、東を太室と曰ひ、西を少室と曰ふ。嵩高は総名、即ち中岳なりと）とある。

［**舊廬**］以前 住んでいた家。

［**煙翠**］草木などが青緑色に霞んでいる山の景色を指す。

［**分明峯頭樹、倒插秋江底**］秋の江水が清く澄み、山上

の樹木の影が水中に入って逆さに映っている様子を描写している。

［久別］岑參が若い頃、かつて嵩山の少室に隠居していたので、このように言う。

［他五斗米］陶潜が五斗米（僅かな給料）の為に、上役に頭を下げることを嫌い、官職を辞めて郷里に歸ったこと。

［哀猿不可聴、北客欲流涕］「哀猿」は『水経注』巻三四、江水に、「毎至晴初霜旦、林寒澗肅。常有高猿長嘯、属引凄異、空谷伝響、哀転久絶。故漁者歌曰、『巴東三峡巫峡長、猿鳴三声涙沾裳。』」（晴初霜旦《せいしよさうたん》に至る毎に、林は寒く澗《たに》は肅《しつ》かなり。常に高猿の長嘯する有り、属引《しよくいん》凄異《せいい》、空谷《くうこく》は響を伝へ、哀転 久しくして絶ゆ。故に漁者 歌ひて曰く、巴東の三峡 巫峡長く、猿の鳴くこと三声 涙 裳を沾《うるほ》すと）とある。「北客」は北方（中原地区を指す）から來た滞在者、作者自身をいう。作者が故郷を懐かしく思う氣持ちを、「哀猿」を借りて描写している。

【訳】

峨眉山の東脚で江に臨んで猿の声を聴き 二室の舊廬を懐う

峨眉は青々として山色も新たに
昨夜は 秋雨が降った
はっきりと見える 峯頭の樹
逆さに突き刺さる 秋江の底
二室のあたりに 久しく別れているが
あの五斗米の様にやりたいものだ
哀しい猿の鳴き声は 聴くに耐えず
北客は 涙が流れそうになる

308 尋楊七郎中宅即事

楊七郎中の宅を尋ぬ 即事

萬事信蒼蒼　萬事 信《まこと》に蒼蒼として
機心久已忘　機心 久しく已に忘る
無端來出守　端《はし》無くも 來たり出で守たり
不是厭爲郎　是れ郎と爲るを厭《いと》ふにあらず
雨滴芭蕉赤　雨 滴《したた》りて 芭蕉 赤く
霜催橘子黄　霜 催《もよほ》して 橘子 黄なり
逢君開口笑　君に逢ひ 口を開きて笑へば
何處有他郷　何れの處か 他郷有らん

【語釈】

＊大暦二年（七六七）、嘉州に在る時の作。詩題の下、明鈔本、呉校の注に曰く「在成都」と。

［楊七郎中］底本は「楊郎中」に作る。『全唐詩』は「楊七郎中」に作る。此は明鈔本、呉校に従う。

［郎中］官名。98「送張郎中赴隴右觀省卿公」の注参照。

［蒼蒼］天の青々としたさま。転じて天意。

［機心久已忘］「機心」は、偽り巧む心で、此の句は、今や世の中の事に欲がなくなり、心静かな様子を言う。

［出守］京官から出て地方の太守となること。ここは嘉州刺史となることを指す。

［郎］郎官。岑參は嘉州刺史となる前は庫部郎中であった。

［君］楊郎中を指す。

【訳】

楊七郎中の宅を尋ねて作った即事

萬事は信《まこと》に天意によるものだから
機心など 久しく已に忘れていた
思いがけなく地方に出て 守となったが
是れは郎を厭《いと》うてのことではない
雨が滴《したた》って 芭蕉は赤く
霜が降って 橘子は黄色に
君に逢って 口を開けて笑えば
何處が 他郷などであろうか

309 上嘉州青衣山中峯 題惠淨上人幽居 寄兵部楊郎中
并序

嘉州青衣山の中峯に上り 惠淨上人の幽居に題す。
兵部の楊郎中に寄す 并びに序

序

青衣之山、在大江之中。屹然迥絶、崖壁蒼峭。周廣七里、長波四匝。有惠淨上人、廬於其顚。唯繩牀竹杖而已。恆持蓮華經、十年不下山。予自公浮舟、聊一登眺。友人夏官弘農楊侯、清談之士也。素工爲文、獨立於世。與余有方外之約、毎多獨往之意。今者幽躅勝概、嘆不得與此公倶。爰命小吏刮磨石壁、以識其事、乃詩之達楊友爾。

青衣の山は、大江の中に在り。屹然として迥絶《けいぜつ》し、崖壁は蒼峭。周廣は七里、長波は四匝す。惠淨上人有り、其の顚《いただき》に廬《いおり》す。唯だ繩牀 竹杖あるのみ。恆《つね》に蓮華經を持し、十年 山を下らず。予は公自《よ》り舟を浮かべ、聊《いささ》か一たび登眺す。友人の夏官 弘農の楊侯は、清談の士なり。素《もと》より工《たく》みに文を爲《つく》り、世に獨立す。余と方外の約有り、毎に獨往の意 多し。今者《いま》 幽《ふか》く勝概に躅《ちょく》し、此の公と俱にするを得ざるを嘆ず。爰《ここ》に小吏に命じて石壁を刮磨《かつま》し、以て其の事を識《しる》し、乃ち之を詩にして楊友に逹《おく》るのみ。

青衣誰開鑿　青衣 誰か開鑿す
獨在水中央　獨《ひと》り 水の中央に在り
浮舟一躋攀　舟を浮かべて 一たび躋攀《せいはん》すれば
側徑沿穹蒼」　側徑 穹蒼に沿《そ》ふ
絶頂訪老僧　絶頂 老僧を訪ね
豁然登上方　豁然 上方に登る
諸嶺一何小　諸嶺 一《いつ》に何ぞ小なる
三江奔茫茫」　三江 奔《はし》りて茫茫たり
蘭若向西開　蘭若は 西に向かひて開き
峨眉正相當　峨眉は 正に相當《あひ》る
猿鳥樂鐘磬　猿鳥 鐘磬を樂しみ
松蘿泛天香」　松蘿 天香を泛《うか》ぶ
江雲入袈裟　江雲 袈裟《けさ》に入り
山月吐繩牀　山月 繩牀に吐《のぼ》る
早知清浄理　早《つと》に知る 清浄の理
久乃機心忘」　久しくして乃ち機心 忘る
尚以名宦拘　尚ほ 名宦の拘《こう》するを以て
聿來夷獠郷　聿《ここ》に來《きた》る 夷獠の郷
吾友不可見　吾が友 見るべからず
鬱爲尚書郎」　鬱として 尚書郎 爲《た》り
早歳愛丹經　早歳より 丹經を愛し
留心向青囊　心を留《とど》めて 青囊に向かふ
渺渺雲智遠　渺渺《べうべう》として 雲智 遠く
幽幽海懷長」　幽幽として 海懷 長し
勝賞欲與俱　勝賞 與俱《とも》にせんと欲し
引領遙相望　領《くび》を引きて 遙かに相望《あひ》む
爲政愧無術　政を爲すに 術無きを愧《は》ぢ
分憂幸時康」　憂《うれ》ひを分かちて 時の康《やす》らかなるを幸《ねが》ふ
君子滿天朝　君子 天朝に滿ち
老夫憶滄浪　老夫 滄浪を憶《おも》ふ
況値廬山遠　況《いは》んや 廬山の遠きに値《あ》ふをや
抽簪歸法王　簪《かざし》を抽《ぬ》きて 法王に歸せん

【語釈】
＊嘉州での作。
［**青衣山**］『古今圖書集成』方輿彙偏・職方典、巻六二七に「烏尤山、在凌雲（山）之左、距州治五里、狀如伏牛。宋黄庭堅易牛爲尤。一名烏龍、一名豚巖、一名青衣山。…又總志亦載青衣山、與此不同。」（烏尤山は、凌雲（山）の左に在り、州治を距つること五里、狀は伏牛の如し。宋の黄庭堅 牛を易へて尤と爲す。一名烏龍、一名豚巖、一名青衣山。…又た總志は亦た青衣山を載すも、此れと同じからず。）とある。
［**兵部楊郎中**］兵部郎中の楊炎。「兵部」は、六部の一つで、武職を掌る。277「劍門に入りての作、杜楊二郎中に寄す。時に二公は並びに杜元帥の判官爲り」詩の注参照。『唐書』本伝に「鳳翔の人。播の子。父母に仕へて孝。官は徳宗の時、門下侍郎。同中書門下平章事。始めて兩税法を定む。後、元載に党し、盧杞《ろき》の構する所となって死を賜はるも、後に官に復さる。」とある。
［**屹然**］高く聳え立つ。
［**繩牀**］縄を張って作った腰掛け、安樂椅子に似た坐具。
［**蓮華經**］妙法蓮華経、または法華経という。
［**夏官**］兵部のこと。
［**弘農**］唐の県名。今の河南省靈寶縣の南にある。
［**獨立**］志や行いが、特に優れていること。
［**方外**］世の外。転じて佛道、佛教。
［**幽躅**］かすかな足跡。
［**勝概**］優れた景色、趣。
［**青衣誰開鑿、獨在水中央**］烏尤山と凌雲山はもともとは一つであった。『漢書』溝洫志に、秦時の蜀郡太守李冰《りひょう》が沫水（大渡河）の害を避けるため、烏尤山を開鑿したとある。烏尤山は、夏の洪水の時期には四方が冠水するので「獨在水中央」と言う。
［**開鑿**］道路または河川などを穿ち開く。
［**躋攀**］山や崖をよじ登る。
［**側徑**］切り立った崖の小道、細い道。78「犍爲に赴き龍閣道を経るの詩」に「側徑轉青壁、危橋透滄波」（側徑 青壁を轉《めぐ》り、危橋 滄波を透す）とある。
［**沿穹蒼**］「穹蒼」は、大空。形が弓形で色が青いので言う。「沿」字、『文苑英華』『全唐詩』は「縁」に作る。
［**訪老僧**］「訪」字、『文苑英華』『全唐詩』は「詣」に作る。

［豁然］からりと開ける。

［三江］岷江、青衣江、大渡河を言う。

［蘭若］僧の居住するところ。

［鐘磬］「磬」は、勤行に用いる石の板、鐘と合わせて時を告げるもの。「鐘」字、『文苑英華』は「幽」と作る。

［松蘿］地衣（菌類と藻類との共生体）の一つ。糸状を為して樹枝状に分岐し、長さ餘尺に至る。全体は黄緑色。

［泛天香］天然の香氣が飄散すること。

［清浄］清く汚れのないこと。

［機心］偽り巧む心。

［名宦拘］名誉や官職にとらわれること。

［夷獠］西南のえびす。夷獠郷とは、嘉州を指す。

［丹經］仙人の書、練丹（不老不死の薬を作る）の法が書かれている。

［青嚢］五行の天文、卜筮の書を言う。晉の郭璞《かくはく》の著。

［雲智］雲のように高遠な才知。

［海懐］海のように広い胸の思い。

［欲與倶］「欲」字、『文苑英華』は「難」に作る。

［引領］首を伸ばす。待望、期待、思慕の情を持って遠くを眺める動作。

［分憂］天子の憂いを分け持つこと。

［憶滄浪］『楚辞』の「漁夫辞」に「滄浪の水清《す》まば、以て吾が纓を濯《あら》ふ可し　滄浪の水濁《にご》らば、以て吾が足を濯ふ可し」とある。ここでは俗世から逃れて住むことを心に思うこと。

［廬山］晉の高僧 慧遠が精舎を建てたことで、古くから佛家の修行の地となっている。

［抽簪］簪を抜く、転じて官を辞すること。

［法王］佛を言う。


【訳】

嘉州青衣山の中峯に上り、惠淨《えじょう》上人の幽居に題した。兵部の楊郎中に寄せる　并びに序

序

青衣山は、大江の中にある。屹然と抜きん出て、崖壁は青くそそり立っている。周囲は七里、長波が四方を取り巻いている。惠淨上人は、その頂きに居した。ただ縄牀と竹杖だけがあった。常に『蓮華經』を読み、十年　下山しなかった。私は役所から船を浮かべ、まずはひとたび登眺した。友人の夏官である弘農の楊炎

は、清談の士である。もとから巧みに文章を作り、世の中でずば抜けていた。共に俗世を逃れたいという願いを持ち、常に獨往の意志があった。今、深く勝概に踏み入り、楊炎と共に出來ないことを残念に思う。ここで小吏に命じて石壁をけずり、この事を書き記し、これを詩に詠じて楊炎に送る。

青衣山は誰が開鑿したのか
獨り 江の中央にある
舟を浮かべて 一たび登眺すれば
崖にそった徑《みち》は 大空の曲線に沿っている」
頂上に登り 老僧を訪ね
豁然と 更に上まで登る
諸々の嶺が 何と小さく見える事か
三江は 盛んに流れている」
僧の住まいは 西に向かって開かれ
峨眉山は 正面に聳えている
猿や鳥は 鐘磬の音を樂しみ
松蘿は 自然の香氣を放っている」
江雲が 袈裟の内に入り
山月は 縄牀から登る
早くから清浄の理を知っていたが
久しくしてようやく機心を忘れることができた」
それなのに名譽や官職にひかれて
この夷獠《いりょう》の地にやってきた
私の友には 会うことができない
彼は今や有能な尚書郎」
若い頃から『丹經』を愛し
心を留めて『青嚢』に進んだ
雲のように高遠な才知は 遙かに遠く
海のように広い胸の思いは 奥深いものだ」
佳趣を共にしたいものと
首を長くして遙かに望んでいる
政治については自分の無術が恥ずかしく
ただ天子の憂いを分け持ち 時の安らかなることを願う」
才能ある人材は 國中に溢れており
年老いた私は 隠居生活を思い浮かべる
ましてここからは廬山は遠すぎるから
官を辞して この地で佛門に歸したいと思う

310　江行夜宿龍吼灘臨眺思峨眉隱者兼寄幕中諸公

江行し 夜 龍吼灘に宿して臨眺し 峨眉隱者を思ふ
兼ねて幕中の諸公に寄す

官舎臨江口　官舎 江口に臨み
灘聲人慣聞　灘聲《だんせい》 人 聞くに慣れたり
水煙晴吐月　水煙 晴れて月を吐き
山火夜焼雲　山火 夜 雲を焼く
且欲尋方士　且《まさ》に方士を尋ねんと欲す
無心戀使君　使君を戀ふるに心無し
異郷何可住　異郷 何ぞ住《とど》まるべき
況復久離羣　況《いは》んや復た 久しく羣を離るるをや

【語釈】

＊嘉州での作。

［**龍吼灘**］未詳。嘉州の洪雅縣に龍吟灘があるが、この地のことか。『大清一統志』巻四〇四に「青衣江、又東合洞溪・廬溪入夾江（今四川夾江縣）。自隱蒙（山名、在洪雅縣南一里）而西、有龍吟灘・黃豆灘。皆多石梁、為行舟患。」（青衣江、又東して洞溪・廬溪に合して夾江に入る（今の四川夾江縣）。隱蒙（山名、洪雅縣南一里に在り）自り西すれば、龍吟灘・黃豆灘有り。皆な石梁多く、行舟の患ひを為す。）とある。

［**幕中**］劍南の西川節度使の幕府を指す。

［**官舎臨江口**］「官舎」は、嘉州の役所を指す。

［**灘聲人慣聞**］『文苑英華』巻二五三では「人」字を「已」に作る。74「歲暮磧外寄元撝」（歲暮に磧外より元撝に寄す）では、「沙磧人愁月、山城犬吠雲」（沙磧 人は月に愁ひ、山城 犬は雲に吠ゆ）とある。「人」は、自分自身を指す。

［**水煙晴吐月、山火夜焼雲**］龍吼灘の夜の様子を描いている。上の句は、水煙の間から月が見えるのをいう。「山火」は、270「陪群公龍岡寺泛舟 得盤字」（群公の龍岡寺に舟を泛ぶに陪す 盤字を得）に、「映酒見山火、隔簾聞夜灘」（酒に映《うつ》して山火を見、簾を隔てて夜灘を聞く）とある。

［**且欲尋方士**］「方士」は、方術の士。峨眉山の隱者を指す。

［**無心戀使君**］「使君」は州郡の長官のこと。自分は刺史の位に未練のないことをいう。

［**異郷何可住**］『文苑英華』では、「異郷何可住」を「思郷那可住」（郷を思ひて那《なん》ぞ住《とど》まるべき）に作る。

［**況復久離羣**］74「歲暮磧外寄元撝」（歲暮に磧外より元

攜に寄す）では、「別家逢逼歳、出塞獨離群」（家に別れて逼歳に逢ひ、塞を出でて獨り群を離る）とある。「離群」は仲間から離れることをいう。

【訳】

江行して　夜の龍吼灘《りゅうこうだん》に宿って遠望し、峨眉《がび》山の隱者を思う。兼ねて役所の諸公に贈る

官舎は川のほとりに臨んでおり
急流の響きを聞くのに　私は慣れてしまった
水上に立つ靄が晴れて月を出し
山の火は夜　雲を焼くようだ
近々　峨眉の隠者を尋ねようと思う
刺史などになりたいとは思わない
異郷にどうして留まっておれよう
まして久しく仲間から離れているものを

311　秋夕聽羅山人彈三峽流泉

秋夕　羅山人の「三峡流泉」を彈《ひ》くを聽く

皤皤岷山老　　皤皤《はは》たる岷《びん》山の老
抱琴鬢蒼然　　琴を抱きて　鬢は蒼然
衫袖拂玉徽　　衫袖《さんしう》　玉徽《ぎよくき》を拂ひ
爲彈三峽泉」　爲に「三峡泉」を彈く
此曲彈未半　　此の曲　彈きて未だ半ばならざるに
高堂如空山　　高堂　空山の如し
石林何颼飀　　石林　何ぞ颼飀《しうりう》たる
忽在窗戸間」　忽ち　窗戸の間に在り
繞指弄嗚咽　　繞指《ぜうし》　嗚咽《おえつ》を弄し
青絲激潺湲　　青絲　潺湲《せんくわん》を激す
演漾怨楚雲　　演漾《えんやう》　楚雲を怨み
虛徐韻秋煙」　虛徐《きよじよ》　秋煙に韻す
疑兼陽臺雨　　兼《か》ぬるを疑ふ　陽臺の雨
似雜巫山猿　　雜《まじ》るに似たり　巫山の猿
幽引鬼神聽　　幽なること　鬼神を引きて聽かしめ
淨令耳目便」　淨なること　耳目をして便ならしむ
楚客腸欲斷　　楚客　腸《はらわた》　斷たれんと欲し
湘妃淚斑斑　　湘妃　淚斑斑《はんはん》
誰裁青桐枝　　誰か　青桐の枝を裁《た》ち
𦈢以朱絲絃」　朱絲の絃を以て　𦈢《わた》したる
能含古人曲　　能く古人の曲を含み
遞與今人傳　　遞與《ていよ》して　今人に傳ふ
知音難再逢　　知音　再び逢ふこと難く

惜君方老年」　君の方《まさ》に老年なるを惜しむ
曲終月已落　曲終りて 月 已に落ち
惆悵東齋眠　惆悵《ちうちやう》として東齋に眠る

【語釈】

＊嘉州での作。

［**羅山人**］「山人」は、隠士。

［**三峡流泉**］古い琴曲の名。『樂府詩集』巻六十、李季蘭の「三峡流泉歌」に、郭茂倩は「琴集曰、三峡流泉、晉阮咸所作也」（『琴集』に曰く、「三峡流泉」は、晉の阮咸《げんかん》の作る所なり）と注している。李季蘭の歌の中に「憶昔阮公爲此曲、能使仲容聽不足」（憶ふ昔 阮公 此の曲を爲《つく》り、能く仲容をして聽きて足らざらしむ）とあるが、仲容とは阮籍の甥の阮咸の字であるので、阮公とは阮籍と思われる。

［**皤皤**］白髪のさま。班固の「辟雍詩」に「皤皤國老、乃父乃兄」（皤皤たる國老、乃《こ》れ父とし 乃《こ》れ兄とす）とある。

［**岷山**］四川、甘粛兩省の境にある山脈の名。

［**蒼然**］毛の白いさま。

［**玉徽**］「徽」は、琴柱《ことじ》。玉で出來た琴柱。

［**空山**］ひと氣のない、ひっそりとした山。

［**石林**］岩石が険しく、林の深いところ。

［**颼颼**］風の音。

［**演漾**］漂うさま。

［**虚徐**］緩やかなさま。

［**陽臺雨**］「陽臺」は陽雲臺、楚王臺。247「送江陵泉少府赴任便呈衞荊州」の注参照。楚の懐王が高唐に遊び、夢で巫山の神女と契った。神女が去るとき、自分は巫山の南の高い丘に住み、朝には雲となり、夕べには雨となると言ったという故事による。

［**巫山猿**］『水經注』巻三四・江水に「毎至晴初霜旦、林寒澗肅、常有高猿長嘯。屬引淒異、空谷傳響、哀轉久絶。故漁者曰、巴東三峡巫峡長、猿鳴三聲涙沾裳」（晴初 霜旦に至る毎に、林は寒く澗は肅として、常に高猿の長嘯する有り。屬引 淒異にして、空谷に傳響し、哀轉 久しくして絶ゆ。故に漁者曰く、巴東三峡 巫峡長く、猿鳴三聲 涙 裳を沾《うるほ》すと）とある。

［**淨**］『文苑英華』は「靜」に作る。

［**楚客**］屈原を指す。

［**湘妃涙斑斑**］「湘妃」は、湘水の女神、湘夫人。『博

物志』史補に「堯之二女、舜之二妃、曰湘夫人。舜崩、二妃啼以涕揮、竹盡斑」（堯の二女は、舜の二妃、湘夫人と曰ふ。舜崩じ、二妃 啼きて涕を以て揮《はら》へば、竹盡く斑《まだら》となる）とあり、舜の妃の娥皇・女英の涙が流れて竹に斑模様ができたことをいう。

［**誰裁青桐枝、梔以朱絲絃**］嵇康「琴賦」に「…顧茲梧而興慮、思假物以託心。乃斲孫枝、准量所任。至人攄思、制爲雅琴。乃使離子督墨、匠石奮斤、夔襄薦法、般倕騁神。鏤會裛廁、朗密調均。華繪彫琢、布藻垂文。錯以犀象、籍以翠綠。紘以園客之絲、徽以鐘山之玉。爰有龍鳳之象、古人之形。伯牙揮手、鐘期聽聲。」（茲《こ》の梧《きり》を顧みて慮《おもん》ばかりを興し、物を假《か》りて以て心を託せんことを思ふ。乃ち孫枝《そんし》を斲《き》りて、任《もち》ふる所を准量《じゆんりやう》す。至人《しじん》思ひを攄《の》べ、制して雅琴を爲《つく》る。乃ち離子《りし》をして墨《すみなは》を督《ただ》し、匠石をして斤《をの》を奮ひ、夔襄《きじやう》をして法を薦め、般倕《はんすゐ》をして神《こころ》を騁《は》せしむ。會《ぬひめ》を鏤《ゑ》り廁《つぎめ》を裛《つつ》み、朗密調均たり。華繪 彫琢し、藻《さう》を布《し》き文を垂る。錯《まじ》ふるに犀象《さいざう》を以てし、籍《し》くに翠綠を以てす。紘《げん》するに園客《ゑんかく》の絲を以てし、徽《ことぢ》するに鐘山の玉《たま》を以てす。爰《ここ》に龍鳳《りようほう》の象《すがた》、古人の形《かたち》有り。伯牙 手を揮《ふる》ひ、鐘期《しようき》 聲を聽く。）とあるのを踏まえる。

［**知音**］伯牙が鐘子期の彈ずる琴の音をよく理解したことから、己の心をよく知る親友のこと。（『列子』湯問）

［**惆悵**］恨み嘆くさま。

［**東齋**］「齋」は學舍。

【訳】

秋の夕べ 羅山人が「三峡流泉」を彈くのを聴く

白髪の 岷山《びんざん》の老人
琴を抱いて 鬢はまっ白
衣の袖は 玉の琴柱を拂い
私の為に「三峡泉」を彈く」
此の曲を 彈いてまだ半ばにもならないのに
部屋は 空山のようだ
石林の何とひゅうひゅうと音を立てることか
たちまち 窓や戸のあたりにそれはある」
まつわる指は 嗚咽するような音色をたて
青い弦は 谷の流れを激する
漂っては 楚雲を怨み
緩《ゆる》やかに 秋煙に響く」
その音色は 陽臺の雨を想像させ

巫山の猿声と混じり合っているかのようだ
その幽《かそ》けき音色は　鬼神を魅惑し
その淨《きよ》らかな音色は　耳目をくつろがせる」
楚客は　断腸の思い
湘妃　涙は斑斑
誰だろう　青桐の枝を切って
朱絲の紘を張ったのは」
よく古人の曲を含み持ち
橋渡しして　今の人に傳える
知音の人に　再び逢うことは難しく
あなたがもう老年なのが残念だ」
曲が終わり　月も既に沈み
嘆きつつ東齋に眠る

312　郡齋望江山

郡齋にて江山を望む

客路東連楚　　客路　東のかた　楚に連なり
人煙北接巴　　人煙　北のかた　巴に接す
山光圍一郡　　山光　一郡を圍み
江月照千家　　江月　千家を照らす
庭樹純栽橘　　庭樹は　純《もっぱ》ら橘を栽《う》ゑ
園畦半種茶　　園畦には　半ば茶を種《う》う
夢魂知憶處　　夢魂　憶ふ處を知り
無夜不京華　　夜として　京華《けいくわ》ならざる無し

【語釈】

＊嘉州での作。

［**郡齋**］郡の長官の官宅。韋應物の「聽江笛送陸侍御」（江笛を聽き陸侍御を送る）に「還愁獨宿夜、更向郡齋聞」（還《かへ》って愁ふ　獨宿の夜、更に郡齋に向かって聞かんことを）とある。詩題は明鈔本、呉校、『全唐詩』は「郡齋平望江山」に作る。題の下に明鈔本、呉校は「時牧犍爲」（時に犍爲に牧たり）と注す。

［**客路東連楚、人煙北接巴**］「客路」は、客途。道中。旅路。「客」字、明鈔本、呉校、『全唐詩』は「水」に作る。「巴」は、四川省東部一帯の古地名。湖北省に近い所。275「與鮮于庶子自梓州成都少尹自褒城同行至利州道中作」（鮮于庶子の梓州自《よ》りし　成都少尹の褒城自りし　するを同行し　利州に至る道中の作）の注参照。唐は巴州を置く。治所は今の四川巴中縣に在る。この兩句は嘉州の地理的位置を詠う。

〔**人煙**〕人の住みか。人家。73「磧中作」（磧中の作）に「今夜不知何處宿、平沙萬里絶人煙」（今夜は知らず何れの處にか宿らん、平沙 萬里 人煙 絶ゆ）とある。

〔**山光圍一郡**〕この句は嘉州の形勢を記す。『古今圖書集成』方輿彙編・職方典巻六二七に「岷江從北來、繞出郡（嘉州）背。青衣、涼山諸水、自西來會之、縈廻衝激。郡宛中央、憑高矚目、豁然大觀。九峯秀如芙蓉、屏擁其左、三峨翠若列眉、鼎峙其右。」（岷江は北從《よ》り來り、繞《めぐ》りて郡〈嘉州〉の背に出づ。青衣、涼山の諸水は、西自り來たりて之に會し、縈廻《えいかい》衝激す。郡は中央に宛《あた》り、高きに憑《よ》りて矚目すれば、豁然として大觀す。九峯は秀《たか》くして芙蓉の如く、其の左を屏擁し、三峨の翠は眉を列ぬるが若く、其の右に鼎峙《ていじ》す。）とある。「山光」は、山の様子。杜甫の「移居夔州作」（居を夔州に移さんとして作る）に「農事聞人説、山光見鳥情」（農事 人の説くを聞き、山光 鳥情を見る）とある。

〔**夢魂知憶處、無夜不京華**〕「夢魂」は、274「江路險復永、夢魂愁更多」（江路 險にして復た永く、 夢魂 愁ひ更に多し）を參照。「京華」は京師《けいし》長安。

【**訳**】

郡齋にて江山を望む

旅路は 東の方 楚に連なり
人煙は 北の方 巴に接している
山の輝きは 一郡を圍み
江の月は 千もの家を照らしている
庭の樹には みな橘を栽《う》え
園の畦には 半分は茶を種えている
夢魂は 憶う處を知っており
夜として 長安でないことはない

313 詠郡齋壁画片雲 得歸字
郡齋《ぐんさい》の壁に片雲を画くを詠ず 歸字を得たり

雲片何人画　雲片《うんぺん》 何人《なにびと》か画く
塵侵粉色微　塵 侵して 粉色 微《かす》かなり
未曽行雨去　未だ曽《かつ》て 雨を行《ふ》らせて去らず
不見逐風歸　風を逐《お》ひて歸るを見ず
只怪偏凝壁　只だ怪しむ 偏《ひとへ》に壁に凝《こ》るかと
回看欲惹衣　回《かへ》り看れば 衣を惹《ひ》かんと欲す
丹青忽借便　丹青 忽ち便を借りて
移向帝郷飛　移りて帝郷に向ひて飛ばん

【語釈】

＊嘉州での作。

〔**郡齋**〕郡の役所。

〔**塵侵粉色微**〕「侵」字、底本は「清」に作り、注に「本浸に作る」とある。しかし明鈔本、呉校、『全唐詩』は並びに「侵」に作る。「浸」は「侵」字の譌か。いま「侵」に改める。

〔**只怪偏凝壁、回看欲惹衣**〕「凝壁」は、壁に凝り固まって集まっていること。「惹」は、引きつける。この兩句は、雲片が生き生きと真に迫って描かれており、壁上から飛び出しそうな様子で、自分の衣服を湿らせそうだと詠う。

〔**丹青忽借便、移向帝郷飛**〕「丹青」は、絵画の顔料であり、またそれは絵を指している。「帝郷」は長安を指す。兩句は雲の絵が 忽ち帝郷に向かう便を借りて飛び去ることを想像し、詩人の長安を回想する心情を表現した。

【訳】

　郡齋の壁に描かれた片雲を詠う　歸字を得た

片雲は　どんな人が描いたのか
塵が侵して　粉色は微《かす》かである
未だ曾《かつ》て　雨を降らせても雲は去らず
風を追って歸るのを見ない
只だ怪しむ　偏《ひとえ》に壁に凝《こ》り集まっているのかと
振り返って見れば　衣が湿りそうだ
すぐさま丹青《え》の便《びん》を借りて
それに乗り　帝郷に向かって飛んで行きたい

十二、官を去って東歸せんとす

大曆三年（七六八）五四歲。七月、官を罷めて東歸せんとするも、途中、戎州と瀘州の間で群盜に阻まれ、成都に引き返して滯在する。

314 東歸發犍爲至泥溪舟中作
東歸せんと犍爲を發して泥溪《でいけい》に至る舟中の作

前日解侯印　前日 侯印を解き
泛舟歸山東　舟を泛《う》かべて 山東に歸る
平旦發犍爲　平旦 犍爲《けんい》を發し
逍遙信回風」　逍遙して 回風に信《まか》す
七月江水大　七月 江水 大にして
滄波漲秋空　滄波 秋空に漲《みなぎ》る
復有峨眉僧　復た 峨眉の僧有り
誦經在舟中」　經を誦して 舟中に在り
夜泊防虎豹　夜泊 虎豹を防ぎ
朝行逼魚龍　朝行 魚龍逼《せま》る
一道鳴迅湍　一道 迅湍《じんたん》鳴り
兩邊走連峯」　兩邊 連峯 走る
猿拂岸花落　猿 拂ひて 岸花 落《ち》り
鳥啼崖樹重　鳥 啼きて 崖樹 重し
煙靄呉楚連　煙靄 呉楚に連なり
溯沿湖海通」　溯沿《そえん》 湖海に通ず
憶昨在西掖　憶ふに昨 西掖に在り
復曾入南宮　復た曾《かつ》て 南宮に入りしを
日出朝聖人　日出でて 聖人に朝《てう》し
端笏陪羣公」　笏《しゃく》を端《ただ》して 羣公に陪す
不意今棄置　意《おも》はざりき 今 棄置せられんとは
何由豁心胸　何に由《よ》りてか 心胸を豁《ひろや》かにせん
吾當海上去　吾 當《まさ》に海上に去りて
且學乘桴翁　且つは 桴《いかだ》に乘る翁に學ぶべし

【語釈】
＊大曆三年（七六八）七月、官を罷めて東歸する途中の作。
［**東歸**］嘉州より乘船して南下し、復た長江に沿《そ》って東行し、その後 汴河を經て北歸しようとした。
［**泥溪**］水名。東歸途中の四川境内に泥溪がある。
［**侯印**］州刺史の印を指す。「解侯印」は嘉州刺史の官を罷《や》めることをいう。

［**山東**］崤山《こうざん》函谷關以東の地区を指す。岑參は早年、嘗て河南府潁陽《えいよう》縣、陸渾《りくこん》縣等の地に居たことがある。此のたびは、そこで先ず河南に歸ろうとしたものと思われる。
［**平旦發犍爲、逍遙信回風**］「平旦」は、鶏鳴の後、日の出前。夜明け。「逍遙」の語、底本、明鈔本、呉校は均しく「一に蕭條に作る」と注す。「信」は、隨ふ。「回風」は、廻風。旋風。早朝に嘉州を出發し、船に乗り風に隨って行く。逍遥自在のさま。
［**夜泊防虎豹、朝行逼魚龍**］旅の途中の艱険を述べる。夜は虎や豹の害を防ぎ、朝行けば魚龍が逼迫してくる。
［**一道鳴迅湍、兩邊走連峯**］「迅湍」は、急流の水。急流が發出して鳴り響き、兩岸の山の峯が急速に走り去るさま。
［**啼**］底本、明鈔本、呉校は均しく「一に深に作る」と注す。
［**崖**］『全唐詩』は「簷」字、呉校は「巖」字に作る。
［**溯沿**］流れに順って下る。「沿」字、底本は「船」に作る。呉校、『全唐詩』に拠り改めた。
［**西掖**］中書省。
［**南宮**］尚書省。
［**聖人**］君主を指す。
［**笏**］古時、大臣が朝廷に上るとき手に持ち、重要事項を書き付けた。竹・玉・象牙などで作った。手版。
［**羣公**］朝廷の同僚を指す。
［**吾當海上去　且學乘桴翁**］『論語』公冶長「子曰、道不行、乘桴浮於海」（子曰く、道 行はれず、桴に乗りて海に浮かばん）に拠る。世を避けて隠居し、江海に遊ばんとの心境。「桴」は小さな筏。底本は「槎」字に作る。ここは『全唐詩』に拠る。

【訳】

　東歸せんとし 犍爲を發して泥溪に至る舟中の作

前日 侯印を解き
舟を泛《うか》べ 山東に歸る
夜明けに 犍爲《けんゐ》を發《た》ち
氣の向くまま 風に任せる」
七月 江の水は溢れ
青い波は 秋空に漲《みなぎ》る
復た 峨眉の僧が有り
舟中で誦經をしている」
夜の宿泊では 虎や豹を防ぎ

朝 行くときは 魚龍が逼《せま》る
一路 早瀬が鳴り響き
兩側の峯峯が 走り去るようだ」
猿が拂って 岸の花は落ち
鳥が啼いて 崖の樹は重そうだ
烟靄は 呉楚に連なっており
流れに從っていくと 湖海に通じている」
憶う 以前 中書省に在り
復た 其の上《かみ》 尚書省に入った時のことを
日の出とともに 朝廷の君主のもとへ
笏をきちんと持ち 同僚に從ったものだ」
思いもかけず 今 見捨てられ
どうして 心の内をのびやかにできようか
私は 海上に去って
まずは 筏に乘った翁に學ぶとしよう

315 巴南舟中思陸渾別業

巴南 舟中にて陸渾《りくこん》の別業《べつげふ》を思ふ

瀘水南州遠　瀘水《ろすゐ》 南州遠《とほ》く
巴山北客稀　巴山 北客は稀《まれ》なり
嶺雲撩亂起　嶺の雲は 撩亂として起こり
溪鷺等閒飛　溪《たに》の鷺は 等閒《とうかん》に飛ぶ
鏡裏愁衰鬢　鏡裏に 衰鬢を愁へ
舟中換旅衣　舟中に 旅衣を換ふ
夢魂知憶處　夢魂 憶《おも》ふ處を知り
無夜不先歸　夜として先に歸らざるは無し

【語釈】

＊大曆三年（七六八）七月、東歸途中の作。

［**巴南舟中思陸渾別業**］「巴南」とは四川南部、蜀の地。「陸渾」は、唐代の縣名で、河南府に屬し、河南嵩縣の北にある。岑參は若い頃、この地に居たことがある。「別業」は別荘。

［**瀘水南州遠**］「瀘水」は、古い川の名で瀘江水ともいう。四川西南部の金沙江。「南州」は、南方を指し、「瀘水」と共に都から遠く離れていることをいう。「州」字、『文苑英華』巻三一八には「舟」に作り、「一作州」とある。

［**巴山北客稀**］「巴山」とは、蜀山をいう。「北客」は、北の方からやって来た旅人。岑參自身をもいう。

［**撩亂**］繚亂。入り亂れること。此處では雲の沸き立つ

様をいう。
[**溪鷺等閒飛**]「鷺」は白鷺《しらさぎ》。「等閒」は、なおざり、あまり注意を拂わない意。此の句では白鷺がのんびりと飛んでいる様をいう。「閒」字、『文苑英華』には「閑」に作る。
[**鏡裏愁衰鬢、舟中換旅衣**]鬢が老い衰えて白くなり、季節が替わって旅衣を換える。長旅であることをいう。
[**夢魂知憶處、無夜不先歸**]眠っている間に魂が故郷へと戻らないことがあろうかという、故郷に對する想いの表現。「憶處」とは、陸渾の別業。「憶」字、『文苑英華』には「遠」に作る。『楚辭』九章の抽思に「惟郢路之遼遠兮、魂一夕而九逝」（惟《た》だ郢路《えいろ》の遼遠なるも、魂は一夕にして九たび逝《ゆ》く）とある。

【訳】

巴南　舟中にて陸渾の別業を思う

瀘水　南州は遠く
巴山に　北客の訪れは稀《まれ》
嶺の雲は繚亂《りょうらん》として沸き立ち
溪《たに》の鷺はのんびりと飛んでゆく
鏡を見ては衰鬢を愁え
舟中に　旅の衣を換えた
夢魂は　故郷の別業を知り
夜ごと　先に歸らぬこととてない

316　巴南舟中夜書事

巴南舟中《しゅうちゅう》　夜　事《こと》を書す

渡口欲黄昏　渡口《とこう》　黄昏《くわうこん》ならんと欲す
歸人争渡喧　歸人　渡《わたり》を争ひて　喧《かまびす》し
近鐘清野寺　近鐘　野寺《やじ》に清く
遠火點江村　遠火　江村に點《とも》る
見雁思郷信　雁を見ては　郷信を思ひ
聞猿積涙痕　猿を聞きては　涙痕《るいこん》を積《かさ》ぬ
孤舟萬里夜　孤舟　萬里《ばんり》の夜
秋月不堪論　秋月　論ずるに堪へず

【語釈】

*大暦三年（七六八）七月、東歸途中の作。
[**夜書事**]「書事」は、事件や事実を書き記すこと。又、その文章。「夜書事」は『全唐詩』に「夜市」と作るが、注に「一に『夜書事』に作る」とある。
[**點**]『全唐詩』注には「一に『照』に作る」とある。

〔孤舟萬里夜、秋月不堪論〕「夜」字、『全唐詩』は「外」と作るが、注に「一に『夜』に作る」とある。この兩句は、孤舟で遠く旅をする作者が、獨り秋月に向かう時、其の心情や景色は、語るに堪えない事を言う。

【訳】

巴南の舟中《しゅうちゅう》 夜 事を書す

渡し場は 黄昏《たそがれ》時になろうとし
家路を急ぐ人が 渡江を争って騒々しい
近くの鐘は 野の寺から清く響き
遠くの火が 江村に点《とも》る
雁を見ては 郷里からの便りを思い
猿の声を聞いては 涙の痕《あと》を積《かさ》ねる
孤舟 郷里から萬里の夜
秋月は 語るに堪えない

317 阻戎瀘間羣盗

戊申歳、余罷官東歸。屬斷江路、時淹泊戎州作

戎瀘《じゅうろ》の間に羣盗に阻《はば》まる

戊申の歳、余は官を罷めて東歸す。屬《まさ》に江路を斷たれ、時に戎州に淹泊しての作

南州林莽深　南州 林莽 深く
亡命聚其間　亡命 其の間に聚まる
殺人無昏曉　人を殺すに 昏曉《こんげう》 無く
屍積塡江灣」　屍《かばね》は積みて 江灣を塡《ふさ》ぐ
餓虎銜髑髏　餓虎は 髑髏を銜《くは》へ
飢烏啄心肝　飢烏は 心肝を啄《ついば》む
腥裛灘草死　腥《なまぐさ》の裛《うるほ》して 灘草は死し
血流江水殷」　血は流れて 江水殷《あか》し
夜雨風蕭蕭　夜雨 風は蕭蕭
鬼哭連楚山　鬼哭 楚山に連なる
三江行人絶　三江 行人 絶え
萬里無征船」　萬里 征船 無し
唯有白鳥飛　唯だ白鳥の飛ぶ有りて
空見秋月圓　空しく秋月の圓きを見る
罷官自南蜀　官を罷《や》めて 南蜀自《よ》りし
假道來玆川」　道を假《か》りて 玆《こ》の川に來たる
瞻望陽臺雲　瞻望す 陽臺の雲
惆悵不敢前　惆悵として 敢へて前《すす》まず
帝郷北近日　帝郷は 北のかた日に近く
瀘口南連蠻」　瀘口は 南のかた蠻に連なる

何當遇長房　何ぞ當に長房に遇ひ
縮地到京關　地を縮めて京關に到るべき
願得隨琴高　願はくは 琴高に隨ひ
騎魚向雲煙」　魚に騎《の》りて雲煙に向かふを得ん
明主每憂人　明主 每《つね》に人を憂へ
節使恆在邊　節使 恆《つね》に邊に在り
兵革方禦寇　兵革 方《まさ》に寇を禦《ふせ》ぐも
爾惡胡不悛　爾《そ》の惡 胡《なん》ぞ悛《あらた》めざる
吾竊悲爾徒　吾れ竊《ひそ》かに爾《なんぢ》が徒を悲しむ
此生安得全　此の生 安《いづく》んぞ全うするを得んや

【語釈】

＊大暦三年、東歸途中の作。

［**戎瀘間**］戎州と瀘州の間。戎州は四川省宜賓縣の岷江と長江の合流点。瀘州は四川省瀘縣の、沱江と長江の合流点。

［**羣盜**］瀘州刺史の楊子琳を指す。大暦三年四月、西川節度使の崔旰《さいかん》が入朝し、弟の寛を節度留後とした。瀘州刺史の楊子琳はこの機に乗じて、精鋭数千騎を率いて成都に突入した。七月、敗れて瀘州に歸り、皆を集めて亡命し、長江沿いに東に下り入朝を言いふらした。

［**戊申歲**］大暦三年（七六九）、岑參五十四歲。

［**南州**］南方の国。

［**林莽**］草木の深く茂っている地。

［**飢烏啄心肝**］古樂府の「戰城南」に「戰城南死郭北、野死不葬烏可食」（城南に戰って郭北に死す、野に死して葬られず 烏食《くら》ふ可し）とある。

［**夜雨風蕭蕭、鬼哭連楚山**］「鬼哭」は、人鬼が泣く、またその声。杜甫の「兵車行」に「新鬼煩冤舊鬼哭、天陰雨濕聲啾啾」（新鬼は煩冤し舊鬼は哭す、天陰《くも》り雨濕《うるほ》ふとき聲啾啾《しうしう》たり）とある。

［**三江**］四川省の岷江、沱江、涪《ふう》江を、外江、中江、内江の三江と呼んだ。

［**假道**］他国の道を通してもらうこと。

［**帝鄉北近日**］「近日」は、太陽に近いこと。劉昭の『幼童傳』に「晉明帝諱紹元帝子。初元帝爲江東都督鎮楊州。時中原喪亂、有人從長安來。帝問洛下消息、潸然流涕。明帝年數歲、問泣故、具以東渡意告之。因問帝汝意謂、長安何如日遠。答曰、不聞人從日邊來、只聞人從長安來、居然可知。帝異之。明日集群臣宴會、說以此答。明帝又以爲日近。帝動容問、何故異昨日之言。答曰、擧頭不見

長安、只見日近。是知近。帝大悦。」(晉の明帝 諱は紹元帝の子なり。初め元帝 江東に都督爲《た》りて楊州を鎮《しず》む。時に中原 喪亂し、人の長安從《よ》り來たる有り。帝 洛下の消息を問ふに、潸然として流涕す。帝は年 數歳、泣の故を問へば、具に東渡の意を以て之に告ぐ。因りて帝に問ふ「汝 意《おも》謂ふや、長安は 日の遠きに何如《いかん》」と。答へて曰く、「人の日邊從《よ》り來たるを聞かず、只だ人の長安從り來たるを聞けば、居然として知る可し」と。帝 之を異とす。明日 群臣を集めて宴會し、説くに此の答へを以てす。明帝 又た以て日近しと爲す。帝 動容して問ふ、「何の故に昨日の言と異なるか」と。答へて曰く、「頭を擧ぐるも長安を見ず、只だ日の近きを見るのみ。是れ近きを知るなり」と。帝は大いに悦ぶ。)とある。

［長房縮地］『太平廣記』巻十二に引く『神仙傳』に「費長房從壺公。房有神術、能縮地脈、千里存在目前宛然。放之復舒如舊也。」(費長房は壺公に從ふ。房に神術有り、能く地脈を縮め、千里 存して目前に在ること宛然たり。之を放てば復た舒《の》びて舊《もと》の如きなり。)とあり、後漢の費長房が仙術によって地域を縮め、距離を近くすることを得たという故事。22「題井陘雙溪李道士所居」に「唯求縮却地、郷路莫教賒」(唯だ求む 地を縮却し、郷路 賒《とほ》から教《し》むること莫きを)、77「安西館中思長安」に「遙憑長房術、爲縮天山東」(遙かに長房の術に憑《よ》りて、爲に縮めん天山の東)とある。

［琴高］『太平廣記』巻四に引く『列仙傳』に「琴高、趙人也。能鼓琴。爲宋康王舍人。行涓彭之術、浮游冀州涿郡間、二百餘年。後辭入涿水中、取龍子。與諸弟子期之、曰『明日皆潔齋、候于水旁、設祠屋。』果乘赤鯉魚出、來坐祠中。且有萬人觀之。留一月、乃復入水去。」(琴高は、趙人なり。能く琴を鼓す。宋の康王の舍人爲《た》り。涓《けん》・彭《はう》の術を行ひ、冀州・涿《たく》郡の間に浮游すること、二百餘年。後 辭して涿水中に入り、龍子を取る。諸弟子と之を期して、曰く、明日 皆な潔齋して、水旁に候《ま》ち、祠屋を設けよと。果して赤鯉魚に乘りて出で、來りて祠中に坐す。且つ萬人の之を觀る有り。留まること一月、乃ち復た水に入りて去る。)とあり、周の琴高は鯉魚に乘って天に昇ったという。(琴高乘鯉)

［明主］唐の代宗。

【訳】

戎州と瀘州の間で羣盗に阻まれた

戊申の歳に、私は官を罷め東歸した。あいにく船路を断たれ、戎州に久しく留まった折の作。

南の国では 草木は繁茂し
亡命者は 其の間に集まる
人を殺すに 夜昼無く
屍体は積もって 江瀆をふさいでいる」
餓えた虎は 髑髏を銜《くゎ》え
飢えた烏は 心肝をついばむ
生臭さがしみて 岸辺の草は死に
血が流れて 江《かわ》の水は赤い」
夜の雨に 風は蕭蕭と
鬼哭の聲は 楚山に連なる
三江に 行く人は絶え
萬里のかなた 行く船も無い」
ただ白鳥《しらとり》だけが飛び
空しく 秋の圓い月を見る
官を罷めて 南蜀から
道を借りて この川まで来た」
遙かに 陽臺の雲を望み
嘆き悲しんで 進むことができない
都は 北のかた太陽に近く
瀘口は 南のかた蠻に連なる」
どうして長房に遇い
地を縮めて都に到ることができようか
願うのは 琴高に随い
魚に騎《の》って雲煙に昇ること」
賢主は いつも人々のことを思い
節度使は いつも辺境にいる
軍隊は まさに外敵を防いでいるのに
その悪は どうして改められないのであろうか」
私は心ひそかに おまえらを悲しむ
その生涯を どうして全うすることができようかと

318 青山峡口 泊舟懐狄侍御

青山峡口 舟を泊して狄《てき》侍御を懐ふ

峡口秋水壯　峡口 秋水 壯《さか》んなり
沙邊且停橈　沙邊 且《しばら》く橈《かい》を停む
奔濤振石壁　奔濤 石壁を振はせ
峯勢如動揺」　峯勢 動揺するが如し
九月蘆花新　九月 蘆花 新《あらた》にして

彌令客心焦　彌《いよいよ》々 客心をして焦《こが》れしむ
誰念在江島　誰か念《おも》はん 江島に在らんとは
故人滿天朝」　故人 天朝に滿つ
無處豁心胸　處《ところ》として 心胸を豁《ひろ》からしむる無く
憂來醉能鎖　憂ひ來らば 醉ひて能く鎖《とざ》す
往來巴山道　往來 巴山の道
三見秋草彫」　三たび 秋草の彫《おとろ》ふを見る
狄生新相知　狄生《てきせい》 新《あらた》に相知り
才調凌雲霄　才調 雲霄を凌《しの》ぐ
賦詩折造化　詩を賦しては 造化を折《くじ》き
入幕生風飈」　幕に入りては 風飈《ふうへう》を生ず
把筆判甲兵　筆を把《と》りて 甲兵を判すれば
戰士不敢驕　戰士 敢へて驕《おご》らず
皆云梁公後　皆な云ふ 梁公の後
遇鼎還能調」　鼎に遇ひては 還《ま》た能く調《ととの》へんと
一別倏經時　一別 倏《たちま》ち時を經《へ》て
音塵殊寂寥　音塵 殊《こと》に寂寥
何當見夫子　何《いつ》れのときにか 當に夫子に見《まみ》えて
不嘆鄕關遙　鄕關の遙かなるを 嘆かざるべき

【語釈】

＊大曆三年（七六八）秋 東歸途中の作。

［青山峽口］『宜賓縣志』巻六に「縣中 岷江（岷山から出て金沙江に合流する川）と金沙江の間に青山あり」とある。「青山峽口」は此を指すと思われる。

［橈］ 船槳。船の楫。船を指す。

［客］ 岑參を指す。

［江島］ 川と川中の島。

［故人滿天朝］ 24「臨河客舍呈狄明府兄、留題縣南樓」（河に臨む客舍にて狄明府兄に呈し、縣の南樓に留題す）に「故人高臥黎陽縣、一別三年不相見」（故人 黎陽縣に高臥し、一たび別れて三年相見ず）とある。「故人」は舊友。ここは狄侍御たちを指す。

［無處豁心胸］ 314「東歸發犍爲至泥溪舟中作」（東歸せんと犍爲を發して 泥溪に至る舟中の作）に「不意今棄置、何由豁心胸」（意《おも》はざりき 今 棄置せられんとは、何に由りてか 心胸を豁《ひろや》かにせん）とある。

［往來巴山道］ 31「送蒲秀才擢第歸蜀」（蒲秀才の擢第して蜀に歸るを送る）に「漢水行人少、巴山客舍稀」（漢水 行く人少なく、巴山 客舍 稀なり）とある。「巴山」は大巴山脈を指す。又の名を巴嶺山脈という。陝西と四

川の兩省の境に連なる。陝西から蜀に入る時には必ずここを通る。

〔三見〕岑參が、大暦元年 杜鴻漸に随って蜀に入ってから、大暦三年秋 官を罷《や》めて東歸するに到るまで、三年を経たことをいう。

〔彫〕「凋」に同じ。

〔狄生〕狄侍御を指す。

〔才調〕才氣。

〔賦詩折造化〕「折」は折服。底本の注に「本は探に作る」と。明鈔本は「折」に作り、宋本は「拆」に、『全唐詩』は「析」に作る。「拆」、「析」は「折」の譌であろう。此の句は、狄侍御の詩才が能く造物者さえも折服せしめることを云う。

〔入幕生風飈〕「幕」は幕府。「飈」は暴風。「生風飈」は、御史の峻厲なることを形容する。88「送韋侍御先歸京」（韋侍御の先に京に歸るを送る）に「風霜隨馬去、炎暑爲君寒」（風霜は馬に随ひて去き、炎暑も君の爲に寒からん）とある。『通典』巻二四に「御史は風霜の任なり。不法を糾彈し、百僚は震恐す。官の雄峻なる、之に比するなし。」とある。

〔把筆判甲兵 戰士不敢驕〕「判」は、裁決。裁断。此の兩句は、狄が侍御に任じられた時、罪悪を取り調べたり、法に背いていないかなどを明らかにし、戦士が驕横、放縦にならぬように取り扱ったことをいう。

〔梁公〕狄仁傑を指す。（六〇七～七〇〇）字は懷英。太原の人。明経に擧げられ、大理丞・江南巡撫使・豫州刺使を歴拜し、至る所 政績有り。武后の時、屡々罷免せられては、又た官に復す。神功の初め、鸞臺侍郎同平章となる。武后、武三思を太子と爲さんとするも諫止す。卒して文昌右相を追贈せられ、睿宗の時、梁國公を追封せらる。世に狄梁公と称す。『唐書』一一五、『舊唐書』八九に傳が有る。

〔遇鼎〕『史記』殷本紀に「伊尹名阿衡。阿衡欲干湯而無由。乃爲有莘氏 媵臣、負鼎俎、以滋味説湯、致于王道。」（伊尹《いゐん》 阿衡《あかう》と名づく。阿衡 湯に干《もと》めんと欲すれども由《よし》無し。乃ち有莘氏《いうしんし》の媵臣《ようしん》と爲り、鼎俎を負ひ、滋味を以て湯に説き、王道を致せり。）とある。伊尹が鼎で滋味なる料理を作り、湯に任用されたことから、調鼎を以て天下を治理することの譬えとした。「鼎」は鍋釜のこと。ここは狄が政治に詳しかったことを云う。

［一別倏經時］「一」字、『全唐詩』は「離」に作る。底本、宋本、明抄本は均しく「一は離に作る」と注す。狄は当時、成都幕府中に在って、職に任ぜられており、岑參が嘉州に赴いた後、二人は離れ離れになったと思われる。

［音塵殊寂寥］「音塵」は人の音声や形跡。消息。『老子』二十五章に「寂兮寥兮」（寂たり寥たり）とある。王弼の注に「寂は音聲無く、寥は空にして形無し」とある。

［夫子］狄侍御を指す。「夫」字は底本の注に「一に天に作る」とある。

【訳】

青山峡口 舟を泊して狄侍御を懐ふ

峡口は 秋水が盛んであり
砂辺に 暫く舟を停めた
荒れ狂う濤は 石壁を震わせ
山の様子は 動揺するかのようだ」
九月 蘆《あし》の花は咲いたばかりで
益々 私の心をいらだたせる
こんな江島にいようとは 誰が思っただろう
旧友は 朝廷に満ちあふれているのに」
何処《どこ》といって 心を豁《ひろ》やかにするところもない
憂いが襲ってくれば （酒の）酔いで鎖《とざ》す
巴山の道を 行ったり来たりして
三度 秋草の凋《しぼ》むのを見た」
狄《てき》侍御を 初めて相知ったが
才氣は 天空をも凌《しの》ぐほどだ
詩を賦せば 造物主を折《くじ》き
幕府に入っては 風霜の威厳がある」
筆を執《と》っては 軍事を裁決するので
戦士は 氣ままな行動などできはしない
皆は云う 狄梁公の子孫
能く 世を治め調《ととの》える能力があると」
一たび別れてから 忽ち時が経ち
消息は 全く聞こえてこなくなった
何時になったら あなたに會えて
郷関が遥か遠いことを 嘆かなくてすむのだろうか

319 楚夕旅泊古興

楚夕旅泊 古興

獨鶴唳江月
孤帆凌楚雲
秋風冷蕭瑟
蘆荻花紛紜
忽思湘川老
欲訪雲中君
騏驎息悲鳴
愁見豺虎羣

獨鶴《どくかく》 江月《かうげつ》に唳《な》き
孤帆《こはん》 楚雲を凌《しの》ぐ
秋風 冷たくして 蕭瑟《せうしつ》
蘆荻《ろてき》 花は紛紜《ふんうん》たり
忽ち 湘川《しやうせん》の老を思ひ
雲中君を訪ねんと欲す
騏驎《きりん》 悲しみ鳴くを息《や》め
愁ひもて豺虎《さいこ》の羣《むれ》を見る

【語釈】

＊大暦三年（七六八）秋、東歸途中の作。

［**蕭瑟**］秋風がさわさわと冴えわたるさま。『文選』九辯に「悲哉秋之爲氣也、蕭瑟兮草木搖落而變衰。」（悲しいかな秋の氣爲《た》るや、蕭瑟として 草木搖落《えうらく》して變衰す。）とある。

［**蘆荻**］蘆と荻。ともに稲科の多年草で、各地の水辺に自生する。秋になると、蘆は白い花を咲かせ、荻は紫色の花を咲かせる。

［**花紛紜**］『文苑英華』巻二九二は、「花」字を「夜」に作る。なお、『文苑英華』『全唐詩』は「紛紜」を「紛紛」に作る。

［**湘川老**］湘君、即ち舜を指す。舜は南方に巡幸している時、蒼梧（今の湖南省寧遠縣の東南）で亡くなった。死後は、湘水の神として祀られた。また、「川」字、底本は「州」に作るが、注に「本 川に作る」とあるのによって改めた。岑參は、湘君の霊光が發揚する湘川を静かにゆったりと下ってゆく『楚辭』九歌「湘君」の情景を思い浮かべて、屈原と同様、自分の志が果たされないことを悲しんでいる。

［**雲中君**］雲の神、豊隆を指す。「湘川老」と「雲中君」はともに、楚国の民間で神として信仰されていた。『楚辭』九歌「雲中君」では、光り輝き、果てしなく周遊する雲神のあとを追い従うことのできない屈原の憂いや思慕の情が語られる。岑參は雲中君が天駆けて遊び、たちまちに雲居の遠くに歸ってゆく情景を思い浮かべ、屈原と同じような思いをしている。

［**騏驎息悲鳴、愁見豺虎羣**］「騏驎」は、良馬の名であることから、賢才の人を喩える言葉として使われる。本文では、屈原に岑參自身を重ねているのであろう。「豺虎」は、山犬と虎のことで、賊を喩える言葉。

【訳】

楚夕の旅泊 古興

獨鶴は 江上の月を見上げて唳《な》き
孤帆は 楚地の雲を越えてゆく
秋風は 冷たく爽やかに冴えわたり
蘆荻は 花が咲き亂れている
ふと湘川の老を思い
雲中君を訪ねたいと願う
賢才は悲しみ鳴くことをやめ
愁いつつ 賊の群を見ている

320 下外江舟中懷終南舊居

外江を下る舟中 終南の舊居を懷ふ

杉冷曉猿悲 杉は冷やかにして 曉の猿は悲しく
楚客心欲絶 楚客 心 絶えんと欲す
孤舟巴山雨 孤舟 巴山《はざん》の雨
萬里陽臺月」 萬里 陽臺の月
水宿已淹時 水宿 已に時を淹《ひさ》しくし
蘆花白如雪 蘆花《ろくわ》 白きこと雪の如し
顏容老難赭 顏容 老いて赭《しゃ》なり難く
把鏡悲鬢髮」 鏡を把《と》りて 鬢髮を悲しむ
早年好金丹 早年 金丹を好み
方士傳口訣 方士 口訣を傳ふ
敝廬終南下 敝廬《へいろ》は 終南の下
久與眞侶別」 久しく 眞侶と別る
道書誰更開 道書 誰か更に開かん
藥竈煙遂滅 藥竈《やくさう》 煙は遂に滅す
頃來厭塵網 頃來 塵網《じんまう》を厭《いと》ふも
安得有仙骨」 安《いづく》んぞ 仙骨《せんこつ》有るを得んや
巖壑歸去來 巖壑《がんがく》 歸り去來《ゆ》かん
公卿是何物 公卿《こうけい》 是れ何物ぞ

【語釈】

＊大曆三年（七六八）秋、東歸途中の作。

［下外江］「外江」は岷《びん》江のこと。岷山から出て、金沙江《きんさこう》に合流する。昔は長江の上流と考えられていた。「下外江」は岷江に沿うて南行すること。

［舟中］「中」字、『全唐詩』には無い。

［終南］終南山のこと。

［曉猿］清々しい朝の猿の鳴き聲を指す。

［楚客］作者自身を指す。

［巴山］蜀山を言う。

［**陽臺**］247「送江陵泉少府赴任便呈衞荊州」（江陵の泉少府の 任に赴くを送りて便ち衞荊州に呈す）の注參照。「楚王臺」は、陽雲臺、又た陽臺と名づく。臺は巫山の下に在る。陽臺は岑參が東歸途中必ず通る地。

［**淹時**］旅先で長く留まっている時。戎州に暫く留まっていたことを指すと思われる。

［**赭**］紅色。『全唐詩』は「赬《てい》」（二度染めの赤色）に作る。

［**金丹**］黃金の液。「丹」は丹砂より煉成した丹藥。長生不老の藥。

［**方士**］仙人の術を行う人。

［**口訣**］自分の口から授ける秘術。口授の秘傳。

［**敝廬**］破れ屋。自分の家の謙称。

［**眞侶**］和尚を謂う。ここは道士を指す。

［**道書誰更開、藥竈煙遂滅**］「道書」は、道家の教えを説いた書物。249「左僕射相國冀公東齋幽居 同黎拾遺所獻」（左僕射相國冀公の東齋幽居 黎《れい》拾遺の獻ずる所に同じくす）に「有時披道書、竟日不着冠」（時有りて道書を披《ひら》き、竟日 冠を着けず）とある。この兩句は、道家の書は非常に長い間開かれず、煉丹の竈の火は消えて無くなってしまったという。

［**頃來厭塵網、安得有仙骨**］「厭」字、『全唐詩』は「壓」に作る。「塵網」は世の中。俗界。

［**仙骨**］仙人の骨相。並々でない非凡な風采。

［**巖壑**］石窟。岩屋。隱者の居所の地。

［**歸去來**］歸り去ることを促す語。「來」は助辭。

［**公卿**］底本、明抄本、呉校に「一に微官に作る」と注す。

【**訳**】

岷江《びんこう》を下る舟の中で 終南の舊居を懷う

杉は冷え冷えと 明け方の猿の鳴き聲は悲しみを帯び
私の心も絶え入りそうだ
孤舟は 巴山の雨の中
故郷から萬里 陽臺の月」
水邊の舟泊まりも 随分長くなり
蘆花は白く 雪のようになった
自分の容貌に 赤みはかえらず
鏡を把《と》って 鬢髮を見ては悲しんでいる」
若い頃は 金丹の術を好み
方士は秘傳を口授してくれた

私のあばら屋は　終南山のふもとにあるので
随分長い間　道士と別れていた」
道家の書は　誰が更に開こうか
薬竈の煙も　遂に消えてしまっただろう
近頃この世の中が　厭《いや》になっているが
どうして　仙骨を得ることができようか」
さあ　岩屋へ帰ろう
公卿の位が　何だというのだ

十三、成都に卒す

大暦三年（七六九）七月、岑參は嘉州刺史を辭して東歸の旅に出たが、途中、戎州 瀘州の間で群盗に道を阻まれて戎州に泊《とどま》る。その後、路を北に変えたが、結局成都に客居。翌四年の歳末、成都に卒した。

321 西蜀旅舍春嘆 寄朝中故人呈狄評事

西蜀の旅舍にての春嘆 朝中の故人に寄せ 狄《てき》評事に呈す

春與人相乖　春と人と相《あ》ひ乖《そむ》き
柳青頭轉白　柳は青く 頭《かうべ》は轉《うた》た白し
生平未得意　生平 未だ意を得ず
覽鏡心自惜」　鏡を覽《み》ては 心 自ら惜しむ
四海猶未安　四海 猶ほ未だ安からず
一身無所適　一身 適《ゆ》く所無し
自從兵戈動　兵戈の動くに從ひて自《よ》り
遂覺天地窄」　遂に 天地の窄《せま》きを覺ゆ
功業悲後時　功業 時に後《おく》るるを悲しみ
光陰嘆虛擲　光陰 虛《むな》しく擲《なげう》つを嘆く
却爲文章累　却《かへ》って 文章の爲に累《わづら》はさるるも
幸有開濟策」　幸いに 開濟《かいさい》の策 有り
何負當途人　何ぞ負《たの》まん 當途の人
心無矜窘厄　心に 窘厄《きんやく》を矜《あはれ》む無し
回瞻後來者　回り瞻《み》れば 後來の者
皆欲肆轔轢」　皆 轔轢《りんれき》を 肆《ほしいまま》にせんと欲す
起草思南宮　草《さう》を起こしては 南宮を思ひ
寄言憶西掖　言を寄せては 西掖を憶ふ
時危任舒卷　時 危ふくして 舒卷《じょくわん》に任せ
身退知損益」　身 退きて 損益を知る
窮巷草轉深　窮巷 草は轉《うた》た深く
閉門日將夕　門を閉ぢて 日は將に夕べならんとす
橋西暮雨黑　橋西 暮雨 黑く
籬外春江碧」　籬外 春江 碧し
昨者初識君　昨は 初めて君を識《し》り
相看俱是客　相ひ看るに 倶《とも》に是れ客たり
聲華同道術　聲華 道術を同じうし
世業通往昔」　世業 往昔に通ず
早須歸天階　早《つと》に 須《すべから》く 天階に歸るべし

不能安孔席　孔席に安んずる能はず
吾先税歸鞅　吾れ先に 歸鞅を税《と》かん
舊國如咫尺　舊國 咫尺《しせき》の如し

【語釈】

＊大暦四年（七六九）春、成都での作。岑參は前年、東歸せんとするもかなわず、成都に戻っていた。

［西蜀］成都のこと。

［狄評事］318「青山峡口泊舟懷狄侍御」詩中の狄侍御のことか。

［生平］へいぜい。平素。

［覽鏡心自惜］「覽」字、『文苑英華』巻二五三は「攬」に作る。「心」字、『文苑英華』『全唐詩』は「私」に作る。

［兵戈］安史の乱を指す。

［功業］てがら、勲功。

［開濟］君國に對して輔導の責を盡し、民物に對して救濟の功あること。

［當途］政治を執る。『孟子』公孫丑上に「公孫丑問曰、夫子當路於齊、管仲晏子之功、可復許乎。」（公孫丑 問ひて曰く、夫子 路に齊に當たらば、管仲 晏子の功、復《ま》た許す可きか。）とある。

［心無］『文苑英華』『全唐詩』は、互倒して「無心」に作る。

［窘厄］苦しみ、苦難。

［轔轢］踏みにじること。司馬相如の「上林賦」に「徒車之所轔轢、歩騎之所蹂若」（徒車の轔《ふ》み轢《ふ》む所、歩騎の蹂《ふ》み若《にじ》る所）とある。

［南宮］尚書省のこと。

［寄言］言づてをする。

［西掖］中書省のこと。

［舒卷］伸べることと巻くこと、時に随って進退すること。「卷」は、『論語』衞靈公篇に「邦有道則仕、邦無道、則可卷而懷之」（邦に道有らば則ち仕へ、邦に道無くば、則ち巻きて之を懷《ふところ》にすべし）とある。

［損益］損卦と益卦。『易経』雑卦に「損益、盛衰之始也」（損益は、盛衰の始めなり）とある。282「送狄員外巡按西山軍」に「儒生識損益、言事皆審諦」（儒生は損益を識り、事を言ひて 皆 審諦《つまび》らかなり）とある。

［窮巷］むさ苦しい巷《ちまた》。

［閉門］「閉」字、『全唐詩』は「閑」に作る。

［初識君］「初」字、『文苑英華』は「始」に作る。

［聲華］よい評判。『文選』巻三六、任昉の「宣德皇后令」に「客游梁朝、則聲華籍甚」（梁朝に客游すれば、則ち聲華 籍甚なり）とある。

［道術］治國の術。

［世業通往昔］「世業」は、祖先の事業。岑參の伯祖父岑長倩と、狄侍御の先祖の狄仁傑は、武后の時、ともに宰相となり、武氏が自分の子を皇太子に立てようとしたことに反對した。

［天階］朝廷を指す。

［不能安孔席］「能」字、明抄本、呉校、『全唐詩』は「得」に作る。底本の注にも「一作得」とある。「孔席」は、孔子の座席。班固の「答賓戲」に「孔席不暖、墨突不黔」（孔席 暖まらず、墨突 黔《くろ》まず）とある。狄評事が孔子と同じく、心は世の中を済うことにあり、安居しないでいることを言う。

［鞅］むながい。馬の頸につける革ひも。ここは車を指す。

［舊國］故郷。

［咫尺］非常に近い距離。


【訳】

西蜀の旅舍での春嘆 朝中の故人に寄せ 狄評事に呈す

春と人とは 裏腹に
柳は青く 頭髪は いよいよ白い
平素 まだ 意にかなわず
鏡をみては 心中 自ら惜しんでいる」
世の中は今なお定まらず
この身は 行く所が無い
兵戈の動きに従ってからというもの
とうとう 自分の働き場所の無いことを覺った」
功績では ひとに後《おく》れたのを悲しみ
時が 無為《むい》に過ぎたことを嘆く
しかし 文章のために 煩わされもしたが
幸いにも「開濟の策」が有った」
どうして頼もうか 政治を執る人を
心に苦難を憐れむ氣持ちは無い
振り返り見れば 後に続く者は
皆 ほしいままに踏み越えてゆこうとしている」
文章を書いては 尚書省を思い

言づてをしては 中書省を憶う
時勢が 危うくなって 進退に任せ
この身は 官を退いて 道の得失を知った」
むさ苦しい所に 草はいよいよ深く
門を閉ざして 日はまさに暮れようとしている
橋の西には 夕暮の雨が 黒く
籬《まがき》の外には 春の江《かわ》が 碧い」
先日は 初めてあなたを識り
お互い見合うに ふたりとも他國者
治國の術では 良い評判をともにし
先祖の功績は 昔は似通っていた」
早く 朝廷に歸った方がいいだろう
「孔席」に 安んずることはできない
私はお先に 歸りの車を出すとしよう
故郷は 目と鼻の先なのだから

322 送綿州李司馬秩滿歸京因呈李兵部

綿州の李司馬 秩滿《み》ちて京に歸るを送る
因りて李兵部に呈す

久客厭江月　久しく客となりて 江月を厭《いと》ひ
罷官思早歸　官を罷《や》めて 早《つと》に歸らんことを思ふ
眼看春色老　眼に看る 春色の老いたるを
羞見梨花飛」　羞《は》ぢて見る 梨花の飛ぶを
劍北山居小　劍北 山居 小にして
巴南音信稀　巴南 音信 稀《まれ》なり
因君報兵部　君に因りて兵部に報ぜん
愁涙日沾衣　愁涙 日に衣を沾《うるほ》すと

【語釈】

＊大暦四年（七六九）春、成都での作。

［**綿州**］唐の州名。劍南道に屬し、今の四川省綿陽の東に役所があった。

［**司馬**］州刺史の屬官。

［**秩滿**］職の任期が滿了すること。

［**李兵部**］李という姓の、兵部長官のことであり、233「秋夕 書を讀む幽興 兵部の李侍郎に獻ず」詩中の「李侍郎」のことか。

［**久客**］巴南に長く留まること。

［**眼看春色老**］「色」字、明抄本、『全唐詩』は「光」に作る。目の前を春が過ぎていく感じを「眼看」というのであろう。杜甫「絶句」に「今春看又過」（今春 看《みすみ》す

す又た過ぐ）とある。

［羞見梨花飛］「梨花」の用例として、100「梁園歌　送河南王説判官」（梁園の歌　河南の王説判官を送る）詩に「梁園二月梨花飛、却似梁王雪下時」（梁園　二月　梨花は飛び、却って梁王雪下の時に似たり）、190「春興思南山舊廬招柳建正字」（春興　南山の舊廬を思ひ、柳建正字を招く）詩に「自憐蓬鬢改、羞見梨花開」（自ら憐む蓬鬢の改まるを、羞ぢて見る梨花の開くを）とある。ここでは、自分が老いていく白髪の「白」と「梨花」の「白」を掛けている。為す事もなく、また一年が過ぎたという情けなさを表す。

［山居］長安の終南山の舊居を指す。長安は劍山の遙か北にある。

［巴南］嘉州を指す。

［君］李司馬を指す。

［兵部］李兵部を指す。


【訳】

綿州の李司馬の任期が満了して京に歸るのを送る
因って李兵部に差し上げる

私は長らく旅にあって　江月を見るのも嫌になり
官を罷《や》めて早く歸りたいと思う
春の景色が老いていくのが目に見える
梨花が風に飛ぶのを羞じて見る
劍北にある私の山居は貧しくて
巴南からの便りは稀《まれ》
君に頼って李兵部に知らせよう
憂いの涙は日に衣を濡《ぬ》らすということを

323　客舍悲秋有懷兩省舊遊　呈幕中諸公
客舍にて秋を悲しみ　兩省の舊遊を懷ふ有り
幕中の諸公に呈す

三度爲郎便白頭　三度《みたび》　郎と爲《な》りて　便ち白頭
一從出守五經秋　一たび出《い》でて守となりて從《よ》り　五たび　秋を經《へ》たり
莫言聖主長不用　言ふ莫《な》かれ　聖主　長く用ゐざるを
其那蒼生應未休　其れ蒼生《さうせい》を那《いか》にせん　應《まさ》に未だ休《や》まざるべし
人間歲月如流水　人間《じんかん》の歲月　流水の如く
客舍秋風今又起　客舍の秋風　今　又《ま》た起こる
不知心事向誰論　心事　誰に向かひて論ずるかを知ら

ず
江上蟬鳴空滿耳　江上の蟬鳴　空《むな》しく耳に滿つ

【語釈】

*大暦四年（七六九）秋、成都での作。

［**客舍悲秋有懷兩省舊遊呈幕中諸公**］「有」字、『文苑英華』巻二五三は「雨」に作る。「兩省舊遊」とは、門下省・中書省での舊交を指す。「幕」は成都節度使の幕府を指す。

［**三度爲郎**］岑參は廣德元年（七六三）から永泰元年（七六五）に至るまで、五たび郎を歴任している。祠部員外郎（禮部）、考功員外郎（吏部）、虞部郎中（工部）、屯田郎中（工部）、庫部郎中（兵部）であるが、此処でいう「三」とは數の多いことを示しており、實際の回數を指しているのではなかろう。

［**一從出守五經秋**］「出守」とは、刺史となることを指す。「五經秋」とは五たびの秋を經たことを示している。永泰元年（七六五）に嘉州刺史に任じられてより、大暦四年（七六九）にこの詩が作られるまでの約五年を指す。

［**莫言聖主長不用、其那蒼生應未休**］このとき岑參は官の任期を終えており、未だ新しく任じられていない時期であった。この兩句では、皇帝が己を長く任官しないことを述べているのではなく、人民が安寧を得ていないことへの思いを述べている。「其那蒼生」について、『晉書』謝安傳に「征西大將軍桓温請爲司馬、將發新亭、朝士咸送。中丞高崧戲之曰、卿累違朝旨、高臥東山。諸人每相與言、安石不肯出、將如蒼生何。蒼生今亦將如卿何。安甚有愧色。」（征西大將軍 桓温 請ひて司馬と爲し、將に新亭を發せんとするに、朝士 咸な送る。中丞 高崧 之に戲れて曰く、「卿 累《かさ》ねて朝旨に違《たが》ひ、東山に高臥す。諸人 每《つね》に相《あ》ひ與《とも》に言ふ、安石 出づるを肯《がへん》ぜずんば、將《は》た蒼生を如何せんと。蒼生 今 亦た將《は》た卿を如何せん」と。安 甚だ愧《は》づる色有り。）とある。

［**不知心事向誰論、江上蟬鳴空滿耳**］「鳴」字、『文苑英華』は「聲」字に作る。この兩句では、自らの心を訴える所が無く、ただ江のほとりの蟬の鳴き聲だけが響いていることを言っている。

【訳】

旅館にて秋を悲しみ　兩省の舊交を思い
　幕府の諸公に呈す
幾度か郎となり　ふと氣がつけば白髮頭

一たび刺史となってより　五度目の秋が巡り來る
聖主が長く用いないことを言うつもりはないが
安寧を得ていないであろう人民を　どうすれば良かろう
人の世の歳月は　流れる水のようで
宿に吹く秋風が　今また起こる
この心の内を誰に訴えれば良いのか
江のほとりの蟬鳴だけが　ただ空《むな》しく耳に滿ちている

324東歸留題太常徐卿草堂

　東歸　太常の徐卿の草堂に留題す

不謝古名將　古の名將に謝《は》ぢず
吾知徐太常　吾は知る　徐太常
年纔三十餘　年纔《わづ》かに三十餘
勇冠西南方」　勇は西南方に冠たり
頃曾策匹馬　頃曾《かつ》て　匹馬に　策《むちう》ち
獨出持兩槍　獨り出でて　兩槍を持つ
虜騎無數來　虜騎　無數に來《きた》るも
見君不敢當」　君を見て　敢《あへ》て當らず
漢將小衞霍　漢將　衞《えい》・霍《かく》を小とし
蜀將凌關張　蜀將　關《くわん》・張《ちやう》を凌《しの》ぐ
卿月益清澄　卿月《けいげつ》　益《ますま》す　清澄
將星轉光芒」　將星　轉《うた》た光芒《くわうばう》あり
復居少城北　復《ま》た少城の北に居し
遙對岷山陽　遙かに岷《びん》山の陽《みなみ》に對す
車馬日盈門　車馬は　日に門に盈《み》ち
賓客常滿堂」　賓客は　常に堂に滿つ
曲池蔭高樹　曲池は　高樹に蔭《かげ》し
小徑穿叢篁　小徑は　叢篁《むらたけ》を穿《うが》つ
江鳥飛入簾　江鳥は　飛びて簾《すだれ》に入り
山雲來到牀」　山雲は　來りて牀《しやう》に到る
題詩芭蕉滑　詩を題せば　芭蕉　滑《なめ》らかに
對酒椶花香　酒に對せば　椶花　香る
諸將射獵時　諸將　射獵の時
君在翰墨場」　君は翰墨の場に在り
聖主賞勳業　聖主は勳業を賞し
邊城最輝光　邊城に　最も輝光《かがや》く
與我情綢繆　我と　情は　綢繆《ちうびう》たり
相知久芬芳」　相知りて久しく芬芳《かぐは》し
忽作萬里別　忽ち作《な》す　萬里の別れ
東歸三峽長　東歸　三峽　長し

【語釈】

＊大暦四年（七六九）、成都での作。

［**太常**］官名。宗廟祭祀、禮楽儀制を掌る。卿、少卿おのおの一人を置く。

［**衛霍**］前漢の衛青《えいせい》と霍去病《かくきょへい》。共に武帝の將軍で、匈奴の征伐に功績があった。

［**關張**］三國・蜀の關羽と張飛。共に劉備に仕えて、武功を立てた。

［**卿月**］内官の顕貴なもの。月卿に同じ。

［**將星**］將軍の異称。

［**少城**］成都に太城と少城があった。『元和郡縣志』巻三十一に「少城一曰小城、在縣西南一里二百歩。『蜀都賦』云、亞以少城、接乎其西。」（少城は一に小城と曰ひ、（成都）縣の西南一里二百歩に在り。「蜀都賦」に云ふ、亞《つ》ぐに少城を以てし、其の西に接《つづ》くと）。『文選』の李善注に「少城は、小城なり。大城の西に在り、市は其の中に在るなり。」とある。

［**江鳥**］川の鳥。269「梁州陪趙行軍龍岡寺北庭泛舟宴王侍御」（梁州にて趙行軍の龍岡寺の北庭にて舟を泛《うか》べて王侍御を宴するに陪《ばい》す）詩に「唱歌江鳥沒、吹笛岸花香」（歌を唱へば 江鳥 沒し、笛を吹けば 岸花 香る）とある。

［**山雲**］山の雲。292「送柳録事赴梁州」（柳録事の梁州に赴くを送る）詩に「江樹連官舍、山雲到臥床」（江樹は官舍に連なり、山雲は臥床に到る）とある。

［**翰墨**］筆と墨。転じて文學。

［**芬芳**］よい香り。

【訳】

東歸せんとして太常の徐卿の草堂に留題した

古の名將に謝《は》じない人として
私は知る 徐太常
年は わずかに三十餘歳
勇敢なさまは 西南方に知れ渡る」
先頃は 一頭の馬に鞭打ち
二本の槍を持って突出した
相手は 無數であったが
あなたを見て 敢《あ》えて當たろうとはしなかった」
漢の武將 衛青《えいせい》 霍去病《かくきょへい》も及ばず
蜀の武將 關羽《かんう》 張飛《ちょうひ》をもしのぐほど
卿月は ますます 清く澄み

将星は いっそう きらきら光る」
また少城の北に住み
遙かに岷山の南と向かい合っている
訪れる車馬は毎日 門に溢れ
賓客は 常に屋敷にいっぱいだ」
曲池は 高樹の蔭にあり
小道は 草むらを穿つ
江《かわ》の鳥は 飛んで 御簾に入り
山の雲は 寝床にまでやって來る」
詩を書きつければ 芭蕉は 美しく
酒に向かえば 棕櫚《しゅろ》の花が 香る
他の武將が 獮をする時も
あなたは 文學の場に在った」
聖主は 功績を賞《ほ》め
邊城に 最も光を放った
私との交情も きめ細やかで
知り合いになって 良い関係が続いた」
にわかに 萬里の別れをすることになり
東に歸ろうとすると 三峽は長い

325 僕射裴公輓歌 其一

僕射《ぼくや》裴公 輓歌《ばんか》 其の一

盛徳資邦傑 盛徳 邦傑を資《たす》け
嘉謨作世程 嘉謨《かぼ》 世程と作《な》る
門瞻駟馬貴 門には瞻《み》る 駟馬《しば》の貴《たっと》きを
時仰八裴名」 時は仰ぐ 八裴《はい》の名
罷市秦人送 市《いち》を罷《や》めて 秦人《しんひと》 送り
還鄉絳老迎 鄉《くに》に還れば 絳老《こうらう》 迎ふ
莫埋丞相印 埋《うつ》むること莫《な》かれ 丞相《じようしやう》の印
留着付玄成 留着して 玄成に付さん

【語釈】

＊大曆四年十二月、成都での作。

「僕射裴公輓歌」の詩題を、明抄本、呉校、『全唐詩』は「故僕射裴公輓歌三首」に作る。

「僕射裴公」 即ち裴冕《はいべん》のこと。249「左僕射相國冀公東齋幽居同黎拾遺所獻」（左僕射相國冀《き》公《こう》の東齋の幽居 黎《れい》拾遺の獻ずる所に同じくす）の注參照。「僕射」は官名。もと尚書省の次官で左右各一名がある。唐代には尚書省の実際の長官となり、宰相の職であり、わが國の左右大臣の職に相當する。「裴冕」は大曆四年十月、復《ま》た相となり、大暦四年十二月戊戌《ぼじゅつ》に卒す。
［盛徳］ すぐれた徳。
［資］ 資助。供給。ここは有能な人物を見抜いて、然るべき位につけること。
［邦傑］ 國家の傑出した人才。
［嘉謨］ 欠点の全くない謀略。良いはかりごと。「謨」は『文苑英華』巻三一〇は「謀」に作る。
［世程］「世法」。世の中の方式。ここは裴冕に對する贊譽の辞。
［駟馬］ 四頭立ての馬車。
［八裴名］『文苑英華』は「八裴榮」に作り、『全唐詩』は「八龍名」に作り、底本、明抄本、呉校は「一に兗《えん》龍榮に作る」とある。「八裴」は、裴姓の八人。晉の裴徽《はいき》・裴楷《はいかい》・裴康《はいこう》・裴綽《はいしゃく》・裴瓚《はいさん》・裴遐《はいか》・裴頠《はいぎ》・裴邈《はいばく》。『世説新語』品藻に八裴を王氏八人に準《なぞら》えて「以八裴方八王。裴徽方王祥、裴楷方王夷甫、裴康方王綏、裴綽方王澄、裴瓚方王敦、裴遐方王導、裴頠方王戎、裴邈方王玄。」（八裴を以て八王に方《くら》ぶ。裴徽を王祥に方べ、裴楷を王夷甫に方べ、裴康を王綏《わうすゐ》に方べ、裴綽を王澄に方べ、裴瓚を王敦に方べ、裴遐を王導に方べ、裴頠を王戎に方べ、裴邈を王玄に方ぶ。）とある。この裴公一門が栄えて、晉の時代の八裴に比べられる程である、という。
［罷市秦人送、還郷絳老迎］「秦人」は、長安の人を指す。「絳老」は、絳地の老人。「絳」は裴を葬る地。治所は今の山西新絳縣に在る。裴冕は河中府（治所は今の山西永濟縣の西に在る）の人であり、其の地は絳と隣り合っている。故郷に歸って絳に葬られたことを言う。この兩句は、裴冕の死後故郷に歸り葬るに、長安の人は市場を罷《や》めて送り、故郷の父老は迎えに集まって來たことを言う。
［莫埋丞相印、留着付玄成］「玄成」韋玄成、漢、鄒の人。韋賢の少子、字は少翁。元帝の時、父の相位を継ぎ侯に封ぜられた。

【訳】

　僕射裴公の輓歌　其の一

そのすぐれた徳は　傑出した人物を見抜いて引き立て
善き謀は　世の中の方式となった
門には　四頭立ての馬車が見え
時の人は「八裴」の名を仰ぎ見た
市場を罷《や》めて　秦の人は（柩を）見送り

故郷に帰れば 絳《こう》の年寄りたちが出迎えた
丞相の印が埋もれないように
留めて御子息に継承して欲しいものだ

僕射裴公輓歌　其二

五府瞻高位　五府 高位を瞻《み》
三台喪大賢　三台 大賢を喪《うしな》ふ
禮容還故絳　禮容 故絳《ここう》に還り
寵贈冠新田　寵贈《ちょうそう》 新田に冠す
氣歇汾陰鼎　氣は 汾陰の鼎に歇《や》み
魂歸京兆天　魂は 京兆の天に歸る
先時劍已沒　先時 劍は已に沒し
壠樹久蒼然　壠樹《ろうじゅ》は 久しく蒼然《さうぜん》たり

【語釈】

［**五府**］太尉・司徒・司空 の三公を漢代中央政府の最高官吏とし、太傅・大將軍を合わせて「五府」と称した。これは唐代の最高官職であることをいう。『文苑英華』巻三一〇は「五」を「三」に作る。

［**三台**］太尉、司徒、司空 の三公。

［**禮容**］礼儀正しい様子。ここでは恭しく葬儀を行うことを示す。

［**故絳**］春秋時代の晉の都。今の山西省翼城縣の東南。

［**寵贈**］寵愛し、加護すること。ここでは死後に天子の恩寵を賜ることを示す。『文苑英華』は「寵贈」を「増寵」に作る。

［**冠**］明抄本、呉校、『全唐詩』の注は「一作過」とある。

［**新田**］今の山西省曲沃《きょくよく》縣西南、絳の邑の故城。

［**氣歇汾陰鼎**］「汾陰鼎」は、今の山西省河津縣の西南。武帝のとき、寶鼎を得た處。『文苑英華』は「陰」を「陽」に作るが、誤りであろう。この句は、裴公の死後、葬られて故郷に歸ったことを指す。

［**魂歸京兆天**］「京兆」は長安。『全唐詩』は「天」字を「阡《せん》」に作る。『文苑英華』は「歸」字を「飛」に作る。

［**先時劍已沒**］裴冕の妻が先に亡くなったことを指す。鮑照「贈故人馬子喬六首」其六に、「雙劍將離別、先在匣中鳴。煙雨交將夕、從此忽分形。雌沈呉江裏、雄飛入楚城。呉江深無底、楚闕有崇扃。一爲天地別、豈直限幽明。神物終不隔、千祀儻還并。」（雙劍 將に離別せんと

し、先づ匣中《かふちゆう》に在りて鳴く。煙雨 交はりて將に夕べならんとし、此れより忽として形を分く。雌は沈む呉江の裏《うち》、雄は飛んで楚城に入る。呉江 深くして底無く、楚闕《そけつ》には崇《たか》き扃《くわんぬき》有り。一たび天地の別れを爲せば、豈に直《ただ》に幽と明を限るのみならんや。神と物と終《つひ》に隔らずんば、千祀《せんし》儻《も》しくは還《ま》た并《あ》はん。」とある。365「西河太守杜公輓歌」其二の注參照。

［壠］墓のこと。

【訳】

僕射裴公の輓歌 其の二

人民は 五府の高位を仰ぎ見
三台の大賢を喪《うしな》った
故絳で 恭《うやうや》しく葬儀が営まれると葬列は還り
新田で寵贈を被《こうむ》った
氣は汾陰の鼎に歇《つ》き
魂は長安の空に歸った
先ごろ 剣は已に没し
墓の側に植えた樹は 久しく蒼然《そうぜん》と立っている

僕射裴公輓歌 其三

富貴徒言久
郷閭沒後歸
錦衣都未著
丹旐忽先飛」
哀輓辭秦塞
悲笳出帝畿
遙知九原上
漸遠弔人稀

富貴《ふうき》 徒《いたづ》らに言ふこと久しく
郷閭《きやうりよ》 沒して後 歸る
錦衣 都《すべ》て未だ著《つ》けざるに
丹旐《たんてう》 忽ち先に飛ぶ
哀輓《あいばん》 秦塞《しんさい》を辭し
悲笳《ひか》 帝畿《ていき》を出づ
遙かに知る 九原《きうげん》の上
漸《やうや》く遠く 弔人《てうじん》の稀《まれ》なるを

【語釈】

［沒］明抄本、『全唐詩』は「歿」字に作る。

［錦衣都未著］「錦衣」は、錦の衣、転じて、故郷に錦を飾る意。『史記』項羽傳に「富貴不歸故郷、如衣錦夜行。」（富貴にして故郷に歸らざるは、錦を衣《き》て夜行くが如し）とある。「未著」は、底本は「欲未」に作るが、明抄本・『文苑英華』巻三一〇、呉校、『全唐詩』によって改めた。

［丹旐］「旐」は、柩に先行する旗。銘旌（葬送の時に用いる死者の官位姓名などを記した旗）。

［哀輓］哀しい輓歌。柩を輓《ひ》く人々が唱う歌。

［秦塞］秦の地方の塞《とりで》。また、秦の地方。

［悲笳］ 柩が出る時に奏でる哀しい音楽。「笳」は、葦ぶえ。
［帝畿］ 帝都のある地方。
［九原］ 春秋時代、晉の卿大夫の墓地。今の山西省絳縣の北境。後に墓地のことを「九原」と言う。裴冕の墓地は、ちょうど九原付近にあった。
［漸遠］「遠」字、明抄本・『全唐詩』は、「覺」に作る。『全唐詩』には、「一作遠」の注がある。

【訳】

僕射裴公の輓歌　其の三

富貴を　空しく口にすること久しく
故郷には　亡くなって後に　歸る
錦の衣を　すべてまだ着ないうちに
丹《あか》き旗が　にわかに先にすすむ
哀しき輓歌は　秦の地に別れ
悲しき笳《ふえ》の音《ね》は　帝都を出る
遥かに知る　九原の墓は
次第に遠くなり　弔う人も稀《まれ》になることを

326 宿太白東溪李老舍寄弟姪
　太白東溪 李老が舎に宿して 弟姪に寄す

渭上秋雨過　渭上 秋雨 過ぎ
北風正騒騒　北風 正に騒騒《さうさう》たり
天晴諸山出　天晴《てん》れて 諸山 出で
太白峯最高」　太白 峯 最も高し
主人東溪老　主人 東溪の老
兩耳生長毫　兩耳 長き毫《け》を生ず
遠近知百歲　遠近 百歲を知り
子孫皆二毛」　子孫 皆な二毛
中庭井欄上　中庭 井欄の上
一架獼猴桃　一架 獼猴《びこう》の桃
石泉飯香粳　石泉 香粳を飯し
酒甕開新糟」　酒甕《しゅおう》 新糟を開く
愛玆田中趣　玆《こ》の田中の趣きを愛す
始悟世上勞　始めて悟る 世上の勞《ねぎらひ》
我行有勝事　我が行 勝事有り
書此寄爾曹　此れを書して 爾曹《じそう》に寄す

【語釈】
［**太白**］詩題、『文苑英華』、『唐文粹』、『全唐詩』は「太白東溪張老舍即事寄弟姪等」に作る。「太白」は山名。陝西省郿縣の南。
［**正**］『全唐詩』は「何」字に作る。『文苑英華』『唐文粹』は「暮」字に作る。
［**騒騒**］風の強く吹く音。
［**毫**］長毛。
［**二毛**］白髮まじりの頭髮。『左氏傳』僖公二十二年に「君子不重傷、不禽二毛」（君子は傷を重ねず、二毛を禽《とりこ》にせず）とある。
［**井欄**］井桁。
［**一架**］一つの棚。
［**獼猴桃**］果樹の名。さるなし。獼猴桃科に属する蔓生の灌木。葉は卵形で闊く、夏に小花を開き、実は圓く、味は甘酸っぱい。
［**石泉**］石上を流れる水。
［**香粳**］「粳」は粳稲米。うるち米。粘りけのない米。
［**新糟**］新しく醸成してまだ漉《こ》していない酒。『全唐詩』

は「糟」字を「槽」に作る。

［世上］「上」字、呉校は「人」に作る。

［勝事］良いこと。1「丘中春臥寄王子」（丘中 春に臥す。王子に寄す）に「勝事那能説、王孫去未還」（勝事那《なん》ぞ能く説かん、王孫 去りて未だ還らず）、111「首春渭西郊行、呈藍田張主簿」（首春 渭西の郊行、藍田の張主簿に呈す）に「聞道輞川多勝事、玉壺春酒正堪攜」（聞道《きくなら》く 輞川 勝事多しと、玉壺の春酒 正に攜《たずさ》ふるに堪へたり）とある。

［爾曹］你們《なんじら》。弟姪を指す。


【訳】

太白山東溪の李老の舎に宿して 弟姪に寄せる

渭水のほとりを 秋雨が通り過ぎ
北風が 騒騒と吹いている
空は晴れ 諸山は姿を現し
太白の峯は最も高い」
主人は東溪の老人
両耳には 長い毛を生やしている
あちこちの人が知っている 百歳であることを
子や孫は皆 白髪まじりだ」
中庭の井桁のほとりには
一架の獼猴桃の樹がある
石上を流れる水で うるち米を飯《た》き
酒甕の 新しい酒を開く」
玆《こ》の 田舎の趣きを愛し
始めて 世上の勞《ねぎら》いというものを悟った
私の旅にも 良いことが有る
此の書を認《したた》めて お前たちに寄せよう

327 春遇南使貽趙知音

春 南使に遇ひ 趙知音に貽《おく》る

端居春心醉　端居《たんきょ》 春心 醉ひ
襟背思樹萱　襟《まへ》と背《うしろ》に 萱《わすれぐさ》を樹ゑんことを思ふ
美人在南州　美人 南州に在り
爲爾歌北門」　爾《なんぢ》の爲に「北門」を歌はん
北風吹煙物　北風 煙物を吹き
戴勝鳴中園　戴勝《たいしょう》 中園に鳴く
枯楊長新條　枯楊 新しき條《えだ》を長《のば》し
芳草滋舊根」　芳草 舊き根に滋《しげ》る
網絲結寶琴　網絲 寶琴に結び

塵埃被空樽　塵埃　空樽を被《おほ》ふ
適遇江海信　適《まさ》に　江海の信に遇ひ
聊與南客論　聊《いささ》か　南客と論ぜん

【語釈】

［南使］南方から來た使者。

［端居］何もせずに坐っていること。

［春心］『楚辞』劉安・招隱士に「王孫遊兮不歸、春草生兮萋萋」（王孫　遊びて歸らず、春草　生じて萋萋《せいせい》たり）とあるが、春草を見ては、遠くへ行って歸らない友を思う心のこと。

［襟背思樹萱］「襟」は、前面を言う。「樹萱」は、憂いを忘れるために、萱草を植えること。224「潼關鎮國軍句覆使院早春寄王同州」詩に「離憂不可忘、襟背思樹萱」（離憂　忘る可からず、襟背　萱を樹ゑんことを思ふ）とある。陸機の「贈従兄車騎」詩に「安得忘歸草、言樹背與衿」（安《いづく》んぞ忘歸の草を得て、言《ここ》に背《うしろ》と衿《まへ》とに樹《う》ゑん）とあり、『文選』李善注に「韓詩曰、焉得諠草、言樹之背。然衿猶前也」（韓詩に曰く、焉んぞ諠草《けんさう》を得て、言《ここ》に之を背《はい》に樹ゑん、と。然して衿は猶ほ前のごときなり）とある。

［美人］才徳のすぐれた人、賢人。ここは趙知音を指す。『楚辞』九章・思美人に「思美人兮、擥涕而竚眙」（美人を思ひ、涕《なみだ》を擥《と》りて竚《たたず》み眙《み》る）とあるが、屈原の思う「美人」とは、楚の頃襄王《けいじやうわう》。

［北門］『詩経』邶風の篇名。「出自北門、憂心殷殷」（北門自《よ》り出づ、憂心　殷殷たり」とあり、毛傳に「北門、刺士不得志也。言衛之忠臣不得其志爾」（北門は、士の志を得ざるを刺《そし》るなり。衛の忠臣　其の志を得ざるを言ふのみ）とある。

［煙物］春景色。

［戴勝］鳥の名。農耕を勧めるという伝説のある、鳲鳩《しきう》（かっこう）の異称。

［長新條］「長」字、宋本・明抄本・底本は均しく「一作抽」と注している。「條」は、木の枝。

［網絲］蜘蛛の巣。

［江海信］「江海」は、廣い世の中の喩え。「信」は、信使、詩題の南使のこと。

［南客］趙知音を指す。この時、趙は南方に居た。

【訳】

春に南使に遇い　趙知音に送った

閑居して 春の心に取りつかれ
邸の前後に 萱《わすれぐさ》を植えたいと思う
賢者は 南州に居られる
あなたのために「北門」を歌う」
名残の北風は 春景色に吹き
戴勝《かっこう》は 園中に鳴く
枯れた楊《やなぎ》は 新しい枝を伸ばし
芳《かぐわ》しい草は 舊い根に繁る」
蜘蛛の巣は 寶琴に結び
塵は 空《から》の樽を覆う
折りしも 江海からの使者に遇ったので
暫く 南客のあなたと話をしよう

328 送青龍招提歸一上人遠遊呉楚別詩

青龍招提の歸一上人の 呉楚に遠遊するを送る 別れの詩

久交應眞侶　久しく交はる 應眞の侶《とも》
最嘆青龍僧　最も嘆ず 青龍の僧
棄官向二年　棄官して 二年に 向《なんなん》とし
削髮歸一乘」　削髮《さくはつ》して 一乘に歸す
了然瑩心身　了然として 心身を瑩《みが》き
潔念樂空寂　念《おも》ひを潔《きよ》くし 空寂を樂しむ
名香泛窗戸　名香 窗戸《さうこ》に泛《うか》び
幽磬清曉夕」　幽磬《いうけい》 曉夕《げうせき》に清し
往年杖一劍　往年 一劍を杖つき
由是佐二庭　是に由《よ》りて 二庭に佐《さ》たり
於焉久從戎　焉《ここ》に於て 久しく戎《いくさ》に從ひて
兼復解論兵」　兼ねて復《ま》た 兵を論ずるを解す
世人猶未知　世人の 猶ほ未だ知らざるに
天子願相見　天子 相ひ見んことを願ふ
朝從青蓮宇　朝《あした》に青蓮宇 從《よ》りし
暮入白虎殿」　暮れに白虎殿に入る
宮女擎錫杖　宮女 錫杖《しやくぢやう》を擎《ささ》げ
御筵出香爐　御筵《ぎよえん》 香爐を出だす
說法開藏經　法を說きて 藏經を開き
論邊窮陣圖」　邊を論じて 陣圖《ちんづ》を窮む
忘機厭塵喧　機を忘れて 塵喧《ちんけん》を厭ひ
浪迹向江海　迹《あと》を 浪《ほしいまま》にして 江海に向かふ
思師石可訪　思師 石は訪ぬ可《べ》く
惠遠峯猶在」　惠遠《ゑおん》 峯は猶ほ在り

今旦飛錫去　今旦《けさ》　錫《しゃく》を飛ばして去れば
何時持鉢還　何れの時か　鉢を持《じ》して還らん
湖煙冷呉門　湖煙　呉門に冷たく
淮月銜楚山　淮月　楚山を銜《くは》ふ
一身如浮雲　一身　浮雲の如く
萬里過江水　萬里　江水を過ぐ
相思眇天外　相ひ思ふ　天外　眇《はる》かに
南望無窮已　南望　窮已《きは》まること無し

【語釈】
［**青龍招提**］青龍寺。
［**久交應眞侶、最嘆青龍僧**］「應眞」は、李善注に「謂羅漢也」（羅漢を謂ふなり）とある。「羅漢」は小乗佛教の聖者のこと。『文選』巻十一「遊天台山賦」に「王喬控鶴以冲天、應眞飛錫以躡虚」（王喬は鶴を控《ひ》いて以て天に冲《ちゅう》し、應眞は錫を飛ばして以て虚を躡《ふ》む）とある。「青龍僧」は青龍寺の歸一上人を指す。この兩句は、いずれも歸一上人を指す。
［**歸一乘**］「一乘」は、悟りを開き、成佛することの出來るただ一つの教え。181「出關經華嶽寺訪法華雲公」の注を參照。
［**了然**］悟りを得た状態。
［**潔念**］心や行為を修めて、清く正しくすること。
［**空寂**］ひっそりとして寂しいこと。「寂」は「寂滅」、又は「涅槃」と同義。これは佛家の生死の境界を超脱した境地をいう。
［**幽磬**］磬《けい》の奥深い音。
［**由是佐二庭**］「二庭」は、唐代に西突厥《とっけつ》の沙鉢羅可汗と吐陵とが建てた北庭と南庭をいう。139「登北庭北樓呈幕中諸公」の注を參照。この句は、歸一上人が、嘗てこの辺りに従軍し勤務していたことを示す。
［**朝從青蓮宇、暮入白虎殿**］「青蓮宇」は佛寺で、「青蓮」は梵語の音訳で「優鉢羅」のことを指す。158「優鉢羅《ゆうはつら》花歌」の注を參照。「白虎殿」は漢の宮殿の名。兩句は、青龍寺の僧が天子に召見されたことをいう。
［**錫杖**］僧が所持する手杖。
［**御筵**］天子の座席
［**藏經**］佛教の経典。
［**論邊**］邊塞の防務と談論。
［**忘機**］企み、偽り、欲念や世俗のことを忘れる。
［**塵喧**］汚れて煩しく、やかましい所。

[**浪迹**] 目當てもなく歩きまわる。

[**思師**] 慧思《えし》、また思禅師。南朝の齊の高僧。姓は李。武津（今の河南上蔡縣）の人。光大中に、難を南嶽《なんがく》に避け、南嶽尊者といわれる。『神僧傳』巻五に「師曰、吾前世曾居此處、領徒。陟嶺見一所林泉勝異、曰、古寺也、吾昔居之。掘地果得僧用器皿殿宇基址。又指兩石下得遺骸。乃建塔。今三生塔是也。」（師曰く、吾れ前世 曾《かつ》て此處に居りて、徒を領すと。嶺に陟《のぼ》りて 一所の林泉勝異なるを見、曰く、古寺なり、吾れ昔 之に居すと。地を掘るに果たして僧用の器皿 殿宇《でんう》の基址《きし》を得たり。又た兩石を指すに下に遺骸を得たり。乃ち塔を建つ。今の三生塔 是なり。）とある。

[**惠遠峯猶在**]「惠遠」は、東晉の高僧。姓は賈、雁門（今の山西代縣）の人。「峯」は廬山を指す。

[**飛錫**] 僧が巡遊することをいう。

[**呉門**] 江蘇省呉縣の地。太湖に臨む。

[**淮月銜楚山**]「淮月」は、淮水に映る月で、「楚山」は呉、楚の景物。181「出關經華岳寺訪法華雲公」に「月輪吐山郭、夜色空清澄」（月輪 山郭に吐《い》で、夜色 空しく清澄たり。）とある。この句は月が楚山に沈むことをいう。

[**江水**] 長江。

[**眇天外**]「外」字、『全唐詩』は「末」に作り、宋本の注に「一作末」とある。

【**訳**】

青龍招提の歸一上人が呉楚に遠遊するのを送る 別れの詩

應眞の侶《とも》とのつきあいは長く
青龍寺の僧に賛嘆する
棄官して二年になろうとし
削髪して佛道修行を志しておられる」
心を安らかにして 心身を磨き
心を清らかにして 空寂を樂しむ
名香は 窓戸に漂い
幽磬は 朝夕に響きわたる」
往年 一ふりの剣を杖ついて
これによって 二庭に留まり
ここにおいて 久しく戦に従い
兼ねてまた 兵法を議論した」
世間の人は猶《なお》 この人の存在を知らないのに

天子は會いたいと願われた
朝に青蓮宇を出て
暮《くれ》には白虎殿に入る」
宮女は錫杖をささげ
御筵に香爐を出す
佛法を説き 蔵経を開いて
辺塞の防務を談論し 軍陣の形を窮めた」
さて 欲念を忘れ 世俗を厭《いと》い
あてもなくさまよい 江海に向かわれる
あなたは思師の墓を訪ねていくのだろう
恵遠の遺跡は 峯に今も在る」
今朝 錫杖を飛ばして去れば
いつ托鉢を持って歸られることか
湖煙は呉門に冷たく
淮水に映る月は楚山に沈む」
一身は浮雲のように
萬里の果て 江水に至る
私は思う 果てしなく遙かに遠い所
南の方ばかり眺めて 窮まることがないであろうと

329
観楚國寺璋上人寫一切經院南有曲池深竹
楚國寺の璋《しやう》上人 一切經を寫すを観る 院の南に曲池深竹有《あ》り

璋公不出院　璋公 院より出《い》でず
群木閉深居　群木 深居を閉ざす
誓寫一切經　一切經を寫《うつ》すを誓ひ
欲向萬巻餘」　萬巻餘に向《なんな》んと欲す
揮毫散林鵲　毫《ふで》を揮《ふる》ひては 林の 鵲《かささぎ》 を散じ
研墨驚池魚　墨を研《と》ぎては 池の魚を驚かす
音翻四句偈　音は 四句の偈《げ》を翻《ほん》し
字譯五天書」　字は 五天の書を譯《やく》す
鳴鐘竹陰晩　鐘を鳴らす 竹陰《ちくいん》の晩《くれ》
汲水桐花初　水を汲む 桐花の初《はじめ》
雨氣濕衣鉢　雨氣 衣鉢《いはつ》を濕らせ
香煙泛庭除」　香煙《かうえん》 庭除《ていちよ》に泛《うか》ぶ
此地日清淨　此の地 日に清淨にして
諸天應未如　諸天 應《まさ》に未だ如《し》かざるべし
不知將錫杖　知らず 錫杖を將《も》ちて
早晩躡空虚　早晩 空虚を躡《ふ》むを

【語釈】

［**観楚國寺璋上人寫一切經院南有曲池深竹**］「楚國寺」は佛寺の名。『長安志』巻八、次南進昌坊の項に「西南隅、楚國寺。本隋興道寺之地、大業七年廢。高祖起義并州。第五子智雲、在京爲隋留守陰世師等所害、後追封爲楚哀王。因此立寺。水竹幽靜、類于慈恩。」（西南の隅に、楚國寺あり。本《もと》は隋の興道寺の地にして、大業七年に廢す。高祖 并州《へいしう》に起義《きぎ》す。第五子 智雲、京に在りて隋の留守《りうしゆ》 陰世師等の害する所と爲り、後に追封《ついほう》せられて楚の哀王と爲る。此《これ》に因りて寺を立つ。水竹は幽靜にして、慈恩に類《に》たり。）とある。「璋上人」は未詳。「一切經」は、佛教聖典の全集で、大藏經また三藏聖教ともいう。『隋書』經籍志に「開皇元年、高祖普詔天下、任聽出家。仍令計口出錢、營造經像。而京師及并州、相州、洛州等諸大都邑之處、並官寫一切經、置于寺内。而又別寫、藏于祕閣。」（開皇元年、高祖 普《あまね》く天下に 詔《みことのり》し、出家を任聽《ゆる》す。仍《よ》りて口を計《かぞ》へて錢を出《い》ださ令《し》め、經像《きやうざう》を營造《えいざう》す。而して京師及《およ》び并州、相州、洛州等 諸《もろもろ》の大都邑の處、並びに官 一切經を寫《うつ》し、寺内に置く。而して又た別に寫《うつ》し、祕閣に藏す。）とある。「院」は寺院。「曲地」は曲がった池。「深竹」は奥深い竹藪。

［**群木閉深居**］「閉」字、底本は「閑」字に作り、注に「一作閉」とある。『全唐詩』によって改めた。「深居」は奥深く閉じこもること。

［**揮毫散林鵲、研墨驚池魚**］「驚」字、『全唐詩』には「警」に作る。「研墨驚池魚」は、『晉書』巻八〇の王羲之傳に「張芝臨池學書、池水盡黑」（張芝は池に臨みて書を學び、池水は盡く黑し）とある。この兩句は、寫經の規模の大きさと、精力を込めてこれに勤しんでいることをいう。「揮毫散林鵲」についての典拠は未詳。

［**音翻四句偈、字譯五天書**］「偈」は、「偈佗」の略で、インド文學又は佛典中の聖歌または韻文。五字または七字を一句とし、多くは四句をもって一偈とする。「五天」とは、天竺、五天竺。古代インドを東・西・南・北・中の五つに区画した称。「五天書」とはインドより傳來した佛教の経典を指す。この兩句は璋上人がインド伝來の佛教の経典を翻訳して寫す様を記している。

［**鳴鐘竹陰晩、汲水桐花初**］「晩」字、底本の注には「一作涼」とある。この兩句は「曲池深竹」の景色について記している。

［**雨氣濕衣鉢、香煙泛庭除**］「雨氣」とは雨の氣配。霧。

「濕」字、『全唐詩』には「潤」に作る。底本の注に「一作潤」とある。「衣鉢」は袈裟と飯鉢。「香煙」は佛に供える香を焚く煙。線香の煙。

［**此地日清淨、諸天應未如**］「諸天」は、佛教語で、もろもろの天上界、また其の天にある神々。この兩句は、璋上人が天上界に勝るほどの清らかな地で修行を積んでいることをいう。

［**不知將錫杖、早晩躡空虛**］「躡空虛」とは、虛空を飛行することで、道を得て佛と成る意。『文選』巻一一の、孫綽《そんしゃく》「遊天台山賦」（天台山に遊ぶの賦）に「應眞飛錫以躡虛。」（應眞《おうしん》は錫を飛ばして以て虛を躡《ふ》む。）とある。李周翰の注に「應眞得眞道之人、執錫杖而行於虛空。故云飛也。」（應眞は眞道を得たる人にして、錫杖を執《と》りて虛空を行く。故に飛ぶと云ふなり）とある。

【訳】

　　楚国寺の璋上人が一切経を寫すのを観た

　寺院の南には曲池・深竹がある
璋公《しょうこう》は　寺院より出ることもなく
群木は　奥深い佇《たたず》まいを閉ざす
一切経を寫すことを誓って
今や萬巻餘になろうとしている」
筆を振るっては　林の鵲《かささぎ》を飛び立たせ
墨を研《す》っては　池の魚を驚かすほど
音は　四句の偈を解き寫し
字は　五天の書を解き明かす」
竹陰の晩《くれ》に　鐘を鳴らし
桐花の咲き始めに　水を汲む
水霧は　袈裟と鉢とを湿らせ
香煙は　寺院の庭に泛《う》かぶ」
この地は　日ごとに清浄になり
それは諸天さえも及ばぬことだろう
いずれは　錫杖《しゃくじょう》を手に執《と》って
虚空を躡《ふ》まれることとなるのだろうか

330 精衛

負劍出北門　　劍を負ひて　北門を出で
乘桴過東溟　　桴《ふ》に乘りて　東溟《とうめい》を過ぐ
一鳥海上飛　　一鳥　海上に飛ぶ
云是帝女靈」　云ふ　是れ　帝女の靈と
玉顏溺水死　　玉顏　水に溺れて死し

精衞空爲名　精衞 空しく名を爲す
怨積徒有志　怨《うら》み積りて 徒《いたづ》らに志有れども
力微竟不成」　力 微にして 竟《つひ》に成らず
西山木石盡　西山 木石 盡くれども
巨壑何時平　巨壑《きょがく》 何れの時にか平かならん

【語釈】

＊『岑參詩集編年箋註』に「疑岑參早年所作」とある。早い時期の作と思われる。

「精衞」 鳥名。『山海經』北山經に「發鳩之山、其上多柘木。有鳥焉。其状如烏。文首、白喙、赤足、名曰精衞。其鳴自詨。是炎帝之少女、名曰女娃。女娃游于東海、溺而不返。故爲精衞。常銜西山之木石、以堙于東海」（發鳩《はっきゅう》の山、其の上 柘木《しゃぼく》 多し。鳥有り。其の状 鳥の如し。文首、白喙《はくかい》、赤足、名づけて精衞と曰ふ。其の鳴くや自ら詨《こう》たり。是れ炎帝の少女、名は女娃《じょあい》と曰ふ。女娃 東海に游び、溺れて返らず。故に精衞と爲る。常に西山の木石を銜《ふく》み、以て東海を堙《う》めんとす）とある。

「負劍出北門」「負劍」は、鮑照の「代結客少年場行」に「追兵一旦至、負劍遠行遊」（追兵 一旦に至れば、劍を負ひて 遠く行き遊ぶ）とある。「北門」は327「春遇南使貽趙知音」（春 南使に遇ひ 趙知音に貽《おく》る）に「美人在南州、爲爾歌北門」（美人 南州に在り、爾の爲に北門を歌はん）とある。注參照。

「乗桴過東溟」「桴」は、314「東歸發犍爲至泥溪舟中作」（東歸 犍爲《けんい》を發して 泥溪《でいけい》に至る舟中の作）に「吾當海上去、且學乗桴翁」（吾 當に海上に去るべし、且《か》つは桴《いかだ》に乗る翁に學ばん）とある。『論語』公冶長の「子曰、道不行、乗桴浮於海」（子曰く、道 行《おこな》はれず、桴に乗りて海に浮かばん）に拠る。「桴」は小さな筏。「過」字、明抄本、呉校、『全唐詩』は「適」に作る。「東溟」は東海。

「帝女」 炎帝（五行思想で火徳をもって王となった。神農）の女。

「怨積徒有志、力微竟不成」 東海で溺れ死んだ女娃が、鳥になって海を塞いでしまおうと壮大な志を立てたが、果たすことができなかったという話に、志を得ないまま筏に乗って東海を過ぎて行く自分の姿を重ねている。

「巨壑」「壑」は谷。東海を指す。

【訳】

精衞

剣を負うて　北門を出て
筏に乗り　東海を過ぎる
一羽の鳥が　海上に飛んでいた
是れは　帝女の霊だという」
美人は　水に溺れて死に
精衛は　空しく名を爲すのみ
怨みは積もり　徒《いたず》らに志はあっても
微力のため　竟《つい》に成就しなかった」
西山は　木石が盡きてしまったが
東海は　いつになったら　平らになるのだろう

331　石上藤　得上字

石上の藤　上字を得たり

石上生孤藤　　石上　孤藤　生じ
弱蔓依石長　　弱き蔓は　石に依《よ》りて長し
不逢高枝引　　高き枝の引くに逢はざれば
未得凌空上　　未だ空を凌《しの》いで上るを得ず
何處堪託身　　何《いつ》れの處か　身を託するに堪《た》へん
爲君長萬丈　　君が爲に　長きこと萬丈ならんに

【語釈】

［石上生孤藤、弱蔓依石長。不逢高枝引、未得凌空上］「孤藤」は依りかかるべき高い枝が無いために、空に向かって伸びることができないでいる。賢人もよりどころがないと出世できないことを暗示している。

［堪託身］『文苑英華』は「可堪託」（託するに堪ふべき）に作る。

【訳】

石上の藤　上字を得た

石の上に孤藤が生え
弱々しい蔓が石に絡《から》まって長く這《は》いずっている
引き上げてくれる高い枝に逢うこともなく
未だに空を凌《しの》いで伸びることはできないでいる
何處か身を託するに足るところがないものか
あなたのために萬丈にもなろうものを

332　感遇二首

遇に感ず　二首

其一

五花驄馬七香車　　五花の驄馬《そうば》　七香車《しちかうしや》
云是平陽帝子家　　云《い》ふ是れ　平陽帝子の家と

鳳凰城頭日欲斜　鳳凰城頭 日は斜めならんと欲し
門前高樹鳴春鴉」　門前の高樹 春鴉《しゅんあ》鳴く
漢家魯元君不聞　漢家の魯元《ろげん》 君 聞かずや
今作城西一古墳　今は 城西の一古墳と作《な》るを
昔來唯有秦王女　昔來 唯《た》だ有り 秦王の女
獨自吹簫乘白雲　獨《ひと》自り簫を吹きて 白雲に乘ず

【語釈】

［**五花**］馬の鬣を五花の形に剪る、鬣《たてがみ》の飾り方の一種。

［**驄馬**］青と白の斑紋のある馬、葦毛の馬。

［**七香車**］七香は、七種の香。陳皮・茯苓《ぶくりやう》・地骨皮《ちこつひ》・肉桂・當歸・枳穀・甘草。「七香車」は、様々な香木で作った美しい車。

［**平陽帝子**］平陽公主。唐の高祖李淵《りえん》の女。柴紹《さいしょう》に降嫁し、紹が高祖に従って兵を起こすと、家財を散じて士を募った。

［**鳳凰城**］鳳城とも言い、長安、帝都のこと。

［**春鴉**］「春」字、底本・明抄本は「一に禁に作る」と注す。「鴉」の用例として、58「送宇文南金放後歸太原寓居、因呈太原郝主簿」詩に「夜眠旅舍雨、曉醉春城鴉」（夜 眠る 旅舍の雨、曉に醉す 春城の鴉）、53「宿蒲關東店、憶杜陵別業」詩に「月落河上曉、遙聞春樹鴉」（月は落つ 河上の曉、遙かに聞く 春樹の鴉）、349「送陳士歸陸渾別業」詩に「青門酒壚別、日暮東城鴉」（青門酒壚の別れ、日暮 東城の鴉）、381「山房春事（其二）」詩に「梁園日暮亂飛鴉、極目蕭條三兩家」（梁園 日暮れ 亂れ飛ぶ鴉、目を極むれば蕭條たり 三兩家）がある。

［**漢家魯元**］魯元公主。漢の高祖・劉邦の后の呂雉の女。

［**城西一古墳**］『史記』張耳陳餘列傳の張守節『正義』に「魯元公主墓、在咸陽縣西北二十五里」（魯元公主の墓は、咸陽縣の西北二十五里に在り）とある。

［**秦王女**］弄玉。春秋、秦の穆公の女。夫の簫史は、簫を吹いて鳳の鳴き声を善くし、弄玉に吹簫を教えた。後、弄玉は鳳に乘り、簫史は龍に乘って、共に昇天したという。

［**獨自吹簫乘白雲**］「獨」字、呉校は「猶」に作り、「乘」字、底本は、「一に騎に作る」と注す。

【訳】

遇に感じる 二首

其の一

五花の驄馬《そうば》に 七香車

これは 平陽公主の家
鳳凰城のほとりでは 日が暮れようとし
門前の高樹には 春の 鴉《からす》が鳴く
あなたも聞いているでしょう 漢の魯《ろ》元《げん》公主は
今では城西の一古墳となっていることを
古來 唯だ 秦王の女の弄玉《ろうぎょく》だけが
ひとり 簫を吹き 白雲に乗って昇天した

其二

北山有芳杜　北山に芳杜有り
靡靡花正發　靡《び》靡《び》として 花 正《まさ》に發《ひら》く
未及得采之　未だ得て之を采《と》るに及ばざるに
秋風忽吹殺　秋風 忽ち吹殺す
君不見　君見ずや
拂雲百丈青松柯　雲を拂ふ 百丈 青松の柯《えだ》
縱使秋風無奈何　縱《たと》へ秋風をしても 奈何《いかん》ともする 無し
四時長作青黛色　四時 長《とこし》へに 青黛《せいたい》の色を作《な》し
可憐杜花不相識　憐れむ可し 杜花 相ひ識らず

【語釈】

＊作詩年月未詳。
［杜］ 杜若《とじゃく》。やぶしょうが。茎の高さは一・二尺、夏期に白い小花をつける。13「宿華陰東郭客舎憶閻防」詩に「蒼茫秋山晦、蕭瑟寒松悲。久従園廬別、遂與朋知辭。舊壑蘭杜晚、歸軒今已遲」（蒼茫として秋山晦《くら》く、蕭瑟として寒松悲し。久しく園廬より別れ、遂に朋知と辭す。舊壑 蘭杜の晚《くれ》、歸軒 今已に遲し）の用例がある。
［靡靡］ 靡き従うさま。
［青松柯］「柯」は、木の枝。
［長作］「長」字、『全唐詩』は「常」に作る。明抄本・呉校は、「純」に作り、「一に長に作る」と注す。

【訳】

其の二
北山に芳しい杜若《とじゃく》が有り
靡《び》靡《び》として 花がちょうど開いたところ
まだこれを采《と》ることができないでいるのに
秋風は たちまち吹き拂う
あなたも見たでしょう
雲を拂う 百丈ほどの 青松の枝は
たとえ秋風であっても どうすることもできない

いつでも とこしえに 青黛の色をしており
ああ 杜若の花は それを識ることもない

333 太白胡僧歌 并序
太白《たいはく》 胡僧《こそう》の歌 并びに序

序

太白中峯絶頂、有胡僧。不知幾百歳、眉長數寸。身不製繒帛、衣以草葉。恒持楞伽經。雲壁迥絶、人迹罕到。嘗東峯有鬪虎、弱者將死、僧杖而解之。西湫有毒龍、久而爲患、僧器而貯之。商山趙叟、前年採茯苓、深入太白、偶値此僧。訪我而説、「予恒有獨往之意。」聞而悦之、乃爲歌曰。

太白中峯の絶頂に、胡僧有り。幾百歳なるかを知らず、眉の長さは數寸。身は繒帛《そうはく》を製《つく》らず、衣は草葉を以てす。恒《つね》に『楞伽經《りようがきやう》』を持す。雲壁《うんぺき》 迥《はる》かに絶し、人迹《じんせき》 到《いた》ること罕《まれ》なり。嘗て東峯に鬪虎《とうこ》有り、弱者 將に死せんとし、僧は杖もて之を解く。西湫《せいしう》に毒龍《どくりよう》有り、久しくして 患《わづらひ》を爲し、僧は器もて之を貯《たくは》ふ。商山《しやうざん》の趙叟《てうそう》、前年 茯苓《ぶくりやう》を採《と》るに、深く太白に入り、 偶《たまた》ま此《こ》の僧に値《あ》ふ。我を訪ねて説く、「予《われ》は恒《つね》に獨往《どくわう》の意《い》有り」と。聞きて之を悦び、乃ち歌を爲《つく》りて曰く。

聞有胡僧在太白　胡僧有りて太白に在るを聞く
蘭若去天三百尺　蘭若《らんにや》 天を去ること三百尺
一持楞伽入中峯　一たび 楞伽《りようが》を持して 中峯《ちゆうほう》に入る
世人難見但聞鐘」　世人は見ること難く 但《た》だ鐘を聞くのみ
窗邊錫杖解兩虎　窗邊の錫杖は 兩虎を解《ほど》き
牀下鉢盂藏一龍　牀下の鉢盂《はつう》は 一龍を藏《をさ》む
草衣不鍼復不線　草衣に鍼《はり》あらず 復《ま》た線《いと》あらず
兩耳垂肩眉覆面」　兩耳は肩に垂れ 眉は面を覆ふ
此僧年紀那得知　此の僧 年紀 那《なん》ぞ知るを得んや
手種青松今十圍　手づから青松《せいしよう》を種《う》ゑ 今 十圍《じふゐ》
心將流水同清淨　心は流水と 同《とも》に清淨
身與浮雲無是非」　身は浮雲と 是非のある無し
商山老人已曾識　商山の老人 已に曾《かつ》て識り
願一見之何由得　一たび之に見《あ》ふを願ふも 何に由りてか得ん
山中有僧人不知　山中に僧有るも 人 知らず

城裏看山空黛色　　城裏《じやうり》に山を看るに 空しく黛色《たいしよく》あり

【語釈】

［**太白胡僧歌**］「太白」は山の名。今の陝西省郿《び》縣の南にある太白山。38「秋夜宿仙遊寺南涼堂呈謙道人」（秋夜 仙遊寺の南涼堂に宿し、謙道人に呈す）の注に見える。「胡僧」は、胡（塞外民族の汎称）の僧。

［**身不製繒帛**］「製」は裁製。「繒帛」は、絹。

［**恒持楞伽經**］『楞伽經《りようがきやう》』は、佛教の経典の名。佛が嘗て楞伽山で大乗經を説いたことから名づけられた。楞伽山はインドのセイロン島に在る、険しく常人の入り難い山。楞伽宝を有する。『楞伽經』には四訳あり、三本が現存する。一つは宋の求那跋陀羅《くなばだら》訳『楞伽阿跋多羅寶經』四巻。二つは後魏の菩提流支《ぼだいるし》訳『入楞伽經』十巻。三つは唐の實叉難陀《じつしやなんだ》訳『大乘入楞伽經』七巻。この三本を各々四巻楞伽、十巻楞伽、七巻楞伽という。この句では、胡僧が『楞伽經』を手に諳《そら》んじ読む様子を描く。

［**雲壁迥絶**］「雲壁」は雲をまとった断崖。「迥《けい》」は、遥か遠く、「絶《ぜつ》」は、険しいこと。

［**人迹罕到**］「迹《せき》」字、『全唐詩』は「跡《せき》」字に作る。『文選』巻一八の馬融「長笛賦一首 并序」（長笛《ちやうてき》の賦《ふ》一首并びに序）に「是以間介無蹊、人迹罕到。」（是《ここ》を以《もつ》て間介《かんかい》蹊無《みちな》く、人迹《じんせき》 到《いた》ること罕《まれ》なり。）とある。

［**嘗東峯有鬪虎、弱者將死、僧杖而解之**］「東」字、底本、明抄本は「果」字に作り、底本の注に「果作東」（果、東に作る）とある。形が近いことから誤ったものと考えられ、『全唐詩』によって改めた。この三句は胡僧が禅杖を手にとって、闘う二匹の虎を分けて止めたことをいう。

［**僧器而貯之**］鉢盂《はつう》（僧侶の食器）の類を用いて、毒のある龍を収めたことをいう。

［**商山趙叟、前年採茯苓**］「商山趙叟」、底本は「商叟」に作るが、明抄本、『全唐詩』によって改めた。「商山」は、今の陝西省商縣の東。商嶺、商坂、南山ともいう。「採」字、『全唐詩』は「采」に作る。「茯苓」は、松の根に寄生する茸の類。形は丸く、皮は黒く皺があり、薬用とする。茯苓《ぶくりやう》。

［**而説**］この二字、底本には無く、注に「我下有而説二字」（「我」の下に「而説」二字有り）とある。『全唐詩』によって補った。

[**獨往之意**]官吏を辞めて隠遁し、世を顧みない意。『文選』巻二六の謝靈運「入華子崗是麻源第三谷」（華子崗《くわしかう》に入《い》る是《こ》れ麻源《まげん》の第三谷《だいさんこく》なり）に、「且申獨往意、乗月弄潺湲」（且つ獨往の意を申《の》ばさん、月に乗《じよう》じて潺湲《せんくわん》を弄ぶ）とあり、李善注には「淮南王『莊子略要』曰、江海之士、山谷之人、軽天下細萬物、而獨往者也。司馬彪曰、獨往任自然、不復顧世也」（淮南王の『莊子略要』に曰く「江海の士、山谷の人、天下を軽んじ萬物を細として、獨往する者なりと。司馬彪《へう》曰く、獨往して自然に任せ、復《ま》たは世を顧みざるなりと。」）とある。225「潼關使院懷王七季友」（潼關の使院にて王七季友を懷《おも》ふ）の注參照。

[**蘭若去天三百尺**]「蘭若《らんにや》」は、梵語の「阿蘭若《あらんにや》」の略称で、寺または僧の庵。この句は胡僧の庵が非常に高い處にあることをいう。

[**牀下鉢盂藏一龍**]「藏」字、『全唐詩』の注に「一作盛」（一に盛に作る）とある。

[**草衣不鍼復不綫**]「復」字、底本・明鈔本の注に「復一作亦」（「復」一に「亦」に作る）とある。

[**紀**]『全唐詩』は「幾」字に作る。

[**手種青松今十圍**]「青松」は青々とした松、みどり色の松。「圍」は、ひとかかえ。

[**心將流水同清淨、身與浮雲無是非**]この「將」は「與（～と）」の意。この兩句は、胡僧が俗世を超越し、心身ともに流水の如く清らかで、浮雲の様に無心である様をいう。

[**城裏看山空黛色**]「城裏」は城壁のうち、城中。「黛色」は眉墨のような色。遠山の形容。

【訳】

太白　胡僧の歌　并びに序

序

太白山の中峯の切り立った頂に、胡僧がいる。幾百歳かを知らず、眉の長さは数寸もある。上等な布で作ったものを身につけず、草の葉を用いて衣とし、常に『楞伽經』を持っている。雲をまとった断崖が遥かに聳えていて、人の訪れは稀である。かつて東の峯で闘いあう虎がいたが、弱い方が死に瀕し、僧は杖でこれを止めた。西の池に毒のある龍がいたが、時を経るにつれ人に災いを齎す様になり、僧はこれを鉢盂《はつう》に収めた。商山の趙長老は、前年茯苓を採るために、太白山の奥深くに分け入り、偶然この僧に會ったという。私を訪ねて説《い》うには、「私には日頃から『獨往の意』が有るのだ」と。これを聞いて嬉しく思い、そこで次の様な歌を作った。

胡僧が太白山におられると聞く
僧の住まいは 天を去ること三百尺
ひとたび『楞伽経《りようがきよう》』を手に 中央の嶺に入ると
世の人は姿を見ることも難しく ただ鐘の音を聞くのみ」
窓辺の錫杖《しやくじよう》は 兩虎の争いを止めさせ
牀下の鉢盂《はつう》に 一匹の龍を収めた
草の衣に縫い目は無く また糸筋も無い
兩の耳は肩に垂《た》れ 眉は顔を覆うほど」
この僧の年齢をどうして知ることが出來よう
手ずから植えた青松は 今は十圍ばかり
心は流水とともに清浄であり
身は浮雲とともに世俗を超越している」
商山の老人は 以前すでに會ったという
一度この僧に會いたいと思うが 為す術は無い
山中に胡僧が居られることを人々は知らず
城内から山のかたを看れば ただ黛《まゆずみ》色に霞んでいる

334 醉後戲與趙歌兒

醉後 戲れに趙歌兒に與ふ

秦州歌兒歌調苦　秦州の歌兒 歌調 苦しむ
偏能立唱濮陽女　偏《ひたす》ら能く 立ちて唱《うた》ふ 濮陽女
座中醉客不得意　座中の醉客 意を得ず
聞之一聲淚如雨　之が 一聲を聞きて 淚 雨の如し
向使逢着漢帝憐　向《さき》に 漢帝の 憐《いつくし》みに逢着せしめば
董賢氣咽不能語　董賢《とうけん》 氣 咽《むせ》びて 語ること能はざらん

【語釈】

［**秦州歌兒**］趙歌兒を指す。「秦州」は、唐の州名。隴右道に属す。甘肅省秦安縣の東。「歌兒」は、歌舞を以て業と爲す少年。

［**濮陽女**］崔令欽『教坊記』の曲名。詞に曰く「雁來書不至、月照獨眠房。賤妾多秋思、不堪秋夜長」（雁 來たるも書 至らず、月は照らす 獨り眠る房を。賤妾 秋思多く、秋夜の長きに堪《た》へず）と。

［**座中醉客不得意**］「座中醉客」は、岑參自身を指す。「不

得意」は思うように事がすすまない意。
［**漢帝**］哀帝のこと。前七～一在位。
［**憐**］いつくしみ。
［**董賢**］漢 雲陽の人。哀帝の幸臣。自らの美貌を誇り、常に左右に侍し、帝と臥起を共にしていた。嘗て晝寝をして、帝が起きようとした時、帝の袖が董賢の体の下になっていたので、帝は袖を断ち切って起きた、と言うほど恩寵を極め、年二十二にして大司馬・衞将軍となる。帝崩ずるに及んで、王莽に裁かれ自殺した。

【訳】

　酔後　戯れに趙歌兒に與える
秦州の歌兒の　歌調は苦しそうだ
ひたすらうまく　立って「濮陽女」を唱う
座中の酔っぱらいは　意を得ないでおり
その一聲を聞いて　涙は雨のように流れた
もしこの歌兒が　漢帝の寵愛に逢っていたならば
董賢は氣が咽び　話もできなかったであろう

335　寄西嶽山人李岡
　西嶽の山人　李岡に寄す

君隱處　　君が隱るる處
當一星　　一星に當る
蓮花峯頭飯黄精　　蓮花峯頭　黄精《くわうせい》を飯《くら》ひ
仙人掌上演丹經　　仙人掌上　丹經を演ず
鳥可到　　鳥　到る可くも
人莫攀　　人　攀《よ》づる莫し
隱來十年不下山　　隱れて來《より》十年　山を下らず
袖中短書誰爲達　　袖中の短書　誰か爲に達せん
華陰道士賣藥還　　華陰の道士　藥を賣りて還る

【語釈】

＊作詩年月未詳。岑參は、乾元二年（七五九、四五歳）虢州にあったが、その頃の作か。
［**寄西嶽山人**］「寄」字、『全唐詩』は「贈」に作る。「西嶽」は、五嶽の一つである華山で、今の陝西省華陰県の南にある。華山の中峯を蓮花峯、東峯を仙人掌、西峯を落雁峯と言い、世に華嶽三峯と言う。「山人」は、隱士のこと。
［**當一星**］「一星」は、太白金星のこと。華山は「一星」に對應していることを言う。『新唐書』天文志に「鶉首《じゅんしゅ》・實沈《じっちん》以て西海を負ひ、其の神　華山を主《つかさど》り、太白（金

星）位す。」とある。「鶉首」は、星の名。井宿（二十八宿の一、ちちり星）。秦の分野。「實沈」も、星宿の名。參宿（二十八宿の一、からすき）。晉の分野。

［黄精］ 薬草の名。なるこゆり。莖の長さは二、三尺。花の形は鈴のようで淡緑色をしており、実は黒く豆のようである。根は食べることが出來、また藥にもなる。

［丹經］ 仙人の書。

［袖中短書］「短書」は、手紙のこと。江淹「雜體詩」に「袖中有短書、願寄雙飛燕」（袖中に短書有り、願はくは雙飛燕に寄せん）とある。

【訳】

西嶽の山人　李岡に寄せる

あなたが隱遁している所は
太白金星に當たる
蓮花峯のほとりで　黄精を食べ
仙人掌の上で　丹経を習う」
鳥は　到ることが出來ても
人の　登るものはいない
隱遁以來十年　山を下らず
袖の中の手紙は　誰が彼に届けるのか
華陰の道士が　薬を賣って山に還るのに託そう

336　裴將軍宅蘆管歌

裴將軍の宅　蘆管《ろくわん》の歌

遼東九月蘆葉斷　　遼東《れうとう》の九月　蘆葉《ろえふ》　斷たれ
遼東小兒採蘆管　　遼東の小兒《せうじ》　蘆管《ろくわん》を採る
可憐新管清且悲　　可憐《かれん》なる新管　清且《か》つ悲なり
一曲風飄海頭滿」　一曲　風飄《ふうへう》として　海頭《かいとう》に滿つ
海樹蕭索天雨霜　　海樹　蕭索《せうさく》として　天　霜を雨《あめふ》らし
管聲寥亮月蒼蒼　　管聲　寥亮《れうりやう》として　月　蒼蒼《さうさう》たり
白狼河北堪愁恨　　白狼《はくらう》　河北　愁恨《しうこん》に堪へ
玄兎城南皆斷腸」　玄兎《げんと》　城南　皆《み》な斷腸《だんちやう》
遼東將軍長安宅　　遼東の將軍　長安の宅
美人蘆管會佳客　　美人の蘆管　佳客《かかく》を會す
弄調啾颼勝洞簫　　調べを弄すれば啾颼《しうしう》として洞簫《どうせう》に勝《まさ》り
發聲窈窕欺横笛」　聲を發すれば窈窕《えうてう》として　横笛《わうてき》を欺く
夜半高堂客未回　　夜半の高堂《かうだう》　客　未だ回《かへ》らず
祇將蘆管送君盃　　祇《た》だ蘆管を將《もつ》て　君に盃《はい》を送る

巧能陌上驚楊柳　巧能 陌上《はくじやう》 楊柳《やうりう》を驚かし
復向園中誤落梅　復《ま》た園中に向《おい》て 落梅を誤《まど》はす
諸客愛之聽未足　諸客 之を愛し 聽きて未だ足らず
高捲珠簾列紅燭　高く珠簾《しゆれん》を捲《ま》きて 紅燭《こうしよく》を列《つら》ぬ
將軍酔舞不肯休　將軍 酔舞《すいぶ》し 休《や》むを肯《がへ》んぜず
更使美人吹一曲　更に美人をして一曲を吹か使《し》む

【語釈】

[**裴將軍宅蘆管歌**]「蘆管」は、塞管ともいい、蘆（簫管などを作る樂器用の蘆竹）の管を切って作る。管の面に穴を開け、吹く時に手の指で塞いで音を出す。當時、北方の少数民族地域に傳わる管樂器の一種であった。陳暘『樂書』には、「蘆管之製、胡人截蘆爲之。大概與觱篥相類、出于北國者也」（蘆管の製は、胡人 蘆を截《き》りて之を爲《つく》る。大概 觱篥《ひちりき》と相《あ》ひ類し、北國に出づる者なり）とある。

[**遼東**] 郡名。秦に置かれ、今は遼寧東南部の遼河以東の地にある。治所は今の遼寧遼陽市の西北（唐代には遼東城と呼ばれた）。唐の太宗が嘗てその地に遼州を置き、ついで廢して安東都護府の管理下とした。

[**新管**] 作りたての蘆管。

[**海樹蕭索天雨霜、管聲寥亮月蒼蒼**]「索」字、底本の注に「索、本作條」（索、本 條に作る）とある。この兩句は、北方の秋夜に蘆管の音が響き渡るさまを描いている。

[**白狼河北堪愁恨、玄兔城南皆斷腸**]「白狼河」は、今の遼寧の大凌河。漢・唐代には白狼水と称された。「玄兔」は玄菟。郡名。東漢から西晉に至るまで、治は今の瀋陽市の東にあった。「白狼河北」「玄兔城南」は、今の遼寧中部一帯の地域を指す。「兔」字、底本の注に「兔、一作武」（兔、一に武に作る）とある。この兩句は、秋夜に響く物寂しい蘆管の音が、邊境の兵に思歸の念を懐かせることをいう。

[**遼東將軍長安宅**]「遼東將軍」は、すなわち裴《はい》將軍。以下の四句は裴將軍が長安の宅にあって宴を開き、客に酒をふるまい、蘆管の演奏をさせて興を添える情景を描いている。

[**弄調啾颼勝洞簫、發聲窈窕欺横笛**]「弄」は、樂を奏すること。「啾颼」は蘆管の音の形容。「洞簫」は古の管樂器で、今の單管の洞簫とは異なる。排簫《はいせう》ともいい、不揃いな長さの竹の管を組んで作る。

［夜半高堂客未回、祇將蘆管送君盃］この兩句は、深夜まで客を留めて宴會を續け、蘆管を演奏して酒を勧めるさまを描く。「祇《し》」字、底本は「秖《し》」に作る。

［巧能陌上驚楊柳、復向園中誤落梅］「誤」は、迷い惑うの意。この兩句は演奏者の技術が巧みなことをいう。蘆管聲の音に、「楊柳」「落梅」が驚き惑う様子。この「楊柳」と「落梅」は、横吹曲（西域から傳わった胡樂。武樂として邊境の将兵に用いられた）の一つであり、樂府題として用いられた「折楊柳」「梅花落」を暗示している。「折楊柳」は故郷を去る際に楊柳の枝を折って別離の情を歌ったもの。「梅花落」には望郷の思いが描かれる。

【訳】

裴將軍の宅　蘆管の歌

遼東の九月に　蘆葉は断たれ
遼東の子供は　蘆管を採る
か弱き新管の音は　清らかでもの悲しい
その曲は定まらぬ風の如く　海邊に満ちている」
海邊の樹々は物寂しく佇み　天は霜を降らせ
管《ふえ》の音は細く高く響き渡り　月は青白く照らす
白狼河の北では　愁恨の情に堪え
玄兔城の南では　みな断腸の思い」
遼東将軍の　長安にある宅では
美人の蘆管の音と　佳き客人が集まっている
調べを奏でれば音のさまは　洞簫にも勝《まさ》り
聲を發すれば艶《なま》めかしく　横笛とさえ思わせる」
夜半の高堂では　客は未だ歸ろうとせず
ただ蘆管の音をもって　君に杯を送る
巧みな調べは道の邊《ほとり》の「楊柳」を驚かせ
また園中においては「落梅」を惑わすほど」
諸客は蘆管の音を愛し　聴けども飽かず
高く珠簾を捲き上げて　紅い灯火を列ねている
将軍は酒に酔って舞い　一時も止《や》めようとせず
更に美人に蘆管をとらせ　一曲を奏でさせる

337　長門怨

長門の怨

君王嫌妾妒　　君王　妾の妒《と》を嫌《いと》ひ
閉妾在長門　　妾を閉ざして長門に在り
舞袖垂新寵　　舞袖　新寵に垂れ

愁眉結舊恩　愁眉 舊恩に結ぶ
緑錢侵履跡　緑錢 履跡を侵し
紅粉濕啼痕　紅粉 啼痕に濕ふ
羞被桃花笑　羞《は》づらくは桃花に笑はるること
看春獨不言　春を看て 獨り言《ものい》はず

【語釈】

［長門怨］樂府の楚調の曲名。「阿嬌怨」ともいわれる。『樂府解題』に「長門怨者、爲漢武陳皇后作也。後退居長門宮、愁悶悲思。聞司馬相如工文章、奉黄金百斤、令爲解愁之辭。相如爲作『長門賦』。帝見而傷之、復得親幸。後人因其賦而爲『長門怨』也。」（「長門怨」は、漢武の陳皇后の為に作るなり。後 長門宮に退居し、愁悶《しうもん》悲思《ひし》す。司馬相如の文章に工《たくみ》なるを聞き、黄金百斤を奉じ、愁ひを解くの辭を爲《つく》らしむ。相如 爲に「長門賦」を作す。帝見て之を傷み、復た親幸せらるるを得たり。後人 其の賦に因りて「長門怨」を爲るなり。）とある。

［妒］『文選』長門賦に「孝武皇帝陳皇后時得幸、頗妒。別在長門宮、愁悶悲思。」（孝武皇帝の陳皇后 時に幸せらるるを得るも、頗る妒《と》なり。別れて長門宮に在り、愁悶悲思す。）とある。また、『漢書』外戚傳に、孝武の陳皇后は「擅寵驕貴十餘年、而無子。聞衞子夫得幸、幾死者數焉。」（寵を擅《ほしいまま》にし驕貴なること十餘年、而るに子無し。衞子夫の幸せらるるを得るを聞き、幾《ほとん》ど死せんとすること數《しばし》ばなり。）と。

［在長門］「在」字、『全唐詩』の注に「一作向」とある。

［舞袖垂新寵］君王の寵を初めて得たことをいう。

［愁眉結舊恩］君王の昔の恩情を思い起こして愁うこと。

［緑錢侵履跡］「緑錢」は、苔蘚を指す。形が銭に似ていることから名づく。「侵」字、底本は「生」に作る。ここは『文苑英華』『全唐詩』による。

［羞被桃花笑］「桃花」二字、『文苑英華』『全唐詩』は「夭桃」に作る。満開の桃の花が、獨りでしおれている自分を嘲笑しているようだという。

［看春］「春」字、底本は「君」に作る。明抄本、呉校『全唐詩』により改めた。

【訳】

長門の怨み
君王は私の妒《ねた》みを嫌い
私を長門宮に閉ざした

舞の袖を靡《なび》かせて　初めて寵愛を受け
その舊恩を思って　愁いに眉を顰《ひそ》める
緑の苔は　天子の通っていた足跡を埋めてゆき
紅と白粉は　流した涙の跡に湿っている
羞ずかしいのは　桃花に笑われること
春だというのに　何も言わずに獨りだまりこんでいる

338　送李郎尉武康

李郎の武康に尉たるを送る

潘郎腰綬新　　潘《はん》郎　腰綬　新たなり
霅上縣花春　　霅上《とうじやう》　縣花の春
山色低官舍　　山色　官舍に低《た》れ
湖光映吏人　　湖光　吏人に映ず
不須嫌邑小　　邑《いふ》の小なるを嫌《いと》ふを須《もち》ひず
莫即恥家貧　　即ち家の貧なるを恥づること莫《な》かれ
更作東征賦　　更に「東征賦」を作れば
知君有老親　　君に老親　有ることを知る

【語釈】

［**送李郎**］底本は「餞李」に作る。今、明抄本、『全唐詩』に従う。

［**尉**］動詞に用いる。縣尉に任じられたの意。

［**武康**］唐の縣名。湖州に属す。今の浙江省呉興縣南の武康鎭。西北に莫干山あり、景色は秀麗にして清幽。

［**潘郎腰綬新**］「潘郎」は、晉、中牟《ちゅうぼう》の人、潘岳のこと。ここは李郎を指す。「腰綬新」は新しく武康尉の職を授かったことをいう。238「冬宵家會餞李郎司兵赴同州」（冬宵の家會　李郎司兵の同州に赴くを餞《おく》る）に「賀君関西掾、新綬腰下垂」（君の関西の掾《えん》たるを賀す、新綬　腰下に垂る）とある。

［**霅上縣花春**］「霅」は、霅渓。水名。武康縣を経て流れる。「縣花」は、26「春尋河陽聞處士別業」（春に河陽の聞處士の別業を尋ぬ）に「花明潘子縣、柳暗陶公門」（花は潘子の縣に明らかに、柳は陶公の門に暗し）河陽縣には潘子の植えた花が明るく咲き満ちており、陶淵明の門の邊りは繁った柳でほの暗い、とある。ここは、武康縣にはさぞかし花がいっぱい咲いているだろうの意。

［**山色低官舍、湖光映吏人**］この兩句は、武康縣が山に依り、水の傍らにあって環境が優美であることを言う。

「山色低官舍」は、259「送襄州任別駕」（襄州の任別駕を送る）に「江聲官舍裏、山色郡城頭」（江聲　官舍の裏《うち》、

山色　郡城の頭《ほとり》）とある。

［**東征賦**］265「送李賓客荊南迎親」（李賓客の荊南に親を迎ふを送る）の注参照。後漢、班固の妹、班昭の作。洛より陳留に至るまでの行程を賦す。「惟永初之有七兮、余隨子兮東征」（惟《こ》れ永初の有七、余　子に隨ひて東に征《ゆ》く）の李善注に引く『大家《こ》集』に「子の穀、陳留の長と為り、大家（班昭）隨ひて官に至り、東征の賦を作る」とある。息子の曹穀が陳留の長垣《ちょうえん》県の県長となったのに付いて、母親（班昭）が、首都洛陽から長垣まで旅をしたことを詠んだ賦。ここは、李郎が親孝行の為に親を連れて行く。

【訳】

李郎が武康に尉となるのを送る

「潘郎」は　新たに武康県尉の職を授かった
武康縣の霅《とう》渓のほとりは　一面　花の春
山の色は　官舎のほとりまで低《た》れ
湖の光は　吏人に映じているだろう
邑が小さいことを　嫌がらないように
かりに　家が貧しくても　恥じないように
更《あらた》めて「東征の賦」を作られたので
あなたに老親のあることがわかった

339　賦得孤島石送李卿　分得離字

賦して孤島の石を得　李卿を送る
分かちて離字を得たり

一片他山石　一片の他山の石
巉巉映小池　巉巉《ざんざん》として　小池に映ゆ
緑窠攢剥蘚　緑窠《りよくくわ》は　剥蘚《はくせん》を攢《あつ》め
尖頂坐鸕鷀　尖頂に　鸕鷀《ろし》　坐《とま》る
水底看常倒　水底　看れば常に倒れ
花邊勢欲攲　花邊　勢ひ　攲《かたむ》かんと欲す
君心能不轉　君が心　能く轉ぜずんば
卿月豈相離　卿月　豈に相ひ離れんや

【語釈】

＊詩題は宋本、明抄本、呉校、『全唐詩』は「送李卿賦得孤島石」に作る。

［**孤島**］「島」字、明抄本は「鳧」に作る。

［**巉巉**］山の高くて険しいさま。

［**尖頂**］「頂」字、宋本、呉校、『全唐詩』は「碩」に作る。

［鸕鷀］鵜《う》のこと。

［常倒］「倒」字、底本は「到」に作るが、今、『全唐詩』によって改めた。

［君心能不轉］『詩経』邶風「柏舟」に「我心匪石、不可轉也」（我が心は石に匪《あら》ず、轉ず可からざるなり）とある。

［卿月］高位高官の人。「卿」字、底本は誤って「鄉」に作るが、宋本、明抄本、呉校、『全唐詩』によって改めた。


【訳】

賦して孤島石を得　李卿を送る　分けて離字を得た

一片の他山の石
高く険《けわ》しく　小池に映えている
緑の穴には　剥《は》がれた苔が集められ
頂には　鸕鷀《ろし》がとまる
水底を看れば　常に逆様で
花のほとりに　傾こうとするようす
主君の心が　變わることがなかったら
高位が　どうして遠ざかることがありましょうや

340
送二十二兄北遊尋羅中

二十二兄の北遊して羅中を尋ぬるを送る

斗柄欲東指　斗柄　東を指さんと欲し
吾兄方北遊　吾が兄　方《まさ》に北遊す
無媒謁明主　媒《なかだち》の　明主に謁する無く
失計干諸侯　計の　諸侯に干《もと》むるを失ふ
夜雪入穿履　夜雪　穿履《せんり》に入り
朝霜凝敝裘　朝霜　敝裘《へいきゅう》に凝《こ》る
遙知客舍飲　遙かに知る　客舎の飲
醉裏聞春鳩　醉裏　春鳩を聞かん

【語釈】

［二十二兄］かつて單父の令であった岑況のことか。

［羅中］不詳。人名であろう。

［斗柄欲東指、吾兄方北遊］「斗柄」は、北斗七星の杓子形の柄にあたる部分。第五から第七に至る三星のこと。斗柄にあたる第七星を瑶光といい、一晝夜にして十二方を指すため、古人はこれによって時を測った。斗柄が東を指すと春となり、南を指すと夏になり、西を指すと秋になり、北を指すと冬になる。兄が北遊しているいま、冬が終わろうとしていることを示す。

［無媒謁明主、失計干諸侯］［無媒］は、底本の注に「一に謀に作る」とある。「吾兄」の失意を示す。

［夜雪入穿履、朝霜凝敝裘］「敝裘」は、破れた皮衣。北遊の途中の辛く苦しい生活を示す。

［遙知客舎飲、酔裏聞春鳩］「春鳩」は、春の鳥。今は冬なので目的地に到達したときには春になっているであろうことを示す。

【訳】

　二十二兄が北遊して羅中を尋ねるのを送る

斗柄は東を指そうとしており
私の兄は　いまや北遊しようとしている
取り次いでくれる人もなく　明主に謁見することができず
計りごともないので　諸侯に求めることもできない
夜の雪が破れた履《くつ》に入り
朝の霜が　破れた皮衣に凝《こ》り固まっている
遙かに知る　客舎の宴で
酔いのうちに　春の鳩の聲を聞くことだろう

341　送孟孺卿落第歸濟陽

孟孺卿《まうじゆけい》の落第して濟陽《せいやう》に歸るを送る

獻賦頭欲白　賦を獻じて　頭　白からんと欲《し》
還家心已穿　家に還《かへ》らんとして　心は已に穿《うが》たる
差過灞陵樹　差《は》ぢて過ぐ　灞陵の樹
歸種汶陽田　歸りて種《う》う　汶陽《ぶんやう》の田
客舎少郷信　客舎に　郷信少《すく》なく
牀頭無酒錢　牀頭に　酒錢無《な》し
聖朝徒側席　聖朝は　徒《いたづら》に席を側《かたは》らにし
濟上獨遺賢　濟上に　獨り賢を遺《のこ》す

【語釈】

［送孟孺卿落第歸濟陽］「孟孺卿」は未詳。「濟陽」は、唐代の縣名で、淄《し》州に屬す。今の山東省鄒平縣。

［獻賦頭欲白、還家心已穿］「獻賦」は、文章を献じて官位を授けられる制度。「心」字、明抄本、呉校、『全唐詩』は「衣」に作る。この兩句は、孟孺卿が賦を献ずる為に白髪になるまで意を盡くしたこと、又その結果落第し、心の打ちひしがれた様をいう。

［差過灞陵樹］「灞陵」は覇陵。覇水のほとりの地。今の陝西省長安縣の東にある。48「喜韓樽相過」（韓樽《かんそん》の相《あ》ひ過《よ》ぎるを喜ぶ）の注参照。

［**歸種汶陽田**］「汶陽」は、汶水の北の地。今の山東省泰安縣の西南。『春秋左氏傳』僖公元年に「公賜季友汶陽之田及費」（公 季友《きいう》に汶陽《ぶんやう》の田《でん》及び費《ひ》を賜ふ）とあり、杜注に「汶陽田、汶水北地」（汶陽の田は、汶水の北地なり）とある。汶水の源は山東省萊蕪《らいぶ》縣の東北の原《げん》山《ざん》で、古くは西南に流れて東平縣の南に至り、濟水に入った。濟陽は汶水の北にある。この句は孟孺卿が落第して濟陽に歸り、耕作することをいう。

［**客舍少鄉信、牀頭無酒錢**］この兩句は、孟孺卿が落第した後の長安での様子をいう。

［**聖朝徒側席、濟上獨遺賢**］「側席」は、かたより坐る。己の席を虚しくして賢者を待遇することをいう。『後漢書』卷三・章帝紀に「朕思遲直士、側席異聞」（朕は直士《ちよくし》を思遲《しち》し、異聞に側席す）とあり、李賢注に「側席、謂不正坐、所以待賢良也」（側席とは、正坐せざるを謂ひ、以て賢良を待つ所なり）という。「濟」とは、濟水のことで、古の四瀆の一つ。『元和郡縣志』卷一一に「濟水在縣南」（濟水は縣南に在り）とある。この兩句は、朝廷が濟水の邊に賢者を遺《のこ》して、徒《いたづ》らに待ち續けていることをいう。

【訳】

孟孺卿が落第して濟陽に歸るのを送る
賦を献じて 頭は白くなろうとしており
家に還ろうとして 心はすでに穿たれている
羞《は》じつつ 灞陵の樹を過ぎ
歸っては 汶陽の田で耕作する
客舍に故郷の便りは少なく
牀頭には酒を買う金も無い
朝廷は 徒《いたずら》に席を開けて待ち
濟水の 邊《ほとり》に獨り賢者を遺《のこ》している

342 送楊千牛趁歲赴汝南郡觀省便成親 分得寒字

楊千牛の 歲を趁《お》ひて汝南郡に赴き 觀省して便ち親《しん》を成すを送る 分かちて寒字を得たり

問吉轉征鞍　吉を問ひて 征鞍《せいあん》を轉ず
安仁道姓潘　安仁 姓を潘と道《い》ふ
歸期明主賜　歸期 明主 賜ひ
別酒故人歡　別酒 故人 歡《よろこ》ぶ
珠箔障爐暖　珠箔 爐暖を障《ささ》へ
狐裘耐臘寒　狐裘《こきう》 臘寒に耐《た》ふ

汝南遙倚望　汝南　遙かに倚《よ》りて望む
早去及春盤　早《つと》に去《ゆ》きて　春盤に及べ

【語釈】
［**送楊千牛趁歳赴汝南郡観省便成親　分得寒字**］「牛」字、宋本、明抄本、呉校、『全唐詩』は「一作秋」と注す。「千牛」は官名、千牛衛。「歳」は、歳除を指す。「汝南郡」唐は河南道に属す。治所は現在の河南汝南縣に在る。「趁」は良い機會をとらえること。「観省」は歸省して父母に孝養を盡くすこと。「成親」は、婚姻をすること。「親」字、『全唐詩』は「婚」に作る。「分」字、宋本、明抄本には無い。
［**問吉轉征鞍、安仁道姓潘**］「吉」は、吉日。「轉征鞍」は、馬の餞《はなむけ》をすること。「安仁」は晉の中牟《ちゅうぼう》の人、潘岳の字。容姿美しく、秀才で文詞を善くし、特に哀、誄《るい》に長じた。ここは楊千牛の美貌と才華を潘岳に比して形容した。この兩句は楊千牛が吉日を選んで、汝南に赴き結婚して親に孝養を盡くすことを言う。
［**歸期明主賜**］「明主」は、賢明な君主。158「優鉢羅花歌」（優鉢羅花の歌）の序「亦何異懐才之士、未會明主、擯於林藪耶。因惑而爲歌」（亦た何ぞ才を懐くの士の、未だ明主に會はず、林藪《りんそう》に擯《しりぞ》けらるるに異ならんや）参照。
［**珠箔**］玉で飾った簾。
［**狐裘**］狐の皮衣。
［**臘**］臘月。十二月。
［**倚望**］『戦国策』斉第六に「其母曰、女朝出而晩來、則吾倚門而望、女暮出而不還、則吾倚閭而望。」（其の母曰く、女《なんぢ》朝に出でて晩に來れば、則ち吾は門に倚《よ》りて望み、女暮れに出でて還らざれば、則ち吾は閭に倚りて望む。）とある。49「送裴校書従大夫淄川郡観省」（裴校書の大夫に淄川《しせん》郡に従ひ観省するを送る）の「懐中江橘熟、倚處戟門秋」（懐中に江橘は熟し、倚處　戟門の秋）参照。母が息子の歸りを待ちわびる様子。
［**及春盤**］「及」字、底本は「入」に作る。宋本、明抄本、呉校、『全唐詩』に據り改めた。
［**春盤**］立春の日に蔬菜、水果、餅等を盤中に置き、相互に贈り物とした。『唐四時寶鏡』に「立春の日、蘆菔《ろふく》、春餅、生菜を食し、春盤と號す」とある。

【訳】
　楊千牛が歳除の良い時期を選んで　親に孝養を盡くし

結婚をするため汝南郡に行くのを送る　分けて寒字を得た
吉日を問うて　馬を故郷に向ける
安仁は　姓を潘《はん》という
歸郷の時期を　明主に賜り
別れの酒宴で　親しい人たちは歓んでいる
珠簾は　暖炉を保ち
狐裘は　十二月の寒さを守るに足る
汝南では母上が門に倚《よ》り　遙かに望んでおられるでしょう
早く去《い》って　春盤に遅れないように

343　送胡象落第歸王屋別業
胡象の落第して　王屋の別業に歸るを送る

看君尚年少　君を看るに　尚《な》ほ年少
不第莫悽然　第せざるも　悽然たる莫れ
可即疲獻賦　即ち　獻賦に疲れ
山村歸種田　山村　歸りて田を種うる可けんや
野花迎短褐　野花は　短褐を迎へ
河柳拂長鞭　河柳は　長鞭を拂ふ
置酒聊相送　置酒して聊《いささ》か相ひ送り
青門一醉眠　青門に一たび醉眠す

【語釈】
[**胡象**] 未詳。
[**落第**] 「落」字、『文苑英華』巻三一八は「下」に作る。
[**王屋**] 唐代の王屋縣は、洛陽の西北百里、濟源縣の西八十里にあった。219「南池夜宿思王屋青蘿舊齋」詩に「早年家王屋、五別青蘿春」（早年　王屋に家し、五たび青蘿の春に別る）の句がある。岑參は少室山に居た若い頃、王屋に行って住んだことがあったが、胡象はその當時に付き合いのあった人と思われる。
[**年少**] 『全唐詩』は互倒して「少年」に作る。
[**悽然**] 痛ましいさま。悲しいさま。
[**疲獻賦**] 「疲」字、底本・明抄本・呉校は欠いているが、『文苑英華』『全唐詩』によって補った。「獻賦」は、賦を作って献ずること。これで仕官の道が開けることがあった。
[**短褐**] 短い粗布の着物。賤しい人の着物。
[**青門**] 青綺門のこと。長安の東にある三門の中の一つ。

又の名を春明門、青瓜門という。

【訳】

胡象が落第して 王屋の別業に帰るのを送る
あなたを看るに まだお若い
落第しても 悲しむことはない
賦を献ずることに疲れたからと
山村に帰って田を耕してよいものか
野の花は 粗末な衣を迎え
河の柳は 長い鞭を吹き拂うだろう
酒を酌《く》み交わして しばしお見送りし
青門に 一たび酔い寝する

344 送顔韶 分得飛字
顔韶《がんせう》を送る 分かちて飛字を得たり

遷客猶未老　遷客 猶ほ未だ老いず
聖朝今復歸　聖朝に 今復た歸る
一從襄陽住　一たび從ひて 襄陽に住み
幾度梨花飛　幾度か 梨花 飛ぶ
世事了可見　世事 了《まこと》に見る可し
憐君人亦稀　君を憐れむ 人 亦た稀なり
相逢貪醉臥　相ひ逢ひて 醉ひを貪りて臥し
未得作春衣　未だ春衣を作るを得ず

【語釈】

［**顔韶**］顔韶は洛陽から襄陽に左遷され、幾年か後に長安に帰ってきた。

［**分**］宋本、明抄本には無い。

［**遷客**］左遷、流謫された人のことをいう。ここでは顔韶を指す。

［**襄陽**］唐の県名。今の湖北襄樊市。

［**住**］明抄本は「往」に作る。

［**世事了可見、憐君人亦稀**］顔韶が左遷された時、同情して憐れむ人は少なく、人情の薄い冷たい世の中であったことをいう。

［**相逢貪醉臥、未得作春衣**］顔韶が襄陽から長安に帰る途中で岑參と會い、岑參がこの詩を作って顔韶を見送った。

【訳】

顔韶を送る 分けて飛字を得た
遷客は いまだ老いず
朝廷に いま復た戻ってきた

一たび　襄陽に遷されて
幾度か　梨の花が散った
世の中は　まことにこんなもの
あなたを憐れむ人は　亦た稀であった
ここに逢って　酒を酌み交わして臥し
いまだに春衣を作ることができないでいる

345　送杜佐下第歸陸渾別業
　　杜佐の下第し　陸渾の別業《べつげふ》に歸るを送る

正月今欲半　　正月　今　半《なか》ばならんと欲《す》るも
陸渾花未開　　陸渾　花は未だ開かず
出關見青草　　關を出《い》づれば　青草を見ん
春色正東來」　春色　正《まさ》に東より來たる
夫子且歸去　　夫子《ふうし》　且《しばら》く歸去《ききよ》するも
明時方愛才　　明時《めいじ》　方《まさ》に才を愛されん
還須及秋賦　　還《ま》た　須《すべから》く秋賦に及ぶべし
莫即隱蒿萊　　即ち蒿萊《かうらい》に隱るること莫《な》かれ

【語釈】

［送杜佐下第歸陸渾別業］「杜佐」という人は、『新唐書』巻七十二上・宰相世系表によると、唐代に襄陽の杜氏と京兆の杜氏の兩方に見られるが、どちらであるか未詳。「下」字、敦煌唐寫殘卷『唐人選唐詩』は「落」に作る。「陸渾」は唐代の縣名で、今の河南省嵩縣の東北にある。「別業」は別荘。この詩は「安史の乱」以前に長安に居たときの作と考えられる。

［正月今欲半］「今」字の下、宋本、明抄本、呉校、『全唐詩』は「一作初」と注す。

［出關見青草］「關」は、潼關のこと。

［明時］政治が清明である時をいう。

［還須及秋賦］「還須」は底本には「須還」に作るが、宋本、明抄本、『全唐詩』によって改めた。「秋賦」は郷挙、すなわち地方試験のことで秋に行われる。

［隱蒿萊］草野に隠遁することをいう。「蒿」字、敦煌唐寫殘卷『唐人選唐詩』は「蓬」に作る。

【訳】
　杜佐が落第して陸渾《りくこん》の別荘に歸るのを送る
正月も　今は半ばになるというのに
陸渾の花は　未だ蕾を開かない
潼關を出ると　青草を見ることだろう
春の氣配は　ちょうど東から訪れるころ

あなたは暫く郷里へお帰りになるが
明時には 其の才こそが愛されるだろう
また秋の試験に備えねばならないのだから
早々に草野へ隠遁などなさらぬように

346 送嚴詵擢第歸蜀
嚴詵《げんしん》の第に擢《たく》せられて蜀に歸るを送る

巴江秋月新　巴江 秋月 新たなり
閣道發征輪　閣道 征輪を發す
戰勝眞才子　戰勝 眞の才子
名高動世人　名 高くして 世人を動かす
工文能似舅　文に工《たく》みなること 能《よ》く舅《きう》に似たり
擢第去榮親　第に擢せられて 去《ゆ》きて 親を榮す
十月天官待　十月 天官 待たん
應須早赴秦　應《まさ》に 須《すべから》く 早《つと》に秦に赴くべし

【語釈】
［**嚴詵**］未詳。
［**擢第**］登第。官吏登用試験に合格すること。30「送薛彥偉擢第東都觀省」（薛彥偉《せつげんゐ》の擢第して東都に觀省するを送る）の詩題注參照。
［**巴江秋月新、閣道發征輪**］「巴江」は川の名。四川省南江県の北の大巴山を源とし、また南江と称す。一説に嘉陵江を指す。276「奉和相公發益昌」（相公の益昌を發するに和し奉る）の「朝登劍閣雲隨馬、夜渡巴江雨洗兵」（朝に劍閣に登れば 雲は馬に隨ひ、夜に巴江を渡れば 雨は兵を洗ふ）246「送蜀郡李掾」（蜀郡の李掾を送る）の「夜宿劍門月、朝行巴水雲」（夜は宿る 劍門の月、朝は行く 巴水の雲）の注參照。「秋月新」は、嚴詵が試験に應じる爲、蜀から長安に行ったのは、一年前の秋だったが、一年後の今、新たに秋月に対しているの意。「閣道」は、桟道。山が険しく、宙に木を架け渡して通行するような小道。274「赴犍爲經龍閣道」（犍爲《けんゐ》に赴き龍閣道を經る）の詩題參照。258「送郭僕射節制劍南」（郭僕射が劍南を節制するを送る）の「劍門乘嶮過、閣道踏空行」（劍門 嶮に乘じて過ぎ、閣道 空を踏みて行く）の注參照。此の兩句は、放榜（官吏登用試験の及第者の姓名を書き記した札を掲示公表する）前一年の秋、嚴詵が蜀から試験に應ずる爲に長安へ赴いた時のことを述べている。唐代、科擧の試験は春の二、三月の間に放榜されるのが例である。此の詩は是の放榜の後久しからずし

て作られたものである。
［**戰勝**］戦いに勝つこと。ここは科擧の試験に見事に合格したことを言う。30「送薛彦偉擢第東都觀省」（薛彦偉《せつげんゐ》の擢第して東都に観省するを送る）の「時輩似君稀、青春戰勝歸」（時輩 君に似たるは稀なり、青春 戰勝して歸る）の注參照。
［**似舅**］『晉書』何無忌傳に「桓玄曰、劉裕勇冠三軍、當今無敵、…何無忌、劉牢之甥、酷似其舅。共擧大事、何謂無成」（桓玄曰く、劉裕 勇は三軍に冠たり、當今敵無し、…何無忌《かむき》は、劉牢之の甥、其の舅に酷似せり。共に大事を擧ぐ、何ぞ成る無しと謂はんや）とある。
［**擢第去榮親**］科擧の試験に合格したことを、親元に歸って、親に誇らしく思わせなさい。32「送許子擢第歸江寧拜親、因寄王大昌齡」（許子の擢第して江寧に歸り親を拜するを送る、因りて王大昌齡に寄す）の「到家拜親時、入門有光榮」（家に到りて親を拜する時、門に入れば光榮有り）參照。
［**十月天官待、應須早赴秦**］「天官」は吏部を指す。唐以來の中央官庁。六部の一。官吏の選任・昇叙・懲戒などを司る。唐武則天の時、吏部を改めて天官としていた。「秦」は長安を指す。唐制、進士に及第した人は吏部によって職を授けられる。この兩句は『家に長く居ることはない。十月に吏部はあなたを待っているだろうから、早く長安に赴き、職務を受けなさい」の意。

【訳】

　嚴詵が進士に及第して蜀に歸るのを送る

巴江の秋月は新しく
棧道は 征《ゆ》くときに車で發《た》ったところ
進士に及第した（あなたは） 真《まこと》の才子
名聲を擧げて 世間の人を驚かせた
文の巧みさは よく舅に似ている
及第したこと 歸って親に譽れとさせなさい
十月 吏部は待っておられるでしょう
何はさておいても 早く秦に行かねば

347 送張直公歸南鄭拜省

　張直公の南鄭に歸りて拜省するを送る

夫子思何速　夫子 何ぞ速からんと思ふも
世人皆嘆奇　世人 皆《み》な 奇を嘆ず
萬言不加點　萬言 點を加へず

七歩猶嫌遲　七歩も猶《な》ほ遲きを嫌《いと》ふ
對酒落日後　酒に對す 落日の後
還家飛雪時　家に還る 飛雪の時
北堂應久待　北堂 應《まさ》に久しく待つべし
鄉夢促征期　鄉夢 征期を促す

【語釈】

［南鄭］唐の県名。梁州に属し、今の陝西省漢中市。

［拝省］歸省して父母や尊親にまみえること。

［加點］點を加えること、文章を添削すること。

［七歩］七歩、歩く間。魏の文帝（曹丕）が、弟の曹植に命じて七歩の間に詩を作らせた。『世説新語』文學に「文帝嘗令東阿王七歩中作詩。不成者、行大法。應聲便爲詩曰『煮豆持作羹、漉菽以爲汁。萁在釜下燃、豆在釜中泣。本自同根生、相煎何太急』帝深有慙色」（「文帝嘗て東阿王をして七歩中に詩を作ら令《し》む。成らざれば、大法を行はんと。聲に應じて便ち詩を爲《つく》りて曰く、豆を煮て持《もっ》て羹《あつもの》を作り、菽《し》を漉《こ》して以《もっ》て汁と爲す。萁《まめがら》は釜下に在りて燃え、豆は釜中に在りて泣く。本《もと》と同根自《よ》り生ずるに、相ひ煎ること何ぞ太《はなは》だ急なるやと。帝 深く慙《は》づる色有り」）とある。

［落日］「日」字、『文苑英華』巻二八四は「月」に作る。

［飛雪］「雪」字、『文苑英華』は「絮」に作る。

［久待］『文苑英華』は「多望」に作る。

［促征期］「促」字、底本は「從」に作るが、明抄本・呉校・『全唐詩』によって改めた。

【訳】
張直公が南鄭に歸って拝省するのを送る
あなたは どうして速かろうと お思いだろうが
人々は 皆《み》な すばらしさに驚いてる
萬言の長文も 点を加えることなく
七歩の間も まだ遅いと 訝《いぶか》るほどに
酒に向かうのは 日の落ちた後
家に還るのは 雪の飛ぶ時
母上はきっと久しく待っておられるでしょう
故郷の夢は 出發のときを促している

348
送張昇卿宰新淦
張昇卿《ちやうしようけい》の新淦《しんかん》に宰たるを送る
官柳葉尚小　官柳 葉 尚《な》ほ小さく

長安春未濃　長安　春　未《いま》だ濃《ふかま》らず
送君潯陽宰　君を送る　潯陽《じんやう》の宰
把酒青門鐘　酒を把《と》る　青門の鐘
水驛楚雲冷　水驛に楚雲　冷たく
山城江樹重　山城に江樹　重し
遙知南湖上　遙かに知る　南湖の上《ほとり》
祇對香爐峯　祇《た》だ對す　香爐峯

【語釈】
〔**新淦**〕県名。江西省清江県の南。潯陽の南約一九〇キロ。明抄本・呉校・『全唐詩』は「新滏」に作るが、誤り。
〔**官柳**〕大道のほとりの柳。
〔**潯陽宰**〕潯陽辺りの長官。「潯陽」は江西省九江県。
〔**青門**〕長安城の東南の門の名。門の色が青いことから青門といわれるが、正式な名称は覇城門。
〔**水驛楚雲冷**〕「水驛」は、潯陽の水辺の船着き場のことであろう。
〔**山城江樹重**〕潯陽に江樹が生い茂っている情景。
〔**遙知南湖上、祇對香爐峯**〕「南湖」は、湖の名。彭湖。江西省の北境。南を亭子湖・族亭湖といい、北を落星湖・左蠡湖というが、實は一湖である。「香爐峯」は峯の名。江西省九江県の西南、廬山の北。奇峯突起し、香爐に似ている。以上の四句は、張昇が赴任する途中の景観を述べている。

【訳】
　張昇卿が新淦の長官として赴任するのを送る
官柳は葉がまだ小さく
長安には春がいまだ深まらない
潯陽近くの宰となったあなたを送り
青門の鐘を聞きながら酒を飲む
水駅に楚雲は冷たく
山城に江樹がよく茂っていることだろう
遥かに思う 南湖のほとり
ただ 香爐峯に向かい合っているあなたの姿

349 送陳子歸陸渾別業
　陳子の 陸渾の別業《べつげふ》に歸るを送る
雖不舊相識　舊《ふる》き相識ならずと雖《いへど》も
知君丞相家　君の 丞相の家なるを知る
故園伊川上　故園は 伊川《いせん》の上《ほとり》

夜夢方山花　夜は夢む　方山の花
種藥畏春過　藥を種《う》ゑては　春の過ぐるを畏れ
出關愁路賒　關を出でては　路《みち》の賒《とほ》きを愁ふ
青門酒壚別　青門　酒壚《しゆろ》の別れ
日暮東城鴉　日暮　東城の鴉

【語釈】

［陸渾］今の河南省嵩県の東北。

［知君丞相家］『新唐書』宰相表に據ると、唐代の陳姓の丞相は三人で、陳叔達（高祖の相）、陳希烈（玄宗の相）、陳夷行（文宗の相）。

［伊川］伊河。源は河南省盧氏県の熊耳山で、東北して陸渾を経て洛水に入る。

［方山］山の名。『元和郡縣志』巻五に「陸渾山、俗名方山」（陸渾山、俗に方山と名づく）とある。

［種藥畏春過、出關愁路賒］「出」字、底本は「入」に作るも、『全唐詩』によって改めた。「關」は、潼關。この二句は、陳子が陸渾に帰ってからの様子を描いている。

［青門］長安の東城の門の一つ。

［東城］長安の東城を指す。

【訳】

陳子が陸渾の別業に帰るのを送る
昔からの知り合いではないけれど
あなたが丞相の家の出身であることは知っている
あなたの故郷は　伊川のほとり
夜は方山の花を夢みておられることだろう
藥を種えては　過ぎゆく春を畏れ
関を出ては　遠い道のりを愁える
青門の酒店での別れ
日は暮れて　東城に鴉が鳴いている

350　送滕亢擢第歸蘇州拜覲
滕亢《とうかう》の擢第して蘇州に歸り　拜覲するを送る

送爾姑蘇客　爾《なんぢ》を送る　姑蘇《こそ》の客
滄波秋正涼　滄波《さうは》　秋　正に涼しからん
橘懷三個去　橘は　三個を懷《いだ》きて去《ゆ》き
桂折一枝香　桂は　一枝を折りて香し
湖上山當舍　湖上　山は　舍に當たり
天邊水是郷　天邊　水は　是れ郷
江村人事少　江村　人事　少なく

時作捕魚郎　時に作《な》らん 捕魚の郎

【語釈】

〔滕亢〕未詳。「亢」字、底本は「元」に作るが、宋本・明抄本・呉校・『全唐詩』に従った。

〔蘇州〕唐の州名。江南道に属し、治所は江蘇蘇州市に在った。

〔拜覲〕見《まみ》える。宋本・明抄本等は「拜親」に作る。

〔姑蘇客〕滕亢を指す。

〔滄波〕蒼い波。「波」字、底本は「浪」に作るが、宋本・明抄本、呉校、『全唐詩』に従った。

〔橘懷三個去、桂折一枝香〕「香」字、『全唐詩』は「將」に作る。上句は49「送裴校書從大夫淄川郡觀省」（裴校書の大夫に淄川《しせん》郡に從ひて觀省するを送る）の「懷中江橘熟、倚處戟門秋」（懷中 江橘は熟し、倚處 戟門の秋）參照。「懷中江橘熟」は『三國志』呉志の陸績傳に「績は年六才、袁術に見え、拜辭して去ろうとした時、懷に入れていた橘が地に堕ちた。術は『陸郎は賓客と作《な》りて橘を懷にするか』と云った。績は跪いて、歸りて母に遺《おく》らんと欲す、と答えた。」とある。この故事から、滕が家に還って父母に孝順を盡すことをいう。下句は30「送薛彦偉擢第東都觀省」（薛彦偉《せつげんゐ》の擢第して東都に觀省するを送る）に「一枝誰不折、棣萼獨相輝」（一枝 誰か折らざらん、棣萼《ていがく》獨り相ひ輝く）參照。「桂折」は、『晉書』郤詵《げきしん》傳に「遂稱登第爲折桂」（遂に登第を稱して折桂と爲す）とあり、官吏登用試験に及第することを言う。ここは滕が官吏登用試験を受けて合格したことを言う。

〔湖上山當舍〕湖の畔では山が宿舎にまで迫っている。蘇州は太湖に臨み、湖のほとりには馬蹟等の山が有る。

〔人事少〕「人事」は、人間社会の事柄。ここは役所の仕事を言う。208「郡齋南池招楊鱗」（郡齋の南池に楊鱗を招く）に「郡僻人事少、雲山遮眼前」（郡は僻にして人事少なく、雲山 眼前を遮る）の注參照。

〔時作捕魚郎〕127「題金城臨河驛樓」（金城・臨河の驛樓に題す）の「忽如江浦上、憶作捕魚郎」（忽として江浦の上《ほとり》の如く、捕魚の郎と作《な》らんことを憶ふ）參照。

【訳】

滕亢《とうこう》が進士の試験に合格して 蘇州に歸り 親に観《まみ》えるのを送る

姑蘇《こそ》の客となる あなたを送る
滄《あお》い波は 秋 正に冷たいことだろう

橘は三個を懐にして去《ゆ》き
桂は一枝を折って芳しい
湖のほとりは山が家にまで迫り
天の涯《はて》水と接するあたりがまさに郷里
江村では仕事も少なく
時には漁をする人にもなることでしょう

351 送張子尉南海
張子の南海に尉たるを送る

不擇南州尉　擇《えら》ばずして南州の尉たるは
高堂有老親　高堂に老親の有ればなり
樓臺重蜃氣　樓臺 蜃氣《しんき》重なり
邑里雜鮫人　邑里 鮫人《かうじん》雜《まじ》はる
海暗三江雨　海は暗し 三江の雨
花明五嶺春　花は明るし 五嶺の春
此鄉多寶玉　此の鄉に 寶玉多し
愼莫厭淸貧　愼みて 淸貧を厭《いと》ふ莫《なか》れ

【語釈】
［**張子**］『文苑英華』巻二七一、『全唐詩』は「楊瑗」に作る。
［**南海**］県名。唐代、嶺南道廣州に属した。今の廣東省南海県。明抄本は「海南」に作る。
［**南州**］広く南方を指す。
［**不擇・老親**］『説苑』建本に「子路曰『負重道遠者、不擇地而休。家貧親老者、不擇祿而仕。』」（「子路曰く、重きを負ひて道の遠き者は、地を擇ばずして休む。家貧にして親の老いたる者は、祿を擇ばずして仕ふ、と。」）とある。
［**樓臺**］『文苑英華』『唐百家詩選』は「縣樓」に作る。
［**蜃氣**］蜃氣楼。古くは、蜃氣楼は大はまぐりの口から吐き出す氣によって現出すると考えられていた。
［**鮫人**］水中にいるという怪しい人魚。『博物志』巻二に「南海外有鮫人、水居如魚、不廢織績。其眼能泣珠」（南海の外に鮫人有り、水に居ること魚の如く、織績を廢さず。其の眼能く珠を泣《なみだ》す）とある。
［**三江**］今の広東省に、西・北・東の三江がある。『文苑英華』は「三山」に作る。
［**花明**］宋本、『文苑英華』は「江明」に作る。
［**五嶺**］南方最大の山脈。大庾嶺・騎田嶺・都龐《はう》嶺・萌渚嶺・越城嶺のこと。ここを越えると南海となる。

[此郷]「郷」字、『文苑英華』は「方」に作る。

[寶玉] 南海一帯は、珠・璣・象牙・犀革などの珍宝を産出する。『晉書』巻九〇、呉隠之傳に「廣州包帶山海、珍異所出。一篋之寶、可資數世。」(廣州は山海を包帶し、珍異の出づる所。一篋の寶、數世を資《たす》く可《べ》し)とある。

【訳】

張君が南海に尉となるのを送る

厭《いと》わないで 南州の尉となったのは
お宅に老親がおられるから
樓台には 蜃氣が重なり
村里には 鮫人が混じる
海は暗く 三江には雨
花は明るく 五嶺の春
このあたりには 寶玉が多い
慎んで 清貧を嫌うことのないように

352 送鄭少府赴滏陽

鄭少府の滏陽《ふやう》に赴くを送る

子眞河朔尉　子《し》 河朔《かさく》の尉《ゐ》を眞《さづ》かり
邑里帶清漳　邑里《いふり》 清漳《せいしやう》を帶ぶ
春草迎袍色　春草 袍色を迎へ
晴花拂綬香　晴花 綬香《じゆかう》を拂ふ
青山入官舍　青山 官舍に入り
黃鳥度宮牆　黃鳥 宮牆《きゆうしやう》に度《わた》る
若到銅臺上　若《も》し銅臺の上《ほとり》に到《いた》らば
應憐魏寢荒　應《まさ》に魏寢の荒を憐れむべし

【語釈】

[少府] 官名。県尉の別称。県令を明府と称し、尉は令に次ぐ。

[滏陽] 今の河北省磁県。

[眞] 実授。本官に任ずる。

[河朔尉] 河朔の県尉。「河朔」は、黄河の北の地方。河北。

[清漳] 河の名。清漳河。漳河の上流。源は山西省平定県の南の大黽谷。濁漳と合流する。

[春草迎袍色]「春草」「晴花」は、239「送嚴黃門拜御史大夫再鎭蜀川兼觀省」(嚴黃門の御史大夫に拜せられ再び蜀川に鎭し兼ねて觀省するを送る)に「春草連青綬、晴花間赤旗」(春草 青綬に連なり、晴花 赤旗に間《まじ》る)

とある。主語を擬人化する「迎」「拂」は、112「送宇文舍人出宰元城」(宇文舍人の出でて元城に宰たるを送る)に「縣花迎墨綬、關柳拂銅章」(縣花 墨綬を迎へ、關柳 銅章を拂ふ)、171「奉和中書賈至舍人早朝大明宮」(中書賈至舍人の早《つと》に大明宮に朝するに和し奉る)に「花迎劍珮星初落、柳拂旌旗露未乾」(花は劍珮を迎へて 星初めて落ち、柳は旌旗を拂ひて 露 未だ乾かず)、276「奉和相公發益昌」(相公の益昌を發するに和し奉る)に「山花嚳朵迎征蓋、川柳千條拂去旌」(山花 嚳朵 征蓋を迎へ、川柳 千條 去旌を拂ふ)とある。「迎」は、迎合。「袍」は、官服。唐県の尉の服は青色。

【晴花】『文苑英華』巻二七一は「晴光」に作る。「晴光」は晴れた日の景色。

【綬】官職を表す佩玉を帯びるための組み紐。

【青山入官舍】16「題永樂韋少府廳壁」(永樂の韋少府の廳壁に題す)に「白鳥下公府、青山當縣門」(白鳥 公府に下り、青山 縣門に當たる)とある。

【黄鳥度宮牆】「黄鳥」は、鶯。「度」は、行く。「宮牆」は、宮殿の周囲の垣根。魏の武帝曹操が古の鄴城(今の河南省臨漳県)に築いた宮殿を指す。

【銅臺】銅雀臺の略称。三国時代、魏の曹操が築いた展望台。鄴城の西北の隅にあり、屋上に銅製の鳳凰が置かれていた。

【魏寢】魏の武帝曹操の陵墓を指す。『元和郡縣志』巻一六に「魏武帝西陵、在縣西三十里」(魏の武帝の西陵は、縣の西三十里に在り)とある。

【訳】

鄭少府が滏陽に赴任するのを送る

あなたは河朔の尉を授かり
河朔の村里は清漳を帯びている
春草は あなたの青い袍を迎え入れ
晴れやかな花は かぐわしい綬を拂う
青山は 官舎のそばまで迫っており
黄鳥は 宮牆まで飛んでくる
若し銅雀臺の上《ほとり》に行ったら
きっとあなたは魏寢が雑草に覆われているのを憐れむことだろう

353 送江陵黎少府

江陵《かうりよう》の黎少府《れいせうふ》を送る

悔繋腰間綬
翻爲膝下愁
那堪漢水遠
更値楚山秋
新橘香官舍
征帆拂縣樓
王程不敢住
豈是愛荊州

悔《く》ゆらくは 腰間の綬に繋がれて
翻《かへ》って 膝下の愁ひと爲ること
那《なん》ぞ堪《た》へん 漢水の遠きを
更に 楚山の秋に値《あ》ふをや
新橘 官舍に香しく
征帆 縣樓を拂ふ
王程 敢《あ》へて住《とど》まらず
豈《あ》に 是《こ》れ 荊州を愛せんや

【語釈】

［**江陵黎少府**］「江陵」は、唐の荊州の治所。春秋の時の楚の都。今の湖北省江陵県。「少府」は、県尉の別称。縣令を明府と称し、尉は令に亜《つ》ぐ。

［**繋腰間綬**］江陵尉の職を授かったことを云う。338「送李郎尉武康」（李郎の武康に尉たるを送る）の「潘郎腰綬新、霅上縣花春」（潘郎 腰綬 新たなり、霅上《とうじやう》 縣花の春）、238「冬宵家會餞李郎司兵赴同州」（冬宵の家會 李郎司兵の同州に赴くを餞《おく》る）の「賀君関西掾、新綬腰下垂」（君の関西の掾《えん》たるを賀す、新綬 腰下に垂る）參照。

［**膝下愁**］遠く父母のもとを離れる愁い。「膝下」は子から父母に対する敬称。244「送張祕書充劉相公通汴河判官便赴江外觀省」（張祕書の劉相公の通汴河判官に充《あ》てられ 便ち江外に赴き観省するを送る）の「既參幕中畫、復展膝下歡」（既に幕中の畫《くわく》に參じ、復《ま》た膝下の歡を展《の》べんとす）參照。

［**漢水**］陝西省寧強県の北の嶓《は》冢《ちよう》山を源とする。東に迂回して湖北省に流入し、南に折れ武漢において長江に入る。31「送蒲秀才擢第歸蜀」（蒲《ほ》秀才の擢第して蜀に歸るを送る）の「漢水行人少、巴山客舍稀」（漢水 行く人 少なく、巴山 客舍 稀なり）參照。

［**新橘香官舍、征帆拂縣樓**］秋日 橘の実は熟成して、その香りが官舎の中にまで漂ってくる。遠くに去って行く船は樓を拂うように過ぎて行く。この兩句は、任所、江陵の風景を写している。259「送襄州任別駕」（襄州の任別駕を送る）の「江聲官舍裏、山色郡城頭」（江聲 官舍の裏《うち》、山色 郡城の頭《ほとり》）參照。

［**王程不敢住、豈是愛荊州**］「王程」は、官府規定の赴任期限。「程」は、明抄本、呉校、『全唐詩』は「城」に作る。263「酬成少尹駱谷行見呈」（成少尹の駱谷行を呈せらるるに酬《こた》ふ）の「豈不憚險艱、王程剩相拘」（豈《あ》

に険艱を憚《はばか》らざらんや、王程 剩《すこぶ》る相《あ》ひ拘《かかは》る）参照。この兩句は「官府には期限があるから、ここに留まることはできない。荊州が好きだから急いで行くのではない」という意。

【訳】

江陵の黎少府を送る

悔やまれることは 少府の官に拘束されて
かえって 親に心配をかけることだ
どうして我慢できようか 漢水の遠いことを
更に 楚山の秋に値《あ》うことを
新しい橘の実は 官舍に香を漂わせているだろう
船の帆は 縣樓を拂うように進むだろう
定めがあるから ここに住《とど》まっている訳にはいかない
どうして 荊州を愛していようか

354 送顔少府投鄭陳州

顔少府の鄭陳州に投ずるを送る

一尉便垂白　一尉にして 便ち垂白
數年唯草玄　數年 唯《た》だ玄を草す
出關策匹馬　關を出でて 匹馬に策《むちう》ち
逆旅聞秋蟬　逆旅 秋蟬《しうぜん》を聞く
愛客多酒債　客を愛して 酒債の多く
罷官無俸錢　官を罷《や》めて 俸錢 無し
知君羈思少　知んぬ 君が羈思《きし》の少なきは
所適主人賢　適《ゆ》く所 主人の賢なればなるを

【語釈】

［**鄭陳州**］鄭は姓、陳州刺史、名は不詳。「陳州」は、唐の州名。河南道に屬す。今の河南省淮陽縣。

［**一尉便垂白、數年唯草玄**］「垂白」は、鬢髮と頭髮が白くなりかかった七十歳に近い老人。「草玄」の「玄」は、『太玄經』を擬す。『太玄經』は、揚雄（前五七〜一八年。蜀の成都の人。草玄臺で『太玄經』を著した）の著。295「揚雄草玄臺」（揚雄の草玄臺）注參照。この兩句は、顔少府が一県尉に任ぜられたまま、鬢髮と頭髮が白くなってしまった。數年の内にそのような様子になってしまった顔少府を、勢利に淡泊で著述に没頭した揚雄に準《なぞら》えた。

［**出關策匹馬、逆旅聞秋蟬**］「關」は、「潼關」を指す。「逆旅」は、宿屋。「逆」は、迎える意。招いて來させる意。この兩句は、顔少府が潼關を出て陳州に赴く途中

の、孤独で、もの寂しく、悲しい情を描いている。

[知君羈思少、所適主人賢]「羈思」は、旅人の物思い。「適」は「往く」。「主人」は「鄭陳州」を指す。この両句は、あなたが陳州に到着した後、旅愁が少なかったのは、仮の住まいとして身を寄せた主人（鄭陳州）が甚だ賢明であったからだということを知っているの意。

【訳】

顔少府が鄭陳州の所に行くのを送る

一県尉となって 早くも 鬢髪は白くなった
数年間 唯《ただ》ひたすら 玄を書いた
潼關を出て 一匹の馬に 策《むち》を当て
宿屋で 秋の蟬を聞いた
客を喜ばせ 酒の借金は多く
官を罷めて 俸給は無い
あなたに旅の物思いが少ないことを知っている
往く所の 主人がとても賢い人だから

355

送弘文李校書往漢南拜親

弘文李校書が漢南に往《ゆ》きて親を拝するを送る

未識先已聞　未《いま》だ識《し》らざるに 先に已《すで》に聞く
清辭果出羣　清辭 果たして 羣を出づ
如逢禰處士　禰處士《でいしょし》に 逢ふが如く
似見鮑參軍　鮑參軍《ほうさんぐん》を 見るに似たり
夢暗巴山雨　夢は暗し 巴山の雨
家連漢水雲　家は連なる 漢水の雲
慈親思愛子　慈親 愛子を思ふ
幾度泣沾裙　幾度《いくたび》か 泣《なみだ》 裙《すそ》を沾《ぬ》らさん

【語釈】

[弘文] 弘文館。唐の高祖の武徳四年（六二一）に設けた官署。初めは、修文館といった。門下省に属し、学士・学生・校書郎をおき、典礼・図書をつかさどった。

[校書] 校書郎のこと。書物を比べ合わせて、異同や正誤を調べる。「校書郎」は官名。後漢以後に置き、秘書を校勘することを掌る。唐は秘書省に校書郎八人、秘書省著作局に校書郎二人、他に門下省弘文館に二人、太子左春坊の崇文館に二人、仝司經局に四人を置く。

[漢南] 漢水の南の地を指す。

[先已]『全唐詩』は互倒して「已先」に作る。

[清辭] きれいな詩文。

[禰處士] 禰衡《でいこう》。後漢、般の人。字は正平。少くして才

辨あり、性、剛傲にして、孔融・楊修と善く交った。尤も文筆に長じ、筆を執れば千言立ちどころに成ったという。

［**鮑參軍**］鮑照。南宋の詩人。字は明遠。臨海王の前軍參軍となったので、世に鮑參軍ともいわれる。詩は謝靈運とならび称せられた。著に『鮑參軍集』がある。（四〇五―四六六）

［**巴山**］山の名。陝西省西郷県の西南にある。大巴山。巴嶺。「巴山雨」については、320「下外江舟中懷終南舊居」（外江を下る舟中 終南の舊居を懷ふ）の「孤舟巴山雨、譽里陽臺月」（孤舟 巴山の雨、譽里 陽臺の月）參照。

［**沾裙**］『全唐詩』は「霑裙」に作る。

【訳】

弘文の李校書が漢南に行き 親に會うのを送る

知り合いになる前から あなたの名前は聞いていた
その清らかな詩文は 果たせるかな群を抜いていた
禰《でい》處士に會ったようであり
鮑參軍を見たようだ
あなたの夢に出てくる故郷は 巴山《はざん》の雨にけむり
家は漢水にかかる雲に連なっている
慈《いつく》しみ深い親は 愛子《いとしご》を思って
幾度《いくたび》泣いて 衣の裙《すそ》を沾《ぬ》らされたことか

356 送祕省虞校書赴虞鄉丞

祕省の虞《ぐ》校書の 虞鄉の丞に赴くを送る

花綬傍腰新　花綬 腰に傍《そ》ひて新たなり
關東縣欲春　關東 縣 春ならんと欲す
殘書厭科斗　殘書 科斗《かと》を厭《いと》ひ
舊閣別麒麟　舊閣 麒麟に別る
虞坂臨官舍　虞坂は官舍に臨み
條山映吏人　條山 吏人に映ず
看君有知己　君に知己《ちき》有るを看《み》る
坦腹向平津　坦腹《たんぷく》して 平津に向かへ

【語釈】

［**祕省**］祕書省。官署の名。宮中の図書を掌る。

［**校書**］校書郎。官名。後漢以後に置かれ、宮中の祕書を校勘することを掌った。

［**虞鄉**］県名。北周置く。山西省永済県の東。

［**丞**］県丞。官名。次官。長官の補佐。

［**花綬**］華綬。綬は官職の印として佩びる、印の紐。印鑑を結ぶための紐で、位によって色が違う。緑、紫、青、黒、黄の五色がある。
［**關東**］函谷關以東を言う。今、河南省等の地。關左。
［**殘書**］残闕。ここでは、古くなり、ばらばらになった書物のことを表す。
［**科斗**］中国の古代文字の一つ。昔、筆墨がなかったころ、木や竹の先に漆をつけて書いたので、点画の頭が太く尻が細くなって、科斗（おたまじゃくし）に似ていたので言う。
［**舊閣**］古めかしい高殿。昔の樓閣。
［**麒麟**］麒麟閣。前漢の武帝が築いた高殿。漢代の閣名で、祕書省を指す。244「送張秘書充劉相公通忭河判官便赴江外観省」（張秘書の劉相公の通忭河判官に充《あ》てられ便ち江外に赴き観省するを送る）参照。
［**虞坂**］地名。古の顚軨坂。山西省安邑県の南。
［**條山**］山名。雷首山の別名。山西省永済県の東南。
［**吏人**］役人。吏員。下級役人。
［**看**］推量の意。360「送楊子」（楊子を送る）「看君潁上去、新月到家圓」（君の潁上に去れば、新月　家に到りて圓《まどか》なるを看ん）参照。
［**知己**］自分の心や眞価をよく知ってくれる人。
［**坦腹**］腹ばいになる。寝ころぶ。ここでは安心しきっているさまを表す。杜甫「江亭」詩に「坦腹江亭暖、長吟野望時」（江亭の暖かなるに坦腹し、長吟す　野望の時）参照。
［**平津**］波がおだやかな渡し場。

【訳】

祕省の虞校書が虞郷の丞として赴くのを送る

花綬は　腰のそばに新しく
關東の県は　春になろうとしている
科斗《かと》で記された残闕の書に飽きてしまい
ふるめかしい樓閣　麒麟に別れる
虞坂は　官舎を前にしており
條山は　吏人越しに見える
君には知己《ちき》がいるようだから
安心して平津に向かわれるがよい

357　送樊侍御使丹陽便覲

樊侍御の丹陽に使ひして便ち覲するを送る

臥病窮巷晩　病に臥《ふ》す 窮巷の晩《くれ》
忽驚驄馬來　忽《たちま》ち驚く 驄馬の來《きた》るを
知君京口去　君の 京口に去《ゆ》くを知る
借問幾時回　借問す 幾《いつ》れの時か回《かへ》らん
驛舫江風引　驛舫 江風 引き
郷書海雁催　郷書 海雁 催す
慈親應倍喜　慈親 應《まさ》に倍《ますま》す喜ぶなるべし
愛子在霜臺　愛子 霜臺に在《あ》り

【語釈】

＊詩題の「使」字、底本は「歸」に作るが、明抄本・呉校・『全唐詩』によって改めた。

［**驄馬**］あしげ（青白混毛の馬）。後漢の桓典が待御史となり、常に驄馬に乗っていた。桓典が嚴正であったので、奸人は常に驄馬御史と畏れて避けようとしていた。

［**京口**］今の江蘇省鎮江市。

［**驛舫江風引**］258「送人歸江寧」に「海月迎歸楚、江雲引到郷」（海月 楚に歸るを迎へ、江雲 郷に到るを引く）とある。

［**海雁**］「雁」字、底本は「燕」に作るが、明抄本・『全唐詩』によって改めた。

［**霜臺**］御史台の別名。明抄本は「雲臺」に作るが、誤りであろう。

【訳】

樊侍御が丹陽に使いし、ついでに親に會いに行くのを送る

むさくるしい街中《まちなか》の夜 病氣で寝ていた
突然 驄馬が來たのに驚いた
あなたが京口に行くことを知った
お尋ねしますが いつ歸って來られるのですか
驛舫は 江風に引っ張られて行き
故郷への手紙を 海の雁が催促している
故郷ではやさしい親御様が たいそう喜んでおられるに違いない
愛子《いとしご》は御史台にいるのだから

358 送張卿郎君赴硤石尉
張卿郎君の 硤石《こうせき》の尉に赴くを送る

卿家送愛子　卿の家 愛子を送る
愁見灞頭春　愁ひて見る 灞頭《はとう》の春
草羨青袍色　草は 青袍の色を羨み

花隨黄綬新　花は 黄綬の新たなるに隨ふ
縣西函谷關　縣西 函谷の關
城北大陽津　城北 大陽の 津《わたし》
日暮征鞍去　日暮 征鞍 去り
東郊一片塵　東郊 一片の塵

【語釈】

［**郎君**］他人の子に対する称呼。底本は「郎中軍」に作るが、ここは明抄本、『全唐詩』に従う。

［**硤石**］縣名。もと崤《かう》縣、唐の貞觀中 硤石《こうせき》と改名。故城は今の河南省陝縣の東南に在る。

［**卿家**］あなたの家。

［**灞頭**］灞上。灞水のほとりにあった地名。古くは咸陽、長安の軍事的要地。唐時は多く此処で西に行く人を送別した。106「青門歌 送東臺張判官」（青門歌 東臺の張判官を送る）の注參照。

［**青袍**］縣尉、八、九品官の袍服。『唐會要』巻三一に「八、九品官は青を以てす」とある。101「送楚丘麹少府赴官」（楚丘の麹《きく》少府の官に赴くを送る）の注參照。

［**黄綬**］漢代、縣尉は黄色の綬を佩びた。101「送楚丘麹少府赴官」（楚丘の麹《きく》少府の官に赴くを送る）の注參照。

［**縣西函谷關、城北大陽津**］「函谷關」は、今の河南省靈寶縣にある。17「函谷關歌 送劉評事使關西」（函谷關の歌 劉評事の關西に使ひするを送る）の注參照。「大陽津」は、茅津の渡口。『元和郡縣志』巻六に「太陽故關は陝縣の西北四里に在り、後周大象元年（五七九）置く。即ち茅津なり」とある。「大」は「太」に同じ。明抄本は「太」に作る。陝縣は今の河南陝縣。大陽津は硤石縣の西北に在る。この両句は、硤石の地理的位置を言う。

【訳】

　張卿の郎君が硤石《こうせき》の尉に赴くのを送る

あなたの家では 愛子を送られる
愁いのうちに見やる 灞上の春
草は 青袍の色を羨み
花は 黄綬の新たなるに隨う
縣の西は 函谷の関
城の北は 大陽の渡口
日暮れ方 旅行く馬は去り
東郊には 一片の塵が残るだけ

359 送梁判官歸女几舊廬
梁判官の女几《じょき》の舊廬に歸るを送る

女几知君憶　女几 君の憶ひを知りて
春雲相送歸　春雲 相ひ送帰す
草堂開藥裹　草堂 藥裹《やくくわ》を開き
苔壁取荷衣　苔壁 荷衣を取る
老竹移時小　老竹 時を移して小なるも
新花舊處飛　新花 舊處に飛ぶ
可憐眞傲吏　憐む可し 眞の傲吏
塵事到山稀　塵事 山に到ること稀なり

【語釈】
*『全唐詩』巻二百、『文苑英華』巻五に収める。

［**梁判官**］「判官」は、節度使の属官。62「初過隴山途中呈宇文判官」（初めて隴山を過ぎ、途中 宇文判官に呈す）の注参照。

［**女几**］山の名。今の河南省宜陽縣の西南三十四里に位置する。

［**送歸**］「送」字、『全唐詩』及び『文苑英華』は「逐」に作る。

［**藥裹**］藥包、藥の袋。ここでは、梁判官が舊居に残していた藥袋を指す。

［**荷衣**］蓮の葉で編んだ衣で、隠者の衣を意味する。ここでは、梁判官が舊居に残していた荷衣を指す。『離騒』に「製芰荷以為衣兮、集芙蓉以為裳」（芰荷を製して以て衣と為し、芙蓉を集めて以て裳と為す）とあり、孔稚圭『北山移文』に「焚芰製而裂荷衣、抗塵容而走俗狀」（芰製を焚きて荷衣を裂き、塵容を抗《あ》げて俗状に走る）とある。

［**傲吏**］世間を見下している役人。梁判官を指す。郭璞『遊仙詩』に「漆園有傲吏　萊氏有逸妻」（漆園に傲吏有り、萊氏に逸妻有り）とある。

［**塵事**］世俗のうるさい事柄。世事、俗事の意。

【訳】
梁判官が女几《じょき》の舊居に歸るのを送る

女几山は 君の思いを知っており
春の雲も 帰るのを送っている
君は 草堂で藥包を開き
苔むした壁から 荷《はす》の衣を降ろす
老竹は 時を経て小さくなったが
花は 今年も同じ場所に舞っている

ああ 眞の傲吏
世俗の塵事が 山に到ることは稀である

360 送楊子
楊子を送る

斗酒渭城邊　斗酒 渭城の邊《ほとり》
壚頭耐醉眠　壚頭 醉眠に耐《た》ふ
梨花千樹雪　梨花 千樹の雪
柳葉萬條煙　柳葉 萬條の煙
惜別添壺酒　別れを惜しみて 壺酒を添へ
臨岐贈馬鞭　岐《みち》に臨みて 馬鞭を贈る
看君潁上去　君の潁上《えいじゃう》に去れば
新月到家圓　新月 家に到りて圓《まどか》なるを看ん

【語釈】

＊この詩は、「送別」と題して、『全唐詩』（李白全集）巻一七七に見える。底本には不載だが、明抄本、呉校には倶に載せる。『文苑英華』巻二七一、『唐百家詩選』は、岑參の作として収める。『滄浪詩話』（考證）には、「太白の詩、『斗酒渭城邊、壚頭耐醉眠』は、乃ち岑參の詩の誤入ならん」とある。

［**楊子**］「楊」字、「文苑英華」は「陽」に作る。

［**渭城**］咸陽の故城。漢の武帝の時、改称した。長安の西北、渭河の北岸に在る。111「首春渭西郊行呈藍田張主簿」（首春、渭西の郊行 藍田の張主簿に呈す）に「迴風度雨渭城西、細草新花踏作泥」（迴風度雨 渭城の西、細草新花 踏んで泥と作る）の注參照。王維の「送元二使安西」（元二の安西に使ひするを送る）に「渭城朝雨浥輕塵、客舍青青柳色新」（渭城の朝雨 輕塵を浥《うるほ》し、客舍 青青 柳色新《あら》たなり）とある。

［**斗酒渭城邊、壚頭耐醉眠**］渭城の邊に在って、酒店で飲酒し、送別する。「耐醉眠」は、別れを惜しんで飲み続け、酔って眠くなるまで飲んだ、の意。

［**柳葉**］「柳」字、「全唐詩」は「楊」に作る。注に、「一に柳に作る」とある。

［**看君潁上去、新月到家圓**］「看」は、推量の辞。「新月」は、①空に昇ったばかりの月 ②三日月、の意があるが、ここでは後者。99「送祁楽帰河東」（祁楽の河東に帰るを送る）に、「新月河上出、清光満關中」（新月

河上に出で、清光 關中に滿つ）と、102「終南雙峯草堂作」（終南の雙峯草堂の作）に、「崖口上新月、石門破蒼靄」（崖口より新月上り、石門 蒼靄を破る）、269「梁州陪趙行軍龍岡寺北庭泛舟宴王侍御 得長字」（梁州にて趙行軍の龍岡寺の北庭にて舟を泛べて王侍御を宴するに陪す 長字を得たり）に、「酒影揺新月、灘聲聒夕陽」（酒影 新月 揺れ、灘聲 夕陽に 聒《かまびす》し）とあるのは、①の意の例。「潁上」は、縣名。唐、河南道潁州に屬す。現在の安徽省潁上縣。「新月到家圓」は、家族との團欒が待っているのでしょうね、の意を暗に表現している。

【訳】

楊子を送る

渭城の邊《ほと》りで杯を交わし
壚《いろり》のほとりで 酔って眠りそうだ
千樹の梨花は まるで雪のようで
萬條の柳葉は 霞がかかったかのようだ
別れを惜しんで 壺酒を添え
岐道《わかれみち》を前にして 馬の鞭を贈る
君が潁上《えいじょう》に去り
家に着く頃には 新月も圓くなっていることだろう

361 登總持閣

總持閣に登る

高閣逼諸天　高閣 諸天に逼《せま》り
登臨近日邊　登臨 日邊に近し
晴開萬井樹　晴れて開く 萬井の樹
愁看五陵煙　愁へて看る 五陵の煙
檻外低秦嶺　檻外 秦嶺 低く
窗中小渭川　窗中 渭川 小なり
早知清淨理　早《つと》に知る 清淨の理
常願奉金仙　常に金仙《こんせん》を奉ぜんことを願ふ

【語釈】

［**總持閣**］大總持寺の寺閣。寺は長安にあった。唐の韋述『両京新記』巻三に「大總持寺、隋大業元年、煬帝爲父文帝立。初名禅定寺」（大總持寺、隋の大業元年、煬帝 父の文帝が爲に立つ。初め禅定寺と名づく」とある。

［**諸天**］諸々の天上界。またその天にある神たち。欲界の六天、色界の十八天、無色界の四天を合わせた二十

八天を諸天という。ここでは天を指す。
［**日邊**］ 日のほとり。太陽のあるあたり。
［**晴開萬井樹**］ この句は、長安に立ち並ぶ家々に植えてある木々が、眼下に一望できるさまをいう。
［**愁看五陵煙**］ 「五陵」は、長安の郊外にある漢の高帝以下五帝の陵墓。長陵（高帝）・安陵（惠帝）・陽陵（景帝）・茂陵（武帝）・平陵（昭帝）。すべて渭水の北岸（今の咸陽市付近）にある。94「與高適薛據同登慈恩寺浮圖」（高適・薛據と同《とも》に慈恩寺の浮圖に登る）に「五陵北原上、萬古青濛濛」（五陵 北原の上《ほとり》、萬古 青 濛濛たり）とある。この句は、五陵に立ちこめる煙霧が人の心に愁いを感じさせることをいう。
［**秦嶺**］ 甘粛省皐蘭県から東、陝西省の南部、さらに河南省陝県に至る。その間にある鳥鼠・朱圉《しゅぎょ》・太白・終南・太華・商山の諸山はすべて秦嶺山脈という。
［**渭川**］ 甘粛省渭源県の西北に発し、陝西省を東流し、潼関県で黄河にそそぐ。
［**清淨**］ 清く汚れのないこと。また邪念、私心のないこと。309「上嘉州青衣山中峯、題惠淨上人幽居。寄兵部楊郎中」（嘉州青衣山の中峯に上り、惠淨上人の幽居に題す。兵部の楊郎中に寄す）に「早知清淨理、久乃機心忘」（早《つと》に知る 清淨の理、久しくして乃ち機心忘る）とある。「淨理」は清浄な妙理。94「與高適薛據同登慈恩寺浮圖」（高適・薛據と同《とも》に慈恩寺の浮圖に登る）に「淨理了可悟、勝因夙所宗」（淨理 了《まさ》に悟るべし、勝因 夙《つと》に宗とする所）とある。
［**金仙**］ 佛の別称。

【訳】

總持閣《そうじかく》に登る

高閣は 諸天に迫って聳え
塔に登ると 日辺に近づく
空は晴れわたり 多くの家々の木々が一望され
世の儚さを愁えて 五陵にたちこめる煙《もや》をながめる
手すりの外には 秦嶺山脈が低く連なり
窓の中には 渭川の流れが小さく見える
早くから清浄の理を知っており
常に金仙を崇め奉りたいと願っているのだ

362 晦日陪侍御泛北池 得寒字

晦日 侍御に陪して北池に泛《うか》ぶ 寒字を得たり

春池滿復寬　春池 滿ちて 復た寬《ひろ》く
晦節耐邀歡　晦節《くわいせつ》 邀歡《えうくわん》するに耐ふ
月帶蝦蟆冷　月は 蝦蟆《がま》を帶びて 冷ややかに
霜隨獬豸寒　霜は 獬豸《くわいち》に隨ひて 寒し
水雲低錦席　水の雲は 錦席に低《た》れ
岸柳拂金盤　岸の柳は 金盤を拂ふ
日暮舟中散　日暮れて 舟中 散じ
都人夾道看　都人 道を夾みて 看る

【語釈】

［**晦日**］正月晦日を指す。陰暦は毎月の最後の日を晦日と爲す。正月晦日は佳節と爲し、士女はこの日、舟を泛かべ或いは水に臨みて宴楽を爲す。

［**侍御**］官名。御史の称。唐は御史臺の長官を御史大夫と云い、官吏の監察を司る。次官は御史中丞。御史臺は官署の名で、弾正臺の唐名。御史臺の門は北に闢き、陰殺を主とす。故に御史を風霜の任とし、官吏の不法を糾弾するを職とした。

［**北池**］長安西の北海池と思われる。

［**得寒字**］底本には無い。明抄本・呉校により補う。

［**春池滿復寬、晦節耐邀歡**］この両句は、春日、池の水が満ち溢れゆったりと広く、晦節にみんなを集めて楽しむには最適となったの意。

［**月帶蝦蟆冷**］月光は清く冷たい。「蝦蟆」は蛙の一種で蛙より大きい。俗に月の中には蝦蟆がいると傳えられている。

［**霜隨獬豸寒**］夜に入るに随って霜はますます寒い。霜の厳しい寒さを御史の威厳に準《なぞら》えた。「獬豸」は想像上の獣の名。牛に似て人の鬭うを見れば其の邪悪なものに触れ、人の論争を聞けば不正な方を角で突き、又は噛み殺すという。244「送張秘書充劉相公通拚河判官便赴江外覲省」（張秘書の劉相公の通拚河判官に充てられ 便ち江外に赴き覲省するを送る）に「新登麒麟閣、適脱獬豸冠」（新たに麒麟閣に登り、適《まさ》に脱す 獬豸の冠）、88「送韋侍御先歸京 得寬字」（韋侍御の先に京に帰るを送る 寛字を得たり）に「聞欲朝龍闕、應須拂豸冠。風霜隨馬去、炎暑爲君寒」（龍闕に朝せんと欲するを聞く、應《まさ》に須らく豸冠を拂ふなるべし。風霜は馬に随ひて去《ゆ》き、炎暑も君の爲に寒からん）とある。「獬豸冠」「豸冠」は、御史臺の侍御史（検察官）の冠。

［**水雲低錦席**］美しい雲の彩りは水中に映じ、舟の中に

設けた錦の美しい宴席にも低《た》れている。「錦席」は錦を張り巡らした美しい宴席。
［**岸柳拂金盤**］岸辺の垂柳が舟端で揺れ、席上の金盤を拂う。「金盤」は貴重な食器。
［**都人夾道看**］都の人々が道を夾んで看ている。「都人」は京都の人。250「冀國夫人歌詞　七首」其三に「翩翩出向城南獵、幾許都人夾道看」（翩翩と出でて城南の獵に向かへば、幾許《いくばく》の都人か道を夾みて看る）とある。

【訳】

正月晦日　侍御に随って北池に舟を泛かべる

寒字を得た

春の池は　水が満ち　ゆったりとして
晦節の遨歡をするには最適だ
月光は　蝦蟆《がま》を帯びて冷たく
霜は　獬豸《かいち》によって　益々寒い
水上の雲は　美しい宴席に低《た》れ
岸の柳は　金の皿を拂う
日が暮れて　舟の中の人は散會し
都の人々は　道を夾んで看《み》ている

363
送楊錄事充使　得江字

楊錄事の使ひに充てらるるを送る　江字を得たり

夫子方寸裏　夫子　方寸の裏《うち》
清秋澄霽江　清秋　霽江　澄む
關西望第一　關西　望《ほまれ》は第一
郡内政無雙　郡内　政は無雙
狹室下珠箔　狹室　珠箔　下《た》れ
連宵傾玉缸　連宵　玉缸を傾く
使乎仍未醉　使ひなるかな　仍《な》ほ未だ醉はず
斜月隱高囪　斜月　高囪に隱る

【語釈】

＊底本は詩題を「送王錄事充使」（王錄事の使ひに充てらるるを送る）とするも、今、明抄本・呉校に從う。『文苑英華』巻二七一、『全唐詩』は「送楊錄事充潼關判官」（楊錄事の潼関判官に充てらるるを送る）に作る。
［**錄事**］官名。錄事參軍の略。晉代、中央官庁に置かれた。総務部長。
［**方寸**］こころ。むね。昔、心の働きは、胸中の方寸の間（心臓）にあるとされた。
［**清秋**］『文苑英華』『全唐詩』は、「秋天」に作る。

[**關西**] 潼関より西の地の総称。
[**望**] ほまれ。名聲。名望。
[**狹室**] 狭い部屋。ここでは親密さを表現しているように思われる。
[**珠箔**] 珠で飾った美しいすだれ。
[**連宵**] 一晩中。
[**玉缸**] 玉のように美しい、酒などを入れるかめ。
[**使乎仍未醉**] 「使乎」は、使者を褒めていう語。『論語』憲問篇に「蘧伯玉使人於孔子。孔子與之坐而問焉。曰、夫子何爲。對曰、夫子欲寡其過、而未能也。使者出。子曰、使乎、使乎」（蘧伯玉《きょはくぎょく》 人を孔子に使《つか》はす。孔子之に坐を與へて問ふ。曰く、夫子 何を爲すと。對へて曰く、夫子は其の過ちを寡くせんことを欲するも、未だ能はざるなりと。使者 出づ。子曰く、使ひなるかな、使ひなるかなと）とあるのに基づく。「使乎仍」の三字『文苑英華』『全唐詩』は、「平明猶」に作る。
[**斜月**] 西にかたむいた月。入りかかった月。「月」字、『文苑英華』は、「日」に作る。
[**高囱**] 『全唐詩』は、「書窗」に作る。「高」字、明抄本、呉校本は「吟」に作る。「囱」字『文苑英華』は、「窗」に作る。

【訳】

楊錄事が使いに充てられたのを送る 江の字を得た
あなたの心の中は
秋の澄んだ川のように冴え渡っている
關西では名望は第一
郡内では あなたの政治は無雙
狹い室には 珠箔が下がり
夜を通して玉缸を傾ける
「すばらしい使者だ」 まだ酔いそうにない
斜月は 高い窓に隠れてしまった

364 雪後與羣公過慈恩寺
雪後 羣公と 慈恩寺に過《よぎ》る

乘輿忽相招　輿《きょう》に乘じて 忽ち相ひ招き
僧房暮與朝　僧房 暮れと朝と
雪融雙樹濕　雪 融けて 雙樹 濕《うるほ》ひ
紗閉一燈燒　紗 閉ぢて 一燈 燒《も》ゆ
竹外山低塔　竹外 山は塔に低く
藤間院隔橋　藤間 院は橋を隔つ

歸家如欲懶　家に歸りて 如《も》し懶《おこた》らんと欲すれば
俗慮向來銷　俗慮 向來 銷《き》えん

【語釈】

＊『岑詩繋年』によれば、「永泰年間、官に着いていた頃の作か。『舊唐書』代宗紀に「永泰元年正月、および大暦元年正月、皆大いに雪降る」とあるので、この詩はそのいずれかの時に作られたと思われる」とある。

［**慈恩寺**］陝西省西安市の東南にある寺。唐の高宗が太子の時、文徳皇后のために建立。大雁塔で有名。その南に曲江池があった。『文苑英華』巻二三五は、「慈」字を「報」に作る。

［**雙樹**］沙羅双樹を意識したものであろう。181「出關經華嶽寺訪法華雲公」（關を出て華嶽寺を經《へ》 法華の雲公を訪ふ）に「欲去戀雙樹、何由窮一乘」（去《ゆ》きて 雙樹を戀はむと欲す、何に由《よ》りてか一乘を窮めん）とある。

［**紗閉一燈燒**］「紗」は、薄絹のこと。紗の向こうに灯《あか》りがあるようす。『全唐詩』巻二〇〇には、「紗閉」を「沙闇」に作り、「闇」字の下に「一作閉」とある。

［**院隔橋**］「隔」字、『文苑英華』は「接」に作る。

［**如欲懶**］「如」字、『文苑英華』は「好」に作る。

［**向來**］すぐに。

【訳】

雪の後に羣公とともに 慈恩寺に立ち寄る
興に乗ずるままに寄り集まり
僧房で 暮れと朝を過ごす
雪は融けて 雙樹は潤い
紗は閉ざされて 一つの明かりが見える
竹林の外に 山は塔より低く
藤の木の間に 院は橋を隔てて見える
家に帰り もし怠りの心が湧いても
俗慮はすぐに消えることであろう

365 西河太守杜公挽歌（其一）

西河太守杜公の挽歌（其の一）

蒙叟悲藏壑　蒙叟 藏壑を悲しみ
殷宗惜濟川　殷宗 濟川を惜しむ
長安非舊日　長安 舊日に非ず
京兆是新阡　京兆 是れ新阡
黃霸官猶屈　黃霸 官猶《な》ほ屈し
蒼生望已愆　蒼生 望み已に愆《あやま》る

唯餘卿月在　唯だ餘す 卿月の 在り
留向杜陵懸　留まりて杜陵に向かひて懸かる

【語釈】
［**西河太守杜公挽歌**］「西河」は、唐の郡名。『新唐書』地理志に「河東道に汾州西河郡 有り、治所は西河縣（今の山西省汾陽縣）に在り」とある。明抄本・『全唐詩』等には「河西」とあるが、誤りであろう。王維の「故西河郡杜太守輓歌三首」も「西河」としている。「西河太守杜公」は、杜佑の父の杜希望と思われる。希望は京兆の人で、隴右節度留後、鴻臚卿などに任ぜられ、西河太守のとき亡くなった。「歌」字の下、明抄本、『全唐詩』は「四首」の二字がある。
［**蒙叟**］児童や老人。
［**藏壑**］墓に埋葬すること。
［**殷宗惜濟川**］「殷宗」は、殷の高宗。高宗は父の喪に服して、政治を臣下に任せて黙ったまま三年たった。夢のお告げで説《えつ》の存在を知り、傅巌《ふがん》の原野で版築《はんちく》の仕事をしていた説《えつ》を見つけ、左右において政治を助けさせた。「濟川」は、高宗が説《えつ》に言った言葉、「若濟巨川、用汝作舟楫」（若《も》し巨川を濟《わた》らば、汝を用て舟楫と作《な》さん）に基づく。この句は、天子が杜公の死を、川を渡る時に船の楫を無くしたが如く痛惜したことを言う。
［**舊日**］杜公が生きていた日。
［**新阡**］新しい墓道。「阡」字、明抄本は「天」に作る。
［**黄覇官猶屈**］「黄覇」は、漢・陽夏の人。生まれつき洞察にすぐれ心のはたらきが明敏で、また法律に通じていた。しかしその官歴は、左馮翊の二百石の卒史、河東郡の均輸長、河南郡の太守丞のように低く、結局、潁川郡の太守に終わった。98「送顔平原」の注參照。
［**蒼生**］多くの人民のこと。
［**卿月**］ここでは杜公を喩えている。
［**杜陵**］漢の宣帝の陵名。

【訳】
　西河太守 杜公の挽歌（其の一）
児童や老人は 埋葬を悲しみ
殷宗は 濟川を惜しんだ
長安は昔日のごとくでなく
京兆には新しい墓道が作られた
黄覇はこれまで低い官職に身を屈し
人民の望みは叶えられなくなった

唯だ卿月だけが残っていて
留まって杜陵の空にかかっている

西河太守杜公輓歌（其二）
　西河太守杜公の輓歌（其の二）
鼓角城中出　鼓角　城中より出で
墳塋郭外新　墳塋　郭外に新《あらた》なり
雨隨思太守　雨のごと隨ひて　太守を思ひ
雲從送夫人　雲のごと從ひて　夫人を送る
蒿里埋雙劍　蒿里　雙劍を埋め
松門閉萬春　松門　萬春を閉ざす
回瞻北堂上　回り瞻《み》れば　北堂の上
金印已生塵　金印　已に塵を生ず

【語釈】
［**鼓角**］太鼓と角笛。軍中の号令に用いられたが、ここでは、柩が出るときの奏楽を指す。「角」字、『全唐詩』は「一作吹」と注す。
［**雨隨思太守、雲從送夫人**］「雨隨」「雲從」は、葬送の人が非常に多いことを言う。『詩経』齊風・敝笱《へいこう》に「齊子歸止、其從如雲」（齊子《せいし》　歸《とつ》ぐ、其の從ふや雲の如し）とあり、毛傳に「如雲、言盛也」（雲の如しとは、盛んなるを言ふなり）とある。また「齊子歸止、其從如雨」（齊子《せいし》　歸《とつ》ぐ、其の從ふや雨の如し）とあり、「如雨、言多也」（雨の如しとは、多きを言ふなり）とある。「夫人」とは、杜公夫人を指し、杜公と夫人を合葬したものと思われる。
［**蒿里**］泰山の南の山名。人の死後の魂魄がここに来て留まると言う。転じて墓地を言う。
［**雙劍**］干將莫邪の雙《ふた》振りの剣のこと。『捜神記』によると、楚人の干將が二剣を鋳し、雄剣を干將と名付け、雌剣を莫邪と名付けた。
［**松門**］墓所の門。墓には松柏を多く植えたことによる。
［**北堂**］北面の正房。
［**金印**］太守の印。『漢書』百官公卿表に「相國丞相皆秦官、金印紫綬」とある。

【訳】
　西河太守　杜公の輓歌（其の二）
太鼓や角笛の音は　城中から出て
墳墓は　郊外に新しい
雨のごとく随って　太守を思い

雲のごとく従って　夫人を送る
蒿里は　雙劍を埋め
松門は　萬春を閉ざす
北堂の上を　かえり見れば
金印にはもう塵が生じている

西河太守杜公挽歌（其三）

西河太守杜公の輓歌（其の三）

憶昨明光殿　憶ふ昨　明光殿
新承天子恩　新たに　天子の恩を承く
剖符移北地　符を剖《さ》きて　北地に移り
受鉞領西門　鉞を受けて　西門を領す
塞草迎軍幕　塞草　軍幕を迎へ
邊雲拂使軒　邊雲　使軒を拂ふ
至今聞隴外　今に至るまで　聞く　隴外
戎虜尚亡魂　戎虜　尚ほ魂を亡《うしな》ふと

【語釈】

［其三］底本は、この詩を「其四」としているが、明抄本・呉校・『全唐詩』によった。

［明光殿］漢の宮殿の名。ここは、唐の宮殿を指す。

［剖符移北地］「剖符」は、符を二分して、一方に割符を與え、任命・封爵・契約などの証拠とすること。杜公がかつて代州（今の山西省代県）都督に任ぜられたことを指す。

［受鉞領西門］「受鉞」は、將軍が天子から、征討のために大斧を渡され、生殺與奪の権を與えられること。杜公がかつて鄯州（今の青海省樂都県）都督に任ぜられたことを指す。「西門」は、西方の門戸。

［塞草迎軍幕、邊雲拂使軒］「使軒」は、使者の乗る車。杜公が嘗て使者となって、突騎施に使いしたことを指す。「迎」と「拂」の用例は、112「送宇文舎人出宰元城」詩の「縣花迎墨綬、關柳拂銅章」や、266「奉和杜公初發京城作」詩の「野鵲迎金印、郊雲拂畫旗」に見える。

［隴外］陝西省の隴山以西の地区。杜公は開元二十六年六月、隴右節度使となった。

［戎虜］えびす。吐蕃を指す。

【訳】

西河太守　杜公の輓歌（其の三）

憶い出す　あの日　明光殿で
新たに天子の恩を承けた

符を剖《さ》いて 北地に移り
鉞を受けて 西門を領した
塞《とりで》の草は 軍隊を迎え
辺境の雲は 使者の車を吹き拂う
今に至るまで 隴外では
戎虜《えびす》が まだ魂を亡くしていると聞く

西河太守杜公挽歌（其四）

西河太守杜公の輓歌（其の四）

漫漫澄波闊　漫漫として 澄波《ちょうは》 闊《ひろ》く
沈沈大廈深　沈沈として 大廈《たいか》 深し
秉心常匪席　心を秉《と》りては 常に席《むしろ》に匪ず
行義毎揮金　義を行ひては 毎《つね》に金を揮《ふる》ふ
汲引窺蘭室　汲引して 蘭室を窺ひ
招攜入翰林　招攜《せうけい》して 翰林《かんりん》に入る
多君有令子　多とす 君に令子有るを
猶注世人心　猶ほ 注《あつ》む 世人の心

【語釈】

［**其四**］底本は、この詩を「其三」としているが、明抄本、呉校、『全唐詩』によった。

［**漫漫澄波闊、沈沈大廈深**］「漫漫」は、大河がいっぱいに満ちて流れるさま。広く遥かなさま。「沈沈」は、奥深く静かなさま。明抄本・呉校は「耽耽《たんたん》」に作る。「耽耽」は、奥深いさま。「廈」は、大きな家。この二句は、杜公の心が澄み、廣く遥かで、大廈の様に奥深い事をいう。

［**秉心常匪席**］「秉心」は、正しい心を保ち続けること。「席」字、『全唐詩』の注に「一作石」とある。『詩經』邶風「柏舟」に「我心匪石、不可轉也。我心匪席、不可巻也」（我が心 石に匪ず、轉がすべからざるなり。我が心 席《むしろ》に匪ず、巻くべからざるなり）とあるのに基づく。この句は、杜公の志が移らない事をいう。

［**行義毎揮金**］「行義」は、正しい道を取り行う事。仁義を行う事。「義」は、人が守り行うべき道徳。

［**汲引窺蘭室**］「汲引」は、人を引き上げて用いる。登用する。「蘭室」は、蘭の香のする部屋。賢人のいる所。

［**招攜入翰林**］「招攜」は、招き寄せて連れて行く。誘い合って一緒に連れ立って行く。謝惠連「擣衣詩」に「美人戒裳服、端飾相招攜」（美人 裳服を戒め、端飾して相招攜す）とある。「翰林」は、翰林院の略。文人学者

を集め、天子の詔勅を司った役所。唐の玄宗のときから置かれた。

［**多君有令子、猶注世人心**］「多」は、称賛する。「令子」は、善い子。人の男子を呼ぶ敬称。ご子息。この二句は、杜公に賢子が有ることを賛えている。

【訳】

西河太守　杜公の輓歌（其の四）

漫漫として　澄んだ波は広がり
沈沈として　大きい家は奥深い
心は常に　人の言いなりにはならず
義を行っては　毎に金を分け與えた
後輩を引き上げ　賢人の仲間に近づけ
ひきつれて　翰林院に入らせた
たいしたものだ　貴方には善い子息がおられ
やはり　世間の人の心を集めている

366　西河郡太守張夫人輓歌

西河郡太守の張夫人の輓歌

鵲印慶仍傳　　鵲印《じゃくいん》　慶《よろこび》は仍《な》ほも傳はり
魚軒寵莫先　　魚軒《ぎょけん》　寵は先んずる莫し
從夫元凱貴　　夫に從ひては　元凱《げんがい》の貴
訓子孟軻賢　　子を訓《をし》へては　孟軻《まうか》の賢
龍是雙歸日　　龍は是れ雙《なら》び歸るの日
鸞非獨舞年　　鸞は獨り舞ふの年に非ず
哀容今共盡　　哀容は　今　共に盡《きは》まり
悽愴杜陵田　　悽愴《せいさう》たり　杜陵の田

【語釈】

＊この詩は底本・明抄本・呉校には無く、『全唐詩』にのみ載る。

［**太守**］『全唐詩』は、「太原守」に作るが、365「西河太守杜公輓歌」の「其二」に「雨隨思太守、雲從送夫人。蒿里埋雙劍、松門閉萬春」とあり、この詩では「龍是雙歸日、鸞非獨舞年。哀容今共盡、悽愴杜陵田」とある。これは、杜公と夫人を合葬した事をいい、この詩の「夫人」とは、杜公の夫人。よって今、「太守」に改める。

［**鵲印慶仍傳、魚軒寵莫先**］「鵲印」は、將軍の印を指す。132「北庭西郊候封大夫受降回軍献上」（北庭の西郊にて封大夫の降を受け軍を回して献上するを候《ま》つ）に、「喜鵲捧金印、蛟龍盤画旗」（喜鵲は　金印を捧げ、蛟龍は　画旗に盤《わだかま》る）とある。『捜神記』239「張顥」に、

漢の常山の張顥が梁の相であった時、山鵲に似た鳥が飛翔して来たので、人に捕らえさせた所、山鵲が変化して石となり、その中から「忠孝侯印」と記された金印を得た。張顥は、この事を上聞し、金印を宮中の蔵におさめた。その後、太尉にまで昇任したとある。「魚軒」は、諸侯の夫人の乗る車。軒は車、魚皮で車を飾るから、魚軒という。『春秋左氏傳』閔公二年「歸夫人魚軒重錦卅兩」（夫人に魚軒 重錦卅兩を歸《おく》る）の杜預の注に「魚軒、夫人車、以魚皮爲飾」（魚軒は、夫人の車にして、魚皮を以て飾と爲す）とある。上句は、杜公が高位を得た事をいう。下句は、張夫人への寵が類無き事をいう。

［**元凱**］杜預の字。晉の人。恕の子。謚は成。泰始中、河南尹、秦州刺史を歴任し、度支尚書に至り、萬機を損益し、朝野、杜武庫と稱す。後、官は鎭南大將軍・都督荊州諸軍事。呉を平定した功を以て當陽縣侯に封ぜられた。兵を用いて勝を制し、諸將 之に及ぶ者なく、功成るの後、經籍に潛心す。卒して征南大將軍を追贈された。故に亦、杜征南とも稱す。著に『左氏經傳集解』がある。文帝の妹、高陸公主を妻とした。

［**訓子孟軻賢**］『列女傳』「鄒孟軻母」にある。「孟母三遷」「孟母断機」における孟軻の母の様に、張夫人が子息を熱心に教育した事をいう。

［**龍是雙歸日、鸞非獨舞年**］「龍、鸞」は、杜公夫婦を指す。この両句は、杜公と夫人を合葬したことをいう。

［**哀容今共盡**］人々が死者を哀悼している事をいう。

［**杜陵**］漢の宣帝の陵名。陝西省長安縣の東南。長安の覇陵の南は樂遊原で、宣帝が築いた陵。

【訳】

西河郡太守の張夫人の晩歌

鵲印の慶びは なおも傳わっており
魚軒への寵愛は 先に出るものはなかった
夫に従っては 元凱のような出世を助け
子を教えては 孟母のように賢かった
龍はこの日 寄り添って帰り
鸞はこの年 獨りで舞うことはない
人々の悲しみは 今 共に極まり
杜陵の田は悲しみに包まれている

367 韓員外夫人清河縣君崔氏輓歌（其一）

韓員外夫人 清河縣君 崔氏の輓歌（其の一）

令徳當時重　令徳 時に當りて 重んぜられ
高門擧世推　高門 世を擧げて 推す
從夫榮已絶　夫に從ひて 榮は 已に絶し
封邑寵難追　邑に封ぜられて 寵は 追ひ難し
陌上人皆惜　陌上 人 皆な惜しみ
花間鳥亦悲　花間 鳥 亦た悲しむ
仙郎看隴月　仙郎 隴月を看ては
猶憶畫眉時　猶《な》ほ 憶ふ 畫眉の時

【語釈】

［**韓員外夫人清河縣君崔氏輓歌**］「員外」は、員外郎の略。郎中の下、主事の上。「清河」は、唐の県名で、河北道貝州に属した。今の河北省清河県の西。「縣君」は、婦人の封号。唐代、五品官の母や妻を縣君とした。員外郎は五品官であった。「輓歌」の下、明抄本・『全唐詩』は「二首」の二字がある。

［**高門**］高貴な家柄。

［**封邑**］諸侯の領地。唐代の封爵は、封号のみで封土はなかった。ここは縣君に封ぜられたことを指す。

［**仙郎**］唐代、尚書省の諸曹の郎官を称して仙郎と言った。

［**隴月**］「隴」は「壟」に通じ、塚・墓のこと。

［**畫眉**］黛を施すこと。『漢書』巻七六・張敞《ちやうしやう》傳に「敞無威儀、…又爲婦畫眉、長安中傳張京兆眉憮。有司以奏敞。上問之、對曰、臣聞、閨房之内、夫婦之私、有過於畫眉者。上愛其能、弗備責也」（敞 威儀無く、…又た婦の爲に眉を畫き、長安中 張京兆の眉憮と傳ふ。有司以て敞を奏す。上 之に問ふに、對へて曰く、臣聞く、閨房の内、夫婦の私、眉を畫くより過ぐる者有りと。上其の能を愛し、備さには責めざるなり」とある。

【訳】

韓員外夫人 清河縣君 崔氏の輓歌（其の一）

令徳は 當時の人々に 重んじられ
高門を 世間はこぞって 推しいただいた
夫に従って 栄誉は既に絶頂に達し
縣君に封ぜられて 恩寵は 追随できない
道のほとりでは 人々は 皆な惜しみ
花のあいだでは 鳥もまた悲しむ
韓員外は 墓を照らす月を看ては
今なお「畫眉の時」を偲ばれる

韓員外夫人清河縣君崔氏輓歌(其二)

韓員外夫人 清河縣君 崔氏の輓歌(其の二)

遽聞傷別劍　遽《には》かに聞く 別劍を傷み
忽復嘆藏舟　忽ち復《ま》た 藏舟を嘆くと
燈冷泉中夜　燈は冷たし 泉中の夜
衣寒地下秋　衣は寒し 地下の秋
青松弔客思　青松に 弔客 思ひ
丹旐路人愁　丹旐に 路人 愁ふ
徒有清河在　徒《いたづ》らに 清河の在る有りて
空悲逝水流　空しく 逝水《せいすゐ》の流るるを悲しむ

【語釈】

[**別劍**] 夫婦の別れにたとえる。鮑照「贈故人馬子喬六首」其六に「雙劍將離別、先在匣中鳴。煙雨交將夕、從此遂分形。雌沈呉江裏、雄飛入楚城。呉江深無底、楚闕有崇扃。一爲天地別、豈直限幽明。神物終不隔、千祀儻還并」(雙劍 將に離別せんとし、先づ匣中に在りて鳴く。煙と雨とは 交はりて將に夕べならんとし、此れ從《よ》り遂に形を分く。雌は沈む呉江の裏《うち》、雄は飛びて楚城に入る。呉江 深くして底無く、楚闕には崇《たか》き 扃《くわんぬき》有り。一たび天地の別れを爲せば、豈に直《ただ》に幽と明とを限るのみならんや。神と物と終《つひ》に隔たらずんば、千祀《せんし》 儻《も》しくは還《ま》た并《あ》はん)とあるのに據る。「雙劍」とは、春秋の時、呉人の干將莫邪が、曾て雌雄の二劍を鑄し、雄劍は干將と名付け、雌劍は莫邪と名付けた、その二つの劍のこと。『晉書』巻三六・張華傳に「雷煥爲豊城令、掘地得雙劍、遺一劍與張華、一劍自佩。華與煥書曰、詳觀劍文、乃干將也、莫邪何復不至、」(雷煥 豊城の令爲《た》りしとき、地を掘りて雙劍を得、一劍を遣はして張華に與へ、一劍は自ら佩ぶ。華は煥に書を與へて曰く、詳かに劍文を觀るに、乃ち干將なり、莫邪 何ぞ復た至らざらんや)とある。

[**藏舟**] 舟を收め入れる。舟を隱す。『莊子』内篇・大宗師第六に「夫藏舟于壑、藏山于澤、謂之固矣。然而夜半有力者、負之而走、昧者不知也」(夫れ舟を壑に藏し、山を澤に藏せば、之を固しと謂はん。然り而うして夜半に力有る者、之を負ひて走らば、昧《くら》き者 知らざるなり)とある。

[**泉中**] 黄泉の国。

[**青松**] 青々とした松。墳墓のことを「青松宅」という。

[**客思**] 「思」字、底本は「一作淚」と注し、『全唐詩』

は「涙」に作る。
[丹旐] 葬式に用いる旗。
[徒有清河在]「清河」に、清河縣君をなぞらえる。清河縣君という名ばかりが残って、夫人は永遠に帰っては来ないことをいう。
[逝水] 行く水。一度去ったら再び戻らないもののたとえ。『論語』子罕篇に「子在川上曰、逝者如斯夫、不舍晝夜」(子 川の上《ほとり》に在りて曰く、逝く者は斯《かく》の如きか、晝夜を舍《お》かずと) とある。

【訳】

韓員外夫人 清河縣君 崔氏の輓歌(其の二)

俄かに聞く「別劍」を傷み
忽ち復た「藏舟」を嘆くと
燈《あかり》は 黄泉の国の夜に冷たく光り
衣は 地下の国の秋に寒い
青き松に 弔いの客は 思い
丹《あか》き旐《はた》に 路上の人は 愁う
徒らに 清き河が在るばかりで
空しく 逝く水の流れるのを悲しむ

368 送陶銑棄擧荊南観省
陶銑《とうせん》の棄擧《ききよ》して荊南に觀省《きんせい》するを送る

明時不愛璧　明時《めいじ》 璧《へき》を愛《を》しまず
浪跡東南遊　浪跡《らうせき》 東南に遊ぶ
何必世人識　何ぞ必ずしも世人の識《し》らん
知君輕五侯　君の五侯を輕んずるを知る
采蘭度漢水　蘭を采《と》らんと 漢水を度《わた》り
問絹過荊州　絹を問はんと 荊州に過《よぎ》る
異國有歸興　異国に 歸興《ききよう》有り
去郷無客愁　郷を去るも 客愁 無し
天寒楚塞雨　天は寒し 楚塞の雨
月淨襄陽秋　月は淨《きよ》し 襄陽《じやうやう》の秋
坐見吾道遠　坐《そぞ》ろに見る 吾が道の遠きを
令人看白頭　人をして白頭を看せしめん

【語釈】
*この詩は、底本・明抄本・呉校には載せていないが、今『文苑英華』巻二四八、『全唐詩』巻二〇一によった。
[棄擧] 科挙に推薦されるもそれを断る、の意。
[明時] 政治が清く、曇りのない時、争いが無く平和な時、の意。

［**璧**］円状で眞中に穴の空いた玉。暗に地位と財宝をあらわす。

［**知君輕五侯**］「五侯」は、漢の成帝の時代、河平二年（前二七）に外戚の王譚《おうたん》が平阿侯、王商《おうしょう》が成都侯、王立《おうりつ》が紅陽侯、王根《おうこん》が曲陽侯、王逢《おうほう》が高平侯にと、同日に封ぜられた五人の侯のこと。このことは『漢書』元后傳に見える。陶は、官職を願わず、徳を養って自らの人格を高めようとしている。

［**采蘭度漢水、問絹過荊州**］「采蘭」は、古詩に多用される、道を修めて徳を養うことの喩え。「蘭」は香草の一種。『楚辞』屈原の「離騒」に「朝搴阰之木蘭兮、夕攬洲之宿莽」（朝《あした》には阰《をか》の木蘭を搴《と》り、夕には洲《なかす》の宿莽《しゅくまう》を攬《と》る）とある。「問絹」は、『三国志』巻二七、胡質傳の裴《はい》注に引く孫盛《そんせい》『晉陽秋』に「威、字は伯虎、少《わか》くして志尚有り、厲操《れいさう》清白なり。質の荊州たるや、威 京都より之を省す。家 貧しく、車馬 僮僕 無し。威 自ら驢《ろ》を驅《か》りて單行し、父を拝見す。廐中《きうちゅう》に停まること十餘日、歸を告ぐ。辭するに臨み、質 其の絹 一疋《ぴき》を賜ひ、道路の糧と爲す。威 跪《ひざまづ》きて曰く、大人 清白なるに、何に於て此の絹を得たるかを審《つまび》らかにせずと。質 曰く、是れ吾が俸祿の餘《よ》なれば、故を以て汝の爲に糧となすのみと。威 之を受け、辭して歸る」とある。この両句は、陶が荊南に観省することと、陶の品行が清白高潔であることを表している。

［**異國有歸興、去鄉無客愁**］「異國」は、異郷の意。「歸興」は、ふるさとに帰る楽しみ、の意。この両句は、旅の途中の（陶の）心境が常に前向きであることを表現している。

［**天寒楚塞雨、月淨襄陽秋**］「襄陽」は、唐の縣名。襄州に属す。今の湖北襄樊市。陶は、荊南に赴く途中、襄陽に立ち寄った。この両句は、陶の旅の途中の景物を表している。

［**坐見吾道遠、令人看白頭**］「坐」は、しみじみと、の意。「見」は、感じる、思う、の意。「吾道」は、自分の行動の依拠するところ。又は聖人の道、の意。『論語』里仁《りじん》第四に、「子曰、參乎、吾道一以貫之」（子曰く、參《しん》や、吾が道は一を以て之を貫く）とある。この両句は、旅路がはるかに遠くて苦労の絶えないものであることから、岑參が、陶と再び出會う時には、彼の白頭を見ることになるだろう、と想像している。

【訳】

陶銑《とうせん》が棄挙して荊南に観省するのを送る

明時にも「璧《へき》」を求めようとはせず
あてもなく東南を旅する
世間の人が識《し》ることを どうして求めたりしようか
君が「五侯」を軽んじていることを知っている」
蘭を采《と》ろうとして 漢水を渡り
絹を問おうと 荊州に過《よぎ》る
異国では 帰る楽しみはあるが
故郷を去っても 旅の愁いはない」
天は 楚塞の雨に寒々と
月は 襄陽《じょうよう》の秋に浄《きよ》らかに
しみじみと「吾が道」の遠いことを思う
やがて私に白頭を見せることになるのだろう

369 送薛昇歸河東

薛昇《せつべん》の河東に歸るを送る

薛丈故郷處　　薛丈 故郷の處
五老峯西頭　　五老峯の西頭
歸路秦樹滅　　歸路 秦樹 滅し
到郷河水流」　郷に到れば 河水 流る
看君馬首去　　君の馬首の去るを看れば
滿耳蟬聲愁　　耳に滿ちて 蟬聲 愁ふ
獻賦今未售　　賦を獻じて 今 未だ售《おこな》はれず
讀書凡幾秋」　書を讀みて 凡そ幾秋《いくとし》
應過伯夷廟　　應《まさ》に伯夷《はくい》の廟《べう》を過ぐべし
爲上關城樓　　爲に上れ 關城の樓
樓上能相憶　　樓上 能く相ひ憶《おも》ひ
西南指雍州　　西南 雍州《ようしう》を指さん

【語釈】

[**薛昇**] 未詳。「昇」字、呉校・『全唐詩』は「弁」に、明抄本は「并」に作る。

[**河東**] 99「送祁樂歸河東」の注參照。

[**丈**] 長者、或いは朋友の敬称。底本は「一に杖に作る」と注す。明抄本・呉校・『全唐詩』は「侯」に作る。

[**五老峯西頭**]「五老峯」は、99「送祁樂歸河東」の注參照。薛昇の故郷、蒲州永樂縣のこと。

[**歸路秦樹滅**、**到郷河水流**]「河」は、黄河。永樂縣の南は黄河に沿っている。この両句は薛昇が故郷に帰るにしたがって次第に秦地の樹が見えなくなり、故郷に着い

た時には黄河の水が盛んに流れるのを看ることであろうという。

［看君馬首去、滿耳蟬聲愁］「馬首」は、馬の向かう方をいう。李白「贈張相鎬 二首」（張相鎬に贈る二首）に「諸侯拜馬首、猛士騎鯨鱗」（諸侯 馬首に拜し、猛士 鯨鱗に騎す）とある。杜甫「聊題四韻」（聊か四韻に題す）に「馬首見鹽亭、高山擁縣青」（馬首 鹽亭を見、高山 縣を擁して青し）とある。「看」は実際に見ているのではなく、故郷に帰る薛昇の姿を思い浮かべている。86「武威送劉判官赴磧西行軍」（武威にて劉判官の磧西の行軍に赴くを送る）に「火山五月人行少、看君馬去疾如鳥」（火山 五月 人の行くこと少《まれ》に、君の馬の去るや 疾《はや》きこと鳥の如きを看る）とある。

［獻賦今未售、讀書凡幾秋］「獻賦」は、341「送孟孺卿落第歸濟陽」（孟孺卿の落第して濟陽に歸るを送る）の注参照。「售」は、行われるの意。この両句は、多年にわたり、多くの書を読んで賦を献じているが、未だに試験に合格できずにいることをいう。

［伯夷廟］「伯夷」は、10「東歸晚次潼關懷古」（東歸し晚に潼關に次《やど》りて懷古す）の注参照。「伯夷廟」は『元和郡縣志』巻十四に「伯夷墓、在縣南三十五里雷首山」とある。雷首山は首陽山のこと。今の山西省永濟縣の南にある。伯夷は殷の孤竹國（河南省）の國主の長子であったが、父の死後、少子の叔斉と互いに譲り合って國を去り、ともに雷首山に隠れた。薇を取って食べ、露命をつないだが、ついにこの山で餓死したという。

［關城樓］潼關の城を指す。薛昇が長安から故郷に帰る際には、必ず潼関を通過した。

［雍州］唐初、雍州を置いた。治所は長安。開元元年（七一三）京兆府と改めた。長安は潼関の西南にある。

【訳】

薛昇《せつべん》が河東に帰るのを送る

薛丈の故郷は
五老峯の西の辺り
帰路に秦樹は見えなくなり
郷里に到れば 黄河が流れている」
君の馬の去《ゆ》く先の方を見やれば
耳いっぱいに蝉の哀《かな》しげな聲が聞こえる
賦を献じて 今はまだ用いられることもなく
書物を読んで 幾年を経たことか」

伯夷廟を通ることであろうが
関城の楼に登ってみるとよい
楼上で これまでのことを思いめぐらし
西南に雍州を指し示すことだろう

370 送史司馬赴崔相公幕
史司馬の 崔相公の幕に赴くを送る

崢嶸丞相府　崢嶸《さうこう》たり 丞相の府
清切鳳凰池　清切たり 鳳凰の池
羨爾瑤臺鶴　爾《なんぢ》を羨む 瑤臺の鶴
高棲瓊樹枝」　高く棲む 瓊樹《けいじゅ》の枝
歸飛晴日好　歸飛 晴日 好く
吟弄惠風吹　吟弄 惠風 吹かん
正有乘軒樂　正に 軒《けん》に乘る 樂しみ有り
初當學舞時」　初めて 當に 舞を學ぶ時なるべし
珍禽在羅網　珍禽 羅網《らまう》に在り
微命若遊絲　微命 遊絲の若し
願託周周羽　願はくは 周周の羽に託し
相銜溪水湄　相銜《ふく》まん 溪水の湄《び》

【語釈】

＊この詩は底本、明抄本、呉校は載せていない。此は『全唐詩』に據る。詩題下の注に「一に無名氏の詩に作る。一に李白の詩に作る。一本に題上に《賦得鶴》の三字有り。」とある。『文苑英華』巻二六九に、この詩が有り、李白の詩と作す。『滄浪詩話』考証に云う。「此は或いは太白の逸詩か。亦は此は盛唐の人の作か」と。

［**司馬**］行軍司馬。州の刺史を補佐して軍事を掌る官。175「**送揚州王司馬**」（揚州の王司馬を送る）の詩題注參照。

［**崔相公**］「相公」は宰相に対する称呼。岑参の時代に、宰相で崔姓の者は崔渙と崔圓の二人であるが、崔圓は至徳元年（七五六）六月 中書侍郎、同中書門下平章事と爲り、二年十二月 中書令と爲る。崔渙は至徳元年（七五六）七月、門下侍郎、同中書門下平章事と爲っている。ここは崔圓・崔渙のどちらか分からない。

［**崢嶸**］高く険しいさま。才能が優れ抜きん出ていること。

［**丞相**］天子を補佐し、政治をする最高官吏。宰相。

［**清切**］極めて清らか。

［**鳳凰池**］禁苑中にある池の名。そばに中書省があるの

で中書省、又は宰相を言う。171「奉和中書賈至舍人早朝大明宮」（中書賈至舍人の早《つと》に大明宮に朝するに和し奉る）に「獨有鳳凰池上客、陽春一曲和皆難」（獨り鳳凰池上の客有るのみにして、陽春 一曲 和すること皆な難し）の注参照。

［**羨爾瑤臺鶴、高棲瓊樹枝**］「爾」は、鶴を指す。「瑤臺」は、玉で装飾した美しい樓臺。「瓊樹」は、樹の美しいものを喩える。「瓊」は、花や香草など美しいものの形容。この兩句は史司馬が高い位を得たことに喩える。

［**歸飛晴日好、吟弄惠風吹**］「好」字、王琦《おうき》輯注『李太白全集』は「暖」に作る。「惠風」は、和やかな風。この兩句は、鶴が晴日に歸飛することを以て、史司馬が崔相公の幕に赴くことに喩える。

［**正有乘軒樂、初當學舞時**］「軒」は、大夫の車。『春秋左氏傳』閔公二年に「衞懿公好鶴、鶴有乘軒者」（衞の懿《い》公 鶴を好む、鶴に軒に乘る者有り）とある。「學舞」は、『埤雅』釋鳥に「始生二年落子毛、三年產伏、七年飛薄雲漢、後七年學舞」（始めて生まれ二年にして子毛落ち、三年 產伏し、七年にして飛びて雲漢に薄《せま》り、後七年にして舞を學ぶ）とある。この兩句は、史司馬が正に青春の年に當たり、已に高位を獲得したことを喩えた。

［**珍禽在羅網、微命若遊絲**］「珍禽」は、鶴を指す。「羅網」は、鳥や魚を捕らえる網。人を陷れる計略。「遊絲」空中に漂う飛行蜘蛛の糸。兩句は、賢士が罪を獲て危険が差し迫っていることを喩えた。

［**顧託周周羽、相銜溪水湄**］「周周」は鳥の名。又「翢翢《たうたう》」に作る。『韓非子』説林下第二十一に「鳥有翢翢者、重首而屈尾、將欲飲于河則必顚、乃銜其羽而飲之。人之所有飲不足者、不可不索其羽也。」（鳥に翢翢《たうたう》といふ者有り、重首《ちようしゅ》にして屈尾なり、河に飲まんと將欲《ほっ》するときは則ち必ず顚《てん》す。乃ち其の羽を銜みて之を飲ましむ。人の飲むに足らざる有る所の者は、其の羽を索めざるべからざるなり。）注に「翢翢一羽ニシテ河ニ飲マントスレバ必ズ顚仆ス。故ニ二鳥相依リテ一鳥ガ他鳥ノ羽ヲ銜ミテ顚仆ヲ免レ水ヲ飲ムヲ得シム。人モ事ヲ爲サントシテ勢不可ナルモノ有ルニ遇ハバ、他ノ己ヲ輔クベキ者ヲ求メザルベカラズ。「所有」ハ「有所」ノ誤、索其羽ノ「羽」ハ「友」ノ誤ナリ」とある。「周周」は、『全唐詩』には「周南」に作るも、『文苑英華』に據って改む。「溪」

は、『文苑英華』には「漢」に作る。「湄」は水辺。この両句は鶴（史司馬）が周周と同様に、羽を銜えて相助け顚仆を免れるようにして欲しいと願うの意。

【訳】

史司馬が崔相公の幕に赴くのを送る

高くすばらしい　丞相の府
極めて清い　鳳凰の池
あなたが瑶臺の鶴となられることを羨ましく思う
高い位につき　瓊樹の枝に棲まれるのだ」
出發される日は　晴れた好い日で
詩を口ずさむと　春風が吹くでしょう
正に大夫の車に乗る樂しみがあり
初めて舞を學ぶ時でしょう」
珍禽が網にかかっていて
微《かす》かな命が　蜘蛛の糸のようだ
願いたいのは　周周の羽に託して
谷川の水辺で　相助けて欲しいこと

371　寄韓樽
韓樽《かんそん》に寄す

夫子素多疾　　夫子　素《もと》より多疾にして
別來未得書　　別來《べつらい》　未だ書を得ず
北庭苦寒地　　北庭は　苦寒の地
體内今何如　　體内　今　何如《いかん》

【語釈】

＊詩題を『萬首唐人絶句』は「寄韓樽使北」（韓樽の北に使するに寄す）に作る。

［**韓樽**］未詳。36「偃師東與韓樽同詣景雲暉上人即事」（偃師の東にて韓樽と同《とも》に景雲の暉上人に詣《いた》りての即事）、48「喜韓樽相過」（韓樽の相過《よ》ぎるを喜ぶ）に見える。宋本の題注に「韓時使在北庭、以詩代書、干時使」（韓は時に使して北庭に在り、詩を以て書に代へ、時使に干《もと》む）とある。明抄本・呉校は「時」、「干時」の三字なし。

［**北庭**］唐代、西域の地。今の新疆ウイグル自治区のあたり。

【訳】

韓樽に寄せる

あなたは　平素から病氣がちだが
別れて以来　まだ手紙を頂いていない

北庭は　寒さの厳しい所
體の具合は　今　どうですか

372　題梁鍠城中高居
梁鍠《りやうくわう》の城中の高居に題す

居住最高處　居住す　最高の處
千家恒眼前　千家　恒《つね》に眼前
題詩飲酒後　詩を題す　飲酒の後
只對諸峯眠　只《た》だ　諸峯に對して眠る

【語釈】

［梁鍠］唐の天寶年間の人。官は執戟（宮門を警護する役）。詩十五首有り。『全唐詩』巻二百二に載せる。「鍠」字、明抄本は「鐘」に作る。『萬首唐人絶句』は詩題に「梁鍠」の二字無し。

［城中高居］梁鍠の勤務している場所であろう。

［居住最高處、千家恒眼前］「眼前」は、208「郡齋南池招楊鱗」（郡齋の南池に楊鱗を招く）に「郡僻人事少、雲山遮眼前」（郡は僻にして　人事少なく、雲山　眼前を遮る）とある。「居」字、『全唐詩』は「高」に作る。「恒」字『萬首唐人絶句』は「常」に作る。

【訳】
梁鍠《りようこう》の城中の高居に題する
居住は　最も高い處
千家は　いつも眼前にある
酒を飲み　詩を作った後は
ただ　峯々に向き合って眠るだけ

373　題三會寺蒼頡造字臺
三會寺の蒼頡《さうけつ》造字臺に題す

野寺荒臺晩　野寺　荒臺の晩《くれ》
寒天古木悲　寒天　古木　悲し
空階有鳥跡　空階　鳥跡　有りて
猶似造書時　猶《な》ほ造書の時に似たり

【語釈】

［三會寺］『長安志』巻十二に「三會寺は長安縣西南二十里に在り、其の地に蒼頡造書堂有り」とある。

［蒼頡］黄帝の臣で、鳥の足跡をみて初めて文字を作ったとされる人。


【訳】

三會寺の蒼頡《そうけつ》造字臺に題す

野寺のある 荒れ果てた高臺の暮れ
寒々とした冬の空 古木が悲しそうだ
人氣《ひとけ》のない階段《きざはし》に 鳥の足跡が有り
ちょうど蒼頡《そうけつ》が字を造った時のようだ

374 嘆白髪
白髪を嘆く

白髪生偏速　白髪 生ずること 偏《ひと》へに速く
教人不奈何　人をして 奈何《いかん》ともせざらしむ
今朝兩鬢上　今朝《こんてう》 兩鬢の上《ほと》り
更覺數莖多　更に覺ゆ 數莖の多きを

【語釈】
［**偏速**］「偏」字、『全唐詩』の注に「一作太」とある。
［**教人**］「教」字、『全唐詩』は「交」に作る。
［**更覺**］「更」字、『萬首唐人絶句』は「又」に作る。「覺」字、明抄本・呉校・『全唐詩』は「較」に作る。

【訳】
白髪を嘆く
白髪の 生えることは ひたすら速く
私には どうすることもできない
今朝も 兩鬢のほとりに
また 數本 増えたようだ

375 春興戲贈李侯
春興 戲《たはむ》れに李侯に贈る

黄雀始欲銜花來　黄雀 始めて 花を銜《くは》へて來らんと欲するも
君家種桃花未開　君が家に種ゑし桃 花は未だ開かず
長安二月眼看盡　長安二月 眼に盡くるを看て
寄報春風早爲催　報を春風に寄す 早《つと》に爲に催せと

【語釈】
＊明抄本、呉校、『全唐詩』の詩題は「春興戲題贈李侯」となっている。
［**黄雀**］雀の一種。嘴と脚と皆な黄色を帯びる。にふないすずめ。『周禮』夏官・羅氏「中春置春鳥」注に「春鳥蟄而始出者、若今南郡黄雀之屬」（春鳥 蟄《かく》れて始めて出づる者は、今 南郡の黄雀の屬の若し）とある。
［**眼看盡**］「眼看」は、212「水亭送劉順使還歸節度」詩に「紅亭莫惜醉、白日眼看低」（紅亭 醉ふを惜しむこと莫かれ、白日 眼に低きを看る）、322「送綿州李司馬

秩滿歸京因呈李兵部」詩に「眼看春色老、羞見梨花飛」（眼に看る 春色の老いたるを、羞《は》ぢて見る 梨花の飛ぶを）がある。

【訳】

　春の興趣 戯れに李侯に贈る
黄色い雀が 始めて 花を銜えて來ようとするが
あなたの家に種えられた桃は まだ花が開かない
長安の二月は 見る見るうちに盡きてゆき
手紙を春風に寄せる 早く催促をせよと

376 送李明府赴睦州便拜觀太夫人
　李明府の睦州に赴き 便ち太夫人に拜觀するを送る
手把銅章望海雲　手に銅章を把《と》り 海雲を望む
夫人江上泣蘿裙　夫人は江上に 蘿裙《らくん》に泣《なみだ》す
嚴灘一點舟中月　嚴灘《げんだん》 一點 舟中の月
萬里煙波也夢君　萬里 煙波 也《ま》た君を夢む

【語釈】

〔**明府**〕縣令のこと。
〔**睦州**〕今の浙江省建德県の東北。
〔**便拜觀太夫人**〕「太夫人」は、官吏の母親に對する尊稱。「便拜」の二字、『萬首唐人絶句』には無い。
〔**銅章**〕県令の印。
〔**望海雲**〕李の家は睦州付近にあり、海に近かったのであろう。
〔**江上**〕「江」字、呉校・『萬首唐人絶句』は「堂」に作る。
〔**泣蘿裙**〕「泣」字、明抄本・呉校・『萬首唐人絶句』は、「絳」に作り、宋本は「一作紅」と注す。
〔**嚴灘**〕浙江省桐廬県富春江にある。李明府が睦州に帰る時には、必ず此處を通る。
〔**煙波**〕靄のかかった水面のこと。
〔**夢君**〕「夢」字、『萬首唐人絶句』は「勞」に作る。

【訳】

　李明府が睦《ぼく》州に赴いて太夫人に拜觀するのを送る
手に銅章を持って 海の雲を望む
太夫人は江《かわ》の上《ほと》りで 蘿裙に涙している
嚴灘には ぽつりと 舟中の月
萬里に續く煙波に 私もまた君を夢に見る

377 奉送賈侍御使江外
賈《か》侍御の江外に使ひするを送り奉る

新騎驄馬復承恩　新たに驄馬に騎し 復《ま》た恩を承け
使出金陵過海門　使ひして金陵に出で 海門を過ぐ
荊南渭北愁難見　荊南 渭北 見ること難きを愁ふ
莫惜衫襟着涙痕　惜しむ莫《な》かれ 衫襟 涙痕の着くを

【語釈】
＊詩題の「奉」字、『萬首唐人絶句』には無い。
［侍御］監察御史を指す。唐の御史臺は殿中侍御史と監察侍御史（又は監察御史）を各《おのおの》の若干名置き、どちらも「侍御」と称した。

［江外］長江以南の地区。

［新騎驄馬］賈が新たに御史に任ぜられたことを指す。「驄馬」は、「驄馬御史」を指す。『後漢書』巻六七、桓榮傳に「(桓典) 擧高第、拜侍御史。是時宦官秉權、典執政無所迴避。常乘驄馬、京師畏憚、爲之語曰、行行且止、避驄馬御史」（(桓典は) 高第に擧げられ、侍御史に拜せらる。是の時 宦官 權を秉《と》るも、典は政を執るに迴避する所無し。常に驄馬に乘れば、京師畏《おそ》れ憚《はばか》り、之が爲に語りて曰く、行き行かんとするも且《しばら》く止まれ、驄馬御史を避けむと）とある。

［金陵］地名。今の南京市。

［海門］海門山のこと。鎮江市の東北、長江の中にある。

［荊南］山名。江蘇省宜興県の南。長江の南にあり、賈が使いした地は此の付近であったと思われる。

［渭北］渭水以北の長安付近の地區。

［愁難見］明抄本・呉校・『全唐詩』は「難相見」に作る。

［涙痕］「涙」字、『萬首唐人絶句』・『全唐詩』は「酒」に作る。

【訳】
賈侍御が江外に使いするのを送り奉る
新たに驄馬御史になったのも 復《ま》たの御恩
使いして金陵に出て 海門山を過ぎる
荊南と渭北とでは 會うのが難しいことを愁う
惜しんではならない 衣服に涙の痕が着くことを

378 草堂村尋羅生不遇
草堂村に羅生を尋ぬるも遇はず

數株溪柳欲依依　數株の溪柳 依依たらんと欲す
深巷斜陽暮鳥飛　深巷の斜陽 暮鳥 飛ぶ

門前雪滿無人跡　門前 雪滿ちて 人跡無し
應是先生出未歸　應《まさ》に是れ先生出でて未だ歸らざるなるべし

【語釈】
＊詩題を『萬首唐人絶句』は「草堂村尋人不遇」（草堂村 人を尋ねて遇はず）に作る。
〔**溪柳**〕『萬首唐人絶句』は、「垂柳」に作る。
〔**欲依依**〕「依依」は、煙がぼんやりと、たなびいている様子。「欲」字、底本は「色」に作るが、今、『萬首唐人絶句』によって改める。陶淵明の「歸園田居」（園田の居に歸る）に、「曖曖遠人村、依依墟里煙」（曖曖たり 遠人の村、依依たり 墟里の煙）とある。
〔**斜陽**〕「陽」字、明抄本、呉校本は「光」に作る。
〔**雪滿**〕底本の注に「一に雲に作る」とある。
〔**人跡**〕『唐人萬首絶句』は「行迹」に作る。

【訳】
草堂村に羅生を尋ねたが會えなかった
谷川のほとりの数株の柳は ぼんやりと霞んでおり
奥まった里は日が暮れて 鳥も塒《ねぐら》へ飛んでいく
門の前には 雪が積もり 人の足跡は無い
先生は外出し まだ帰っておられないのだろう

379 醉戲竇子美人
醉ひて 竇子《とうし》の美人に戲る

朱脣一點桃花殷　朱脣 一點 桃花 殷《ふか》く
宿妝嬌羞偏髻鬟　宿妝《しゆくしやう》 嬌羞 髻鬟《けいくわん》 偏《かたよ》る
細看只是陽臺女　細《こま》かに看れば 只《た》だ是れ 陽臺の女
醉着莫許歸巫山　醉着 許す莫れ 巫山に歸るを

【語釈】
〔**竇子美人**〕竇子の家の歌妓。
〔**桃花殷**〕深い桃色。34「醉題匡城周少府廳壁」（醉ひて匡城の周少府の廳壁に題す）に「故人薄暮公事閑、玉壺美酒琥珀殷」（故人 薄暮 公事は閑にして、玉壺の美酒 琥珀殷《ふか》し）とある。「殷」字、『萬首唐人絶句』は「榴」に作る。
〔**偏髻鬟**〕「髻」も「鬟」も髷《まげ》。髷が真ん中に梳かれず、偏っていることを言う。
〔**陽臺女**〕陽臺は、陽雲臺、又た陽臺と名づく。247「送江陵泉少府赴任便呈衛荊州」（江陵の泉少府の任に赴くを送りて便ち衛荊州に呈す）に「城邊宋玉宅、峽口楚王臺」（城邊 宋玉の宅、峡口 楚王の臺）とある。「楚王臺」は陽臺のことで、楚の宋玉「高唐賦」に、楚の襄王が夢の中で巫山の神女と契り、神女が別れるとき「妾は巫山の陽、高丘の阻に在り、旦には朝雲となり、暮れには行雨となり、朝朝 暮暮 陽臺の下にあり」と言ったとある。

［醉着莫許歸巫山］ 248「送周子落第遊荊南」（周子の落第して荊南に遊ぶを送る）に「若從巫峡過、應見楚王神」（若し巫峡に從ひて過ぐれば、應《まさ》に楚王の神を見るべし）とある。巫山は四川省巫山県の東南。上に十二峰があり、その一つの神女峰下に神女廟がある。

【訳】

　酔うて竇子の美人に戯る

朱の唇 一点 桃色は殷《ふか》く
宵越しの化粧 嬌《なま》めかしく羞じらい 髪も偏《かたよ》る
よく見ると これは陽臺の女
酔わせて 巫山に歸るのを許すなよ

380 秋夜聞笛

　秋夜 笛を聞く

天門街西聞搗帛　天門 街西 搗帛《たうはく》を聞く
一夜愁殺江南客　一夜 愁殺す 江南の客
長安城中百萬家　長安 城中 百萬の家
不知何人夜吹笛　知らず 何人《なにびと》か 夜 笛を吹くを

【語釈】

［天門街西聞搗帛］「天門」は、承天門か。長安宮城南面の正門。門の外が承天門街。「搗帛」は、砧を打つ音。庾信の「夜聽搗衣詩」（夜 搗衣を聽く詩）に「秋夜搗衣聲、飛度長門城。倡樓驚別怨、征客動愁心」（秋夜搗衣の聲、飛びて長門城に度《わた》る。倡樓 別怨を驚かし、征客 愁心を動かす）とある。

［一夜愁殺江南客］「一夜」は、夜通し。「愁殺」ひどく憂え悲しませる。岑參57「胡笳歌 送顏真卿使赴河隴」（胡笳の歌 顏真卿の使ひして河隴に赴くを送る）に「吹之一曲猶未了、愁殺樓蘭征戍兒」（之を吹くこと一曲猶ほ未だ了《を》はらざるに、愁殺す 樓蘭 征戍《せいじゅ》の兒）とある。「江南客」江南から長安に来た旅人。「江」字、明抄本・呉校・『全唐詩』は「湘」に作る。李白の「子夜呉歌」に「明朝驛吏發、一夜絮征袍」（明朝 驛吏 發す、一夜征袍に絮《じょ》す）とある。

［**不知何人夜吹笛**］李白の「春夜洛城聞笛」に「誰家玉笛暗飛聲、散入春風滿洛城。此夜曲中聞折柳、何人不起故園情」（誰が家の玉笛か　暗に聲を飛ばす、散じて春風に入りて洛城に滿つ。此の夜　曲中　折柳を聞く、何人《なにびと》か故園の情を起こさざらん）とある。

【訳】

　秋の夜　笛を聞く

天門街の西のあたり　砧《きぬた》を打つ音が聞こえる
その音は夜通し　江南の旅人を　ひどく淋しがらせる
長安　城中には百萬もの家があるが
この夜　いったいどのような人が笛を吹いているのだろうか

381　山房春事二首

（一）

風恬日暖蕩春光　　風　恬《おだや》かに　日　暖かく　春光　蕩《たう》たり
戲蝶遊蜂亂入房　　戲蝶　遊蜂　亂れて　房に入る
數枝門柳低衣桁　　數枝の門柳　衣桁に低《た》れ
一片山花落筆牀　　一片の山花　筆牀に落つ

【語釈】

［**恬**］静かで安らか、のんびりとした様子
［**蕩**］ゆったりと動く。
［**春光**］春の景色。春色。

【訳】

　山房の春事二首（一）

風は穏やかに　日は暖かく　春景色はゆったりと
戯れる蝶　遊ぶ蜂は　入り亂れて部屋に入ってくる
數枝の門柳は　衣桁に低《た》れかかり
一片の山花が　筆架《か》けに散り落ちる

（二）

梁園日暮亂飛鴉　　梁園　日暮　飛鴉　亂れ
極目蕭條三兩家　　目を極むれば　蕭條たり　三兩家
庭樹不知人去盡　　庭樹は知らず　人の去り盡くすを
春來還發舊時花　　春來《きた》れば　還《ま》た發《ひら》く　舊時の花

【語釈】

［**梁園**］またの名は兔園。漢の孝王　劉武が大梁に建てた。園内には高い建物があり、山水の景色の優れた所であった。大梁は今の河南開封市。100「梁園歌　送河南王説判官」（梁園の歌　河南の王説判官に送る）の注参照。

［極目］目を凝らして見る。71「題鐵門關樓」（鐵門關樓に題す）に「鐵關天西涯、極目少行客」（鐵關は 天の西涯、目を極むるも 行客少《な》し）とある。

［蕭條］ひっそりとしてもの寂しいようす。35「至大梁却寄匡城主人」（大梁に至りて却って匡城の主人に寄す）に「仲秋蕭條景、拔剌飛鵝鶬」（仲秋 蕭條の景、拔剌《ばつらつ》として 鵝鶬《がさう》飛ぶ）の注參照。

［庭樹不知人去盡、春來還發舊時花］「去」字、明鈔本、『全唐詩』は「死」に作る。「發」字、底本は「落」に作る。今は明鈔本、呉校、『全唐詩』に従う。この兩句は、人事の變遷と、景物が古今に変わりのないことを慨嘆する。

【訳】

山房の春事二首（二）

梁園の日暮れ　鴉が亂れ飛び

目を凝《こ》らすと　家がひっそりともの寂しく二三軒

庭の樹は　人が去り盡したことも知らず

春が來れば　還《ま》た　昔のままの花を咲かせている

文

1　感舊賦

天寶二年（七四三、二九歳）岑参が長安に在った時の作。岑參は次の年に進士に挙げられ、第二位で及第して右内率府兵曹參軍を授かる。この賦は、序、本文、歌から成っている。『文苑英華』巻九一による。『全唐文』巻三五八にも引かれている。

序

參相門子。五歳讀書、九歳屬文。十五隱於嵩陽、二十獻書闕下。嘗自謂曰、雲霄坐致、青紫俯拾。金盡裘敝、蹇而無成。豈命之過歟。

國家六葉、吾門三相矣。江陵公爲中書令輔太宗。鄧國公爲文昌右相輔高宗。汝南公爲侍中輔睿宗。相承寵光、繼出輔弼。

易曰「物不可以終泰、故受之以否」逮乎武后臨朝、鄧國公由是得罪。先天中、汝南公又得罪。朱輪華轂如夢中矣。今王道休明、噫、世業淪替。猶欽若前德、將施於後人。

參年三十、未及一命。昔一何榮矣、今一何悴矣。直念昔者、爲賦云。其詞曰、

參は相門《しやうもん》の子。五歳にして書を讀《よ》み、九歳にして文を屬《つづ》る。十五にして嵩陽《すうやう》に隱《かく》れ、二十にして闕下《けつか》に書を獻ず。嘗《かつ》て自《みづか》ら謂《い》ひて曰く、雲霄《うんせう》坐して致し、青紫 俯《ふ》して拾はんと。金は盡《つ》き 裘《きう》は敝《やぶ》れ、蹇《そく》にして成る無し。豈《あ》に命《めい》の過《あやま》ちたるや。

國家六葉、吾が門 三たび相《しやう》となる。江陵公 中書令と爲りて太宗を輔《たす》く。鄧國公《とうこくこう》 文昌《ぶんしやう》右相と爲りて高宗を輔《たす》く。汝南公 侍中と爲りて睿宗《ゑいそう》を輔《たす》く。寵光《ちようくわう》 相《あ》ひ承《う》け、繼ぎて輔弼《ほひつ》を出《いだ》す。

易に曰く「物は以て終《つひ》に泰《やす》かる可《べ》からず。故に之を受くるに否《ひ》を以てす」と。武后の朝《てう》に臨むに逮《およ》び、鄧國公是《こ》れに由《よ》りて罪を得たり。先天中、汝南公 又《ま》た罪を得たり。朱輪 華轂《くわこく》は夢の中の如し。今 王道 休明《きうめい》なるも、噫《ああ》、世業《せいげふ》は淪替《りんたい》す。猶《な》ほ欽《つつし》みて前德に若《したが》ひ、將《まさ》に後人

に施さんとす。

　參は年三十、未だ一命にも及ばず。昔一《いっ》に何ぞ榮えたる、今一《いっ》に何ぞ悴《おとろ》へたるや。直《ただ》に昔者《むかし》を念ひ、賦を爲して云ふ。其の詞に曰く、

【語釈】

＊岑氏の栄光と衰退の跡を述べて序とする。
［感舊］舊事をしみじみと感じ念《おも》うこと。

［相門］相家。大臣となる家柄。『史記』孟嘗君列傳に「文聞、將門必有將、相門必有相」（文 聞く、將門には必ず將有り、相門には必ず相有りと）とある。

［獻書］皇帝に文章を献上する。99「送祁樂歸河東」（祁樂の河東に歸るを送る）に「獻賦温泉宮」（賦を温泉宮に獻ず）とあり、唐代では皇帝に文章を献上することが官僚への道の一つであった。

［闕下］天子の御前。朝廷。天子の居所。

［雲霄坐致］坐して高位を得る。「雲霄」高い空。高い位のたとえ。『孟子』離婁に「千歳之日至、可坐而致也」（千歳の日至《にっし》も、坐して致すべきなり）とある。「日至」は、冬至と夏至。

［青紫俯拾］高位も簡単に手に入る。漢の丞相、太尉は紫綬。御史大夫・九卿は青綬。「青紫」は公卿の高位を指す。「俯拾」は、簡単に手に入れること。

［金盡裘敝］金銭が尽きて衣服もぼろぼろであること。思うように事が運ばないことをいう。「裘敝」は、83「武威春暮 宇文判官西使還已到晉昌」（武威の春暮 宇文判官の西に使ひして還り已に晉昌に到る）に「白髮悲明鏡、青春換弊裘」（白髮 明鏡に悲しみ、青春 弊裘に換へたり）とある。

［蹇］悩み苦しむ。『易』蹇卦に「蹇難也。險在前也」（蹇は難なり。險は前に在るなり）とある。『説文』二下に「蹇、跛也」（蹇は、跛なり）とある。

［豈命之過歟］どうして天命が失われたのか。『論語』顔淵に「死生有命、富貴在天」（死生に命有り、富貴は天に在り）とある。

［國家六葉］「葉」は代。唐の高祖、太宗、高宗、則天武后、中宗、睿宗、玄宗の六代。

［江陵公爲中書令輔太宗］「江陵公」は岑文本《しんぶんぽん》を指す。岑參の曾祖父。江陵縣開國伯に封ぜられた。貞觀十八年に中書令を拜す。太宗の輔佐の臣。（『唐書』一〇二、『舊唐書』七〇）

［**鄧國公爲文昌右相輔高宗**］「鄧國公」は岑長倩《しんちょうせん》を指す。岑参の伯祖父。『舊唐書』岑文本傳に「永淳（高宗年号）中、累《かさ》ねて兵部侍郎、同中書門下平章事に轉ず。垂拱（則天武后の年号）の初め夏官尚書より内史（中書令）に遷り、夏官の事を知《つかさど》る。俄に文昌右相を拜し、鄧國公に封ぜらる」とある。「文昌右相」は尚書右僕射のこと。光宅元年（六八四）に文昌右相と改名。『唐書』一〇二、『舊唐書』七〇に「長倩の文昌右相と爲るは、天授元年（六九〇）に在り。時に高宗 已に歿して六年なり」とある。

［**汝南公爲侍中輔睿宗**］「汝南公」は岑羲を指す。岑参の堂伯父（父方の伯父）。「帝（中宗）崩じ、（羲は）右散騎常侍、同中書門下三品に詔擢さる。睿宗立ち、罷められて陝州刺史と爲る。再び戸部《こぶ》尚書に遷る。景雲（睿宗の年号）の初め、復た同三品に召され、侍中（宰相）に進めらる。南陽郡公に封ぜらる」（『唐書』岑文本傳）。岑羲が汝南公に封ぜられたことは他書に見えない。（『唐書』一〇二、『舊唐書』七〇）

［**寵光**］君主の寵愛が格別であったことをいう。『詩經』小雅「蓼蕭」に「既見君子、爲龍爲光」（既に君子を見、龍《ちょう》爲《あ》り光爲《あ》り）とあり、毛傳に「龍、寵也」（龍は、寵なり）、鄭箋に「言天子恩澤、光耀被及己也」（天子の恩澤、光耀 己に及ぼさるを言ふなり）という。

［**輔弼**］輔翼。天下の政治を助けること。また、その人。即ち大臣宰相をいう。『尚書大傳』巻二に「古者天子、必有四隣。前曰疑、後曰丞、左曰輔、右曰弼」（古は天子、必ず四隣有り。前に疑と曰ひ、後に丞と曰ひ、左に輔と曰ひ、右に弼と曰ふ）とある。

［**物不可以終泰、故受之以否**］物は最後まで泰《やす》らかに通ずるということはない。だから之を受けるのは否、即ち閉塞である。「物が極まれば則ち反す。故に通ぜずして否あり」の意。『易』序卦に「泰は通なり。物は以て終《つひ》に通ずべからず。故に之を受くるに否を以てす」とある。「泰」は天地陰陽が調和して万物が発生し、上下和合し、天下太平となるの象。「否」は閉塞の意。

［**逮乎武后臨朝**］「武后」は高宗の皇后、名は明空。高宗の崩後、光宅元（六八四）年より朝政を執り、天授元（六九〇）年九月に中宗を廃して自ら立ち、国号を改めて周とした。淫虐を恣にし、酷吏の來俊臣らを用いた。張柬之らは、后の疾に乗じて中宗に禪位させ、后は上陽宮に遷されて後に死んだ。則天皇后と諡された。在位二

十一年。（『唐書』四、七六、『舊唐書』六）

［**鄧國公由是得罪**］岑長倩が罪を得たこと。『唐書』『舊唐書』岑文本傳に見える。「天授二年、特進・輔國大將軍を加へらる。その年、鳳閣舍人 張嘉福と洛州の人 王慶之ら、名を列ねて上表し、武承嗣を立てて皇太子と爲さんことを請ふ。長倩は皇嗣の東宮に在り、更に承嗣を立つべからざるを以て、地官・尚書格輔元と竟《つひ》に署名せず。仍《よ》りて奏して切に上書者を責めんことを請ふ。是に由りて大いに諸武の意に忤《さから》ふ。乃ち斥けて吐蕃に西征せしめ、武威道行軍大総督に充《あ》つ。中路 召還して獄に下して誅す。仍《よ》りて父祖の墳墓を発掘す」と。

［**汝南公又得罪**］『舊唐書』岑文本傳に「先天元年、岑羲 太平公主の謀逆に預かるに坐して誅に伏し、籍して其の家を没す」とある。『唐書』宰相表、『通鑑』には、羲は開元元年（七一三）七月に殺されたとある。

［**朱輪華轂如夢中矣**］「朱輪」は、朱塗りの車。「華轂」は、美しい車。漢制、吏二千石の者は馬車の両輪を朱塗りにし、千石から六百石までの者は左輪を朱にして轂を華やかに飾った。『漢書』劉向傳に「今王氏一姓、乘朱輪華轂者二十三人。青紫貂蟬、充盈幄内」（今 王氏一姓、朱輪華轂に乘る者 二十三人。青紫貂蟬《てうぜん》、幄内《あくない》に充盈す）とある。『史記』張耳陳餘列傳に「令汜陽令乘朱輪華轂、使驅馳燕趙郊」（汜陽の令をして朱輪華轂に乘ら令《し》め、燕・趙の郊を驅馳せ使《し》む）とある。

［**今王道休明**］『左傳』宣公三年に「楚子問鼎之大小輕重焉。（王孫滿）對曰、在德不在鼎。（略）德之休明、雖小重也」（楚子 鼎の大小輕重を問ふ。（王孫滿）對へて曰く、德に在りて鼎に在らず。（略）德の休明ならば、小なりと雖も重きなり）とある。「王道」は、帝王が仁義の德を持って天下を治める道。「休明」は、大いに明らかなこと。

［**噫世業淪替**］祖先から伝わる功績は失墜した。「噫」は「抑」に通ず。『論語』先進に「顔淵死。子曰、噫、天喪予」（顔淵死す。子曰く、噫《ああ》、天 予を喪《ほろぼ》せり）とある。「世業」は祖先から伝わる功績。「業」字、底本は「葉」に作る。『文苑英華』注語、及び『全唐文』に拠って改めた。「淪替」は淪落。廢棄。

［**猶欽若前德**］「欽若」は、愼んで従うこと。「前德」は、祖先の功德。ここは江陵公、鄧國公、汝南公の功德を指す。

〔將施於後人〕子孫に施そうとする。『詩經』大雅「皇矣」に「維此王季…比于文王、其德靡悔。既受帝祉、施于孫子」（維《こ》れ此の王季…文王に比《いた》るも、其の德 悔《くら》きこと靡《な》し。既に帝の 祉《さいはひ》を受け、孫子に施《し》く）とある。

〔參年三十〕この時、岑參は二十九歳。『論語』爲政に「三十而立」（三十にして立つ）とある。

〔未及一命〕最低の官職にも及ばない。「一命」は、最低の官職。45「初授官題高冠草堂」（初めて官を授けられ 高冠の草堂に題す）に「三十初一命、宦情都欲闌」（三十にして初めて一命、宦情は都《すべ》て闌《つ》きんと欲す）の注參照。『禮記』王制に「小國之卿、與下大夫一命」（小國の卿《けい》、下大夫《かだいふ》と一命なり）とある。

【訳】

岑參は宰相の家の子である。五歳で書を読み、九歳で文を綴った。十五で嵩陽に隠居し、二十で朝廷に書を献上した。嘗ては自ら、高位も坐しながらにして得られ、名誉も容易に手に入れられるものと思っていた。しかし事は思うように進まず、仕官も思うようにいかない。どうして天命が失われたのであろうか。

国家六代のうち、吾《わ》が門は三たび相となった。江陵公は中書令となって太宗を輔佐した。鄧國公は文昌右相となって高宗を輔佐した。汝南公は侍中となって睿宗を輔佐した。君主の寵愛を承け、相継いで宰相を出したのだ。『易經』に「物は最後まで安泰であることはない。だからこれを受けるに否を以てする」とある。武后が政治を執るようになり、鄧國公はこのために罪を得た。先天中、汝南公もまた罪を得た。朱輪 華轂は夢の中のことのようである。いま王者の道は大いに明らかであるというのに、ああ、祖先伝来の功績は滅びてしまった。それでも祖先の功德を承けついで、なお子孫に傳えたい。

岑參は年三十、未だ最低の官職にも及ばない。昔はなぜ栄えたのか、今はなぜ落ちぶれたのか。ひたすら昔を念《おも》い、賦を作って述べる。その詞にいう、

吾門之先世、克其昌赫矣。烈祖輔於周王、啓封受楚、佐命克商、二千餘載、六十餘代、繼厥美而有光。

其後闢土宇於荊門、樹桑梓於棘陽。呑楚山之神秀、與漢水之靈長。猗、盛德之不隕、諒嘉聲而允臧。慶延自遠、祐洽無疆。

吾が門の先世、克《よ》く其れ昌赫《しやうかく》たり。烈祖は周王に輔《ほ》と

なり、封を啓《ひら》きて楚を受け、命を佐《たす》けて商に克《か》ち、二千餘載、六十餘代、厥《そ》の美を繼ぎて光有り。

其の後 土宇《どう》を荊門《けいもん》に闢《ひら》き、桑梓《そうし》を棘陽《きよくやう》に樹《う》う。楚山の神秀なるを呑み、漢水の靈長なるに與《あづか》る。猗《ああ》、盛徳の隕《お》ちざる、諒《まこと》に嘉聲《かせい》ありて允《まこと》に臧《よ》し。慶の延ぶること自《おのづか》から遠く、祐の洽《うるほ》すこと疆《かぎ》り無し。

【語釈】

＊ここから賦の本文。先ず周王以來の岑氏の盛徳 嘉聲を讃える。

〔昌赫〕「昌」は、盛ん。「赫」は、徳のあきらかなさま。

〔烈祖〕功業の大なる先祖。

〔周王〕周の文王と、武王。

〔佐命〕天命を受けた君主を補佐する。建国の大業をたすける。

〔土宇〕土地居宅。

〔荊門〕荊州（今の湖北省江陵）の西。ここでは荊州を指す。

〔桑梓〕桑と梓。桑は養蚕のために、梓は棺を作るために、家のまわりに植えた。子孫のために先祖が残したもの。

〔棘陽〕漢の縣名。今の河南省新野縣の東北。

〔嘉聲〕立派な声聞。

〔祐〕福の意。『全唐文』は「祜」字に作る。

【訳】

わが門の先世は、實に盛んで赫々《かくかく》たるものであった。烈祖は周王の補佐として、封土を開いて楚の地を受け、建国の大業をたすけて商に勝ち、二千餘年、六十餘代、烈祖の美を継いで光有るものであった。

その後、居宅を荊門に構え、棘陽《きよくよう》を父祖の地とした。楚山の神秀の氣を呑み、漢水の長き流れのように續いた。ああ、盛徳は落ちることなく、まことに立派な聞こえで極めて良いものであった。慶《よろこ》びは自然と遠く廣がり、福の潤すことは限りないものがあった。

自天命我唐、始滅暴隋。挺生江陵、傑出輔時。爲國之翰、斯文在茲。一入麟閣、三遷鳳池。調元氣以無忒、理蒼生而不斷。典絲言而作則、闡綿蕝以成規。革亡國之前政、贊聖代之新軌。捧堯日以雲從、扇舜風而草靡。洋洋乎令問不已。

天の 我が唐に命じて自《よ》り、始めて暴隋を滅す。江陵に挺生《ていせい》し、傑出して時を輔《たす》く。國の翰と爲り、斯文《しぶん》茲《ここ》に在り。一たび麟閣《りんかく》に入りて、三たび鳳池《ほうち》に遷《うつ》る。元氣を調《ととの》へて以て忒《たが》ふこと無く、蒼生《さうせい》を理《をさ》めて虧《か》けず。絲言《しげん》を典《つかさど》りて則《のり》を作し、綿蕝《めんぜつ》を闢《ひら》きて以て規《のり》を成す。亡國の前政を革《あらた》め、聖代の新軌《しんき》を賛《ほ》む。堯《げう》日を捧げて以て雲のごとく從ひ、舜《しゆん》風を扇ぎて草のごとく靡《なび》く。洋洋たるかな 令問 已《や》まず。

【語釈】

*この段は、唐代における岑氏の人たちの活躍の様を記す。

［**挺生**］生ずる、抜きん出る。

［**江陵**］江陵公、岑文本を指す。

［**時**］時世。『文苑英華』は「一作持」と注す。

［**翰**］文筆。

［**斯文在茲**］この文化。この学問。『論語』子罕篇に「子畏於匡。曰、文王既沒。文不在茲乎。天之將喪斯文也、後死者不得與於斯文也。天之未喪斯文也、匡人其如予何。」（子 匡に畏る。曰く「文王 既に沒す。文 茲《ここ》に在らざらんや。天の將に斯《こ》の文を喪ぼさんとするや、後れて死する者 斯の文に與《あづか》るを得ざるなり。天の未だ斯の文を喪ぼさざるや、匡人 其れ予を如何せん」と。）とある。

［**一入麟閣、三遷鳳池**］「麟閣」は、麟臺、祕書省のこと。「鳳池」は、中書省のこと。『唐書』『舊唐書』本傳によると、岑文本は「貞觀元年、除祕書郎、兼直中書省」（貞觀元年、祕書郎に除せられ、兼ねて中書省に直す）とあり、後に中書舍人・中書侍郎・中書令に抜擢された。

［**調元氣**］「元氣」は、萬物の根本を成す氣。「調陰陽」と同じく、天下を治めることをいう。

［**蒼生**］人民、百姓。

［**絲言**］天子の言、詔令。『禮記』緇衣に「王言如絲、其出如綸」（王の言は絲の如きも、其の出づれば綸の如し）と。

［**綿蕝**］野外で礼儀を習う所。ここは朝儀を指す。『史記』叔孫通列傳に「遂與所徵三十人西。及上左右爲學者與其弟子百餘人、爲綿蕞野外、習之月餘」（遂に徵《め》す所の三十人と西す。上の左右の學を爲す者と其の弟子 百餘人と、綿蕞《めんぜつ》を野外に爲し、之を習ふこと月餘なり）とある。

［**捧堯日以雲從、扇舜風而草靡**］「捧堯日」は、聖君を尊捧することをいう。「雲從」は、『毛詩』齊風「敝笱《へいこう》」に「齊子歸止、其從如雲」（齊子 歸《とつ》ぐ、其の從ふや雲の如し）と。毛傳に「如雲、言盛也」（雲の如しとは、盛んなるを言ふなり）とある。「扇舜風」は、聖徳の風を播揚すること。「草靡」は、民が君德に靡くこと。『論語』顏淵篇に「君子德風也。小人之德草也。草上之風必偃」（君子の德は風なり。小人の德は草なり。草 之に風を上《くは》ふれば必ず偃《ふ》す）とある。

［**令問**］令聞。よき名声。

【**訳**】

天が我が唐に命じてから、始めに暴隋を滅ぼした。わが曾祖父岑文本は江陵に抜きん出て、傑出して時世を輔《たす》けた。国の文筆となり、斯文はここに在りという有様であった。一たび祕書省に入り、三たび中書省に遷った。天下を治めては違うことなく、民衆を理《おさ》めて欠ける所は無かった。天子の言葉に従って規則を作り、朝儀を開いて規範を作った。亡隋の前政を改め、御代の新機軸を賛えた。その結果、太陽のごとき帝徳を尊捧して民は雲のごとく從い、聖帝の徳風を扇揚して民は草のごとく靡《なび》いた。公の名声は限りなく広がって止むことがなかった。

繼生鄧公、世實須才。盡忠致君、極武登臺。朱門復啓、相府重開。川換新檝、羹傳舊梅。何糾纏以相軋、惡高門之禍來。

當其武后臨朝、奸臣竊命、百川沸騰、四國無政。昊天降其薦瘥、靡風發於時令。藉小人之榮寵、墮賢良于檻穽。苟惛怓以相蒙、胡醜厲以職競。

既破我室、又壞我門。上帝懵懵、莫知我冤、衆人儈儈、不爲我言。泣賈誼於長沙、痛屈平於湘沅。

繼いで鄧公《とうこう》を生み、世 實に才を須《もと》む。忠を盡くして君に致し、武を極めて臺に登る。朱門 復《ま》た啓《ひら》き、相府《しやうふ》重ねて開かる。川は新檝《しんしふ》に換へ、羹《かう》は舊梅を傳ふ。何ぞ糾纏《きうてん》して以て相《あ》ひ軋《きし》み、高門を惡《にく》むの禍の來《きた》るや。

其れ武后 朝《てう》に臨むに當たり、奸臣 命を竊《かす》め、百川沸騰し、四國 政《まつりごと》無し。昊天《かうてん》其の薦瘥《せんさ》を降し、靡風《びふう》時令を發す。小人の榮寵を藉《たす》け、賢良を檻穽《かんせい》に墮《お》とす。苟《まこと》に惛怓《こんだう》以て相《あ》ひ蒙り、胡《なん》ぞ醜厲《しうれい》以て競ふを職とする。

既にして我が室を破り、又《ま》た我が門を壞す。上帝 憎憎《ぼうぼう》、我が冤《えん》を知る莫《な》く、衆人 憒憒《わいわい》、我が言を爲さず。賈誼《かぎ》を長沙に泣《なみだ》し、屈平《くつぺい》を湘沅《しやうげん》に痛む。

【語釈】

＊この段は、伯祖父岑長倩が奸臣のために失脚し、死罪となったことを述べる。

［**鄧公**］伯祖父の岑長倩。

［**致君**］君主を聖明なる天子とすることにつとめる。

［**極武登臺**］「極武」は、岑長倩が武功を極めて、兵部侍郎、夏官尚書になったこと。「登臺」は、宰相になること。

［**朱門**］朱塗りの門、顕官の居宅。

［**相府**］宰相の役所、または宰相。

［**川換新檝**］長倩が新たに宰相となったことを指す。『書經』説命・上の「若濟巨川、用汝作舟楫」(若《も》し巨川を濟《わた》らば、汝を用《もつ》て舟楫《しうしふ》と作《な》さん）による。「檝」は、楫に同じ。

［**羹傳舊梅**］長倩が叔父文本《ぶんぽん》の相職を継承したこと。『書經』説命・下の「若作和羹、爾惟鹽梅」(若《も》し和羹《わかう》を作《つく》らば、爾《なんぢ》は惟《こ》れ鹽梅《えんばい》）による。

［**糾纏**］こもごもまつわる。からみつく。

［**百川沸騰**］「百川」は、多くの川。『詩經』小雅・十月之交《じふげつしかう》に「百川沸騰、山冢崒崩」(百川 沸騰し、山冢 崒《ことごと》く崩る）とある。

［**四國無政**］「四國」は、四方。『詩經』小雅・十月之交に「四國無政、不用其良」(四國 政《まつりごと》無く、其の良《りやう》を用ひず）とある。

［**旻天**］大いなる天。

［**薦瘥**］苦難の多いこと。『詩經』小雅「節南山」に「天方薦瘥、喪亂弘多」(天 方《まさ》に瘥《やましき》を薦《かさ》ね、喪亂《さうらん》 弘《おほ》いに多し）とある。

［**靡風**］滅びの風。「靡」は、滅びるの意。

［**時令**］暦日に対応する政令や行事。『禮記』月令《がつりよう》に「天子乃與公卿大夫、共飭國典、論時令、以待來歲之宜」(天子は乃ち公卿大夫と、共に國典を飭《ととの》へ、時令を論じて、以て來歲の宜《よろ》しきを待つ）とある。

［**檻穽**］檻《おり》と落とし穴。

［**惛怓**］人と争い亂をなすこと。『詩經』大雅「民勞」に「無縱詭隨、以謹惛怓」(詭隨《きずゐ》を縱《ゆる》す無く、以て惛怓《こんだう》を謹《つつし》め）とある。

［醜厲］多くの悪人。『詩經』大雅「民勞」に「無縱詭隨、以謹醜厲」（詭《き》隨《ずゐ》を縱《ゆる》す無く、以て醜厲《しうれい》を謹《つつし》め）とある。

［既破我室、又壞我門］『新唐書』岑文本傳に「來俊臣脅誣長倩與輔元歐陽通數十族謀叛。斬于市、五子同賜死、發暴先墓」（來俊臣は、長倩は輔元・歐陽通の數十族と謀叛すと脅誣す。市に斬られ、五子同《とも》に死を賜はり、先墓を發《ひら》き暴《あば》く）とある。

［憒憒］無知なさま。

［懀懀］憎むさま。

［賈誼］前漢の思想家（前二〇〇～一六八）。二十歳で、文帝に召されて博士となり、のち太中大夫になる。政制の改革を唱えて大臣に疎まれ、長沙王の太傅となる。長沙に赴き湘水を渡る時、「弔屈原賦」を書いた。

［屈平］戦国時代、楚の詩人（前三四〇？～二七八）。懷王を補佐して左徒になる。襄王の時、讒言によって湘水・沅《げん》水流域に放逐され、汨羅《べきら》に身を投げた。

【訳】

継いで鄧公が現れたが、世間は実に才を求めていた。忠を尽くして君の為にし、武功を極めて宰相となった。邸の朱門は再び開かれ、宰相の役所も重ねて開かれた。川を渡る時には、新しい楫《かい》である長倩に換え、汁ものを作るときは、馴染んだ味付けになるよう文本のやり方を伝えた。しかし何故に絡み合って軋《きし》み合い、高位を憎むという禍いがやって来たのか。

そもそも武后が政治に臨むと、奸臣は君命をかすめ取り、世の中は沸き返り、四方に善政は無くなった。天はしきりに苦難を降し、滅びの風は 勝手な政令を発した。小人の出世を助け、賢者を檻や落とし穴に落とした。まことに大亂を犯し合い、どうして悪人共は競うことを職とするのか。

既に我が家は破られ、また我が一族も壞滅狀態となった。上帝は無知で、我が家の冤罪を知ることなく、衆人は憎んで、私たちの言葉を聞かない。長沙における賈誼《かぎ》を泣き、湘沅に身を投げた屈原の身の上を痛んだ。

夫物極則變、感而遂通。於是日光廻照於覆盆之下、陽氣復暖於寒谷之中。

上天悔禍、贊我伯父。爲邦之傑、爲國之輔。又治陰陽、更作霖雨、伊廊廟之故事、皆祖父之舊矩。

朱門不改、畫戟重新。暮出黄閣、朝趨紫宸。繡轂照路、玉珂驚塵。列親戚以高會、沸歌鐘於上春。無小無大、皆爲縉紳。顒顒卬卬、踰數十人。

嗟乎、一心弼諧、多樹綱紀、羣小見醜、獨醒積毀、鑠於衆口、病於十指。由是我汝南公復得罪於天子。當是時也、傴側崩波、蒼黄反覆、去郷離土、隳宗破族。雲雨流離、江山放逐。愁見蒼梧之雲、泣盡湘潭之竹、或投於黒齒之野、或竄於文身之俗。

嗚呼、天不可問、莫知其由。何先榮而後悴、曷曩樂而今憂。盡世業之陵替、念平昔之淹留。

夫《そ》れ物 極まれば 則ち變じ、感じて遂に通ず。是に於て日光 覆盆《ふぼん》の下を廻《めぐ》り照し、陽氣 復《ま》た寒谷の中《うち》に暖かなり。

上天 禍を悔やみ、我が伯父を贊《たす》く。邦《くに》の傑《けつ》と爲り、國の輔《ほ》と爲る。又《ま》た陰陽を治め、更に霖雨を作す。伊《こ》れ廊廟《らうべう》の故事、皆《み》な祖父の舊矩《きうく》なり。

朱門 改まらず、畫戟《ぐわげき》 重ねて新《あらた》なり。暮れに黄閣を出で、朝《あした》に紫宸《ししん》に趨《おもむ》く。繡轂《しうこく》 路《みち》を照らし、玉珂《ぎよくか》 塵を驚かす。親戚を列《つら》ねて以て高會し、歌鐘《かしよう》 上春に沸く。小と無く大と無く、皆《み》な縉紳《しんしん》爲《た》り。顒顒《ぎようぎよう》 卬卬《がうがう》、數十人を踰《こ》ゆ。

嗟《あ》乎《あ》、一心に弼《たす》け 諧《やはら》げ、多く綱紀を樹《た》つるも、羣小に醜《にく》まれ、獨り醒めて 毀《そしり》を積み、衆口に鑠《と》かされ、十指に病む。是《これ》に由《よ》りて我が汝南公は復た罪を天子に得たり。是の時に當りて、崩波に傴側《ひつそく》され、蒼黄 反覆し、郷を去り土を離れ、宗を隳《やぶ》り族を破る。雲雨に流離し、江山に放逐され、愁ひて蒼梧の雲を見、泣《なみだ》は湘潭の竹に盡き、或いは黒齒の野に投じ、或いは文身の俗に竄《のが》る。

嗚《あ》呼《あ》、天は問ふ可からざれば、其の由《よし》を知る莫し。何ぞ先に榮えて後に悴《おとろ》へたる、曷《なん》ぞ 曩《むかし》に樂しみて今に憂ふる。世業の陵替《りようたい》を盡くし、平昔の淹留《えんりう》を念《おも》ふ。

【語釈】

*この段では、睿宗の代に岑羲によって岑氏は復活したが、羣小の者たちに悪まれて復た失脚したことを述べる。

［**物極則變、感而遂通**］上帝は感ずる所有り、天下のことに暁通す。岑家の冤情《えんじょう》を察知したことを指す。『易經』繫辭下に「易窮則變、變則通。通則久」（易に 窮《きは》まれば則ち變じ、變ずれば則ち通ず。通ずれば則ち久し）とある。孔疏に「言易道若窮、則須隨時改變。所以須變者、

變則開通得久長」（易道 若し窮まれば、則ち須《すべから》く時に隨ひて改變すべし。須く變ずべき所以《ゆゑん》は、變ずれば則ち開通し久しく長ずるを得るを言ふ）とある。

［**於是日光廻照於覆盆之下、陽氣復暖於寒谷之中**］「覆盆」は、黒暗を喩える。『論衡』寒温篇に「燕有寒谷、不生五穀。鄒衍吹律、寒谷可種、燕人種黍其中、號曰黍谷」（燕《えん》に寒谷有り、五穀を生ぜず。鄒衍《すうえん》律を吹くや、寒谷種《う》うべく、燕人 黍《しよ》を其の中《うち》に種ゑ、號して黍谷《しよこく》と曰ふ）とある。

［**上天**］上帝。天帝。

［**悔禍**］禍を悔いる。『全唐文』は「垂鑒《すゐかん》」（鑒《かん》を垂る）に作る。

［**贊**］助ける。『全唐文』は「佑」に作る。

［**我伯父**］岑羲。

［**爲國之輔**］『論衡』狀留篇に「呂望之徒、白首乃顯、百里奚之知、明於黃髮。深爲國謀、因爲王輔」（呂望の徒、白首にして乃ち顯《あらは》れ、百里奚《ひやくりけい》の知、黃髮に明らかなり。深く國の爲に謀り、因りて王の輔と爲る）とある。

［**治陰陽**］宰相に任ぜられることを指す。『尚書』周官に「立太師太傅太保。茲惟三公。論道經邦、燮理陰陽」（太師 太傅 太保を立つ。茲《こ》れ惟《こ》れ三公。道を論じ邦を經《おさ》め、陰陽を燮理《せふり》す）とある。

［**作霖雨**］宰相になること。『尚書』說命《ぜいめい》上に「若歲大旱、用汝作霖雨」（若し歲《とし》大いに旱《かん》せば、汝を用《もつ》て霖雨と作《な》さん）とある。孔傳に「霖、三日雨、霖以救旱」（霖は、三日の雨、霖は以て旱を救ふ）とある。

［**伊廊廟之故事**］「廊廟」は朝廷。「故事」朝廷での働きが故事として伝わっている。257「苗侍中輓歌」其一の「青史遺芳滿、黃樞故事存」（青史 遺芳滿ち、黃樞 故事存す）の注参照。

［**祖父**］岑羲の祖父、岑文本を指す。

［**畫戟**］門戟を指す。貴顕の家。戟を門に立ててある家。

［**黃閣**］宰相の官署を指す。

［**紫宸**］唐の天子が百官を引見し朝儀を行う宮殿。

［**繡轂**］綺麗で華美な車。

［**玉珂**］官位のある人が、馬車の馬や乗馬に下げる玉の飾り。

［**高會**］盛大な宴会を開くこと。

［**沸**］楽声が沸き騰《あ》がること。

［**歌鐘**］楽器の一。歌の調子を整える鐘。十六鐘を一つ

の虡《きよ》（鐘や磬を懸ける台）に下げたもの。『春秋左氏傳』襄公十一年に「鄭人賂晉侯、以師悝・師觸・師蠲、廣車・軘車淳十五乘甲兵備、凡兵車百乘、歌鐘二肆、及其鎛磬、女樂二八」（鄭人《ていひと》 晉侯に賂《まひな》ふに、師悝《しくわい》・師觸《ししよく》・師《し》蠲《けん》、廣車《くわうしや》・軘車《とんしや》の淳《そろ》ひ十五乘の甲兵備はるもの、凡《およ》そ兵車百乘、歌鐘二《に》肆《し》、及び其の鎛磬《はくけい》、女樂二八を以てす）とある。孔穎達の疏に「言歌鐘者、歌必先金奏。故鐘以歌名之」（歌鐘と言ふは、歌は必ず金奏に先だつ。故に鐘は歌を以て之に名づく）と。250「冀國夫人歌詞」其七「自憐丞相歌鍾貴、却笑陽臺雲雨寒」（自ら憐れむ 丞相歌鍾の貴きを、却《かへ》って笑ふ 陽臺 雲雨寒きを）の注参照。

［**上春**］正月、孟春。

［**縉紳**］高位の官吏のこと。また「搢紳」に作る。

［**顒顒印印**］『詩經』大雅「巻阿《けんあ》」に「顒顒印印、如圭如璋、令聞令望」（顒顒《ぎようぎよう》 印印《がうがう》として、圭の如く璋の如く、令聞《れいぶん》あり令望《れいばう》あり）とある。

［**弼諧**］主君を輔佐し和諧する。『尚書』皐陶謨に「允廸厥徳、謨明弼諧」（允《まこと》に厥《そ》の徳に廸《よ》れば、謨《はか》るもの明《つと》め弼《たす》け諧《やはら》ぐ）とある。

［**羣小見醜**］「醜」は、惡《にく》む。羣小の者たちに厭《きら》われ惡《にく》まれる。

［**獨醒積毀**］衆人は皆な酔い、自分だけが醒めているために、讒毀の言が極めて多かった。屈原「漁父辭」に「屈原曰く、世人 皆濁り我獨り清く、衆人 皆酔ひ我獨り醒めたり。是《ここ》を以て放たる」とある。

［**鑠於衆口**］「鑠」は、熔《と》ける。『楚辭』九章、惜誦に「故に衆口は其れ金をも鑠《と》かし、初め是《かく》の若くして殆《あや》ふきに逢ふ」とある。

［**病於十指**］『禮記』大學に「曽子曰く、十目の視る所、十手の指す所、其れ厳《おそ》るべしと」とある。

［**偪側崩波**］「偪側」は、迫られること。「崩波」は、紛亂を意味する。

［**蒼黄反覆**］「蒼黄」は、慌てふためくさま。翻覆の意。

［**去郷離土**］「土」字、『英華』は「上」に作るも『全唐文』に従う。

［**蒼梧之雲**］「蒼梧」は、蒼梧山。今の湖南省寧遠縣の東に在り、舜がここに葬られたという。

［**湘潭之竹**］「湘潭」は、湘水のほとり。舜が南巡の途中に亡くなって蒼梧の野に葬られた時、堯の二女の娥皇、女

英が流した涙が竹の葉を濡らし、その痕が模様になったという。

［**黒歯之野**］伝説中の南方未開の地。『山海經』大荒東經に「黒歯の國有り」と。

［**文身之俗**］「文身」は、入れ墨をすること。哀公十三年の『春秋穀梁傳』に「呉は夷狄の國なり。祝髪 文身す」と。

［**世業**］代々伝えられた家の職業。

［**陵替**］盛んであったものが衰えること。

［**念平昔之淹留**］「平昔」は、往日。「淹留」は、久しく停滞していること。

【**訳**】

そもそも物は極まると変化し、ものに感じると遂には通じるものだ。是に於て日光は暗黒の下を照らし、陽氣は再び寒谷の中に暖をもたらした。

上天は禍を下したことを悔やみ、私の伯父岑羲《しんぎ》を贊《たす》けた。かくて邦《くに》の英傑となり、国の輔佐となった。又た陰陽の調和をとって国を治め、旱を潤す霖雨となって国を救うことになった。朝廷の守るべき故事は、みな祖父（岑文本）が始めた矩《きまり》であった。

朱門は改まらず、門戟は重ねて新たになった。暮れに黄門省を出て、朝には紫宸殿に行く。華美な車は路を照らし、馬の玉飾りは世間を驚かす。親戚を呼び集めて盛大な宴席を設け、歌鐘は上春に沸き上がる。老いも若きも、みな高官となり、誉れと名望のある人々が、数十人を超えていた。

ああ、一心に主君を弼《たす》け諧《やはら》げ、多くの政策を樹《た》てたが、羣小の者どもに悪《にく》まれ、己獨《ひと》り醒めて讒言が積もり、衆口に鑠《と》かされ、皆に悪者にされてしまった。そのために我が汝南公（岑羲）は復た罪を天子に得てしまった。是の時に當って、崩れる大波に迫られ、慌てふためき翻覆し、故郷を去り土地を離れ、宗族を破ってしまった。かくて雲雨のなかを流離し、江山に放逐され、愁いのうちに蒼梧の雲を眺め、涙は湘潭の竹に盡きてしまい、黒歯の野に投じたり、文身蠻俗の地に竄《のが》れたりした。

ああ、天に問うことはできず、だからその理由を知ることはできない。どうして先に栄えて後に衰えるのか、どうして前に楽しみ今憂うのか。世業は衰えを極め、久しく停滞していることが残念である。

嗟予生之不造、常恐墮其嘉猷。志學集其荼蓼、弱冠干於王侯。荷仁兄之教導、方勵己以增修。無負郭之數畝、有嵩陽之一丘。幸逢時主之好文、不學滄浪之垂鉤。我從東山、獻書西周。出入二郡、蹉跎十秋。多遭脱輻、累遇焚舟。雪凍穿屨、塵緇弊裘。

嗟世路之其阻、恐歳月之不留。睠城闕以懷歸、將欲返雲林之舊遊。遂撫劍而歌曰。

嗟《ああ》予が生の造《いた》らざる、常に其の嘉猷《かいう》を墮《おと》すを恐る。志學に其の荼蓼《とれう》に集ひ、弱冠にして王侯に干《もと》む。仁兄の教導を荷《かうむ》り、方《まさ》に己を勵《はげま》し以て增《ますま》す修む。負郭に數畝《すうほ》無く、嵩陽《すうやう》の一丘有り。幸ひに時主の文を好むに逢ひ、滄浪《さうらう》の垂鉤《すゐこう》を學ばず。

我は東山從《よ》り、書を西周に獻《けん》ず。二郡に出入し、蹉跎《さた》たること十秋。多く輻《ふく》の脱するに遭《あ》ひ、累《しき》りに船の焚《や》かるるに遇《あ》ふ。雪は穿屨《せんく》を凍らせ、塵は弊裘《へいきう》を緇《くろ》む。

世路《せいろ》の其の阻《そ》なるを嗟《なげ》き、歳月の留まらざるを恐る。城闕《じやうけつ》を睠《かへり》みて以て歸らんと懷《おも》ひ、將《まさ》に雲林の舊遊に返らんと欲す。遂《つひ》に劍を撫《ぶ》して歌ひて曰《い》ふ。

【語釈】

＊この段は、岑參自身の不遇について述べる。

［**嘉猷**］よい謀。国を治めるための優れた計画。

［**荼蓼**］辛苦の喩え。「荼」は、苦菜。「蓼」は、たで。葉はまばらでぴりぴりと辛い味がする。『詩經』周頌「少毖」に「未堪家多難、予又集于蓼」（未だ家の多難に堪へず、予又た蓼に集《つど》ふ）とあり、毛傳に「我又集於蓼、言辛苦也」（我又た蓼に集ふとは、辛苦するを言ふなり）とある。

［**仁兄**］岑參には、岑渭と岑況という二人の兄がいた。

［**增修**］さらに修養して徳を増し修める。

［**負郭**］城郭を背後にした土地。城郭の外にあって城郭に近い田のこと。『史記』蘇秦列傳に「且使我有雒陽負郭田二頃、吾豈能佩六國相印乎」（且つ我をして雒陽《らくやう》負郭の田二頃有らしめば、吾 豈に能く六國の相印を佩びんやと）とある。

［**一丘**］岑參は早年に、少室山に居たのでいう。

［**滄浪之垂鉤**］漁父が滄浪の水辺で釣り針を垂れること。隠棲をいう。『楚辭』漁父に「滄浪之水清兮、可以濯吾纓。滄浪之水濁兮、可以濯吾足」（滄浪《さうらう》の水清《す》まば、以て吾が纓《えい》を濯ふべし。滄浪の水濁らば、以て吾が足を濯

ふべし）とある。世の中が治まれば出て仕え、亂れたら隠棲すればよい。

［**東山**］隠棲の地で、嵩山の少室をいう。９「還東山洛上作」の注参照。

［**西周**］唐の東都洛陽を指す。『通鑑』巻二一四に「唐玄宗自開元二十二年正月至二十四年十月、居東都」（唐玄宗は開元二十二年正月自《よ》り二十四年十月に至るまで、東都に居る）とある。

［**二郡**］長安、洛陽を指す。長安は、東漢、魏、晉、隋の時に京兆郡、洛陽は、西漢の時には河南郡といった。

［**多遭脱輻、累遇焚舟**］「輻」は、車の轂と外輪との間を連ね支える木。「脱輻」は、輻が脱落し、車が前進できない事をいう。この二句は、下の「世路之其阻」を喩えている。

［**雪凍穿屨、塵緇弊裘**］「穿屨」は、破れた鞋。「緇」は、黒い、汚い。『莊子』山木に「莊子衣大布而補之、正緳係履、而過魏王。魏王曰、何先生之憊邪。莊子曰、貧也。非憊也。士有道徳不能行、憊也。衣弊履穿、貧也。非憊也。此所謂非遭時也。」（莊子 大布を衣《き》て之を補ひ、緳《おび》を正し履を係けて、魏王に過《よぎ》る。魏王曰く、何ぞ先生の憊《つか》れたるやと。莊子曰く、貧なり。憊れたるにあらざるなり。士の道徳有りて行ふこと能はざるは、憊れたるなり。衣弊《すた》れ履穿《うが》ちたるは、貧なり。憊れたるに非ざるなり。此れ所謂《いはゆ》る時に遭ふに非ざるなりと）とある。『史記』滑稽列傳に「東郭先生久待詔公車。貧困飢寒。衣敝履不完、行雪中。履有上無下、足盡踐地」（東郭先生 久しく公車に待詔す。貧困にして飢寒なり。衣敝れ履完《まつた》からずして、雪中を行く。履は上有りて下無く、足盡く地を踐む）とある。

［**睠城闕以懷歸、將欲返雲林之舊遊**］「睠」は、首を回して振り返る。「城闕」は、宮闕。帝王の住む所をいう。長安を恋しく想い、まだ志は心に懐いているが、山林の旧遊の地に帰ろうという。

【訳】

ああ私の人生が芳しく無く、先祖の嘉猷を墮《お》としてしまうのを常に恐れている。志学の頃には苦労して勉強し、弱冠には王侯に仕えようとした。優しい兄の教えを受け、まさに自身を奮い立たせて修養した。負郭に数畝の土地も無く、嵩陽に一丘が有るだけだった。幸いにも時の天子は文を好んでおられ、滄浪の垂鈎を学ばずにすんだ。
私は東山より、西周に書を獻じた。二郡に出入りし、躓きながらも十秋。多く幅《ふく》の脱落に遭《あ》い、幾度も船を焚かれるような目に遇《あ》った。雪は破れた草鞋を凍らせ、塵は破れた皮衣を黒くした。
世の中が私の出世を阻むのを嘆き、歳月が流れてゆくのを恐れる。城闕を振り返りながらも帰りたいと思い、雲林の旧遊に立ち帰りたいと思う。そこで剣を撫し歌って言う。

東海之水化爲田、北溟之魚飛上天。
城有時而復、陵有時而遷。
理固常矣、人亦其然。」
觀夫陌上豪貴、當年高位、
歌鐘沸天、鞍馬照地。
積黄金以自滿、矜青雲之坐致。
高館招其賓朋、重門疊其車騎。」
及其高堂傾、曲池平、
雀羅空悲其處所、門客肯念其平生。」
已矣夫、世路崎嶇、孰爲後圖。
豈無疇日之光榮、何今人之棄予。
彼乘軒而不恤爾後、曾不愛我之羈孤。」
嘆君門兮何深、顧盛時而向隅。
攬蕙草以惆悵、歩衡門而踟躕。
強學以待、知音不無。
思達人之惠顧、庶有望於亨衢。

東海の水 化して田と爲り、北溟《ほくめい》の魚 飛びて天に上る。
城 時 有りて復《かへ》り、陵《をか》 時 有りて遷《うつ》る。
理 固《もと》より常なり、人も亦《ま》た其れ然り。」
夫《か》の陌上の豪貴、當年の高位を觀るに、
歌鐘《かしよう》 天を沸かし、鞍馬《あんば》 地を照らす。
黄金の以て自《おのづ》から滿つるを積み、青雲の坐して致すを矜《ほこ》る。
高館に其の賓朋《ひんぼう》を招き、重門《ちようもん》に其の車騎を疊《つら》ぬ。」
其の高堂の傾き、曲池の平らとなるに及びては、
雀羅《じやくら》 空《むな》しく其の處所を悲しみ、門客 肯《あへ》て 其の平生を念《おも》はんや。」
已《や》んぬるかな、世路《せいろ》 崎嶇《きく》として、孰《たれ》か後圖《こうと》を爲さん。
豈《あ》に疇日《ちうじつ》の光榮 無からんや、何ぞ 今人の予《われ》を棄《す》つるや。

彼《か》の軒《くるま》に乘りて爾《そ》の後を恤《おも》はざる、曾《かつ》て我の羈孤《きこ》を愛さず。」
君門を嘆くことの何ぞ深き、盛時を顧《かへり》みて隅《すみ》に向かふ。
蕙草《けいさう》を攬《と》りて以て惆悵《ちうちやう》し、衡門《かうもん》を歩みて踟躕《ちちゆ》す。
強《し》ひて學びて以て待たん、知音《ちいん》無くんばあらず。
達人の惠顧《けいこ》を思ひ、庶《こひねが》はくは望みの亨衢《かうく》に有らんことを。

【語釈】

［**東海之水化爲田**］『藝文類聚』八に「神仙傳曰、麻姑謂王方平曰、自接侍以來、見東海三爲桑田。向到蓬萊、水乃淺於往者略半也。豈復爲陵乎」（神仙傳に曰く、麻姑《まこ》王方平に謂ひて曰く、接侍して自り以來、東海 三たび桑田と爲るを見る。向《さき》に蓬萊に到るに、水 乃ち往者《むかし》より淺きこと略半《ほぼなか》ばなり。豈に復た陵《おか》と爲らんかと）とある。

［**北溟之魚**］「北溟」は、「北冥」に同じで、北の海のこと。『莊子』逍遙遊に「北冥有魚、其名爲鯤。鯤之大、不知其幾千里也。化而爲鳥、其名爲鵬。鵬之背、不知其幾千里也。怒而飛、其翼若垂天之雲」（北冥に魚有り、其の名を鯤《こん》と爲す。鯤の大きさ、其の幾千里なるかを知らざるなり。化して鳥と爲る、其の名を鵬と爲す。鵬の背は、其の幾千里なるかを知らざるなり。怒りて飛ぶに、其の翼は垂天の雲の若し）とある。

［**城有時而復**］「復」は「覆」に通じる。『周易』泰卦に「上六、城復于隍。勿用師。自邑告命。貞吝。象曰、城復于隍、其命亂也」（上六《しやうりく》、城 隍《ほり》に復《かへ》る。師を用ふること勿れ。邑自《いふよ》り命を告ぐ。貞なれども吝《りん》。象《しやう》に曰く、城 隍《ほり》に復るとは、其の命 亂るるなり）とある。

［**歌鐘**］楽器。編鐘。十六の鐘を一所に釣り下げたもの。

［**青雲**］高位高官をいう。

［**坐致**］居ながらに到る。労せずして得ること。

［**重門**］幾つも重なった門。

［**高堂**］「堂」字、『全唐文』は「臺」に作る。

［**雀羅**］雀をとる網。『史記』一二〇、汲鄭傳に「始翟公爲廷尉、賓客闐門。及廢、門外可設雀羅」（始め翟公の廷尉と爲るや、賓客は門に闐《み》つ。廢せらるるに及び、門外 雀羅を設く可し）と。

［**世路**］世の中、世渡り。

［**崎嶇**］がたがたとして平らでないこと。

［**後圖**］将来の謀。今後の計。

[疇日] すぎた日。過日。
[乗軒] 大夫の車に乗ること、また、大夫になること。
[不恤爾後] 後々のことなど顧みないこと。『春秋左氏傳』昭公二十年に「其適遇淫君、外内頗邪、上下怨疾、動作辟違、從欲厭私。高臺深池、撞鐘舞女、斬刈民力、輸掠其聚、以成其違、不恤後人」(其の適《たま》ま淫君に遇へば、外内 頗る 邪《よこしま》に、上下 怨疾し、動作 辟違し、欲を從《ほしい》ままにし私を厭《あ》かしむ。臺を高くし池を深くし、鐘を撞き女を舞はし、民力を斬刈《ざんかい》し、其の聚を輸掠《ゆりゃく》し、以て其の違へるを成し、後人を恤《うれ》へず)とある。
[嘆君門兮何深]「君門」は、『楚辭』九辯に「豈不鬱陶而思君兮、君之門以九重」(豈に鬱陶《うつたう》として君を思はざらんや、君の門 以て九重《きうちよう》なり)とある。
[向隅] 部屋の隅に向かって泣いていること。機会に恵まれず失望することのたとえ。『説苑』貴徳に「今有滿堂飲酒者。有一人獨索然向隅而泣、則一堂之人皆不樂矣」(今 滿堂に酒を飲む者有り。一人有りて獨り索然として隅に向かひて 泣《なみだ》すれば、則ち一堂の人 皆《み》な樂しまざるなり)とある。
[攬蕙草以惆悵]『楚辭』離騷に「攬茹蕙以掩涕兮、霑余襟之浪浪」(茹蕙を攬《と》りて以て涕を掩《おほ》ひ、余が襟を霑《ぬら》すことの浪浪たる)とある。
[衡門] 木を横たえて門とする粗末な門。隠者の居。
[達人] 物事の道理に通じた人。
[亨衢] 運命の開けること。

【訳】

東海の水が 変わって田となり、北溟の魚が飛んで天に上る。城は 壕に返る時も有り、陵《おか》は 遷る時も有る。理《ことわり》として固《もと》より常のことであり、人もまたその通りである。

夫の陌上の豪貴、当時の高位の者を観るに、歌鐘は天を沸かし、鞍馬は地を照らす。自然と満ちあふれてくる黄金を積み、坐したまま高位高官がやって来ることを誇る。邸宅には彼の賓客朋友を招き、重門にはその車騎が並び列なっている。

其の邸宅が傾き、曲池が平らになるに及んでは、雀とりの網が空しくその居所を悲しみ、門客は敢えて其の在りし日を思おうか。

どうしようもない、世の中は平らかでなく、誰に将来の謀を立てられようか。どうして過日の光栄が戻って来ないことがあろうか、どうして今の人は私を見捨てるのか。あの大夫となって後々を顧みることもない人は、羈《き》孤《こ》なる私に目をかけようともしない。

君門を嘆くことの何と深いことか、盛んであった時を顧みて片隅に向かう。蕙草《けいそう》を手に取り嘆き悲しみ、粗末な門を歩みながら思い悩む。勉めて学んで待つことにしよう、友も無きにしもあらず。達人の恩顧を思い、運命の開けることに望みをかけよう。

2 招北客文

北客を招くの文

大暦四年（七六九）五五歳。成都に客居していた時の作と思われる。岑参はこの年の歳末に成都で客死する。『文苑英華』巻三五八による。『唐文粋』巻三三、『全唐文』巻三八九にも引かれている。

蜀之先曰蠶叢兮、縦其目以稱王。當周室陵頽兮、亂無紀綱。洎乎杜宇從天而降、鱉靈溯江而上、相禪而帝、據有南國之九世。

蜀本南夷也。皆左其衽、而椎其髻。及通乎秦也、始于惠王之代。五牛豕而秦女至、一蛇死而力士斃。

二江雙注、羣山四蔽。其地卑濕、其風胜脆。蠻貊雜處、滇僰爲鄰。地偏而兩儀不正、寒薄而四氣不均。花葉再榮、秋冬如春。暮夜多雨、朝旦多雲。陽景罕開、陰氣恒昏。以暑以濕、爲瘵爲癘、氣涸熱以中人。吾知重膇之疾兮、將嬰爾身。

蜀之不可往。北客歸去來兮。

蜀の先《せん》は蠶叢《さんそう》と曰ひ、其の目《め》を縦《たて》にして以て王を稱す。周室の陵頽《りようたい》するに當り、亂れて紀綱無し。杜宇《とう》天從《よ》り降り、鱉靈《べつれい》溯江《そかう》して上《のぼ》るに洎《およ》び、相《あ》ひ禪《ゆづ》りて帝となり、南國を據有すること九世なり。

蜀は本《もと》南夷なり。皆《みな》其の衽《えり》を左にし、其の髻《まげ》を椎《つゐ》にす。秦に通ずるに及ぶや、惠王の代《よ》に始まる。五牛豕《たく》して秦女至り、一蛇死して力士斃《たふ》る。

二江は雙《なら》び注ぎ、羣山は四《よも》に蔽《おほ》ふ。其の地卑濕《ひしつ》にして、其の風《ふう》胜脆《せいぜい》なり。蠻貊《ばんばく》雜處し、滇僰《てんぼく》鄰《となり》を爲す。地は偏《かたよ》りて兩儀正しからず、寒薄くして四氣均《ひと》しからず。花葉再び榮え、秋冬春の如し。暮夜雨多く、

朝旦 雲多し。陽景 罕《まれ》に開き、陰氣 恒《つね》に昏《くら》し。以て暑く以て濕り、瘵《さい》を爲し 癘《らい》を爲し、氣は浥熱《いふねつ》にして 以て人に中《あた》る。吾は知る 重腿《ちようつゐ》の疾《やまひ》、將に爾《そ》の身に嬰《かか》らんとするを。

蜀は之れ往くべからず。北客 歸去來兮《かへりなんいざ》。

【語釈】

＊この段は、蜀の始まりと、その卑湿な地勢。またそこが蛮族の住処であることを述べる。

［**蠶叢**］荊州の人。蜀の望帝から位を譲られたという伝説上の人物。

［**縦其目**］其の目は縦《たて》についている。

［**陵頽**］下の者が上の権力を凌《しの》ぐ。蠶叢が王を称した頃、正に周朝は衰微し、混乱の時に値《あた》っていた。

［**洎**］及ぶ。到る。

［**杜宇**］蜀王の名、即ち望帝。鱉靈《べつれい》を宰相とし、更に位を譲って他郷に走り、死して其の魂が化して蜀魂《ほととぎす》（子規）になったという。

［**鱉靈**］人名。杜宇を継ぎ、後に王を称す。號は開明帝。

［**據有**］拠り所として持つ。

［**南國**］蜀を指す。

［**九世**］古えは三十年を以て一世と為す。『文苑英華』の注に、「二字、一に地に作る」とある。

［**左其衽**］着物の左襟が右襟の下になるような着方。蛮人の風俗。

［**椎其髻**］髪を梳いた形が椎形をしている。蛮人の風俗。

［**五牛琢**］『蜀王本紀』に「秦惠王欲伐蜀。乃刻五石牛、置金其後。蜀人見之、以爲牛能大便金。牛下有養卒、以爲此天牛也。能便金。蜀王以爲然、即發卒千人、使五丁力士拖牛成道、致三枚于成都。秦道得通、石牛之力也」（秦の惠王は蜀を伐たんと欲す。乃ち五石牛を刻し、金を其の後に置く。蜀人 之を見、以て牛の能く大いに金を便すと爲す。牛下に養卒有り、以て此れ天牛なりと爲す。能く金を便すと。蜀王 以て然りと爲し、即ち卒千人を發し、五丁の力士をして牛を拖《ひ》き道を成さしめ、三枚を成都に致す。秦道 通ずるを得たるは、石牛の力なり）とある。「琢」は、雕刻。

［**五牛琢而秦女至、一蛇死而力士斃**］『蜀王本紀』に「秦王知蜀王好色、乃獻美女五人于蜀王。蜀王愛之、遣五丁迎女。還至梓潼、見一大蛇入山穴中。一丁引其尾、不出。五丁共引蛇、山乃崩、壓五丁。五丁踏地大呼。秦王五女

及迎送者、皆上山化爲石」（秦王は蜀王の好色なるを知り、乃ち美女五人を蜀王に獻ず。蜀王は之を愛し、五丁を遣はして女を迎へしむ。還りて梓潼に至るに、一大蛇山穴の中に入るを見る。一丁 其の尾を引けども、出でず。五丁 共に蛇を引くに、山 乃ち崩れ、五丁を壓す。五丁 地を踏んで大呼す。秦王の五女及び迎送者、皆《み》な山に上り化して石と爲る）とある。277「入劍門作、寄杜楊二郎中。時二公竝爲杜元帥判官」（劍門に入りての作、杜楊二郎中に寄す。時に二公は竝びに杜元帥の判官爲り）の「凛凛三伏寒、巉巉五丁迹」（凛凛として三伏寒く、巉巉《ざんざん》として五丁《ごてい》の迹）の注参照。

［二江］郫江、流江。岷江の支流。250「冀國夫人歌詞」其二の「柳闇南橋花撲人、紅亭獨占二江春」（柳闇 南橋 花は人を撲《う》ち、紅亭 獨占す 二江の春）、279「陪狄員外早秋登府西樓因呈院中諸公」（狄《てき》員外に陪《したが》ひて早秋に府の西樓に登り因りて院中の諸公に呈す）の「車馬隘百井、里閈盤二江」（車馬 百井に隘《せま》く、里閈《りかん》 二江に盤《わだかま》る）の注参照。

［羣山四蔽］蜀の東に巫山、北に巴山、西北に岷山、西に邛崍《きょうらい》山、西南に大涼山、南に大婁《だいる》山が有る。

［胜脆］脆く痩せた土地。「胜」瘠薄《せきはく》。痩せた土地。「脆」もろい。柔らかい。

［蠻貊］遠方の夷。「貊」は、狄。北方の族。「蠻」とともに礼儀のない国。旧時、少数民族に対する蔑称。

［滇僰］「滇」は、古《いにしえ》の西南夷の名。其の地は今の雲南昆明一帯。「僰」は、古《いにしえ》の西南夷の名。今は四川省の宜賓《ぎひん》以南に在る。『文苑英華』は「⿱棘火」に作る。『唐文粹』に據り改める。

［地偏而兩儀不正］「地偏」は、陶淵明「飲酒」其五に「問君何能爾、心遠地自偏」（君に問ふ 何ぞ能く爾《しか》ると、心遠ければ 地 自《おのづ》から偏なり）とある。「兩儀」は、天地。「不正」は、天地の正中にないこと。

［四氣不均］「四氣」は、四時の気。「不均」ここは、春夏が長く、秋冬が短いことを言う。

［陽景罕開］日光はめったに射さない。「陽景」は、日光をいう。

［爲瘵爲癘］「瘵」病む。病。「癘」悪疾。流行病。

［氣浥熱以中人］「浥」湿。「熱」字、『唐文粹』、『全唐文』は「蟄」に作る。「中」は、傷つける。損なう。

［重腿之疾］「重腿」足が腫れること。脚氣の病。『春

秋左氏傳』成公六年に「民愁則墊隘。於是乎、有沈溺重膇之疾」（民 愁ふれば則ち墊隘《てんあい》す。是に於てか、沈溺《ちんでき》重膇《ちようつゐ》の疾《やまひ》有り）。杜注に「墊隘、羸困也」「沈溺、濕疾。重膇、足腫」とある。「重」字、『文苑英華』は「虛」に作る。ここは『唐文粹』、『全唐文』に従う。

［嬰］纏繞《てんじょう》。まつわりめぐる。

［北客歸去來兮］「北客」は、北方（中原地区を指す）から来た滞在者。作者自身を指す。307「娥眉東脚臨江聽猿懷二室舊廬」（娥眉の東脚、江に臨みて猿を聽き二室の舊廬を懷ふ）に「哀猿不可聽、北客欲流涕」（哀猿 聽くべからず、北客 涕を流さんと欲す）の注参照。

【訳】

蜀の先祖は蠶叢《さんそう》と曰《い》い、其の目《め》を縦《たて》にして以て王を称した。周室の権威が衰えるに当たり、亂れて紀律がなかった。杜宇《とう》が天から降り、鱉靈《べつれい》が江を溯《さかのぼ》るに及び、相い禪《ゆず》って帝となり、南国を拠り処とすること九世であった。

蜀は元々南夷《なんい》である。皆その衽《えり》を左にし、髻《まげ》は椎《つち》の形である。秦に通じたのは、惠王の代に始まる。五頭の石牛のことがあって秦女が至り、一蛇が死んで力士は斃れた。

二江は雙《なら》び注ぎ、群山が四方を閉ざしている。其の地は卑湿で、其の風土は痩せた土地である。蠻貊《ばんぱく》が入り混じって住んでおり、滇僰《てんぼく》は隣にいる。地は偏《かたよ》っていて天地は正しくない。寒さは薄く四氣が平均していない。花葉は再び栄え、秋冬は春のようだ。暮から夜にかけては雨が多く、朝は雲が多い。日光は稀《まれ》に射《さ》して、陰氣で恒《つね》に昏《くら》い。暑くて湿っているので、病に罹《かか》って悪疾となり、大氣は湿って熱く 人を損う。私は脚氣の病が、その身に纏《まつ》わろうとしていることを知っている。

蜀へは往くべきではない。北からの旅人よ、さあ帰ろう。

其東則大江漂漂、下絶地垠、百谷相呑、出于荊門。突怒吼劃、附于太白、渤潏砌砰、會于滄溟。跳噴浩淼、上濺飛鳥、蹙縮盤渦、下漩黿鼉。

三峡兩壁、亂峯如戟、槎枒屹崒、澒洞劃拆。高干天霓、雲外水積、盡日無光、其下黒窖。瞿塘無底、淺處萬尺、啼猿哀哀、腸斷過客。

復有千歳老蛟、能變其身。好飲人血、化爲婦人。衒服靚粧、游于水濱。

五月之間、白帝之下、洪濤塞峽、不見灩澦。翻天蹙地、霆吼雷怒。亦有行舟、突然而去。人未及顧、棹未及舉。瞥見陽臺、不辨雲雨。千里一歇、日未亭午。須臾黑風暴起、拔樹震山。石走沙飛、波騰浪翻。舟子失據、摧檣折竿。漩入九泉、沒而不還。支體糜散、蕩入石間。水族呀呀、撥剌爭餐。

蜀之東兮不可以往。北客 歸去來兮。

其の東は則ち大江澐澐《うんうん》として、下りて地垠《ちぎん》を絶《わた》り、百谷相ひ呑み、荊門に出づ。突《には》かに怒り吼劃《こうくわく》して、太白に附き、渤潏《ぼついつ》硼砰《はうへい》、滄溟《さうめい》に會す。跳噴《てうふん》浩淼《かうべう》として、上りて飛鳥に濺《そそ》ぎ、蹙縮《しゆくしゆく》して盤渦《ばんくわ》となり、下りて黿鼉《げんだ》を漩《めぐ》らす。

三峽の兩壁、亂峯 戟《ほこ》の如く、槎枒《さが》として屹崒《きつしゆつ》、澒洞《こうどう》として 劃拆《くわくたく》。高く天霓《てんげい》を干《をか》し、雲外に水積《つ》み、盡日光無く、其の下 黑窖《こくさく》。瞿塘《くたう》は底無く、淺き處も萬尺、啼く猿は哀哀として、過客を腸斷せしむ。

復た千歳の老蛟《らうかう》有り、能く其の身を變ず。好んで人血を飲み、化して婦人と爲る。衒服《げんぷく》靚粧《せいしやう》、水濱に游ぶ。

五月の間、白帝の下、洪濤 峽を塞《ふさ》ぎ、灩澦《えんよ》を見ず。天に翻《ひるがへ》り地を蹙《け》り、霆《てい》のごと吼《ほ》え 雷のごと怒る。亦た行舟有るも、突然にして去る。人 未だ顧《かへりみ》るに及ばず、棹《さを》未だ擧ぐるに及ばず。陽臺を瞥見し、雲雨を辨《わきま》へず。千里にして一たび歇《や》むも、日 未だ亭午《ていご》ならず。

須臾《しゆゆ》にして黑風 暴《にはか》に起り、樹を拔き山を震はす。石は走り沙は飛び、波騰《あが》り浪翻《かへ》る。舟子 據を失ひ、檣《ほばしら》を摧《くだ》き竿を折る。漩《めぐ》りて九泉に入り、沒して還らず。支體 糜散《びさん》し、蕩《くだ》けて石間に入る。水族 呀呀《がが》、撥剌《はつらつ》として爭ひ餐《くら》ふ。

蜀の東 以て往く可からず。北客 歸去來兮《かへりなんいざ》。

【語釈】

*この段は、蜀の東を流れる大江の激流と、そこが舟行の難所であることを述べる。

[其東則]「則」字の下、『唐文粋』は「有」字がある。

[大江]長江。

[澐澐]川の大波のさま。

[地垠]地の境、蜀の境。

[荊門]山名。湖北省宜都県西北の長江南岸にあり、北岸の虎牙山と対している。山の下は急流で、長江の難所

となっている。『文選』郭璞「江賦」の李善注に「盛弘之『荊州記』曰、郡西泝江六十里、南岸有山、名曰荊門。北岸有山、名曰虎牙。二山 相對、楚之西塞也」（盛弘之『荊州記』に曰く、「郡西 江を泝《さかのぼ》ること六十里、南岸に山有り、名づけて荊門と曰ふ。北岸に山有り、名づけて虎牙と曰ふ。二山 相ひ對し、楚の西塞なり」と）とある。

［**太白**］金星。

［**渤潏**］海水の沸き立つさま。『文選』木華の「海賦」に「天綱浡潏」とあり、李善注に「浡潏、沸湧貌」（浡潏は、沸湧の貌なり）とある。「渤潏」と「浡潏」は同じ。

［**硼硏**］水のひびき。

［**滄溟**］海。

［**蹙縮**］恐れ縮む。

［**黿鼉**］「黿」は、あおうみがめ。「**鼉**」は、わに。

［**槎枒**］角だったさま。

［**屹崒**］高く険しいさま。

［**澒洞**］相い連なるさま。

［**天霓**］天上の虹。

［**水積**］「水」は、三峡の水。

［**盡日無光、其下黒窄**］『水經注』江水に「自三峡七百里中、兩岸連山、略無闕處。重巖疊嶂、隱天蔽日、自非亭午夜分、不見曦月」（三峡より七百里中、兩岸 山を連ね、略《ほ》ぼ闕《か》くる處無し。重巖 疊嶂、天を隱し日を蔽ひ、亭午 夜分に非ざる自りは、曦月を見ず）とある。「盡」字、『唐文粹』『全唐文』は「晝」に作る。

［**瞿塘**］瞿塘峡、三峡の一。『水經注』江水に「毎至晴初霜旦、林寒澗肅、常有高猿長嘯、屬引凄異、空谷傳響、哀轉久絶」（晴初 霜旦に至る毎に、林は寒く澗は肅《しず》か、常に高猿有りて長嘯し、凄異を屬引し、空谷 響きを傳へ、哀轉 久しくして絶ゆ）とある。

［**蛟**］みづち。水中に住む想像上の動物、竜の一種。

［**衒服靚粧**］「衒」字は、「袨」の誤りか。「袨服」は、美人の衣。「靚粧」は、化粧して美しくかざること。『文選』左思の「蜀都賦」に「都人士女、袨服靚糚」とあり、李善注に「蘇林曰、袨服、謂盛服也。張揖曰、靚、謂粉白黛黑也」（蘇林曰く、袨服とは、盛服を謂ふなりと。張揖曰く、靚は、粉白黛黒を謂ふなりと）とある。「糚」字は「粧」に同じ。

［白帝］白帝城、四川省奉節縣の東、白帝山上にある。

［灩澦］灩澦堆、長江瞿塘峡にある巨石。

［霆吼］「霆」字、『文苑英華』は「震」に作るが、『唐文粋』『全唐文』によって改めた。

［行舟］「行」字、『文苑英華』は、「巨」に作る。

［瞥見］ちらりと見ること。

［亭午］正午。

［黑風］「黑」字、『文苑英華』は「狂」に作る。

［支體］「支」字、「肢」に通ず。

［糜散］砕け散ること。『楚辞』招魂に「旋入雷淵、糜散而不可止些」（旋《めぐ》りて雷淵に入れば、糜散して止まる可からず）とある。

［呀呀］口を張ること。

［撥剌］魚が身を躍らせる音。

［蜀之東兮不可以往］『唐文粋』『全唐文』は「蜀之東不可往」に作る。


【訳】

蜀の東は則ち大江の大波、下って蜀境を渡り、多くの谷を呑みこんで、荊門山に出る。俄かに怒り吼え劃《さ》き、金星にまで附《と》き、沸き立つ水声は、深き海に出会う。跳びあがって果てもなく、のぼっては飛ぶ鳥に水を注ぎ、縮んでは渦となり、下っては海亀や鰐を引き回す。

三峡の両壁、乱立する峯は戟《ほこ》の如く、角《かど》だって険《けわ》しく、相い連なって天空を割《さ》く。高く天の虹を犯し、雲の外に水が積もり、終日光も無く、其の下は暗くて狭い。瞿《く》塘峡《とうきょう》は底知れず、浅い所でも萬尺、啼く猿は悲しげで、旅人を断腸の思いにさせる。

また千年も生きている老いた蛟《みずち》がおり、其の身を変化させることが出来る。人の血を飲むことを好み、化けて婦人となる。盛装して化粧し、水辺に遊んでいる。五月の間、白帝城の下、溢れた濤《なみ》は峡口を塞ぎ、灩澦堆《えんよたい》も見えない。天にまで翻《あが》り地を蹴《け》り、霆《いかずち》のごとく吼え雷のごとく怒る。

また行く舟が有っても、突然にして去ってしまう。人はまだ顧《かえりみ》るひまもなく、棹もまだ挙げるまでもない。陽臺をちらりと見て、雲雨もはっきり見ることもない。千里流れて一たび緩やかになるが、日はまだ正午にもならない。

俄かに黒風が暴れ起こり、樹を抜き山を震わす。石は走り沙は飛び、波は沸騰し浪は翻る。舟子は抛り所を失い、帆柱を挫《くじ》き竿を折る。廻って九泉に入り、没して還らない。肢体は砕け散り、砕けて石の間に入る。魚たちは大口を開け、溌剌《はつらつ》として食いものを取り合う。

蜀の東は往くものではない。北からの旅人よ、さあ帰ろう。


其西則高山萬重、峻極屬天。西有崑崙、其峯相連。日月廻環、礙于山巓。

巒崖盤嶔、天壁敻絶。陽和不入、陰氣固閉。千年増冰、萬谷積雪。溪寒地坼、谷凍石冽。夏月草枯、春天木折。蒼煙凝兮黒霧結、人堕指兮馬傷骨。

江水噴激、廻盤紆縈。棧壁縁雲、鈎連相撑。繩梁嶫虚、傍杳杳冥。下不見底、空聞波聲。過者矍然、亡魂喪精。復引一索、其名爲筰。人懸半空、度彼絶壑。

或如鳥兮或如玃、倏往還來幸不落。或有豪豬千羣、突出深榛、努鬣射人。寒熊孔碩、登樹自擲、見人則擘。巨麋如牛、修角如劍。餓虎爭肉、吼怒鬪鬪。

復有高崖墜石兮、聲如雷之軯轟。上敲下磕似火迸兮、滿山流星。磵溪忽兮倒流、林岸爲之頽傾。碎騰狖與過鳥、駭木魅兮山精、飛石壓人兮不可行。

西有犬戎、與此山通。行貌類人、言語不同。氊廬隆穹、毳裘蒙茸。啜酪啖肉、持槍挾弓。依草及泉、務戰與攻。其聲如犬、其聚如蜂。中國之人兮或流落于其中、豈只掘鼠茹雪以取活、終當鈹其足而纍其胸。泣漢月于西海、思故郷于北風。

蜀之西不可往、北客歸去來兮。

其の西は則ち高山 萬重、峻《たか》きこと極まりて天に屬す。西に崑崙有り、其の峯 相ひ連なる。日月 廻環《めぐ》れども、山巓に礙《さまた》げらる。
巒崖《らんがい》 盤嶔《ばんきん》、天壁 敻絶《けいぜつ》す。陽和 入らず、陰氣 固く閉《とざ》す。千年 増冰し、萬谷 積雪す。溪は寒くして地は坼《さ》け、谷は凍りて石は冽《さむ》し。夏月 草は枯れ、春天 木は折る。蒼煙 凝《こ》りて 黒霧 結び、人は指を堕《おと》して馬は骨を傷つく。
江水は噴激し、廻盤 紆縈《うえい》す。棧壁 雲に縁《よ》り、鈎連《こうれん》 相《あ》ひ撑《ささ》ふ。繩梁《じようりやう》 嶫虚《げふきよ》にして、傍らは杳杳《えうえう》として冥《くら》し。下は底を見ず、空しく波聲を聞くのみ。過ぐる者は矍然《くわくぜん》として、魂を亡ひ 精を喪ふ。復た一索を引くに、其の名 筰《さく》と爲す。人は半空に懸《か》かり、彼《か》の絶壑《ぜつがく》を度《わた》る。

或いは鳥の如く 或いは玃《くわく》の如く、倏《たちま》ち往き 還《また》來るも 幸ひにして落ちず。或いは豪豬 千羣有り、深き榛《やぶ》より突出し、怒鬣《どれふ》 人を射る。或いは寒熊 孔碩《こうせき》、樹に登りて自ら擲《なげう》ち、人を見るや則ち擘《さ》く。巨麋 牛の如く、修《なが》き角《つの》は劍の如し。餓虎 肉を争ひ、吼え怒ること闞闞《かんかん》たり。

復た高崖の墜石有り、聲は雷の軯轟《はうくわう》たるが如し。上は敲《かう》 下は磕《かい》 火の 迸《ほとばし》るに似て、滿山 流星のごとし。磵溪 忽ちにして流れを倒し、林岸 之が爲に頽《くず》れ傾く。騰狖《とうけつ》と過鳥を砕き、木魅《ぼくみ》 山精に駭《おどろ》かされ、飛石 人を壓し 行くべからず。

西に犬戎有り、此の山と通ず。行貌 人に類し、言語同じからず。氈廬《せんろ》 隆穹《りゆうきゆう》、毳裘《ぜいきゆう》 蒙茸《もうじよう》。酪を啜《すす》り 肉を啖《くら》ひ、槍を持ち 弓を挾《たばさ》む。草及び泉に依《よ》り、戰ひと攻めに務む。其の聲 犬の如く、其の聚《あつま》るや蜂の如し。中國の人 或いは其の中に流落すれば、豈に只に鼠を掘り 雪を茹《くら》ひて以て活を取るのみならんや、終《つひ》に當に其の足を鈹《つ》きて其の胸に纍《なは》さるべし。漢月に西海に泣き、故郷を北風に思ふ。

蜀の西 往くべからず。北客 歸去來兮《かへりなんいざ》。

【語釈】

＊この段は、蜀の西部に連なる崑崙山、寒い氣候、危険な桟道、異民族犬戎《けんじゆう》の風俗などについて述べる。

[巒崖盤嶔] くねくね曲がって高峻である。

[天壁夐絶] 天然の崖壁が遙かに隔たり離れている。「夐絶」は、かけ離れる。

[陽和] 春の暖かい時節。長閑に暖かい気候。

[千年增冰] 長い年月、氷が幾重にも重なり合っている様子。「增」は「層」に同じ。重疊累積の意。

[石冽]「冽」字、『唐文粹』『全唐文』は「裂」に作る。

[木折]「折」字、『文苑英華』は「拆」に作る。『唐文粹』『全唐文』に拠り改める。

[江水] 岷江を指す。

[廻盤紆縈]「廻盤」回り巡る。「紆縈」纏い巡る。絡みつく。「縈」字、『文苑英華』は「鬱」に作る。ここは『唐文粹』『全唐文』に従う。

[棧壁緣雲] 崖壁に架けた桟道。「緣」は、因、依。

[鈎連相撐] 引き連なって支え合う。「撐」は、支える。

[繩梁嶫虚] 縄の橋は高く虚空に架かっている。「繩梁」は、縄の橋。「嶫」は、山の高く盛んなさま。282「送狄員外巡按西山軍」（狄員外の西山軍を巡按するを送る）

の「泉澆閣道滑、水凍縄橋脆」（泉　澆《そそ》ぎて　閣道　滑らかに、水　凍りて　縄橋　脆《もろ》し）の注参照。
〔**杳杳**〕深く暗い形容。
〔**矍然**〕驚き慌てて左右を見る。
〔**索・笮**〕どちらも竹を撚り合わせて作った縄。
〔**絶壑**〕深くて険しい谷。「絶」字、『文苑英華』は「城」に作る。『唐文粋』『全唐文』に拠って改めた。
〔**玃**〕大猿。
〔**豪豬**〕野生の豚。猪。
〔**深榛**〕「榛」落葉樹。はんの樹。草木が生い茂ること。
〔**怒鬣射人**〕「怒」字、底本は「努」に作るが『文苑英華』注により改めた。「鬣」は、たてがみ。
〔**寒熊孔碩**〕「熊」字、『文苑英華』は「態」に作る。『唐文粋』『全唐文』に拠り改めた。「孔」は、甚だ。「碩」は、肥大。
〔**擘**〕引き裂く。
〔**巨麋**〕大きなトナカイ。鹿に似た獣。
〔**闞闞**〕虎の吼える声。
〔**軯轟**〕雷の鳴り響く音。
〔**磕**〕石がぶつかり合う音。
〔**磵溪**〕谷川。
〔**頽傾**〕崩れ傾く。
〔**騰狖**〕躍りあがる黒猿。「狖」は、黒猿。
〔**駭**〕驚く。びっくりする。
〔**木魅**〕老木の精。木の怪。
〔**犬戎**〕古代、北方、西北方に住んでいた蛮族の名。トルコ族。蒙古族。
〔**氊廬**〕獣の細い毛で織った円頂の帳篷。
〔**隆穹**〕氊帳が隆起している様子。中央が高く弓なりに曲がっているさま。
〔**毳裘**〕毛を帯びた獣皮の衣服。「毳」は、鳥獣の細い毛。
〔**蒙茸**〕毛が乱雑に生えている様子。
〔**酪**〕牛乳や羊乳から作った半凝固体の食品。ヨーグルト。
〔**依草及泉**〕水草を逐う遊牧生活。
〔**如蜂**〕多くて乱雑な譬え。
〔**流落**〕落ちぶれて各地を渡り歩く。
〔**豈只掘鼠茹雪以取活**〕「掘鼠茹雪」は、『漢書』蘇武傳に「單于愈益欲降之。乃幽武、置大窖中、絶不飲食。

天雨雪、武臥齧雪與旃毛、并咽之。數日不死。…武既至海上、廩食不至、掘野鼠、去屮實而食之」（單于愈《いよい》よ益《ますま》す之を降さんと欲す。乃ち武を幽して、大窖中に置き、絶えて飲食せしめず。天雪を雨《あめふ》らせば、武臥して雪と旃毛《せんもう》とを齧《か》み、并《あは》せて之を咽《の》む。數日死せず。…武既に海上に至るや、廩食《りんしよく》至らず、野鼠を掘り、屮實《さうじつ》を去《をさ》めて之を食らふ）とある。「只」字、『文苑英華』は「知」に作る。「茹」は、食う。「取活」二字、『文苑英華』は「爲食」に作る。ここは『唐文粋』『全唐文』に従う。

[**終當鈹其足而纍其胸**]「鈹」は、兵器の名。長矛。ここは動詞に用いる。矛を以て刺す。「纍」は、黒縄。『論語』公冶長第五に「雖在縲（纍）紲之中、非其罪也」（縲《るゐ》〈纍〉紲《せつ》の中に在りと雖も、其の罪に非ざるなり）とある。注に「縲紲」は、牢獄のこと。「縲」は、黒索《くろなわ》。「紲」は、繋ぐ意で「ツナグ」と訓じ、昔は罪人を黒縄で縛ったものらしいとある。

[**西海**] 青海。唐時、吐蕃の境内に在った。

[**思故郷于北風**]『文選』古詩十九首に「胡馬依北風、越鳥巣南枝」（胡馬は北風に依り、越鳥は南枝に巣くふ）とある。北方胡地から来た馬は北風に寄り添い、南方の越から来た鳥は南の枝に巣を作る。どちらも故郷を懐かしむ氣持ちを表す。

【訳】

その西は則ち高い山が幾重にも重なっており、険しく高いことは天にまで連なるほどだ。西に崑崙山が有り、其の峯は連なりあっている。日月がめぐっても、山巓に邪魔されてしまう。

くねくね曲がった崖は高く険しい。暖かく穏やかな氣は入らず、陰氣によって固く閉されている。千年も積み重なった冰、萬もの谷は雪で覆われている。渓は寒く地は坼《さ》け、谷は凍り石は冷たい。夏の季節に草は枯れ、春の季節に木は折れる。蒼煙は凝り固まって黒い霧を結び、人は指を堕《おと》し馬は骨を傷つける。

江水は激しく噴き上げ、廻り纏《まつ》わる。崖壁に懸けられた桟道は雲によりかかり、連なって撐《ささ》え合っている。縄の橋は高く虚空にあって、傍らは深く暗い。下は底が見えず、空しく波の音を聞くだけ。通り過ぎる者は驚き恐れ、精魂を喪亡する。復た一本の縄が引かれており、其の名を笮《さく》という。人は半空に懸かりながら、その深い谷を渡る。

或いは鳥のように 或いは大猿のように、速やかに往き來しても幸いにして落ちない。或いは豪豬が千羣もいて、深い茂みから飛び出し、怒れる鬣《たてがみ》は人を射る。寒熊は甚だ肥大し、樹に登って自ら擲《なげう》ち、人を見ると 則ち引き裂く。巨大なトナカイは牛のようで、修《なが》い角は剣のようだ。餓えた虎は肉を争い、闞闞《かんかん》と吼え怒っている。

復た高い崖からの落石が有り、音は雷が鳴り響くようだ。上は敲きあい、下は石がぶつかって火が迸《ほとばし》るようで、滿山は流星のようだ。谷川は忽ち流れを倒《さかしま》にし、林岸はこの為に崩れ傾き、飛猿と過ぎゆく鳥を碎く。木魅 山精に駭《おどろ》かされ、飛石は人を壓《お》し潰すために行くことができない。

西には犬戎がいて、此の山と通じている。行いや容貌は人に似ているが、言語は同じではない。氊廬《せんろ》は中央が高く弓なりに曲がっており、獣皮の着物は毛が乱雑で粗い。酪《らく》を啜《すす》り肉を食べ、槍を持ち 弓を手挾《たばさ》む。遊牧生活をして、戦いと攻撃に明け暮れている。其の声は犬のようで、蜂のように群がっている。中國の人が其の中に流落すれば、どうして只だ鼠を掘り雪を茹《くら》って生存するだけであろうか。終《つい》には其の足を矛でもって刺され、其の胸に黒縄をかけられるに違いないのだ。西海に在って漢の月を念《おも》って泣き、北風に故郷を思う。

蜀の西に往くべきではない。北からの旅人よ、さあ帰ろう。

其南則有邛崍之關、天設險難。少有平地、連延長山。横亘瀘江、傍隔百蠻。吁彼漢源、上當漏天。靡日不雨、四時霧然。其人如魚、爰處在泉。

終年霖霪、時復日出。狺狺諸犬、向天吠日。人皆濕寝、偏死腰疾。復有陽山之路、毒瘴下凝。白日無光、其氣瞢瞢。暑雨下濕、黄茅上蒸。南方之人兮不敢過、豈止走獸踣兮飛鳥墮。吾不知造化兮、何致此方些。

蜀之南兮不可以居、北客歸去來兮。

其の南は則ち邛崍《きょうらい》の關 有り、天 險難を設く。平地有る少《な》く、長山は連延《れんえん》す。横に瀘江《ろかう》を亘《わた》し、傍ら百蠻《ひやくばん》を隔つ。吁《ああ》 彼の漢源、上は漏天《ろうてん》に當る。日として雨《あめふ》らざるは靡《な》く、四時 霧然《ばうぜん》たり。其の人 魚の如く、爰《すなは》ち處《を》りて泉に在り。

終年 霖霪《りんいん》として、時に復た日 出づ。狺狺《ぎんぎん》として諸犬、天に向かひ日に吠ゆ。人 皆な濕寢し、偏死 腰疾あり。復た陽山の路 有り、毒瘴 下り凝《こ》る。白日 光 無く、其の氣は瞢瞢《ぼうぼう》たり。暑雨 下《ふ》りて濕り、黄茅《くわうばう》 上りて蒸《む》す。南方の人も敢へて過《よぎ》らず、豈に止《ただ》に走獸 踏《たふ》れ 飛鳥の墮《お》つるのみならんや。吾れ造化を知らず、何ぞ此の方を致《いた》すや。

蜀の南 以て居るべからず。北客 歸去來兮《かへりなんいざ》。

【語釈】

*この段は、蜀の南部は山ばかりで平地が少なく、傍には百蠻が住んでいる。雨がよく降って風土病が多く、人の住める土地ではないことを述べる。

[**邛崍**] 山名。四川省栄経縣の西に在る。『元和郡縣志』巻三二には、「邛來山在（雅州榮經）縣西五十里、本名邛笮山。故笮人之界也。山嚴峻峭、出竹」（邛來山《きょうらいざん》は（雅州榮經）縣の西五十里に在り、本は邛笮山《きょうさくざん》と名づく。故《も》と笮人の界なり。山は嚴しく峻峭《しゅんせう》にして、竹を出《いだ》す）とある。西の麓に、隋の置いた邛崍關が有り、唐の僖宗《きそう》の時、南詔が大渡河に入寇し、邛崍は陥落した。「崍」字、『唐文粋』『全唐文』には、「笮」に作る。

[**險難**] 「難」字、『唐文粋』『全唐文』には、「艱《かん》」字に作る。険しい難所。

[**連延**] 連なり續く。

[**瀘江**] 瀘水。315「巴南舟中思陸渾別業」の注②を参照。

[**傍隔**] 『唐文粋』『全唐文』は、「隔閡《かくがい》」に作る。

[**百蠻**] ひろく南方の少数民族を指していう。

[**漢源**] 唐の縣名。黎州に屬し、今の四川省漢源縣。

[**漏天**] 天に雨の多いことをいう。『華陽國志』巻四に「牂柯郡…上當天井。故多雨潦。今諺云『天無三日晴』。又曰之爲『漏天』」（牂柯郡《さうかぐん》…上は天井に當る。故に雨潦 多し。今 諺に云ふ『天に三日の晴たる無し』と。又《ま》た之を曰ひて『漏天』と爲す）とある。

[**雱然**] 「雱」は「滂」と同じ。「滂」は水の広く流れるさま。水の流れる音。

[**霖霪**] ながあめ。

[**狺狺**] 犬の吠える声。

[**偏死**] 半身不随。

[**陽山之路**] 黎州の通望縣のことで、今の四川省漢源縣の東南に在る。『元和郡縣志』巻三二には、「通望縣、本漢旄牛縣地。大業二年、改爲陽山鎭。武德元年、改爲陽山縣、屬嶲州。天寶元年、改名通望縣、屬黎州」（通

望縣は、本《も》と漢の旄牛《ぼうぎう》縣の地なり。大業二年、改めて陽山鎮と爲す。武徳元年、改めて陽山縣と爲し、嶲《すゐ》州に屬す。天寶元年、名を通望縣と改め、黎州に屬す）とある。

［**毒瘴下凝**］「瘴」は、瘴気。熱帯の山林中の湿氣を帯びた、熱い空氣のこと。瘧疾《ぎゃくしつ》等の伝染病。「下凝」は、じっとして動かない。

［**瞢瞢**］「夢夢」に同じ。遠くてはっきりしないさま。乱れたさま。

［**黄茅**］黄茅の瘴をいう。唐、房千里『投荒雑録』には「南方六七月、茅黄枯時、瘴大發。土人呼爲黄茅瘴」（南方 六七月、茅の黄枯する時、瘴 大いに發す。土人 呼びて黄茅瘴と爲す）とある。

［**致**］『唐文粋』『全唐文』は「知」字に作る。

［**蜀之南兮不可以居**］この句は、『唐文粋』『全唐文』は「蜀之南不可以往」（蜀の南 以て往くべからず）に作る。

【訳】

其の南には邛崍《きょうらい》の関が有り、天は険しい難所をここに設けた。平地は少なく、長山が連なり續いている。瀘江《ろこう》が横たわって、百蠻《ひゃくばん》を隔てている。ああ、あの漢源縣、上は「漏天《ろうてん》」に當たる。雨の降らない日はなく、いつも水の流れる音がする。その地の人々は魚のようで、すなわち泉の中に住んでいるかのようである。年中 雨が降り続いており、時折り復た日が出る。ワンワンと犬どもは、天に向かって太陽に吠える。人は皆な湿ったところに寝て、半身不随や腰痛になる。復た陽山の路が有る。毒を含んだ瘴氣が下りとどこおっている。太陽に光はなく、其の氣は ぼんやりとしている。暑い雨が降って下を湿らせ、黄茅の毒気は上り蒸す。南方の人も敢えて立ち寄らない。どうして ただ走獣が踣《たお》れ、飛鳥が堕ちるだけであろうか。私は造化のことを知らないが、どうしてこのような土地を造ったのか。

蜀の南は 以て居るべきところではない。北からの旅人よ、さあ帰ろう。

其北則有劍山巉巉、天鏨之門。二壁谽谺、高崖嶙峋。上柱南斗、傍鎮于坤。下有長道、北達于秦。

秦地神州、中有聖人。左右伊皐、能致我君。雙闕峨峨、上覆慶雲。千官鏘鏘、朝于紫宸。玉樓鳳凰、金殿麒麟。布德垂澤、捜賢修文。皇化欣欣、昫然如春。

蜀之北兮可以往、北客歸去來兮。

其の北は則ち劍山巉巉《ざんざん》、天鏨《てんさく》の門有り。二壁は谽谺《かんか》、高崖は嶙峋《りんしゅん》たり。上は南斗に柱し、傍ら坤《ち》を鎭《しづ》む。下に長き道有りて、北のかた秦に達す。

秦地は神州、中に聖人有り。左右に伊皐《いかう》ありて、能く我が君を致《いた》す。雙闕《さうけつ》は峨峨《がが》として、上は慶雲に覆はる。千官 鏘鏘《さうさう》として、紫宸《ししん》に朝す。玉樓には鳳凰、金殿には麒麟。徳を布《し》き 澤《たく》を垂れ、賢を搜し 文を修む。皇化欣欣、煦然《くぜん》として春の如し。

蜀の北 以て往く可し。北客 歸去來兮《かへりなんいざ》。

【語釈】

＊この段は、蜀の北部に広がる中国の素晴らしさを述べて、早く天子の治める土地に歸ろうという。

［**劍山**］大・小劍山は今の四川省劍閣縣の東北にあり、峯は連綿と連なり、下には門のような狭い道がある。ここは蜀と陝とを結ぶ道である。

［**巉巉**］山の高く険しいさま。

［**谽谺**］谷の深く空虚なさま。

［**嶙峋**］非常に崖の深いさま。

［**南斗**］星の名、二十八宿の一。六つの星からできている。

［**傍鎭于坤**］「傍」字、『文苑英華』は「榜」に作るが、ここは『唐文粋』『全唐文』によった。

［**伊皐**］伊尹と皐陶。伊尹は、殷の賢相で、湯王を助けて夏の桀王を討った。皐陶は、帝舜の名臣で、法律・刑罰を定めた。

［**能致我君**］致君とは、君主を立派な聖明なる天子にすること。

［**雙闕**］宮門の両側にあって、上に楼観のある台。

［**峨峨**］高いさま。

［**慶雲**］卿雲、景雲とも称し、祥雲瑞氣で五色、「太平の應」。

［**鏘鏘**］官吏が朝廷に出る時に身につける佩玉などが触れ合う音。『詩經』鄭風・有女同車に「佩玉鏘鏘」とあり、釈文に「鏘鏘は、玉佩の聲」とある。

［**紫宸**］唐の宮殿の名。

［**搜賢**］賢才を捜し求めること。

［**修文**］「文」とは礼楽の制度のこと。

［**皇化**］天子の教化。

［**蜀之北兮**］「兮」字、『唐文粋』『全唐文』には無い。

【訳】

其の北には 則ち険しい劍山と、天鑿の門が有る。両壁は深く、高い崖も深い。上の方は南斗星を支えているようであり、その一方では地を鎮《しず》めている。下には長い道が有って、北のかた秦に達している。

秦の地は神州で、中には聖人が居られ、左右には伊尹《いいん》や皐陶《こうよう》のような補佐が居て、よく我が君を聖明なる天子にしている。双闕は高く聳え、上は五色の慶雲に覆われ、千もの官吏は佩玉を鳴らして、紫宸殿に伺候する。玉樓には鳳凰、金殿には麒麟が現れる。徳を布き恩沢を垂れ、賢を捜し文を修める。皇化はまことに悦ばしく、暖かなことは春のようだ。

蜀の北は往くべきところである。北からの旅人よ、さあ帰ろう。

3 唐博陵郡安喜縣令岑府君墓銘

唐の博陵郡安喜縣の令 岑府君の墓銘

涇水湯湯　涇水は湯 湯《しゃうしゃう》として
漢陵蒼蒼　漢陵は蒼蒼《さうさう》たり
木蕭蕭兮草自黄　木は蕭蕭《せうせう》として 草は自から黄ばみ
門一閉兮夜何長　門 一たび閉づれば 夜 何ぞ長き

【語釈】

＊作年未詳

［**博陵郡安喜縣**］「博陵」は、隋代の郡名。唐代に定州となり、さらに天寶元年に博陵郡と改名された。治所は今の河北省定県にある。「安喜縣」は、今の河北省定県。

［**岑府君**］『新唐書』宰相世系表によると、岑參の叔父で、安喜の令に任ぜられた岑棓《はう》のこと。「府君」は漢代の、府の太守に対する尊称、ここでは県令のこと。

［**涇水**］涇河。南北二源があり、南源は甘粛省華亭県の西 大關山、北源は寧夏固原県の南 笄頭《けいとう》山である。二つは甘粛省涇川県で合流した後、東南に流れ、陝西省高陵県で渭河に入る。

［**湯湯**］水のさかんに流れるさま。

［**漢陵**］後漢の諸帝の陵墓。今の陝西省咸陽市の東にある。

［**木蕭蕭**］「蕭蕭」は、ものさびしいさま。『楚辞』九歌・山鬼に「風颯颯兮木蕭蕭」（風颯颯として木蕭蕭たり）とある。

［**門一閉**］門は墓の門のこと。陶淵明「擬輓歌詩」に「幽室一已閉、千年不復朝」（幽室《いうしつ》 一たび已に閉づれば、千

年　復た朝《あした》ならず）とある。

【訳】

　唐の博陵郡安喜縣の令　岑府君の墓銘

涇水は盛んに流れ
漢陵は蒼蒼としている
木はもの寂しく草は自然と黄色になり
墓門が　一たび閉まると　夜の　何と長いことか

4　果毅張先集墓銘

　果毅　張先集の墓銘

茂陵南頭　　茂陵の南頭
渭水東流　　渭水　東して流る
山原萬秋　　山原の萬秋
兄弟一丘　　兄弟は　一丘にあり
白楊倐倐　　白楊　倐倐《しうしう》として
祇令人愁　　祇《た》だ人をして愁へしむるのみ

*作年未詳。

【語釈】

［果毅］唐代、折衝府に果毅都尉左右二員を置き、折衝都尉の副とした。

［張先集］未詳。

［茂陵］漢の武帝の陵。『元和郡縣志』巻二に「漢茂陵在縣（京兆府興平縣、今陝西興平縣）東北十七里、武帝陵也。在槐里之茂郷、因以爲名」（漢の茂陵は縣〈京兆府興平縣、今の陝西興平縣〉の東北十七里に在り、武帝の陵なり。槐里の茂郷に在り、因りて以て名と爲す）とある。

［丘］墓のこと。

［白楊］はこやなぎ。陶淵明「擬輓歌詩」に「荒草何茫茫、白楊亦蕭蕭」（荒草　何ぞ茫茫たる、白楊も亦た蕭蕭たり）とある。

［倐倐］整っているさま。

【訳】

　果毅張先集の墓銘

茂陵の南のほとり
渭水は　東へと流れる
山原に　巡りくる秋
兄弟は　一つ墓の中
白楊は　整然と並び
ただ私を愁えさせるばかり

あとがき

岑參の詩を読み始めて既に三十年餘りになる。勿論それだけに関わっていたわけではなく他のことと並行してのことであったが、それでもここまで長く続いたのは岑參の詩の内容と表現に、なにか惹かれるものが有ったからに違いない。岑參は、李白のように奔放な生涯を送り、それを詩に表現しているわけではないし、また杜甫のように、世の全ての人々が「人としての自然な生き方」のできる世の中であってほしいという思いを詩に託しているわけでもない。にもかかわらず飽きもせず読んできたのは、今から考えるに、ごく普通の官吏であり詩人であった岑參の生涯を、其の詩を通して追ってみたいという思いがあったからであろう。

岑參の詩には、中級官吏の公私の生活における個人的な思いと、集団の中での送別、再会、宴会など「付き合い」の様子が詠われており、前後二度の西域勤務での張りつめた日々の記録である辺塞詩を除けば、いずれも珍しいものではない。しかし一族の過去の栄達を取り戻すべく我慢の官途を歩み続けながら、結局その志の叶えられなかった岑參の折々の思いが、其の詩には詠みこまれている。

低い官職に満足できず、より高い地位に就くための布石として、安西都護府に二年餘り、北庭都護府に三年と、厳しい辺塞勤務に従事したが、思うような結果は得られない。安祿山の亂の最中に肅宗に仕え、亂後の長安で右補闕、起居舍人として朝廷に勤務するが、僅か一年餘りで地方に出されてしまう。虢州の長史を三年勤めてようやく都に歸ると、三年の間に祠部員外郎、吏部の考功員外郎、工部の虞部郎中、兵部の庫部郎中と回されたあと、ようやく蜀の嘉州刺史になるという、唐代の中級官吏の平均的な生活が詩には詠われており、まさに詩によって綴られた岑參傳となっている。

表現の面では他の唐代詩人には見られない独自性が示されている。例えば其の詩の中では、目に見えるはずのない「嬌歌」が妓女の髪の毛の間を通り抜けてゆく。

・置酒宴高館、嬌歌雑青糸。（置酒して高館に宴すれば、嬌歌は青糸に雑《まじ》る。） 267「過梁州奉贈張尚書大夫公」
また生物ではない「夢」や「雲」「花」「水」などが、あたかも意志あるもののような動きを見せている。
・窮荒絶漠鳥不飛、萬磧千山夢猶懶。
（窮荒 絶漠 鳥も飛ばず、萬磧 千山 夢も猶ほ懶《おこた》る。） 157「與獨狐漸道別長句」
・迢迢征路火山東、山上孤雲隨馬去。
（迢迢《てうてう》たる征路 火山の東、山上の孤雲 馬に隨ひて去る。） 151「火山雲歌送別」
・澗水呑樵路、山花酔藥欄。（澗水 樵路を呑み、山花 藥欄に酔ふ。） 45「初授官題高冠草堂」
・水烟晴吐月、山火夜焼雲。（水烟 晴れて月を吐き、山火 夜に雲を焼く。） 310「江行夜宿龍吼灘」
これらは奇を衒ってのものではなく、岑參にはそのように見えたのであろう。所謂る彼独自の「想像的視覚」による表現であり、擬人法であった。

これらの他にも岑參の詩には、他の唐代詩人とは懸け離れた表現方法が見られる。
・甌香茶色嫩、窓冷竹聲乾。（甌は香りて茶の色は嫩《やはら》かに、窓は冷たく竹の聲は乾く。） 236「暮秋會厳京兆後廳竹齋」
茶の色を色彩ではなく「嫩《やはら》か」と、竹の葉のそよぐ音を音聲ではなく「乾く」と、自分の感じたまま、感覚的に表現している。これなどはまさに時代を越えた表現法と言えるのではなかろうか。

岑參の詩の全てを読むことによって、その中級官吏としての生活の様子を知ることができたし、詩表現については他の唐代詩人にはあまり見られない、岑參ならではの發想と描写を見ることができた。願わくはもう一人、岑參とは異なる型の詩人について其の全ての詩を読んでみたいと考えている。

演習資料の整理は進藤多万さんが担当した。校正は森野史子さんに御願いした。

この度も白帝社の佐藤康夫社長、小原恵子氏から厚い応援をいただいた。心より感謝申し上げる。

平成二十年五月五日　　森野繁夫

附録

『岑嘉州詩集』序　杜確

杜確は中唐、徳宗期の人。河中尹、河中晉絳観察使となった他には、詳しいことはわからない。『唐書』に傳は無い。『岑嘉州詩』七巻（四部叢刊本）の序に拠り、『全唐文』巻四五九に収めるものを参照した。

自古文體變易多矣。梁簡文帝及庾肩吾之屬、始爲輕浮綺靡之詞、名曰「宮體」。自後沿襲、務於妖豔、謂之摛錦布繡焉。其有敦尚風格、頗存規正者、不復爲當時所重。諷諫比興、由是廢缺。物極則變、理之常也。聖唐受命、斲雕爲樸。開元之際、王綱復擧、淺薄之風、茲焉漸革。其時作者凡十數輩、頗能以雅參麗、以古雜今。彬彬然、粲粲然、近建安之遺範矣。

古へ自《よ》り文體の變易《へんえき》すること多し。梁の簡文帝 及び庾肩吾《ゆけんご》の屬、始めて輕浮 綺靡《きび》の詞を爲し、名づけて「宮體《きゅうたい》」と曰ふ。自後 沿襲《えんしふ》し、妖豔《えうえん》に務め、之れを「錦を摛《し》き繡を布《し》く」と謂《い》ふ。其の敦《あつ》く風格を尚び、頗る規正を存する者有るも、復た當時の重んずる所と爲らず。諷諫《ふうかん》比興《ひきょう》、是《これ》に由《よ》りて廢缺《はいけつ》す。

物極《きは》まれば則ち變ずるは、理の常なり。聖唐 命を受くるや、雕《てう》を斲《き》りて樸《ぼく》と爲す。開元の際、王綱 復た擧がり、淺薄の風、茲《ここ》に漸《やうや》く革《あらた》まる。其の時 作者 凡そ十數輩、頗る能く雅を以て麗に參《まじ》へ、古へを以て今に雜《まじ》ふ。彬彬然《ひんぴんぜん》、粲粲然《さんさんぜん》として、建安《けんあん》の遺範《ゐはん》に近し。

【語釈】

［**岑嘉州詩集**］「詩」字、『全唐文』には無し。「集」字、宋本、明抄本には無し。

［**簡文帝**］蕭綱《しょうこう》。武帝の第三子。昭明太子蕭統の弟。名は綱、字は世纘、謚は簡文。中大通四年（五三四）、皇太子となり、後に、叛乱を起こした侯景に殺された。廟號は太宗。在位二年。年号は大寶。

［**庾肩吾**］梁の人。於陵《おりょう》の弟。八歳にしてよく詩を賦す。梁の簡文帝の即位するや度支《たくし》尚書を拝命し、後、江州刺史に遷り武庫縣侯に爵せらる。庾信の父。

［**輕浮**］軽やかで浮ついていること。

［**綺靡**］華やかで美しい。美麗なる詩文。

［**沿襲**］古いしきたりに依り随う。

[**摛錦布繡**] 美しい詞を並べる。「摛」も「布」も、敷く。述べる。班固「西都賦」に「茂樹 蔭蔚として、芳草は堤を被ひ、錦を摛《の》べ繡を布《し》くが若し」とある。
[**敦尚風格**] 詩文の趣きや風格を敦く尊ぶ。
[**規正**] 詩としての正しい姿。
[**諷諫**] それとなく遠回しに諫める。
[**比興**]『詩経』の六義中の、「比」と「興」の修辞法。「比」は、比喩。「興」は、物を喩えに引いて我が意を起こすこと。
[**廢缺**] 廃れ欠ける。
[**物極則變**]『易』繋辭傳下に「易《えき》は極まれば變じ、變ずれば通じ、通ずれば久し」と。
[**斲雕**] 文飾を削り去る。
[**開元之際**]「開元」は、玄宗の代の前半の年号。七一三〜七四一。
[**王綱**] 帝王が世を治める法則。皇維。皇綱。
[**頗能以雅參麗**]『文心雕龍』徴聖篇に「聖文の雅麗なるは、固より華を銜《ふく》みて實を佩《お》ぶるなり」と。
[**以古雜今**]「雜」字、明抄本、呉校は「參」に作る。
[**彬彬然**] 調和がとれ整っているさま。『論語』雍也に「子曰、質勝文則野。文勝質則史。文質彬彬、然後君子」(子曰く、質 文に勝てば則ち野なり。文 質に勝てば則ち史なり。文質彬彬として、然る後に君子なり)とある。
[**粲粲**] 鮮やかな様子。
[**建安**] 後漢末、献帝の時の年号。曹植、王粲ら「建安の七子」によって文学が興隆した時代。
[**遺範**] 残された模範。

【通釈】

古より文體の変わることは多い。梁の簡文帝及び庾肩《ゆけん》吾《ご》の類は、始め輕浮で、きらびやかな美しい詩を作り、名づけて「宮體《きゅうたい》」と言った。その後 これに随って、艶麗《えんれい》さが競われるようになった。これは「錦を摛《し》き繡を布《し》く」と謂われた。その風格を敦《あつ》く尚び、頗る詩としての正しい姿を存するものもあったが、復た當時の重んずる所とはならず、諷諫 比興の詩は、これによって廢《すた》れてしまった。

物が極まれば則ち變ずるのは、自然の道理である。聖唐が天命を受けると、すべて文飾を削り去って質樸を貴ぶようになった。開元の際に、帝王の仁政は更によくなり、淺薄の風は、ここに漸《ようや》く改まった。其の時 詩の作者は凡そ十數人あり、頗る能く雅を以て麗に參《まじ》え、古えを以て今に雜《まじ》えた。それは文と質の調和がとれており、建安時代の残された手本に近かった。

南陽岑公、聲稱尤著。公諱參、代爲本州冠族。曾大父文本、大父長倩、伯父羲、皆以學術徳望、官至台輔。早歳孤貧、能自砥礪。偏覽史籍、尤工綴文。屬辭尚清、用意尚切。其有所得、多入佳境。迥拔孤秀、出於常情。毎一篇絶筆、則人人傳寫。雖閭里士庶、戎夷蠻貊、莫不諷誦吟習焉。時議擬公於呉均、何遜、亦可謂精當矣。

南陽の岑公、聲稱尤も著《あらは》る。公諱《いみな》は參《しん》、代々本州の冠族爲《た》り。曾大父文本《ぶんぽん》、大父長倩《ちやうせん》、伯父羲《ぎ》は、皆な學術徳望を以て、官は台輔《たいほ》に至る。

早歳にして孤貧なるも、能く自ら砥礪《しれい》す。偏《あまね》く史籍を覽《よ》み、尤も文を綴るに工《たくみ》なり。辭を屬《つづ》るには清《せい》を尚び、意を用ふるには切《せつ》を尚《たっと》ぶ。其の得る所有るや、多く佳境に入る。迥拔《けいばつ》孤秀にして、常情を出づ。一篇筆を絶つ毎に、則ち人人傳へ寫す。閭里《りより》の士庶、戎夷蠻貊《ばんぱく》と雖も、諷誦《ふうしよう》吟習せざる莫し。時議の公を呉均《ごきん》何遜《かそん》に擬するは、亦た精當《せいたう》と謂《い》ふべし。

【語釈】

〔聲稱〕好い譽れ。名声。

〔尤著〕「尤」字、宋本、『全唐文』は「老」に作る。

〔本州〕故郷。生まれたところ。ここは南陽。

〔冠族〕すぐれてよい家柄の血筋。名門。

〔曾大父文本〕曾祖父の岑文本。太宗の宰相となった。

〔大父長倩〕従祖父の岑長倩。高宗の宰相となった。

〔伯父羲〕伯父の岑羲。睿宗の宰相となった。

〔台輔〕三公・宰相の称。台弼。

〔孤貧〕岑參は十歳の頃に父親を亡くしていた。

〔砥礪〕学問、修養に勤め励む。

〔有所得〕素材と気持ちがぴったり一致することを云う。

〔迥拔〕遙かに抜きん出る。

〔時議〕時人の論評。

〔呉均〕梁、呉興の人。字は叔庠。寒賤の出自であった。呉興の主簿となったが、庇護者のない呉均の栄達への夢は事毎に破れ、官界に於ては常に孤独であった。貴族社会への壁も厚く、中央文壇・政界へ参加しようと企てても無残に破れてしまう。この孤独は遊侠の独行性に通ずるものがあり、志が得られないときは、遊侠の世界に入ろうとしたり、隠遁を企てたりするが、それは一時的なもので、常に貴族社会への飛躍を試みながら、その志は得られぬまま、その周辺に生き続けた。呉均の詩は栄達への執念を燃やし続けた魂の記録である。後になって之に倣う者は多く、呉均體の名がある。『梁書』四九、『南史』七二。

［**何遜**］梁の人。字は仲言。承天の曾孫。官は尚書水部郎。文章を以て劉孝綽《りゅうこうしゃく》と並称せられ、世に「何・劉」と云う。寒賎な家柄と拙薄な世渡りに因《よ》り、最後まで栄達の望みを達することはできなかった。何遜の詩風は当時の「雍容《ようよう》」とした貴族風なものからかけ離れたものであった。彼の詩は旅人としての孤独感、別離の悲哀、望郷の愁いなど切実な生の感情を吐露したもので、そういった詩風は文章の美しさを破壊し、調和を損なうものとして、当時の社会には受け容れられなかったが、陳・隋を経て唐に於て評価を得た。『梁書』四九、『南史』七二。

［**精當**］詳しくて道理に合っている。當を得ていること。

【通釈】

南陽の岑公は、中でもとりわけ名聲があった。公諱《いみな》は參。代々南陽における名家であった。曾祖父の文本、祖父の長倩、伯父の羲は、皆な學術と徳望を以て、官は宰相に至った。

參は年若くして父親を亡くして貧しかったが、よく自ら勤め励んだ。史書を残らず読み、とりわけ文を綴るのが巧みであった。文章を作っては清素であることを尚び、意を用いるに適切であることを尚んだ。その詩は素材と情が一致した場合には、佳境に入った作が多かった。遙かに他に抜きん出て、通常の情意を越えたところがあった。一篇が出来あがる毎に、則ち人人は傳え寫し、村里の官吏平民、蛮人胡人と雖も、諷誦し吟習しない者はいなかった。時人の論評は岑参を呉均何遜に擬《なぞら》えているが、當《あた》っていると言えよう。

天寶三載、進士高第、解褐右内率府兵曹參軍。又遷大理評事、兼監察御史、充安西節度判官。入爲右補闕、頻上封章、指述權佞。改爲起居郎、尋出虢州長史。又改太子中允、兼殿中侍御史、充關西節度判官。

聖上潛龍藩邸、總戎陝服、參佐僚史、皆一時之選。由是委公以書奏之任。入爲祠部・考工二員外郎、轉虞部・庫部二正郎、又出爲嘉州刺史。副元帥・相國杜公鴻漸表公職方郎中兼時御史、列於幕府。無幾使罷、寓居於蜀。

時西川節度、因亂受職、本非朝旨。其部統之内、文武衣冠、附會阿諛、以求自結。皆曰、中原多故、劍外少康、可以庇躬、無暇向闕。公乃著「招蜀客歸」一篇、申明逆順之理、抑挫佞邪之計。有職者感嘆、姦謀者慚沮。播德澤於梁・益、暢皇風於邛僰。

旋軫有日、犯軷俟時。吉往凶歸。嗚呼不祿。

天寶三載、進士に高第し、褐《かつ》を右内率府《うないそつぷ》兵曹參軍に解く。又た大理評事、兼監察御史《かんさつぎよし》に遷り、安西節度判官に充《あ》てらる。入りて右補闕《うほけつ》と爲り、頻りに封章《ふうしやう》を上《たてまつ》り、權佞《けんねい》を指述す。改められて起居郎と爲り、尋《つ》いで虢《かく》州長史に出《い》ださる。又た太子中允《ちゆういん》、兼殿中侍御史《でんちゆうじぎよし》に改められ、關西《くわんせい》節度判官に充《あ》てらる。

聖上 藩邸に潛龍《せんりよう》し、陜服《せんぷく》を總戎《そうじゆう》するや、參佐 僚史は、皆な一時の選なり。是《これ》に由《よ》りて公に委《ゆだ》ぬるに書奏の任を以てす。入りて祠部《しぶ》・考工の二員外郎《いんぐわいらう》と為り、轉じて虞部《ぐぶ》・庫部《こぶ》二正郎《せいらう》と爲り、又 出《い》でて嘉《か》州刺史と爲る。副元帥・相國《しやうこく》 杜《と》公鴻漸《こうぜん》は公を職方郎中、兼侍御史に表し、幕府に列す。幾ばくも無くして使は罷《や》められ、蜀に寓居す。

時に西川節度、亂に因り職を受くるも、本より朝旨に非ず。其の部統の内、文武 衣冠、附會 阿諛《あゆ》して、以て自ら結ばんことを求む。皆曰く「中原《ちゆうげん》は故《こと》多く、劍外は少《すこ》しく康《やす》らかにして、以て躬《み》を庇《かば》ふべく、闕《けつ》に向かふ暇《いとま》無し」と。公は乃ち「招蜀客歸」一篇を著し、逆順の理を申明《しんめい》にし、佞邪《ねいじや》の計を抑挫《よくざ》す。有職の者は感嘆し、姦謀《かんぼう》の者は慚沮《ざんそ》す。德澤を梁・益に播《ひろ》め、皇風を邛《きよう》・僰《ぼく》に暢《の》ぶ。

軫《しん》を旋《めぐ》らすに日有り、軷《はつ》を犯すに時を俟《ま》つに、吉 往きて 凶 歸る。嗚呼《ああ》 不祿《ふろく》せり。

【語釈】

[天寶三載] 七四四年。岑參は三十歳であった。

[高第] 優等の及第。官吏登用試験の成績優秀な者。

[解褐] 庶民の服を脱ぎ捨てる。褐衣を脱いで官服に替える。転じて初めて官につく喩え。

[大理評事、兼監察御史、充安西節度判官] 天寶十三載

（七五四）、安西節度使封常清《ほうじょうせい》の幕下となって安西《あんせい》に赴いた。「節度使」は、唐代に行政兵馬の権を有していた地方長官。本来は異民族の侵略に備えるために辺境の地方に配置され、朝廷から軍事権を委任されていたものであるが、次第に勢力を増し、朝廷の指令に従わずに、小独立国の様相を帯びるようになり、唐朝滅亡の一因となった。

［**補闕**］天子を諫める官。至徳二載（七五七）鳳翔《ほうしょう》に置かれていた粛宗の行在所で、杜甫らの推薦によって就任。

［**封章**］機密を主とし皀嚢《さうのう》中に封入して、天子に上奏する上章。漢代に始まり唐・宋に入って盛んになった。「封事」に同じ。

［**権佞**］権勢を振るう佞臣。

［**起居郎**］天子の側に仕えて、その言行を記録する役。

［**長史**］刺史の下に置かれ、役人の監督に当たる。各州に一人あり、刺史を補佐する。

［**聖上**］現在の天子を敬って云う語。ここは此の序文の作者 杜確の時の天子である徳宗を指す。

［**潜龍**］潜んで未だ天に昇らない龍。転じて暫時低位に避けている人。活動する機会を得ない英雄などの喩え。

［**藩邸**］諸王の居城。ここは皇帝となる前、雍王であった徳宗の居城。

［**總戎**］軍兵を統べる。「戎」は軍隊。時に雍王は賊将史朝義《しちょうぎ》を伐つために河南の陝州で陣容を整えていた。

［**陝服**］陝州を云う。

［**參佐僚史**］参謀。属官。

［**祠部考工二員外郎**］「祠部」は、祭祀などを司る部署。「考工」は、機械・工作を司る部署。

［**虞部**］尚書省の工部に属する一部局。天子の御苑と、そこから生産されるものを管理する。

［**嘉州**］成都の南、岷江が長江に合流するあたりの地。

［**副元帥**］全軍の副大将。

［**相國**］宰相。丞相。

［**杜公鴻漸**］この時、西山都知兵馬使の崔旰による蜀の内乱を鎮めるために、山南西道剣南東西川副元帥・剣南西川節度使として派遣された。

［**無幾使罷、寓居於蜀**］大暦二年（七六七）六月、杜鴻漸は節度使の職を罷めて都に歸った。岑參はそのまま蜀に留まり、嘉州刺史の任に就く。

［時西川節度、因亂受職、本非朝旨］「時の西川節度」は、崔旰で、これは崔旰を討伐できなかった杜鴻漸が彼と妥協し、彼を朝廷に西川節度使（知西川留後）として推薦した。「朝旨」は、朝廷の意向。政府の意志。

［其部統之内］「統」字、明抄本、呉校には無し。崔旰の管轄下にある人たち。

［衣冠］衣冠を着けた人、つまり身分の高い人たち。

［附會阿諛］取り入って、媚びへつらう。

［中原］天下の中央の地。特に黄河流域をいう。

［多故］事変が多い。多事。多難。

［劍外少康］「劍外」は、劍閣山の外側。つまり蜀の地。「少」字、宋本、明抄本、呉校、『全唐文』は「小」字に作る。「少康」は、世の中が暫くの間 穏やかなこと。

［庇躬］自らを覆い庇う。保身。

［無暇向闕］「暇」字、宋本、『全唐文』は「假」字に作る。「闕」は、朝廷を指す。

［公乃著招蜀客歸一篇］句の下、底本、宋本、明抄本、呉校、均しく「集中無此」と注す。「招蜀客歸」は「招北客文」のことであろう。

［申明］述べ明らかにする。

［逆順之理］道理に逆らうことと従うこと。

［抑挫佞邪之計］「抑」字、宋本、『全唐文』は「折」字に作る。「抑挫」は、抑え付けて挫くこと。「佞邪」媚びへつらって心がねじけている人。心がよこしまな人。

［姦謀］よこしまな計略。姦計。

［德澤］天子の恵み。恩沢。

［梁益］梁州と益州。漢中と四川の地。

［邛僰］いずれも蜀の奥地の地名で、それぞれ未開の異民族が住んでいた。

［旋軫］車を廻らせる。帰る。潘岳「西征賦」に「横橋を鶩《は》せて軫《くるま》を旋《めぐら》し、敝邑《へいいう》の南垂を歴《へ》たり」とある。

［犯軷］「軷」字、底本は「軾」に作るが、「軷」字の誤り。「軷」は、旅立ちの時に道祖神を祀ること。

［不祿］『禮記』曲禮に「天子の死するを崩ずと曰ひ、諸侯には薨ずと曰ひ、大夫には卒すと曰ひ、士には不祿と曰ひ、庶人には死と曰ふ」と。


【通釈】

　天寶三載に、進士の試験に上位で及第し、仕官して右内率府 兵曹參軍の職に就いた。次いで大理評事、兼監察御史に遷り、安西《あんせい》節度判官に充《あ》てられた。朝廷に入り右補闕《うほけつ》となり、しばしば封章《ふうしゃう》を奉って、權佞《けんねい》の臣を糾弾した。その後、起居郎に改められ、次いで虢州《かくしゅう》長史として地方に出された。やがて太子中允、兼殿中侍御史に改められ、關西節度判官に充てられた。

聖上が未だ藩邸に居られた時、陝《せん》州で軍の総指揮を執られたが、幕下の屬官たちは、皆な当時の選りすぐりの人物ばかりであった。そのような中で岑參は王府の書奏の任を任せられた。朝廷に入って祠部《しぶ》員外郎、考工《かうこう》員外郎と為り、轉じて虞部正郎、庫部正郎と爲り、又た地方に出て嘉州刺史と爲った。副元帥・相國《しゃうこく》の杜《と》鴻漸《こうぜん》は參を職方郎中、兼侍御史として幕府に招いた。間もなく杜鴻漸は任を解かれて都に歸ったが、參は蜀に留まった。

この時の西川節度使（崔旰《さいかん》）は、内亂のどさくさの際に職を受けたもので、本より朝廷の命によったものではなかった。其の部統の内の、文武の官や高位の人たちは、崔旰に取り入り諂《へつら》って、何とか結びつきを深めようとしていた。彼らは皆「中原の地は煩わしいことが多いが、劍外は少しく平穏であり、我が身を保つことができる。朝廷のことを考える暇などは無い」と言っていた。參はそこで「蜀客の歸を招く」一篇を著して、逆と順の道理を明らかに説いて、佞邪の者の考えを挫いた。見識の有る者は感嘆し、姦謀の者は恥じいった。かくて天子の徳澤は梁・益の地に播《ひろ》まり、朝廷の威風は邛《きょう》・僰《ぼく》の地に暢《の》びた。

車を旋《めぐ》らして東に歸る日、道祖神を祀《まつ》る時を待っていたが、吉は去って 凶が歸ってきた。残念なことに 參は蜀の地で亡くなってしまった。

歳月逾邁、殆三十年。嗣子佐公、復纂前緒、亦以文采登名翰場。收公遺文、貯之筐篚。以確接通家餘烈、忝同聲後輩、受命編次。因令繕録、區分類聚、勒成八巻。儻後之詞人、有所觀覽、亦由聆廣樂者識清商之韻、遊名山者仰翠微之色、足以瑩徹心府、發揮高致焉。

歳月は逾邁《すぎゆ》きて、三十年に殆《ちか》し。嗣子の佐公、復た前緒《ぜんしょ》を纂《つ》ぎ、亦た文采を以て名を翰場に登《のぼ》す。公の遺文《ゐぶん》を收め、之を筐篚《きやうひ》に貯ふ。確が通家の餘烈に接し、同聲の後輩を忝くするを以て、命を受けて編次す。因りて繕録《ぜんろく》せしめ、區分し類聚し、勒《ろく》して八巻と成す。儻《も》し後の詞人、觀覽する所有らば、亦た由《な》ほ廣樂を聆《き》く者の清商《せいしゃう》の韻《しらべ》を識《し》り、名山に遊ぶ者の翠微《すゐび》の色を仰ぐがごとく、以て心府を瑩徹《えいてつ》し、高致を發揮するに足らん。

【語釈】

［**逾邁**］経過する。過ぎる。

［**前緒**］前人の残した事業の糸口。遺業。

［**收公遺文**］「收」字、宋本、明抄本、呉校、『全唐文』は「有」字に作る。

［**貯之篋笥**］「篋」はこ。「笥」かご。竹製の四角な籠。「之」字、明抄本、呉校は「以」字に作る。「笥」字、宋本、明抄本、呉校、『全唐文』は「篋」字に作る。

［**通家**］代々親しく交際する家。親類。

［**餘烈**］先祖が残した功業。餘威。

［**同聲後輩**］同じく詩文の道を歩む後輩。

［**命編次**］「編次」順序を作って並べること。「命」上、宋本、明抄本、呉校、『全唐文』は「受」字が有る。

［**勒成八巻**］「八」字、宋本空缺。「勒」は、文章を石に刻み込むこと。

［**廣樂**］素晴らしい天上の音楽。

［**清商**］高く澄んだ音。「商」は五音の一で、澄んだ音。

［**翠微之色**］青く霞んだ山の色。

［**高致**］高尚な趣き。

【通釈】

歳月は逾邁《すぎゆ》き、三十年殆《ちか》く経った。嗣子の佐公は、復た亡き父の遺業を受け継いで、亦た文采を以て文壇に登場した。公の遺文を収め、篋《きやう》笥《ひ》に貯えており、私確《かく》が先代から付き合いをさせていただいており、詩文の後輩を忝くしていることで、命を受けて編集することになった。そこで原稿を清書させ、區分し類聚して、八巻とした。儻《も》し後の詩人に、閲覧する者が有れば、亦た猶お素晴らしい音樂を聆《き》いた者が清商の韻《しらべ》を識り、名山に遊ぶ者が翠微《すいび》の色を仰ぎ見るように、その心府《こころ》を清らかに澄ませ、高尚な趣きを味わうことができることであろう。

岑參略傳

一、幼・少年、青年の時期

岑參は、荊州江陵（今の湖北省江陵縣）の人。曽祖父の文本、伯祖父の長倩《ちょうせん》、堂祖父の羲《ぎ》は、皆 官は宰相にまで至った。父は植で、仙、晉二州の刺史となっている。岑參は玄宗の開元三年（七一五）に仙州に生まれた。仙州は今の河南省葉《しょう》縣。父の植が其の地の刺史であり、恐らく參は其の公舎で生まれたのであろう。長男の渭《ゐ》、次男の況《きょう》を兄とする三番目の子であり、弟には秉《へい》と亜《あ》がいた。

1 太室・少室の頃

開元八年（七二〇）岑參が六歳の時、父親は晉州（山西省臨汾縣）刺史となり、參も父親に従って晉州に赴いたのであろう。父親は岑參が十歳のころに亡くなったらしい。其のご開元一七年（七二九）、岑參十五歳の時に、一家は嵩《すう》山の太室（河南省登封縣）に移っている。そうして次の年、一家は更に太室から西南約七〇里のところに在る少室（潁陽《えいよう》縣）に移った。この頃、家は貧しく、參は主に兄について経史の学問を受け、官吏になる準備をしていた。

2 仕途を求めて

少室の地で數年を過ごした後、開元二二年（七三四）二十歳になった岑參は、初めて洛陽に赴き、文章を朝廷に献じた。（この年、玄宗は洛陽に居た。）その頃、「献書拝官」つまり仕官を願う者は文章を朝廷に献じ、朝廷ではそれを審査して優秀な者は官に取り立てるという、科擧の試験とは別コースの登用法があって、岑參もそれに應募したのだが、結果は落第であった。その後、三十歳で進士の試験に合格するまでの十年間、彼は仕官を求めて長安、洛陽にしばしば出てゆくことになる。なお二十五歳の頃から、河朔、大梁、その他の土地に、しばしば旅をして見聞を広めている。

二、起家

天宝三載（七四四）、三十歳の時に進士の試験に第二位で及第した岑參は、右内率府《うないそつぷ》兵曹参軍を授けられた。

右内率府は左内率府とともに東宮の役所で、太子の侍従と、武器の管理を担當していた。兵曹參軍はそこの属官で官位は正九品下。職務内容は「文武の官、及び千牛備身（太子の宿衛侍従の官）に関する簿書および其の勳階・考課・仮使・俸禄のことを掌《つかさど》る」（『大唐六典』による）というものであった。その後、天宝八載（七四九）冬に安西四鎮節度使高仙芝《こうせんし》の幕府に入るまでは長安に在った。

三、安西《あんせい》都護府

天宝八載（七四九）岑參三十五歳。安西《あんせい》四鎮節度使の高仙芝《こうせんし》が入朝し、岑參を節度使の幕僚とすべく上表して許可を願い出た。時に岑參は、右内率府《うないそつぷ》の兵曹參軍として、東宮の役所に勤務していたが、その地位の低さに就任當初から不満であった。おそらくそのために西域勤務を希望していたのであろう。高仙芝の幕府には右威衛《ういえい》録事參軍・掌書記として迎えられた。『新唐書』百官志によれば、節度使の属官には、上から「副大使知節度事《ちせつどじ》、行軍司馬《しば》、副使、判官、支使、掌書記、巡官、衙衛」各一人があった。したがって掌書記という地位は、まだ下の方であったが、岑參としては、このまま長安にいても昇進は望めないと判断して、塞外の地に活路を見出そうとしたようである。

安西《あんせい》都護府は亀滋《きじ》（今の新疆ウイグル自治区の庫車《くちゃ》）に在り、長安からは二か月以上もかかる、まさに天涯の地であった。岑參は其の年も暮れの頃かと思われるが、安西に向かって出發した。その道筋は彼の詩から推測するに「長安―隴《ろう》州―渭《い》州―粛州（酒泉）―沙州（敦煌）―陽関（あるいは玉門関）―火山―西州（吐魯番）―交州城―銀山磧（庫木什）―焉耆《えんぎ》―鐵門関―安西」というものであり、おそらく岑參は僅かの従者とともに、73
「磧中の作」に詠われているような、心細く、つらい旅を続けていったものと思われる。

安西都護府は唐代六都護府の一つで、太宗の貞観十四年（六四〇）に設置された。そうして高宗の顕慶三年（六五八）に亀滋《きじ》（庫車）に移る。亀滋《きじ》、焉耆《えんぎ》、于闐《うてん》、疏勒《そろく》の四鎮、および月氏など九十六の府州を統括。主として天山南方を支配して北庭都護府とともに西域経營の中心となった。北庭都護府は、長安二年（七〇二）に庭州に設置され、西突厥の故地を鎮撫し、天山北方から西トルキスタン方面を管轄した。この安西、北庭の兩都護府は西域経營の拠点であったが、北方経營の拠点としては、単于《ぜんう》都護府と安北都護府があった。また東方経營の拠点としては安東都護府が、高句麗《こうくり》の故地を治めるために平壤に置かれた。そうして南方には安南《あんなん》都護府がハノイ付近に置かれていた。此の六都護府は、いずれも属地の諸民族の慰撫と警戒、討伐に當ったが、唐の勢力の消長によって複雑な変遷を辿った。そのご岑參は、一年数ヶ月の西域勤務を終え、天宝十載（七五一）三十七歳の暮春に安西から武威に至り、六月に東歸の途に就き、臨洮《りんとう》を経て初秋には長安に到着している。

四、長安無為

天宝十載（七五一、三七歳）の初秋から、十三載の夏頃に北庭に赴くまでの約二年半を、岑參は長安で過ごす。西域から歸れば何か職があるのではと、岑參は考えていたのかもしれないが、なかなか思うようにはいかなかった。そのため岑參は佛門に入ることを思い、また隠棲を考えている。十一載の秋には、杜甫、高適、儲光羲《ちょこうぎ》、薛據《せっきょ》らと慈恩寺の塔に登り「與高適薛據同登慈恩寺浮圖」詩を詠んでいる。此の時期の詩は三十首あまり殘されているが、その多くは送別會などの會合での作であり、おそらく彼はそれらの會に集まってくる士人たちを通して、仕官のための手がかりを得ようとしていたのであろう。しかし期待は空しく、中央での官職は得られず、彼は再び西域に向かうことになる。

五、北庭都護府

天宝十載（七五二）の初秋に武威《ぶい》から長安に歸った岑參は、その後、十三載（七五四）の夏に北庭都護府に赴任するまで、いろいろと手を盡くして在京の官署での就職を探したようであるが、結局それはうまくいかず、再び西域の都護府に勤務することになる。

天宝十三載、安西四鎮節度使の封常清《ほうじょうせい》が入朝して、北庭都護・伊西節度・瀚海軍使を兼任することになり、岑參は安西・北庭節度判官としてその幕下に加わった。安西都護府に勤務していた時は掌書記であったから、それよりも二階級上の官職である。その後、粛宗の至徳元載（七五六）には更に判官の上の副使（領伊西北庭支度副使）に昇進している。北庭都護府は庭州、今の新疆ウイグル自治区迪化《てきか》県にあった。岑參は五月頃に長安を出発して、隴山―臨洮―金城（蘭州）―武威（涼州）―賀延塞、という経路で、北庭に赴任して行った。

赴任後しばらくして、岑參は庭州から輪臺《りんだい》に移る。輪臺は庭州に属する県で都護府のある庭州の西、約一二〇キロのところにあった。彼の勤務する役所が輪臺にあったものと思われる。以後 岑參は、ここを中心として各地に出向いて判官の仕事に従事している。なお天宝十四載の十一月に安祿山が叛乱を起こしたため、封常清は北庭から入朝し、そのまま留まって賊を禦いでいる。

岑參が北庭の地にいたのは、天宝十三載（七五四、四十歳）夏から至徳二載（七五七、四十三歳）夏頃までの三年間であり、その塞外詩は此の時期に最も多く作られている。

六　鳳翔府《ほうしょうふ》

酒泉を後にした岑參は、至徳二載の夏頃、ようやく鳳翔の行在所に入る。粛宗は、初め西北の國境にある霊武にいたが、やがて南下して彭原に、更に長安の西にある鳳翔に行在所を移して、長安奪回の機會を伺っていた。鳳翔の行在所には、その四月に長安を脱出して行在所に辿り着いた杜甫が、左拾遺（天子を諫諍する職で、従八品上）として粛宗に仕えていた。やがて岑參は、杜甫らの推薦によって右補闕（天子を諫諍する職で、従七品上。杜甫より一つ上の官職）を授けられた。行在所における岑參は、西域勤務での経験を生かして粛宗の為に働き、功績をあげようと努力したようであるが、どうもうまくいかなかったらしい。

七、長安歸還

至徳二載（七五七、四十三歳）九月二十日、官軍は長安に入城した。長安が胡賊のものになってから、まさに一年三ヶ月ぶりのことであった。次いで十月十八日には洛陽も奪還し、賊の総帥の安慶緒《あんけいしょ》は北方の鄴《ぎょう》城（河南省安陽）に逃れた。粛宗は洛陽奪還の翌日、十月十九日に鳳翔を出発して二十三日に長安に帰り、岑參も粛宗に従って懐かしい長安に歸ってきた。そのご岑參は、乾元二年（七五九）三月に起居舍人に轉じ、四月に虢《かく》州長史に署せられる。

八、虢州長史

岑參は乾元二年（七五九）四十五歳。三月に起居舍人（中書省に屬し、從六品上。天子の側に侍して其の言行を記録する官）に昇進したが、わずか一か月後の四月には、長安と洛陽の中間あたりにある虢《かく》州の長史に任じられ、五月に赴任した。その後、宝應元年（七六二）の春に太子中允《ちゅういん》（東宮職で太子の秘書）、兼殿中侍御史、関西節度判官に改められるまで、三年間を此の地で過ごす。

九、潼關《どうかん》—太子中允、関西節度判官—

代宗の宝應元年（七六二）四十八歳の春、岑參は太子中允、兼殿中侍御史、関西節度判官に遷った。勤務地は潼關であった。十月には、天下兵馬元帥の雍王適《てき》（後の徳宗）の史朝義《しちょうぎ》追討に従い、掌書記として陜《せん》州に在った。

十、長安

廣徳元年（七六三）四十九歳。正月に長安に入り、御史臺に暫く勤務したのち、秋に祠部《しぶ》員外郎に任じられた。廣徳二年には考功《こうこう》員外郎に改められ、尋《つい》で虞部《ぐぶ》郎中に轉じた。永泰元年（七六五）春には更に屯田《とんでん》郎中に改められ、尋《つい》で庫部《こぶ》郎中に轉じた。

十一　嘉州《かしゅう》刺史となる

永泰元年（七六五）五十一歳。十一月、嘉州刺史となる。嘉州は成都の南方、岷《びん》江が長江に合流するあたりに在った。しかし岑參は蜀中の亂の為に途中の梁州（今の陝西省漢中）まで行ったが引き還す。蜀中の亂は、劍南節度使の郭英乂《かくえいがい》が検校西川兵馬使崔旰《さいかん》に殺され、邛《きょう》州の柏茂林《はくもりん》、瀘《ろ》州の楊子琳、劍南の李昌巙《りしょうどう》らが崔旰《さいかん》討伐のために起兵したものであった。

翌大暦元年（七六六）二月に、相國杜鴻漸《とこうぜん》が劍南西川節度使となって蜀の亂を平定することになり、杜鴻漸は上表して岑參を職方郎中、兼侍御史として幕府に入れた。岑參は、鴻漸と同《とも》に四月に蜀に入り、七月に成都に到着した。

成都に入ると鴻漸は崔旰と談合し、上奏して旰を成都尹、西川節度行軍司馬とすることで、蜀の亂は一応は治まった。しかし岑參は内亂が続いているために嘉州へは赴任することができず、成都に滞在している。

大暦二年（七六七）五十三歳、四月になって蜀の内乱が平息し、それまで成都に滞在していた岑參は、同年六月に嘉州刺史の任に赴く。

十二、官を辞して東歸せんとするも、成都に卒《しゅっ》す

大暦三年（七六八）五十四歳。七月、僅か一年で嘉州刺史の官を罷め、河南の舊居に東歸せんとして長江を下る。しかし途中、戎《じゅう》州と瀘《ろ》州の間で群盗に道を阻まれ、戎州に泊《とどま》る。その後、路を北に変えたが、結局 成都に引き返して客居。翌四年の歳末、成都の旅舍で卒した。五十五歳であった。

唐代西域図

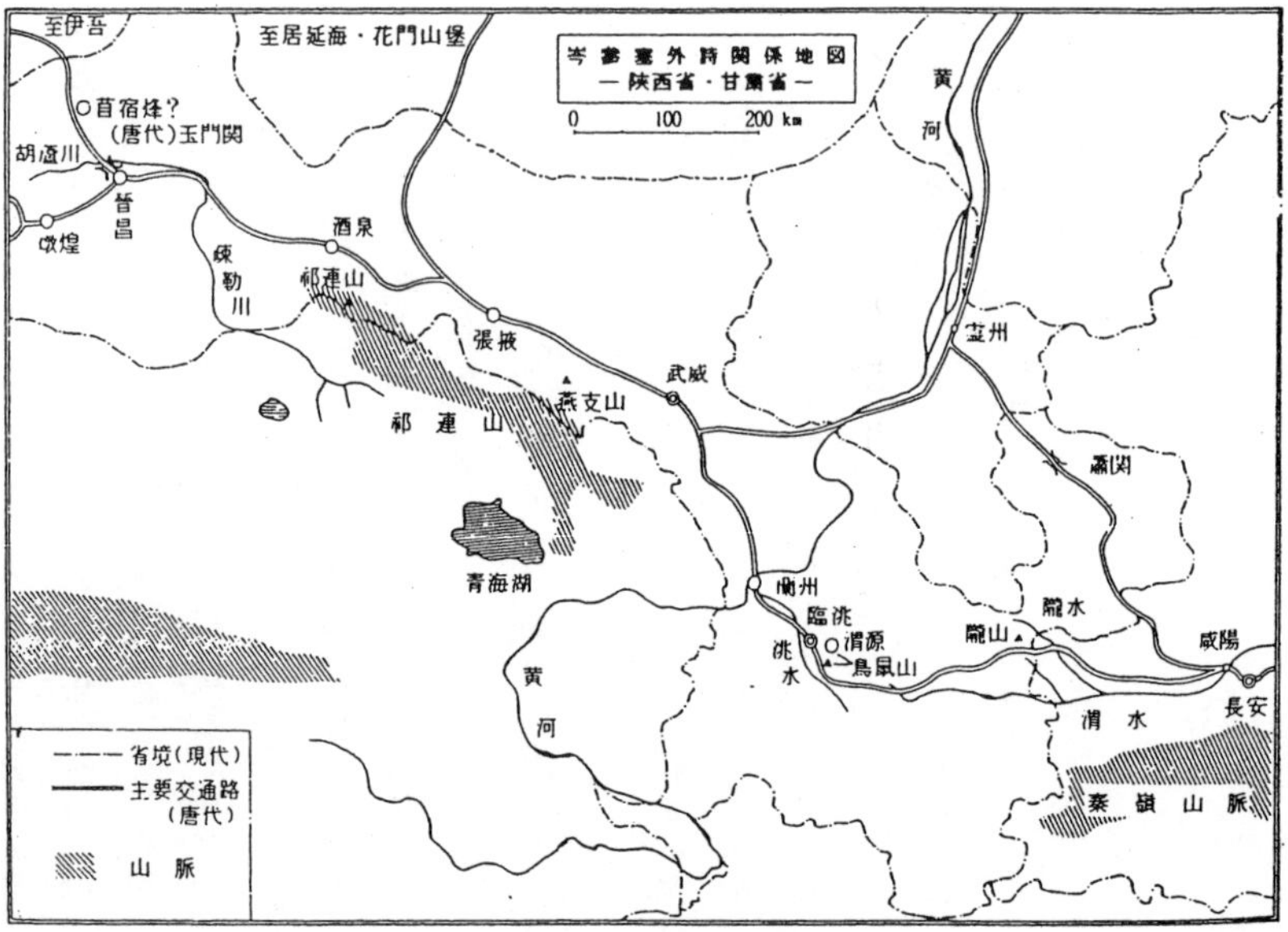
至伊吾
至居延海・花門山堡
岑参塞外詩関係地図
—陝西省・甘粛省—
0 100 200 km
黄河
○苜宿烽？
(唐代)玉門関
胡盧川
晋昌
敦煌
疎勒川
酒泉
祁連山
張掖
燕支山
武威
祁連山
霊州
蕭関
青海湖
蘭州
臨洮
渭源
洮水
鳥鼠山
隴山
隴水
咸陽
長安
黄河
渭水
秦嶺山脈
省境(現代)
主要交通路(唐代)
山脈

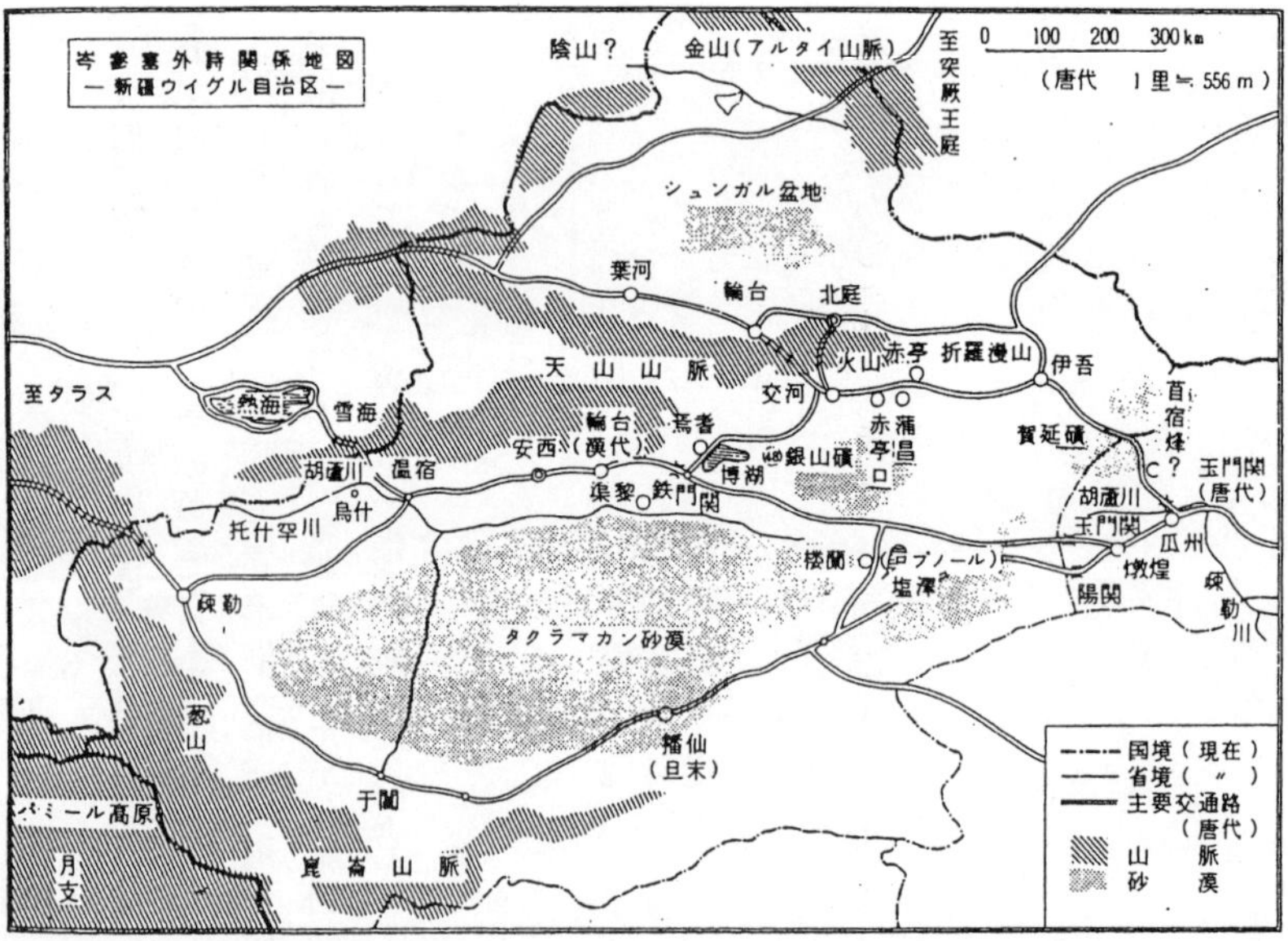
岑参塞外詩関係地図
—新疆ウイグル自治区—
陰山？
金山(アルタイ山脈)
至突厥王庭
0 100 200 300 km
(唐代 1里≒556 m)
シュンガル盆地
葉河
輪台
北庭
天山山脈
火山
赤亭
折羅漫山
伊吾
苜宿烽？
玉門関(唐代)
至タラス
熱海
雪海
交河
赤亭口
蒲昌
賀延磧
輪台(漢代)
焉耆
安西
銀山磧
博湖
胡盧川
温宿
渠黎
鉄門関
烏什
托什罕川
楼蘭
(ロプノール)
塩澤
玉門関
瓜州
胡盧川
敦煌
陽関
疎勒川
疎勒
タクラマカン砂漠
葱山
播仙
(且末)
于闐
パミール高原
崑崙山脈
月支
国境(現在)
省境(〃)
主要交通路(唐代)
山脈
砂漠

森野繁夫（もりのしげお）

昭和 38 年　広島大学大学院文学研究科博士課程修了

広島大学名誉教授

進藤多万（しんどうたま）

平成 19 年　安田女子大学大学院文学研究科博士課程修了

安田女子大学文学部講師（非常勤）

岑嘉州集（しんかしゅうしゅう）

2008年 10 月 10 日　初版発行

編　者　森野繁夫・進藤多万

発行者　佐藤康夫

発行所　（株）白 帝 社

〒171-0014　東京都豊島区池袋 2-65-1

電話　03-3986-3271

FAX　03-3986-3272（営業部）

03-3986-8892（編集部）

http://www.hakuteisha.co.jp/

組版／柳葉コーポレーション　　印刷／大藤社　　製本／カナメブックス

Printed in Japan 〈検印省略〉　　ISBN978-4-89174-945-3 C3098